HEYNE ‹

W0014585

KIM HARRISON

# DIE ZEITAGENTIN
## EIN FALL FÜR PERI REED

Roman

Aus dem Amerikanischen übersetzt
von Frauke Meier

WILHELM HEYNE VERLAG
MÜNCHEN

Titel der amerikanischen Originalausgabe:
THE DRAFTER

Der Verlag weist ausdrücklich darauf hin, dass im Text enthaltene externe Links vom Verlag nur bis zum Zeitpunkt der Buchveröffentlichung eingesehen werden konnten. Auf spätere Veränderungen hat der Verlag keinerlei Einfluss. Eine Haftung des Verlags ist daher ausgeschlossen.

Verlagsgruppe Random House FSC® N001967

Deutsche Erstausgabe 05/2016
Redaktion: Ursula Kiausch
Copyright © 2015 by Kim Harrison
Copyright © 2016 der deutschsprachigen Ausgabe by
Wilhelm Heyne Verlag, München,
in der Verlagsgruppe Random House GmbH,
Neumarkter Str. 28, 81673 München
Printed in Germany
Umschlaggestaltung: Nele Schütz Design, München,
unter Verwendung von shutterstock/zhu difeng
Satz: KompetenzCenter, Mönchengladbach
Druck und Bindung: CPI books GmbH, Leck
ISBN: 978-3-453-31730-7

www.heyne.de

www.twitter.com/HeyneFantasySF@HeyneFantasySF

*Für Tim, der immer noch meine Rohentwürfe liest –
und einige der überarbeiteten.*

# PROLOG

*2025*

Mit Ausnahme eines einzelnen Stuhls und des Tastfelds an der Tür, das sanft im Licht der in die Decke eingelassenen Lampen schimmerte, durchbrach nichts die Monotonie des quadratischen Raums. Die Wände waren hier nur zweieinhalb Meter lang. Peri richtete sich aus der Dehnung auf und unterdrückte ein Schaudern, während ein Gefühl wie von elektrischer Spannung über ihre Haut kroch und sich dort sammelte, wo der Übungsanzug zwickte.

Besorgt strich sie mit der Hand über das Spinnennetz weißer Spannungslinien auf dem schwarzen Leder. Als das elektrische Feld in dem Material stufenweise abebbte und sich wie mit Nadelstichen in ihre Hand bohrte, vertiefte sich ihr Stirnrunzeln. *Meinen die das ernst?* Der Slicksuit umhüllte sie vom Hals bis zum oberen Rand ihrer Stiefel, ließ ihre schmale Gestalt gefährlich und sexy erscheinen, aber eine Fehlfunktion des Anzugs würde sie behindern.

»Hey! Entschuldigung?«, rief sie in Richtung der Decke, und ihre hohe Stimme klang unverkennbar fordernd. »Ich bekomme ein unverhältnismäßiges Feedback von meinem Slicksuit.«

Ein leises Klingeln drang durch den winzigen Raum: Die Audioverbindung wurde aktiviert. »Tut mir leid«, sagte eine Männerstimme in leicht sarkastischem Ton, der ihr verriet, dass sie Bescheid wussten. »Mögliche Fehlfunktionen des Anzugs sind innerhalb der Parameter dieser Übung zulässig. Fangen Sie an.«

Wieder ertönte das Klingeln. Mit jedem hastigen Atemzug strömte Adrenalin durch ihren Körper. Sie konnte die Kameras nicht sehen, aber die Leute beobachteten sie, verglichen jede ihrer Bewegungen mit einer unerreichbar perfekten Idealvorstellung. Großspurig vergeudete sie drei Sekunden, um sich zu strecken und ihr Selbstvertrauen zusammen mit ihrem geschmeidigen Körper zur Schau zu stellen. *Aufgabe eins: technisches Hindernis*, dachte sie und musterte das Tastfeld an der verriegelten Tür.

Flink ergriff sie die Lehne des hölzernen Stuhls und schmetterte ihn an die Wand. Mit lautem Krachen barst das Holz beim Aufprall, und sie kniete sich hin, um die Einzelteile genauer in Augenschein zu nehmen. Von den Handschuhen des Slicksuits befreit, wühlte sie mit geschickten Fingern in den Überresten, bis sie einen Metallnagel gefunden hatte. Dann erhob sie sich, tapste zur Tür und benutzte den Nagel, um das Tastfeld aus der Wand zu hebeln.

*Dieser Punkt ist so gut wie abgehakt.* Sie zog das Tastfeld ab und konzentrierte sich auf das Kabelgewirr in der Wand, bis sie fand, wonach sie gesucht hatte. Sie schloss die Faust um das Kabel, spannte die Muskeln, um es herauszureißen, zögerte dann aber. Wegen der »Fehlfunktion« in ihrem Anzug würde sie womöglich mit rauchendem Kopf auf dem Hinterteil landen, während sie sich daran zu erinnern versuchte, wie man fokussiert arbeitet. *Das ist das Risiko nicht wert*, überlegte sie und folgte dem Draht stattdessen zur Platine, um die Tür mithilfe des Nagels kurzzuschließen. Von der Decke meldete ein Klingeln ihren Erfolg. Als sich die Tür öffnete, salutierte Peri süffisant vor den unsichtbaren Kameras. *Elf Sekunden.*

Den Nagel fest zwischen die Finger geklemmt, tauchte sie in die kühlere Luft eines großen Raums mit einem elastischen Sportbodenbelag ein. Die Decke war hier höher, das Licht heller, und am anderen Ende lockte eine weitere Tür, an deren Verriegelung bereits ein Lämpchen in stetigem Grün leuchtete. Hinter dieser Tür lag alles, wofür sie gearbeitet hatte, alles, was man ihr versprochen hatte. Sie musste nur hinkommen.

Ein kaum wahrnehmbarer Lufthauch warnte sie. Peri duckte sich, trat nach hinten aus und traf einen Mann, der den Halt verlor und wild kreisend gegen die Wand geschleudert wurde. *Scheiße, ist der groß!*, dachte sie, als sein Slicksuit weiß aufblitzte. Aber der Anzug färbte sich schon wieder schwarz, während sie ihn musterte. Der Mann war nicht aus dem Spiel. Noch nicht.

»Ist nichts Persönliches, klar?«, sagte sie, und ihr Blick zuckte von der Waffe in seinem Holster zu den beiden Männern, die auf sie zuliefen. Drei gegen eine war unfair, aber wann war das Leben schon fair?

Sie griffen gemeinsam an. Peri ließ sich fallen, rollte sich ab und riss den Typen, der ihr am nächsten war, von den Füßen. Er fiel, und sie stürzte sich auf ihn und rammte ihm den Ellbogen an die Kehle. Ein dumpfer Laut verriet ihr, dass sie ein Schutzpolster getroffen hatte, aber sie hatte ihn hart genug erwischt, dass ihm die Luft wegblieb. Als sie wieder auf die Beine kam, färbte sich sein Slicksuit weiß. *Einer erledigt.*

Der zweite Mann packte sie und hielt ihr ein Glas-Messer an die Kehle, in dessen Innenraum sich schattenhaft elektronische Bauteile abzeichneten. Mit einem wütenden Aufschrei bohrte sie dem Mann den Nagel ins Ohr. Während er vor Schmerz aufheulte, warf sie ihn über die Schulter auf den ersten Mann, der sich inzwischen wieder erholt hatte.

Sie stürzte hinter den beiden her, schnappte sich das Glas-Messer und zog es beiden über die Kehle. Die leicht glimmende Klinge leuchtete hell auf, um die Eliminierung der Gegner zu signalisieren, und deren Slicksuits färbten sich weiß. Keuchend

**9**

blieben sie wie gelähmt am Boden liegen. Aus dem Ohr eines der Männer tropfte echtes Blut, das auf dem Sportboden befremdlich aussah.

Peri richtete sich auf, hielt den Nagel weiter einsatzbereit in der Hand, kehrte den Männern den Rücken zu und stolzierte souverän zur Tür. *Das war's jetzt mit dem lahmen Vorgeplänkel.* Der Adrenalinrausch, der sich immer noch in ihrem Organismus bemerkbar machte, vermittelte ihr nun ein Gefühl glühender Vorfreude. Dafür hatte sie monatelang gearbeitet. Wie oft musste sie noch beweisen, dass sie einsatzbereit war?

Mit einem dumpfen Geräusch flammten weitere Lampen im Raum auf. An der Tür wechselte das Licht von grün zu rot. Verriegelt.

Ruckartig blieb Peri stehen. »Was, bitte schön, soll das?«, rief sie in Richtung Decke, worauf die Audioverbindung mit leisem Klingeln wieder eingeschaltet wurde.

»Sie haben hier nicht Ihr Können mit Projektilwaffen demonstriert«, erklärte der Mann, allerdings konnte sie im Hintergrund eine Auseinandersetzung hören.

Peri schob die Hüfte vor, wohl wissend, dass die Uhr immer noch tickte und sie gerade ihren perfekten Punktestand aufs Spiel setzte. »Sie meinen, mit einer *Schusswaffe?*«, entgegnete sie verächtlich. »Handfeuerwaffen sind laut, außerdem leicht zu entwenden, und dann müsste ich noch mehr Schaden anrichten, um die Sache wieder in Ordnung zu bringen.«

»Ihre Zeit läuft noch«, sagte der Mann in blasiertem Ton.

»Wie soll ich zeigen, was ich kann, wenn ihr dauernd die Regeln ändert«, murmelte sie und stapfte zurück zu den drei Männern, die in ihren weißen Slicksuits immer noch paralysiert am Boden lagen. Mit zusammengebissenen Zähnen entriss sie dem Mann, der ihr am nächsten war, die Waffe. »Ich habe euch bereits getötet«, sagte sie, als der sie aus geweiteten Augen anstarrte. Dann wirbelte sie um die eigene Achse und zerschoss stattdessen die Kameras in den Ecken: eins, zwei, drei.

»Reed!«, brüllte der Mann, der sie draußen beobachtete, als das Bild auf seinen Monitoren erlosch.

Peri ließ die Waffe fallen, wartete ab und schüttelte dabei ihre Finger, um die Nadelstiche zu lindern. Der Audiokanal war immer noch offen. Als sie die Worte »Beste, die wir haben« und »Gerade wegen ihrer beschissenen Einstellung ist sie perfekt« hörte, huschte ein Lächeln über ihre Lippen.

Peri warf einen Blick auf ihre Uhr und verlagerte ihr Gewicht. »Also, kann ich dann gehen, oder wollen Sie, dass ich es noch einmal mit Gefühl versuche? Ich habe heute noch was anderes zu tun.«

Stille. Dann übernahm ein jüngerer Mann das Mikrofon. »Sie melden sich morgen um neun in der medizinischen Abteilung. Glückwunsch, Agentin Reed. Sie haben es geschafft.«

Für einen Moment stockte ihr der Atem. Dann schnappte sie so heftig nach Luft, dass ihr Atem wie Feuer bis hinab zu ihren Rippen brannte, und sie rief sich zur Ruhe. »Freitag«, gab sie zurück, ohne auf die Männer zu achten, die hinter ihr aufstöhnten, während ihre Slicksuits sich wieder neutral schwarz färbten. »Ich möchte mich noch von meiner Mutter verabschieden.«

Wieder Stille, und Peris gute Laune erhielt einen Dämpfer, als sie ein geflüstertes »... erkennt sie wahrscheinlich nicht wieder, wenn sie zurückkommt« vernahm.

»Freitag«, meldete sich die junge Stimme zurück. Peri knirschte mit den Zähnen, als sie das Mitleid wahrnahm, das darin mitschwang. Ihre Mutter verdiente kein Mitleid, aber das bedeutete nicht, dass sie sich nicht von ihr verabschieden würde.

Immerhin leuchtete das Schloss an der Tür nun grün. Mit

einem dumpfen Geräusch öffnete sie sich zu einem verlassenen weißen Korridor. Mit den Gedanken bereits bei einer Dusche und der Frage, was aus ihrem Kleiderschrank die Billigung ihrer Mutter finden könnte, schritt Peri ins Licht hinaus.

# 1

*FÜNF JAHRE SPÄTER*

Peri Reed lehnte sich in dem dick gepolsterten Ledersessel gegenüber dem Schreibtisch des Geschäftsführers zurück, die Füße auf dem Kaffeetisch. Sie genoss das Adrenalin, das durch ihren Körper strömte, während sie im Dunkeln darauf wartete, dass Jack fand, was sie hergeführt hatte. Er war mies gelaunt, aber das war nicht ihre Schuld. Gelangweilt nahm sie sich ein in Folie gewickeltes Stück Importschokolade von einer Pralinenschale.

»Muss das sein, Peri?«, fragte Jack, als er ihr genüssliches *Mmmm* hörte.

»Dann beeil dich eben.« Sie leckte sich die Lippen und faltete die Folie zu einem winzigen Hut, den sie der Statuette einer nackten Frau, die die Schale hielt, übermütig auf den Kopf setzte. »Der Mann weiß, was gut ist.«

»Ich habe mich auf Glas-Technik vorbereitet. Wave ist bisher noch nicht mal auf dem Markt«, beklagte sich Jack, dessen gebräuntes Gesicht durch den Holo-Monitor blass und verzerrt aussah. Die Touchscreen-Projektion verschleierte Jacks athletischen Körperbau und seinen schwarzen Gucci-Anzug. Peri fragte sich, wem der Boss von Global Genetics wohl in den Arsch gekrochen war, um an die neueste holografische Touchscreen-Technik zu kommen.

»Meine guten Schuhe sind im Wagen und warten. Genau wie ich«, drängelte sie, und er zog die Schultern hoch. Während

**13**

er hastig Dateien öffnete und schloss, huschten seine spitzen Finger schneller über den Bildschirm als die eines simsenden Vierzehnjährigen.

Ungeduldig stand Peri auf und strich sich mit der Hand durch das kurze, schwarze Haar. Ihre Mutter würde diese Frisur verabscheuen. Ihrer Meinung nach musste eine Frau, die etwas auf sich hielt, die Haare lang tragen, bis sie vierzig war. Erst dann war ein kürzerer Schnitt für sie akzeptabel. Peri ging zum Fenster und betrachtete unterwegs mit einem Gefühl perverser Befriedigung ihre Fingernägel. Die Farbe hätte ihre Mutter ebenfalls gehasst – was der Grund dafür sein mochte, dass Peri das kräftige Bordeauxrot besonders gut gefiel.

Sie schüttelte den Hosensaum, damit er über ihre flachen Stiefel reichte, atmete die Anspannung weg und konzentrierte sich auf die neblige Nacht. Der schwarze Diane-von-Fürstenberg-Overall war ihr zwar auf den Leib geschneidert worden und mit einer Seide gefüttert, die sich bei jeder Bewegung wie Eis auf ihrer Haut anfühlte, dennoch war er nicht ihr Lieblingsstück. Aber zusammen mit den Perlen, die derzeit bei ihren High Heels im Wagen lagen, würde sie damit in dem feinen Club, den sie für sich und Jack zum Entspannen nach Erledigung des Auftrags ausgewählt hatte, zweite und dritte Blicke auf sich ziehen.

*Falls wir je hier rauskommen*, dachte sie und seufzte so theatralisch, dass Jack rote Ohren bekam.

Der Holo-Monitor war die einzige Lichtquelle in dem weitläufigen Büro mit den schweren Möbeln und den Bildern früherer Geschäftsführer. In den umliegenden Gebäuden brannte nur eine gedämpfte Notbeleuchtung, um Strom zu sparen. Tief hängende Wolken reflektierten die mitternächtlichen Lichter von Charlotte, North Carolina. So hoch oben wusch der Gestank des Geldes den der Straße fort. *Die Korruption ist hier schwerer zu verbergen*, überlegte Peri, während sie sich auf die Zehenspitzen stellte und den Arm ausstreckte, um mit dem Finger über den Türsturz zu fahren und dort mit voller Absicht einen Fingerabdruck zu hinterlassen.

»Irgendwann holt dich das ein«, bemerkte Jack, als sie sich wieder auf die Fersen sinken ließ. Ihr Fingerabdruck unterlag der Geheimhaltung, aber er würde Opti verraten, dass sie Erfolg gehabt hatten – oder zumindest gekommen und gegangen waren. Der Erfolg dieses Einsatzes schien nämlich zunehmend infrage zu stehen. Fünf Minuten drin, und Jack suchte *immer noch* nach der verschlüsselten Originaldatei zu dem neuesten Virus, das Global Genetics entwickelt hatte, einem getarnten, biogenen Erreger.

Das leise Knacken und Brummen des Fahrstuhls jagte ihr einen kalten Schauer über den Rücken. Sie drehte den Kopf zu der aufgebrochenen Tür und erschrak beinahe über die Süße, die immer noch an ihren Lippen klebte. Wäre die Etage nicht verlassen gewesen, hätte sie das Geräusch gar nicht wahrgenommen, aber in der Stille dieses halblegalen, staatlich sanktionierten Einbruchs …

»Bleib in Sichtweite«, verlangte Jack, während er den Lederthron von einem Bürostuhl mit dem Fuß zu sich zog, um sich zu setzen. Seine Finger zögerten kurz, stachen nach dem Holo-Monitor und wischten danach das ganze Feld in den Papierkorb. Er hatte die Stirn gerunzelt. Im schimmernden Licht der Projektion sah sein Gesicht ausgezehrt aus, und die blauen Augen wirkten beinahe schwarz. Übermütig tänzelte Peri in Richtung Tür. Es gefiel ihr, für etwas bezahlt zu werden, für das andere in den Knast wandern würden. Jack war eigentlich viel zu sexy für jemanden, der sich in dem Computerkram auskannte, aber fairerweise musste sie ihm zugestehen, dass er sogar Angriffe und Fluchtmanöver genauso geschickt handhabe wie

**15**

sie. *Weshalb wir auch so lange überlebt haben*, dachte sie, während sie die flexible, handtellergroße Glas-Tafel aus der Tasche zog und sie einschaltete. Ihr Optiphone war ein Produkt der Glas-Technologie mit stark erweitertem Funktionsumfang. Bis sie die Wave-Technik des Firmenchefs gesehen hatte, war sie davon ausgegangen, dass es das Beste war, was derzeit auf dem Markt zu haben war. Sie aktivierte die App, mit deren Hilfe sie Zugriff auf die Gebäudesicherheit bekam, und rief die Bewegungssensoren auf.

Der Schirm leuchtete grell auf. Sie dämpfte das Licht und kauerte sich zusammen, um einen Blick in das Sekretariat zu werfen. Eine Wand des Vorzimmers war verglast und gestattete einen freien Blick auf das dahinter liegende Großraumbüro. Laut Intel drehte der Nachtwächter nur sporadisch seine Runden, aber Intel hatte sich in letzter Zeit ziemlich oft geirrt.

Die App hatte den Scan abgeschlossen und verlangte vibrierend nach ihrer Aufmerksamkeit. *Nichts rührt sich*, dachte sie, während sie den leeren Schirm misstrauisch beäugte. »Von hier aus kann ich meine Arbeit nicht machen«, flüsterte sie und spannte sich an, als das Summen des Fahrstuhls verstummte und ein Lichtstrahl auf die Decke fiel. Schlüssel klirrten. Ein heller Punkt erschien auf dem durchsichtigen Schirm in ihrer Hand. *Scheiße.*

»Und ich kann meine Arbeit nicht machen, wenn ich dich nicht sehen kann«, mahnte Jack. »Bleib, wo du bist, Peri. Ich meine es ernst.«

Jetzt wanderte ein scharf abgegrenzter Lichtbogen über die Zimmerdecke und kam näher und näher. Erneut strömte Adrenalin durch Peris Körper, und in ihren Fußsohlen juckte es förmlich. »Fang«, sagte sie, rollte das Telefon zu einem kleinen Röhrchen zusammen und warf es Jack zu, der es sich schnappte. Vor den Lichtern der Stadt zeichnete sich seine Silhouette ab, die angespannt vor Ärger wirkte.

»Gib mir Bescheid, wenn da mehr als einer ist«, sagte sie, während sie an der Kette um ihren Hals zerrte und den daran befestigten kleinen Filzstift aus seiner Kappe löste. »Davon abgesehen, mach einfach weiter.«

»Geh da nicht ohne mich raus!«, forderte er, offenbar höchst beunruhigt davon, dass sie den Stift hörbar aus der Kappe gezogen hatte. So beunruhigt, dass sie zusammenzuckte.

»Such du einfach die Dateien. Ich bin gleich wieder da.« J. IM BÜRO schrieb sie auf die Handfläche. Während sie darüberpustete, damit die Farbe trocknete, die Kappe wieder aufsetzte und den Stift in ihrem Ausschnitt verschwinden ließ, wich sie seinem Blick aus.

»Peri …«

»Hab eine Notiz geschrieben«, sagte sie. Seine Angst machte sie nervös. Als sie hinausschlüpfte, ließ sie die Tür leicht angelehnt. Flach auf dem Teppich robbte sie durch das Büro der Empfangsdame und lugte um deren Schreibtisch herum. Dann stützte sie sich auf die Unterarme und wartete darauf, dass der Nachtwächter in Sicht kam. Jack war zu Recht besorgt. Er musste den Zeitsprung miterleben, um sie verankern zu können. Aber falls sie versagten, würde das tödliche biogene Virus möglicherweise in das jetzt schon bevölkerungsarme Asien gelangen.

Darum waren sie hier: um die Dateien, die dieses Virus betrafen, zu finden und zu löschen, ehe eine zweite Todeswelle die Regionen überschwemmte, in denen früher einmal fast zwei Drittel der Erdbevölkerung gelebt hatten. Die erste Welle hatte Opti vor drei Jahren autorisiert, als die politische Kaste Asiens als Reaktion auf die von den Vereinten Nationen erlassenen neuen $CO_2$-Grenzwerte der Welt eine lange Nase gedreht hatte.

**17**

Damit hatten Asiens politische Führer die ganze Erde mit weiter ansteigenden Temperaturen bedroht. Aber diese zweite Welle einer taktischen, biotechnologischen Bevölkerungsreduktion war illegal, bezahlt von dem Milliardär-mit-dreißig-Club, dessen Ziel einzig und allein die verstärkte Durchsetzung seiner finanziellen Interessen in Europa war. Peri fand es irgendwie witzig, dass sie und Jack fast der Hälfte der Mitglieder zur Aufnahme in diesen Club verholfen hatten.

Jetzt bündelte sich das Licht an der Zimmerdecke, der Bogen wanderte nicht mehr herum. Peris Haut begann warnend zu prickeln. Gleich darauf wurde das Klimpern von Schlüsseln lauter, und ein Uniformierter tauchte zwischen den Schreibtischen auf.

Peri runzelte die Stirn, denn es war nicht der Nachtwächter, den Bill, Jacks und Peris Führungsperson beim Geheimdienst Opti, ihnen angekündigt hatte. Dieser Mann war jünger und schlanker und sang auch nicht Karaoke zu Melodien seiner Apps. Während Peri ihn beobachtete, klemmte er sich die Taschenlampe unter den Arm, öffnete mit seiner Zugangskarte eines der abgeschlossenen Büros rund um das Großraumbüro und trat ein. Mit zusammengepressten Lippen wartete sie, bis er mit einer viereckigen Flasche zurückkam, in der eine Flüssigkeit schwappte.

*Verdammt.* Er war ein Dieb; er kannte jedes Büro und behandelte das Gebäude ganz sorglos wie sein persönliches, kostenfreies Einkaufszentrum. Im für Jack und sie günstigsten Fall würde er, darauf bedacht, nicht erwischt zu werden, nur auf irgendetwas Außergewöhnliches achten. Im schlimmsten Fall würde er auch noch das Büro des Geschäftsführers heimsuchen und sich dort an dessen Schokolade vergreifen.

Mit angehaltenem Atem kroch Peri zurück zu Jack. Als sie die Tür leise zuzog, blickte er von ihrem Telefon auf. Während das Schloss klickte und in der Dunkelheit ein rotes Licht am Tastenfeld aufleuchtete, runzelte er die Stirn. »Bleib in Sichtweite!«, flüsterte er. Im Grunde brüllte er sie auf sehr leise Weise an.

»Wir haben einen Dieb da draußen«, erklärte sie. Jacks Finger verharrten unentschlossen.

»Will er hier rein?«

»Gib mir eine Sekunde, dann frage ich ihn.«

Mit finsterer Miene widmete er sich wieder der Holo-Projektion. Peri ging zu ihm hinüber, um sich ihr Telefon zu holen. Als sie es einsteckte, atmete sie den schwachen Geruch seines Schweißes ein. Während seine flinken Finger Ordner und Dateien durchsuchten, musste sie daran denken, wie sich diese Finger auf ihrer Haut anfühlten. »Vielleicht haben die Daten einen biometrischen Zugangscode«, meinte sie.

»Nein. Ich glaube, sie sind schlicht nicht hier. Wir müssen vielleicht in eines der Labors weiter unten«, knurrte Jack und stutzte, als er merkte, dass ihre Lippen nur Zentimeter von seinem Ohr entfernt waren. »Halt dich zurück, Peri. Ich kann nicht arbeiten, wenn du so an mir klebst.«

»In die Labors? Lieber Himmel, hoffentlich nicht.« Peri beugte sich vor, um ihm die Arme über die Schultern zu legen. Ihre Tasche – vollgestopft mit allerlei interessanten Dingen, die an den Leuten von der staatlichen Transportüberwachung vorbeizuschmuggeln eine wahre Kunst war – lag auf dem Schreibtisch, und sie fragte sich, ob sie eines dieser interessanten Dinge herausholen sollte. Aber sie machten alle ziemlich viel Lärm. »Warum schaltest du nicht aus? Er ist nur auf Beutetour, und wir haben die ganze Nacht Zeit.«

»Es ist nicht hier«, murrte er. Sie stieß sich von seinen Schultern ab und ging zur Tür, um dort zu lauschen. Als sie ein Klappern hörte, als würde jemand etwas aufschieben, gab sie Jack ein Zeichen, das Licht auszuschalten. Erbittert stand Jack auf, schob jedoch weiterhin Dateien auf dem Bildschirm hin und her. »Ich dachte, Wave hätte einen Schlafmodus«, flüsterte er.

Peri verkrampfte sich. Schritte. Auf dem Gang. Näher kommend. »Mach aus. Jetzt!«

In dem fahlen Licht sah Jacks Gesicht zerknittert aus. »Ich versuch's ja.«

Der Wachmann war inzwischen im Vorzimmer, und sie hielt sich an der Tür bereit. Er würde hereinkommen – das wusste sie genau dank dem Kribbeln in ihrem Daumen und dem stechenden Schmerz in ihren Füßen. »Verdammt, Jack, ich bin seit sechs Monaten nicht gesprungen. Zwing mich nicht, es jetzt zu tun.«

»Ich hab's!«, flüsterte er. Seine Finger beschrieben eine Wellenlinie über den Monitor, als er den Schalter zum Herunterfahren des Geräts fand.

Doch das nützte nichts: Nach einem leisen Piepen des elektronischen Schlosses öffnete sich die Tür mit einem schwachen Klicken, und der Wachmann kam herein. Suchend schwenkte er die Taschenlampe.

Er war, so viel musste sie zugeben, ein cooler Typ, wirklich dreist. Wortlos musterte er Jack, der wie ein schuldbewusster Teenager, den man mit Daddys Pornosammlung erwischt hat, hinter dem Schreibtisch stand. Dann veränderte sich die Mimik des Wachmanns. Er ließ die Flasche fallen und griff nach der Pistole an seinem Gürtel.

Als die Flasche mit einem dumpfen Geräusch auf dem Teppich aufschlug, setzte sich Peri in Bewegung. Der Mann schrie erschrocken auf, als ihr Fuß schwungvoll aus dem Dunkel flog, sein Handgelenk erwischte und die Waffe in das Vorzimmer beförderte. Der Mann riss die Hand an den Körper und zuckte zurück, doch als er Peris schlanke Gestalt in dem schicken

Schwarz erblickte, wich der Schrecken einem Ausdruck des Zorns. Sicher, hier, im Dunkeln und in einem der Büros auf der oberen Etage, in dem sie nichts zu suchen hatte, musste sie verdächtig wirken. Aber mit ein bisschen Schmuck und Schuhen von Louboutin wäre sie passend ausstaffiert für ein Fünf-Sterne-Restaurant gewesen. »Du bist ja nur ein kleines Mädchen«, stellte er fest und wollte nach ihr greifen.

»Klein und gemein trifft es besser.«

Grinsend ließ Peri zu, dass er sie packte, ehe sie sich um die eigene Achse drehte und ihn über ihre Schulter zog. Entweder er folgte der Richtung, in die sie ihn schicken wollte, oder er kugelte sich den Arm aus. Er folgte und kam mit einem dumpfen Aufschlag auf dem Teppich auf.

»Auuuaaaa!«, ächzte der Wachmann und zog die immer noch unversehrte Whiskeyflasche unter seinem Körper hervor. Die Taschenlampe rollte über den Boden und schickte flackernde Lichtpunkte über die dunklen Glasscheiben.

Jack arbeitete hektisch weiter am Computer, den Kopf gesenkt, die Augen hinter dem blonden Haar verborgen.

Erfreut über die Gelegenheit, den großen Mann umzuhauen, machte sich Peri bereit, sich auf ihn zu stürzen. Mit geweiteten Augen rollte sich der Wachmann zur Seite. Daraufhin wandelte sie ihren Vorstoß ab, trat erfolglos mit dem Absatz nach ihm und baute sich schließlich kampfbereit zwischen ihm und seiner Waffe auf. *Wir müssen hier raus, vorzugsweise jetzt.*

Der Wachmann sprang auf und fummelte an dem Funkgerät an seinem Gürtel herum. »Leg mal einen Zahn zu, Jack!«, rief sie, versetzte ihrem Gegner einen Vertikaltritt, gefolgt von einem Vorwärtstritt und einem tiefen Schlag gegen das Knie, während sie ihn immer weiter zurücktrieb und tat, was sie konnte, um ihn von dem Funkgerät abzulenken. Sie liebte das Adrenalin, die Aufregung und die Gewissheit, dass sie alles hatte, was sie brauchte, um entgegen aller Wahrscheinlichkeit unbehelligt davonzuspazieren.

Der Mann ließ sich nicht unterkriegen. Sie schlug nach seinem Ohr und geriet ins Stolpern, als sie stattdessen sein Kinn erwischte. Ein heftiger Stoß gegen ihre rechte Schulter schickte sie rückwärts durch den Raum. Peri strauchelte, spürte den bevorstehenden Bluterguss und steckte ihre ganze Wut in ein böses Lächeln. Er war gut und hatte Spaß daran, anderen Schmerzen zuzufügen. Sollte er einen sauberen Treffer landen, wäre sie erledigt – ihn trotzdem niederzuringen würde ihr den Sieg nur noch mehr versüßen.

»Hör auf, mit ihm zu spielen!«, brüllte Jack.

»Ich muss ein paar Kalorien verbrennen, wenn ich heute Abend noch Torte essen will«, gab sie zurück. Der Wachmann betastete seine Lippe, und es gab ihm sichtlich zu denken, dass seine Finger anschließend mit Blut befleckt waren. Plötzlich rannte er zur Tür und zu seiner Waffe.

»Es gibt Kuchen, keine Torte, und bleib gefälligst da, wo ich dich sehen kann«, rief Jack. »Peri!«

Sie sprang auf den Mann zu und stellte ihm ein Bein, ehe er die Tür erreichen konnte. Er ging zu Boden und zog sie mit sich über den Teppich. Mit brennendem Kinn und geschlossenen Augen ließ sie ihn los, als er nach ihr trat, wich ruckartig zurück und keuchte auf, als der Wachmann plötzlich mit erhobener Faust über ihr aufragte.

»Nein!«, schrie Jack, als der Wächter ihr direkt ins Gesicht schlug und ihr Kopf nach hinten geschleudert wurde. Benommen saß Peri da und schwankte leicht hin und her.

»Keine Bewegung! Oder ich erschieße sie!«, brüllte der Wachmann.

Sie konnte nicht klar sehen. Konnte die auf sie gerichtete Waffe nicht einordnen, als sie nachzuvollziehen versuchte, was passiert war. Benebelt betastete sie ihr Gesicht und zuckte zusammen, als der Schmerz unter ihren Fingern explodierte. Aber das brachte sie wieder zu Sinnen, und sie sah sich zu Jack um, der immer noch hinter dem Schreibtisch saß. Ihre Blicke trafen sich, und sie erwogen wortlos ihre Möglichkeiten. Jack hatte eine Handfeuerwaffe dabei und sie ein Messer im Stiefel. In ihren drei gemeinsamen Jahren hatten sie nie Hilfe dabei gebraucht, sich den örtlichen Behörden zu entziehen. Sie hatte nicht vor, jetzt etwas daran zu ändern, und sie würde sich ganz bestimmt nicht von so einem dreckigen Nachtwächter betatschen lassen.

»Du da am Schreibtisch!«, bellte der Wachmann, während Peri aus zusammengekniffenen Augen die Waffe musterte und die Entfernung abschätzte. »Komm hierher, wo ich dich sehen kann«, fuhr er fort und tastete mit einer Hand hinter dem Rücken nach seinen Handschellen. »Hände hoch. Wenn du sie auch nur ein bisschen sinken lässt, erschieße ich sie.«

Die Hände in die Luft gereckt, trat Jack hinter dem Schreibtisch vor. Er hustete, und der Lauf der Waffe in der Hand des Wächters schwang herum und folgte ihm. Peri, immer noch sitzend, spannte die Muskeln, sammelte sich, um nach seinem Handgelenk zu treten.

»Bravo!«, rief eine klare, maskuline Stimme von der Tür.

Erschrocken fuhr der Wächter herum. Peri riss das Bein hoch und trat zu. Der Zusammenstoß mit der Hand des Wächters vibrierte durch ihren Körper, als sie sich in eine kauernde Stellung katapultierte und dem Wächter beim Hochkommen die Seite ihres Fußes an den Schädel rammte.

Speichel und Blut spritzten durch den Raum, und der Wächter knallte auf den Kaffeetisch. Die Waffe fiel ihm aus der Hand, und sie trat sie zum Fenster. Jack griff den Mann an der Tür an. Peri, die wusste, dass er ihr den Rücken freihielt, folgte

**23**

dem Wachmann, die Faust geballt, um ihn an einer Stelle zu treffen, die besonders zu schmerzen versprach.

Aber der Wachmann war bereits bewusstlos. Das Gesicht war blutverschmiert, die Augen waren geschlossen. Also unterdrückte sie das Verlangen, ihm trotzdem noch eine zu verpassen, und blickte auf, als Jack einen älteren Mann, der einen Anzug trug, mit vorgehaltener Pistole in das Büro scheuchte.

»Beeindruckend«, bemerkte der Mann und deutete mit dem Kinn auf den Wächter. »Ist er tot?«

»Nein.« Peri erhob sich. *Was zum Henker ist hier los?* Sie beäugte Jacks angespannte Miene, konnte sie aber nicht deuten. Ein Test konnte das nicht sein. Sie hatten ihre alljährliche »überraschende« Testaufgabe bereits hinter sich.

»Gut. Belassen Sie es dabei«, forderte der Mann, als hätte er das Sagen, obwohl er, sofern Jack nichts übersehen hatte, als er ihn hastig abgetastet hatte, nicht im Besitz einer Waffe sein konnte. »Ich hatte so oder so vor, ihn von der Gehaltsliste zu streichen, aber ich entlasse ihn lieber in die Arbeitslosigkeit, als seiner Frau ein Sterbegeld zu zahlen.«

*So arbeiten wir nicht*, dachte Peri, als Jack den Mann auf einen der Polstersessel schubste, worauf er erzürnt seine Krawatte zurechtrückte. Peris Blick wanderte von dem leicht übergewichtigen Mann zu dem Foto auf dem Schreibtisch, auf dem er mit einer steif wirkenden Frau mit zu viel Make-up posierte. Dies war sein Büro. *Verdammt. Bill kriegt einen Anfall, wenn ich einen Geschäftsführer kaltmache.*

»Ich habe, was Sie suchen«, verkündete der penibel manikürte Mann mit dem grau melierten Haar und griff mit seinen weichen Fingern in die Innentasche seiner Jacke.

Peri griff an. Ihr Knie landete zwischen seinen Beinen. Gerade noch davongekommen, keuchte er erschrocken auf. Mit einer Hand drückte sie seinen Kopf zurück, mit der anderen nagelte sie seine tastenden Finger an der Armlehne des Sessels fest. »Keine Bewegung«, flüsterte sie, und seine Miene spiegelte jetzt Ärger statt Bestürzung und Schmerz.

Er zappelte und zuckte zusammen, als sie ihr Knie fester in seinen Schritt presste. »Hätte ich Ihren Tod gewollt, wäre ich nicht persönlich hergekommen«, sagte der Mann in einem angespannten, aber auch gereizten Tonfall. »Runter von mir.«

»Nein.« Warnend grub sie ihre Finger in seinen Hals und rief: »Jack?«

Jack kam näher, und der vertraute Duft seines Aftershaves drang ihr in die Nase, als er in den Mantel des Mannes griff und einen Umschlag herausholte. Jacks Name stand darauf, und Peri erstarrte innerlich. *Der Mann hat gewusst, dass wir hier sind?*

»Runter«, verlangte der Mann erneut, und dieses Mal wich Peri verunsichert zurück.

Jack gab ihr seine Waffe, und sie zog sich weit genug zurück, um beide, den Geschäftsführer und den bewusstlosen Wächter, im Auge zu behalten. Das Knistern des Umschlags hörte sich viel zu laut an. Der ältere Mann nahm Haltung an und musterte Peri mit finsterem Blick. »Was ist das?«, fragte Peri, als Jack den Bogen Papier auseinanderfaltete und sich einen Chip, so groß wie der Fingernagel an ihrem kleinen Finger, in die Hand schüttelte. »Sind das die Dateien?«

Ihre Aufmerksamkeit kehrte zu dem Firmenchef zurück, der seine Weichteile betastete, als wollte er den von Peri angerichteten Schaden taxieren. »Nein. Die Highlights habe ich ausgedruckt, um meiner Forderung Nachdruck zu verleihen. Ihr könnt Bill ausrichten, dass das, was ich entdeckt habe, mehr wert ist als jämmerliche drei Prozent«, erklärte er und schüttelte den Arm, um seine Jacke zu richten. »Drei Prozent! Ich habe ihm gerade den Arsch gerettet, und er bildet sich ein, ich bin mit drei Prozent zufrieden?«

»Jack?«, flüsterte Peri, der die eigene Unsicherheit gar nicht behagte. *Er kennt Bill? Was geht hier vor?*

Mit blassem Gesicht hielt Jack das Papier in das schwache Licht, das zum Fenster hereindrang. Dann fummelte er an seinem Glas-Phone herum, um den Chip einzusetzen. Es leuchtete auf, als die Daten heruntergeladen wurden. Jack verglich die beiden Datensätze und erbleichte noch mehr.

Der Mann beugte sich zum Beistelltisch. Sein Blick blieb an dem Folienhut hängen, ehe er ein Stück Schokolade aus der Schale nahm. »Du bist ziemlich gut, kleines Fräulein. Wenn man dir so zusieht … Darauf hätte selbst ich hereinfallen können.« Als er lächelte, glänzten seine weißen Zähne in dem trüben Licht.

Jack sah eher verärgert als verwundert aus. Peris Magen krampfte sich zusammen. Dieser Geschäftsführer kannte Bill. Wollte er etwa einen *Handel* vorschlagen?

»Sie haben einen Fehler gemacht«, stellte Jack fest, wickelte den Chip in den Papierbogen und steckte ihn zusammen mit seinem Telefon weg.

Der Mann schnaubte verächtlich und schlug die Beine lässig übereinander. »Der Einzige, der hier einen Fehler gemacht hat, ist Bill, der sich einbildet, er könne etwas umsonst haben. Er sollte es besser wissen. Ich will nur einen fairen Preis für das, was ich zu bieten habe.«

*Scheiße*, dachte Peri, deren Furcht sich langsam in Zorn verwandelte. Er wollte sie kaufen. Sie waren Opti-Agenten. Zeitagenten und ihre Anker mussten absolut vertrauenswürdig sein, oder die Regierung, die sie ausgebildet hatte, würde sie umbringen – und zwar im wahrsten Sinne des Wortes. Die Manipulation der Zeit verlieh so viel Macht, dass man sie nicht an den Höchstbietenden verhökern durfte. Schon gar nicht in der jetzigen Situation.

Als Jack den Kopf schräg legte, wie er es immer tat, wenn er angestrengt nachdachte, und seine Augen seltsam aufleuchteten, wurde ihr vor Angst eiskalt.

»Jack?«, sagte sie, erfüllt von plötzlichem Argwohn. »Was enthält diese Liste?«

Er setzte eine neutrale Miene auf. »Lügen«, erwiderte er ohne erkennbare Regung. »Nichts als Lügen.«

Der Geschäftsführer schob sich eine Praline in den Mund. »Die Wahrheit ist viel vernichtender als alles, was ich mir hätte ausdenken können. Das, meine Schöne, ist eine Liste korrupter Opti-Agenten«, informierte er sie mit vollem Mund. »Ihr Name steht auch darauf.«

# 2

Peris Hand spannte sich um die Waffe, aber sie zwang sich, den Finger vom Abzug fernzuhalten. Der Schock raste durch sie hindurch, dicht gefolgt von Zweifel und Zorn. »Lügner!«, schrie sie und stürzte sich auf ihn.

»Tu das nicht!«, rief Jack, doch da landete sie schon auf dem Mann, nagelte ihn auf dem Sessel fest und klemmte ihm die Mündung der Waffe unter das Kinn.

»Die Liste haben Sie sich ausgedacht!«, schrie sie. Der Kopf des Mannes zuckte zurück, als sie die Waffe härter gegen seinen Kiefer presste. »Sagen Sie es ihm! Sagen Sie es ihm!«

»Peri, geh runter von ihm!«, rief Jack. Als der explosive Knall einer in kurzer Distanz abgefeuerten Waffe durch den Raum hallte, keuchte Peri auf. In ihrer Brust breitete sich ein solcher Schmerz aus, als wäre sie von einem Eisenpfahl getroffen worden. Sie blickte zu dem Mann unter sich hinab, dessen Augen sie fixierten. Sein Gesicht war unversehrt. Sie hatte ihn nicht erschossen.

Peri schnappte nach Luft, weil sie erneut einen stechenden Schmerz wahrnahm. *Oh Scheiße*, dachte sie und ließ sich nach hinten fallen, als Jack sie auf den Teppich zog. Der Wächter, den sie bewusstlos geschlagen hatte, hatte auf sie geschossen. Verdammt, sie verreckte, die Kugel steckte in ihrem Körper, und sie bekam kaum noch Luft. Blutiger Schaum sammelte sich an ihren Lippen, während der Schmerz ihr das Atmen zur Qual machte.

»Was zum Teufel haben Sie getan!«, brüllte Jack, der Peris Kopf in seinem Schoß hielt, den Firmenchef an.

Der Mann stand auf, und sie konnte nichts tun, lag nur da mit einem Tausend-Pfund-Gewicht auf der Brust. *Oh Gott, tut das weh.* Aber Jack war da. Alles würde wieder gut werden, wenn sie nur lange genug durchhielt, um … zu springen.

»Sie steht auf der Liste«, erklärte der Mann und zeigte wie ein Racheengel Gottes auf sie. »Sie kann nicht mit dem Wissen, dass sie aufgeflogen ist, hier rausspazieren. Ich tue euch einen Gefallen. Bill schuldet mir was. Er schuldet mir viel.«

»Sie Volltrottel«, knurrte Jack. »In dreißig Sekunden wird sie sich an nichts von alldem erinnern. Bilden Sie sich ein, wir wüssten nicht Bescheid über ihre Vergangenheit? Wir wüssten nicht, wer sie ist? Das macht sie nicht weniger nützlich. Sie ist eine gottverdammte Zeitagentin! Haben Sie eine Ahnung, wie viel sie wert ist? Wie selten Leute wie sie sind?«

*Was … was redet er da?* Er hielt sie für … korrupt? Dachte, sie verkaufe ihr Talent an den Höchstbietenden? Oh Gott. Ihr Name stand auf der Liste?

Und dann wurde der Schmerz zu heftig. Das konzentrierte Adrenalin in ihren Adern gab ihr den Rest und versetzte die Synapsen in ihrem Hirn in einen Zustand der Hyperaktivität. Sie würde springen. Sie konnte nichts dagegen tun – und es würde ihr das Leben retten. Wieder einmal.

Sie riss die Augen weit auf und spürte tausend Funken am Rande ihres Sichtfelds aufglühen. Sie atmete die Flut der Funken ein, die durch sie hindurchströmte, und ließ sie durch ihr Inneres wirbeln, bis sie wieder ausatmete. Mit der sanften Ruhe neu gewonnener Energie sprang sie in den blauen Nebel der jüngsten Vergangenheit.

*Ein blaues Licht blitzte vor Peris innerem Auge auf und setzte sich in ihr fest, während ihr klar wurde, was gerade geschah. Sie* konnte wieder frei atmen und erkannte, welch ein Segen das war. Sie war im Sprung, und nun stand sie vor dem CEO und sah zu, wie er nach der Schokolade griff. Furcht verschleierte das Ziel vor ihren Augen. Ihr Name war auf Jacks Liste? Aber wieso? Sie wusste, wer sie war, und sie war keine Verräterin.

Peri sah Jack an. Mit angespannter Miene hielt er die verdammte Liste in der Hand. Er war wütend und frustriert, aber das galt dem Firmenchef, nicht ihr. Als Anker wusste er, dass sie die letzten dreißig Sekunden neu schreiben würden, während alle anderen nicht einmal die kleinste Unregelmäßigkeit bemerken würden, abgesehen vielleicht von einem vagen Gefühl des Déjà-vu. Bis die Zeit vernetzt war, würde sie sich an alles erinnern. Danach würden alle Erinnerungen fortgewischt sein, bis Jack bei ihr die letztendlich gültige Zeitlinie wiederherstellte – doch nun hegte sie Zweifel daran.

»Jack?«, flüsterte sie voller Angst vor dem, was das Bauchgefühl ihr sagte. Er war wütend, nicht schockiert – so, als hätte er es schon die ganze Zeit über gewusst. Aber wie konnte sie etwas sein, von dem sie genau wusste, dass sie es nicht war?

Als Jack sich von ihr abwandte, bekam sie noch größere Angst.

»Die Wahrheit ist viel vernichtender als alles, was ich mir hätte ausdenken können«, sagte der ältere Mann und biss in seine Schokolade, ohne sich der Zeitlinie bewusst zu sein, die sich gerade entwickelte. »Das, meine Schöne, ist eine Liste korrupter Opti-Agenten. Ihr Name steht auch darauf.«

Sie war nicht bestechlich. Ein Feuer loderte in ihr auf. Vor Wut brüllend, schwenkte sie zu dem Wächter herum, der langsam zum Fenster und seiner vergessenen Waffe kroch.

»Warte, Peri!« Jack stürzte voran und schlug ihr die Waffe aus der Hand.

Voller Panik robbte der Wachmann auf seine Waffe zu. Peri stieß Jack zur Seite. Als der Wachmann seine Glock aufhob, trat sie ihn gegen das Fenster. Knurrend legte er auf sie an, und sie versetzte ihm einen Vorwärtstritt gegen die Hand, worauf die Waffe durch die Luft segelte.

Mit scheußlich verzerrtem Gesicht packte der Wachmann ihren Hals und riss sie zu Boden. Peris Augen traten aus den Höhlen, während sie um Atem rang. Mit einer Hand versuchte sie, sich von seinem Würgegriff zu befreien, während die andere nach dem Messer in ihrem Stiefel griff. Sie sah nur noch Sterne, als sie es ihm in den Leib rammte, es unter seine Rippen trieb. Falls sie umkam, während sie eine neue Abfolge der Ereignisse schrieb, würde sie nie wieder zum Leben erwachen, wäre für alle Zeiten tot. Es hieß er oder sie.

An seinem eigenen Blut würgend, rollte der Wachmann zur Seite, die Finger wie Klauen in die eigene Brust geschlagen.

Aus der Umklammerung befreit, setzte sich Peri auf, rang um Atem und legte die Hände an den Hals. Von dem Wachmann stieg ein starker Whiskeygeruch auf. Würgend nahm sie den bitteren, galleverseuchten Schokoladengeschmack in ihrer Kehle wahr.

»Wie soll ich das plausibel erklären!«, brüllte der Geschäftsführer. Er hatte sich über dem Wachmann aufgebaut, aus dessen Mund schaumiges Blut sickerte, während er panisch nach Luft schnappte.

Jack stapfte zurück zum Schreibtisch und griff nach Peris Tasche. »Haben Sie je den Begriff Befehlskette gehört? Wir wissen, wer sie ist. Das wussten wir immer. Sie haben es wirklich versaut.«

»Ich?«, rief der Mann mit erhobener Stimme. »Ich bin nicht derjenige, der ihn ermordet hat.«

»Ich töte niemanden, der mich nicht zuerst tötet«, schnaufte Peri. Neben ihr gab der Wachmann ein gurgelndes Geräusch von sich. Noch war er nicht an seinem eigenen Blut erstickt – aber viel fehlte nicht mehr.

Der Firmenchef wirbelte um die eigene Achse und starrte sie an. »Was?«

»Raus hier«, befahl Jack, und Peri zuckte zurück, als er ihr die Hand reichen wollte, um ihr auf die Beine zu helfen. »Verstecken Sie sich unter dem Schreibtisch Ihrer Sekretärin. Ich möchte Ihre Anwesenheit nicht erklären müssen, wenn sie es hinter sich hat.«

»Wenn sie was hinter sich hat?« Dann weiteten sich seine Augen. »Dann ist es also wahr? Sie kann die Vergangenheit verändern? Sind wir in einem Zeitsprung? In diesem Moment? Aber es fühlt sich alles real an.«

»Das liegt daran, dass es real ist.« Angepisst hob Jack die Waffe auf – die, die sie getötet hatte. »Es ist der erste Zeitablauf, der falsch ist – oder falsch sein wird, wenn sie diesen fertiggeschrieben hat.«

»Sie wissen, wer sie ist, und Sie vertrauen ihr trotzdem?«, fragte der CEO staunend, beugte sich vor und stützte sich mit den Händen auf den Knien ab, um sie zu betrachten. Sie verabscheute seinen verblüfften Blick, sein Erschrecken. Aber wenn er über Zeitagenten Bescheid wusste, dann war er so oder so tot.

»Voll und ganz.« Jack überprüfte die Pistole und ließ die Trommel zuschnappen. »In ungefähr zehn Sekunden wird sie sich an nichts anderes mehr erinnern als an das, was ich ihr erzähle. Würden Sie sich also jetzt endlich verstecken? Ich möchte ihr Ihre Anwesenheit nicht erklären müssen.«

Peri saß zitternd am Boden, die Hände in den Teppich gekrallt. Sie hielt sich für fähig. Sie hielt sich für stark. Aber sie war verwundbar. Menschen waren das Resultat ihrer Erinnerungen, und wie es schien, waren ihre Erinnerungen, was immer Jack ihr erzählte. Sie waren nicht hergekommen, um die Virusdateien zu suchen. Sie waren hergekommen, um eine Liste korrupter Opti-Agenten sicherzustellen – und Jack hatte kein Problem damit, dass ihr Name darauf stand. Vielleicht war sie tatsächlich bestechlich? Wie lange schon? Wie lange ging das schon so?

»Wer kennt die Liste sonst noch?«, fragte Jack und sah auf die Armbanduhr.

»Niemand. Ich hatte angenommen, Bill sei … ein vernünftiger Mann«, sagte der Geschäftsführer mit brüchiger Stimme, und Peris Blick huschte zu ihm, denn ihr war klar, was nun geschehen würde. Er wusste von den Zeitagenten, und das war nicht hinnehmbar. Jack würde die Information schützen – koste es, was es wolle.

Die Augen des Mannes weiteten sich, als Jack mit der Pistole des Wachmanns auf ihn anlegte. Peri sah wie betäubt zu, wie der alte Mann zur Tür stürzte, sie beinahe erreichte. Das Geräusch des Schusses erschütterte sie. Sie schnappte nach Luft. Die Sauerstoffexplosion klärte ihren Kopf, und ihre Hand fuhr zur Körpermitte. Mit sonderbar abgewinkelten Beinen und stechender Lunge lehnte sie am Schreibtisch. In der ursprünglichen Zeitlinie war sie erschossen worden, aber das war nicht die Ursache für den Schmerz in ihrer Brust. Sie hielten sie für korrupt? Sie hatte alles für Opti gegeben.

Jack verschwand im Vorzimmer. Sie konnte hören, wie er den Mann im Anzug fortschleifte, blieb jedoch sitzen. »Dieser Idiot hat den Tod verdient«, sagte Jack wütend. Gleich darauf war er wieder da, wich ihrem Blick jedoch aus, während er ihren Fingerabdruck vom Türsturz wischte. Als Nächstes war die Waffe dran, die er dem Wachmann sorgsam in die ausgestreckte Hand drückte, nachdem er sie abgewischt hatte.

Als Jack ihr eine Hand entgegenstreckte, um ihr beim Aufstehen zu helfen, blickte sie auf. Verängstigt schrak sie vor ihm zurück. Falls sie wirklich Verrat begangen hatte, musste sie es doch selbst wissen – oder nicht? »Jack«, flüsterte sie, beseelt von dem Wunsch nach einer anderen Erklärung. »Ich bin nicht käuflich. Er hat gelogen.«

*Jack sank neben ihr auf die Knie und umarmte sie, als wollte er ihr tröstend etwas versprechen. »Natürlich nicht, Babe. Darum habe ich ihn getötet. Du bist in Sicherheit. Niemand wird etwas erfahren. Ich bringe das in Ordnung.«*

*Geschockt starrte sie ihm in die Augen, als sie spürte, wie sich die Zeitlinien überlappten und anfingen, miteinander zu verschmelzen. Für einen Moment sah sie sich selbst am Boden, wie sie in der ursprünglichen Zeitlinie verblutete. Der Wachmann war auf den Beinen, und der Mann im Anzug beobachtete alles, während Jack ihren Kopf in seinem Schoß barg.*

*»Das ist gar nicht gut für mein Asthma«, flüsterten sie und ihr Schattenselbst zugleich, ein Teil sterbend vor Bestürzung, der andere einfach bestürzt sterbend.*

Und dann war das Loch in der Zeit geflickt, und alles erstrahlte in einem herrlichen Rot, das keine frühere Spur zurückließ.

Peri schob sich weiter nach hinten. Ihr Herz pochte heftig, als ihre Schulter gegen das Bein des Schreibtischs prallte. Jack kniete vor ihr, und sie sah sich zur Tür und dem grünen Licht an der Konsole um. Sie kauerte in einem nachtfinsteren Eckbüro auf dem Boden. Ihr Kinn schmerzte, und das Gesicht noch mehr. Ein blutiges Messer lag neben ihr, und ein Mann in der Uniform eines Sicherheitsbediensteten zuckte keinen Meter entfernt am Boden. Sein Blut tränkte den Teppich.

»Alles in Ordnung, Peri«, beruhigte Jack sie. Sie sprang auf, ehe das Blut sie erreichen konnte, bewegte sich aber gleich wieder langsamer, als sie erkannte, dass ihr einfach alles wehtat. »Wir haben es geschafft.«

*Ich bin gesprungen*, dachte sie und las J. IM BÜRO auf ihrer Handfläche. Sie hatte ihn allein gelassen? Mit klopfendem Herzen hob sie ihr klebriges Messer auf. Jacks plötzlicher Argwohn entging ihr nicht. Sie *hatte* ihn allein gelassen, aber sie hatte es offensichtlich zu ihm zurück geschafft, und er würde ihr die Erinnerung an die Ereignisse der Nacht wiedergeben.

Ein Sicherheitsmann war tot. Ihr Messerstich hatte ihn umgebracht – sie erkannte die Eintrittswunde als etwas, das sie schon gesehen hatte. Ein Handfunkgerät rauschte leise, und in der Hand des Wachmanns lag eine Glock. Sie roch Schießpulver. Sie befanden sich in einem Hochhaus, mindestens im dreißigsten Stock. Es war Nacht. Sie führten einen Auftrag aus. Sie war gesprungen, um einen Fehler auszumerzen, und dabei hatte sie vergessen, was passiert war. *Charlotte?*, überlegte sie, als sie das markante Crown-Gebäude vor dem Fenster sah.

»Bin ich schon wieder gestorben, Jack?«, flüsterte sie.

»Beinahe. Wir müssen los«, sagte er. Sie zuckte zusammen, als er ihren Ellbogen berührte. Die Tasche, die sie für Einsätze von kurzer Dauer zu benutzen pflegte, klemmte unter seinem Arm. Als sie die Tasche an sich nahm, fühlte sie sich irgendwie nicht real.

»Haben wir gefunden, was wir hier gesucht haben? Wie lange hat mein Sprung gedauert?«, fragte Peri und starrte wie betäubt den toten Mann an. Sie tötete nur, wenn sie zuerst getötet wurde. Zum Henker mit alldem, sie hasste es, wenn sie springen musste.

»Nicht lange, und das Gesuchte ist auf meinem Telefon gespeichert.« Jack kniff die Augen zusammen und steckte den Kopf zur Tür hinaus, um sich umzusehen. In dem Vorraum herrschte Stille. »Woran erinnerst du dich?«

*An weniger, als mir lieb ist.* »Warte.« Neben dem toten Wachmann ging Peri in die Knie und schnitt ihm mit dem Messer, an dem immer noch sein Blut klebte, einen Knopf von der Uniform. Nicht, um ihn als Trophäe zu behalten. Die Nachbildung einer Erinnerung ging nur leichter vonstatten, wenn sie einen Talisman hatte, auf den sie sich konzentrieren konnte: Blut, die

**35**

klebrige Klinge, der Geruch von Schießpulver und der Geschmack von … Schokolade?

»Du hast reserviert, stimmt's?«, fragte Jack, der in seiner Besorgnis unbeholfen aussah. »Hast du die Adresse aufgeschrieben? Ich weiß nicht, warum du immer so ein Geheimnis um unser Post-Auftrags-Date machen musst.«

»Weil es mir Spaß macht zuzusehen, wie du dich windest«, sagte sie leise, immer noch damit beschäftigt, sich selbst zu finden. Er war übertrieben besorgt, wollte sofort weiter und immer weiterziehen, aber als sie den toten Mann betrachtete, fragte sie nicht nach dem Warum. Ihr Puls hatte sich beruhigt, aber sie spürte, wie sich neue Schmerzen bemerkbar machten, während sie orientierungslos aus den großen Fenstern auf die dunkle Stadt blickte. »Welcher Tag ist heute?«, erkundigte sie sich. Auf Jacks attraktivem Gesicht zeichnete sich Kummer ab, als er merkte, wie weit ihr Gedächtnisverlust ging.

»Wir sollten auf deinem Telefon nachsehen. Ich wette, du hast die Adresse notiert«, sagte Jack und wich ihrer Frage aus, während er ihren Ellbogen umfasste und ihr vorsichtig durch das Vorzimmer und durch ein Gewirr aus mit niedrigen Trennwänden abgeteilten Arbeitsplätzen half. »Weißt du noch, wo die Fahrstühle sind? Ich habe einen miesen Orientierungssinn.«

»Ich erinnere mich nicht einmal an unseren verdammten Auftrag, Jack. Welcher Tag ist heute?!«, blaffte sie ihn an.

Er blieb stehen, wandte sich ihr zu und drehte ihre rechte Hand, um ihr eine Armbanduhr zu zeigen. Sie trug keine Uhr. Niemals. »Siebzehnter Februar. Tut mir leid, Peri. Das ist mies gelaufen.«

Peri starrte die Uhr an. Sie sah aus wie etwas, das Jack ihr gegeben haben konnte – schwarz, mit Chrom und mehr Funktionen, als eine schulische Elternvertreterin mit Zwillingen ausüben mochte, aber sie konnte sich nicht an sie erinnern.

»Februar?« Ihre letzte Erinnerung stammte von Ende Dezember. »Ich habe sechs Wochen verloren! Wie weit bin ich gesprungen?«

Widerstreitende Gefühle spiegelten sich in Jacks Gesichtszügen: erst Erleichterung, dann Kummer. »Dreißig Sekunden?«, sagte er und legte ihr die Hand ins Kreuz, um sie zum Weitergehen zu bewegen. »Aber du hast eine schwere Potenzialverschiebung geschaffen. Du lagst im Sterben. Und dieser Wachmann? Er hat dir das angetan.«

Und nun lebte sie, und er war tot. Das war schon eine heftige Veränderung. Sie konnte von Glück reden, dass sie in diesen gerade mal dreißig Sekunden nur sechs Wochen verloren hatte. Einmal war sie fünfundvierzig Sekunden gesprungen, aber die Veränderung war so minimal gewesen, dass sie nur die Zeit verloren hatte, die ihr Sprung verändert hatte. Es gab Regeln, aber auch so viele Einflüsse, dass die Einschätzung der verlorenen Zeit anhand der neu geschaffenen bestenfalls wackelig war.

»Der Wagen steht draußen«, sagte Jack, als er sie durch die Dunkelheit zu den Fahrstühlen führte. Jack ging nur eine Spur schneller als sie, fiel in die gut einstudierte Rolle desjenigen, der die Lücken auf eine Art auszufüllen hatte, die ihr nicht das Gefühl vermittelte, völlig dämlich zu sein. Solange sie nicht zu schnell ausschritt, konnte sie zumindest den Anschein erwecken, als wüsste sie, wohin sie gingen. Das war eine Kunst, und sie hatten beide genug Zeit gehabt, sich darin zu üben. »Um die Kamera in dem Lift auf der Südseite haben wir uns gekümmert, oder?«, fragte er, als er den Knopf für die Fahrt nach unten drückte.

Sein nervöses Geplapper fing an, ihr auf die Nerven zu gehen, aber sein Gerede lag nur daran, dass er so besorgt war. Also verkniff sie sich eine scharfe Bemerkung, weil sie nicht wollte, dass Jack sich noch mieser fühlte. Ihr Körper schmerzte von

Schlägen, an die sie sich nicht erinnern konnte, und ihr Gesicht fühlte sich an, als stünde es in Flammen. Tanzen fiel aus, aber sie konnten immer noch Billard spielen und sich ein bisschen entspannen, ehe sie sich der Aufgabe widmeten, ihr Gedächtnis wiederherzustellen. Das war eine Tradition, die beinahe bis zu ihrem Kennenlernen zurückreichte.

Gemeinsam betraten sie die Kabine. Sie zuckte zusammen, als Jack plötzlich ganz nah war, die Arme um sie schlang und die Lippen an ihr Ohr legte. »Es tut mir leid. Manchmal wünschte ich, ich wäre nicht dein Anker. Zuzusehen, wie du verprügelt wirst, ist schlimm genug, aber der Einzige zu sein, der sich daran erinnert, das ist die Hölle.«

Er rückte von ihr ab, und beide lächelten schwach. Peri wappnete sich gegen die Woge der Gefühle, die über sie hinwegrauschte. Weinen konnte sie später noch. Aber das würde sie nicht tun. Die Welt zusammenzuhalten, während eine neue Zeitlinie entstand, war ihr Job. Zeuge zu sein und ihr Gedächtnis wiederaufzubauen war seiner – schon seit drei Jahren.

Langsam holte sie tief Luft, als die Kabine mit einem fröhlichen Klingeln zum Stehen kam. Ihre Reservierung hatte sie bestimmt notiert. Der Abend war noch nicht völlig im Eimer. Jedenfalls würde sie das befreiende Gefühl genießen, bei einem guten Wein mit Jack zu flirten. »Was wollten wir da überhaupt?«, fragte sie.

Augenblicklich entspannte sich Jack. »Erinnerst du dich an das Virus, das Opti vor drei Jahren benutzt hat, um die Luftverschmutzungsgrenzen der Vereinten Nationen durchzusetzen? Es hatte eine hässliche Stiefschwester«, berichtete er. »Tut mir wirklich leid, Peri. Wenigstens hast du den Sommer nicht verloren.«

Ein schwaches Lächeln milderte ihre Besorgnis, und sie verschränkte ihre Finger mit seinen, als sie den Fahrstuhl verließen. Nein, den Sommer hatte sie nicht verloren, aber selbst wenn es so gewesen wäre – sie wusste, dass sie sich vermutlich erneut in ihn verliebt hätte.

# 3

Auf der Treppe, die von winzigen, blinkenden Lämpchen beleuchtet und mit glänzenden Bannern voller Herzen und Rosen geschmückt war, die jemand für die Valentinsparty in der kommenden Woche aufgehängt hatte, herrschte dichtes Gedränge. Peri musste in ihren High Heels beinahe seitwärts hinaufsteigen. Die Musik, die durch die Wände dröhnte, schien sie mehr oder weniger hinauf zu dem Loft zu drängen, in dem die Billardtische standen. Jack war immer noch unten und tat so, als wollte er eine Zahlung veranlassen, während er in Wirklichkeit mit ihrem Vorgesetzten Bill sprach, und Peri musste die aufkeimende Eifersucht unterdrücken. Konnten sie nicht einmal einen Moment zusammen entspannen, ohne dass Bill dazwischenfunkte?

Doch ihr finsterer Blick wich einem völlig leeren Ausdruck, als die Erinnerung an den Wächter hochkam, der einen Schnitt von der Größe ihrer Messerklinge im Leib hatte. Sie verdrängte den Gedanken und ging weiter hinauf, erpicht darauf, das vage – und zugegebenermaßen lächerliche – Gefühl loszuwerden, irgendetwas müsse faul an dieser Geschichte sein.

*Das wird helfen*, dachte sie befriedigt, als sie im Obergeschoss angelangt war und die sechs Tische betrachtete, an denen ausschließlich Männer saßen – anscheinend allesamt gute Kumpels, jedenfalls für diesen Abend. Gemeinsam genossen sie ihr Bier und Chicken Wings. Ihr gefiel das breite Spektrum der Bekleidung, die von Jeans und karierten Holzfällerhemden bis zu Anzügen mit Krawatte reichte. Die Liebe zum Spiel lockte all diese Leute hierher und löschte persönliche Unterschiede so schnell aus, wie die blaue Kreide an der Spitze des Billardqueues im Laufe eines Spiels verfliegt. Als Peri den schwachen Rauchgeruch wahrnahm, der an dem grünen Filz der Pooltische haftete, kam sie endlich zur Ruhe.

Doch jemand wurde auf sie aufmerksam und stieß seinen Kumpel mit dem Ellbogen an. Ein anderer Mann räusperte sich vernehmlich, und bald darauf sahen alle Männer zu ihr herüber, taxierten sie mit anerkennenden Blicken und registrierten verwundert das blau geschlagene Auge. Nach gründlicher Musterung ihrer Kurven wandten sie ihre Aufmerksamkeit schließlich Peris – von der Transportaufsicht genehmigtem – Queue-Koffer zu. Drei Pooltische waren frei, aber es war der in der hintersten Ecke, der ihr ins Auge sprang. Sie stolzierte zum Gestell mit dem Spielzubehör hinüber, nahm sich einen Lappen und ein gebrauchtes Stück Kreide.

Während sie sich umwandte, kam Jack herein. Als er sah, dass sämtliche Blicke auf ihr ruhten, grinste er. »Ich darf dich wirklich keine Sekunde lang allein lassen«, bemerkte er und zog sie an sich, um sie zu küssen.

Sie erwiderte den Kuss und schmiegte sich an ihn. Der Funke sprang über und entzündete ein Verlangen, das im Laufe des Abends nur noch wachsen konnte. Der sinnliche Rhythmus der Musik tat ein Übriges, außerdem hatte der plötzliche Abbau des Adrenalins sie in eine wohlig-erotische Stimmung versetzt. Ihre Lippen öffneten sich, und sie seufzte leise, glücklich darüber, dass Jack fester Bestandteil ihres Lebens war.

»Das sind nur die Klamotten, glaub mir«, sagte sie, als sie sich voneinander lösten, doch er schüttelte den Kopf.

»Es ist das, was drinsteckt«, widersprach er, einen Arm immer noch um sie gelegt, und sah sich im Raum um. »Welcher sieht gut aus? Der Ecktisch?«

Sie nickte und ging voran. Als seine Hand sich von ihr löste, erschauerte sie kurz. Immer noch von Blicken verfolgt, durchquerte sie den Raum bis zur hinteren Ecke, die im Schatten lag. Als das elektronische Wimmern eines phasenverschobenen Holo-Tisches ihre Ohren nervte, verzog sie das Gesicht. Sie war froh, dass es hier nur diesen einen gab. Niemand spielte an ihm, wahrscheinlich, weil er nicht synchron arbeitete und die Grafiken wackelten.

Der Boden unter Peris Füßen erbebte im Takt der Musik. Sie stellte ihre Handtasche auf einem kleinen Stehtisch ab und kletterte auf einen Barhocker. Im Herzschlag elektronischer Tanzmusik schienen die bunten Lichter bis in die letzten Winkel des exklusiven zweigeschossigen Clubs zu dringen, aber in der Umgebung der hellen Lampen über den Billardtischen waren die wirbelnden Stroboskoplichter kaum wahrnehmbar. Die Atmosphäre war hier selbst an einem Donnerstagabend aufgedreht und elektrisierend, der Raum eine schwindelerregende Mischung aus Winkeln und Vektoren, durchbrochen von chaotischen Bewegungen und purem Leben.

*Genau das, was ich jetzt brauche*, dachte sie, als Jack die Karte einführte, um die Kugeln freizusetzen. Lächelnd widmete sie sich dem in den Tisch integrierten Menüsystem des Clubs und bestellte wie gewöhnlich eine Schale Chicken Wings und zwei Gläser Rotwein. Die Tradition verlangte, dass der Gewinner den Nachtisch wählte – und der Gewinner würde, wenn es nach ihr ging, sie sein.

»Mein Break?«, fragte sie, als Jack die Triangel entfernte. Es machte ihr zu schaffen, dass sie nicht mehr wusste, wie ihr letztes Spiel ausgegangen war.

»Soweit ich mich erinnere«, sagte er und reichte Peri ihr Queue.

Sie glitt von ihrem Hocker, beugte sich vor und stützte sich mit dem Unterarm auf die glatte Umrandung des Billardtisches. Ihr geschwollenes Auge pulsierte, als sie die Luft anhielt und das Queue ausrichtete. Wie Seide glitt es zwischen ihren Fingern hin und her, einmal, zweimal, dann stieß sie zu … und richtete sich auf, als sie das vertraute Knallen und Klackern hörte.

Lächelnd sah sie zu, wie sich die Kugeln verteilten und die Neun in einer Tasche versank. Bei dem ganzen Lärm von unten war davon kaum etwas zu hören, dennoch empfand sie Genugtuung. Um sie herum flaute das Interesse der anderen Männer allmählich ab, nachdem ihr exzellenter Anstoß allen gezeigt hatte, dass sie dazugehörte.

Jack seufzte. »Das dürfte schwer werden«, bemerkte er und tat dabei ganz bedrückt.

»Ich könnte danebentreffen«, lockte sie ihn, atmete aus und setzte zum nächsten Stoß an.

»Das bezweifle ich«, knurrte er. Die dünne Glas-Tafel in seiner Hand leuchtete auf: Er rief seine Nachrichten ab.

»Zehn über Bande in die Ecke«, flüsterte sie. Schon jetzt fühlte sie sich besser. Das Queue prallte auf die Weiße, und sie richtete sich auf, während die Zehn in der Tasche verschwand. Den nächsten Stoß vermasselte sie, aber sowieso war mittlerweile ihr Wein eingetroffen. Sie beschloss, das Dessert zu bestellen, wenn Jack gerade nicht hinschaute. Er würde nicht gewinnen, auch wenn sie dafür ein bisschen schummeln musste.

»Dein Stoß«, sagte sie, als sie wieder an den Tisch trat und sein Gesicht berührte, nur um die kleinen Bartstoppeln zu spüren. *Ich liebe es, wenn er so entspannt ist*, dachte sie und wünschte, sie könnte sich an mehr solche Abende erinnern. »Ich habe zwei versenkt.«

»Du bist nicht in Form«, bemerkte er und ergriff sein Queue. »Sieht aus, als gäbe es heute Apfelkuchen.«

**43**

»Das glaube ich nicht«, erwiderte sie und seufzte, als er vortrat, um die Situation auf dem Billardtisch zu mustern. Unten erklang nun langsamere Musik, und die Lichter beschrieben träge Kreise am Boden. Während sich Jack auf seinen Stoß vorbereitete, ging sie das Dessertangebot durch und bestellte Schokoladentorte. Zugleich wartete sie auf den perfekten Augenblick, um ihn … abzulenken.

»Wie geht es Bill?«, fragte sie unvermittelt. Jack zuckte zusammen, und der Stoß ging daneben. Die Weiße kreiselte in einer verzerrten Spiralbewegung über den Tisch und traf gar nichts, und Jack, der genau wusste, dass sie das mit Absicht gemacht hatte, legte die Stirn in Falten. »Ich habe gesehen, dass du deine Nachrichten jetzt schon zweimal abgerufen hast«, setzte sie nach, als er sich aufrichtete.

»Der ist so nervös wie eh und je«, sagte er. »Ich weiß, dass diese Zeit uns gehört, aber ich war es leid, seine Nachrichten zu ignorieren. Man hat die Leiche bereits gefunden. Bill wollte sich vergewissern, dass wir unversehrt sind.«

Peri verzog das Gesicht. Schlampig. Leichen zu hinterlassen war schlampige Arbeit. »Hast du ihm gesagt, dass ich gesprungen bin?«, fragte sie, noch nicht bereit, an die zusätzliche Einsatzbesprechung zu denken, die ein Zeitsprung regelmäßig zur Folge hatte.

Jack vermied es, sie anzusehen, und das war so ungewöhnlich, dass sie stutzte. »Er will, dass wir uns melden, wenn wir in Detroit sind«, sagte er. »Hat keine Eile, aber … Wie hat er's ausgedrückt? Wir sollen auch keine Zeit vertändeln …«

Peri verdrehte die Augen bei der Vorstellung, dass dieser korpulente, überkorrekte Mann so etwas gesagt haben sollte. Sie blies den Kreidestaub von der Queuespitze und verzieh Jack mit einem Lächeln, dass er die Arbeit erwähnt hatte. Das Licht war wieder höher gewandert und glitt über die Decke des offenen Bereichs unterhalb des Lofts. »Du hast mir nicht viel übrig gelassen«, bemerkte sie, als sie herbeistolzierte. »Ich glaube, du hast absichtlich verzogen.«

»Ich sehe dir eben gern beim Stoßen zu«, erwiderte er und baute sich hinter ihr auf, um sich die Lage der Kugeln anzusehen.

»Du siehst nur gern zu, wie ich den Arsch in die Luft strecke«, konterte sie.

Grinsend strich er ihr das kurze Haar hinter das Ohr. »Das ist auch ein sehr süßer Arsch, Peri.«

Lachend wich sie zurück. »Wenn ich hier an die Bande gehe …«, murmelte sie und verlor sich in ihren Berechnungen, ehe sie sich über den Tisch lehnte, um sich den Winkel genauer anzusehen. Das würde knapp werden.

»Du liegst ein bisschen daneben«, sagte Jack, und dann spürte sie, wie er sich vorbeugte, sich über sie lehnte, um zu sehen, was sie sah. »Ich glaube, du musst den Winkel korrigieren. Das könnte ein bisschen hart für dich werden«, verkündete er und drückte sich an sie.

»Härte gehört nicht zu den Dingen, die mir Kummer machen«, entgegnete sie und genoss seine Nähe und die Wärme seines Körpers an ihrem. »Ich habe eher Probleme mit der Länge.«

»Mmmm«, machte er grinsend gleich neben ihrem Ohr.

»Ist es so besser?«, fragte sie, den Blick nach hinten gerichtet.

Er leckte sich die Lippen. »Besser. Jetzt nur noch geschmeidig stoßen, und ich glaube, dann geht er direkt … rein.«

Er war ihr so nahe, dass ihr ein lässiger Stoß wohl kaum gelingen würde, versuchte, unter anderem, sie abzulenken. Also konzentrierte sie sich und atmete aus, ehe sie zustieß. Doch noch ehe die Weiße die ersten dreißig Zentimeter zurückgelegt hatte, war ihr klar, dass es nicht gereicht hatte.

»Mist«, schimpfte sie, während sie sich aufrichtete. »Du bist dran.« Sie kehrte zu ihrem Tisch zurück und setzte sich auf den Hocker. Die Torte war bereits serviert worden. Unwillkürlich fragte sie sich, wie sie diesen wunderbaren Club überhaupt gefunden hatte. Vielleicht hatte Bill ihn vorgeschlagen? Er wusste, dass sie nach Erledigung eines Auftrags stets bei Poolbillard und Dessert entspannten.

Ihr Lächeln erstarb, als ihr in den Sinn kam, was vor ihr lag. *Sechs Wochen.* Die konnte Jack ihr gewiss nicht vollständig zurückbringen. Andererseits – hatte nicht jeder Mensch die eine oder andere Gedächtnislücke?

Sie hörte Kugeln klackern. »Zwei«, sagte Jack, und sie schlug die Augen auf. »Du wirst das nicht essen, wenn ich gewinne.«

Gut gelaunt strich Peri über die Torte, um eine Fingerspitze Glasur zu naschen. »Träum weiter«, entgegnete sie und achtete darauf, dass er hinschaute, während sie den mit Whiskey versetzten Zuckerguss von ihrem Finger leckte. Der Geschmack explodierte auf angenehme Weise an ihrem Gaumen. Als Jack sich wieder dem Spiel widmete, atmete sie tief ein und spürte dabei, dass der Whiskey ihren leichten Schwips noch ein wenig verstärkt hatte.

Kugeln krachten aneinander. Sie jubelte, als die Acht zu früh fiel und sie zur Siegerin machte. Jack war das offensichtlich egal, denn er legte das Queue auf den Tisch und baute sich hinter ihr auf. »Du hast gewonnen«, sagte er, schlang die Arme um sie und wiegte sie sanft. »Du gewinnst immer«, flüsterte er.

Seufzend gab sie sich dem Gefühl der Liebe hin, während die Musik noch langsamer wurde und der Abend länger. Gemeinsam blickten sie hinab auf die Tanzfläche. Zu dieser Musik könnte sie tanzen, blaues Auge hin oder her. Teufel, sie tanzten ja jetzt schon mehr oder weniger. Jack wiegte sie immer noch, während sie auf ihrem Hocker saß, stand hinter ihr, wie er es immer tat.

»Peri, hast du je daran gedacht, den Dienst zu quittieren?«

Ruckartig unterbrach sie die gemeinsame Bewegung, blickte auf und drehte sich verblüfft zu ihm um. »Opti verlassen?«

»Warum nicht?«, gab er zurück und sprach rasch weiter, ehe sie irgendetwas sagen konnte: »Ich kann mir keine bessere Möglichkeit vorstellen, mein Leben zu leben, als mit dir in meinen Armen. Am Strand, beispielsweise.«

Sie hatten schon früher darüber gesprochen, aber nie, wenn sie so entspannt war, so … empfänglich für diesen Gedanken. Sie konnte nicht aussteigen. Sie war, wer sie war. »Sand in den Shorts wird nach einer Weile auch ein bisschen langweilig, meinst du nicht?«

Er drehte sie zu sich und küsste sie auf die Stirn. »Nicht, wenn du bei mir bist. Ich besorge dir auch jeden Tag Schokoladentorte.«

Aussteigen? Sie konnte nicht. »Jack«, protestierte sie und schluckte ihre Worte hinunter, als das rosige Licht von einem grellen Weiß abgelöst wurde. Es fiel auf Jacks Gesicht, und ihr Magen verkrampfte sich, als sie seinen teigigen Teint betrachtete. *Bleib in Sichtweite* hallte aus dem Nichts durch ihren Kopf, und ein Bild des Zorns überlagerte seine zufriedene Miene. Das war seine Stimme, die da durch ihren Kopf hallte.

*Ich habe ihn allein gelassen*, dachte sie mit angehaltenem Atem und blickte auf ihre Hand. Das J. IM BÜRO war noch schwach zu sehen.

»Jack«, wisperte sie, den unverkennbaren Geschmack von Schokolade und Whiskey auf den Lippen.

Heftig blinzelnd, lehnte sie sich an ihn, als sie ein Schwindelgefühl erfasste. Ihr stockte der Atem, und sie hielt die Luft an, da sie plötzlich das Gefühl hatte, aus der Zeit getreten und nur Zuschauer zu sein.

*Das, meine Schöne, ist eine Liste*, erklang eine Stimme in ihren Gedanken, und vor ihrem inneren Auge tauchte das Bild eines Mannes in einem Anzug auf, der blasiert und selbstsicher Schokolade aß. Sie leckte sich prüfend über die Lippen und spürte einen bitteren Geschmack. Plötzlich empfand sie aus ihr unbekannten Gründen Zorn. »Jack«, flüsterte sie, unhörbar wegen der Musik, aber der Zorn schwand und wich Gefühlen der Verzweiflung und des Verlusts. Nein, des Verrats. Mit weit aufgerissenen Augen blickte sie zu Jack auf, flehte innerlich, er möge zu ihr herabschauen, drückte seine Hand, bis er es tat.

»Was ist los?« Jacks zufriedene Miene nahm sofort einen besorgten Ausdruck an.

Sie blinzelte, fixierte ihn durch die Flut der Fragen, wollte etwas sagen, schwieg aber fassungslos, als er sich herabbeugte und der Geruch von Schokolade und Whiskey ihr die Luft abschnürte. Panik machte sich breit. Ihre Hand schmerzte, und während sie hinsah, erkannte sie, dass sie so zur Faust zusammengekrampft war, als hielte sie ein Messer.

»Peri?« Jack packte ihre Arme. »Was ist mit dir?«

Ihr Kopf sackte herab. Das Licht, das auf Jacks Gesicht fiel, machte es schlimmer. Nicht imstande, ihn anzuschauen, war sie ihrem Entsetzen völlig allein ausgeliefert. Noch einmal durchlebte sie im Geiste, wie sie den Wachmann von sich stieß. Er roch nach Whiskey, und nach wie vor spürte sie Schokoladengeschmack auf ihren Lippen. Der Wachmann hatte sie gewürgt, und sie hatte ihn getötet, um ihr eigenes Leben zu retten. Aber eigentlich hätte sie sich an nichts davon erinnern dürfen! Nicht, bis Jack es zurückgeholt und wieder real gemacht hatte.

»Peri, sieh mich an.« Jack zerrte hastig einen Hocker heran

und setzte sich mit wenigen Zentimetern Abstand vor sie. Sorge spiegelte sich in seinen blauen Augen, während er ihre Arme fest umklammerte und sie aufrecht hielt. »Ich bin hier. Schau mich an.«

»Alles in … Ordnung«, krächzte sie, aber das stimmte nicht. »Erinnerungsknoten«, flüsterte sie, und Jacks Augen weiteten sich mit einem Ausdruck von Furcht. Während er sie immer noch mit einer Hand stützte, drehte er sich zur Treppe um. Krampfhaft schluckend, stimmte sie ihm wortlos zu. Wenn etwas schiefging, kam es darauf an, den Schaden zu begrenzen. Und etwas war schiefgegangen.

Erinnerungsknoten waren hässliche kleine Fetzen nicht erinnerlicher Gedanken, ausgelöst von einem Geruch oder einem Geschmack, manchmal auch von irgendeinem Bild. So ein Erinnerungsknoten war schon an sich beängstigend. War er jedoch mit einer Änderung von Zeitlinien verknüpft und wurde nicht behandelt, konnte er zu Wahnvorstellungen führen, ausgelöst durch die Überlagerung von Erinnerungen. Genauer gesagt, lauerten dann zwei Zeitlinien im Unbewussten, die miteinander darum kämpften, wieder ins Bewusstsein zu treten. Der allgemeine medizinische Fachbegriff dafür lautete Memory Eclipsed Paranoia, kurz MEP.

Anker hatten kein Problem damit, sich an doppelte Zeitlinien zu erinnern, aber Zeitagenten … Ein Zeitagent würde ziemlich schnell den Verstand verlieren. Es war die Aufgabe des Ankers – abgesehen davon, dass er auch die Hälfte von allem anderen übernahm –, dem Zeitagenten eine saubere Erinnerung zu liefern, mit der er psychisch gesund weiterleben konnte.

Dass ein Erinnerungsknoten schon Verwirrung stiftete, ehe Jack überhaupt eine Gelegenheit bekommen hatte, ihre Erinnerung zu defragmentieren, verhieß nichts Gutes. Etwas war passiert. Etwas Schlimmes, schlimm genug, dass ihr Geist darum kämpfte, sich zu erinnern. Einen Wächter zu töten, um ihr eigenes Leben zu retten, reichte dafür nicht. Da war noch etwas anderes.

*Das, meine Schöne, ist eine Liste,* fiel ihr ein, und wieder regte sich das Aroma von Schokolade und Whiskey. »Wir müssen gehen«, sagte sie und erlitt einen Schwindelanfall, als sie vom Hocker glitt. »Jack, ich will nach Hause.«

Zu Hause, das war achthundert Meilen weiter nördlich, aber überall würde es besser sein als hier.

»Gut. Okay.« Jack legte den Arm um sie und hielt sie aufrecht, ohne dass es zu offensichtlich wirkte. Sein Blick wanderte zu ihren Queues, was ihr einen leisen Laut entlockte.

»Wehe, du lässt sie liegen. Gib mir meine Tasche«, sagte sie. Er nickte und stützte sie, bis sie ein – nicht unbedingt stabiles – Gleichgewicht gefunden hatte und das benebelte Gefühl von Erinnerungen, die versuchten, sich den Weg an die Oberfläche freizuprügeln, zurückdrängen konnte.

Sie konnte die Treppe kaum erkennen. Jack musste sie beinahe hinuntertragen.

»Nur eine rauchen«, sagte Jack mit lauter Stimme zum Türsteher, der ihnen die Tür öffnete. »Vergeben Sie unseren Tisch nicht.«

Aber Peri wusste, dass sie nicht zurückkommen würden.

Die Tür des Clubs fiel hinter ihnen ins Schloss, und Peri blickte im gedämpften Dröhnen der Musik in die feuchte Februarnacht hinaus. Vor Verlegenheit lief sie rot an. Sie war nicht ohnmächtig geworden, aber es war ihr so, als würde sie sich vor Gespenstern fürchten. »Geht schon wieder«, sagte sie leise, doch Jack schüttelte den Kopf, und als sie zum Wagen gingen, wirkte seine Miene im Licht der Straßenbeleuchtung angespannt.

»Erinnerungsknoten sind gefährlich«, bemerkte er und ging dabei langsam weiter. »Wir fahren sofort zurück. Ich fahre.«

»Hab doch gesagt, dass es mir wieder gut geht!«, protestierte sie. Es gefiel ihr nicht, dass er so viel Aufhebens darum machte.

»Hab nie das Gegenteil behauptet«, erwiderte er. »Trotzdem fahren wir zurück.«

»Schön«, grollte sie, brachte sich wieder ins Gleichgewicht und löste sich von ihm. Die frische Luft hatte ihr gutgetan, und nun kam sie sich albern vor. Umso mehr, da Jack sich weigerte, von ihrer Seite zu weichen, sogar dann noch, als sie den Mantis erreicht hatten, der genau da stand, wo er sein sollte.

»Rein mit dir«, sagte er und öffnete die Beifahrertür für sie. Das biometrische Schloss erkannte ihn und entriegelte sie unverzüglich. Während sie seufzend und mit zitternden Fingern auf die lederbezogenen Polster sank, begrüßte der Wagen sie mit einem fröhlichen Bimmeln. Die Tür fiel mit dem Geräusch gut angelegten Geldes ins Schloss, und sie streckte, die Tasche immer noch im Schoß, die Hand aus, um den Wagen mit einem Knopfdruck zu starten. Das Vorheizaggregat erwachte mit einem befriedigenden leisen Brummen zum Leben. Ohne auf die heitere Begrüßung durch den Bordcomputer oder seine Frage, ob er die Registrierung eines neuen Fahrers einleiten solle, da sie auf dem Beifahrersitz saß, einzugehen, lehnte sie sich auf dem beheizten Sitz zurück und schaltete die Musik aus. Währenddessen zerlegte Jack ihre Queues und verstaute sie im Kofferraum.

Sie ließ den Wagen nicht gern auf der Straße stehen. Nicht dass irgendwer ihn hätte stehlen können, aber der Mantis war wegen seiner Sonnenenergie absorbierenden Farbwechsellackierung, die die Batterien auflud, außerhalb von Detroit illegal. Allerdings musste sie einräumen, dass die meisten Polizisten sowieso nur die schnittigen Linien begafften, anstatt den Zweisitzer schlicht zu beschlagnahmen. Er sah ein bisschen aus wie ein Porsche Boxter, nur heißer.

Jack lief um den Kühler herum, bedachte sie beim Einsteigen mit einem aufmunternden Lächeln und wartete, bis der Wagen ihn erkannt hatte und die Steuerung freigab. »Morgen früh sind wir zu Hause, Peri. Da wird's dir wieder gut gehen.«

»Geht mir doch gut«, protestierte sie, war aber insgeheim froh, nach Hause zu kommen.

Der verflixte Erinnerungsknoten hatte alles verdorben. Sie hatte Jack öfter, als sie zählen konnte, das Leben gerettet, und er hatte ihres häufiger gerettet, als ihre Erinnerung ihr verraten konnte. Aber als er nun das Vorheizaggregat abschaltete und den Wagen in Richtung Interstate steuerte, fraß sich ein winziger, nagender Zweifel in ihr fest.

Sie würde sich nur an eine einzige Vergangenheit erinnern, und Jack … Er würde sich an beide erinnern.

# 4

Sein Kopf schmerzte, doch das, was ihn weckte, war der Geruch der Elektronik und der Polymere, der von dem Slicksuit ausging. Mit einem Schnauben richtete sich Silas ruckartig auf, nur um sich gleich darauf ächzend den Kopf zu halten. Blinzelnd stellte er fest, dass er an einem kleinen Tisch saß. Auf Anhieb erkannte er den kleinen, kahlen Raum, dessen Wände kaum zwei Meter fünfzig maßen, und der aufsteigende Zorn verstärkte das Pochen in seinem Kopf.

»Verdammter Idiot«, murmelte er und schob den Ärmel des Slicksuits hoch, um die Stelle zu suchen, an der sie ihn betäubt hatten, betäubt wie ein Tier. Und dann hatten sie ihn zurückgeschleift zu einem Punkt, den hinter sich zu lassen er hart gearbeitet hatte. Das Letzte, woran er sich erinnerte, war, dass er in seinem Wagen auf dem Weg zu seiner Instandsetzungsarbeit gewesen war. Er rollte den Ärmel wieder ab, was nicht leicht war, weil er eine Nummer zu klein war.

»Ich mache das nicht mit«, erklärte er den Beobachtern. »Hört ihr mich?«, sagte er lauter. »Ich habe die Nase voll, Fran. Absolut voll!«

Als ein Klingeln ertönte, runzelte er die Stirn, verärgert, weil sie nun wussten, dass sein Puls schneller schlug. Verdammter Slicksuit. Verdammter Idiot, der er ihnen geholfen hatte, ihn zu konstruieren.

»Guten Morgen, Dr. Denier«, sagte eine freundliche Frauenstimme über die unsichtbare Sprechanlage. »Ich würde ja sagen, dass es mir leidtut, aber Sie und ich, wir wissen beide, dass Sie nicht gekommen wären, hätte ich Sie nur höflich darum gebeten.«

Silas rückte vom Tisch ab und verschränkte die kräftigen Arme vor der Brust, sodass sich Spannungslinien auf dem Slicksuit abzeichneten. »Ich habe meinen Teil des Vertrags erfüllt. Öffnen Sie die Tür.«

»Öffnen Sie sie selbst«, sagte Fran mit einer Selbstgefälligkeit, die ihn nur noch mehr verärgerte.

Frustriert verzog Silas das Gesicht. Er war kein Agent, er war Konstrukteur, ein Tüftler, ein Erfinder, dessen Spielplatz dort war, wo die Vorhersehbarkeit der Elektronik auf den vagabundierenden menschlichen Geist traf. Und die wollten, dass er sich einen Weg durch das Labyrinth suchte wie eine seiner Ratten? »Das können Sie mit mir nicht machen.«

»Doch, wir können.«

Eine Woge der Empfindungen rann über seinen Leib und sorgte dafür, dass sich seine Muskeln verkrampften und er ein verblüfftes Grunzen von sich gab. Silas tastete nach dem sensitiven Hirn des Anzugs, als ihm der Atem stockte, weil jemand die Wellenlänge verkürzt hatte. Würgend fiel er auf die Knie, und sein ganzer Körper wurde von krampfhaften Zuckungen erfasst.

Es hörte so abrupt auf, wie es begonnen hatte. Von eiskalter Wut erfüllt, blieb er auf dem Asbestboden liegen. *Verdammte Scheiße …*

»Fangen Sie an«, sagte Fran, und dann ertönte ein Klingeln.

Er ärgerte sich maßlos, dass er selbst diesen Ton ausgewählt hatte.

Schäumend stemmte sich Silas hoch, griff nach der Stuhllehne und schleuderte das Möbelstück gegen das Türschloss. Der Stuhl ging zu Bruch und beschädigte das Bedienfeld. Mit einem urwüchsigen Wutschrei schlug er darauf ein und sah befriedigt zu, wie das Licht erlosch und eine dünne Rauchfahne über den Boden schwebte.

»Seien Sie kein Narr, Denier«, sagte Fran, als Silas an seinen blutigen Fingerknöcheln leckte. »Sie wollen mit mir reden? Mir sagen, wie falsch ich liege? Dann kommen Sie aus dem Raum.«

»Ich bin niemandes Laborratte«, brummte er, kletterte auf den Tisch, richtete sich auf und hieb auf die Decke ein. Die Audioverbindung war noch aktiv, und der plötzliche Aufruhr erfüllte ihn mit Genugtuung.

Jahrelanges Bankdrücken zahlte sich nun aus: Es gelang ihm, sich auf den niedrigen Kriechboden über dem Trainingsraum zu ziehen. Hier oben war es kühler. Die Umrisse der verschiedenen Räume waren leicht zu erkennen, und ihm fiel auf, dass sie nichts verändert hatten. Tief herabgebeugt, hielt er sich an die stärkeren Mauern, während er in Richtung Korridor ging, darauf bedacht, dem potenziell lähmenden Feld des Trainingsraums fernzubleiben.

»Silas! Gehen Sie zurück auf die Trainingsebene!«, forderte Fran, war durch die Decke aber nur schwach zu hören.

»Vielleicht hätten Sie besser nicht vergessen sollen, dass ich das hier entworfen habe«, murmelte er. Seiner Einschätzung nach hatte er die aktiven Bereiche hinter sich, und so sprang er einfach durch eine Deckenplatte in den äußeren Korridor hinunter.

Er kam ungünstig auf und spürte einen stechenden Schmerz im Fußgelenk, während er mit den Armen ruderte, um nicht zu Boden zu stürzen. Staub und Deckenteile regneten herab. Langsam richtete er sich auf und verzog das Gesicht, als er die fünf Männer in Kampfanzügen erblickte, die ihre Kurzdistanzwaffen auf ihn richteten. Er fühlte sich wehrlos in diesem abscheulichen Slicksuit, der wie eine zweite und äußerst unangenehme Haut an ihm klebte.

Mit klappernden Absätzen drängelte sich eine ältere Frau mit kurzem, aus dem Gesicht frisierten, blond gefärbtem Haar an ihnen vorbei, um ihm gegenüberzutreten. »Sie haben es entworfen. Genau darum geht's ja, stimmt's? Sie schulden uns was.«

»Ich schulde Ihnen gar nichts. Ich habe Opti verlassen, und ich habe Sie verlassen.«

»Wenn Sie nicht zu Opti gehören, gehören Sie zur Allianz. Und Sie gehören zur Allianz«, sagte sie, und er hielt den Atem an, um das Kitzeln in seiner Nase zu bekämpfen, das ihr Parfüm verursacht hatte. Die meisten Frauen hätten in dem auffälligen roten Kostüm mit der purpurnen Seidenkorsage, noch dazu umgeben von vierschrötigen Männern in voluminösen Kampfanzügen, sonderbar ausgesehen, aber nicht Fran. Ihr selbstsicheres Auftreten verhinderte das wirkungsvoll.

Aber sie hatte auch allen Grund, selbstsicher zu sein. Die Allianz bestand aus abtrünnigem Opti-Personal, Leuten, die der Ansicht waren, die Regierung habe nicht das Recht, über die Fähigkeit zur Zeitmanipulation zu gebieten. Sie hätten ihren Kampf auch in die Öffentlichkeit getragen, wären ihre eigenen Reihen nicht ebenfalls aus Ankern und Zeitagenten zusammengesetzt gewesen. Sollte das bekannt werden, würde die Bevölkerung in Panik geraten und sie alle, ob Opti oder Allianz, umbringen. Also arbeitete die Allianz im Verborgenen, finanziert von Gönnern. Gönnern wie Fran. Nach Ansicht von Silas bedeutete das nur, einen machthungrigen Boss gegen einen anderen auszutauschen.

Fran hielt seine Akte in der Hand. Das Foto, das ihn mit kurzem Haar in einem Laborkittel zeigte, war drei Jahre alt, aber immer noch aktuell. Zwar hatte er sich seither ein bisschen mehr Muskelmasse zugelegt, aber er war immer schon stämmig gewesen, was ihm bei Leuten, die ihn nicht leiden konnten, und davon gab es mehr als nur ein paar, den Spitznamen Hulk eingebracht hatte.

Fran musterte ihn von Kopf bis Fuß und lächelte anerkennend. Er verlagerte sein Gewicht und benutzte seine Hände als Feigenblatt, bemüht, sich nichts anmerken zu lassen. »Ich war schon vor drei Jahren fertig mit Ihnen. Nichts hat sich verändert. Wollen Sie mich jetzt erschießen?«

»Aber es hat sich etwas verändert.« Fran signalisierte den Männern, die sie umzingelten, sie sollten sich zurückziehen. »Heute Morgen haben wir die Nachricht erhalten, dass sie zur Extraktion bereit sein könnte.«

Er empfand Freude und große Erleichterung, hatte jedoch zugleich das Gefühl, verraten worden zu sein. »Könnte?«, fragte er leise. »Sie haben also nichts in der Hand!«, fügte er wild gestikulierend hinzu. Als die Männer drohend die Muskeln spannten, zügelte er seinen Zorn. »Die Idee war von Anfang an fehlerhaft. Es wird nicht funktionieren. Nicht in einem Jahr. Nicht in zehn! Jedes Mal, wenn sie etwas herausgefunden hat, wird sie gesäubert und verliert ein bisschen mehr von ihrem Gedächtnis! Das war eine blöde Idee, Fran. Sie machen alles nur noch schlimmer, und ich will damit nichts zu tun haben.«

Fran klatschte ihm die Akte vor die Brust. »Bringen Sie Ihre Daten auf den neuesten Stand. Sie reisen morgen ab. Der Weg hinein ist bereits geebnet. Es wartet sogar ein Freund auf Sie.«

Er schürzte die Lippen und weigerte sich, die Akte an sich zu nehmen. *Spielzeugsoldaten, die Krieg führen wollen.* »Sie hören mir nicht zu.«

»Nein.« Fran trat so dicht an ihn heran, dass er zurückwich und gegen einen der Männer prallte. »Sie hören *mir* nicht zu«, sagte die Frau. Den Kopf in den Nacken legend, blickte sie zu ihm empor, und er konnte in dem hellen Licht genau erkennen, wo sie kosmetische Korrekturen hatte machen lassen. »Sie hat, was wir brauchen. Sie weiß es nur noch nicht, und genau darum wird es dieses Mal funktionierten. Gehen Sie rein. Holen Sie es. Jetzt, ehe die anderen es herausfinden und sie säubern. Sie wollen dem ein Ende machen? Dann los!«

Aber auch wenn es zu Ende wäre, würde es nie mehr so sein wie früher. Wütend drehte sich Silas zu dem Mann um, gegen den er geprallt war, und starrte ihn so lange finster an, bis er zur Seite trat und Silas den verlassenen Korridor vor sich sah. Sie hatten wirklich keine Handhabe, ihn festzuhalten, und das wussten sie.

»Ich brauche Sie, Silas«, rief Fran, und ihr Ton klang beinahe flehentlich. »Was haben Sie vor? Wollen Sie sich wieder Ihrem Hobby widmen? Ihre historischen Relikte reinigen und so tun, als wären Sie etwas, das Sie nicht sind? Sie sind ein Meister, Silas. Sie sind der Beste. Und Sie vergeuden die eigene Genialität.«

Er drehte sich um und sah sie umgeben von den Männern, die einen Krieg führten, von dessen Existenz niemand wusste. Er war kein Genie, er hatte nur Glück mit der Art, wie er die Welt sah. »Sie haben mich benutzt.«

»Aber es hat alles geklappt, nicht wahr?«, fragte sie mit gespielter Fröhlichkeit. »Wenn wir überhaupt eine Chance haben, das zu Ende zu bringen, dann nur mit Ihnen. Sie sind der Einzige, der klug genug ist, das Ausmaß des Schadens zu erkennen, und flexibel genug, ein Programm einzurichten, das ihn reparieren kann. Lassen Sie sie nicht im Stich. Nicht jetzt!«

Silas biss die Zähne zusammen und wandte sich ab. Mit schwingenden Armen marschierte er den Korridor hinunter. Der Slicksuit zwickte. Irgendwo mussten seine Klamotten sein und hoffentlich auch sein Wagen.

»Heute am Spätnachmittag!«, rief ihm Fran in einem aufreizend blasierten Ton nach. »Punkt fünf.«

»Ich glaube nicht, dass er es macht«, sagte Frans Assistent, und Silas' Ohren brannten, als er Fran lachen hörte.

»Er wird es machen. Sorgen Sie dafür, dass etwas da ist, was ihm passt. Der Mann ist ziemlich groß.«

Verärgert ging er etwas schneller. Den Weg zur Garage kannte er. Es missfiel ihm zutiefst, dass sie ihn so gut kannte. Er würde schmollen und schmoren und vermutlich irgendetwas Kostspieliges zerstören. Und zehn Minuten vor fünf würde er auftauchen, weil er wusste, dass sie recht hatte. Er war nicht der Beste, den sie hatten, aber wenn jemand das schaffen konnte, dann war er es.

# 5

Peri ließ sich Zeit, als sie unter der Dusche des Motels stand. Die winzige Welt aus Wärme und Wasserdampf bearbeitete jeden Muskel und verschaffte ihrem schmerzenden Körper Linderung. Verletzungen infolge eines Auftrags waren nichts Ungewöhnliches. Ungewöhnlich war nur dieser verdammte Erinnerungsknoten, der Jack so zu schaffen machte, dass er die ganze Nacht durchgefahren war.

Mit gerunzelter Stirn griff Peri nach dem Shampoo. Sie fühlte sich verletzlich, fast so, als könnte sich irgendetwas aus ihrer Vergangenheit erheben und sie zu Fall bringen. Was den Knoten hervorgebracht hatte, lag auf der Hand: der Geschmack der Schokolade und der Geruch des Whiskeys in Verbindung mit Jacks Gesicht im hellen Licht des Clubs. Aber sie traute sich nicht einmal, daran zu denken. Jedenfalls nicht, solange Jack nicht mit dem Frühstück zurück war.

Es war nicht leicht gewesen, Jack an diesem Morgen zu einem Zwischenstopp zu überreden, so erpicht war er darauf, nach Detroit zurückzukommen. Er war die ganze Nacht gefahren und hatte über sie gewacht, während sie geschlafen hatte. Der Mann war todmüde, und sie hatte die feste Absicht, sich für den letzten Abschnitt des Weges selbst ans Steuer zu setzen. Es war verdammt noch mal ihr Wagen. Es ging ihr gut. Und nach einer Defragmentierung würde es ihr sogar noch besser gehen. Außerdem bekam sie nicht oft die Gelegenheit, ihren Mantis aufzureißen und fröhlich die Straßen hinunterzujagen, bis die spannungsempfindliche Lackierung von ihrem gewöhnlichen Schwarz-Silber in ein energiesparendes Weiß überging, das einen niedrigen Ladezustand kennzeichnete.

Sie hatte die »Ich habe Hunger«-Karte ausspielen müssen, um ihn dazu zu bringen, an einem jämmerlich aussehenden Truckstop Halt zu machen. Das wiederum hatte sie auf die Idee gebracht, sich eine Dusche in dem noch jämmerlicher aussehenden angeschlossenen Motel zu gönnen, während das Frühstück zubereitet wurde. Bekam sie ihren Willen – und das gelang ihr meistens –, würden sie und Jack die Pause um eine Gedächtnisdefragmentierung erweitern. Und dann würde Jack schlafen. Dagegen würde er sowieso nichts tun können. Nachdem sie einander drei Jahre lang gegenseitig den Arsch gerettet hatten, hatte sie absolutes Vertrauen zu Jack. Ihr Bauchgefühl riet ihr jedoch, unterhalb des Radarschirms ihres Arbeitgebers zu bleiben, bis Jack ihr die Erinnerung zurückgebracht hatte, umso mehr, als sie sich nun mit einem Erinnerungsknoten herumschlagen musste.

Jacks Sorge war berechtigt, aber die Defragmentierung ihres Gedächtnisses war der schnellste Weg, den Knoten zu entwirren und weiteren vorzubeugen. *Ehe ich anfange zu halluzinieren*, dachte sie, als sie sich Haarspülung in die Handfläche spritzte. Wenn sie ehrlich war, musste sie allerdings einräumen, dass man Gedächtnisprobleme schon mehrere Wochen lang unbeachtet lassen musste, bis es so weit kommen konnte.

Ihre Arme schmerzten, als sie die Spülung in ihr glattes schwarzes Haar einarbeitete. Es war länger als in ihrer Erinnerung, aber das war nichts Besonderes. Was leider auch für die ihr nicht erklärlichen sogenannten Teppichflechten – Hautabschürfungen, ausgelöst durch Reibung auf dem Boden – und die blauen Flecke galt. Dieser Zustand der Abkoppelung, den die Zeitsprünge zurückließen, war ihr verhasst. Ohne Jack wäre sie jetzt hilflos. Allein. Verloren.

*Jack wird mir alles erzählen*, dachte sie, während sie unter der Dusche stand und sich fragte, ob ihre Mutter in diesen sechs Wochen vielleicht gestorben war. Unschlüssig, was sie in diesem Fall empfinden würde, kehrte sie in Gedanken zurück zu ihrem ersten Sprung – oder zumindest zu dem ersten, an den sie sich erinnerte. Damals war sie zehn gewesen. Sie hatte auf dem Spielplatz zu wild geschaukelt und sich den Arm gebrochen, als sie gestürzt war. Der Sturz hatte ihr jedoch zugleich die Luft aus der Lunge gepresst, und der Adrenalinstoß, der damit einhergegangen war, hatte den Sprung ausgelöst. Inzwischen hatte sie gelernt, den Vorgang zu kontrollieren, und konnte nach Gutdünken springen, aber Todesangst würde immer der Auslöser eines unaufhaltsamen Zeitsprungs bleiben. Sie glaubte sogar, dass sie an jenem Nachmittag gestorben war, als sie sich plötzlich auf der Schaukel wiederfand und auf das geisterhafte Bild ihrer selbst hinabblickte, wie sie am Boden nach Luft schnappte, während ihre Mutter verzweifelt danebenstand.

Das zumindest war die Erinnerung, die sie schließlich mit der Hilfe von Dr. Cavana defragmentiert hatte. Cavana war der Kinderpsychologe, zu dem man sie nach der Geschichte im Park geschickt hatte. Er hatte diese Erinnerung im Laufe mehrerer Monate aus ihr herausgelockt. Stressbedingte Amnesie, so hatten sie es genannt. Bei Cavana war sie nur gelandet, weil sie immer wieder aus Albträumen erwacht war, in denen sie erstickte und einen gebrochenen Arm hatte, obwohl das unverkennbar nicht der Fall war. Das hatte ihrer Mutter Angst gemacht. Infolgedessen hatte sie überreagiert – und unwissentlich Peris Leben verändert.

Dr. Cavana war ein netter alter Mann gewesen und hatte einer von der Regierung finanzierten geheimen Gruppe von Leuten angehört, die potenzielle Zeitagenten und Anker suchten und evaluierten. Für diese Abteilung im Dienste der Regierung arbeitete nun auch sie. Der Mann, dessen Fähigkeiten weit über die eines gewöhnlichen Ankers hinausgingen, konnte tief in den Geist eines Zeitagenten eintauchen und Erinnerungen an Vorgänge, die er nie erlebt hatte, mit akribischer Genauigkeit wiederherstellen. Diese Gabe machte ihn einzigartig und folglich schützenswert, aber sie hatte auch nie den Gedanken abschütteln können, dass er einen Menschen bei Bedarf binnen fünf Sekunden töten konnte.

Cavana war derjenige, der ihr von Ankern und Zeitagenten erzählt und ihr erklärt hatte, wenn sie nur hart genug arbeitete und den richtigen Unterricht bekam, könne sie Teil dieser geheimen Elitetruppe werden. Die Regierung hatte sie in den Sechzigern des vergangenen Jahrhunderts zur Spionageabwehr im Kalten Krieg eingeführt. Später hatte man die Truppe im Krieg gegen Drogen, im Krieg gegen Terror und zwischendurch, bei Bedarf, bei allen möglichen anderen Auseinandersetzungen eingesetzt. Opti-Agenten veränderten die Gegenwart, um eine andere Zukunft festzulegen, und hatten die Finger überall – von der Entwicklung der Soft Fusion über die Legalisierung von Austauschorganen bis hin zur Sicherstellung der Finanzierung Finnlands durch die Vereinigten Staaten, um die Finnen vor Putin auf den Mars zu bringen.

Jeden, der je ein Déjà-vu erlebt hatte, konnte man dazu ausbilden, sich an modifizierte Zeitlinien zu erinnern. Aber die Fähigkeit der Anker, ihren Geist mit dem des Zeitagenten zu verschmelzen, um diese Zeitlinien wieder aufzubauen, war äußerst selten. Noch schwerer zu finden waren die Zeitagenten selbst, da sie sowohl die Vergangenheit, die sie verändert hatten, als auch die, die sie neu geschrieben hatten, vergaßen. Es gab einen Grund dafür, dass Cavana sich als Kinderpsychologe ausgegeben hatte, und noch heute wurden künftige Zeitagenten aus Nervenheilanstalten für Kinder und Jugendliche rekrutiert.

Cavana hatte dafür gesorgt, dass Peri die besten Schulen besuchte, und sie hatte eifrig alle Kurse belegt, die er vorgeschlagen hatte. Sie hatte sein wollen wie er und nichts dagegen gehabt, ihrer überfürsorglichen, kontrollsüchtigen Mutter vorzulügen, ihr Master in Militärtaktischer Innovation bedeute, dass sie in einem Labor neue Waffen entwickele, und ihr zu verschweigen, dass sie selbst eine solche war.

Die beiden Jahre, die sie in einer Spezialtruppe des Militärs zugebracht hatte, waren für sie wie der Himmel auf Erden gewesen und hatten sowohl das Härteste, was sie je durchgemacht hatte, als auch das Beste umfasst. Dort hatte sie gelernt, ihren Körper zu nutzen wie eine Waffe, die nicht gegen sie gerichtet werden konnte; zu schießen, wenn es notwendig war, oder das Schießen durch die Anwendung von Listen und Tricks gänzlich zu vermeiden. Die Wissenschaftsgeeks hatten sie dabei unterstützt, einen Rahmen aus Ritualen zu schaffen, der ihr half, nach einem Sprung das seelische Gleichgewicht zu wahren und die Verwirrung zu lindern. Manche Zeitagenten, vor allem die Männer unter ihnen, konnten länger springen als sie, aber Peri war der Ansicht, dass der beste Sprung derjenige war, den man vermeiden konnte.

Als sie Jacks Schritte vor der Tür hörte, drehte Peri das Wasser ab und stieg aus der Dusche, bemüht, ihre Reisetasche nicht nass zu tropfen. Sie wischte den Dunst vom Spiegel und betastete das geschwollene Auge, das sich bereits purpurn verfärbte. Obwohl sie damit gerechnet hatte, zuckte sie zusammen, als sie das leise Klopfen vernahm.

»Ich habe dir das Übliche mitgebracht«, sagte Jack und schaute kurz im Bad vorbei, um einen Morgenmantel aufzuhängen und einen dampfenden Becher Kaffee auf eine gläserne Ablage zu stellen.

Immer noch tropfnass, beugte sie sich vor und gab ihm einen

Kuss. Seine Lippen schmeckten nach Kaffee. »Du verwöhnst mich mal wieder viel zu sehr.« Sie senkte den Blick. »Meine Mutter ist in den letzten sechs Wochen doch nicht etwa gestorben, oder?«

Jack glotzte sie an. »Guter Gott, nein! Wie kommst du denn darauf?«

Sie zuckte mit den Schultern und kam sich albern vor. »Weiß ich nicht.«

»Ach, Peri …« Betreten schob er sich zu ihr hinein und zog sie samt Handtuch in eine feuchte Umarmung. »Du hast erst letzte Woche mit ihr gesprochen. Es ist alles in Ordnung.«

»Genau wie bei mir«, erklärte sie mit Nachdruck und ärgerte sich über den Kloß in ihrem Hals. »Aber ich will mich an den Einsatz von gestern Abend erinnern können, ehe ich wieder ins Auto steige.« Als Jack die Arme sinken ließ, fiel ihr Blick auf den Knopf des Wachmanns, der auf der Ablage ruhte. »Können wir die Defragmentierung um das Ding herum aufbauen?«

Er nickte feierlich und griff nach dem Knopf. »Äh, ja. Ich habe mit Bill gesprochen. Er flippt gerade total aus. Bist du sicher, dass du nicht warten und die Defragmentierung bei Opti machen willst?«

»Bei Opti?«, platzte sie heraus, überrascht über die in ihren Augen sonderbare Frage. Aber da war der Erinnerungsknoten, und er war übermüdet. »Ich würde es lieber jetzt machen, wenn du dich dazu in der Lage fühlst. Dir geht's doch einigermaßen gut, oder?«, fragte sie. Er nickte nur, ging mit gesenktem Kopf hinaus und ließ Peri mit einem Gefühl schwelender Unruhe zurück.

Die sechs verlorenen Wochen würden nicht von selbst zurückkommen, und das, was Jack ihr auf halbwegs vernünftige Weise bieten konnte, war längst nicht so umfangreich. Sandy, die Psychologin, die Opti ihr zugewiesen hatte und die von

**65**

Anfang an dabei gewesen war, sagte, der Schaden greife umso tiefer, je größer der Unterschied zwischen zwei Zeitlinien sei. Der Verlust von sechs Wochen war kein schlechter Preis für ihr Leben. Sechs Wochen waren ein überschaubarer Zeitraum. Trotzdem musste sie wissen, was in diesem Hochhaus passiert war.

Der Geruch von Würstchen und Ei drang ins Badezimmer und mischte sich mit dem verführerischen Duft des Kaffees auf der Ablage. Peris Magen knurrte, während sie nach dem Morgenmantel griff, den Jack hereingebracht hatte. Mit einem Ruck löste er sich vom Haken, und ihre Halskette mit dem kleinen Stift, die dahinter gehangen hatte, schwang wie ein Pendel hin und her. Peri hielt sich die Baumwolle unter die Nase und atmete den Duft ihres Waschmittels ein, der von dem schalen, kalten Geruch ihres Gepäcks überlagert wurde. Als sie in den Mantel hineinschlüpfte, dankte sie Jack im Stillen dafür, dass er ihn in seine Reisetasche gepackt hatte. Wenn sie nicht entspannt war, würden keine Erinnerungen zurückkehren. Dass Jack sie so gut kannte, vermittelte ihr ein Gefühl von Bedürftigkeit und Unzulänglichkeit, aber feste Muster waren genau das, was sie bei Verstand hielt, wenn ihr der Boden der ganzen Welt unter den Füßen fortgerissen wurde.

Den Anhänger aus Sterlingsilber in Form eines Stifts verstaute Peri widerstrebend in ihrer Tasche. Die meisten Zeitagenten hinterließen auf irgendeine Weise kurze, spontane Botschaften an sich selbst, wenn sie in Abwesenheit ihres Ankers springen mussten. Aber den Anhänger mit dem Stift während einer Defragmentierung zu tragen, kam fast einer Demonstration puren Argwohns gleich.

Der hastige Schluck Kaffee wirkte auf sie wie eine bittere, aber willkommene Ohrfeige. Sie setzte sich auf den Rand der Wanne und zog die Reisetasche näher heran. Die meisten Kleidungsstücke, die darin lagen, waren ihr nicht vertraut, aber sie trug so oder so meist das gleiche Zeug – maßgeschneiderte Couture in gediegenen Farben –, damit sie sich nie völlig fremd in den eigenen Klamotten fühlen musste. Nun hängte sie eine frische Hose und ein Top auf die Rückseite der Tür, um die Falten in dem verbliebenen Dampf aus der Dusche zu glätten. Dann stutzte sie. *Ein weißer Slip?* Der dünne Stoff klebte an ihrer Haut, als sie ihn unter dem Bademantel anzog. Wann hatte sie angefangen, Weiß zu tragen? Das war so … bieder.

Die Stiefel entsprachen jedoch ihrem gewohnten, scharfen Stil. Sie wischte sie rasch ab, um eine raue Stelle zu glätten, und lief rot an, als sie Blut auf dem Lappen erkannte. *Das erklärt dann wohl meinen geschwollenen Fuß.*

Ihr Stirnrunzeln löste sich, als sie in der Vordertasche das Strickzeug fand, das sie sich für Hin- und Rückweg eingesteckt hatte. *Ich war wirklich so wagemutig, mich an Handschuhen zu versuchen?*, fragte sie sich, als sie die Strumpfstricknadeln wieder einpackte und weiter in der Tasche wühlte. Diese häusliche Fertigkeit war mehr als nur ein von Opti genehmigtes Mittel zum Stressabbau. Nicht zuletzt gefiel es ihr, Holzspieße an den Leuten von der Transportaufsicht vorbeizuschmuggeln. Tatsächlich hatte das einen großen Teil dazu beigetragen, dass sie zugestimmt hatte, als Sandy ihr vorgeschlagen hatte, sich ein häusliches Hobby zuzulegen. Im Notfall passten die Nadeln sogar neben ihr Messer in den Stiefelschaft.

Als Nächstes war ihr Telefon an der Reihe. Froh, noch zu wissen, wie Glas-Technik funktionierte, überprüfte sie, mit wem sie in letzter Zeit gesprochen hatte. Viele Namen waren da nicht, und sie kannte jeden davon. Ein seltsamer Eintrag gab ihr zu denken, bis sie erkannte, dass er aus Charlotte stammte, vermutlich aus dem Club, einem Restaurant oder dem Hotel, in dem sie abgestiegen waren.

Ihr Messer fand sie eingewickelt in Jacks Taschentuch. Sorgfältig wusch sie das Blut ab und reinigte das Messer mit einem Spezialtuch zur Vernichtung von DNS-Spuren. Um die Klinge zu schmieren, trug sie anschließend einen Tropfen des Öls auf, das sie in dem nur dafür genutzten Kontaktlinsenbehälter aufbewahrte. Danach schob sie das Messer dahin, wo es hingehörte: in die Scheide im Stiefel. Den blutbefleckten Lappen warf sie weg, wohl wissend, dass das Zimmermädchen ihn sicherer entsorgen würde, als sie es könnte. Ihr behagte nicht, dass sie sich nicht mehr daran erinnern konnte, einem Menschen das Leben genommen zu haben. Sie tötete niemals jemanden, es sei denn, sie wurde zuerst getötet. Jack allerdings war nicht so pingelig.

Müde betrachtete sie sich in dem erneut beschlagenen Spiegel. Der Schatten ihrer Mutter, der sich in der Neigung ihres schmalen Kinns und der leicht aufwärtsgerichteten Form der Nase niederschlug, gefiel ihr nicht. Doch nun hatte sie sich alle Stücke ihres Lebens zurückgeholt, die sie allein ergattern konnte. Es war Zeit, sich von Jack helfen zu lassen. Den Kaffee in der Hand, verließ sie das Badezimmer.

Ein durchgelegenes Doppelbett mit einer ausgebleichten, bedruckten Tagesdecke nahm eine der Wände ein. Es gab ein großes Fenster mit Ausblick auf den Parkplatz und die Interstate, die hinter ihm vorbeiführte, und ein kleineres auf der anderen Seite, von dem aus das Gestrüpp und die Felsen hinter dem Hotel zu sehen waren. Der kastanienbraune Teppich war schmutzig, das Mobiliar vor Jahrzehnten aus der Mode gekommen. In einer Ecke entdeckte sie einen unter die Zimmerdecke geschraubten Fernseher. Auf dem Nachttisch stand allen Ernstes ein Telefon mit Wählscheibe, aber direkt daneben lag ein Etherball-Plug-in-Ladegerät, mit dem man jedes andere Gerät mit dem Netz verbinden konnte – eine Notwendigkeit bei der

Unterbringung von LKW-Fahrern. Dieses eine Musterbeispiel moderner Technik ließ den Rest des Raumes noch trostloser erscheinen. Er war weit entfernt von dem hochtechnisierten Fünf-Sterne-Ambiente, das sie gewohnt war, aber er war sicher, und das war alles, was wirklich zählte.

»Besser?«, fragte Jack, als er einen zweiten Stuhl an den winzigen runden Tisch rückte, den er gedeckt hatte.

»Auf dem Weg dahin.« Sie sah Omelett mit Toast und Würstchen neben einer Plastikschale mit Joghurt und Walnüssen. Die Morgensonne schien herein und spiegelte sich in dem Knopf, der genau in der Mitte des Tisches lag. Allmählich verblasste ihr Lächeln, als sie versuchte, sich an das Gesicht des Mannes, dem sie alles genommen hatte, zu erinnern und es gleichzeitig zu vergessen – die Augen, die zu ihr emporstarrten, während der blutige Schaum seines letzten Atemzugs noch immer auf seinen Lippen haftete. Manchmal war das Vergessen ein wahrer Segen.

»Du, äh, duschst doch noch, ehe wir fahren?«, fragte sie und lauschte dem Rauschen des Verkehrs auf der Interstate, das zusammen mit dem Sonnenschein in den Raum drang.

Jack sah sich zum Badezimmer um. »Wahrscheinlich. Wenn ich gegessen habe. Ich bin halb verhungert.«

»Ich auch.« Die Würstchen rochen herrlich, und so unangenehm die Plastikgabel auch war, sie störte sich nicht daran, als der fettige Geschmack auf ihre Zunge traf.

Seufzend nahm Jack auf der anderen Seite des Tisches Platz. Peri trank einen weiteren, großen Schluck Kaffee und erstarrte, als sie die Tasse neben Jacks stellte – die direkt vor ihrem Platz stand. *Toll.* Eier und Würstchen waren offenbar nicht mehr das, was sie normalerweise zum Frühstück aß. Sie waren es aber vor sechs Wochen gewesen.

Als sie aufblickte, sah sie, wie Jack verdrossen in dem Joghurt herumstocherte. »Das ist doch dein Frühstück, oder?«, fragte sie. Verlegen griff er über den Tisch nach seinem Kaffee.

»Ja-ah. Du warst in letzter Zeit auf einem Gesundheitstrip, aber iss nur. Du siehst hungrig aus.«

»Ach, Jack …«, hauchte sie und schob ihm verärgert ihren Teller rüber. Als er protestierte, stand sie auf, um sich auf seinen Schoß zu setzen. Seine Umarmung fühlte sich gut an, und sein überraschtes Ächzen brachte sie zum Lächeln. An ihm haftete der Geruch von Schießpulver, überlagert von den Ausdünstungen blauer Kreide und abgestandenen Biers. Das bittere Aroma drang tief in ihre Psyche und kitzelte ein Verlangen wach, ausgelöst von der Erinnerung an Adrenalin und gemeinsam bewältigte Gefahren.

»Wir teilen«, flüsterte sie, und er verlagerte ihr Gewicht auf seinen Beinen. »Hier. Nimm einen Bissen.«

Seine Augen leuchteten auf, und er behielt sie fest umschlungen auf seinem Schoß, während sie ihm mit dem billigen Besteckteil, das Löffel und Gabel in einem war, ein Stückchen Wurst in den Mund schob. »Daran könnte ich mich gewöhnen«, sagte er mit vollem Mund, und ihre Schultern sackten vor Erleichterung herab. Sie konnte es nicht ausstehen, wenn ihr ein so offensichtlicher Fehler wie gerade eben unterlief.

Alles drehte sich um Routine. Routine würde ihr die Erinnerung nicht zurückbringen, aber sie brauchte Stabilität, um zu erkennen, wenn etwas fehl am Platz war – und sie beging Fehler.

»Mmmm, gut«, stellte er fest und schob sie etwas zur Seite, um sich selbst bedienen zu können. »Weißt du, Bill ist wirklich nicht erfreut über den Knoten und will, dass wir schnellstens zurückfahren.«

»Was sonst.« Aber ihr Blick wanderte unwillkürlich zur Interstate. Sollte etwas Tiefgreifenderes als dieser Erinnerungsknoten zutage treten, würde Opti schon damit zurechtkommen und die Schäden bei ihr beheben. Sofort zurückzufahren war eine gute Entscheidung. »Was meinst du? Mittags daheim?«, fragte sie zögernd. Noch immer wäre es ihr lieber gewesen, erst zu defragmentieren, ehe sie sich den Sofakriegern mit ihren Psychotests und Bewertungen stellen musste. Aber wenn er zu müde war …

Jack nickte und pickte die Walnüsse aus dem Joghurt, um sie eine nach der anderen zu verspeisen. »Wenn du fährst, bekomme ich sogar noch etwas Schlaf.« Er blickte auf und stutzte, als er ihre geweiteten Augen sah. »Bin aber fit genug für eine Defragmentierung«, fügte er hinzu, und Peri seufzte erleichtert auf.

Zwingen hätte sie ihn nicht können, und wenn er zu müde war, blieb ihr keine andere Wahl als zu warten. Die meisten Leute bei Opti dachten, der Zeitagent sei die beherrschende Kraft in der Paarung von Zeitagent und Anker, aber die Wahrheit lautete, dass der Anker für die geistige Gesundheit seines Partners sorgte – und jeder Zeitagent wusste das. »Jetzt?«, fragte sie, getrieben von dem Gefühl, keine Zeit mehr zu haben.

Jack nickte, schob das halb aufgegessene Omelett weg und hob sie hoch. Seine Hände an ihren Hüften fühlten sich vertraut an. Ein letzter Bissen Ei, und Peri ergriff den Knopf. Er war kalt – als berge er Albträume. Jack schloss die Vorhänge, und sie setzte sich auf seinen Stuhl, dessen Polster immer noch warm von seinem Körper war.

Bernsteingelbes Licht, warm und fast golden, sickerte wie matter Sonnenschein durch den dünnen Gardinenstoff. Als Jack hinter sie trat und seine starken Finger an ihre Stirn legte, seufzte sie. Wie ein Spitzenmasseur begann er, die Anspannung in ihr zu lösen. Darauf bedacht, den Bluterguss auszusparen, fing er mit ihrer Stirn an und presste die Finger auf die Druckpunkte, bis sie ihre Energie mit ihrem Atem entließ. Die heiße Dusche hatte ihre schmerzenden Muskeln beruhigt. Jack tastete sich von ihren Augen zu ihrer Stirn, ihrem Kinn, den Wangenknochen und wieder zurück, bis Peris leichte Kopfschmerzen verschwunden waren. Als er sich ihrem Hals und ihren Schultern zuwandte, musste sie ein Stöhnen unterdrücken. Es gab viele Methoden, Körper und Geist zu besänftigten, aber diese war ihr am liebsten.

Während Jack ihre Spannung löste, hielt sie den Knopf immer noch locker in den Fingern. Alle Zeitagenten verknüpften Erinnerungen mit Gegenständen, um sie realer zu machen, aber am Ende durfte stets nur die finale Zeitlinie übrig bleiben. Im Wesentlichen schufen die Anker selbst einen Erinnerungsknoten, aber der war gebändigt und ungefährlich, weil mit ihm nur eine einzige Zeitlinie verknüpft war. Dass Anker sich an beide Zeitlinien erinnern konnten, kam Peri wie ein Wunder vor. Wie konnten zwei Vergangenheiten nebeneinander existieren? Das kam ihr schlicht absurd vor.

»Wir haben bei Sonnenuntergang in der Stadt gegessen«, sagte Jack mit so leiser Stimme, dass sie im Rauschen des fernen Verkehrs fast unterging. »Champagner, pikanter Käse und Cracker, umgeben von goldenem und pinkfarbenem Licht. Du hast mit dem Kellner geflirtet, bis er dir einen Teller mit Mandelkeksen gebracht hat, die nicht auf der Karte standen«, erzählte er, und Peri musste lächeln, weil das so gut zu ihr passte. »Du hast den langen Weg zu dem Gebäude genommen, weil du bei den Beatles mitsingen wolltest. Als wir eingetreten sind, waren wir ein glückliches, beschwipstes Paar, das niemand eines zweiten Blickes gewürdigt hat. Du hast die Zeit gestoppt, als ich die Tür am Haupteingang zu der Etage geknackt habe. Ich war drei Sekunden langsamer als sonst.«

*Aber immer noch zwei Minuten schneller als ich in meiner*

*Bestzeit*, dachte sie, als die Erinnerung an verschmorte Schaltkreise in ihr erwachte. Ihre geschlossenen Augen bewegten sich ruckartig. Jacks Worte brachten ihr Blut in Wallung: Jetzt nahm die Nacht reale Züge für sie an.

»Du hast dich hingesetzt und den Ausblick genossen, während ich mich an die Arbeit gemacht habe«, fuhr er fort. Entspannt atmend, erinnerte sie sich an die purpurnen und goldenen Lichter zwischen der Straße und dem nächtlichen Himmel, an ihre Überzeugung, dass sie bis Sonnenaufgang zurück in ihrem Hotel sein und auf dem Balkon frühstücken würden, wobei Jack sich mal wieder beklagen würde, dass sie ihn mit ihrem gesunden Essen vergiftete.

»Du hast mich auf die Flugzeuge hingewiesen, die darauf gewartet haben, landen zu dürfen«, sagte er, und sie wurde schläfrig und erinnerte sich an ihre gute Laune. »Du hast Schokolade probiert. Alles lief gut. Dann hast du den Fahrstuhl gehört, bist in deinem Draufgängertum hinausgegangen und hast mich allein gelassen.«

*Ich habe ihn allein gelassen.* Seine Sorge rankte sich um ihre eigene und verstärkte sie so. Anker mussten in Reichweite eines Zeitagenten sein, um den Sprung zu erkennen. Ein Sprung außerhalb von Jacks Sichtweite hätte dazu führen können, dass er nicht mehr imstande gewesen wäre, ihr irgendeine Erinnerung zurückzuholen. *Es muss das Risiko wert gewesen sein*, dachte sie, und ihr Griff um den Knopf spannte sich so, dass sie dessen Löcher an der Haut spürte.

»Es war der Wachmann«, erklärte Jack, und seine Finger wanderten zurück über ihr Kinn und weiter hinauf, um das neuerliche Stirnrunzeln zu besänftigen. Die Erinnerungen kamen nun machtvoller zurück. Sie konnte Jack bei sich spüren, ihre mentale Verbindung wurde enger, bis seine Gefühle in ihrem Geist genauso real und lesbar waren wie ihre eigenen. Da waren Lichter an der Decke gewesen, Türen, die sich öffneten, obwohl sie hätten geschlossen bleiben müssen, ein gefährlicher, aufmerksamer Dieb anstelle eines Waschlappens von einem Nachtwächter.

Als sich die Verbindung festigte, lösten sich Jacks Finger von ihr. Immer häufiger huschten ihre geschlossenen Augen hin und her. Gemeinsam sahen sie den Mann, den sie getötet hatte. Sie erkannte seinen Gesichtsausdruck und lieferte Jack die Information, dass der Wachmann nach Whiskey und Schweiß gerochen hatte, als sie zusammengestoßen waren. Jack spürte ihr Selbstvertrauen, als der Wachmann die Tür öffnete, fühlte ihren Schmerz, als seine Faust ihr Auge traf. Peris Herz pochte heftig, als sie sich an den Geschmack des Blutes erinnerte, nachdem er auf sie geschossen hatte, den Geruch des Schießpulvers, den Adrenalinstoß. Sie fiel zu Boden, weg von einem Mann mit grauem Haar …

Und dann konzentrierte sich Jack auf das Blut, den Schmerz, den Geruch des Schießpulvers und das Bild eines selbstbewussten Mannes in einem Anzug – und fragmentierte alles. Peris Atem ging ruhiger, als das durchbrochene Geflecht verschwand, ersetzt von der Erinnerung an Furcht und das plötzliche Nachgeben, als ihr Messer über die Rippen des Wachmanns schrammte und in seine Lunge eindrang.

Die Erinnerungen folgten keiner Ordnung, keiner Vernunft, glichen einer Mischung aus der ersten und der zweiten Zeitlinie, während Jack tief in ihrer Psyche die erste Zeitlinie vernichtete – lange bevor das Durcheinander zweier Realitäten Fuß fassen und sie in den Wahnsinn treiben konnte. Peris Augenbewegungen ließen nach, ein erstes Zeichen der Befreiung, und auf sein Drängen gingen sie die Erinnerungen erneut durch, schauten gemeinsam in die schattigen Plätze in ihrem Geist, um nach Überresten der ursprünglichen Zeitlinie zu suchen, die einen mentalen Zusammenbruch auslösen konnten.

Peri verkrampfte sich, als sie diese Überreste fanden, und Jacks Zugriff auf ihren Geist wurde straffer. Da war noch jemand gewesen – ein Mann in einem Anzug. Erinnerte Panik drang von ihr zu Jack durch. Sie keuchte auf, als Jack ihrer Furcht tief in ihren Geist folgte und die Erinnerung an einen Schokolade essenden Mann herauspflückte und zugleich diejenige verstärkte, in der sie auf einem Sessel saß und Schokolade aß.

Aber sie *wusste*, dass sie nicht allein gewesen waren, und eine ölige Stimme, die »Bravo!« rief, hallte durch die schwarzen Ränder verbrannter Erinnerungen. Jack löschte sie, besänftigte Peri.

Ihre Hand pulsierte, als sie sich an einen Mann erinnerte, den sie in seinem Sessel überwältigt hatte, an den verächtlichen Ausdruck in seinen Augen, an die Furcht, die sein Selbstvertrauen in ihr ausgelöst hatte.

In ihrem Geist faltete Jack dieses erste Erinnerungsgeflecht zusammen und löschte es aus. Es war nicht da. Es war eigentlich gar nicht geschehen.

Und dann war es fort.

Was blieb, war die Erinnerung an Jack, der vor dem Wave-Schirm stand und über den unordentlichen Aufbau der Dateien schimpfte, während sein Gesicht im Licht des Monitors fahl erschien. Das Wissen, dass dies real war, tröstete sie so sehr, dass sie geradezu darin badete. Sie spürte, wie sich die Erinnerungen an jene Nacht in ihr wie ein zerknülltes Stück Papier entfalteten. Es war zwar nur eine Folge bruchstückhafter Ausschnitte, aber diese Folge war wohlstrukturiert, denn Jack hatte darauf bestanden, alles noch einmal durchzugehen, um eine saubere Erinnerung aus seinen und ihren Gedanken festzulegen.

Erst als sie den gesättigten Zustand erfolgreich defragmentierter Erinnerung erreicht hatte, regte sich die Furcht erneut, drängte durch all die sorgsam gesammelten Erinnerungen nach oben, wogte an deren zerklüfteten Rändern auf und überschwemmte sie schließlich. Es war die unsinnige Furcht, sie könne sich getäuscht und in Wirklichkeit einen Fehler begangen haben, den sie nie wieder würde rückgängig machen können.

Diese Empfindung stammte aus dem ersten Muster, dem, an das sie keine Erinnerungen mehr hatte. Sie war belogen worden! Sie war in Gefahr, verabscheuenswert, nicht mehr vertrauenswürdig, weil sie Dreck am Stecken hatte …

Peri stockte der Atem, als Jacks Präsenz stärker wurde. *Nicht du*, sagte Jack, und die unausgesprochenen Worte hallten in ihr wider, während er ihre Furcht aufsog und mit seiner Zuversicht unschädlich machte. *Nicht du, Peri. Du bist sauber. Du bist nicht korrupt, mein Täubchen.*

Ihre Brust spannte sich, als seine Liebe sie durchtränkte und ihre Furcht überlagerte. Allmählich hörten ihre Arme auf zu zittern. Jack ließ die Furcht in Flammen aufgehen, verbrannte sie zu Asche, versicherte ihr, dass er sie liebte, ihr vertraute, dass alles andere nur eine Lüge sei. Nach und nach … glaubte sie es. Sie musste es glauben.

»Ich bin hier«, sagte Jack laut, und sie spürte, wie seine Finger ihre umfassten und sie beide den Knopf berührten, den sie dem toten Wachmann abgenommen hatte. Während sie die unebene runde Kante des kleinen blauen Plastikgegenstands betastete, übertrug sich Jacks Gelassenheit auf sie. Jack war dort gewesen, hatte beide Zeitlinien gesehen und den Fehler, den sie begangen hatten, so lange weggebrannt, bis es nur noch eine einzige Erinnerung gab, die neue.

Als sich Peri an die vergangene Nacht erinnerte, taten ihre Blutergüsse wieder weh. Jetzt konnte sie ihnen eine bestimmte

Bedeutung zuweisen. Ihr Beinahe-Tod hatte nie stattgefunden. Sie wusste nur davon, weil Jack ihr in der Nacht davon erzählt hatte. Wissen aus zweiter Hand war ungefährlich – echte Erinnerung tödlich. Silvester und das Beziehungsjubiläum von Jack und ihr lagen immer noch im Dunkel, aber es gab Wege, auch dieses Problem zu lösen: Zu Hause wartete ihr Tagebuch auf sie.

Sie schlug die Augen auf. Jack kniete vor ihr und lächelte, als sich ihre Blicke trafen. Ihr Daumen lag auf dem Knopf und rieb über die Löcher. Jetzt hörte sie auf, mit dem Plastikteil wie mit einem Prüfstein herumzuhantieren. Tatsächlich hatte er für sie ja ähnliche Bedeutung. »Danke«, sagte sie.

Jack beugte sich vor und strich ihr das Haar aus den Augen. »Gern geschehen.«

Seine Stimme klang heiser, und auf seiner Stirn perlte Schweiß. Diese Defragmentierung war nicht leicht gewesen. Mit zitternder Hand legte Peri den Knopf auf den zerkratzten Tisch und schob ihn versehentlich über die Kante, sodass er auf den Teppich fiel und unter das Bett rollte.

Jack schlang den Arm um sie, und sie lehnte sich an ihn, atmete den Duft seines Haars ein. Ihre Arme spannten sich, als ihr bewusst wurde, dass sein ganzer Körper bebte. Unvergossene Tränen brannten in ihren Augen. »Ich hätte dich beinahe verloren«, sagte er mit rauer Stimme. »Ich *habe* dich verloren. Ich weiß nicht, ob ich das noch länger aushalte, Babe.«

Sie spreizte die Beine und zog ihn näher heran, nah genug, um seine Wärme zwischen ihren Schenkeln aufsteigen zu spüren. Er erdete sie, sorgte dafür, dass sie den Verstand nicht verlor, wenn die Sprünge zu lang und die Muster zu kompliziert wurden. Die meisten Menschen hätten wohl behauptet, er habe die einfachere Aufgabe, außerhalb der Schusslinie, weil sie ihn schützte, während er beschaffte, was immer sie gerade brauchten, aber tatsächlich war sein Job der härtere. Er sah alles, erlebte alles mit und durchlebte es wieder und wieder, bis sie sich ebenfalls erinnerte.

Er zitterte immer noch, und sie hob sein Kinn an. »Es ist so hart«, sagte er. »Peri, ich liebe dich.«

»Ich liebe dich auch.« Sie küsste ihn, kostete den Geschmack der Walnüsse. »Ich bin wieder auf dem Damm«, versicherte sie, umarmte ihn fest, atmete seinen Duft. »Vergiss es.«

»Aber was, wenn ich nicht da gewesen wäre?« Zorn überlagerte seinen Kummer. Seine erbitterte Miene tat ihr beinahe weh. »Was, wenn du nicht zurückgekommen wärst, wenn ich nichts gehabt hätte, um dich zu verankern? Du hättest alles verloren!« Er strich mit der Hand über ihr Kinn. »Und ich hätte dich verloren.«

Peri ergriff seine Hände, spürte seine Kraft. Es gab keine Antwort darauf, keine Gewissheit. Sich deswegen zu quälen würde für sie beide alles infrage stellen. »Tu das nicht, Jack. Das ist ein Teil des Jobs.«

»Ich weiß nicht, was ich tun würde, solltest du mich vergessen.«

»Drei Jahre kann ich nicht vergessen«, sagte sie und zog ihn an sich, damit er ihr Gesicht nicht sehen konnte. Das war nur ein Wunsch, kein Versprechen, und sie wussten es beide. Ein ausreichend traumatischer Sprung konnte genau das nach sich ziehen.

Die Köpfe einander zugeneigt, hielten sie sich aneinander fest. Als er unter ihren Morgenmantel griff und mit dem Daumen einem Muskel folgte, entspannten sich ihre Schultern. Tief ausatmend, blickte sie zur Decke empor, und plötzlich wich der Kummer sexuellem Begehren. Seine Hände wanderten höher, suchten ihre Brüste, und irgendwie waren seine vom Morgenmantel behinderten Bewegungen atemberaubender, als hätte sie nackt unter ihm gelegen.

Peri ertastete seine kraftvollen Schultern. Beziehungen zwischen Ankern und Zeitagenten kamen häufig vor und wurden von Opti toleriert. Schließlich verlangte schon ihr Job enorme Hingabe und wechselseitiges Vertrauen. Aber Liebe, echte Liebe, wurde aus genau diesem Grund nicht gern gesehen. Wie sollte irgendjemand dem Schmerz begegnen, einen Menschen zu lieben, der ihn schon morgen vergessen haben konnte?

Sie wusste, dass Jack frustriert war, weil sie ständig Teile ihrer selbst für immer verlor – ein wiederkehrender Irrsinn mit einer Reset-Taste. Er gab und gab und gab, aber er brauchte sie so sehr wie sie ihn. An heute erinnerte sie sich, und das war alles, was sie je zu bewahren versucht hatten. Alles, was zu bewahren sie je gewagt hatten.

Peri fuhr die Linie seiner Schultern nach und bewunderte seinen Bizeps, dessen Umrisse sich vor dem dunstigen Licht der Morgensonne abzeichneten. Seufzend senkte er den Kopf und suchte mit den Lippen ihre Brüste. Peri stockte der Atem. Begierig schlang sie die Beine um ihn und strich mit den Fingern durch sein Haar, folgte der Wölbung seines Kopfes bis zum Hals und weiter bis zu der glatten Brust. Nacheinander zeichnete sie die Konturen seiner gut ausgeprägten Bauchmuskeln nach und neckte ihn damit, so tief hinabzugreifen, wie sie konnte. Es war nicht weit genug.

Jack öffnete ihren Morgenmantel. Sie erschauerte, als er herabfiel und die Sonne sie beide in goldenes Licht tauchte. Ihr Blick traf den seinen, und ihr Verlangen nahm zu, als sie die Begierde in seinen Augen erkannte. Mit einem glücklichen Seufzer zog sie ihn wieder an sich, leicht frustriert davon, dass er zwangsläufig mit dem aufhören musste, was er gerade mit den Lippen tat, wenn sie ihm das Hemd auszog.

Sie streckte die Finger aus, tastete, bis sie nicht mehr widerstehen konnte und vom Stuhl glitt, der hinter ihr umfiel, als sie sich beide auf den Boden knieten. Sie küssten sich, und schon die zarteste Berührung seiner Zunge entzündete ein Feuer in ihr. Seine Lippen schmeckten nach Kaffee und Walnuss, und als beide schneller zu atmen begannen, umhüllte sie der schwache Duft der Hotelseife.

Jacks Hände wanderten weiter und weiter, während seine Küsse von ihren Lippen zu ihrem Hals glitten und drängender wurden. Zugleich umarmte er sie fester und fordernder. Erneut suchte sie seinen Mund und ließ nur von ihm ab, um ihm trotz ihrer schmerzenden Schultern das Hemd über den Kopf zu ziehen. Geschafft! Aber mittlerweile war sie so erregt, dass sie gleich weitermachte und an seinem Reißverschluss zerrte. Seine Zähne an ihrem Hals jagten ihr Schauer über den Rücken. Mit einer Hand umfasste sie seinen straffen Hintern, während sie mit der anderen den Reißverschluss seiner Hose aufzog, was ihm ein Stöhnen entlockte. Doch für den Knopfverschluss brauchte sie beide Hände, und sie spielte bewusst lange damit herum, bevor sie ihn öffnete und weiter nach unten tastete.

Als er ihren Slip herunterzog, vorsichtig darauf bedacht, ihre geschundene Hüfte zu schonen, wand sie sich wohlig. Während sie sich erneut küssten, zeichnete er die Formen ihres Körpers nach und ließ eine Hand fest und fordernd an den Innenseiten ihrer Schenkel entlang nach oben gleiten. Sie hielt völlig still und genoss die ständig wachsende Lust. Jack war ein schöner Mann, gut gebaut und durchtrainiert, da er ständig schnell agieren musste, um dem Tod zu entgehen. Ihr Pulsschlag beschleunigte sich. Er gehörte ihr. Mit Haut und Haar. Und sie liebte ihn.

Außer Atem ließ sie ihre Hände überallhin wandern, hier sanft, da fordernd, bis er sich wieder ihren Brüsten widmete und sie aufkeuchend den Rücken durchbog. Sie mussten sich gegenseitig bestätigen, dass sie beide am Leben waren, dass sie bei ihm war und nicht tot auf dem Boden eines Büros in luftiger Höhe lag.

»Oh, Gott. Du bringst mich noch um, wenn du nicht bald ein bisschen mehr tust«, flüsterte sie, vor Verlangen beinahe vibrierend.

Seine Lippen lösten sich von ihr. Er lächelte und griff an ihr vorbei, um die Tagesdecke vom Bett zu ziehen. Danach hob er sie an und ließ sie sanft auf das ausgebleichte Laken hinunter. Für einen Moment hielten sie trotz ihrer Erregung inne. Sie betrachtete ihn, genoss sein Aussehen und die Gefühle, die er bei ihr hervorrief.

Inzwischen hatte er sich der Hosen entledigt und das Hemd in eine Ecke geschleudert. Nackt kniete er über ihr. In das goldene Licht getaucht, das durch die dünnen Gardinen ins Zimmer drang, schimmerte seine Haut wie Bernstein. *Er sieht aus wie ein junger Gott*, dachte sie. Erneut fuhr sie die Linien seiner Bauchmuskeln nach und ließ die Finger dann noch weiter nach unten wandern, bis er aufstöhnte und sich über sie beugte.

»Jack …«, flüsterte sie und schob sich drängend an ihn heran. Als er in sie eindrang, gruben sich ihre Hände tiefer in seine Schultern. Erst genoss sie die Wärme, dann die Kühle, als er sich vorübergehend zurückzog, um dann erneut in sie zu gleiten. Schwer atmend warf sie sich ihm entgegen. Schmerzen und Kummer der vergangenen Nacht waren vergessen. Während seine Hände ihr Haar umfassten, seine Lippen auf ihrem Mund lagen, fanden sie einen gemeinsamen Rhythmus. Sie biss ihm in die Lippe, er neigte den Kopf und saugte liebevoll und zugleich aggressiv an ihrem Hals. Als sie auf den Höhepunkt zusteuerten, packte sie ihn noch fester und bewegte sich, getrieben von fast unerträglichem Begehren, noch schneller.

Sie wollte es, sie wollte es jetzt. Doch dann fiel ihr bei ihm ein kaum merkliches Stocken, ein Verzögern der Bewegung, ein langsames Durchatmen auf. Sie ging darauf ein und verlangsamte ihr Tempo. Ihr war klar, dass ihr Höhepunkt nahte, und sie wollte ihn hinauszögern. Sie spannte sich an und schlang die Beine um ihn.

Und dann spürte sie es, keuchte erlöst auf, als Wogen der Ekstase durch ihren Körper jagten und sie beide erschütterten.

Jack stöhnte und erbebte. Seine Hände lösten sich aus ihrem Haar, und er krallte die Finger ins Laken. Sie konnte ihn in sich spüren, und ihr Körper reagierte erneut, als ihre gemeinsamen Bewegungen langsamer wurden und schließlich aufhörten, während Wärme aus ihnen herausströmte. Dann herrschte nur noch Ruhe und Stille.

Schwer atmend, löste sie langsam die Hände von seinem Po, ohne sich zu erinnern, sie dort hingelegt zu haben. Lächelnd blickte sie zu ihm auf und genoss, was sie in diesem Moment sexueller Befriedigung und unmaskierten Wohlgefühls sah. Auf seiner gebräunten Haut glänzte Schweiß, sodass sein Körper fast zu schimmern schien. Seine Augen waren noch geschlossen, sein Atem ging schwer, aber ruhig.

Als sie sich umdrehte, sah sie, dass sich die Knöchel der Hand, die er neben ihrem Ohr ins Laken gekrallt hatte, immer noch weiß unter der Haut abzeichneten. Unter dem Bett lag eine Socke, die sie dort nicht vergessen wollte. Gleich daneben lag ihr Talisman, der Knopf. Unwillens, sich zu rühren, zog sie Jack zu sich, um seinen Duft zu atmen. Der Fußboden war hart, und dass der Teppich schmutzig war und stank, wurde ihr erst jetzt bewusst. Aber von der Tür her drang ein Streifen Sonnenlicht ins Zimmer, in dem noch der Geruch von Kaffee und billiger Seife hing, und das vertiefte ihr Wohlgefühl.

Im Reinen mit sich, schaute sie Jack an und erkannte das gleiche Wohlgefühl in den zarten Lachfältchen, die sich um seine Augen herum abzuzeichnen begannen, fand die Bestätigung, dass sie zusammengehörten. *Er will den Dienst quittieren?* Sie wünschte, dieser Augenblick würde nie vergehen. Aber es reichte ihr schon, wenn sie ihn zumindest für alle Zeiten in sich bewahren konnte und nie vergessen würde.

# 6

»Hast du daran gedacht, den Wagen einzustöpseln?«, fragte Peri, als sie ihre Reisetasche am Spätnachmittag an einer Reihe Sitybikes vorbeischleppte, die auf wärmeres Wetter warteten. Ihr Gebäude ragte vor ihr auf, und sie konnte es kaum erwarten, in ihre Wohnung zu gelangen und sich wiederzufinden.

Mit müdem Gesicht steckte Jack ihre Schlüsselkarte ein und hielt ihr die Tür auf. »Wie immer.«

Das Treppenhaus war unbeheizt, und es war kalt, obwohl die tief stehende Februarsonne auf die von Glas umgebene Betontreppe des Wohnturms fiel. Peris Tasche holperte hinter ihr über die Stufen, bis ihre Schulter schmerzte und ihr Veilchen pulsierte. Sie hätten den Fahrstuhl nehmen können, aber der war langsam und ihre Wohnung gerade eine Treppenflucht entfernt.

Die Wohnung hatte sie vor fünf Jahren entdeckt. Ihr gefiel der Balkon, der Ausblick auf den künstlich angelegten Teich und die angrenzenden Läden und Restaurants der Nachbarschaft bot, die allgemein als Lloyd Park bekannt war. Schon damals hatte ihr Job so viel abgeworfen, dass sie sich eine der größeren Wohnungen im obersten Stockwerk hätte leisten können. Aber dort hätte sie nicht einfach aus dem Fenster springen und die Landung überleben können. Das erste Obergeschoss dagegen war einfach perfekt. Jack war, sechs Monate nachdem er ihr Anker geworden war, eingezogen, aber die Wohnung fühlte sich für sie immer noch wie ihre Wohnung an.

Jack lief im letzten Moment auf der Treppe an ihr vorbei und schlurfte in seinen feinen Abendschuhen zur Feuerschutztür. »Hab doch gesagt, ich bringe das für dich hoch«, motzte er.

Sie blies sich die Ponysträhnen aus den Augen. »Und ich hab gesagt, ich mach das selbst«, murmelte sie übellaunig. Sie hatte Schmerzen, und das förderte ihre schlechte Seite zutage.

»Dein Wunsch ist mir Befehl«, entgegnete er mit dem für ihn typischen trockenen Humor, während er die Feuerschutztür aufstieß, und entlockte ihr damit ein Lächeln. Seit er ihren Sprung defragmentiert hatte, war er distanziert und zerstreut gewesen, und es war eine Erleichterung zu sehen, dass er wieder normal und gut gestimmt war. Vielleicht machte er sich Sorgen wegen Bill. Ihr Vorgesetzter war pingelig, wenn es um ihren mentalen Zustand ging, und verlangte Tests und therapeutische Sitzungen, auch wenn die wohlverdiente Freizeit zur Herstellung ihres Gleichgewichts gereicht hätte.

Peri folgte Jack in den wärmeren Hausflur und warf einen letzten Blick auf den mit Sonnenkollektoren überbauten Parkplatz der beiden Hochhäuser. An dessen Rändern hatte sich Schnee gesammelt, der in der untergehenden Sonne funkelte. Detroit war eine angenehme Kulisse, Opti nur eine kurze Fahrt mit der Magnetbahn oder dem Auto entfernt. *Viel besser als früher*, dachte Peri, als sie sich an Straßen erinnerte, die von Wagen so verstopft gewesen waren, dass sie kaum noch befahrbar waren, und an die beängstigende Leere in späteren Jahren, als jeder, der die Möglichkeit dazu hatte, aus der Stadt geflüchtet war.

Sie hatte zugesehen, wie Detroit untergegangen war. War dabei gewesen, als die Stadtväter die Metropole abgerissen und die alte Infrastruktur für die gezielte Ansiedelung von sauber arbeitenden Industriebetrieben, Handelsunternehmen und den Bau von Wohngebäuden genutzt hatten. Die Neubauten hatten sie dann mit Grünanlagen und leisen Transportmitteln verbun-

**85**

den. Letztere stützten sich samt und sonders auf den ursprünglichen Hüttenstahl. Zwar war Detroit noch immer für Autos und Musik bekannt, doch heute war es auch zur Heimat der Industrien geworden, die sich der Entwicklung von Schnittstellen zwischen Technik und Mensch widmeten. Peris Wagen, ein Mantis, fügte sich als hübsches, monströses Spielzeug und Aushängeschild für Detroits neu hervorgebrachte Technik wunderbar in dieses Bild. Optis militärische Einrichtungen mitten in dem neuen Medical Park zu verstecken war nicht schwer gewesen.

Anders als in vielen der anderen wieder aufgebauten Gebiete hatte es in Lloyd Park kein Wahrzeichen der Vergangenheit gegeben, das als stilprägender Eckpfeiler hätte dienen können. Aber Peri gefiel die neongrelle Abwandlung der Leitideen Frank Lloyd Wrights, mit denen die Architekten gespielt hatten. Die nüchternen Muster aus klaren Winkeln und Linien waren hier überall vertreten. Man fand sie in der Straßenbeleuchtung und in den Gullydeckeln, in den Dächern der Taxiladestationen und sogar in den Zäunen, die den Park begrenzten. Das Neon jedoch beherrschte den öffentlichen Bereich in ihrer Umgebung. Überall loderten grelles Rot, Gold, Grün und Weiß: in der Umgebung feiner Geschäfte und Restaurants und zwischen den sich beständig verändernden elektronischen Reklametafeln und den Kommunikationsmonitoren mit ihren riesigen Bildschirmen, die dazu dienten, die Leute auch noch mitten im Winter auf den Platz zu locken. Die Fassade ihres Hauses folgte ebenfalls dem neonfarbenen Motiv, aber während der Stil im öffentlichen Bereich deutlich ins Auge sprang, war er in ihrer Wohnung nur andeutungsweise zu erkennen.

*Gerade genug, um als Bekenntnis durchzugehen*, dachte sie, als die Brandschutztür hinter ihnen ins Schloss fiel. Sie war froh, zu Hause zu sein – konnte es kaum erwarten, etwas Normales zu tun. Nachdem sie sechs Wochen verloren hatte, fühlte es sich an, als käme sie aus einem längeren Urlaub zurück und wäre nicht nur drei Tage fort gewesen. Die Schatten von Katzenpfoten bewegten sich jenseits des Türschlitzes hin und her, und sie lächelte unwillkürlich. Jack hatte es saukomisch gefunden, dem Streuner den Namen einer Figur aus einer Late-Night-TV-Satire zu geben, die Verborgenes erahnen konnte. »Hi, Carnac«, sagte Peri, und das Maunzen wurde lauter.

»Ich glaube, er ist verliebt in dich«, bemerkte Jack, als er die Tür öffnete und Carnac mit hoch erhobenem Schwanz herauskam und sich zwischen ihren Beinen hindurchwand. Das Glöckchen an seinem Halsband klingelte leise dazu.

»Tut mir leid, Süßer, ich muss mich nun mal mehr mit Spezialitäten als mit den Spezies befassen«, erklärte sie dem rötlich gefleckten Kater in zärtlichem Ton, ehe beide Jack in die Wohnung folgten.

»Einstellung ändern. Wochenende«, sagte Jack laut, um die Wohnung aus ihrem Urlaubsmodus zu wecken. Der Computer signalisierte mit einem Piepton, dass er ihn erkannt hatte, und drehte die Heizung hoch.

Peri ließ ermattet die Schultern hängen, während Jack mehr Licht forderte, und schleifte ihre Reisetasche in die große, offen gestaltete Wohnung mit den hohen Decken. An die Wand gelehnt, öffnete sie die Reißverschlüsse ihrer Stiefel und kickte sie weg. Erleichtert streckte sie die Füße und presste sie gegen den Hartholzboden. Es war kalt. Sie hätte schon anrufen und die Wohnung heizen lassen sollen, als sie die Grenze nach Michigan überquert hatten.

Die spartanisch eingerichtete Wohnung wirkte weitläufig und war mit klar voneinander abgegrenzten Farbflächen dekoriert. Die vorherrschenden Farben waren Weiß- und Grautöne, dazu etwas Blaugrün und Braun als Kontrast. Es gab einen großen Bildschirm mit Spielkonsole für Jack und einen edlen Esstisch für sie, den sie nie benutzten. Ein Garnknäuel und eine gerade angefangene Handarbeit, an die sie sich nicht erinnerte, lagen in der Sofaecke versteckt, wie es sich für ein Therapiemittel gegen Zwangsstörungen gehörte. *Ein Schal?*, überlegte sie, musterte das lebhaft rote Garn im Vorübergehen und dachte, dass es gut zu den Handschuhen in ihrer Tasche passte.

Das Arbeitszimmer war links, die Türen zu Schlafzimmer und Bad lagen rechts. Die Küche nahm eine komplette Innenwand ein, und sie genoss es, ins Wohnzimmer und zum Fenster hinausgucken zu können, während sie kochte – was sie häufig tat. Wieder so eine Sache, die als Opti-Therapie begonnen hatte. Aber Jack schien ihre Bemühungen zu schätzen, und sie hatte gelernt, Befriedigung darin zu finden. Sie liebte die trägen Sommernachmittage, an denen sie die Balkonfenster in die Wände einfahren ließen und sich die ganze Wohnung anfühlte, als wären sie unter freiem Himmel. Regale mit den Talismanen vergangener Zeitsprünge säumten eine der Innenwände und erinnerten sie an den Knopf in ihrer Tasche. Ihr Lächeln schwand.

Jack ließ seine Tasche gleich neben ihrer fallen. Dann richtete er die Fernbedienung auf die großen Spiegelglasfenster, um sie von außen blickdicht zu machen. Das waren Maßnahmen zum Schutz der Privatsphäre, auf die sie nicht verzichten wollte, solange sie mehr oder weniger in einem kugelsicheren Goldfischglas lebte. Detroit erstrahlte im Licht der untergehenden Sonne, die die Gebäude mit einem roten Schimmer überzog. Dann und wann verriet eine Lichtreflexion, wo sich die Drohnenbahnen befanden. Übergeordneter High-Q-Verkehr und Sicherheitsdrohnen waren ganztägig über der Stadt zugelassen, alltäglicher Low-Q-Lieferverkehr und Freizeitdrohnen nicht, und derzeit wimmelte der Himmel auf Flughöhe nur so vor Drohnen, die in letzter Minute ihre Ladung abwerfen wollten.

Jack legte die Fernbedienung weg, ging in die Küche und blieb abwägend vor dem kleinen Weinkühlschrank stehen. Der Anrufbeantworter auf dem Tisch piepte, während Peri Carnac auf den Arm nahm, dessen Glöckchen fröhlich bimmelte. Jack versuchte es zu verbergen, aber er war nervös, und es wurde schlimmer. Den zweiten Teil des Heimwegs, bei dem sie am Steuer gesessen hatte, hatte er größtenteils verschlafen, doch seit er wach geworden war, verhielt er sich verschlossen und distanziert.

»Hast du mich vermisst, Süßer?«, hauchte sie zwischen Carnacs Ohren, schnappte sich ein paar Katzenleckereien aus der Packung und schlenderte mit Carnac auf den Armen zu den großen Fenstern. Auf dem dunklen Balkon warteten erfrorene Pflanzen in kläglich aussehenden Tontöpfen, in denen immer noch die Essstäbchen steckten, die sie Sandy geklaut hatte, um die schwachen Stiele der Pflanzen an ihnen festzubinden.

»Willst du dich für heute Abend umziehen?«, fragte Jack mit dem Rücken zu ihr, während er eine Flasche Rotwein öffnete und zwei Gläser auf den Tisch stellte. »Bill will sich im *Zeitloch* zur Nachbesprechung mit uns treffen.«

»Im *Zeitloch?*«, fragte sie, als Carnac von ihren Armen sprang. Die Bar war einer der wenigen Orte, an denen sich Zeitagenten zu Hause fühlen konnten. Das Lokal blieb stets unverändert, um den Zeitagenten den bisweilen harten Übergang zu erleichtern, und war folglich in den Neunzigerjahren des vergangenen Jahrhunderts stecken geblieben. Damals war es von Optis Psychologen gekauft worden, die bis heute das Personal stellten. Gewöhnlich war dort zu viel los, um ein anständiges Gespräch mit ihrer Psychologin zu führen, während die hinter dem Tresen stand, aber es war auch erheblich gemütlicher als ein steriles Büro. Vielleicht wollte sich Bill deshalb dort mit ihnen treffen.

»Ich dachte, du hättest Bill eine Nachricht geschickt und ihm mitgeteilt, dass es mir gut geht«, beklagte sie sich und ging, den Knopf in der Hand, zu dem Regal mit den Talismanen. »Kann er nicht bis morgen warten, ehe er mich auseinander- nimmt?«

»Anscheinend nicht«, grummelte Jack. »Wir sollen um eins dort sein.«

»Ein Uhr morgens?« Peri seufzte. Zumindest wäre der Laden um die Zeit so gut wie leer. »Na klar, hab ja sonst nichts zu tun.« *Mal abgesehen davon, mein Tagebuch zu lesen und sechs Wochen kitschige TV-Serien nachzuholen.* »Vielleicht überschminke ich das blaue Auge und wechsele die Bluse.« Sandy würde das Veil- chen trotzdem noch sehen, aber der Frau entging einfach nichts.

Verstimmt legte sie den Knopf neben ein Foto von Jack und ihr. Auf dem Bild war es Nacht, und hinter ihnen glommen die Überreste eines mächtigen Feuers. Und da waren Sterne, Tau- sende von Sternen in Konstellationen, die ihr fremd waren. Sie war schmutzig, und ihr Haar war sogar noch länger als jetzt. Jack wirkte gelöst und hatte die Arme um sie gelegt. *Silvester?,* überlegte sie, als sie den schweren Rahmen aus dem Regal nahm.

»Jack? Bill hier«, ertönte Bills Stimme blechern aus dem Lautsprecher des Anrufbeantworters. »Seid ihr schon zu Hau- se?« Der korpulente Mann war so sehr Amerikaner wie sie, hat- te sich aber im Zuge seiner Auslandsaufenthalte einen leichten Akzent zugelegt. Peri wusste, dass er sich darum bemühte, sich den Schliff anzueignen, den ihm die Bronx, aus der er stammte, vorenthalten hatte.

Peri schloss die Augen, als das Gerät einen Piepton von sich gab. Etwas sagte ihr, dass sie dieses Foto als ihren ganz eigenen, privaten Talisman benutzt hatte. Das konnte sie so deutlich spüren, wie sie die silbernen Dagaz-Runen am Rahmen ertas- ten konnte. Auch auf Carnacs Halsband und dem halb gestrick- ten Schal war die Stundenglasglyphe zu sehen. Dass das Symbol wie ein auf die Seite gekipptes Opti-Logo aussah, störte sie nicht. Mit ihm kennzeichnete sie nur Dinge, die sie als ihr Eigentum wiedererkennen wollte, sollte sie sie einmal vergessen haben. Sie hatte ein schlechtes Gewissen, weil sie wusste, dass die Psychologen von Opti das nicht billigen würden. Nicht einmal Jack hatte sie von dem Experiment erzählt, aber sie hoffte, dass das Foto und ihr Vorstellungsvermögen ihr mit ein paar kleinen Vorbereitungen vielleicht – nur vielleicht – auch die Erinnerung an diesen Moment zurückbringen würde.

Cavana hatte sie nach einem kryptischen Gespräch über Erinnerungsknoten und darüber, dass sie vielleicht nicht so todbringend waren, wie Opti behauptete, auf die Idee gebracht. Das war direkt bevor Opti ihn nach Westen und außer Reichweite versetzt hatte. Die gelegentlichen Unterhaltungen beim Kaffee vermisste sie immer noch.

Voller angespannter Erwartung hielt sie sich den Rahmen vor die Nase und atmete den Geruch des schweren Metalls ein. Sie versuchte, sich an den roten Sand zwischen ihren Zehen und die Hitze in ihrem Gesicht zu erinnern, die sie auf dem Foto erkennen konnte.

Mit einem Seufzen, das beinahe wie ein Om klang, entließ sie die Luft aus ihrer Lunge, und wie durch Zauberei kehrte der Abend zusammen mit einem adrenalinbefeuerten Kribbeln zu ihr zurück: Es war Silvester. Vor sich sah sie die Aborigines, die sie entdeckt hatten, das Mahl, das sie mit ihnen geteilt hatten, die Geschichten, mit denen sie und Jack sich bei ihnen revanchiert hatten, die Seelenlesung, die sie im Gegenzug erhalten hatten, den Segen, den der alte Mann über sie gesprochen hatte. Es war himmlisch gewesen, und nun stand Peri da, freudig erregt, dass ihr die Erinnerung geblieben war und ihr einen kleinen Teil ihrer selbst zurückgegeben hatte. Sie hatte sich erinnert. Sie hatte sich ganz allein erinnert!

»Jack, bist du da?«, erklang erneut Bills aufgewühlte Stimme und riss Peri aus ihrer ganz persönlichen Feierstimmung. »Peri? Ich weiß, ich habe euch einen freien Tag versprochen, aber das war vor Peris Erinnerungsknoten. Meldet euch, ehe ich jemanden schicke, um euch zu suchen.«

»Wie kommt's, dass du das AB-Programm noch nicht von deinem Telefon gelöscht hast?«, fragte sie. Ihre Freude erhielt einen Dämpfer, als sie sah, wie Jack auf eine Hand gestützt am Küchentisch kauerte, während die andere ein Glas Wein umfasste.

»Ich habe noch nicht herausgefunden, wie das geht.« Er nahm einen Schluck und verzog die Lippen, als er den bitteren Beigeschmack wahrnahm. Er hatte dem Wein keine Zeit zum Atmen gelassen.

»Dieser Mistkerl, der's nicht abwarten kann«, lästerte sie und erschrak, als er nicht lachte. »Was ist los, Jack?«

»Nichts. Wenn du die Klamotten ausziehst, bringe ich sie morgen in die Reinigung.«

Er wimmelte sie ab. Verärgert stand sie für einen Moment mit vor der Brust verschränkten Armen da und musterte ihn. »Was ist?«, blaffte er endlich, doch er klang so streitlustig, dass sie einfach nur die Schlüsselkarte zur Wohnung aus ihrer Tasche neben der Tür nahm. Irgendetwas war nicht in Ordnung, und sie wollte ihn wissen lassen, dass ihr das nicht entgangen war. »Wo willst du hin?«, fragte er und hörte sich beinahe ängstlich an.

»Fitnesscenter.«

»Peri …« Nun klang er zerknirscht, aber er hatte sie zweimal angeschnauzt, und sie war auch nicht so gut drauf. Sie hatte keine Lust, sich mit ihm zu streiten. Und wenn sie nicht ging, würde genau das passieren.

»Ich will in die Sauna und ein bisschen abschalten, ehe ich Sandy begegne«, sagte sie angespannt. »Ich bin entweder im

Brazil oder im Arizona.« Mit zusammengepressten Lippen riss sie die Tür auf, ohne sich darum zu scheren, dass sie außer Nylonstrümpfen nichts an den Füßen trug.

»Peri …« bettelte er nun, und sie knallte die Tür zu. Lautlos schritt sie über den Teppich auf dem Korridor und drückte dann mehrfach den Fahrstuhlknopf nach oben. Sie blickte erst auf, als die Türen sich öffneten. Dann betrat sie die Kabine und steckte ihre Schlüsselkarte in das Lesegerät, ehe sie den Knopf für das oberste Stockwerk drückte. Die Türen schlossen sich, und sie lehnte sich an die Kabinenwand, wobei sie jeden Bluterguss und jeden verkaterten Muskel in ihrem Körper spürte. Als sie ihr Spiegelbild betrachtete, wich ihr Zorn allmählich einer neuen Stille. Ihr Auge sah schlimm aus, und sie beugte sich näher an den Spiegel heran und betastete es vorsichtig. Dann richtete sie sich wieder auf, und das Gefühl, unentschuldbar nachlässig zu handeln, stieg in ihr auf.

»Wo ist der Beutel mit meinen Zaubersteinen«, flüsterte sie und sah zu, wie sich ihre Lippen bewegten. Es gab natürlich keinen Beutel mit Zaubersteinen. Das war nur ein altes Märchen über einen faulen Mann, der seinen schwindenden Reichtum wieder aufstockte, indem er jeden Morgen magische Kieselsteine in die entlegenen Ecken seines Besitzes warf und letztendlich die Diebe fing, die sein Vermögen Stück für Stück vernichteten. Faul, sie war faul und selbstgefällig geworden, und das behagte ihr nicht. Außerdem war irgendwas im Busch, und Jack wollte den Mund nicht aufmachen.

Der Lift klingelte, aber sie blieb reglos stehen, als die Tür aufglitt und sich das helle Licht des Fitnesscenters, bereichert um den warmen Schimmer der untergehenden Sonne, über sie ergoss. »Guten Abend, Ms. Reed«, begrüßte sie der Aufseher vergnügt, als er von seinem Monitor aufblickte. Dank der Schlüsselkarte hatte er schon vorher gewusst, dass sie es war.

Sein Lächeln wich für einen Moment einem Ausdruck des Schreckens, als er ihr blaues Auge sah, kehrte aber gleich wieder zurück. »Sollen es heute die heißen Quellen von Caldas Novas sein oder die Jordan Hot Springs im Sequoia-Nationalpark?«

Die Frage hing in der Luft, doch Peri erfasste sie nicht. Stattdessen kreisten hundert Ungereimtheiten durch ihren Kopf und verdichteten sich zu einer klaren Erkenntnis.

Etwas stimmte ganz und gar nicht.

»Äh«, machte sie ausweichend, während das Gefühl, einen Fehler begangen zu haben, immer stärker wurde. »Ich habe meine Flipflops vergessen.« Energisch drückte Peri den Knopf für ihr Stockwerk, und die Fahrstuhltür schloss sich wieder, versiegelte sie in einer Kiste im Stil von Frank Lloyd Wright. Sie wollte nicht die Flipflops, sie wollte, dass Jack mit ihr redete. Jetzt.

Endlich öffnete sich die Fahrstuhltür wieder. Schnellen Schrittes ging sie zurück zu ihrer Wohnung, um Jack sofort zur Rede zu stellen. Lautlos öffnete sie die Tür mit ihrer Schlüsselkarte und keuchte auf, als Carnac über ihre Füße raste. Die verängstigte Katze brauchte nur drei Sekunden, dann war sie verschwunden.

»Sie ist oben!«, sagte Jack in diesem Moment. Sie riss den Kopf herum und erstarrte, als sie den Zorn in seinem Ton wahrnahm. »… alles fragmentiert. Es ist unter Kontrolle, also nerven Sie mich nicht, Bill!«

Peri stieß die Tür ganz auf. »Bill!«, rief sie, als sie ihn wenige Zentimeter von Jack entfernt erblickte. Es sah beinahe so aus, als drückte er ihn gegen die Wand neben den großen Fenstern. »Was machen Sie da?«

# 7

Während Bill herumwirbelte, stieß sich Jack von der Wand ab und stürzte in die Küche. Voller Angst sah Peri zu, wie der stämmige Mann seine Wut mit einer Maske von Freundlichkeit zu kaschieren versuchte, und bekam eine Gänsehaut, als Bill sich so hinstellte, dass er sie beide im Auge behalten konnte. »Peri!«, rief er und breitete die Arme aus, als rechnete er damit, dass sie zu ihm laufen und ihn umarmen würde. »Gott sei Dank geht es dir gut. Jack sagt, du hast sechs Wochen verloren.«

Jack wich ihr aus und strich sich in der Küche in zusammengesunkener Haltung und mit bösem Gesicht das Haar glatt. Ihr Blick fiel auf den Stiefel mitten im Raum, in dem immer noch ihr Messer steckte. Einen Moment lang war sie vor allem verwirrt. Wieso sollte sie hier ihr Messer benötigen? Bill war ihre Führungsperson bei Opti, und dies war ihr Zuhause.

»Stimmt«, erwiderte sie, als sie eintrat. »Aber es geht mir gut. Ich war oben, weil ich in die Sauna wollte, aber ich habe meine Flipflops vergessen. Was ist los?«

Jack richtete sich auf. Seine Ohren glühten immer noch. »Nur ein Missverständnis.«

Mit steifen Bewegungen schloss Peri die Tür und ließ ihre Schlüsselkarte auf den Tisch fallen. Die Spannung in der Luft war beinahe greifbar. Bill trug keine Uniform, aber das tat der militärischen Wirkung seines weißen Bürstenhaarschnitts und der starren, förmlichen Haltung keinen Abbruch. Er war halb Soldat, halb Verwaltungsangestellter auf gehobenem Posten und gefährlicher als eine in die Enge getriebene Schlange. Zwar war er um einige Jahrzehnte älter als sie, aber Bill arbeitete hart, um in Form zu bleiben. Dennoch konnte man ihm das Alter an der klobigen Nase und den von Adern durchzogenen Händen ansehen.

Bills Begrüßungslächeln erstarb. »Tut mir leid, Peri. Ich habe mir Sorgen um dich gemacht.«

»Ich wollte nur in die Sauna«, wiederholte sie argwöhnisch.

»Zwölf Stunden im Auto. Also, erzählt mir jetzt irgendjemand, was hier los ist, oder wollt ihr Jungs lieber das Affentheater fortsetzen?«

Wieder schwiegen beide, und die Spannung nahm noch mehr zu. Intuitiv setzte Peri eine Miene selbstsicherer Gelassenheit auf.

»Bill denkt, du brauchst eine vollständige Behandlung in der Höhle«, erklärte Jack schließlich mit matter Stimme. »Ich war anderer Meinung.«

»Die Höhle« war eine der netteren Umschreibungen für die unterirdische medizinische Abteilung, in die Zeitagenten gingen, wenn sie … Probleme hatten. Die Wände waren in einem grässlichen Purpur gestrichen, das eine spezielle Wellenlänge reflektierte; diese wiederum führte zur Freisetzung von Hormonen, die die Fähigkeit zu springen hemmten. Darüber hinaus pumpte Opti auch noch beständig 741 MHz durch die Lautsprecher. Beides verhinderte das Zeitspringen, beides war scheußlich wie die Hölle, galt aber als erforderliche Sicherheitsmaßnahme, wenn die Gefahr bestand, jemand könne ausflippen und eine MEP erleiden.

Die Lüge, die sich in Jacks Stimme andeutete, entging ihr nicht, aber die Erfahrung aus ihrer langen gemeinsamen Zeit riet ihr mitzuspielen. »Eine vollständige Behandlung«, sagte sie und tat, als würde sie sich entspannen. »Ich habe sechs Wochen verloren, nicht sechs Monate, Bill. Jack hat die Neufassung schon installiert. Mir geht es gut.«

Jack nippte etwas zu lässig an seinem Wein. »Sehen Sie?«, sagte er scheinbar gelassen, doch sein Gesicht war blass, und Peri konnte seinen Schweiß riechen. »Ich habe Ihnen ja gesagt, dass es ihr gut geht.«

»Wunderbar!« Diese Begeisterung war absolut typisch für Bill, aber die Erinnerung daran, wie er Jack an die Wand genagelt hatte, war allzu lebhaft. »Schön, das zu hören. Und was ist mit dem Erinnerungsknoten?«

»Der hat sich bei der Defragmentierung aufgelöst«, sagte sie schlicht. Bill schien ehrlich erleichtert zu sein, sie zu sehen, und als er auf seine übliche steife Art auf sie zukam, rang sie sich ein Lächeln ab, ganz so, als wäre sie nicht gerade dazugekommen, als er Jack bedroht hatte.

»Wow, wo hast du denn das Veilchen her, Kindchen?«, fragte Bill und streckte die Hand aus, um es zu betasten.

»Von dem Mann, den ich im dreißigsten Stock von Global Genetics habe verbluten lassen«, sagte sie und brachte sich außer Reichweite. *Warum wollen alle so was immer anfassen? Es tut weh, verdammt!*

»Nein, nein … Lass mich mal schauen«, drängte Bill. Sie zog eine Grimasse und rührte sich nicht mehr, als seine fleischige, derbe Hand den größten Teil ihres Gesichts umfasste. Er sah ehrlich besorgt aus, als er ihr blaues Auge betrachtete. »Wenn meiner besten Zeitspringerin ein Todesstoß versetzt wird, will ich mich vergewissern, dass es ihr wirklich gut geht.«

»Ich habe einen miesen Abend vor mir, weil ich Carnac suchen muss, aber sonst geht's mir gut«, verkündete sie zum dritten Mal. »Jack hat sich um mich gekümmert.« Sie sah sich zu Jack um, der mit ruhiger Hand sein Glas nachfüllte. Die andere Hand lag zur Faust geballt auf dem Küchentresen. Als er ihren Blick bemerkte, öffnete er sie sofort. »Sind Sie wegen der Dateien hier? Ich dachte, wir treffen uns heute Nacht im *Zeitloch*«, sagte Peri und ließ ihren Blick durch den Raum schweifen, bis sie Jacks Telefon auf dem Tresen entdeckt hatte. *Geht es darum? Hat Bill gedacht, ich wäre damit abgehauen?*

Schnellen Schrittes ging sie los und holte es, ohne dabei auf Jacks unbehagliches »Umpf« zu achten, und baute sich dann Nase an Nase vor Bill auf. Nach allem, was sie wusste, konnte sie Bill vertrauen. Und alles, was sie in den letzten fünf Jahren getan hatte, hatte ihr Vertrauen zu ihm nur bestärkt. Er gab ihr die Chance, sich zu beweisen, und sie dankte es ihm, indem sie alles gab, was sie hatte. Aber wenn da eine Sache war, die die Psychologen von Opti ihren Zeitagenten einzuhämmern pflegten, dann war es der Rat, auf die eigene Intuition zu hören. Emotionen vergaß man nie. Sie lauerten in der Tiefe und gaben den Zeitagenten Orientierung, bis genug neue Erinnerungen angelegt waren.

»Bitte sehr«, sagte sie. Das neue Misstrauen, das sich in ihr regte, als sie ihm das Telefon hinhielt, gefiel ihr keineswegs. Er nahm es an sich. Jacks Telefon sah in seinen Pranken, die von zu vielen Brüchen beim Kampfsporttraining deformiert waren, winzig aus. »Auftrag ausgeführt.«

Bills Lächeln geriet eine Spur zu breit. »Danke. Gut gemacht.«

Sie kämpfte gegen das Bedürfnis an, vor ihm zurückzuweichen. »Jack hat die Dateien gefunden«, setzte sie nach, um einer peinlichen Stille zuvorzukommen.

»Dann vielen Dank, Jack«, sagte Bill jovial, und das klang noch unaufrichtiger als seine früheren Worte. »Ich bringe dir dein Telefon heute Nacht zurück.«

»Schön, danke.« Jack kippte noch einen Schluck Wein in sein Glas und leerte es sogleich.

Bill, der immer noch mitten in ihrer Wohnung stand, klopfte mit dem Telefon auf seine Handfläche und steckte es weg. Das Opti-Logo auf dem Gerät verriet, dass es mutmaßlich mehr konnte als ihr eigenes Telefon. Die Erinnerung an Jacks Gesicht, blass in den Lichtern der Stadt, blitzte in ihrem Inneren auf. »Sie wollen die Nachbesprechung doch nicht jetzt machen, oder?«, fragte sie.

»Nein. Das kann bis heute Nacht warten«, erwiderte Bill. Peris Muskeln spannten sich, als er in eine Innentasche seines Mantels griff. Aber er holte nur seine Autobrille heraus, und sie versetzte sich in Gedanken einen Tritt. Sie war in höchster Alarmbereitschaft und wusste nicht, warum.

Jack schenkte ein weiteres Glas Wein ein. »Das ist meines, richtig?«, fragte sie, bemüht die Spannung abzubauen, indem sie so tat, als wäre alles in Ordnung. »Bill, wollen Sie auch ein Glas, oder sind Sie noch im Dienst?«

»Ich bin immer im Dienst«, sagte er auf halbem Wege zur Tür. »Ich weiß, du bist gerade erst gesprungen, aber sollten Sandy und Frank heute Nacht grünes Licht geben, haben wir einen neuen Auftrag für euch. Es ist ein Notfall, und alle anderen sind bereits im Einsatz.«

Jack wich ihrem Blick aus, als er ihr das Glas reichte. Peri stellte es mit einem Klirren, das ihr die allgemeine Aufmerksamkeit sicherte, auf der Granitarbeitsfläche des Tresens ab. »Was ist aus meinen zwei Wochen Urlaub geworden?«, beklagte sie sich, während Bill mit seinen dicken Fingern den Mantel zuknöpfte, um sein militärisches Äußeres zu vervollständigen.

»Verschoben.« Er stand an der Tür. »Falls Sandy ihr Okay gibt, arbeitest du dann oder nicht?«

Sollte sie sich weigern, würde sie in der Höhle landen und sich einer gründlichen psychologischen Untersuchung unterziehen müssen. »Das stinkt mir, Bill«, sagte sie einfach. Schließ-

**99**

lich hatte sie jedes Recht, sauer zu sein, wenn man sie so kurz nach einem Zeitsprung schon wieder zur Arbeit zwang.

Bill zögerte. »Verstehe ich. Wir sehen uns heute Nacht zu einer umfassenden Nachbesprechung.«

»Heute Nacht«, wiederholte sie säuerlich.

Bill nickte, trat auf den Korridor und schloss die Tür hinter sich. Peri regte sich nicht, bis sie die Feuertür ins Schloss krachen hörte. Dann ging sie reichlich verärgert zum Balkon. Der kleine Besucherparkplatz befand sich direkt unter ihrem Fenster. Sollte Bill raufschauen, würde sie ihm den Stinkefinger zeigen, ob er es sehen konnte oder nicht. Die Sonne ging gerade unter, und die Schatten der Hochhäuser schienen sich über die ganze Strecke bis zum wiederaufgebauten, umgestalteten und erneuerten Stadtzentrum zu ziehen. Meilenweit. Der Lichtschein der über die Stadt gleitenden Magnetbahn wand sich wie ein Band durch die von Neonfarben dominierte Nachbarschaft, die wie ein prachtvoller Anhänger an der Bahnstrecke zu hängen schien. Hinter ihr seufzte Jack frustriert.

Sie hatte genug Zeit vergeudet. »Jack. Warum war Bill hier?«

»Wegen dem jüngsten biologischen Albtraum von Global Genetics.«

Sie stemmte die Hand in die Hüfte und unterdrückte den aufwallenden Zorn. Etwas war in diesem Eckbüro geschehen, und Jack hatte es zerstört, hatte es aus ihrem Geist fortgewischt, aus ihrem Gedächtnis gelöscht – etwas, das er nicht hätte löschen sollen. Hatte er so etwas nicht selbst angedeutet, unmittelbar bevor sie in die Wohnung spaziert und in sein Gespräch mit Bill hineingeplatzt war? »Blödsinn. Warum war er in Wirklichkeit hier?«, herrschte sie ihn an.

Für einen Moment sah er ehrlich leidend aus, aber sie ließ sich nicht erweichen. »Es ist nicht wichtig, Peri. Vergiss es einfach.«

Er kam hinter dem Tresen hervor, und sie hob eine Hand, um ihn auf Abstand zu halten. »Scheiß drauf. Du hast etwas fragmentiert, das du nicht hättest fragmentieren sollen. Was war das?«

Jack holte tief Luft, als wollte er zu einem Protest ansetzen. Er sah hin- und hergerissen aus. Und verzweifelt. Sie kniff die Augen zusammen, forderte ihn geradezu heraus. Doch dann atmete er aus und bedachte sie mit einem flehentlichen Blick. »Ich wollte nur bei dir bleiben. Bill hat gesagt, wenn ich nichts von der Liste erzähle und ein paar Aufträge unter der Hand erledige, würde sich nichts ändern.«

*Aufträge unter der Hand?* »Was ist das für eine Liste?«

»Ähm …« Für einen Moment wandte er den Blick ab, dann sah er sie wieder an. »Eine Liste korrupter Opti-Agenten.«

Ihre Augen weiteten sich, und sie blickte genau im richtigen Moment zum Fenster hinaus, um zuzusehen, wie Bill in einen schwarzen Opti-Wagen stieg, der gleich darauf davonfuhr. »Wie …«, fing sie an und verstummte, musste sich setzen, als ein eisiger Schauder durch ihren Leib rann. *Ich habe Bill gerade eine Liste korrupter Opti-Agenten gegeben?*

»Peri«, sagte Jack eindringlich. »Es ist schlimmer, als du denkst. Diese Liste umfasst Bills persönlichen Fundus an Zeitagenten und Ankern. Er wird sie seinen Vorgesetzten übergeben, sobald er seine besten Agenten herausgelöscht hat. Er räumt auf. Ich habe uns auf die richtige Seite gerückt, aber die Uhr ist abgelaufen, und die Luft wird immer dünner.«

*Mein Gott. Er hat es gewusst? Wie lange schon?* Ihre ausgestreckte Hand sank herab, und sie wandte sich ab. Sämtliches Blut wich aus ihrem Gesicht. Bill, ihre Führungsperson, war bestechlich?

Jack sah ihr an, dass sie verstand, und er nickte, ergriff ihr Weinglas und kam mit gesenktem Kopf näher, während sie nur geschockt dasaß und versuchte, sich die Dinge zusammenzureimen. »Du hast doch noch eine Kopie, oder?«, flüsterte sie.

Jack zögerte, aber als sie ihn scharf ansah, stellte er die Gläser neben ihr ab und griff nach seiner Geldbörse. »Du hast sie im Portemonnaie?«, rief sie.

»Ich hatte noch keine Zeit, sie wegzupacken.« Er setzte sich mit der aus metallischem Gewebe gefertigten Geldbörse in der Hand. Scanner konnten das Material nicht durchdringen. Ihre Lieblingshandtasche war mit dem gleichen Stoff gefüttert. Atemlos vor Spannung setzte sie sich zu ihm und fühlte sich schwindelig, als er ihr einen Briefbogen aus dem Hotel hinhielt. »Ich, äh, habe den Chip decodiert, als du unter der Dusche warst«, bemerkte er, während sie die acht Namen umfassende Liste überflog. Jeder Einzelne war ihr bekannt, jeder mit wichtigen Aufträgen betraut.

»Ich fasse es nicht«, sagte sie, ohne den Blick von der Liste zu lösen. »Nathan und Chris? Die kenne ich schon, seit ich bei Opti angefangen habe. Und du willst mir erzählen, dass sie korrupt sind?«

»Weißt du noch, wie sie das dreiwöchige Startverbot für internationale Flüge beendet haben, indem sie eine Terroristenzelle haben auffliegen lassen? Das waren keine Terroristen, nur Sündenböcke.« Jack nahm ihr die Liste ab, und sie rückte näher an ihn heran, damit sie sie gemeinsam betrachten konnten. »Das war eine geplante Stilllegung, um die Vereinigten Staaten sauber zu halten, während im Iran eine Pockenepidemie ausgebrochen ist. Nicht Optis Zuständigkeit.«

Peri hatte die Augen weit aufgerissen. Sie erinnerte sich, dass sie gedacht hatte, sie hätten Glück gehabt, dass das Startverbot in Kraft getreten war, ehe der erste Pockenfall bekannt wurde. »Bitte erzähl mir nicht, dass Opti den Ausbruch auch noch verursacht hat«, sagte sie. Jack zeigte auf Brandon und seinen Anker Julia.

»Auch ein Auftrag, der nicht von Opti sanktioniert war. Bis vor Kurzem dachten wir, es sei nur ein Zufall gewesen«, erklärte er. »Und die Hirn/Netz-Interface-Tests? Diese Innovation, die uns mit Hilfe der neuen Glas-Technik direkten Zugriff auf das ganze Internet ermöglichen sollte?«

Das hätte der größte Durchbruch seit der Elektronenröhre sein sollen und jeden von den hohen Tieren in Washington bis zu den religiösen Führern überall auf der Welt wegen des möglichen kulturellen Umbruchs auf die Barrikaden geschickt. »Sie sind schiefgegangen. Alle sind an Gehirnblutungen gestorben, die durch das Implantat ausgelöst wurden«, sagte sie, und Jack tippte auf den Namen Gina Trecher und legte danach den Finger auf den ihres Ankers Harry.

»Oh, ja, sie sind gestorben, das ist richtig, aber nicht, weil die Technik nicht funktioniert hat. Das Unternehmen, das hinter der Wave-Technologie steckt, wollte die Sache begraben, denn sie wussten, wenn die Leute das Internet in ihren Köpfen empfangen könnten, würde ihr eigenes Produkt aussehen wie aus der Steinzeit. Diese Operation war nicht von Opti sanktioniert. Nina und Trey haben den südafrikanischen Aufstand 2026 auch keineswegs beendet«, fuhr er fort. Peri hielt die Luft an und dachte daran, wie sauer sie gewesen war, als man dem älteren Team diesen interessanten Fall zugeteilt hatte, nicht ihr und Jennifer. »Opti hat sie geschickt, um den Übergang von der damaligen Regierung zu einer von den USA gewünschten zu fördern, aber die große Kohle haben sie dafür bekommen, stattdessen einen Haufen Extremisten an die Macht zu bringen. Dass die Extremisten ihre neue Position dazu genutzt haben, jeden Weißen umzubringen, war … keine Überraschung.«

Peri ließ sich in die Polster sinken und erinnerte sich an die schrecklichen Nachrichten von der Südspitze Afrikas. Man hatte es die Weiße Pest genannt, und im Grunde war es kaum mehr gewesen als organisierter Mord. Kein Wunder, dass Nina nicht darüber reden wollte.

*Mein Gott. Das ist real.* »Was haben wir wirklich bei Global Genetics gemacht?«, flüsterte sie, und Jack faltete die Liste zusammen.

»Das hier geholt, aber ich wollte nicht, dass du davon erfährst. Bill hat gedroht, uns zu trennen, wenn ich – wir – nicht ein paar Aufträge für ihn übernehmen. Es ist außer Kontrolle geraten. Wir müssen abhauen.«

Ihr Kopf ruckte hoch, als das Denken wieder einsetzte. Sie konnten nicht abhauen. Die gleichen Muster, die sie bei Verstand hielten, würden es einfach machen, sie zu finden. Außerdem konnte Opti auf die Unterstützung der US-Regierung zählen, und sie konnten nicht beweisen, dass Bill korrupt war. Am Ende würde sein Wort gegen ihres stehen. »Wir müssen irgendwas damit machen.«

»Meinst du, wir sollen sie weitergeben?« Er riss die Hände in die Luft. »An wen? Glaubst du etwa, Bill könnte das alles allein durchziehen? Er ist nur ein Rädchen im Getriebe. Die Fäden zieht jemand anderes, und wenn wir diese Liste der falschen Person geben, sind wir tot.« Er ließ den Kopf hängen. »Vielleicht sind wir das sowieso. Oder zumindest ich. Dich brauchen sie noch.«

Eine neue Furcht lebte in ihr auf. Sie war einigermaßen ungefährdet, weil sie selten war. Eine unter hunderttausend. Jack jedoch ... Sie unterdrückte ein Schaudern, als sie daran dachte, wie Bill ihn bedroht hatte. Aber nun ergab alles einen Sinn, und ihr nagendes Misstrauen gegenüber Jack löste sich in Luft auf: seine Grübelei, das Gespräch mit Bill, über das er nicht mit ihr hatte reden wollen, ihr Bauchgefühl, das ihr sagte, dass etwas nicht in Ordnung war. Frust verdrängte die Panik, und sie sprang auf. Ihre einzige Möglichkeit bestand darin, die Wurzel der Korruption selbst auszugraben. Aber wenn sie zu früh auspackten, würde sie alles verlieren. Jeder bei Opti wusste, wie man die Schuldgefühle unterdrückte, die ein kaltblütiger Mord auslöste. Dass das Opfer einer der ihren wäre, würde sie nicht im Mindesten aufhalten. *Hatte Nina wirklich einen Genozid begünstigt? Für Geld?*

»Ich könnte es nicht ertragen, dich zu verlieren«, flüsterte Jack, und sie drehte sich um und erbleichte, als ihr seine Angst bewusst wurde. »Es tut mir so leid. Das ist alles meine Schuld. Ich hätte es dir von Anfang an sagen sollen.«

»Ja, das hättest du.« Sie runzelte die Stirn. »Flucht fällt aus«, stellte sie fest, denn sie wusste, das wäre sinnlos. »Bill glaubt, ich hätte keine Ahnung, richtig? Lass uns einfach ein paar von seinen Aufträgen erledigen.«

»Du würdest illegale Aufträge übernehmen?«, fragte Jack, und sie musterte ihn forschend.

»Das ist unsere Deckung, während wir herausfinden, wie weit die Korruption bei Opti tatsächlich reicht«, erklärte sie mit pochendem Herzen. Davonlaufen würde nur zu einem schnellen Tod führen; bleiben und die Tiefen des Übels bei Opti ausloten, liefe auf ein langes Katz-und-Maus-Spiel hinaus. Was in den meisten Fällen genauso enden musste, aber manchmal kam die Maus auch davon. »Wenn wir erst wissen, wer dahintersteckt, können wir zur Allianz gehen.«

»Zur Allianz?« Für einen Moment trat ein Ausdruck von Bestürzung und Angst in Jacks Züge, verschwand jedoch gleich wieder. Der Anblick hatte Peri wie ein Schlag ins Gesicht getroffen. Sie wusste nicht, wie sie sein Mienenspiel deuten sollte.

»Die können uns zumindest schützen«, sagte sie, doch Jack schüttelte heftig den Kopf und befreite sich aus ihrem Griff.

»Peri, die Allianz ist nichts als eine Bürgerwehr, die versucht, Opti auszuschalten. Zum Guten oder zum Schlechten. Such es dir aus. Wir können denen nicht vertrauen.«

Furcht. Er hatte Angst, und Jack hatte doch vor gar nichts Angst. »Sie bestehen auch aus Zeitagenten und Ankern«, entgegnete sie, plötzlich verunsichert. »Sie werden uns nicht ausliefern, und sie werden der Welt nichts von uns erzählen, denn sonst enden sie ebenfalls als Testobjekte für Wissenschaftsprojekte. Jack, sie werden uns helfen, die Korruption mit den Wurzeln auszureißen, wenn wir ihnen Beweise liefern. Außerdem ist das alles, was uns bleibt.«

Mit tief gerunzelter Stirn sah sich Jack zur Küche um. Dort hatte er den größten Teil seiner Schusswaffen verstaut, aber sie konnten sich den Weg nicht einfach freikämpfen, und das wusste er. »Opti weiß alles. Sie werden es herausfinden.«

Frustriert nagte sie an ihrer Lippe. »Dann gehen wir es kleiner an. Du hast gesagt, es gäbe einen Chip. Den hast du Bill doch nicht ausgehändigt, oder?«

»Nein, natürlich nicht«, sagte er und zog einen winzigen Chip, gerade so groß wie der Nagel ihres kleinen Fingers, aus seinem Portemonnaie.

Es war zwar nicht die beste Idee, wenn sie etwas versteckte, aber dass er den Chip in seinem Portemonnaie aufbewahrte, war noch schlimmer. Peri ging quer durch den Raum zu ihrem Strickbeutel und konnte sich des Gefühls nicht erwehren, dass dieses ganze Durcheinander, das sich gerade erst entfaltete, irgendwie surreal war. Der Strickbeutel war so gut wie jeder andere Ort, sogar besser, denn sollte sie den Chip vergessen, würde sie ihn doch irgendwann finden. Und die Liste selbst? Sie konnte sich eine Botschaft in das Ende des Schals stricken – wie eine moderne Madame Defarge.

Sie klapperte mit den Nadeln, bis sie die blaue Nadel der

Größe 8 gefunden hatte. Sie war ziemlich groß, und sie würde sie wohl kaum verlieren, da der halb gestrickte Schal auf der zweiten Nadel des Paares hing. Mit zitternden Fingern löste sie die Kappe vom stumpfen Ende und schob den Chip hinein. Noch nicht zufrieden, schüttelte sie die Nadel, bis der Chip sich verkantete und aufhörte, in dem Hohlraum herumzurutschen.

»Na, also«, sagte sie, steckte die Kappe wieder auf und legte die Nadel zurück in den Beutel. »Und was machen wir mit dem Blatt?«

Jack sagte nichts, als sie nach dem Feuerzeug neben den Kerzen griff. Außer dem Geräusch aufflammenden Benzins war nichts zu hören, als sie den Fetzen Papier anzündete und ihn in Jacks leerem Weinglas verbrennen ließ. Die Rauchfahne roch scharf und erinnerte sie an das Einzige, was ihr von den letzten sechs Wochen im Gedächtnis geblieben war: sie in Jacks Armen, als sie an einem heruntergebrannten Feuer mit dem Universum in Verbindung getreten waren.

Unglücklich setzte sich Peri an den Rand des Sofas, die Ellbogen auf die Knie gestützt, und ließ den Kopf hängen, während ihr allmählich bewusst wurde, wie tief sie in der Scheiße saßen. Jack zog sie an sich, hielt sie im Arm und trank einen Schluck aus ihrem Glas, ehe er es ihr reichte.

Mit zitternden Fingern leerte sie es und stellte es klirrend ab. Ihr war, als würde sich ihre ganze Welt neu ausrichten, während die ungeheure Tragweite dessen, womit sie es zu tun hatten, greifbar wurde. Sie mussten ein sehr gefährliches Spiel spielen, und sie konnten niemandem außer einander trauen.

»Es tut mir so leid. Das habe ich nicht gewollt«, sagte Jack, und sie sah den Kummer in seinen Augen, erkannte das schlechte Gewissen, weil er ihr nicht früher davon erzählt hatte.

Sie berührte sein Gesicht, um ihn zu besänftigen. »Wir gehen da gemeinsam durch«, sagte sie und drehte ein wenig den

Kopf, um ihn zu küssen. Ihre Lippen trafen sich zuerst mit sanfter Hingabe, dann mit leidenschaftlicher Lust. Die tödliche Gefahr, der sie sich zu stellen hatten, steigerte ihr Begehren noch. Seine Hände legten sich fester um ihren Körper, doch dann löste er sich gegen ihren Willen aus der Umarmung.

Ein verwegener Ausdruck huschte über sein Gesicht und sagte ihr, dass sie gemeinsam alles schaffen konnten. »Wir suchen die Hauptakteure?«, fragte er, und sie nickte. Sie würden alle Tiefen ausloten und herausfinden, wie weit die Korruption reichte. Oder bei dem Versuch sterben.

Und wenn alles scheiterte – dann war sie immer noch eine verdammte Opti-Agentin, ausgebildet für Spezialeinsätze. Sie beherrschte die Kunst des Lügens.

# 8

»Das Mikro ist am dicken Ende, sehen Sie?«, fragte Matt, an dessen Stummelfinger der Ring einer Studentenverbindung funkelte, während er ihm das biegsame Kabel hinhielt. Silas nahm es und sackte auf seinem Sitz zusammen, als ihm durch den Kopf ging, wie albern das alles war. Der Transporter, der groß genug für eine ganze SWAT-Einheit war, roch wie seine erste Studentenbude, und er schürzte die Lippen angesichts der Mischung aus Ozon, elektronischen Ausdünstungen und penetrantem Körpergeruch, der an einen Umkleideraum erinnerte. Obwohl er einen Sitz an dem geräumigen Gang hatte, fühlte er sich eingeengt, und das leise, aber beharrliche elektronische Jaulen der deckenhohen Überwachungsausrüstung bohrte sich direkt in seinen Schädel.

Da half es wenig, dass er, nach einem Nachmittag, an dem er sein Leben für wer weiß wie lange Zeit in die Warteschleife verbannt hatte, mental erschöpft war. Auch wenn alle anderen glaubten, die Sache wäre in drei Stunden erledigt, wusste Silas es besser. Sie zu schnappen erforderte vielleicht nur eine Nacht, sie jedoch erfolgreich zurückzuholen würde länger dauern.

»Aus sich heraus hat das Ding eine Reichweite von ungefähr einem Meter zwanzig«, erklärte Matt, doch Silas hörte dem übergewichtigen Technikfreak, dessen Begeisterung ihm beinahe peinlich war, nicht mehr zu. »Darum brauchen Sie das Telefon, sehen Sie? Rollen Sie es einfach zusammen, und stecken Sie es in die Tasche, sodass es niemand sehen kann, dann leitet das Telefon das Signal an mich weiter.«

*Kann ich nicht einfach auf der Stelle sterben?* Silas' Blick fiel auf die weiße Plastiktafel neben der Reisetasche, die man für ihn gepackt hatte. Das überdimensionierte Telefon sah veraltet und klobig aus. »Über die ganze Entfernung bis zu Ihrem Lieferwagen?«, fragte Silas, aber Matt entging der Sarkasmus. Die Krawatte des Technikers hing lose an seinem Hals, und die schwarze Hose und das weiße Hemd schrien geradezu in die Welt hinaus, dass sie von der Stange kamen. Im Fingernagel seines Zeigefingers befand sich eine Kerbe vom Öffnen der Nikotinpatronen.

»Das läuft vorwiegend nur in eine Richtung, aber falls wir Ihnen dringend etwas mitteilen wollen, schicken wir eine SMS. Keine Drähte an den Ohren, die Sie verraten könnten. Nett, was?«

Silas seufzte. Seine Finger waren zu groß, um die winzigen Tasten des Telefons zu bedienen. SMS wären total nervig. »Kann ich mein eigenes Telefon benutzen?«, fragte er, und der lockenköpfige Techniker zuckte erschrocken zusammen.

»Nein!«, rief er, als hätte er es mit einem Idioten zu tun. »Das ist nicht nur ein Telefon. Es ist voll mit Zeug, das Sie brauchen werden! Gott! Warum schicken die mir ständig diese Anfänger?«

Silas rieb sich den schmerzenden Kopf, während er sich vorstellte, was Matt wohl alles in das winzige Stück veralteter Elektronik gestopft haben mochte. Tracker, zweifellos, Adressen sicherer Häuser, Kontaktnummern und Apps, die ihm den nächsten Coffeeshop anzeigen würden. Aber es war zu klein, als dass er es hätte benutzen können, und sollte er es doch versuchen, würde sie wissen, dass er etwas darstellte, was er nicht war. Außerdem war sein eigenes Telefon ein Glas-Produkt, dessen Technik allem, was die Allianz zu bieten hatte, um Lichtjahre voraus war.

»Behalten Sie den Kram«, sagte er, und Matt ließ sich wütend auf seinen Stuhl fallen. »Ich trage das nicht.«

Matt nutzte die eintretende Stille dazu, demonstrativ frustriert und angewidert sein Mountain Dew hinunterzuschütten. »Es wäre besser, Sie würden es tragen, Sir.«

»Warum hängen Sie mir nicht einfach ein Schild mit der Aufschrift ENTFÜHRER um den Hals?«, gab Silas lauter zurück. »Bilden Sie sich etwa ein, sie merkt nicht, dass die Tasten für mich zu klein sind? Sie ist ein fein abgestimmtes Bündel paranoider Intuition.«

»Nur weil wir sie dazu gemacht haben«, sagte Matt, und Silas beugte sich vor und rammte ihm das Kabel in die Brusttasche seines Hemds.

»Dann will ich vielleicht nicht, dass Sie hören, was ich zu sagen habe. Alles, was Sie mir bisher gegeben haben, ist veraltete Technik und No-Name-Ware. Niemand kauft so ein Zeug, weil es Militärkacke ist. Damit falle ich nur auf.«

Mit finsterer Miene zog Matt das Kabel aus der Tasche und ließ es in Silas' offene Reisetasche fallen. »Der importierte Mantel, den Sie tragen, wird viel mehr auffallen, und das Kabel muss schließlich niemand sehen«, bemerkte er mürrisch. »Es ist dazu gedacht, zusammengerollt in der Tasche zu liegen. Genau darum brauchen Sie das Telefon als Verstärker.«

Ungeduldig sah Silas auf seine Armbanduhr. Beinahe sechs. Er war seit einer Stunde hier, und sein erster Eindruck, der besagte, dass diese Leute sie umbringen würden, hatte sich nicht geändert. »Ich habe nicht gesagt, sie würde das Kabel sehen«, stellte er klar, während er sich in dem Kleinlaster nach etwas Nützlichem umschaute. »Ich habe gesagt, das Zeug würde mich verraten. Sollte ich Sie brauchen, rufe ich an. Mit meinem Telefon. Die Nummer haben Sie doch, nicht wahr?«

»Ja, ich habe Ihre Nummer«, sagte Matt missmutig, verleibte

sich einen weiteren Schluck Koffein mit Zucker ein und musterte Silas' Mantel, der sorgfältig gefaltet über der Rücklehne seines Sitzes lag.

Silas zog die Tasche näher heran und warf das aufgerollte Kabel in Richtung Fahrersitz. Dann wühlte er unter der militärgrauen Jogginghose ein Paar geschmackloser No-Name-Laufschuhe hervor. *Als würde ich irgendwohin rennen.* Das Klimpern von Injektionsfläschchen erregte seine Aufmerksamkeit, und er kochte beinahe vor Zorn, als er die schweren Drogen erkannte. Himmelherrgott, das waren Schlächter.

»Die können Sie auch behalten«, sagte er und ließ die Fläschchen angeekelt auf den Tisch fallen.

Matt rollte auf seinem Bürostuhl vor und zurück vor lauter Aufregung. »Wie wollen Sie feststellen, ob sie die Information hat, wenn Sie keine Defragmentierung durchführen?«

Er wollte nicht in ihr Gehirn eindringen, zu sehr fürchtete er, er könnte sich selbst darin finden. »Vielleicht frage ich sie einfach?«, entgegnete er, bereit davonzuspazieren. Wenn sie ihm nicht die Freiheit ließen, die Sache richtig zu machen, würde es nicht funktionieren. »Aber das hier kann ich brauchen«, fügte er hinzu und beugte sich vor, um den winzigen glänzenden Tablet PC an sich zu nehmen, der sich unter einer kaffeefleckigen Tasse versteckte. Es war kein Glas-Produkt, aber er hätte darauf gewettet, dass es mit dem aktuellen Betriebssystem ausgerüstet war.

»Hey! Der gehört mir!«, protestierte Matt. Unbeeindruckt aktivierte Silas das Tablet und zog erfreut die Brauen hoch. *Die richtigen Apps an den richtigen Stellen.*

»Dann ist es vermutlich nicht verwanzt, richtig?« Silas ließ es in seinem Mantel verschwinden. Es war zerkratzt genug, um nicht aufzufallen, und wenn es Matt gehörte, dürfte es alles haben, was er brauchte.

»Geben Sie mir das Tablet zurück!«, forderte Matt, wagte aber nicht, Zwang auszuüben.

»Sobald ich damit fertig bin.« Draußen wurde eine Wagentür zugeknallt, dann noch eine. Auf dem flackernden Monitor im vorderen Bereich war ein langes, schwarzes Fahrzeug zu sehen. Eine große Frau in einem Cocktailkleid entfernte sich von ihm, flankiert von ihrem Fahrer. Hinter dem Wagen war der Fluss erkennbar und eines von Detroits Casinos, das im Licht der niedrig stehenden Sonne wie ausgestorben wirkte. »Es ist jemand an der Tür«, bemerkte er, und Matt wirbelte herum, als plötzlich ein lautes Hämmern erklang.

»Die Drachenfrau«, flüsterte der Techniker. Mit hochrotem Kopf stieß sich Matt ab, um mit dem Stuhl in den vorderen Teil des Wagens zu rollen.

Der Fahrer hämmerte erneut an die Tür, und Matt gab den Code ein, um sie zu entriegeln. 31415. *Pi*, dachte Silas, verfrachtete Matts Pad in die Reisetasche und versteckte es unter der Jogginghose. *Wie originell.*

Die Tür öffnete sich, und Silas atmete erleichtert die frische, kühle Luft, die vom Fluss herbeiwehte. Übersät mit Diamanten und Rubinen trat Fran ein, die mit ihren Fünfzehn-Zentimeter-Absätzen noch beeindruckender als sonst aussah. Eine weiße Pelzstola hing über ihren Schultern, und sie roch nach Parfüm. »Sie bleiben da«, sagte sie und drückte ihren Fahrer mit einer Hand, die in einem weißen Handschuh steckte, zurück auf das Pflaster, ehe sie die Tür hinter sich schloss. »Ich habe fünf Minuten. Beeindrucken Sie mich.«

»Mrs. Jacquard, kommen Sie herein!«, sagte Matt, der bereits aufgesprungen war und gerade seinen Stuhl aus dem Weg schob. »Willkommen in der Reed-Rückholzentrale. Vollständig mobil und einsatzbereit.«

*Und so unübersehbar wie ein Hund in einer Katzenschau*, fügte

Silas in Gedanken hinzu. Das Überwachungsfahrzeug als Möbelwagen zu tarnen funktionierte nur während der Geschäftszeiten, und sogar die Obdachlosen hier am Hafen machten einen Bogen um das Fahrzeug.

Fran zog die Nase kraus. »Warum benutzen wir immer noch diese Dinger? Hätten wir keinen richtigen Sattelzug nehmen können?«

»Doch, Ma'am.« Matt wich ruckartig zurück, als sie tiefer in den Lastwagen eindrang. Silas erhob sich, getrieben von seinen Manieren, die ihm in Fleisch und Blut übergegangen waren, nicht jedoch von Respekt. »Aber ich weiß, wo alles ist«, fügte Matt hinzu. »Alle Feeds führen hierher, und von hier aus kann ich die Bewegungen jedes Einzelnen lenken.«

Mit hochgezogenen Brauen sah Fran Silas an und gluckste angesichts seiner unverkennbar miesen Laune. »Richtig.«

»Ein kleines Schiff dreht schneller bei«, versuchte es Matt, dem der Schweiß aus den Poren brach, erneut.

*Es sinkt auch schneller*, dachte Silas und setzte sich wieder, ehe Fran seinen Platz beanspruchen konnte.

»Hier gibt es doch eine Klimaanlage, oder?«, fragte sie und sah sich um. »Schalten Sie sie ein. Und richten Sie Ihre Krawatte. Wir bezahlen Sie gut genug, dass Sie es schaffen sollten, besser auszusehen als ein Studienabbrecher.«

»Ja, Ma'am.«

Während Matt sich zur Front des Wagens vortastete, schob Silas seine Nagelhäute zurück und ignorierte Fran. Er konnte sie nicht leiden. Er konnte Detroit nicht leiden. Hier gab es zu viel Stahl, in den Leuten genauso wie in den Straßen. Die neue Schicht Grün konnte ihn nicht hinters Licht führen. Detroit war nach wie vor eine harte, unerbittliche Herrin.

»Also, wie geht es dem Helden der Stunde?«, fragte Fran in mattem Ton, als ihr klar wurde, dass der einzig andere Sitzplatz

Matts Rollenstuhl war, und der war klebrig von all dem Isolierband.

»Äh …« Matt, der inzwischen seine Krawatte ordentlich gebunden hatte, griff nervös zu einem Ausdruck. »Mittelmäßig an der Waffe, ganz gut beim Nahkampf, aber das liegt einfach an seiner Größe.« Er lachte wenig begeistert in sich hinein und schüttelte den Kopf. »Aber er ist gut in Elektronik. Mrs. Jacquard, ich habe bessere …«

Matt erschrak, als Fran ihm den Ausdruck aus der Hand riss, und er keuchte auf, als sie ihn in den Schredder steckte.

»Ich wollte wissen«, sagte sie, als das Dröhnen des Geräts verstummte, »ob er seine Ausrüstung bekommen hat. Ist er einsatzbereit? Reed trifft sich in circa sechs Stunden in dieser Optibar mit Bill.«

Silas lockerte seine Krawatte und lümmelte sich auf seinen Sitz – forderte sie regelrecht heraus, irgendeinen Kommentar abzugeben.

»Äh, nein«, sagte Matt, dessen Blick zwischen den beiden hin und her huschte. »Er holt die Sachen, die ich ihm gebe, immer wieder aus der Tasche.«

»Ach, was für eine Überraschung«, giftete Fran alles andere als überrascht, und Silas bedachte sie mit einem unaufrichtigen Grinsen.

»Auf meine Art oder gar nicht«, sagte er. »Das haben Sie selbst gesagt.«

»Das habe ich ganz bestimmt nicht.«

Silas schloss die Augen. »Ich erinnere mich deutlich, dass Sie gesagt haben, ich sei der Einzige, der klug genug ist, um das Ausmaß des Schadens zu erkennen, und flexibel genug, um ein Programm einzurichten, das ihn reparieren kann.« Er öffnete die Augen und setzte sich auf. »Ich richte ein und repariere. Schaffen Sie mir diese Typen aus dem Weg.«

»Mrs. Jacquard«, mischte sich Matt sichtlich erregt ein. »Ich habe sechs andere Agenten, die mehr als fähig sind.«

»Oh, ja, versetzen Sie sie in Alarmbereitschaft«, sagte Fran, deren Parfüm nun, da sie sich ernsthaft aufregte, den Körpergeruch überlagerte. »Aber Dr. Denier geht zuerst rein. Seine Vorzüge sind nicht von der Art, die man auf Papier festhalten kann.«

Matt zögerte. »Moment mal«, sagte er und betrachtete Silas mit ganz neuen Augen. »*Doktor* Denier?« Wieder sackte er in sich zusammen. »Der Denier, der die Slicksuits erfunden hat? Der den Weg für Gedächtniskissen und Talismane geebnet hat? Der gezeigt hat, wie die Anker Erinnerungen wiederherstellen können?«

Silas atmete hörbar aus, begierig, endlich aus dem Laster herauszukommen. »Das ist nicht so schwer, wenn man selbst einer ist.«

»Scheiße, Mann!« Matt stürzte herbei und lief rot an. »Was machen Sie hier?«

»Ich versuche, etwas wiedergutzumachen«, murmelte er. »Fran.« Er beugte sich vor. Ihm war nicht wohl dabei, dass Matt mehr oder weniger kichernd durch den Wagen torkelte und … aufräumte? »Das hier wird nicht funktionieren.«

»Warum nicht?« Sie ging Matt aus dem Weg, als der eine Tüte mit Chips wegräumte. »Matt ist extrem kompetent, was Theorie betrifft.«

»Es würde nicht einmal funktionieren, wenn ich ein richtiger Agent wäre«, protestierte Silas.

»Und das sind Sie nicht!«, tönte Matt voller Begeisterung dazwischen. »Verdammt, Dr. Denier ist in meinem Laster!«

Silas strich sich mit einer Hand über das Gesicht. »Ich kann da nicht einfach reingehen, Jack ausschalten, sie überwältigen und erwarten, dass ich irgendwelche Informationen von ihr bekäme. Sie ist eine Soldatin, Fran. Sie tötet Menschen.«

Fran warf einen Blick auf ihre diamantbesetzte Armbanduhr und runzelte die Stirn. »Sie tötet nur die, die sie zuerst töten. Und Sie werden Unterstützung haben. Ein alter Freund von Ihnen.«

*Freund?* Silas erhob sich und ballte die Fäuste, als er eine wohlbegründete Vermutung anstellte, um wen es sich handeln könnte. »Auf Ihre Art kann ich das nicht machen.«

Mit zusammengepressten Lippen und klappernden Absätzen kam Fran auf ihn zu, sorgsam darauf bedacht, nichts zu berühren. »Sie werden es machen«, sagte sie, als sie ihm dank ihrer hohen Schuhe Auge in Auge gegenüberstand. »Alles, was Sie zu tun haben, ist herauszufinden, ob sie die Informationen hat oder nicht. Matts Leute werden sich Jack und sie schnappen. Sie müssen nicht einmal dabei sein, wenn es um die eigentliche … Rückholung geht.«

»Und dann wird sie so adrenalingesättigt sein, dass es unmöglich wird, irgendetwas aus ihr herauszuholen«, erwiderte er, und ein verzweifelter Ton schlich sich in seine Stimme. »Sie begreifen es einfach nicht. Das ist nichts, was man aus vollen Rohren schießend erledigen könnte. Das muss subtil ablaufen.«

Wieder sah sie zur Uhr. »Dann behandeln wir sie mit 741 MHz, um sie am Springen zu hindern. Oder Amneoset. Oder mit irgendeiner der anderen Wunderdrogen, an deren Entwicklung Sie beteiligt waren.«

Frustriert zwang er sich, die Hände zu öffnen. »Um einen Zeitsprung mache ich mir keine Sorgen. Wenn in ihrem Kopf zu viel vorgeht, wenn sie nicht entspannt ist und sich wohlfühlt, gibt es keine Möglichkeit, verborgene Erinnerungen zurückzuholen. Gar keine. Ich kann es nicht auf Ihre Art machen und erwarten, ich würde irgendwelche Ergebnisse erzielen.«

Fran starrte ihn an. Hinter ihr sah er Matts gedrungene Gestalt. »Dann sorgen Sie dafür, dass es funktioniert«, verlangte sie. Danach wandte sie sich ab und musterte Matt gründlich, wobei ihr Blick auf dem Burritofleck an dessen Bauch hängenblieb. »Geben Sie ihm seine Ausrüstung. Sofort.«

»Ja, Ma'am.«

»Wirklich toll«, grummelte sie und sah erneut zur Uhr. »Jetzt komme ich zu spät zur Symphonie. Matt, Sie halten mich auf dem Laufenden.«

»Ja, Ma'am!«, rief Matt ihr nach, als der Lieferwagen bei ihrem Aussteigen wackelte und die Tür ins Schloss fiel.

Silas lehnte sich auf seinem Stuhl zurück und rieb mit der Hand über die Bartstoppeln an seinen Wangen. Das hier würde sie umbringen. Es würde sie in den Wahnsinn treiben. Es gab zu viele Variablen, um so etwas zu planen. Es musste subtil geschehen, nach Gefühl, durch eine einzige Person, nicht durch ein ganzes Team, das sie zum Kampf oder zur Flucht nötigen würde. Dennoch würde sie auch ihn bekämpfen, wenn er ihr allein gegenübertrat, aber ihm war ein Kampf in ihrem Kopf lieber als ein physisch ausgetragener. Letzteren würde er verlieren, aber bei Ersterem hatte er eine Chance. Eine gute Chance.

»Wollen Sie die Frau schnappen, oder nicht? Mehr als diese Ausrüstung steht uns nicht zur Verfügung«, sagte Matt, blickte auf und erschrak angesichts der ausdruckslosen Miene des Mannes.

»Nein, stimmt nicht«, erwiderte Silas und rang sich zu einem Entschluss durch. »Tut mir leid.«

»Was tut Ihnen … Hey!«, rief Matt und wich hastig zurück.

Aber es war zu spät. Silas' Stuhl fiel um und landete klappernd im Heck des Lastwagens, als er sich auf Matt stürzte, mit der geballten Faust ausholte und mit der Gewalt eines Hammers zuschlug.

Er traf ihn mit allem, was er zu bieten hatte; all seinen Zorn, seine Frustration und seine Furcht bündelte er in fünfzehn

Zentimetern Knochen. Matts Kopf schoss zurück, und er ging zu Boden, war schon bewusstlos, als Silas seine Hand ausschüttelte, die nicht einmal einen blauen Fleck davongetragen hatte.

»Was mir leid tut? Das hier«, murmelte Silas. Mit rasendem Puls schnappte er sich die Reisetasche und stopfte alle Ausrüstungsgegenstände aus den Regalen und Schrankfächern hinein, die er haben wollte. Als er fertig war, warf er sie aus dem Fahrzeug und schleuderte den Mantel hinterher, sodass er auf der Tasche landete. Die Sonne ging unter, und er nahm sich an der Tür einen Moment Zeit, um die kalte, nach Schnee riechende Luft zu atmen. Low-Q-Drohnen schwebten, in der Abenddämmerung kaum erkennbar, in beiden Richtungen über dem Fluss. Dies war der einzige Kurs, den sie nun, nach Einbruch der Dämmerung, noch legal einschlagen konnten. Möglicherweise würde Fran auch ohne ihn weitermachen. Aber je länger er den Fluss betrachtete, desto breiter wurde sein Lächeln. Vielleicht konnte er doch noch lernen, Detroit zu mögen.

Den Atem angehalten, um sich vor dem Gestank zu schützen, stieg er noch einmal ein, um alles noch ein letztes Mal zu kontrollieren, ehe er den Laster versenkte.

Alles drehte sich nur darum, dass er sie allein erwischen musste, ohne Jack Twill, und zwar so, dass sie nicht ausrastete. Das jedoch war nahezu unmöglich dank der intensiven Konditionierung durch Opti, die ihr sagte, dass sie auf keinen Fall allein sein durfte. Er musste dafür sorgen, dass sie selbst auf diese Idee kam; sie musste diejenige sein, die die Kontrolle hatte. Aber sollte er es schaffen, sie allein und entspannt zu erwischen, würden fünf Minuten mit den passenden Drogen zum Ziel führen.

»Aber nicht mit diesen hier«, sagte er und warf erneut einen Blick auf das Zeug, das er aus seiner Reisetasche geholt hatte. Wütend riss er die Schubladen mit Arzneimitteln auf und wühlte so lange, bis er gefunden hatte, was er suchte. Etwas Milderes, etwas, das sie gewohnt war.

Während die Ampullen in seiner Hand klimperten, knallte er die Schubladen zu. Dabei fiel ihm ein, wie sensibel sie war. Er ließ die Schultern hängen, und dann straffte er sich. Er schob den Wahlhebel der Automatik des Wagens in die Neutralstellung, steckte die Ampullen in die Tasche, ergriff Matts Arme, schleifte ihn über die Stufen im Heck nach draußen und lehnte ihn an die Reisetasche. Es war nur ein Job. Das war alles.

Matt setzte sich stöhnend auf und hielt sich den Kopf. »Was machen Sie da?«, fragte er, als ihm bewusst wurde, dass er auf dem Pflaster saß.

Mit neuer Zielstrebigkeit ging Silas in der kühlen Abendluft zum Heck des Kleinlasters, lehnte sich mit der Schulter daran und fing an zu schieben.

»Hey! Aufhören!« Unsicher kam Matt auf die Beine und sah sich zu dem nahen Fluss um. »Dr. Denier, was machen Sie da?«

Mit einem siegessicheren Ächzen brachte Silas den Laster ins Rollen. Langsam kroch er voran. Kieselsteine schossen unter den Reifen hervor. »Nein!«, brüllte Matt, rannte hinterher und versuchte, den Wagen festzuhalten. Silas' Lächeln wurde noch breiter, als der Lieferwagen auf dem Wasser aufkam und langsamer wurde, aber nicht stehen blieb, sondern tiefer in den Fluss glitt.

»Sind Sie verrückt!«, schrie Matt, der zitternd am Ufer stehen geblieben war. »Da ist alles drin, was wir brauchen!«

Silas zog sich seinen Mantel an, trat zu ihm und sah voller Befriedigung zu, wie der Laster in über einem Meter tiefen Wasser zum Halt kam. Dann klopfte er Matt auf die Schulter und sagte: »Stimmt nicht. Ich bin ja hier draußen.«

Fassungslos drehte sich Matt zu ihm um.

»Sagen Sie Fran, ich werde die Informationen beschaffen.«
Silas warf sich die Reisetasche wie einen Rucksack über die
Schulter. »Ich brauche mindestens drei Tage, um mich über
ihren Geisteszustand zu informieren und mir etwas auszuden-
ken. Sollte ich Fran oder einen ihrer Handlanger irgendwo sehen, versetze ich Peri höchstpersönlich in Angst und Schrecken,
und Fran bekommt gar nichts.«

»A-aber mein Überwachungsmobil …«, stammelte Matt hilflos.

Silas schenkte ihm ein Lächeln. »Ich brauche drei Tage«,
sagte er. Dann machte er kehrt und ging davon. Matt hatte bereits zu seinem Telefon gegriffen, aber bis die es schafften, den
Laster aus dem Wasser zu holen und trockenzulegen, würde
Silas schon etwas haben, womit er Fran besänftigen konnte.

Er würde Peri zurückholen, und er würde es auf seine Art
tun, sodass sie eine Chance hatte, es zu überleben. Aber noch
während er die nächsten Schritte tat und Matts Flüche und
Drohungen allmählich leiser wurden, drängte sich Sorge in
seine nüchternen Überlegungen.

Er wusste, sie liebte die Macht, das Geld, das Gefühl von
Überlegenheit und Unabhängigkeit – all das, was Opti ihr
reichlich gegeben und dazu genutzt hatte, sie in die Selbst-
blindheit zu locken. Das war der eigentliche Grund dafür, dass
sie sich seinerzeit freiwillig zur Verfügung gestellt hatte.

Realistisch betrachtet, bestand durchaus die Möglichkeit,
dass sie gar nicht zurückkommen wollte.

# 9

Peri zog an der dicken Eichentür des *Zeitloch*, fand sie aber verschlossen vor. Verschwommen konnte sie Frank durch das Buntglasfenster in der Tür erkennen. Er stand auf einer Leiter und hatte den Kopf im Soundsystem versteckt. Unter ihm beschrieb ein runder, silberner Bodenreiniger seinen programmierten Pfad und verbreitete einen purpurnen Schleier aus UV-Licht. Es war kurz vor ein Uhr morgens, aber offenbar hatten sie heute schon früh geschlossen.

Frank blickte auf, als Peri mit dem Autoschlüssel an die Fensterscheibe klopfte. Verdutzt wich sie zurück, denn plötzlich fiel ihr auf, dass das geschliffene Glas das Stundenglaslogo von Opti nachbildete und in der Dunkelheit wie eine Warnlampe leuchtete. Gedämpft drang Franks Stimme zu ihr heraus. Er rief irgendjemandem etwas zu, ehe er sich wieder seiner Arbeit widmete.

»Ich rede mit Frank, du mit Sandy«, sagte Jack und sah sich unruhig auf dem verlassenen Parkplatz um, auf dem sich eine Schicht neuen Schnees gebildet hatte. Peris Mantis war frisch aufgeladen und hatte wieder die übliche schwarz-silberne Lackfärbung angenommen. Unter der Notbeleuchtung war er nur als schnittiger Schatten auszumachen.

Frierend kauerte sie sich in ihrem langen Kaschmirmantel und dem Schal zusammen. Die dünne Wolle schützte kaum vor dem Wind, aber sie hatte den Mantel wegen seines Aussehens gekauft, nicht wegen seiner Thermoeigenschaften. »Meinst du, unsere Psychologen stecken mit Bill unter einer Decke?«

»Genau deswegen habe ich meine Glock mitgenommen.«
Jack klopfte auf seinen Mantel, was ihr nur noch mehr zusetzte.
Sein Mantel war so dick, dass die Waffe keine sichtbare Beule
hineindrückte. Peri konnte Schusswaffen nicht besonders leiden, war aber durchaus der Ansicht, dass sie unter den passenden Umständen ganz hilfreich sein konnten. Das Messer mit
der fünfzehn Zentimeter langen Klinge, das in ihrer Stiefelscheide steckte, war schon eher ihr Stil: lautlos, überraschend,
wenn es korrekt geführt wurde, tödlich, wenn sie es wollte –
und eine sichere Methode, Aufmerksamkeit zu wecken.

Sandys schmale Gestalt verdunkelte das Fenster, als sie sich
die Hände an der Jeans abwischte und nach der Verriegelung
griff. Sandy hatte sich schon vor langer Zeit von der Psychologin
zur Freundin entwickelt, und Peri lächelte matt, als die lang-
haarige Frau die Tür aufstieß. Während Frank aussah wie ein
Wikinger in Jeans und Karohemd, war Sandy eine asiatische
Prinzessin, schlank, sittsam, aber dramatischer Gefühlsaus-
brüche fähig, wenn die Situation es verlangte. Peri hatte schon
erlebt, wie sie besoffene Einundzwanzigjährige allein durch die
Kraft ihrer Stimme zur Tür hinausgetrieben hatte. Und sie war
die einzige Person aus Peris Bekanntenkreis, die noch zierlicher
war als sie selbst.

»Peri! Jack«, sagte die Enddreißigerin mit dem schwachen,
asiatisch angehauchten Seattle-Akzent, der sie in Peris mittel-
westlich geprägtem Gehör stets leicht exotisch klingen ließ.
»Bill hat gesagt, dass ihr zur Einsatzbesprechung herkommen
würdet. Ich habe nur abgeschlossen, damit wir unter uns sind.
Kommt rein. Es ist kalt heute.« Sie betrachtete den leichten
Schneefall, ehe sie zur Seite trat und Peri in die Arme nahm.
»Alles in Ordnung? Du hast immer noch deine Arbeitskleidung
an.«

Peri musterte ihre schwarze Hose und die passende Bluse

und verwünschte sich selbst. Sogar die Kette mit dem Stift hing noch um ihren Hals. Ihr Unbewusstes hatte sie in Fluchtbereitschaft versetzt – und Sandy hatte es bemerkt. »Könnte besser sein«, sagte sie, während sie sich in der Bar umsah, die kleine Bühne betrachtete, die mit Postern von Bands der 1990er gepflastert war, den abgenutzten Tanzboden, den gemauerten Kamin, der stets kalt blieb, und die Lottoannahmestelle in der Ecke, deren Lämpchen sogar noch heller blinkten als die der Online-Konsole für die sogenannte Juke'sBox. Frank hatte sie installiert, nachdem jemand der Siebzigerjahre-Antiquität, nach der sie benannt war, die Lichter ausgepustet hatte. Sogar Peri musste zugeben, dass es einfacher war, die Musik des Abends über ein Menüfeld am Tisch zu bestellen. Trotzdem vermisste sie die schwerfällig wirkenden Singles, die in mehreren Reihen darauf gewartet hatten, dass man sie anwählte. Natürlich war ihr dabei auch bewusst gewesen, dass jeder im Raum zusah, wenn sie vor dem Gerät stand.

Die Lichter in der angrenzenden Spielelounge mit den niedrigen Tischen und Sofas und dem Testosteronmagneten in Form einer dreieinhalb mal zwei Meter großen Spielkonsole waren gedämpft, doch der Geruch der Elektronik war trotz all der lasierten Holzflächen, die den Gastraum beherrschten, immer noch wahrnehmbar. Irgendwie kamen ihr die schattigen, kuscheligen Nischen, die schwarze Decke, die auf kahlen Stützbalken ruhte, und das verborgene, hochmoderne Soundsystem an diesem Abend unheilverkündend vor. Daran konnten auch die neuen Paraphernalien diverser Bands nichts ändern. Frank hatte sie gesammelt und inmitten der illegalen Drohnenfotos von Prominenten und Gestalten des öffentlichen Lebens und der einen oder anderen Sonnenbadenden, der der Sinn nach streifenfreier Bräune stand, aufgehängt.

Die Stühle standen auf den Tischen, während der Reiniger

seine Runden machte und den Boden schrubbte, bis er außer in einem schmalen Streifen an den Wänden überall im sanften Farbton verschütteten Biers glänzte. Das Parkett des Tanzbodens war so verkratzt, dass Peri die ursprünglichen Linien kaum noch erkennen konnte.

Bill war noch nicht da, was zugleich erleichternd und besorgniserregend war. Jack strich Peri ermutigend über den Arm, ehe er langsam auf Frank zuging, der immer noch auf der Leiter stand.

Sandy roch nach Politur und hatte einen Putzlappen in der hinteren Hosentasche. Plötzlich empfand Peri eine fast überwältigende Zuneigung zu ihrer langjährigen Freundin und Vertrauten – und ein nicht eben geringes Schuldgefühl, weil sie Sandys Motiven misstraute. »Schwerer Tag?«, fragte Sandy, und Peri nickte. »Ich habe mir Sorgen um euch gemacht«, verkündete Sandy, deren drahtige Armmuskeln ihre Stärke verrieten, als sie sich dem Tresen zuwandte und das Messing polierte. »Bill hat erzählt, dass du gesprungen bist. Hast du viel verloren?«

*Schlechte Neuigkeiten verbreiten sich schnell.* Peri kletterte auf einen Barhocker. »Sechs Wochen.« Sie nahm den Mantel ab und legte ihn neben einem Glas voller Essstäbchen über den glänzenden, schwarzen Tresen. Frank liebte seine Burger, aber Sandy verfügte über einen weltoffeneren Geschmackssinn, und sie konnten sich mit Hilfe der in die Tische eingelassenen Konsolen aus jedem Restaurant in einem Umkreis von vier Blocks Essen liefern lassen. »Hätte schlimmer sein können«, fügte Peri hinzu und beschloss, den Schal nicht abzunehmen. Sie erinnerte sich nicht, ihn gestrickt zu haben, aber ihre Finger erkannten das Muster, und es fühlte sich vertraut an.

Sandy legte das Poliertuch weg und verzog sich hinter den Tresen. Das Licht eines UV-Handdesinfizierers blinkte auf, als sie für einige Sekunden die Hände darunterhielt. Frank war inzwischen von der Leiter gestiegen und unterhielt sich leise, aber eindringlich mit Jack. Als Sandy ihr eine angeschlagene Tasse mit lauwarmem Kaffee reichte, zuckte Peri zusammen. »Wie wär's, wenn du mit dem blauen Auge anfängst?«, schlug Sandy vor und beugte sich über die Theke, sodass ihr das lange schwarze Haar wie ein Vorhang über eine Seite des Gesichts fiel.

»Jemand hat mich erwischt.« Peri starrte in die ölige, widerliche schwarze Brühe in ihrer Tasse. Sandys Kaffee war ausnahmslos ungenießbar. »Und ich ihn. Was gibt es da zu sagen? Umso weniger, wenn man sich nicht daran erinnert.«

»Die Information ist immer da, du kannst sie nur nicht abrufen«, sagte Sandy. Peri blinzelte hektisch, als sie das Mitgefühl in ihrer Stimme wahrnahm. Sandy schlug eine Hand vor den Mund. »Du hast jemanden getötet, nicht wahr? Ich sehe es dir an.«

Peris Gedanken streiften einen Mann, der zuckend auf dem Boden lag, während etwas, das in seinem Inneren hätte sein sollen, durch die Wunde troff, die sie ihm mit ihrem Messer zugefügt hatte. Mit beiden Händen umfasste sie die Tasse und trank einen Schluck Kaffee. Er schmeckte abgestanden, bitter und verbrannt. »Jack hat mir gesagt, der Mann habe mich zuerst getötet«, bemerkte Peri leise. Schuldgefühle drückten ihre Schultern herab, aber ihr schlechtes Gewissen hatte nichts damit zu tun, dass sie den Wachmann getötet hatte. Nein, ihr Unbehagen beruhte darauf, dass sie Sandy ausloten wollte. Sie musste wissen, ob sie eingeweiht war und auch dazugehörte, musste ihre Reaktionen erforschen.

*Und die beste Art, das zu erreichen, besteht darin, ein Gerücht in die Welt zu setzen – ein Gerücht, das Bills unberechenbarem Verhalten Rechnung trägt, ohne bedrohlich zu wirken.* »Sandy, hast du Gerede darüber mitbekommen, dass Bill Jack und mich trennen will?«

Die Augen der Frau weiteten sich. »Ach, Liebes, das dürfte ich dir nicht einmal verraten, wenn ich es wüsste – und das tue ich nicht. Wie kommst du nur auf so was?«

Peri hielt den Blick gesenkt, während sie ihre Freundin ausforschte. »Bill ist bei uns aufgetaucht, als wir gerade fünf Minuten daheim waren. Die beobachten uns.« Sie nahm noch einen Schluck Kaffee und taxierte Sandys Mienenspiel über den Rand der Tasse hinweg. »Das ist so unfair. Bill will, dass wir jetzt schon einen neuen Auftrag übernehmen. Das muss einer dieser blöden Evaluierungseinsätze sein, und wenn denen dann nicht gefällt, was sie sehen …« Peri gab einen erstickten Laut von sich.

Sandy hielt ihren dickwandigen Kaffeebecher umfasst, ohne davon zu kosten. »Jetzt schon? Eigentlich solltest du nach einem Zeitsprung zwei Wochen Ruhe haben – ganz besonders, wenn eine Evaluierung ansteht. Ich bin froh, dass deine Einsatzbesprechung hier stattfindet, dann bekommst du hier auch neue Anweisungen. Anderenfalls hätte ich angenommen, du wärst im Urlaub. Willst du Baileys in deinen Kaffee? Du bist so angespannt, auf dir könnte man Eier aufschlagen.«

Sandy berührte ihre Schulter, aber Peri musterte nur die im Schatten liegende Wand mit den Bildern von Zeitagenten im Ruhestand und ihren Ankern und rührte sich nicht. »Nein«, flüsterte sie. »Ich muss noch fahren.« Aber irgendetwas, das Sandy gesagt hatte, hatte ihre Intuition in Gang gesetzt.

*Zwei Wochen.* Frank und Sandy würden die einzigen Leute sein, die wussten, dass sie und Jack schon wieder im Einsatz waren. Alle anderen würden annehmen, dass sie sich eine Auszeit genommen hatten und sich irgendwo an einem sonnenbeschienenen Strand erholten. Niemand würde auf die Idee kommen, dass sie irgendetwas taten, was außerhalb der rechtlichen Rahmenbedingungen von Opti lag. Und das schien Sandy nicht zu stören.

Das sollte es aber.

*Mist.* Peri sah sich zu Frank und Jack um, die sich immer noch unterhielten. Die eigenen Psychologen ... *Wir müssen hier raus.* »Entschuldigst du mich einen Moment?«, sagte Peri und stellte ihre Tasse ab.

»Natürlich. Mach nur, Liebes.«

Als Peri den Raum durchquerte, hinterließen ihre Stiefel Pfützen geschmolzenen Schnees auf der Tanzfläche. Sie hatte Sandy den Rücken zugekehrt, und zum ersten Mal fühlte sie sich unwohl dabei. Die Männer wandten sich zu ihr um, um sie einzubeziehen, und sie rang sich ein Lächeln ab. Frank, ein Bär von einem Mann, war Barkeeper und Rausschmeißer in einer Person, aber auch er hatte, wie jeder, der etwas mit Opti zu tun hatte, eine Vergangenheit. »Hi, Frank«, sagte sie mit pochendem Herzen, als er sie in seinen Arm zog, sodass sie sich vorkam wie ein kleines Mädchen.

»Hey, Schatzilein.« Seine grollende Stimme ging ihr durch und durch. Normalerweise wirkte sie beruhigend auf sie, doch nun musste sie sich zusammenreißen, um nicht zurückzuschrecken. »Wie geht es dir?«

»Gut.« Sie brachte ein überzeugendes Lächeln zustande. »Ich muss Jack etwas fragen. Gibst du uns eine Sekunde?«

»Klar doch, Herzchen«, erwiderte er grinsend und schlenderte zum Tresen.

Peri atmete langsam ein und zittrig wieder aus, während sie Jacks Arm ergriff und ihn so drehte, dass die beiden ihnen nichts von den Lippen ablesen konnten. »Wir müssen weg. Sofort.«

Jack musterte sie eindringlich. »Was? Warum?«

»Weil sie dazugehören. Beide.« Peri hinderte ihn daran, sich über ihre Schulter nach den Psychologen umzusehen. »Wenn wir jetzt einen nicht von Opti sanktionierten Auftrag bekommen, gleich nachdem ich gesprungen bin und Zeit verloren habe, wird sich niemand Gedanken über unsere Abwesenheit machen. Jeder rechnet damit, dass wir weg sind. Sandy interessiert es gar nicht, dass wir unsere Auszeit nicht bekommen. Und Frank auch nicht. Sie sind unsere Psychologen, um Himmels willen.«

Seine Augen weiteten sich, als er begriff, worauf sie hinauswollte. »Wir haben ein Problem.«

»Was du nicht sagst.« Sie hatte Notgepäck im Kofferraum, und Jack auch. Da dranzukommen war Schritt eins.

An der Bar rief Frank mit rauer Stimme: »Will einer von euch ein Bier?«

Peri schaute sich zu ihm um und sah, dass er ein Handy an sein Ohr hielt. Sandy, die neben ihm sehr klein wirkte, zog ein Essstäbchen aus dem Wasserglas auf dem Tresen. Mit wiegenden Hüften schlenderte sie gemächlich zur Hintertür und drehte dabei ihr Haar auf. Frank sagte noch etwas Zustimmendes und beendete das Telefonat.

Franks wissender Blick zu ihnen herüber löste Angst, gefolgt von einem Adrenalinstoß, bei Peri aus. An der Vordertür beendete das Reinigungsgerät seine Arbeit mit einem fröhlichen Bimmeln und schaltete sich ab. »Danke, im Moment sind wir auch ohne ganz zufrieden«, erwiderte sie, aber ihr war klar, dass Frank den falschen Zungenschlag heraushörte.

Als sie Jack wieder anblickte, stand ihm die Sorge ins Gesicht geschrieben. »Irgendwelche Vorschläge?«, murmelte er und bewegte dabei kaum die Lippen.

»Ich arbeite daran.« Peri drückte kurz seine kalte Hand. Bill war noch nicht da. Noch hatten sie eine Chance.

Jack schaute über ihre Schulter hinweg. »Tut mir leid, Peri.«

»Es ist nicht deine Schuld«, sagte sie, als Jack nach der Waffe in seinem Mantel tastete.

Doch dann erschütterte sie das ruhige, unverkennbare *Ritschratsch* eines Gewehrs, und Jack erstarrte.

Peri verfluchte ihre eigene langsame Reaktion, als Frank das Kleinkalibergewehr, das er hinter der Bar versteckt hatte, auf sie richtete.

»So hatte ich mir das nicht vorgestellt, Babe«, sagte Jack, als er sich zwischen sie und Frank schob.

»Meine erste Wahl ist das auch nicht«, entgegnete sie und erschrak, als sie Schlüssel klimpern hörte. Hektisch sah sie sich zu Sandy um, die gerade von der Hintertür zurückkehrte. Die war jetzt mit einem Vorhängeschloss gesichert, dessen Kette immer noch hin und her schwang. Frank zog eine Handfeuerwaffe aus dem hinteren Hosenbund und warf sie Sandy zu.

»Ihr kennt doch den alten Spruch über Leute, die schlauer sind, als gut für sie ist?«, fragte Sandy und überprüfte das Magazin. Peri verzog das Gesicht. Sie hatte Sandy für ihre Freundin gehalten. *Lügen. Alles nur Lügen.*

Die Vordertür wurde geöffnet, und Peri starrte den Mitdreißiger an, der sich beim Hereinkommen den Schnee von den Schuhen trat. Sein längliches Gesicht war von der Kälte gerötet, sein Mantel zu dünn für dieses Wetter. Ein grauer Schal schützte seinen Hals. Als seine braunen Augen sie fixierten, während er den Schal mit den kräftigen Fingern löste, versteifte sich Peri. Seine schwarze Hose wirkte so zwanglos wie sein Hemd, trotzdem sah Peri ihm an, dass er zu Opti gehörte. Es hatte etwas mit seinem stilvollen Auftreten zu tun, mit der Art, wie sein Blick den Raum abtastete und mit einem Ausdruck, der Schuldgefühle nahelegte, bei ihr verweilte, während er die schwarzen Locken von seiner dicken, dunklen Brille fegte.

»Ich habe Ihnen ja gesagt, sie steht kurz vor einer ihrer Erleuchtungen«, bemerkte Sandy, während der Fremde den Schlüssel auffing, den Frank ihm zuwarf. Er sperrte die Vordertür ab, ehe er sich von einem Tisch einen Stuhl heranzog, um sich breitbeinig und vollkommen selbstsicher zu setzen. »Deine besondere Intuition ist dein Rettungsanker und zugleich deine Achillesferse, Peri«, fuhr Sandy fort. »Bill ist an allem schuld. Lieber glaubt er Jacks Märchen, als euch zwei zu trennen. Ihr seid seine besten Agenten. Drei Jahre. Ich weiß nicht, ob ich euch gratulieren oder als extrem dumm einstufen soll.«

Peri wollte sich vor Jack schieben, damit er seine Waffe ziehen konnte, aber er ließ sie nicht.

Mit einem Lächeln, das Peri zur Weißglut brachte, musterte Sandy Jack anerkennend. »Na ja, wenn ich so einen Mann hätte, der mir jeden Wunsch von den Augen abliest, wäre ich vielleicht auch geneigt, mir ein bisschen was vorzumachen.«

Mit klopfendem Herzen dachte Peri an ihr Messer. Sie ärgerte sich, dass sie es zu einem Kampf mitgebracht hatte, den man mit Schusswaffen austragen würde. Plötzlich wurde ihr bewusst, wie fit Sandy und Frank waren. Das *Zeitloch* war eine Falle.

»Wir werden diese pelzige rote, Mäuse verzehrende Wanze wieder in deine Wohnung bringen müssen«, verkündete Sandy geziert und stolzierte auf sie zu. »Wir hätten euch bei eurem ›Evaluationseinsatz‹ ja verlieren können.«

*Die haben meine Katze verwanzt?* Rasch sah sich Peri zu dem Mann an der Tür um. »Jack?«, murmelte sie. »Ich bin offen für Vorschläge.«

»Wir müssen Zeit schinden«, entgegnete er grimmig.

»Bringen wir es hinter uns, Frank«, sagte Sandy, in deren Gesicht sich ein ganz neuer, hässlicher Zug zeigte. »Erschieß sie.«

»Ich nicht«, erwiderte Frank entrüstet. »Ich will, dass sie mich auch morgen noch mag. Mach du das.«

Sandy seufzte. »Vielleicht hast du recht. Kannst du Jack erschießen?«

»Na klar«. Der kräftige Mann hob die Waffe.

»Nein!«, schrie Peri und stürmte vorwärts. Das Gewehr ging mit einem ohrenbetäubenden Knall los, und Jack fiel ihr in die Arme, die Hände auf den Bauch gepresst. Gemeinsam landeten sie auf dem gelblichen Parkett und starrten auf seine Körpermitte, in der das Blut zwischen seinen Fingern hervorquoll. Eine Bauchwunde. Sie würde ihn töten, zwar nicht sofort, aber unausweichlich. Selbst wenn sie ihn ins Krankenhaus schaffen konnte, würde ihn das womöglich nicht mehr retten.

»Du hast auf mich geschossen!«, sagte Jack mit schriller Stimme. »Frank, ich kann nicht fassen, dass du auf mich geschossen hast!«

»Warum tut ihr das?«, wütete Peri, die Arme um Jacks Kopf geschlungen, der in ihrem Schoß lag.

»Weil du wertvoll bist, Schätzchen, und er nur Firmware«, erklärte Sandy zuckersüß, und Peri hasste sie nur noch mehr. »Also, entweder du springst, um sein Leben zu retten und die zu werden, die wir brauchen, oder du lässt Jack sterben. Deine Entscheidung. Ticktack.«

Sie waren aufgeflogen, aber wie? Verzweifelt faltete Peri ihren Schal zusammen und nutzte ihn dazu, die Blutung zu stillen. Jack würde durchkommen. Er musste es! Sie mussten überleben!

*Ich werde überleben. Er nicht.*

Peri biss die Zähne zusammen. Jacks Blut befleckte ihre Finger, als es durch den Schal sickerte. Er gab einen erbarmungswürdigen Laut von sich. »Scheiße, tut das weh«, ächzte er mit bleichem Gesicht.

**132**

»Halt's Maul, Jack!«, blaffte Sandy. »Du kanntest das Risiko.« Dann wandte sie sich wieder Peri zu und lächelte. »Nur zu, spring schon, Herzchen. Wir säubern dich und bringen dich zurück zu einem Punkt, an dem du noch keine beunruhigenden Gedanken über Bill gehegt hast. Oder über mich und Frank. Dabei gewinnen wir alle«, verkündete sie in vergnügtem Ton.

Peris Arme fingen an zu zittern. Allmählich machte sich der Stress bemerkbar. »So funktioniert das nicht«, protestierte sie entsetzt. »Ihr könnt den mentalen Schaden eines Sprungs nicht voraussagen.«

»Aber natürlich können wir«, widersprach Sandy. Peri bekam noch mehr Angst, als jetzt der Mann an der Tür vortrat. »Das ist Allen Swift«, fuhr Sandy fort. »Er kann dein Gedächtnis reinigen, bis du alles vergessen hast, was … sagen wir mal … in den vergangenen vier Monaten oder so passiert ist. Die sechs Wochen, die Jack hingekriegt hat, haben nicht ausgereicht.«

*Das können die nicht machen!*, dachte sie, und dann schlugen ihre Gedanken Salto. *Es war Jack, der mich so weit zurückgeworfen hat? Mit Absicht? Hat er mir all diese verlorenen Tage und Wochen bewusst genommen? Mutwillig?*

Die Hände immer noch auf Jacks Leib gepresst, sah Peri ihn an. Übelkeit überwältigte sie, und ihr war, als würde sich die ganze Welt auf den Kopf stellen. Verängstigt stand sie auf, und Jacks Kopf knallte hörbar auf das Parkett. *Er gehört dazu*, erkannte sie im Stillen, während Jack aufschrie. *Er hat immer schon dazugehört.* Er hatte ihr genau das erzählt, was notwendig war, um sie dazu zu bringen, an diesem Abend hierherzukommen.

Sie war nicht korrupt – Jack dagegen schon.

# 10

»Au!« Jack setzte sich auf. Als er sich – offenkundig sehr lebendig – mit einer blutigen Hand den Kopf rieb, mischte sich Ärger mit Schmerz. »Toll gemacht, Sandy.«

»Was soll das? Als würde sie sich an irgendetwas von alldem erinnern.«

Peri erschrak, als Frank plötzlich hinter ihr war. Das Gewehr lag nun in Allens Hand und außerhalb ihrer Reichweite. Franks fleischige Finger pressten ihren Arm zusammen, als er sie wegzog, aber sie war viel zu schockiert, um darauf zu reagieren. Mit klopfendem Herzen sah sie zu, wie Allen das Gewehr mit einem forschenden Blick seiner braunen Augen auf den Tresen legte. Sandy zielte immer noch auf sie und beäugte sie so niederträchtig, als wartete sie nur darauf, dass Peri ihr einen Grund zum Schießen lieferte.

*Nicht Jack!* Aber das kam ihr wie eine reine Wunschvorstellung vor. Ihre Muskeln verkrampften sich, als sich die Wahrheit mit abscheulicher Gewissheit in ihr festsetzte. Falls sie jetzt sprang, würde sie alle Erinnerungen an diese Korruptionsgeschichte verlieren – und genau das sein, was diese Leute wollten. Sie konnten alles Mögliche von ihr behaupten, und sie würde es ihnen abnehmen. Würde das sein, was sie von ihr erwarteten und verlangten. *Wie oft haben die das schon getan?*

»Jetzt kapiert sie endlich«, bemerkte Sandy sarkastisch. »Willkommen im Club, Peri.«

»Jack?«, fragte Peri, und er verzog das Gesicht, aber nicht vor Schmerzen, sondern wegen seines schlechten Gewissens.

**134**

Zorn flammte in ihr auf. »Du Mistkerl!«, brüllte sie und wollte sich auf ihn stürzen, wurde jedoch von Frank mit eisernem Griff festgehalten. »Du Arschloch! Du hast das gewusst? Wie oft hast du das schon gemacht?«, schrie sie und dachte an solche Einsätze, an die sie sich noch einigermaßen erinnern konnte, erkannte die Lücken, die Anomalien. Ein Bruchstück hier, eine fehlende Stunde da. Und damals, als sie acht Monate verloren hatte? Peri wurde immer wütender und Franks Griff noch fester. *Ich habe ihm vertraut. Ich habe es zugelassen.*

Jack wich nach hinten aus und rutschte rückwärts an die niedrige Bühne heran, um sich dort anzulehnen. »Es tut mir leid, Babe. Ich habe das getan, weil ich dich liebe. Das ist die einzige Möglichkeit für uns zusammenzubleiben.«

»Zusammenzubleiben?«, rief Peri. »*Du hast mich belogen!*«

Sie zappelte, wollte Jack in die Finger kriegen, aber Frank hielt sie fest, presste ihr beide Arme an den Körper, sodass sie hilflos in seinem Griff hing. »Seit wann? Wie lange läuft das schon so? Wie lange belügst du mich schon über unsere Einsätze und machst aus mir … eine käufliche Agentin? Stand mein Name auf dieser Liste? Er stand drauf, nicht wahr? Aber ich war das nicht, du warst es!«

Jack nahm den blutgetränkten Schal von seinem Bauch und ließ ihn zu Boden fallen, wo er leise aufklatschte. »Du kannst mir nicht erzählen, dass du das Adrenalin nicht liebst«, sagte er und zog sein zerfetztes Hemd hoch, um ihr seine Körperpanzerung zu zeigen, die eingedellt und mit synthetischem Blut verschmiert war. »Die Aufregung. Das Geld.« Bei den letzten Worten blickte er auf und bedachte sie mit einem schmierigen Grinsen.

»Ich bin keine Söldnerin. Ich töte nicht für Geld.« Peris Brauen zuckten, während Jack sich vorsichtig aufrichtete und auf die Bühne setzte. Er musste gewusst haben, dass man heute Nacht vielleicht auf ihn schießen würde, hatte sogar so viel gewusst, dass er den Beutel mit Kunstblut an der richtigen Stelle platziert hatte. Von ihr aus konnten sie alle zur Hölle fahren.

»Wenn du es nicht für Geld tust, dann tust du es für den Kick.« Unbeholfen tastete Jack nach den Riemen, und das Geräusch sich öffnender Klettverschlüsse zerriss die Luft. Seine unschuldigen blauen Augen leuchteten voller Verständnis. »Gib zu, dass dir das gefällt. Der Nervenkitzel, das Wissen, dass du vielleicht jemanden töten musst, um selbst zu überleben. Das Gefühl der Überlegenheit, das dir das bereitet. Andernfalls hättest du nicht so lange gebraucht, dir die ganze Geschichte zusammenzureimen.«

»Lass mich los«, murmelte Peri und versuchte, sich aus Franks Griff zu befreien. Sandy sah amüsiert zu. »Lass mich los!«, forderte sie lauter mit rauer Kehle. Sie war Soldatin. Sie tat das nicht wegen des Kicks!

Aber sie saß in der Falle. Die Türen waren versperrt. Jack war unverletzt, und sie würden sie erschießen, um sie zum Springen zu zwingen. Und dieser Mann drüben am Tresen – Allen – wartete nur darauf, sie vier Monate zurückzuwerfen, in eine Zeit, in der sie noch unwissend gewesen war. Aber nicht dieses Mal. Nicht noch einmal.

»Das werde ich nicht vergessen«, gelobte sie, als Jack seine Panzerung ablegte und vorsichtig seinen Bauch betastete. »Und wenn ihr mir ein ganzes Jahr nehmt. Ich werde mich daran erinnern.«

Sandy sah sich zu Allen um, als wollte sie ihn nach seiner Meinung fragen, worauf der Mann sich nachdenklich in den Nasenrücken kniff. »Sie hat recht«, sagte er, und Jacks Kopf ruckte hoch, während er mit zittrigen Fingern sein blutiges Hemd zuknöpfte. »Da ist zu viel zu fragmentieren und zu wenig, um eine Erinnerung aufzubauen. Nicht, nachdem Jack es bereits versucht und Lücken hinterlassen hat.«

»Hey, ich habe ihr eine saubere Erinnerung gegeben«, protestierte Jack. Peris Herz schlug schneller, als ihr Blick auf das Halfter unter seinem Mantel fiel. »Wisst ihr eigentlich, wie schwer es ist, die ganze Persönlichkeit zu fragmentieren? Zwei Zeitlinien zu einer glaubwürdigen zu verschmelzen?«

*Das kann er?*, überlegte sie und nahm auf den Lippen den erinnerten Geschmack von Schokolade wahr, aber das war alles.

»Vier Monate reichen nicht«, sagte Allen. »Es gibt zu viele Rückstände, und die Lücken werden so lange in ihr schwären, bis sie die Wahrheit ausgräbt oder bei dem Versuch paranoid wird. Ich muss sie ganz zurückführen.«

Erschrocken gab Peri ihre Gegenwehr auf. »Ganz? Was ist ganz?«

»Hey, einen Moment mal.« Jack mühte sich unbeholfen auf die Beine, eine Hand an die geprellten Rippen gepresst. »Ich übernehme das. Ich weiß, wie sie tickt. Ein Jahr vielleicht, mehr ist nicht nötig. Sie vertraut mir.«

»Jetzt nicht mehr«, giftete Peri.

»Ich stimme zu«, sagte Sandy. »Führen Sie sie ganz zurück. Nur so können wir sicherstellen, dass sie für uns weiterhin von Nutzen ist.« Dann strahlte sie Jack an. »Denk doch mal nach. Ihr könnt euch noch einmal ineinander verlieben.«

»Ach, Scheiße«, murmelte er, was Peri erst recht auf die Palme trieb.

»Lass mich los!«, forderte sie erneut. Sie hatte genug, und als Sandy den Blick abwandte, handelte sie. Sie atmete schnell, um ihr Blut mit Sauerstoff anzureichern. Franks Griff spannte sich, als ahnte er, was sie vorhatte, und das war genau das, was Peri wollte.

Plötzlich entspannte sie alle Muskeln, und Frank beugte sich vor, um sie im Gleichgewicht zu halten. Sein Kinn sank herab, und Peri rammte ihren Kopf mit zusammengebissenen Zähnen nach hinten, sodass Frank die Nase brach und er vor Schmerz aufheulte.

Danach ließ sich Peri wieder sacken, hielt den Atem an und spannte sich innerlich. Instinktiv verstärkte Frank seinen Griff in einer Weise, die sie als Hebel benutzen konnte. Schnell atmend warf sie den schweren Mann über sich, sodass er zu Boden krachte und ihm die Luft wegblieb. Als er aufkam, war Peri schon wieder in Bewegung, stürzte sich auf Jack, der immer noch an der Bühne war, und griff nach der Glock in seinem Mantel.

»Schnapp sie dir!«, kreischte Sandy, aber Frank konnte wegen des Bluts und der verletzten Knorpel in seiner Nase kaum atmen. Jack hatte sich nicht gerührt. Mittlerweile war seine eigene Waffe, die in Peris Hand zitterte, auf seinen Kopf gerichtet.

Peri hielt Jack vor sich wie einen Schild. Seine Körperpanzerung lag nutzlos auf der Bühne. »Wie lange belügst du mich schon?«, herrschte sie ihn an, während sich Frank aufsetzte und Sandy zu ihm lief. »Sag es mir. Sofort, oder ich blase dir ein Loch in den Schädel!«

»Drei Jahre«, gestand Jack düster.

Drei Jahre? Seit Beginn ihrer Beziehung? Sie konnte vor Wut kaum noch denken.

»Klar, mach nur, aber lass die Waffe hier«, hörte sie Frank, der sich Servietten ans Gesicht drückte, zu Sandy sagen. Lächelnd gab ihm die zierliche Frau ihre Pistole. Peri spannte sich.

Brüllend holte Sandy zu einem Side-Kick über Jacks Kopf hinweg aus. Ihr Fuß traf Peri so hart, dass sie zurückgeworfen und von Schwindel überwältigt wurde. Sandy brüllte erneut, bereit zu einem Angriff, mit dem sie Peri außer Gefecht setzen wollte. Instinktiv ließ Peri Jacks Glock fallen und griff nach Sandys Fuß, doch es gelang ihr, sich zu befreien, ehe Peri ihr den Knöchel brechen konnte.

Mit gekrümmten Fingern und zusammengebissenen Zähnen duckte sich Sandy, um erneut anzugreifen. Als Peri sich hinkniete, drückte sich Jacks abgelegte Körperpanzerung in ihr Bein. Sie krallte die Finger in Sandys üppiges schwarzes Haar und donnerte den Kopf ihrer Gegnerin zweimal auf die Bühne. Kreischend rammte Sandy Peri daraufhin den Ellbogen in den Bauch. Peri hatte sich schon immer gefragt, ob sie den kleinen Drachen im Kampf besiegen könnte. Wie es schien, hatte Sandy sich die gleiche Frage gestellt.

Doch als Sandy einen sauberen Treffer landete, musste Peri loslassen. Beide Frauen richteten sich schwankend auf. Peri rang um Atem und krümmte sich, während sie sich das Blut von der Wange wischte. Frank war inzwischen ebenfalls aufgestanden. Genauso wie Jack, der jämmerliche Loser, der gerade zu der verschlossenen Vordertür schlich. Keuchend betastete Sandy ihre Lippe und stellte fest, dass sie blutete. Als sie das mit Haaren umwickelte Essstäbchen in Peris Hand entdeckte, kniff sie die Augen zusammen.

»Können Sie sie jetzt endlich erschießen, Allen?«, brüllte Frank, und Sandy stürzte sich mit schrillem Geheul auf Peri. Peri holte aus und wollte mit dem idiotischen Essstäbchen zustechen, doch Sandy blockte den Vorstoß ab, wich an die Bar zurück und kletterte auf den Tresen.

»Ich nicht«, sagte Allen und warf Frank das Gewehr zu, dessen Schaft geräuschvoll auf Franks fleischige Hand klatschte. »Sie könnte sich erinnern, und ich will raus aus der Sache, wenn das hier erledigt ist.«

»Ich will aber auch nicht, dass sie sich daran erinnert, wie *ich* sie erschossen habe«, entgegnete Frank.

**139**

Peri lächelte erbittert. Alles konnte fragmentiert werden, aber Gefühle blieben erhalten und nährten ihre Intuition, und sie würde Misstrauen empfinden, auch wenn sie den Grund nicht kannte.

»Du verwöhntes, anmaßendes Gör!«, brüllte Sandy hoch oben auf der Theke. »Ich bin das Gejammer von euch Zeitagenten leid. Immer habt ihr jemanden, der euch von vorn bis hinten bedient, der euch behandelt wie eine Gottheit, und alles, was ihr tut, ist meckern, wenn ihr ein paar armselige Erinnerungen verliert. Das Leben ist nicht fair. Liebe ist nicht real. Ich tue dir einen verdammten Gefallen! Liebe?«, kreischte Sandy. »So etwas wie Liebe gibt es nicht!«

Peri biss die Zähne zusammen, zog mit der freien Hand das Messer aus ihrer Stiefelscheide und warf es nach Sandy. Es würde ihr nicht sonderlich wehtun, aber Peri wollte nur noch, dass sie endlich die Klappe hielt.

»Nein!«, schrie Frank, als Sandy sich aufkeuchend wegdrehte, um dem Messer zu entgehen, vom Tresen in den Spiegel dahinter stürzte und ihn zertrümmerte. Die Regale klappten zusammen, Flaschen regneten herab.

»Jack, nein!«, brüllte Allen. Peri hörte einen Schuss und geriet zugleich ins Taumeln. Etwas war mit voller Wucht in ihren Körper eingedrungen. Als sie das Geräusch Jacks Glock zuordnen konnte, starrte Peri erst das Blut an, das aus ihrer Brust sickerte, und dann Jack, der neben der Tür stand. Von der Mündung seiner Waffe stieg Rauch auf.

Peri schwankte hin und her. Das Essstäbchen fiel aus ihrer Hand und kam klappernd auf dem Boden auf, und sie klammerte sich am Tisch fest. Der Schock überwältigte sie so, dass sie mit der Hüfte voran zu Boden stürzte und dort zusammenbrach. Zweifacher Schmerz – der in ihrem Kopf und der in ihrem Brustkorb – vereinigte sich zu Todesqualen, während sie zu der schwarzen Decke emporstarrte. Ihre Finger waren warm und feucht. Als sie husten musste, hustete sie zu ihrem Entsetzen Blut. *Nicht schon wieder.*

»Spring!«, sagte Jack müde, während er sich über ihr aufbaute und seine Waffe ins Halfter steckte. »Mach schon und spring. Ich mag dich lieber, wenn du unwissend und naiv bist.«

»Was haben Sie getan? Sie sind doch ihr Anker!«, rief Allen, und plötzlich war er bei ihr und drückte einen Haufen dieser albernen Servietten auf ihre Brust. Jack musste ihre Lunge erwischt haben. Ihr blieb noch Zeit, aber nur, bis die Lunge sich mit Blut gefüllt hatte. Ihr längster Sprung hatte dreiundvierzig Sekunden umfasst. Zögerte sie das Springen noch länger hinaus, würde nichts mehr zählen.

»Ich kann das Trauma, das Sie ausgelöst haben, indem Sie auf sie geschossen haben, nicht fragmentieren«, schimpfte Allen. »Es wäre schon schwer genug gewesen, hätten Sandy oder Frank das getan!«

Oh Gott, sie würde springen. Sie hätte alles dafür gegeben, einen ganzen Tag mit einem Sprung verändern zu können. Oder wenigstens eine Stunde. »Ich mache es nicht«, presste sie mit vor Schmerz zusammengebissenen Zähnen hervor. »Lieber sterbe ich.« Wieder hustete sie, und das abgehackte, heisere Geräusch weckte in ihr die Furcht, sie könnte ihre eigene Lunge in Fetzen reißen.

»Wenn sie stirbt, wird Bill sauer.« Zusammengekauert wischte sich Frank das Blut ab und ging zu Sandy, deren laute Flüche hinter der Bar verrieten, dass ihr nichts wirklich Schlimmes passiert war. Peri hasste sie. Sie hasste sie alle.

Allen jedoch hielt sie immer noch fest. Ein sanfter Ausdruck lag in seinen Augen, und schon dieser kleine Anflug von Mitgefühl bei ihm reichte, dass sie beinahe in Tränen ausgebrochen wäre. *Seine Augen sind so schön,* dachte sie und kam zu dem

Schluss, dass seine lange Nase, die bei jedem anderen seltsam ausgesehen hätte, zu ihm passte und seine schlanken Hände erfreulich warm waren. Aber sie würde nicht springen, nicht einmal, um ihr Leben zu retten. Damit würde Bill sich wohl abfinden müssen.

»Spring, Peri«, bat Allen. Sie blinzelte und fragte sich, warum diese schönen, braunen Augen so zusammengekniffen waren, als wäre er derjenige, der Schmerzen litt. »Du kannst gar nichts mehr tun, wenn du tot bist.«

»Was? Und auf die Erinnerung an all das hier verzichten?«, krächzte sie. »Friss Scheiße und stirb.«

Frust schlug sich in Allens Miene nieder. »Wenn du springst, sorge ich dafür, dass du Jack erschießen darfst.«

Peris Blick huschte an ihm vorbei zu Jack, der sich gerade hinter der Bar aufrichtete, wo er Sandy geholfen hatte. »Hey!«, rief er. »Einen Sprung kann sie nicht überschreiben. Ich wäre dann wirklich tot!«

»Sie geben mir das Gewehr?«, schnaufte sie unter Qualen.

Frank trat hinter dem Tresen hervor. »Äh, Allen?«

Jack sah plötzlich ganz klein aus, als er sich nervös zur Tür zurückzog. »Ich werde nicht für sie sterben.«

»Dann hätten Sie vielleicht nicht auf sie schießen sollen«, knurrte Allen und drehte Peris Kopf, damit sie ihn anschaute. Sein schmaler, langer Finger war schwielig und rau. »Wie wäre es damit?«

»Ihr werdet mich löschen, bis nichts mehr von mir übrig ist«, ächzte sie. »Ihr benutzt mich.«

Er nickte. »Jemand wird das tun. Du wirst dich nie mehr an Jack erinnern, aber ich gebe dir die Chance, ihn zu erschießen, ehe du vergisst.«

Rache war kein gutes Gewicht im Ausgleich der Kräfte, aber in diesem Moment ... war ihr das scheißegal.

»Seht zu, wie ihr damit fertigwerdet. Ich verschwinde«, erklärte Jack, und Frank spannte das Gewehr, aber das war nicht von Bedeutung. Sollte Peri springen, wäre er gleich wieder hier, und das wusste er.

Der Druck zu springen wurde stärker. Blass vor Zorn sah sich Peri zu Jack um. Ihre Finger spürten das widerlich klebrige Blut auf dem versiegelten Parkett. Auch ihr Mund schmeckte nach Blut. Der Schmerz erdrückte sie, während Allen neben ihr kniete und ihr die Servietten auf die Brust presste. Sie blinzelte zur Decke empor, fragte sich, ob sie da oben den Geist ihrer selbst sehen konnte. Alles war wichtig, und sie wollte es bewahren, versuchte, gezielt einen Erinnerungsknoten zu schaffen, während sie im Todeskampf keuchte. Sie würde sich erinnern … Aber sie brauchte einen Anstoß dazu. Blut, die Lackschicht, die klebrigen Finger, die Härte des Bodens, der Schmerz des Verlusts, der in ihr wütete, der Verrat, Sandys Haar zwischen ihren Fingern. Allen würde ihr die letzten drei Jahre nehmen, aber wenn sie Jack dafür töten durfte, war es das wert.

»Einverstanden«, sagte sie, und dann … sprang sie, und die Welt explodierte in silbernen Funken, die sich in einem umfassenden Blau auflösten.

*Zusammengekrümmt und schmerzgepeinigt stand Peri auf der Bühne und wischte sich das Blut von der Wange. Sandy, die sich zwischen ihr und der Bar befand, rappelte sich hoch. Als Sandy ihre Lippe berührte und erkannte, dass sie sie blutig gebissen hatte, keuchte sie auf und ballte ihre kleinen Hände zu Fäusten.*

*Peri orientierte sich neu in dem Bewusstsein, dass sie in dreißig Sekunden so unwissend wie ein Stein sein würde. Sie war mitten im Sprung. Jack hatte sie hintergangen. Bill nutzte die Arbeit der Opti-Agenten, um sich die eigenen Taschen zu füllen. Sogar die Psychologen, die sie betreuten, arbeiteten für ihn. Ebenso wie*

Allen, aber der hatte ihr versprochen, ihr ein Gewehr zu geben, mit dem sie Jack den Kopf wegblasen konnte.

Sie drehte sich zu Allen um, der sie hinter seinen dicken Brillengläsern unter den schwarzen Locken beobachtete. Franks Gewehr lag in seiner Hand. Es steckte nur eine einzige Patrone drin. Das musste reichen.

»Du verwöhntes, anmaßendes Gör!«, brüllte Sandy, die immer noch vor der Bar stand, aber ihre Worte hatten sich seit der ersten Zeitlinie nicht verändert, was Peri verriet, dass sie weder Zeitagentin noch Anker war. »Ich bin das Gejammer von euch Zeitagenten leid. Immer habt ihr jemanden, der euch von vorn bis hinten bedient, der euch behandelt wie eine Gottheit, und alles, was ihr tut, ist meckern, wenn ihr ein paar armselige Erinnerungen verliert. Das Leben ist nicht fair. Liebe ist nicht real. Ich tue dir einen verdammten Gefallen!«

»Allerdings.« Peri streckte die Hand nach Allen aus. Ihre Finger und ihre Zehen kribbelten. Was, wenn auch er sie belogen hatte? Warum war sie so vertrauensselig?

Aber Allen warf ihr die Waffe zu. Das Gewehr klatschte ihr hörbar in die Handfläche. Zuversicht regte sich in ihr, und Peri drehte sich um und spannte mit sicheren Bewegungen den Hahn.

»Wir sind in einem Sprung!«, brüllte Frank, und Sandy wurde aschfahl. »Noch zwanzig Sekunden, dann ist sie durch! Runter, Sandy!«

Mehr als genug Zeit, um das zu erledigen, sinnierte Peri und speicherte im Geiste Franks Anker-Status. Er musste ein Anker sein, anderenfalls hätte er so wenig wie Sandy gewusst, was los war.

Jack wich zur Tür zurück und streckte die blutigen Hände aus. »Babe, lass es mich erklären.«

»Dafür gibt es keine Worte«, sagte Peri und hob mit perverser Befriedigung das Gewehr.

Jack rannte zur Tür.

Sie hatte kein Problem damit, ihm in den Rücken zu schießen, nachdem er drei Jahre lang hinter ihrem Rücken die eigenen Ziele verfolgt hatte.

Peri seufzte auf, als der Rückschlag sie erwischte, nachdem sie den Abzug bedient hatte. Jack prallte mit ausgebreiteten Armen flach an die Tür, glitt in einem Durcheinander von Körpergliedern zu Boden und warf dabei das Reinigungsgerät um, das leise um Hilfe piepte. Sandys Hände dämpften ihren Aufschrei. Die Munition war verbraucht, und Peri sah zu, wie Jack am Boden zuckte und schließlich reglos liegen blieb.

Jack ist tot, dachte sie, und plötzlich traf es sie wie ein Schock.

Sie tat nichts, als Frank ihr das Gewehr abnahm, sah wie betäubt zu, wie Sandy hinter dem Tresen vorkam und sich über Jack kniete. »Ruft einen Krankenwagen«, schrie sie, aber niemand rührte sich.

»Sie haben ihr gestattet, ihren Anker zu töten«, bemerkte Frank und schleuderte das Gewehr zu Boden. An der Hand, mit der er nach ihr griff, klebte Blut, und Peri fragte sich, wessen Blut es war. Ihr eigenes? Jacks?

Allen sah mit ergrimmter Miene auf seine Armbanduhr. »Ich habe gerade Bills beste Zeitagentin gerettet. Sie musste abschließen, oder sie hätte niemals vergessen.«

»In ungefähr fünf Sekunden wird sie einen Anker brauchen«, gab der große Mann zurück. »Und sie weiß, dass ich nicht ihr Anker bin.«

»Das ist nicht mein Problem«, erwiderte Allen. Peri, die immer noch unter Schock stand, blickte benebelt zu ihm auf. »Ich weiß nicht, wie man Erinnerungen wiederaufbaut, nur, wie man sie zerstört.«

Peris Herz klopfte heftiger, als sich Sandy mit blassem Gesicht neben Jacks Leichnam erhob.

**145**

»Meines ist es auch nicht«, erklärte Frank und schob Peri zu Allen. »Können Sie auf sie aufpassen, während ich Jack außer Sichtweite schaffe?«

Sie kippte gegen Allen, und die abrupte Bewegung wirkte belebend auf sie. Keuchend holte sie Luft, doch die entfuhr ihr unter Schmerzen, als Allen ihr den Arm auf den Rücken drehte und fast ausrenkte.

»Sandy, kannst du mir hier mal helfen?«, fragte Frank barsch. Inzwischen packte Allen fester zu, und sie stöhnte auf und sah Sterne. »Ich habe keine Lust, Peri das zu erklären, wenn sie fertig ist.«

»Tu das nicht«, forderte Peri. Sie hasste es, zur Untätigkeit verdammt zu sein. Dann schoss Adrenalin durch ihre Adern. Die Zeitlinien begannen, sich miteinander zu verschränken. Plötzlich war das Vergessen ein zu hoher Preis. Sie geriet in Panik und wehrte Allen ab, und sie gingen beide zu Boden.

»Schaff deinen Arsch hier rüber und hilf mir!«, brüllte Frank, worauf Sandy ihm mit schriller Stimme irgendetwas an den Kopf warf, das sich bitter und zornig anhörte.

»Lass mich los!«, rief Peri, aber nun war es zu spät. Die Zeit knickte, ihr Kopf explodierte in einer Woge von Rot, und sie erlitt einen Krampfanfall.

»Ihr Schal! Hol den verdammten Schal!«, rief Frank.

»Nein!« Peri wütete, als Allen in ihren Geist eindrang, nachdem die Verschränkung der Zeitlinien ihm den Weg geebnet hatte. Bilder strömten an ihr vorbei, kräuselten sich in Flammen und wurden vollständig zerstört: der Knopf des Wachmanns, Silvester unter den Sternen, Blumen, die sie in Paris im Regen von einer Brücke geworfen hatte, eine vollständige Sonnenfinsternis, beobachtet auf einem Kreuzfahrtschiff vor den Bahamas, ihre Zehen, die aus einer Wanne voller Schaum ragten, ihr erster Kuss, ein schüchternes Lächeln und die gegenseitige Vorstellung, als ihr ein *neuer Anker zugeteilt wurde. Sie würde Jennifer vermissen, aber Jack schien nett zu sein.*

Mit hämmerndem Puls blickte Peri auf und sah verwirrt zu, wie der Mann, der neben ihr gekniet hatte, stolpernd auf die Beine kam und keuchend eine Hand an seine Brust presste. *Herzanfall*, dachte sie und betastete ihre eigene Brust, ohne zu wissen, warum sie das tat.

Ausgehend von dem Gedanken, dass sie gesprungen sein musste, rappelte sie sich auf und griff nach dem Tisch, doch plötzlich tat ihr alles weh. *Neuer Schmerz, der alten überlagert.* Sie befand sich im *Zeitloch*, aber es sah anders aus als in ihrer Erinnerung. Die Bar war geschlossen, die Stühle standen auf den Tischen. Sandy war hinter dem Tresen, blass und reglos, und starrte sie aus großen Augen an. Ihr prachtvolles Haar war zerzaust. Frank war bei ihr, ließ ein rotes Handtuch in die Spüle fallen und drehte das Wasser voll auf. Der unverkennbare Geruch von Schießpulver lag in der Luft.

Sandy – die stets so beherrschte Sandy – befand sich in einem Zustand der Panik, murmelte in leierndem Ton vor sich hin, bis Frank sie anraunzte, sie solle die Klappe halten. Er hatte Peri den Rücken zugekehrt und beobachtete sie durch den Spiegel. Aber genau diesen Spiegel mit den Regalen voller Flaschen starrte Peri an. Alles sah so glatt und ordentlich aus und wirkte dabei so falsch, und sie wusste nicht warum.

»Wo ist Jennifer?«, flüsterte Peri und sah den fremden Mann an. Ihre Hand huschte an ihre Kehle. Sie war wund, und sie schwitzte. Verwirrt betrachtete sie ihr Handgelenk, das dort, wo jemand es verdreht hatte, gerötet war. Außerdem fühlte sich ihre Schulter so an, als wäre sie ausgerenkt.

»Ruf 911«, murmelte Frank, und der Mann neben ihr reckte den Kopf hoch. Peris Augen weiteten sich. Frank war voller Blut.

»Es geht uns *allen* gut«, sagte der Mann neben Peri mit fester Stimme. Schweiß rann ihm über den Nacken. Sandy starrte ihre Füße an, und ihre Lippen öffneten sich.

»A-aber ...«, stammelte Peri.

»Ich sagte, es geht uns allen *gut*«, wiederholte der Mann. »Frank braucht keinen Krankenwagen. Das ist nur eine blutige Nase, um Himmels willen.«

Frank drehte das Wasser ab und trat mit kurzen Schritten hinter dem Tresen vor. Zitternd setzte Peri sich auf die Tischkante und versuchte sich vorzustellen, was passiert war. Zumindest wusste sie, wo sie war und mit wem. Ihr Blick glitt zu dem Opti-Mann, der nun auf der Kamineinfassung saß, die Ellbogen auf die Knie, den Kopf auf die Hände gestützt. Seine lockigen schwarzen Haare verbargen seine Augen. *Jedenfalls zum größten Teil.*

Peri war übel, und sie torkelte zum Tresen. Sandy gab einen leisen Laut von sich und sah erschrocken aus, als Peri sich unmittelbar vor ihr aufbaute. Auch Frank wirkte sonderbar alarmiert. »Mist, ich habe ein blaues Auge«, sagte Peri, als sie ihr Ebenbild im Spiegel erblickte. Vorsichtig betastete sie es und kam zu dem Schluss, dass es schon einen Tag alt sein musste. Also waren sie wohl gerade von einem Einsatz zurückgekommen. Das würde immerhin die Schmerzen erklären.

Diese winzige Erkenntnis reichte aus, dass sie sich besser fühlte. »Wo ist Jennifer?«, fragte Peri, und die aufflackernde gute Laune erstarb gleich wieder, als sie sah, wie Sandys Blick zu dem Mann am Kamin huschte.

Peri drehte sich um, und das ungute Gefühl, zu oft oder zu lange gesprungen zu sein, verstärkte sich, als der Mann am Kamin mit einem gehetzten Ausdruck in den Augen aufsah. »Äh, welcher Tag ist heute?«, fragte Peri ihn ermattet. Mist, die Juke'sBox war weg. Stattdessen stand da nun irgendein neues Gerät, das sie nicht bedienen konnte.

**148**

»Äh, inzwischen ist Samstag, glaube ich.« Der Fremde sah sich zu Frank um, der sich warnend geräuspert hatte. »Tut mir leid, das hätte ich dich längst fragen sollen: Alles in Ordnung mit dir?«

Peris Kehle war plötzlich wie zugeschnürt. Irgendetwas war offenbar völlig schiefgelaufen. »Nein«, sagte sie, drehte sich zur Bar um, legte die Arme flach auf die glatte Holzoberfläche und barg den Kopf in deren Mitte, um ihr Gesicht zu verbergen. Es war schlimm, wirklich schlimm – so schlimm, dass ihr regelrecht schlecht war.

»Ich liefere dir später alles Weitere, jetzt nur so viel: Der Kerl, den du beobachtet hast, hat versucht, den Laden auszurauben. Er hat auf dich geschossen. Du bist gesprungen. In der zweiten Zeitlinie ist er rausgelaufen.«

*Wie kommt es, dass ich mit beidem klarkomme, wenn es mir erzählt wird, echtes Erinnern aber einen psychotischen Schub auslösen kann?* »Ich erinnere mich nicht an dich«, stellte Peri fest. Ihr eigener Atem schlug ihr schal und warm ins Gesicht. Sie spannte die Muskeln, als sie seine Schritte hörte, zuckte zusammen, als seine Hand auf ihrer Schulter landete und gleich wieder herunterrutschte. Eine Träne blieb an ihrem Lid hängen. Wohl wissend, dass er immer noch da war, sah sie sich zu dem Fremden um, mit dem sie seit wer weiß wie langer Zeit ihr Leben verbracht hatte. Seine Brille zog sie an, ganz so, als müsste sie ihn erkennen. »Welches Jahr haben wir?«

Sein Lächeln verblasste. »Jahr?« Der Kloß in Peris Kehle wurde größer. Als sie ihn nur schweigend anstarrte, flüsterte er: »Es ist Februar 2030. Nächste Woche ist Valentinstag …«

Peri hatte das Gefühl, in ihrem Bauch täte sich ein Loch auf. Alles krampfte sich zusammen. Oh Gott, sie hatte ganze drei Jahre verloren. Jemand hatte versucht, sie umzubringen, und offenbar Erfolg gehabt. Einen anderen Grund dafür, dass sie so viel verloren hatte, konnte es nicht geben. Sie wandte sich ab und schnappte nach Luft. »Tut mir leid, aber ich erinnere mich nicht an dich.« *Drei Jahre? Wie konnte ich drei Jahre verlieren?*

»Oh …«, machte der Mann, und sie zuckte zusammen, als er sie erneut berührte. Ihr Herz pochte heftig, und sie war wütend, beinahe, als hätte sie etwas unfassbar Dummes angestellt. »Ich bin Allen. Äh, Allen Swift«, sagte er und ließ mit der Bedächtigkeit eines schlechten Gewissens die Hand sinken.

Peri holte tief Luft und sah Allen in die Augen. Sie kannte diesen Mann nicht, aber Frank und Sandy kannten ihn, und sie war es leid, wie ein Idiot dazustehen. Außerdem hatte sie schon früher Zeit verloren. Dieser Mann würde ihr helfen, sich zurechtzufinden. »Können wir nach Hause gehen?«, fragte sie, und Allen sah so erleichtert aus, dass sie sich unwillkürlich an einem Lächeln versuchte.

Ihre Hand fühlte sich gut in seiner an, als er ihr von dem Hocker herunterhalf. Sie mochte sich nicht an ihn erinnern, aber er erinnerte sich eindeutig an sie. »Alles klar?«, fragte er Frank.

»Ja. Und bei dir?«, entgegnete der große Mann. Sandy, die hinter ihm stand, war immer noch blass und starrte wieder auf ihre Füße, und Peri fragte sich, ob sie versuchte, irgendwelchen Scherben aus dem Weg zu gehen. Ihr fortdauerndes, ängstliches Schweigen kam Peri sonderbar vor.

Allen nahm Peris Mantel vom Tresen. »Wir kriegen das hin, Peri. Du hast doch die Schlüssel, stimmt's?«, fragte er, während er ihr in den Mantel half.

Peri betastete ihre Manteltasche und fand einen Schlüsselbund. »Sieht so aus«, sagte sie, allerdings bezweifelte sie, dass der Schlüssel zu dem kleinen BMW gehörte, an den sie sich erinnerte. Was Kleidung betraf, hatte sich ihr Geschmack in den letzten drei Jahren verbessert, und der Mantel gefiel ihr in

**150**

jeder Hinsicht. Allen nahm einen grauen Schal vom Tisch und wollte sie hinausbringen, als sie, eher neugierig als schockiert, das Blut an der Tür entdeckte und innehielt. Frank grunzte leise und eilte herbei, um aufzuschließen. Dabei trat er versehentlich das Reinigungsgerät gegen die Wand, das ein gepeinigtes Jaulen von sich gab und sein Leben aushauchte.

»Nach dir«, sagte Allen und wickelte sich den Schal um den Hals. Als die Tür aufging, versetzte die kalte Nachtluft Peri einen Schock. Sie blickte sich noch ein letztes Mal zu Sandy um, die immer noch stocksteif hinter dem Tresen stand. Gleich darauf bemerkte sie eine Strähne schwarzen Haares, die sich in ihren Fingern verfangen hatte, löste sie und ließ sie auf das kalte Pflaster fallen. Frank sah ihr von der offenen Tür aus zu, was Peris Unbehagen noch verstärkte.

»Äh, Allen?«, rief Frank ihnen hinterher. »Ich schlage vor, ihr lasst Peri durchchecken, ehe ihr nach Hause fahrt. Ich gebe Bill Bescheid, wo er euch finden kann.«

»Es geht mir gut«, protestierte Peri, aber Allen wirkte erschrocken und sah aus, als würde er seine Gedanken ordnen.

»Mmmm. Er hat recht«, sagte er schließlich und legte die schmalen Finger an die Nase, während er den beinahe leeren Parkplatz beäugte. »Du hast dir den Kopf angeschlagen. Es wird nicht lange dauern.«

»Es wird die ganze Nacht dauern«, beklagte sie sich. »Ich muss mich nicht untersuchen lassen.« Aber er drängte sie voran, die Hand auf eine vertraute Art an ihr Kreuz gelegt. Sie fühlte sich dort nicht falsch an, aber Peri ließ sich nicht gern herumschubsen. »Ich habe in den letzten drei Jahren doch nicht die Wohnung gewechselt?«

»Nein.«

»Lebt meine Mom noch?«, fragte sie, während die kalte Nachtluft ihr blaues Auge zum Pulsieren brachte.

**151**

»Ja. Du hast sie gestern angerufen. Also, setzt du dich jetzt bitte in den Wagen?«

Sie hatte mit ihrer Mom gesprochen? Dann hatten sich die Dinge inzwischen offenbar gebessert. Entweder das, oder es war noch schlimmer geworden. »Klar. Welcher ist es?«

Allen nahm ihr den Schlüssel aus der Hand und drückte auf den Knopf. Auf der anderen Seite des Weges blinkte ein schnittiger schwarzer Wagen mit den Scheinwerfern. »Vielleicht sollte ich fahren«, sagte er so, als wäre er plötzlich ganz scharf darauf, und ihre Augen weiteten sich. *Heilige Scheiße, das ist ein Mantis. Ich besitze einen Mantis?*

»Das ist albern. Es geht mir gut«, beschwerte sich Peri. »Allen, gib mir meine Schlüssel zurück«, protestierte sie, als er den Schlüssel wie irgendein Mobber auf dem Schulhof so hoch streckte, dass sie nicht herankam.

»Nein, ich fahre.« Sie gab auf, schob die Hände in die Taschen und stapfte neben ihm her.

»Das ist gar nicht gut für mein Asthma«, murrte sie wütend und zunehmend deprimiert.

Allen erschrak und sah sich erstaunt zu ihr um. »Asthma? Ich wusste gar nicht, dass du Asthma hast.«

Verwirrt blinzelte Peri ihn an. *Warum habe ich das gesagt?* »Habe ich auch nicht«, sagte sie und wickelte sich fester in ihren Mantel. »Tut mir leid. Schlechter Witz.«

Ganz so wie ihr Leben.

# 11

Sie musste Allen erst wieder im System des Wagens anmelden, ehe er ihn fahren konnte. Das gab ihr weniger zu denken als die Tatsache, dass Allen nicht wusste, warum sie den Mantis in die Werkstatt gegeben hatte oder wie es hatte passieren können, dass die Techniker seine Fahrberechtigung versehentlich gelöscht hatten. *Ein Mantis*, dachte sie mit Genugtuung, und überlegte, welche Farbpalette sie wohl programmiert haben mochte. Man wurde nicht einmal auf die Warteliste aufgenommen, wenn man nicht schon zehn Jahre in Detroit lebte.

*Nur denen, die die Stadt niemals aufgegeben haben, erlaubt man, deren Spielzeuge zu benutzen,* sinnierte Peri, während sie die leuchtenden Neonfarben eines der Detroiter Casinos passierten und an E-Boards, Grünflächen und Gemeinschaftsgärten vorbeifuhren, deren nächtliche Beleuchtung an ein Märchenland erinnerte.

Als sie in ein Gewerbegebiet einbogen, sah sie nervös zu Allen hinüber. Ihr war, als hätte sie irgendetwas zurückgelassen, etwas wie ihre Brieftasche oder einen Pullover. *Oder vielleicht eine Waffe*, dachte sie und betastete verstohlen das Messer in ihrem Stiefel. Ihre Angst wurde stärker, doch sie verdrängte sie. Vermutlich war sie nur eine Folge des Schocks, dass sie so viel Zeit verloren hatte. Es ging ihr gut, verdammt!

Aber ihr Unbehagen wuchs, als sie um eine leichte Kurve bogen und Opti vor ihnen lag, wo auch um zwei Uhr früh strenge Vorschriften galten. Zwei leere, schwach beleuchtete Fahrbahnen führten zu den Gebäuden. »Ich will da nicht hin«, protestierte sie, während sie in ihrer Brieftasche bereits nach ihrem Ausweis suchte. Eine sonderbare kleine Glas-Tafel erregte ihre Aufmerksamkeit, und sie erkannte erschrocken, dass es ihr Telefon war. *Glas? Ich habe ein Glas-Telefon? Cool!*

Allen zog seinen Ausweis aus der Hemdtasche. »Das hab ich gemerkt«, erwiderte er, während die diensthabende Frau vom Sicherheitspersonal vortrat. »Aber du hast dir den Kopf angeschlagen. Ich lasse dich nicht ins Bett gehen, ehe dich jemand untersucht hat.«

»Es geht mir doch gut«, jammerte sie, während Allen das Fahrerfenster herunterließ und der Geruch von Kälte und Schnee in den Wagen drang. Trotz ihres Protests reichte sie der Frau brav ihren Ausweis, damit sie ihn scannen konnte. »Ausreichend Schlaf würde mir sehr viel mehr nützen als irgendeine Untersuchung.«

»Lass mich meine *Arbeit* machen«, sagte Allen, dessen bitterer Ton die Aufmerksamkeit der Frau vom Wachdienst erregte. »Wir müssen in die medizinische Abteilung«, erklärte er ihr, obwohl er dazu nicht verpflichtet war. »Sie hat sich übernommen, und ich will sie durchchecken lassen.«

*Übernommen, soll heißen, zu viele Erinnerungen verloren, um ordnungsgemäß zu funktionieren,* dachte Peri. Blödsinn. Sie hatte vermutlich schon früher größere Zeitabschnitte verloren. *Und genau da liegt das Problem …*

Nachdem die Frau sie durchgewinkt hatte, fuhr Allen, die Hände fest am Steuer, zu der kleinen Krankenstation von Opti, die, vom größeren Bürogebäude aus gesehen, auf der anderen Seite des Geländes lag. Dann und wann, wenn das Licht der Straßenlampen in den Wagen fiel, war ihm der Frust anzusehen. »Ich weiß, dass du müde bist«, sagte er, »aber du bist zweimal innerhalb von vierundzwanzig Stunden gesprungen. Ich möchte, dass du durchgecheckt wirst, ehe ich anfange, in deinem Kopf herumzuwühlen.«

*Ich bin zweimal gesprungen?* Beunruhigt ließ sie ihr Glas-Phone in die Handtasche fallen. Sie konnte später noch herausfinden, wie es funktionierte. »Du meinst, ich könnte MEP bekommen?«

Er antwortete nicht, was ihre Besorgnis nur schlimmer machte. MEPs gingen zumeist mehrere Sprünge in zu kurzem Abstand voraus, bei denen keine Zeit geblieben war, die Dinge wieder in Ordnung zu bringen. Gelegentlich konnten sie aber auch durch eine ältere Vorschädigung oder einen Erinnerungsknoten ausgelöst werden. Plötzlich fühlte Peri sich schwach und zerbrechlich.

»Ich möchte bei dir kein inneres Chaos verursachen«, sagte er sanft und lenkte den Wagen langsam vor die Tür eines unauffälligen dreistöckigen Gebäudes. »Mir ist einfach wohler, wenn wir die Aktivitäten deiner Synapsen durchchecken lassen.«

Seine Unsicherheit machte ihr mehr zu schaffen als alles andere. Als er den Motor abstellte, starrte sie stur geradeaus. Dann wanderte ihr Blick zu ihrem abgebrochenen Fingernagel, und sie spürte, wie ihr blau geschlagenes Auge und der Hinterkopf vor Schmerzen pochten. An ihrer Hüfte hatte sich ein Bluterguss gebildet, und die Schulter war zumindest gezerrt. In den Sitzpolstern des Wagens hing ein schwacher Schießpulvergeruch. Den Mantis konnte sie reinigen lassen, und die diversen körperlichen Wunden würden heilen. Aber der geistige Schaden … Das war die Ungewissheit, die so sehr an ihr nagte.

Als Allen merkte, dass sie sich nicht rührte, legte er ihr vorsichtig eine Hand aufs Knie. »Es kommt alles wieder in Ordnung«, versicherte er, aber sie erkannte den Zweifel in seinem Lächeln und war froh, als er die Hand wegzog.

Sie stiegen gleichzeitig aus. Als sie die Wagentüren zuschlu-

gen, hallte das Geräusch unnatürlich laut durch die schnee-
geschwängerte Luft. Das Gebäude, in dem Optis Krankenabtei-
lung untergebracht war, sah aus wie alle anderen auch. Es gab
nicht allzu viele Opti-Agenten, und ihre spezifischen Erkran-
kungen erforderten nicht viel Platz.

Allen hielt Peri die schwere Glastür auf, und sie murmelte
einen Dank, als sie hineinging, war aber zu müde, um dem
Mann am Empfang auch nur ein Lächeln zu gönnen. Allen
konnte die Rolle des umgänglichen Menschen für sie beide
übernehmen. »Sonderuntersuchung«, erklärte er knapp, während Peri schon der blaugrünen Linie am Boden folgte. Allen
rannte, um sie einzuholen. Der Rhythmus seiner Schritte ließ
erkennen, dass er regelmäßig joggte. Einen Augenblick lang
empfand sie leichten Ärger, denn um sie zu bremsen, hakte er
sich bei ihr unter. Er war nur ein paar Zentimeter größer als sie,
und das kam ihr irgendwie seltsam vor. Die Erinnerung an motorische Abläufe blieb ewig erhalten, und ihr Argwohn nahm
weiter zu.

»Warum so eilig?«, fragte Allen, und sie zwang sich, ihre
Schritte zu mäßigen.

»Sorry«, sagte sie, und der große Mann in dem Laborkittel,
der in seinen Papieren wühlte, blickte kurz auf und wandte sich
gleich wieder ab. Der Bursche war hoch aufgeschossen und
hatte kein Gramm Fett am Leib. Die Krawatte hatte er gelockert, als hätte er einen harten Tag hinter sich, aber sein Gesicht war so glatt rasiert, dass die Rasur höchstens ein paar
Stunden her sein konnte. Sicher war er gut darin, widerspens-
tige Patienten zu bändigen. Vielleicht war das der Grund dafür,
dass er Nachtschicht schob.

*Hör auf damit, Peri.* In jedem Schatten sah sie einen potenziellen Angreifer, aber im Moment konnte sie sich auf nichts
anderes als ihre Intuition stützen, und die arbeitete auf Hoch-

touren. »Ich glaube nicht, dass noch jemand hier ist«, sagte sie, als sie um eine Ecke bogen und der Mann außer Hörweite war. »Es ist zwei Uhr morgens.«

»Meinst du nicht, dass Frank uns telefonisch angemeldet hat?«, fragte Allen. Die blaugrüne Linie beschrieb eine scharfe Linkskurve zu einer Glastür und einer verglasten Wand. Dahinter befand sich ein kleiner Warteraum mit einem Empfangstisch, an dem eine tüchtig aussehende Frau in einem violetten Krankenhauskittel saß. Während der üblichen Arbeitszeiten trug sie zweifellos ein Kostüm, aber in der Nachtschicht, in der sie vom Papierkram bis zur Blutabnahme für alles zuständig war, ging es weniger formell zu. Die Frau hieß Ruth, und Peri musste sich kein falsches Lächeln abringen, als sie und Allen hineingingen.

»Peri«, sagte Ruth und erhob sich sichtlich erleichtert, um gleich darauf hinter einer Wand zu verschwinden. Eine halbe Sekunde später trat sie durch die schwere Holztür, die ihre Nische von dem Warteraum trennte. »Ich habe es gerade gehört«, sagte sie und umarmte Peri auf eine Weise, die so aufrichtig wirkte, dass Peri die Augen schloss und die Wärme der anderen Frau genoss. »Es tut mir so leid. Geht's dir einigermaßen gut?«

Peri nickte, während Ruth sie auf Armeslänge von sich hielt und forschend ihr Gesicht betrachtete. »Ja. Ganz ehrlich«, fügte sie hinzu, als sich die Schwester skeptisch zu Allen umschaute.

»Hi, Allen«, sagte sie und ließ Peri los. Ihr zurückhaltender Ton weckte erneut Peris Paranoia.

»Sie hat sich den Kopf angeschlagen, aber mir machen vor allem die dicht nacheinander erfolgten Sprünge Sorgen«, erklärte Allen, dessen Ton nicht minder verräterisch war. Ihm gefiel Ruths Verhalten ebenso wenig wie ihr. »Ich würde das gern schnell erledigen. Ist Bill hier?«

Ruth runzelte die Stirn, sichtlich verärgert über die unausgesprochene Unterstellung, sie verzögere die Dinge. »Nein«, sagte sie, stieß die schwere Tür auf und führte sie nach hinten. »Aber ihr seid in einer Stunde wieder draußen. Wir untersuchen nur die synaptische Basislinie und schicken euch dann nach Hause. Eine stationäre Aufnahme ist nicht nötig.«

»Gott sei Dank«, murmelte Peri, der die späte Stunde tief in den Knochen steckte.

»Bill ist nur ein paar Minuten weg, kommt gleich wieder«, erzählte Ruth, als sie sie an dunklen Büroräumen und Untersuchungszimmern vorbei den Gang hinunterführte. »Offenbar hat er sich auf eine lange Nacht eingestellt.«

Peris Magen krampfte sich zusammen, aber ob das etwas mit Bill zu tun hatte oder ob es an dem Untersuchungszimmer lag, in das Ruth sie scheuchte, wusste sie nicht zu sagen. Allen folgte ihr und blieb an der Tür stehen.

»Schmuck ablegen«, sagte Ruth mit gewollter Munterkeit und bewegte sich mit schnellen, effizienten Bewegungen durch den Raum. Ihr kurzes schwarzes Haar fiel ihr in die Stirn, als sie Peri einen weichen, bequemen Sessel hinschob. »Und deine Jacke. Tu sie in den Behälter. Ich bin gleich zurück und lege den Tropf an. Bill möchte die Untersuchung beobachten. Sobald er hier ist, können wir anfangen.«

Peri legte ihre Jacke ab und nahm vorsichtig auf dem großen Sessel Platz. Ihre Schultern entspannten sich, als sie in das weiche Polster sank. Der niedrige Raum war mit einem hellbraunen Teppich ausgelegt, und an den Wänden hingen Vorhänge wie vor einem Fenster. Es gab keinen Untersuchungstisch, aber einen kleinen Schreibtisch mit einem altmodischen Computer neben dem Etherball-Plug-in-Ladegerät, außerdem einen kleinen Mülleimer für Problemstoffe. Eine weitere Tür führte vermutlich in einen angrenzenden Raum. In der gleichen Wand befand sich ein Spiegel – eindeutig ein Einwegspiegel zum Zweck der Beobachtung. Sie hatten sich eifrig bemüht, den Raum behaglich zu gestalten, aber die Diagnoseinstrumente ruinierten die Wirkung.

»Ich möchte bleiben«, sagte Allen, der immer noch an der Tür stand und einen hilflosen Eindruck machte. Ruth, die gerade das Rollo vor dem Spiegel herabzog, ließ sich erweichen.

»Bleiben Sie ruhig.« Schon halb zur Tür heraus, lächelte sie Peri noch einmal zu. »Ich bin gleich mit der Infusion zurück.«

*Nadeln*, dachte Peri niedergeschlagen, als die Tür geschlossen wurde und Allen sich auf den Stuhl neben dem Eingang setzte. Der nicht eben bequeme Stuhl war mit Bedacht weit ab vom Geschehen platziert worden, um seinen Benutzer darauf hinzuweisen, dass er zwar hier sein durfte, sich jedoch nicht einzumischen hatte. Er war lediglich geduldet.

Keiner von ihnen sagte etwas, während Peri ihre Kette mit dem Stift abnahm und zu ihrer Brieftasche in die Plastikkiste legte, auf deren Boden ein Bild von einem Berg klebte. Ihre Armbanduhr kam als Nächstes, gefolgt von den Magnetverschlussohrringen, die beim Kampf nicht ausreißen konnten. Widerstrebend legte sie auch ihr Messer dazu. Dann setzte sich Peri wieder auf den Sessel und musterte die Armbanduhr. Sie fragte sich, seit wann sie die Uhr haben mochte. Sie hatte noch nie Armbanduhren getragen, erst recht keine mit so vielen Funktionen. Sie sah brandneu aus. Beeindruckend.

»Das alles tut mir leid«, sagte Allen so leise, als fürchtete er, jemand könne sie belauschen.

Peri reichte ihm ihre Jacke, und er legte sie über die Lehne seines Stuhls. »Shit happens.«

Er scharrte mit den Füßen und beugte sich über die Knie nach vorn. »Wir können bestimmt etwas zurückholen.«

*Drei Jahre?* Die Stille des Gebäudes machte ihr ebenso zu

schaffen wie Allens unverkennbare Zweifel. Ihr Kopf kam ihr so durchgequirlt vor wie ein Rührei am Sonntagmorgen. Drei Jahre ließen sich nicht zurückholen, und sie wusste nicht einmal, ob sie es überhaupt versuchen wollte. *Was kann passiert sein, dass ich drei Jahre verloren habe?*

Allen richtete sich auf, als sie auf dem Korridor etwas klappern hörten. Peri bemühte sich um ein Lächeln, schaffte es aber nur, nicht allzu finster zu gucken, als die Tür aufging und der Mann aus der Eingangshalle mit einem Infusionsbeutel an einem Ständer hereinkam. Er hatte sich einen kleinen Tablet PC unter den Arm geklemmt, was bei seiner muskulösen Gestalt geradezu komisch wirkte. Seine Krawatte hatte er inzwischen gerichtet, und in der Tasche seines Laborkittels steckte die vertraute Packung steriler Infusionsmaterialien. Peris Puls hämmerte. Sie atmete tief durch und bemühte sich, ihre Paranoia zu unterdrücken.

»Hallo, Ms. Reed«, sagte der Mann in einem professionellhöflichen Ton. Allen bedachte er lediglich mit einem flüchtigen und leicht verärgerten Seitenblick. »Ich bin Silas. Ruth hat mich gebeten, den Tropf anzulegen, während sie einige Papiere ausdruckt, die sie vergessen hat.«

»Kein Problem.« Nervös strich sich Peri das Haar hinter das Ohr, ehe sie anfing, ihren Ärmel hochzukrempeln. Ihr Blick fiel auf ihre zerschrammten Knöchel, und für einen Moment huschte abgenutztes Parkett durch ihre Gedanken. *Ich werde nicht paranoid. Ich werde nicht paranoid.*

»Und Sie sind?«, wollte Silas von Allen wissen, als er sein Tablet auf dem Schreibtisch ablegte.

Allen rutschte auf seinem Sitz herum. »Ich bin, äh, Allen. Ihr Anker.«

»Wenn Sie bleiben wollen, müssen Sie still sein. Ich möchte nicht, dass Ihretwegen die Ergebnisse verfälscht werden.«

Allen lehnte sich zurück und verschränkte entschlossen die Arme vor der Brust. »Keine Sorge, ich kann schweigen.«

Zufriedengestellt setzte sich Silas auf den Bürostuhl mit Rollen wie auf einen Thron und ließ seine Knöchel krachen, während sein Tablet eine Verbindung herstellte. Peri überlegte, ob seine Nase wohl ein- oder zweimal gebrochen war. Gewundert hätte sie das nicht bei diesem grüblerisch wirkenden Mann, der seine auffällig muskulösen Arme – sicher stemmte er Gewichte – unter dem Laborkittel versteckte. Doch das tat seiner robusten Attraktivität keinen Abbruch. Er *hatte* sich gerade erst rasiert, und der würzige Pinienduft seines Aftershaves war … extravagant, aber angenehm.

Leise seufzend, tippte er überraschend flink auf seinem Tablet herum. Sie beugte sich vor, um ihm zuzusehen, aber er drehte sich so, dass sie nichts erkennen konnte. Ihre durch den Gedächtnisverlust ausgelöste Paranoia bekam Flügel. *Er trägt elegante Schuhe.*

Mit hochgezogenen Brauen riss er das Infusionspäckchen auf und tupfte ihre Armbeuge ab. »Schwere Nacht?«, fragte er sarkastisch.

»Hat man mir jedenfalls erzählt«, gab sie zurück und fügte ein trockenes »Au« hinzu, als die Nadel eindrang.

»Sorry.« Mit unaufrichtigem Lächeln klebte er die Nadel fest. »Sie haben schöne Venen. Die treten deutlich hervor.«

»Das liegt daran, dass ich nicht ständig darin herumstochere«, entgegnete sie. An der Tür scharrte Allen wieder mit den Füßen, und Peri, die beinahe vergessen hatte, dass er da war, blickte auf.

Silas benutzte zu viel Pflaster. Sie sah zu, wie er zwei Kubikzentimeter von irgendetwas, das er in der Tasche gehabt hatte, in das Infusionsgerät gab. Bald darauf ließen ihre Schmerzen nach. Scheiße, war das Zeug gut.

Peri beobachtete den Tropf und genoss die Trägheit, die sich zugleich mit den einzelnen Tropfen in ihr ausbreitete.

»Wirkt es schnell?«, fragte Allen, dessen argwöhnischer Ton dumpf zu ihr durchdrang. Am liebsten hätte sie ihm gesagt, er solle die Klappe halten, damit sie den Rausch genießen konnte, aber das kam ihr zu mühselig vor.

Silas klemmte ihr einen Pulsmesser an den Finger. »Ja.« Ihr Arm hing kraftlos herab, während er eine weitere Elektrode anbrachte, ihren Kniereflex kontrollierte und ihr in die Augen leuchtete. »Kein Schädel-Hirn-Trauma. Gut.«

*Er trägt Jeans unter dem Laborkittel?* »Wie lange sind Sie schon bei Opti?«, fragte Peri, deren Lippen sich unter dem Einfluss der Droge nur langsam bewegten.

Silas blickte nicht auf, als er Pulsmesser und Elektrode mit dem Tablet verband. »Schon eine ganze Weile. Ich arbeite meistens nachts, weil meine Augen lichtempfindlich sind.«

*Aber du hast dunkle Augen und bist gebräunt wie ein Surfer,* dachte Peri und hätte seine aufreizend glatte Haut am liebsten mit den Fingern berührt. Der Mangel an Hemmungen, ausgelöst vom Muskelrelaxans, entlockte ihr ein Lächeln. *Was ich mit dir alles machen könnte, du süßer Muskelmann...*

Ein Lautsprecher auf dem Gang fing an zu knistern, und sie alle hörten, wie eine Stimme sagte: »Allen Swift bitte zur Rezeption. Sie werden am Telefon verlangt.«

Allen zog das eigene Telefon hervor und musterte es stirnrunzelnd. Silas widmete sich grunzend seinem Tablet. Als Allen sich erhob, sagte er: »So tief im Gebäude hat man keinen Empfang. Schöner Mist, stimmt's?«

»Das könnte Bill sein«, stellte Allen fest und sah sich zur Vorderseite des Gebäudes um. »Ist es okay, wenn ich dich kurz allein lasse?«

Peris Puls schlug wieder schneller. Nach und nach baute ihr

Körper die Droge ab, sodass sich der Nebel, in dem sie dämmerte, ein wenig lichtete. »Ich bin ja kein Kleinkind«, erwiderte sie und setzte sich auf, als ihr auffiel, wie krumm sie auf dem Stuhl hing.

»Nein, das bist du nicht.« Allen berührte ihre Schulter und beugte sich zu ihr. Seine Locken streiften ihre Wange, und sie atmete den Duft seines Shampoos ein. Sie fand, dass es ganz falsch roch, obwohl sie nicht wusste, wie sie darauf kam. »Ich bin gleich wieder da.«

Peri berührte seine Finger, als sie von ihrer Schulter glitten. »Du weißt ja, wo du mich findest«, sagte sie und fühlte sich zum ersten Mal seit langer Zeit wieder ausgeglichen. Ihr war egal, ob das an den Drogen lag. Sie war ruhig und entspannt, hörte alles, sah alles und war gerade ziemlich froh, Allen los zu sein. Er lenkte sie von etwas Wichtigem ab. Wenn er fort war, würde sie bestimmt darauf kommen, was dieses Wichtige war.

Allen ging hinaus auf den Korridor und ließ die Tür einen Spalt weit offen. Leise lachend rollte der Mann im Laborkittel mit seinem Stuhl hinüber und trat die Tür zu. Als sie ins Schloss fiel, stand er auf, nahm eine Karte aus der Brusttasche und zog sie durch den Schlitz der Verriegelung, worauf das grüne Licht einem roten wich. »Ich dachte schon, der geht nie«, sagte er leise.

»Sie sind ziemlich bissig, wissen Sie das?«, fragte Peri. Er hatte die Tür verriegelt. Eigentlich hätte sie das erschrecken müssen, aber sie … stellte fest, dass es … ihr völlig egal war.

Silas, der immer noch stand, fuhr mit dem Finger über eine Textzeile. »Was bin ich sonst noch, Ms. Reed?«

Sie sah zu, wie er den Tropf schneller einstellte. »Zu alt für einen Assistenzarzt«, erwiderte sie. »Ihre Schuhe passen nicht hierher, und Jeans sind hier auch außerhalb der normalen Geschäftszeiten tabu. Wer sind Sie?«

**163**

Der Mann wandte sich ihr zu und taxierte sie. »Und die wollten ein Team schicken«, flüsterte er, legte die Handflächen auf die Armlehnen ihres Stuhls und beugte sich über sie. Das Gesicht unangenehm nahe an ihrem eigenen, fixierte er sie. »Von dem Jeansverbot wusste ich nichts. Danke.«

Peri blinzelte, als ihre Lethargie sich mit neuer Macht zurückmeldete. »Sie gehören nicht zu Opti. Wenn Sie Ruth wehgetan haben, trete ich Ihnen in die Eier.«

Verblüfft richtete er sich auf und brachte sich außer Reichweite. »Ruth geht es gut«, murmelte er.

»Für wen arbeiten Sie?«, fragte sie. Alles drang glasklar zu ihr durch, und das fühlte sich so gut an, dass sie es nicht riskieren wollte, diesen Zustand innerer Gelassenheit durch irgendeine plötzliche Bewegung zu stören.

Silas setzte sich wieder. Etwas auf seinem Bildschirm schien ihn zu freuen, denn er lächelte. »Für die Allianz, die für unverfälschte Zeitlinien kämpft. Darf ich Ihnen eine Frage stellen?«

Sie wollte die Elektrode abziehen, aber wozu? »Da ich vor lauter Drogen nicht bei Sinnen bin: Nein, dürfen Sie nicht. Was haben Sie mir verabreicht?«

Er warf einen Blick auf die Armbanduhr und verriet Peri so unabsichtlich, dass er in Eile war. »Nichts, das Sie nicht schon früher bekommen hätten. Vor allem ein Relaxans. Peri, wissen Sie etwas über illegale Opti-Aktivitäten in letzter Zeit oder früher?«

Nun blinzelte sie verwundert. »Sie meinen so etwas wie korrupte Agenten? Ich kenne nur Gerüchte. Sie wirken zu klug für die Allianz. Wer sind Sie wirklich?«

Stirnrunzelnd musterte er seinen Monitor. Peri beugte sich vor und erhaschte einen Blick auf ein Diagramm, ehe er ihr die Sicht nahm. »Wissen Sie, wer die Anweisungen erteilt?«, erkundigte er sich.

»Anweisungen wofür? Für die illegalen Aktivitäten?« Peri musterte den Schlauch an ihrem Arm. »Ich sagte doch schon, ich kenne nur Gerüchte.« Er hatte ihr tatsächlich das übliche Zeug verabreicht, allerdings höher als üblich dosiert.

»Wer erteilt die Befehle?«, fragte er nun mit mehr Nachdruck. »Bis zu welchen Ebenen geht das?«

Sie wollte nicht reden, trotzdem kam »Ich weiß es nicht« aus ihrem Mund. *Halt's Maul, Peri.*

Silas warf einen Blick auf den Tropf und dann auf die Anzeigen auf seinem Monitor. »Was ist Ihnen aus Charlotte im Gedächtnis geblieben? Haben Sie Jack heute Abend getötet, weil er herausgefunden hat, dass Sie illegale Aufträge übernommen haben? Oder war es umgekehrt?«

Peri zog die Brauen hoch. Sie war in Charlotte gewesen? Dann blinzelte sie verwirrt. *Illegale Aufträge?* »Wer ist Jack?«

Damit hatte der Assistenzarzt, der keiner war, offenbar nicht gerechnet, und er wandte sich von seinem Tablet ab. »Wie viel Zeit haben Sie heute Nacht verloren?«

»Drei Jahre«, antwortete sie geistesabwesend, während sie zu verarbeiten versuchte, was er gerade gesagt hatte. Dank des noch ziemlich frischen blauen Auges war ihr klar, dass sie gestern noch im Einsatz gewesen sein musste. Wollte er andeuten, dass sie eine korrupte Agentin war, oder nur allgemein auf den Busch klopfen? Trotz ihres Gedächtnisverlustes hätte sie es tief im Inneren doch spüren müssen, hätte sie wirklich Dreck am Stecken. *Das würde ich doch, oder?*

»Drei Jahre«, wiederholte er entrüstet. »Was soll ich damit anfangen?«

»Sie können es ... sich an den Hut stecken«, erklärte Peri und starrte die Decke an, als eine herrliche Mattigkeit sie überkam.

Silas stand auf. Er bewegte sich schnell und vehement, als er

**165**

sein Tablet sowohl vom System als auch von Peri trennte. Die Elektroden klebten immer noch auf ihrer Haut, und plötzlich fühlte sie sich missbraucht. »Sie tun mir beinahe leid«, sagte er. »Sie sind so darauf bedacht, nicht dumm auszusehen, dass Sie eine Bar mit einem Mann verlassen, den Sie überhaupt nicht kennen. Und das nur, weil irgendwelche Leute davon ausgehen, dass Sie das tun werden. Die Intuition kann Sie nur über Pfade führen, die Sie bereits kennen, und im Augenblick kennen und wissen Sie überhaupt nichts.«

»Das ist nun mal alles, was ich besitze, Arschgesicht«, entgegnete sie. Der Tropf hing immer noch zwischen ihnen, und sie starrte ihn an und überlegte, wie einfach es wäre, den Venenkatheter aus ihrem Arm zu reißen. Schmerzhaft, aber einfach. Mit einer knappen Bewegung schüttelte sie den Pulsmesser vom Finger. Silas betrachtete ihn, als er auf die Teppichfliesen fiel, unverkennbar verwundert, dass sie auch nur das geschafft hatte. Er holte Luft, um etwas zu sagen, erstarrte aber, als eine Stimme auf dem Gang brüllte: »Er ist gerade jetzt mit ihr da drin!«

»Sicherheitsdienst!«, bellte eine vertraute Stimme, und Peri lächelte süffisant.

»Das ist Bill«, sagte sie. »Er ist beinahe so groß wie Sie. Sie sollten besser abhauen, Rabbit Man.«

»Was für eine Verschwendung.« Mit geschmeidigen Bewegungen stopfte sich Silas seine Sachen in die Taschen. »Sie haben mich heute nicht gesehen«, sagte er und klemmte sich das Tablet unter den Arm.

»Und wie ich das habe!« Peris Herz schlug schneller, als sie die Drogenwirkung abschüttelte. Es war ein psychoaktives Sedativum, keine Hypnosedroge.

Stirnrunzelnd beugte er sich über sie. Sie wich zurück und fand, dass seine Haut ... unwiderstehlich glatt aussah. Ihr Blick

**166**

wurde unscharf, als sie sich vorstellte, wie diese Haut vor Schweiß glänzte, wie sich seine Muskeln gleichmäßig bewegten, wenn er Gewichte stemmte. »Sie haben mich nicht gesehen«, wiederholte er, die braunen Augen zusammengekniffen.

»Sie sind doch derjenige, der mich mit Drogen vollgepumpt und redselig gemacht hat, Blödmann.«

Sichtlich frustriert richtete er sich wieder auf. Jemand rüttelte an der Tür und rief nach einem Schlüssel. Erschrocken stürzte Silas zu der anderen Tür und riss sie auf. Dahinter kam ein dunkler, gefliester Raum in Sicht. »Wenn Sie klug sind, dann halten Sie den Mund.«

»Gehen Sie zum Teufel!«, rief sie und sank zurück auf das Polster, als die Lethargie ihren Tribut forderte. *Wer zum Henker ist Jack?*

Allen brüllte und hämmerte an die Tür. Silas rannte hinaus. Der Laborkittel wehte um seine Beine, und seine Sohlen verursachten nicht das kleinste Geräusch. Langsam fiel die Tür ins Schloss.

Peri drehte den Kopf, als etwas gegen die andere Tür krachte. Der Rahmen splitterte. Beim nächsten Schlag gab er nach, und Bill und Allen stürzten herein, gefolgt von zwei Sicherheitsleuten. Sie war nicht korrupt. Dieser Spion hatte nur auf den Busch geklopft.

»Wo ist er hin?«, rief Bill, während Allen neben ihr auf die Knie fiel.

Den Mund zu halten würde sie zu viel Mühe kosten. »Da raus«, sagte sie und schaute zu der anderen Tür.

Bill stürmte los, die Sicherheitsbediensteten direkt auf den Fersen. Im Korridor schnarrte ein Alarm. Peri war es egal, und sie sah ungerührt zu, wie Allen die Injektionsnadel aus ihrem Arm zog und sich dabei geschickter anstellte als Silas, als er sie angelegt hatte. Dort, wo Allen an die Tür gehämmert hatte, war seine Hand gerötet, dadurch war leicht erkennbar, welche Finger er sich früher einmal gebrochen hatte. *Kampfsport?*, überlegte sie. Die gleichen Verletzungen hatte sie auch schon an Bills fleischigen Händen gesehen. Aber nicht an denen von Silas. So kraftvoll er auch war, er hatte babyweiche Hände.

»Ich hätte dich nicht allein lassen sollen. Ist alles in Ordnung?«, fragte Allen und beugte ihren Arm, um eine Blutung zu verhindern. »Hat er dich angefasst?«

»Er hat mich unter Drogen gesetzt«, sagte sie, und das Blut schien in ihren Kopf zu strömen, um ihr Gehirn zu aktivieren. »Sonst hat er nichts getan, nur Fragen gestellt.«

Plötzlich wie erstarrt, musterte Allen sie über den Rand seiner Bille hinweg. »Was hat er gesagt?«

Peri konnte endlich wieder klar sehen, und sie hatte den Eindruck, dass er sich mehr Sorgen darüber machte, was Silas gesagt hatte, als darüber, was er ihr angetan haben mochte. Ihr Argwohn lebte wieder auf. »Wer ist Jack, und warum habe ich ihn getötet?«

Allen klappte den Mund zu und starrte die Tür an, durch die Bill verschwunden war. »Äh ...«

Wütend setzte sie sich auf. Ihr ganzer Körper kribbelte unter dem Einfluss der Droge. *Sie sind so darauf bedacht, nicht dumm auszusehen, dass Sie eine Bar mit einem Mann verlassen, den Sie überhaupt nicht kennen. Und das nur, weil irgendwelche Leute davon ausgehen, dass Sie das tun werden.* »Wer ist Jack?«, fragte sie erneut, und Allen stand auf. Männer rannten über den Korridor, während der Alarm zunächst verstummte und dann erneut losging. »Allen?«

»Was hat er dir über Jack erzählt?«

»Er hat mehr gefragt als erzählt«, erwiderte Peri und erschrak, als sie einen fernen, aber lauten Knall hörte. Wieder verstummte der Alarm auf dem Gang, dieses Mal endgültig. »Er wollte wissen, ob ich illegale Aufträge übernommen habe und wer die Befehle erteilt hat. Und er hat den Namen Jack erwähnt. Wer ist Jack? War er korrupt?« *Oh Gott, was, wenn ich eine korrupte Agentin bin? Wie würde ich das überhaupt merken?*

Allen zog den Bürostuhl näher heran und setzte sich, die Ellbogen auf die Knie gestützt. »Tut mir leid, Peri …«

»Hör auf damit!«, explodierte sie, und er riss mit geweiteten Augen den Kopf hoch. »Hör einfach auf damit. Dauernd sagt mir jeder, es tue ihm leid, und ich weiß überhaupt nicht, warum. Wer ist Jack?«

Allen schaute ihr in die Augen und das Mitgefühl, das in seinem Blick lag, machte ihr Angst. »Dein vorheriger Anker«, erwiderte er, und ihr stockte der Atem. Silas hatte gesagt, sie habe ihn getötet …

»Vor ein paar Tagen hast du während eines Einsatzes herausgefunden, dass einige deiner früheren Missionen nicht von Opti sanktioniert waren«, erklärte er, und ihr Herz schlug wie wild, weil ihr nun eine andere Wahrheit bewusst wurde: Nicht sie war korrupt – Jack war es.

»Jack hat versucht, dich zu töten, als du das herausgefunden hast«, fuhr Allen fort. Peri musterte ihn eingehend und suchte nach einer Lüge, fand jedoch nur Bedauern darüber, dass er sie nicht früher darüber aufgeklärt hatte. »Wir dachten, du wärst in Sicherheit, aber er ist uns ins *Zeitloch* gefolgt.« Allens Hand fühlte sich warm an, als sie ihre umfasste. »Er hat auf dich geschossen. Du bist gesprungen, Peri. Es tut mir leid, ich war nicht die ganze Zeit dabei. Ich kann es dir nicht zurückbringen.«

Erinnerungen regten sich in ihr und zerfielen, kaum dass sie sich auf sie konzentrierte. »Ich habe meinen eigenen Anker erschossen?«

»Du hast alle Erinnerungen daran verloren.« Allen gestiku-

**169**

lierte hilflos. »Es kam mir grausam vor, Jack zu erwähnen. Vielleicht … hast du das alles mit Absicht vergessen.«

*Auf keinen Fall*, dachte sie, während zwei Männer auf dem Flur vorbeiliefen. Peri richtete sich auf, bestürzt darüber, wie ihre Welt plötzlich ins Wanken geriet, um dann wieder Form anzunehmen. Jack war ihr Anker gewesen, und jetzt war er tot. Das bedeutete, dass sie sich die letzten drei Jahre ihres Lebens nicht mehr ins Gedächtnis rufen konnte, abgesehen von Erinnerungen, die unmittelbar mit ihren Talismanen verbunden waren. Vermutlich wurde sie zudem verdächtigt, ebenfalls bestechlich zu sein. »Er ist tot?«

Noch immer hielt Allen ihre Hände. Er nickte. »Tut mir leid.«

Die subtilen Hinweise, die ihr verraten hatten, dass mit Allen irgendwas nicht stimmte, ergaben endlich einen Sinn. Ruths Worte am Empfang, ihr Mitleid. Verdammt, sogar Ruth wusste mehr über ihre Vergangenheit als sie selbst. »Habe ich Jack geliebt?«, fragte sie leise. Gefühle sterben nicht, nicht einmal, wenn die Erinnerungen, mit denen sie verknüpft sind, ausgelöscht werden, und in Anbetracht der Erbitterung, die sie empfand, musste sie ihn sehr geliebt haben.

»Ja«, antwortete Allen so angespannt, als wäre es ihm eine Qual. »Ja, das hast du.«

Etwas in Peri machte klick. Vielleicht lag es daran, dass die Wirkung der Drogen nachließ. Auf jeden Fall war sie plötzlich sauer. »Ich will meine Erinnerungen an heute Nacht wiederhaben!«, forderte sie. »Du warst dort. Ich will alles wissen, was du gesehen hast. Sofort. Auf der Stelle.«

Sie versuchte aufzustehen, fiel jedoch zurück auf den Stuhl, da ihr ganzer Körper erneut prickelte. Silas hatte sie beschuldigt, eine abtrünnige Agentin zu sein, und die einzige Person, die wusste, ob sie eine war – Jack –, war tot.

»Du wirst wieder, Peri«, sagte Allen. »Ich verspreche es dir. Es dauert eben seine Zeit.«

*Zeit?* Peri erschrak, als Bill zur Tür hereinkam. »Peri.« Der Vorgesetzte der Opti-Agenten sah wütend aus, wirkte aber zugleich besänftigend auf sie, als er mit ausgestreckten Armen auf sie zukam. »Bist du verletzt? Hat er dir was getan?«

Mit bleichem Gesicht ergriff Peri Bills kraftvolle Hände. »Sie haben ihn hoffentlich geschnappt.«

Aber Bills finstere Miene verriet das Gegenteil. Als Allen sich erhob, musterte sie ihn forschend und kam zu dem Schluss, dass er wirklich bestürzt war und nicht nur so tat, und etwas in ihr kam zur Ruhe – zumindest ein bisschen. Kein Wunder, dass Allen ihren Paranoia-Alarm ausgelöst hatte. Wahrscheinlich kannte sie ihn noch keinen ganzen Tag.

»Noch nicht, aber das werden wir«, versprach Bill und legte ihr beruhigend die Hände auf die Schultern. »Wir wissen, wer er ist.«

»Silas, nicht wahr?«, sagte sie, um ihm eine Reaktion zu entlocken. »Von der Allianz.«

Bill zögerte und ließ die Hände sinken. »Woher … Er hat dir seinen Namen genannt?«

Zwei Labortechniker kamen vorbei und unterhielten sich aufgeregt. Peri betrachtete die Männer und hatte dabei das Gefühl, die Situation überhaupt nicht mehr im Griff zu haben. »Er hat auch Jack erwähnt. Meinen vorherigen Anker. Stimmt doch, oder nicht?«

Bills Blick huschte zu Allen. Allen hob die Hände, als wollte er sagen: »Was hätte ich tun sollen?«. Laut sagte er: »Bill, ich weiß, Sie wollten einen sauberen Bruch für Peri. Aber Denier hat ihr erzählt, dass sie ihren letzten Anker getötet hat, weil er Aufträge übernommen hat, die nicht von Opti stammten. Mehr *weiß* sie nicht.« Seine Hände fanden ihre und drückten sie kurz.

**171**

»Bin ich eine korrupte Agentin?«, flüsterte sie. *Verdammt noch mal, wie konnte ich jemanden lieben, der versucht hat, mich zu töten?*

»Guter Gott, nein. Aber Jack war korrupt«, erwiderte Bill verdattert. »Das hätte ich nie von ihm gedacht. Vielleicht ist es ganz gut, dass du die letzten drei Jahre verloren hast. So kannst du mit Allen ganz neu anfangen. Das könnte ein echter Glückfall sein.«

Allens Gezappel war allmählich nicht mehr zu übersehen. »Ich bringe sie nicht eher nach Hause, bis ich weiß, dass dieser Irre, der zur Allianz gehört, verhaftet wurde.«

»Ganz meine Meinung«, erklärte Bill mit scharfer Stimme. »Ich hatte eigentlich vor, dich hier zur Beobachtung aufzunehmen …«

»Zu Hause komme ich eher wieder zu mir als in der Höhle«, protestierte Peri, doch Bill streckte eine Hand hoch, um Geduld einzufordern.

»Aber wenn die Allianz sich hier Zutritt verschaffen konnte, ist das ganze Gelände nicht mehr sicher. Du brauchst eine Auszeit. Ihr beide«, sagte er in einem Ton, der keinen Widerspruch duldete. »Heute Nacht geht ihr zu Allen. Versuch, ein bisschen zu schlafen. Morgen buchen wir euch einen frühen Flug irgendwohin, wo es warm ist.«

Sie wollte nicht zu Allen, aber ein Hotel wäre noch schlimmer. Jemand trieb ein falsches Spiel mit ihr, und ihr blieb nichts anderes übrig, als auf ihr Bauchgefühl zu vertrauen.

# 12

Peri hasste die Stühle in den Flughafenterminals von Detroit. Was immer auch behauptet wurde, sie dienten bestimmt nicht der Bequemlichkeit der Passagiere. Die schlimmsten hatten eine stark abfallende Sitzfläche, die entspannend wirken sollte, aber das tat sie nicht. Und sie war davon überzeugt, dass die offen gestaltete Rückenlehne nur deswegen so aussah, damit die Sicherheitsbediensteten sich keine Gedanken darüber machen mussten, was die Leute zurückließen.

Die Beine übereinandergeschlagen, saß sie im Schatten, während die Vormittagssonne durch die Fenster hereinströmte. Mit flinken Fingern strickte sie das aus rechten und linken Maschen bestehende Randmuster eines Schals, ohne sich erinnern zu können, dass sie die Wolle gekauft hatte.

Das Stricken fiel ihr leichter, als sie es in Erinnerung hatte. Sie musste nicht einmal hinsehen. Also musste sie in den letzten drei Jahren ziemlich viel gestrickt haben – was nicht gerade ermutigend war, denn es gehörte zu den von Opti empfohlenen Aktivitäten zur Linderung von zwangsneurotischen Stresssymptomen.

Ihr gegenüber lamentierten zwei Opti-Sicherheitsleute über die Umbenennung der Big Ten, die der Erweiterung auf zwanzig Mannschaften geschuldet war. Über ihnen hing ein stumm geschalteter Holo-Fernseher, und der Code, der es ermöglichte, den Ton über ein sogenanntes intuitives Telefon zu hören, blinkte um Aufmerksamkeit heischend. Mit säuerlicher Miene betrachtete Peri ihr Glas-Phone und fragte sich, ob es intuitiv war oder nur smart und wie lange es dauern würde, die richtige App zum Wechseln des Senders zu finden. *Guter Gott, wann hat Twitter seinen eigenen Fernsehkanal bekommen?*

Eine dritte Sicherheitsbeamtin hatte Allen begleitet, der sich auf die Suche nach Kaffee begeben hatte. Das war schon das dritte Wächtertrio, das ihnen zugewiesen worden war, seit sie die Krankenstation verlassen hatten. Dass die Einsatztruppe in Allens Flur kampiert hatte, war vermutlich der Grund dafür, dass sie nicht gut geschlafen hatte, aber zumindest wusste sie nun, *warum* sie und Allen nicht zusammenlebten. Er war erst seit einem Tag ihr Anker, und sie wünschte, Bill hätte ihr wenigstens gestattet, noch einmal ihre Wohnung aufzusuchen, um eine Tasche zu packen. Das, was Allen für sie geholt hatte, sah toll aus, war aber weniger zweckmäßig, als ihr lieb war.

Der seidig glänzende weiße Kaschmirpullover, den sie trug, lag überall, wo es darauf ankam, eng am Körper an, und der großzügige Ausschnitt fiel locker über ihre Schultern und gab den Blick auf ihren Nacken frei, aber im Kampf wäre ihr das Ding im Weg. Sie erinnerte sich, die taillierte Jacke mit dem Seidenfutter gekauft zu haben, die leicht war, ihren Bewegungsspielraum nicht einschränkte und trotzdem wärmte. Auf ihrer Reisetasche lag eine passende schwarze Mütze mit einem roten Muster, das ihre Ohrringe, die Halskette und die Fingernägel besonders gut zur Geltung brachte. Eine bequeme schwarze Reisehose rundete das Ensemble ab. Reisehose, weil sie über Taschen verfügte, die groß genug waren, um Ausweis, Ticket und Telefon gut greifbar zu verstauen. Die Stiefel vom Vorabend waren immer noch an ihren Füßen, aber in der Scheide steckte kein Messer. Sie sah *gut* aus – gut genug, um sich auch gut zu *fühlen* –, aber in ihrem Kopf war kein Platz für irgendetwas anderes als Besorgnis.

Während ihre Finger arbeiteten, blickte sie auf die weiche

rote Wolle. *Ich habe meinen eigenen Anker getötet? Kein Wunder, dass ich drei Jahre verloren habe.*

»Was wollte ich damit erreichen?«, murmelte sie, löste das rote Garn von den Fingern und breitete den Schal flach auf ihrem Bein aus. Er war beinahe fertig, was auch der Grund war, warum sie ihn mitgenommen hatte. Im fertigen Teil befand sich eine Stundenglasglyphe, geformt aus linken Maschen, die aus dem glatt rechts gestrickten Gewirk hervortraten, aber der Teil, an dem sie arbeitete, wies eine bizarre Reihe sonderbarer Maschen auf, denen sie keinen Sinn abringen konnte. Da war kein Muster zu erkennen, abgesehen von drei glatt rechts gestrickten Reihen zwischen neun unterschiedlichen Reihen aus rechten und linken Maschen.

Den Kopf schief gelegt, musterte sie die neun Reihen aus unterschiedlichen Blickwinkeln, um herauszufinden, ob sich in den rechten und linken Maschen irgendein Bild verbarg. Aber das hätte ein Muster erfordert, und in dem Strickbeutel, den Bill ihr aus ihrer Wohnung geholt hatte, um ihre Psyche mit etwas Vertrautem zu rüsten, auf das sie sich stützen konnte, war keines.

»Das ergibt keinen Sinn«, brummelte sie und schob die Maschen von der Nadel, um die Reihen wieder aufzuribbeln. Sie würde einfach das Glyphenmuster vom Anfang wiederholen und abketteln.

Ihr Blick ging ins Nichts, als sie die Maschen auflöste, und die vage Grimasse, die sie gezogen hatte, verstärkte sich, als sie die schwarzen, aus billigem Stoff gefertigten Trolleys mit den Plastikrollen betrachtete, die sie an diesem Morgen gekauft hatte. Allen hatte ihr geduldig gezeigt, wie sie das mit Hilfe ihres Telefons erledigen konnte. Offenbar nutzte seit dem systemweiten Hack im Jahr 2028 niemand mehr die Möglichkeit der Kartenzahlung. Sie war überzeugt, dass sie in ihrer Wohnung bessere Taschen und Koffer hatte, irgendwas mit dickem Leder und großen Rollen, die dem Weg folgten, den sie vorgab. Über das neue Zeug war sie schon auf dem Weg vom Wagen zur Sicherheitskontrolle zweimal gestolpert. Ihre Eskorte war nicht erfreut gewesen, als sie ihre Waffen abgeben sollte, aber Peris Stricknadeln wurden nicht beanstandet – was sie mit einer blasierten Zufriedenheit erfüllte, die ihr half, über die Verlegenheit, nicht zu wissen, wie man Dinge bezahlen konnte, hinwegzukommen.

Sie waren unterwegs zu irgendeinem warmen Ort, der einen Reisepass erforderlich machte, und sie musste beständig ihr unbestimmtes Unbehagen bezähmen. Bill hatte die Allianz als Grund dafür genannt, dass sie ihre Wohnung meiden sollte, aber Peri hegte den Verdacht, dass sie, wie die meisten Zeitagenten, ein privates Tagebuch geführt hatte. Sie würden sie nicht mehr in ihre Wohnung lassen, ehe sie es gefunden und nachgeprüft hatten, ob sie korrupt war oder ob es nur Jack allein gewesen war. Seufzend verabschiedete sie sich von dem Gedanken, auf diese Weise ihre Vergangenheit wiederzufinden. Sie war nicht im Urlaub, sie war nur auf Optis Kosten abwesend, während gegen sie ermittelt wurde.

Das Einzige, was außer ihrem Strickzeug aus ihrer Wohnung stammte, war ein Kater namens Carnac, an den sie sich nicht erinnerte. Er allerdings erinnerte sich an sie. Bill kümmerte sich um ihn, solange sie fort waren, aber vermutlich musste seine Sekretärin dafür sorgen, dass die Katze gefüttert und das Katzenklo gereinigt wurde.

Ihr Kopf schmerzte, und sie spürte die Höcker und Mulden einer der sonderbaren Strickreihen bis hinter die Augäpfel. *Wer nennt seine Katze Carnac?*

Höcker … Höcker, Höcker, Höcker und ein paar glatte rechte Maschen lösten sich aus dem Schal, und dann wieder Höcker … Höcker, Höcker, Höcker, Maschen, die sich anfühlten wie Punkte und Striche.

*Scheiße.* Peri erstarrte, als ihr klar wurde, dass sie einen Morsecode in ihren Schal gestrickt hatte. Voller Panik musterte sie das Garn, das sich über ihren Schoß verteilte wie eine zerfledderte Botschaft. Sie hatte sich selbst eine Nachricht mit Morsezeichen geschrieben für den Fall, dass sie springen musste, ganz so, als hätte sie sich eine Notiz in der Handfläche gemacht. Und dann hatte sie, Idiot, der sie war, ihre eigene Botschaft nicht erkannt. So etwas hatte sie noch nie zuvor getan, zumindest nicht, soweit sie sich erinnern konnte.

*Hier stimmt was nicht.* Mit beschleunigtem Puls blickte sie auf. Ungeduldige Geschäftsleute rangen mit Eltern, die sich mit ihren kleinen Kindern zankten, um eine Chance zum Vorab-Boarding. Die beiden Sicherheitsbeamten ihr gegenüber waren mit sich selbst beschäftigt. Einer machte einen langen Hals und blickte sich nach Allen um. Nun, da in der Abflughalle mehr Betrieb herrschte, wirkte er unverkennbar besorgt. Plötzlich wollte sie nicht mehr in das Flugzeug steigen.

Ihr Mund wurde trocken, aber das tat der Geschmeidigkeit ihrer Finger keinen Abbruch, als sie das, was noch übrig war, wieder auf die Nadeln auffädelte. Drei Reihen. Drei von neun.

Seufzend strich sie mit den Fingern über die erste Reihe aus linken und rechten Maschen und interpretierte die sporadisch auftretenden linken Maschen als Punkte und Striche.

HARRY LENORD

Harry? Den kannte sie. Er arbeitete für die Außenstelle in Seattle.

GINA TRECHER

Mist, das war Harrys Zeitagentin. Das war eine Liste, und das meiste davon war inzwischen verloren.

BILL IST KORRUPT.

Peri stockte der Atem. Ihr war, als würde sich die ganze Welt auf den Kopf stellen. *Bill ist korrupt?* Mein Gott, ihr Leben löste sich gerade in seine Bestandteile auf, und wenn sie Bill nicht mehr trauen konnte, dann konnte sie niemandem trauen.

Langsam ribbelte Peri die letzten drei Reihen der Botschaft auf, bis nichts mehr übrig war. Während ihre Finger damit beschäftigt waren, das Garn aufzuwickeln, suchten ihre Augen das Terminal ab, und sie ging in Gedanken ihre Möglichkeiten durch. Gab es Leute, zu denen sie Kontakt aufnehmen könnte? Die sie meiden sollte? Eines stand schon mal fest: Sie würde nicht an Bord dieses Flugzeugs gehen.

Mit einem ausdruckslosen Lächeln für ihre Sicherheitseskorte stopfte sie Nadeln und Garn in ihr Handgepäck und nahm ihr Telefon heraus. Ihre anfängliche Freude über die neue Glas-Technik hatte sie irgendwo zwischen dem Versuch, ihr Adressbuch zu finden, und dem traurigen Blick, mit dem die Verkäuferin sie bedacht hatte, als Allen ihr zeigen musste, wie die Kauf-App funktionierte, völlig verloren. Es kam ihr so lächerlich vor, dass sie zwar wusste, wie sie die Farbe ihres Wagens ändern konnte, nicht aber, wie sie Zugriff auf ihre Mailbox-Nachrichten erhielt.

Aber am Ende würde ihr motorisches Gedächtnis triumphieren, also ging sie sämtliche gewählten Nummern durch, um nachzusehen, mit wem sie gesprochen hatte. Ihre Miene verfinsterte sich, als ihr auffiel, dass die Nummer ihrer Mutter nicht darunter war. Allen hatte ihr erzählt, sie habe sie am Freitag angerufen. Noch mehr verfinsterte sie sich, als sie auf eine ihr unbekannte Nummer stieß. Ausgehend von der Überlegung, dass ihre Mutter umgezogen sein könnte, drückte sie auf die Rückruftaste und strich sich das kurze Haar aus den Augen, während sie zu ihrer und Allens Sicherheitseskorte aufblickte.

Die waren nicht hier, um sie zu schützen. Sie waren hier, um sie an der Flucht zu hindern.

»Topadresse in Charlotte«, ertönte eine angenehme, aber aufgezeichnete Stimme in Peris Telefon, und ihr Blick verschleierte sich. *Silas hat Charlotte erwähnt.* »Täglich geöffnet von sechzehn Uhr dreißig bis zehn Uhr vormittags. Wünschen Sie zu reservieren, hinterlassen Sie bitte eine Rückrufnummer.«

Mit beschleunigtem Puls legte sie noch vor dem Piep auf. Silas hatte gesagt, sie sei jüngst im Einsatz gewesen. Ihr blaues Auge verriet, dass das ungefähr zwei Tage her sein musste – die letzte gemeinsame Mission mit Jack. Sie wollte diese Schritte ohne Opti nachvollziehen, ohne Allen. Wenn Opti nicht wusste, dass sie den Schauplatz ihres letzten Einsatzes herausbekommen hatte, dann würde man sie auch nicht sofort genau dort suchen. *Vielleicht.*

Peri atmete langsam aus, als sie das Telefon in die Hosentasche steckte, nicht in die Handtasche. Sie würde ihr Reisegepäck zurücklassen, aber das Telefon wollte sie noch ein bisschen behalten. Ihr Portemonnaie steckte bereits in ihrer hinteren Hosentasche. Die Handtasche würde sie vermissen, aber wenn sie die mitnahm, würde das ihre Bewacher sofort alarmieren.

Sie schaute sich im Terminal um, und ihr Blick blieb rasch an drei Frauen hängen. Alle waren etwa so groß wie sie, reisten allein und warteten vor unterschiedlichen Gates. Und dank der Fluggesellschaften, die zu viele Flüge auf zu geringem Raum versammelten, würden sie in einem Abstand von dreißig Minuten zueinander an Bord gehen.

Sie würde nicht in das Flugzeug steigen. Allen war nicht ihr Anker. Ihr Anker war tot. Ein scharfzüngiger Allianzagent namens Silas hatte mehr Antworten als sie. Charlotte würde sie vielleicht ein bisschen weiterbringen, aber zuerst musste sie dafür sorgen, dass ihre Aufpasser überall hinschauten, nur nicht in die Richtung, die sie einzuschlagen gedachte.

Über die Lautsprecher wurde angekündigt, dass das Vorab-Boarding für ihren Flug in zwanzig Minuten beginnen würde. Peri musterte ihre saubere Handfläche und schloss die Finger über ihr. Die Halskette mit dem Stift hatte sie auf Allens Betreiben in seiner Wohnung gelassen. Diese Reise solle schließlich der Erholung dienen, nicht der Arbeit, so hatte er gesagt. *Ich bin ein vertrauensseliges Schaf.*

Die plappernde Sicherheitsbeamte, die ihr gegenübersaß, blickte auf und lächelte, als sie Allen sah, der sich mit zwei Bechern voll gesegneten Koffeins in den Händen einen Weg durch das Durcheinander abgelegter Gepäckstücke bahnte. Allen hatte sich letzte Nacht als vollendeter Kavalier erwiesen, hatte auf der Couch geschlafen und ihr Frühstück gemacht, als sie spät aus den Federn gekrochen war. Er mochte nicht ihr Anker sein, aber er war zweifellos der Anker irgendeiner anderen Person gewesen – er hatte sie ordentlich verhätschelt.

»Bitte schön, Peri. Ein halber Löffel Karamellsirup, genau, wie du es magst.«

Der Becher fühlte sich in ihrer Hand warm an, und sie kostete vorsichtig. *Genau wie ich es mag?*, überlegte sie und kam zu dem Schluss, dass sie den Kaffee tatsächlich mochte. Sie fragte sich, ob Bill ihr Tagebuch schon gefunden hatte und nun Allen sagte, was er zu tun hatte. Je wohler sie sich fühlte, desto größer die Chance, dass sie ihnen ihre Geschichte abkaufte. Und sie war zunehmend überzeugt, dass es nur eine Geschichte war. In der letzten Nacht hatte sie an Bill eine Spur von angstgesteuertem Zorn wahrgenommen. Er brauchte etwas, das sie hatte. Vielleicht die Namen, die sie gerade aufgeribbelt hatte? Die Chancen, dass das Original immer noch irgendwo zu finden war, standen recht gut.

Die drei Sicherheitsleute wurden unter dem zunehmenden Gedränge der Passagiere immer nervöser, und Peri zwang sich, ihre Kiefer zu lockern, als sich die Frau, die sie beobachtet hatte, plötzlich erhob. Ihr Gepäck im Schlepptau, schlenderte sie zur Toilette.

*Mist. Warum konnte es nicht die mit dem Dries-van-Noten-Mantel sein?* »Passt du auf meine Sachen auf?«, bat sie Allen, als wären sie beste Freunde, und er nickte selbstvergessen. »Bin gleich wieder da«, fügte sie hinzu und legte ihren Beutel unübersehbar neben ihm auf den Sitz, während sie darauf wartete, dass die weibliche Sicherheitsbeamtin sich erhob. Auf keinen Fall würden diese Leute sie ganz aus den Augen lassen, nicht einmal auf der Toilette.

»Sorry«, sagte Peri zu ihrer Bewacherin und bedauerte dabei zutiefst, dass sie ihre Jacke und die elegante Mütze ebenfalls bei Allen lassen musste. »Ich hasse Flugzeugtoiletten.«

Die Frau sah aus, als hätte sie gerade erst das College abgeschlossen, ganz besonders in ihrer Zivilkleidung, doch der Haarschnitt, der so typisch für Opti-Ausbildungslager war, verriet sie. Peri hoffte, sie werde vor der Tür warten. Sollte die Frau keine Zusatzausbildung erhalten haben, ehe sie zur Security von Opti gestoßen war, dann dürften ihre Verteidigungsfähigkeiten begrenzt sein. Trotzdem war der Versuch, irgendjemanden mit einem einzigen Schlag umzuhauen, stets riskant.

Peris Magen verkrampfte sich, und sie ließ die Arme schwingen, als sie der Frau in dem kackbraunen Mantel zum Waschraum folgte. Und natürlich kam ihre Bewacherin mit hinein. Auf der Suche nach Kameras musterte Peri die Ecken des Vorraums, ehe sie sich dem vorderen Abschnitt des zweigeteilten Waschraums zuwandte, während die Frau im braunen Mantel ihr Gepäck in den hinteren Bereich zog. Ihr blieben wenige Augenblicke, um in Aktion zu treten – das war alles.

**181**

Auf ihrer Seite des Waschraums stand eine Frau vor dem Händetrockner. Peri schnappte sich einen Haufen braunen Papiers und tränkte es mit Wasser, um sich anschließend den Hals damit abzutupfen und sich Abkühlung zu verschaffen. Endlich ging die Frau am Händetrockner, und auf der anderen Seite des Waschraums rauschte eine Toilettenspülung.

Peri setzte sich in Bewegung. Wild entschlossen schleuderte sie den Klumpen aus nassem braunem Papier mit einem kraftvollen Seitwärtswurf auf die Kamera in der Ecke. Klatschend prallte er auf und blieb an der Linse kleben. Peri drehte sich um einhundertachtzig Grad, hob das rechte Bein und kreiselte auf dem linken um die eigene Achse. Die Augen der Sicherheitsbeamtin weiteten sich. Sie griff nach ihrer abwesenden Waffe, und Peris Fuß stellte Kontakt zu ihrem Kopf her. Mit einem Aufschrei stürzte die Frau rücklings in die Kabine und ruderte mit Armen und Beinen. Peri folgte ihr, packte sie am Schopf und rammte ihren Kopf gegen die Metallrohre.

Die Frau rührte sich nicht mehr. Atemlos wich Peri zurück. Ein leises Platschen verriet ihr, dass das Papier abgefallen war. Wenn es ihr nur gelang, die Beine der Frau schnell genug in der Kabine zu verstauen, standen die Chancen gut, dass niemand so schnell nach ihr sehen würde.

»Tut mir leid«, flüsterte Peri, als sie die Sicherheitsbeamtin in eine würdelose, halb sitzende Position manövrierte, die Tür verriegelte und sich unter der Trennwand hindurch in die Nachbarkabine rollte. Dort klopfte sie sich den Schmutz von den Kleidern, schüttelte das Haar aus und stolzierte unerschrocken aus der Kabine und auf die andere Seite des Waschraums. Wenn sie Glück hatte …

Sie hatte.

»Was war das?«, fragte die Frau, die vor dem Spiegel stand und sich zurechtmachte. Sie hatte den Mantel abgelegt und über dem ausgezogenen Griff ihres Trolleys drapiert. Ihre Handtasche lag auf der kleinen Ablage.

In einer der Kabinen bewegte sich ein Paar Füße. Ihr blieb keine Zeit, um sich um die Kamera zu kümmern. »Tut mir so leid«, sagte sie, ergriff mit einer Hand die Faust der Frau und rammte ihr den Ellbogen des anderen Arms gegen den Kopf. Die Frau schrie auf, als Peri zuschlug, griff nach dem Waschbecken und steckte einen weiteren Schlag am Kinn ein.

»Hey!«, rief eine Frau, die aus einer der Kabinen gekommen war, aber die erste Frau lag bereits am Boden, und Peri kauerte neben ihr und tastete ihre Taschen nach ihrem Ticket ab. Sie hasste das. Diese Leute waren keine Verbrecher, aber sie brauchte die drei Minuten Verwirrung, die sie mit dieser Vorgehensweise stiften konnte.

»Bordkarte!«, verlangte Peri, als sie sich wieder aufrichtete, und die nächste Frau, die den Waschraum aufsuchen wollte, überlegte es sich anders und ergriff die Flucht. »Geben Sie mir Ihre Bordkarte!«, forderte Peri erneut, und die Frau wich mit bleichem Gesicht in die Kabine zurück.

»Da, nehmen Sie!«, rief sie und warf Peri die Bordkarte hin.

Peri fing sie auf. Nun würde sich Opti um zwei Flüge kümmern müssen. Sie packte den Griff der Tasche, die der ersten Frau gehörte, und spazierte zur Tür hinaus.

»Haltet sie auf!«, brüllte die Frau in der Kabine. »Jemand muss 911 rufen!«

Ihr blieben zehn Sekunden – höchstens. Eine Woge der Panik spülte über sie hinweg, als ihr bewusst wurde, dass sie keine Wahl mehr hatte. Von jetzt an war sie auf sich allein gestellt. Wenn man sie schnappte, dann würde man sie für immer in ein Opti-Gefängnis sperren.

*Ich brauche einen Mantel, ehe ich zur Gepäckausgabe gehe,* dachte sie, während sie sich raschen Schrittes dem Verkehr auf

dem Korridor anpasste, die Tickets zusammenknüllte und weg-
warf. Hinter ihr entstand ein Tumult, eine Streiterei zwischen
zwei Passagieren, und sie verzog sich hastig in ein geöffnetes
Restaurant zu ihrer Rechten. Als sie an einem Tisch vorüberging, stahl sie einen Mantel, der unbeachtet in der Nähe hing.
Der Stoff kratzte und enthielt Nylonfasern, aber er war lang,
und die Farbe passte. An einem Imbissstand schnappte sie sich
einen Männerhut. Fünf Sekunden später war sie wieder draußen auf dem Korridor. Die Diebstähle würden auffallen, aber
sie musste nur schneller als das Getöse sein, zumal die meisten
Menschen erfreulicherweise dazu neigten, unnötige Zeit damit
zu vergeuden, jemanden zu Hilfe zu holen, statt selbst in Aktion
zu treten. Allen jedoch würde diesen Fehler nicht begehen. Das
hatte sie letzte Nacht in seinen Augen gesehen.

Adrenalin strömte durch ihre Adern, als die Werbebotschaft
auf den Anzeigetafeln erlosch und stattdessen das Flughafen-
personal angewiesen wurde, auf alles zu achten, was irgendwie
ungewöhnlich war. Darum hatte sie die Tickets an sich genommen. Sie würden alles abriegeln, wenn sie glaubten, sie wolle
einen Flieger nehmen. Und während das Personal sich mit den
wütenden Passagieren herumschlagen musste, hatte sie Zeit,
aus dem Flughafen zu verschwinden. Der Airport war eine Falle
mit vielen Löchern, und sie würde schlicht zur Vordertür
hinausgehen.

Das Gepäckstück, das sie sich von der Fremden geborgt hatte, war von besserer Qualität als ihr eigenes und folgte ihr in
einer ebenmäßigen, geraden Linie, als sie es über das Laufband
Richtung Gepäckausgabe zog. Mit gesenktem Kopf wich sie
einem Elektrowagen aus, der mit sechs Uniformierten an Bord
an ihr vorbeirauschte. Ihr Telefon summte in ihrer Hosentasche. Als sie Bills Nummer erkannte, schaltete sie es ab.

Aber ihre coole Fassade fing an zu bröckeln. Den Blick stur

**184**

geradeaus gerichtet, stolzierte sie an der Sicherheitsschleuse vorbei. Fremdes, billiges Parfüm stieg von dem geborgten Mantel auf und setzte sich klebrig in ihrem Rachen fest. Ganze Trauben von Männern in Anzug und Krawatte schnürten sich die Schuhe und griffen zu ihrer Habe. Sie umrundete eine Familie mit einem Kinderbuggy. Die Gepäckausgabe befand sich am Ende einer nach unten führenden Rolltreppe. War sie erst einmal dort, war sie so gut wie weg. Vermutlich folgten ihr Kameras, seit sie die arme Frau im Waschraum niedergestreckt hatte. Die Bilder von den Rolltreppen würden sie sich zuerst vornehmen und sich die Menge genau anschauen, die sich durch den Engpass drängte.

Und trotzdem musste sie grinsen, als sie sich vorstellte, wie Allen, vielleicht auch Bill, eingezwängt in ein schmuddeliges Hinterzimmer zwischen halb leeren Kaffeetassen und zusammengeknüllten Chipstüten die Aufnahmen der Überwachungskameras durchgingen, um sie aufzuspüren. Wenn sie damit durch waren, würden sie lediglich wissen, wie sie es angestellt hatte. Für alles andere wäre es dann zu spät. Allerdings würde ihr der Hut nicht mehr lange von Nutzen sein.

*Aber das*, dachte sie, als sie eine Frau entdeckte, die auf dem Weg zur Gepäckausgabe war und sich mit zwei Kindern in einem Zwillingsbuggy und zwei weiteren, die hinterherhinkten, abmühen musste.

»Brauchen Sie Hilfe?«, fragte Peri, und die gestresste Frau sah auf. Ihr Argwohn löste sich in Luft auf, als sie Peris scheinbar so unschuldiges Gesicht und die ausgestreckte Hand erblickte. »Ich kann Ihnen ein Gepäckstück abnehmen«, fügte sie hinzu, und die Frau reichte Peri einen kleinen Trolley.

»Haben Sie vielen Dank«, sagte die Frau und griff nach der Hand des kleinsten Kindes. »Ich fliege bestimmt nicht mehr, bevor die ihren Führerschein haben.«

»Wo kommen Sie denn her?«, erkundigte sich Peri und reihte sich ein, war keine Alleinreisende mehr, sondern Teil der Familie.

»Boston«, sagte die Frau mit dem breiten Akzent, als sie mit einem schweren Seufzer auf die Rolltreppe trat. »Mein Großvater hat Geburtstag. Vielleicht ist es sein letzter. Anderenfalls wäre ich niemals mit allen Kindern nach Detroit geflogen!«

Langsam stiegen sie hinab, und die Kinder versuchten ständig, wieder hinaufzuklettern, während sie sich zugleich am Handlauf festhielten. Am unteren Ende der Rolltreppe waren von hier aus zunächst nur ein Paar Arbeitsstiefel zu sehen, danach rückte der ganze Mann ins Blickfeld. Er trug eine dicke blaue Hose, und auf Gürtelhöhe entdeckte Peri eine Waffe in einem Halfter. Bevor die Familie so weit unten war, dass der Mann in Blau ihr ins Gesicht schauen konnte, wandte sie sich ab.

»Dein Schnürsenkel ist offen«, sagte sie und ging neben dem kleinen Mädchen in die Knie, während die Mutter das Kind zum Stillhalten nötigte, besorgt, Peri würde womöglich nicht fertig werden, ehe sie das Ende der Rolltreppe erreicht hatten. Peri fummelte an dem Schuh herum, und die Stufenhöhe nahm allmählich ab. Sie konnte die Stiefel des Mannes erkennen, als sie sich mit klopfendem Herzen aufrichtete und umdrehte, um nach ihrem Trolley zu greifen. Dabei schaute sie nach hinten, als fürchtete sie, die Räder könnten sich verhaken, während sie zugleich im Gefolge der lärmenden Familie die Rolltreppe verließ.

Das Herz schlug ihr bis zum Hals, und sie hätte beinahe aufgeschrien, als sich der idiotische Trolley tatsächlich verfing, aber der Wachmann telefonierte inzwischen, sie hatte es geschafft. »Kommen Sie jetzt allein zurecht?«, fragte Peri die Frau und hielt ihr den Griff des Trolleys hin. »Mein Förderband ist

**186**

auf der anderen Seite.« Nicht an einer Antwort interessiert, marschierte sie davon. Dann ein rascher Blick auf die Armbanduhr: Sie war seit beinahe vier Minuten allein. Die Glastüren lagen direkt vor ihr.

Doch dann stockte ihr der Atem, und sie bog scharf nach rechts ab. *Allen.* Irgendwie hatte er es geschafft, vor ihr hier herunterzukommen. Das Telefon am Ohr, musterte er sämtliche Passanten. *Verflixt und zugenäht!*

Mit zitternden Fingern stellte sich Peri an der Schlange vor einem Kaffeestand an in der Hoffnung, der geborgte Mantel von der Stange und die schwarze Hose würden sie unter all den Geschäftsleuten unsichtbar machen. Allens drahtige Muskulatur und die Narben hatte sie in der letzten Nacht schon gesehen. Er war kräftiger als sie, und sie zweifelte nicht daran, dass er das zu seinem Vorteil nutzen würde. Sollte sie gegen ihn kämpfen müssen, dann wollte sie eine Tasse heißen Kaffee in der Hand haben.

»Der Nächste bitte«, rief die Bedienung an der Theke. Peri trat vor und bestellte einen extragroßen Kaffee. Sie hatte Bargeld, schaltete aber ihr Telefon wieder ein und zahlte damit, wohl wissend, dass sie damit in fünfzehn Minuten einen Sicherheitsalarm auslösen würde. Bis dahin wäre sie entweder in Optis Gewahrsam oder längst weg. Neben der Kasse lag ein Kuli, den sie an sich nahm und in der Hand behielt, um ihn im Bedarfsfall als Stichwaffe zu benutzen.

Sie schob sich weiter zum Ausgabetresen und erstarrte beinahe, als Allens beständiges Auf und Ab ihn ganz in ihre Nähe brachte. Die Freiheit war nur eine Glastür entfernt. Ganz gleich, was als Nächstes passieren würde, diese Hürde würde sie nehmen. Sollte ihr das gelingen, ohne dass Allen sie bemerkte, umso besser.

»Ich weiß es nicht, *Bill*«, sagte er am Telefon unverkennbar

**187**

verärgert. »Heute früh schien sie ganz zufrieden zu sein. Ich habe sämtliche Starts stoppen lassen, aber sie ist weg. Ich glaube zwar nicht, dass sie vorhat, in irgendein Flugzeug zu steigen, trotzdem werden wir die Sache beobachten und sehen, ob sie versucht, ihr Ticket gegen ein anderes zu tauschen. Ich bin jetzt an der Gepäckausgabe.«

Als ihr Kaffee serviert wurde, nahm sie den großen Becher an sich und wünschte sich dabei, Allen möge in die andere Richtung blicken.

»Um nachzusehen, ob sie zur Vordertür hinausspaziert, was denken Sie denn?«, blaffte Allen und beendete abrupt das Gespräch. »Was für ein Arsch«, murmelte er leise, ehe ihre Blicke sich trafen.

Allen öffnete den Mund. »Hey!«, rief er und zögerte, als sie sich gemächlich näherte. Die Welt wartete hinter einer gläsernen Doppeltür, und sie war es leid, Angst zu haben.

»Das ist dafür, dass du mich belogen hast!«, schrie Peri, drückte den To-go-Becher zusammen, sodass der Plastikdeckel abflog, und schleuderte ihm den Inhalt entgegen.

Er duckte sich und kam wütend wieder hoch, als die siedende Flüssigkeit seine Haut versengte, aber da hatte sie bereits mit dem Fuß ausgeholt. Ihren ersten Tritt blockte er ab, worauf sie ihn laut brüllend mit zwei Vorwärtstritten, die ihr Ziel jedoch nicht fanden, auf die Trittmatte der Tür trieb. Kältere Luft drang herein und trug den Geruch von Abgasen und vereisten Bürgersteigen herüber.

»Und das dafür, dass du mich verleitet hast, dir zu vertrauen!«, brüllte sie, riss einen Koffer von einem Gepäckwagen und warf ihn mit einem frustrierten Aufschrei nach Allen.

Als er auswich, stürmte Peri voran und packte seinen Arm, um ihn gegen die Tür aus Sicherheitsglas zu schleudern. Mit einem befriedigenden Donnern prallte Allen auf und glitt ächzend zu Boden – bewusstlos. Wagen hatten angehalten, und sie stand schwer atmend über ihm. »Das war ein echt mieser Urlaub«, erklärte sie dem Mann, dessen Koffer sie als Wurfgeschoss verwendet hatte, was der mit einem nervösen Lächeln beantwortete, sichtlich erpicht darauf, sich rauszuhalten.

Mit vorgerecktem Kinn stolzierte Peri hinaus und überquerte die Straße, ohne auf die Fahrzeuge zu achten, die sie zum Anhalten nötigte. Ein Shuttle fuhr gerade ab, und sie schwang sich hinein und zuckte am oberen Ende der Stufen erschrocken zusammen, als sie erkannte, dass es keinen Fahrer gab. Dann presste sie einfach den DITO-Knopf, um das Ziel anzuwählen, das der Passagier vor ihr eingegeben hatte. Noch ehe sie Platz gefunden hatte, fuhr das Shuttle los.

»Da vergisst man mal drei Jahre, und schon hat sich alles verändert«, flüsterte sie, und das war der Moment, in dem das Zittern begann. Sie war allein. Zum ersten Mal seit fünf Jahren war sie vollkommen allein, und sie tastete auf der Suche nach einem kleinen Trost nach dem Kuli in ihrer Tasche. Was, wenn sie springen musste? Sie würde nie erfahren, was dabei geschah. Und wenn sie genug Leerstellen in ihrem Gedächtnis anhäufte, würde sie den Verstand verlieren.

»Was machst du jetzt, Peri?«, flüsterte sie, obwohl sie die Antwort kannte. Sie kämpfte um die Kontrolle über ihr Leben, um Antworten auf die Frage, was in Charlotte passiert war, um das Wissen, ob sie eine korrupte Agentin war oder ob nur ihr Anker korrupt gewesen war.

Mit zitternden Fingern nahm Peri die Armbanduhr ab und schob sie zwischen Sitzfläche und Rückenlehne. Sie hatte das Gefühl, Jack könne sie ihr gegeben haben und sie könne einen Tracker enthalten. Ihr Telefon war ebenfalls verdächtig. Sie öffnete die Seitenverkleidung und nahm die hauchdünne Glas-SIM-Karte heraus, ehe sie das Telefon unter den Sitz fallen ließ. Der Bildschirmhintergrund, der einen Sonnenaufgang in der Wüste zeigte, sagte ihr gar nichts, aber sie war sicher, dass sie ihn selbst ausgewählt hatte.

Mit einem Laut, der einem Schluchzen gefährlich nahekam, atmete sie aus und lehnte den Kopf an die kalte Fensterscheibe, spürte, wie der Bus schwankte und ruckelte, als er die nächste Haltestelle ansteuerte und neue Passagiere einsammelte. Irgendjemand war bestimmt auf dem Weg zu einem Hotel, und von da aus konnte sie sich ein Busticket nach Charlotte beschaffen. Dort warteten die Antworten auf sie.

Aber dann erstarrte sie, pulsierend vor Adrenalin, als sie vor dem Busfenster ein vertrautes Gesicht erblickte.

»Silas«, hauchte sie, und der Mann in dem exquisit geschnittenen braunen Jackett, der sich an einen Mast lehnte, begegnete mit ernster Miene ihrem Blick, faltete seine Zeitung zusammen und ließ sie in den Pflanzentopf neben sich fallen. Sie spannte die Muskeln, aber der Bus setzte sich ruckartig wieder in Bewegung, und sie sah mit klopfendem Herzen zu, wie er die Straße überquerte und das Flughafengebäude betrat.

Er wusste von Charlotte – er hatte ihr erzählt, dass ihr letzter Einsatz sie dort hingeführt hatte. Er wusste, das war der Ort, den sie aufsuchen würde.

Großartig.

# 13

Silas stieg aus dem Taxi. In der Annahme, er habe seinen Hut vergessen, führte er die Hand zum Kopf, nur um festzustellen, dass der Hut genau da war, wo er hingehörte. Eine Hand erhoben, um einen langsam fahrenden Wagen zu stoppen, überquerte er die Straße, während er zugleich die Straßennamen mit der Liste der Internetcafés von Charlotte auf seinem Handy abglich.

Elektroräder flitzten nervenaufreibend um ihn herum, und er beäugte misstrauisch eine unberechenbare, tief fliegende Drohne. Er entspannte sich erst, als er zu dem Schluss kam, dass es sich um einen Kurier handeln musste und die Drohne folglich keine Gefahr darstellte. Er befand sich auf dem Universitätsgelände. Hier konnte sein hochwertiger Mantel nicht unbemerkt bleiben. *Sie weiß sowieso, dass ich kein Student bin*, dachte er, als er die Krawatte abnahm und in die Manteltasche stopfte.

Fast vierundzwanzig Stunden waren vergangen, und wenn er sie nicht bald fand, könnte Opti ihm zuvorkommen. Bisher hatte sie ihre Spur recht gut verwischt, aber die waren nicht auf den Kopf gefallen. Hatten sie ihre Wohnung erst ausgeschlossen, musste ihnen klar werden, dass sie der tief verwurzelten Konditionierung gegen das Alleinsein getrotzt und sich auf das Offensichtliche konzentriert hatte: die Stadt, in die sie ihr letzter Einsatz geführt hatte. Er nahm an, dass sie ihr Telefon entsorgt hatte und beides, Antworten und Anonymität, in einem Internetcafé suchen würde. Aber nachdem er in den drei Cafés, die dem Busbahnhof am nächsten waren und sich rühmten, über Glas-Technik der dritten Generation zu verfügen, keinen

Erfolg gehabt hatte, fragte er sich allmählich, ob sie sich vielleicht für die Universitätsbibliothek und deren langsameres System entschieden hatte.

Wie dem auch sei, das Zeitfenster schloss sich langsam. Opti mochte ihre Konditionierung kennen, aber er kannte ihre Seele, und er zählte darauf, dass er ihnen damit stets einen Schritt voraus sein würde.

»Uniabschaum«, flüsterte er und kam schlurfend zum Stehen, als er an einem knisternden E-Board vorbei in das moderne, wenn auch spärlich ausgestattete Café voller Studenten blickte, die den Datenstrom der freien Hotspots anzapften. »Gott sei Dank«, wisperte er, als er sie allein an einem kleinen Glastisch sitzen sah. Der schwarze Mantel, den er sie am Flughafen hatte stehlen sehen, hing immer noch über ihren Schultern. Mit tief gesenktem Kopf starrte sie den Glas-Schirm an, der in den Tisch eingelassen war. Eine Tasse mit Kaffee stand neben ihr, daneben lag der Männerhut. Noch während er hinschaute, tippte sie etwas Neues in das Suchfeld und drückte so heftig auf ENTER, dass das Bild flimmerte und die Oberfläche ihres Kaffees sich kräuselte. Offensichtlich lief es nicht besonders gut. Frustriert fuhr sie sich mit der Hand durch das kurze Haar und blickte auf.

Als ihr die beiden jungen Männer auffielen, die auf der anderen Seite des Cafés um ihre Aufmerksamkeit buhlten, setzte sie eine ausdruckslose Miene auf. Ihre Wangenknochen, um die sie jedes Model beneidet hätte, hatten ihr zusammen mit dem langen Hals, dem perfekten Teint und dem straffen Tänzerinnenkörper unerwünschte Aufmerksamkeit eingetragen. Kopfschüttelnd sah er zu, wie sie mit ihren vollen Lippen süß lächelte und dabei gerade genug Ärger zeigte, um die beiden zu überzeugen, sie in Ruhe zu lassen, ohne sie dabei gleich auf die Palme zu bringen. Der Anblick rief Erinnerungen wach. Die beiden jungen Männer ließen sich gegeneinanderfallen und taten theatralisch so, als wären sie nun am Boden zerstört.

Okay, er hatte sie also gefunden. Ihr Vertrauen würde er nicht erringen können, aber er wusste, Peri würde eine Menge riskieren, wenn sie hungrig, müde und schmutzig war, und so, wie sie aussah, war genau das derzeit der Fall.

Er atmete tief durch, ging mit gesenktem Kopf hinein und steuerte einen Tresen außerhalb ihres direkten Blickfelds an, anstatt aus dem Angebot am Tisch zu bestellen. Peri sah halb verhungert aus, und er bestellte einen Muffin zu seinem mittelgroßen schwarzen Kaffee, für den er statt des Pappbechers einen der Cafébecher mit Metallfüßen wählte. Dann drehte er sich um und knöpfte in der Hitze und dem Lärm seinen Mantel auf.

Peri ging gerade eine Liste der Verbrechen durch, die sich in jüngster Zeit in Charlotte ereignet hatten, wählte eines aus, lehnte sich zurück und nippte an ihrem Kaffee, während sie darauf wartete, dass der Eintrag geladen wurde. Sie sah frustriert aus. Und wie von Sinnen vor Angst, allerdings wusste sie das so gut zu verbergen, dass es ihm beinahe entgangen wäre.

*Was mache ich hier eigentlich?*, fragte er sich im Stillen, als die Barista seinen in Papier gewickelten Muffin vor ihm auf den Tresen legte; verärgert über Peri, schwor er sich, sie würde nicht einen Bissen davon bekommen. Sie hatte ihre Wahl getroffen. Er war nicht ihr Anker. Es war nicht seine Aufgabe, sie zu verhätscheln und die von Opti geförderte kindische Vorstellung, dergleichen stehe ihr rechtmäßig zu, weiter zu stärken.

Und doch, sie in der letzten Nacht so zu sehen, benommen und unter Schock aufgrund eines Geschehens, an das sie keine Erinnerung hatte, war erschütternd gewesen. Sie war so außergewöhnlich, so fragil in ihrer Einzigartigkeit – eine unter Hunderttausend, die fähig war, die Zeit zu manipulieren, noch seltener, da sie nicht nur die Gabe besaß, sondern auch den Elan, sie zu nutzen. Er war erleichtert gewesen, als sie ihm gegenüber giftig geworden war, um ihre Furcht, sie könne erneut hilflos einem unbekannten Schicksal ausgeliefert sein, zu verbergen. Noch offensichtlicher war nur, dass sie ihn nicht erkannt hatte.

Er schloss die Augen und atmete tief durch, um zur Ruhe zu kommen, nicht gewillt, Peris Stimmung noch weiter zu verschlechtern. Sie sah so aufgebracht aus, wie er sich fühlte, während sie so frustriert wie hastig mit dem hauseigenen Eingabestift auf dem Touchscreen herumtippte. Sie hatte sich nicht im Mindesten verändert – so launisch und lästig wie eh und je. Ihre Paranoia musste auf Hochtouren laufen, und das aus gutem Grund. Er konnte nicht einfach zu ihr gehen und ihr sagen, sie müssten zusammenarbeiten, um genau die Organisation, von der sie abhängig war, zu vernichten. Sie würde ihm kein Wort glauben.

Silas' Kiefermuskulatur arbeitete, als jemand gegen Peri prallte. Und dann erstarrte er, als urplötzlich der ganze Raum zurückgesetzt wurde, die letzten vier Sekunden noch einmal abliefen und Peri geschickt in exakt dem richtigen Moment auf ihrem Stuhl zur Seite rutschte, um der Berührung zu entgehen. Die Zeit holte auf, verknüpfte sich, und er schüttelte sich. Eis schien durch seine Adern zu rinnen, als er zusah, wie Peri, die sich des Zeitsprungs gar nicht bewusst war, den Monitor fixierte.

Beunruhigt löste er sich vom Tresen. Er hatte zugesehen, wie sie am Flughafen dreimal gesprungen war, um aus dem Gebäude zu entkommen. Vermutlich wusste sie nicht einmal, dass sie gesprungen war. Ihr Geist flirtete mit dem Zusammenbruch, und es ärgerte ihn, dass er sich dafür verantwortlich fühlte. Die Aufgabe war zu umfangreich gewesen; ein zu großer Teil ihres Lebens hatte gelöscht werden müssen.

*Es war ihre Entscheidung.* Doch das half auch nicht gegen das Gefühl, verraten worden zu sein, das sich in ihm regte, als er sich ihr näherte. Am Rande ihres Blickfelds hielt er inne und wartete darauf, entdeckt zu werden. Macht und Anerkennung bedeuteten ihr mehr, als ihm zusagte, aber ihre Entschlossenheit und ihre Tatkraft hatten ihn trotzdem angezogen. Sogar jetzt, Jahre später, konnte er sich dem nicht entziehen. Genervt knirschte er mit den Zähnen.

Als hätte sie etwas gespürt, blickte sie auf. Ihre haselnussbraunen Augen und die langen Wimpern wirkten vor dem Hintergrund aus dickem Eyeliner, den sie benutzt hatte, um jede Software zur Gesichtserkennung zu täuschen, besonders lebendig. Ihr Erschrecken wich einem Ausdruck rasch unterdrückter Panik. Sie hatte Angst vor ihm. »Sie«, sagte sie, und ihr Blick suchte die Umgebung nach anderen Gefahrenquellen ab, während sie den Bildschirm ausblendete. »Was haben Sie hier zu suchen?«

»Ich bin allein. Du musst nicht fliehen.«

»Sie gehören zur Allianz, stimmt's?«, fragte sie. Silas nickte und stellte seinen Kaffee ab, worauf das elektrische Feld im Fuß sich mit einem hörbaren Klicken mit den Heizkreisen des Tisches verband. Absichtlich ignorierte sie den Muffin und betrachtete stattdessen das Tablet, das er sich unter den Arm geklemmt hatte, also legte er es beinahe spöttisch zwischen ihnen auf den Tisch. Sofort löste sich ihr Blick von dem Gerät und wanderte über sein gebügeltes Hemd, das er sich in die Edeljeans gesteckt hatte, und weiter zu seinen Stiefeln, seinem Gürtel und schließlich zu seinem Mantel. Ihre Brauen hoben sich fragend; er schlug den Mantel auf, um ihr zu zeigen, dass er keine Waffe darin verbarg.

»Ich liebe den Geruch von importiertem Kaschmir«, bemerkte sie. »Armani?«

**195**

Er legte seinen Hut auf den Tisch, verärgert, dass sie seine Schwäche gefunden hatte und auf ihr herumtrampelte. Dann war er eben ein Modepüppchen. Na und? »Also verstehst du sicher, dass ich, solltest du mich so wie Allen mit deinem Kaffee bekleckern, dir meinen ins Gesicht kippen werde«, warnte er sie, als er sich den Stuhl mit der harten Lehne auf der gegenüberliegenden Seite des Tisches zurechtrückte. Sie antwortete nicht, starrte ihn nur mit abschätzigem Blick an, als er sich unbehaglich mit einer Hand das kurz geschorene Haar glatt strich.

»Ich hätte in die Bibliothek gehen sollen«, murmelte sie.

Aber sie war nicht geflüchtet. Erleichtert nippte Silas an seinem Kaffee. »Ich glaube, du suchst das hier«, sagte er und tippte auf ein paar Knöpfe auf seinem Tablet, um eine Nachrichtenmeldung aufzurufen. »Nur zu, lies es«, sagte er und schob das Tablet zu ihr hinüber. »Ich versuche nicht, dich hinzuhalten. Die Allianz weiß nicht, dass ich hier bin.«

»Nicht?« Misstrauisch zog sie das Tablet mit dem Stylus näher heran. Er schluckte schwer, als sie ihre Ponyfransen auf eine so endlos vertraute Art zur Seite strich, dass Silas einen unwillkommenen Schmerz verspürte. Ihre Augen huschten hin und her, während sie die Schlagzeilen über den Wachmann und den CEO las, die zwei Tage zuvor tot aufgefunden worden waren. Das Ganze wurde als stümperhaft verpfuschter Raub dargestellt, aber Silas wollte vor allem, dass sie sah, wie der Wachmann getötet worden war.

Die Tötungsmethode trug unverkennbar ihre Unterschrift.

Peris Finger zitterten, als sie zum Ende kam. »Gibt es noch irgendeinen Zweifel an den Gründen, aus denen die Allianz Opti ein Ende zu machen versucht?«, fragte er leise.

Sie blickte auf, und er biss gehässig in seinen Muffin und fing die Krümel auf einem Stück Wachspapier auf. Ihr Magen knurrte, und er fragte sich, warum er so gemein war – abgesehen davon, dass er, als sie gegangen war, ein Jahr lang schwer gelitten hatte.

»Er muss mich zuerst getötet haben«, erklärte sie. Bei dem Geräuschpegel ringsum ging ihre Stimme beinahe unter. »Ich töte niemanden, wenn der mich nicht zuerst tötet.«

»Was immer dir hilft, um nachts Schlaf zu finden«, kommentierte er.

Peri kniff die Augen zusammen. »Haben Sie die Polizei gerufen? Wie dicht ist mir die Allianz auf den Fersen?«

Er leckte sich die Finger, stützte die Ellbogen auf den Tisch und beugte sich weit genug vor, dass sie den Zucker in seinem Atem riechen konnte. »Ich sagte schon, ich bin allein gekommen. Für Opti kann ich allerdings keine Aussage treffen«, fügte er schulterzuckend hinzu.

»Haben Sie keine Angst, ich könnte springen und abhauen?«, fragte sie mit hochgezogenen Brauen.

Er musste sie hier rausschaffen. Essen als Lockmittel würde dafür nicht reichen, so viel war offensichtlich – obwohl sie halb verhungert war –, aber der Reiz neuer Erkenntnisse könnte hilfreich sein. »Du riskierst sicher nicht, das wieder zu vergessen.« Souverän nahm er das Tablet an sich und steckte es in eine Innentasche seines Mantels.

Sie sah ihm zu. Sein Puls wurde schneller, als er merkte, dass sie sich überlegte, welches Risiko damit einherginge, ihm in dem vollen Café eine Szene zu machen. »Ich könnte einfach gehen und später nachforschen.«

Er nickte, als würde er über ihre Worte nachdenken, und dann lief es ihm eiskalt den Rücken hinunter, als ihm bewusst wurde, dass er einen Fehler begangen hatte. Er sollte nicht hier sein. Er hätte das jemand anderem überlassen sollen. Aber niemand kannte sie besser als er, wusste, dass sie wie ein wildes Pferd war – schlau, unbezähmbar – und aller Wahrschein-lichkeit nach schon beim leisesten Geräusch die Flucht ergreifen würde. »Nur zu«, sagte er, um sie bloßzustellen. »Versüß uns beiden den Tag.«

Mit verärgerter Miene lehnte sie sich auf ihrem Stuhl zurück und starrte ihn an, versuchte vermutlich herauszufinden, warum er hier war. Neben ihrer Hand lag ein fies aussehender Kugelschreiber. Er sah zu, wie sie die Finger bewegte und ihn näher heranzog. »Ich bin nicht korrupt«, sagte sie schließlich und reckte das Kinn vor.

»Warum bist du dann weggelaufen?«

»Das kam mir zu dem Zeitpunkt wie eine gute Idee vor«, gab sie zurück und wich seinem Blick aus. »Die halten mich für korrupt. Ich werde ihnen beweisen, dass ich das nicht bin.«

Er schnaubte verächtlich und saugte die Muffinkrümel zwischen seinen Zähnen hervor, als hätte er alle Zeit der Welt. »Jeder, der das kann, was du kannst, macht sich die Finger schmutzig.«

Sie kniff die Augen zusammen und beugte sich zu ihm hinüber. »Ich arbeite für die Regierung. Ich bin Soldatin.«

Silas' Blick huschte zu ihren Händen, die flach auf dem Tisch lagen. Der Stift war verschwunden. Sie hatte ihn irgendwo versteckt. Sie würde nie mit ihm kommen, solange sie nicht überzeugt war, alles unter Kontrolle zu haben. Auf seinem Stuhl kippelnd, starrte er zur Decke empor. »Klar bist du das.«

Obwohl er damit gerechnet hatte, zuckte er zusammen, als sie nach ihm griff, seinen Kragen packte und den Stuhl ruckartig wieder auf alle vier Beine stellte. »Ich bin Soldatin«, grollte sie. »Los, sag's.« Ihre Hand fasste unter sein Kinn, sanft und kraftvoll zugleich. »Okay, du bist Soldatin.«

Zufrieden ließ sie von ihm ab.

»Eine korrupte Soldatin, die sich an den Höchstbietenden verkauft«, setzte er nach, wenig erfreut darüber, dass die Leute

**198**

in der Umgebung auf sie aufmerksam geworden waren und sie beobachteten.

»Ich mag meine Erinnerungen verlieren, aber meine Moral ändert sich dadurch nicht«, gab sie zurück. »Ich würde heute keinen schmutzigen Job übernehmen, also habe ich es auch früher nicht getan.« Aber der listige Ausdruck in ihren Augen bereitete ihm Sorgen. »Du brauchst meine Hilfe.«

Ächzend legte Silas die Arme auf den Tisch. Verdammt, er hatte vergessen, wie gut sie war. »Da oben ist irgendwas passiert«, sagte er und tippte auf seinen Mantel, in dem sich das Tablet verbarg. »Ich will wissen, was. Und ich glaube, du auch.«

»Ich werde dir nicht helfen«, sagte sie. »Du versuchst, Opti auszuschalten, aber wir bewirken viel Gutes.«

»Für den Milliardär-mit-dreißig-Club bestimmt, aber nicht für mich«, entgegnete er mit einem bitteren Lachen. »Nicht für den Typ da am Tresen. Opti wird untergehen, ganz egal, was ich herausfinde. Wenn du korrupt bist, gehst du mit unter. Wenn nicht, dann bin ich der Einzige, der dir helfen kann, deinen Namen reinzuwaschen. Hilf mir, und du wirst vielleicht überleben. Vielleicht davonkommen. Dein Leben leben.«

Sie rührte sich nicht, aber er sah ihr an, dass sie ihre Möglichkeiten in Gedanken durchging, und kicherte leise. »Du denkst, du kannst mich benutzen und anschließend entsorgen?«, fragte er, und sie lief rot an. »Nur zu, versuch es. Aber vergiss nicht, Peri Reed, ich *wusste*, wo du hingehen würdest. Ich *weiß*, was du brauchst, und wohin dich deine Intuition auch führt, *ich* kann dich hinbringen.«

»Wozu redest du dann überhaupt mit mir?«, fragte sie bissig.

*Ins Schwarze getroffen*, dachte er und fummelte an seiner Kaffeetasse herum, sodass die Heizkreise sich klickend ein- und ausschalteten, bis es ihr auffiel und er aufhörte. »Ich, äh, brauche deine Hilfe, um da raufzugelangen«, gestand er. »Ich verfüge nicht über deine Fähigkeiten.«

Peri zog die Brauen hoch. »Du glaubst ernsthaft, ich würde mit dir *zusammenarbeiten?* Direkt nachdem du mir erzählt hast, ich sei korrupt und eine Lachnummer?«

»Hab nie behauptet, du wärst eine Lachnummer.«

»Du hast gesagt, ich sei keine Soldatin«, erwiderte sie. »Ich kann nicht mit dir arbeiten. Du bist zu groß, um unauffällig zu sein, und du wirst beim ersten Anzeichen von Gefahr wie ein kleiner Junge brüllen.«

Mit gerunzelter Stirn musterte Silas sie vom Scheitel bis zur Sohle und verschränkte die Arme vor der Brust, sodass sich sein Bizeps hervorwölbte. »Ich kann selbst auf mich aufpassen.«

»Du wirst … mich aufhalten«, bemerkte sie und tippte im Rhythmus ihrer Worte mit dem Zeigefinger auf den Tisch. »Klar, schön muskulös bist du, aber ich wette, du kannst keine . Meile laufen, ohne zu kotzen.«

Seine Lippen zuckten. Für Schnelligkeit hatte er nicht die passende Statur, und neben ihr und ihrem flinken, schlanken Körper war er sich immer vorgekommen wie ein Koloss – aber im Geist war er so gewandt wie sie. Vielleicht gewandter. »Ich werde mithalten.«

Herausfordernd beugte sie sich zu ihm. »Sollte mich wundern, wenn du je einen Schießstand von innen gesehen hast, Mr. Muskel. Ich. Kann. Dich. Nicht. Brauchen.«

Verärgert beugte sich auch Silas vor, bis er nur noch Zentimeter von ihrem Gesicht entfernt war. Ihm stockte der Atem bei dem Gedanken, dass ihre Augen, die von tiefem Haselnussbraun zu Grün wechseln konnten, abhängig von den Lichtverhältnissen und ihrer Stimmung, genau das waren, was ihn zuerst an ihr gereizt hatte – und diese Augen hatten sich nicht verändert. »Ich bin sogar ziemlich gut mit der Waffe, aber ich bin nicht derjenige, der in Schwierigkeiten steckt, Ms. Reed. Du bist gesprungen, und du weißt es nicht mal.«

Ruckartig wich sie zurück, und als er die Angst sah, die urplötzlich ihre Züge zeichnete, taten ihm seine eigenen Worte beinahe leid. Mit blassem Gesicht sah sie sich in dem lauten Café um. »Bin ich nicht«, sagte sie, aber sie versteckte die Hände unter dem Tisch, wo sie vermutlich den Stift umklammerten wie die Schmusedecke, die er ersetzen musste.

»Doch, bist du«, sagte er. »Ich habe nicht gelogen, als ich gesagt habe, dass ich früher für Opti gearbeitet habe.«

Peri fixierte ihn mit einem starren Blick. »Du bist ausgebildeter Opti-Anker? Du hast bei Opti gelernt und bist weggegangen, um für die Allianz zu arbeiten? Willst du mich verarschen?«

Silas zwang sich, die Hände zu öffnen. »Die meisten von uns in der Allianz haben irgendwann mal für Opti gearbeitet. Bis wir erkannt haben, dass die korrupt sind bis ins Mark, und gegangen sind.«

»Du bist rausgeflogen«, sagte sie, und sein Blick huschte zu ihren Augen.

»Ich habe gekündigt«, entgegnete er angespannt.

Misstrauisch beäugte sie ihn, doch unter dem Argwohn erkannte er ihre verzweifelte Not. Er hatte die falschen Knöpfe gedrückt. Sie brauchte ihn so sehr, wie sie ein Messer und eine Pistole brauchte. Sie brauchte ihn wie einen schwarzen Hosenanzug und einen schnellen Wagen. Er war ein Werkzeug, ein Sicherheitsnetz. Und gerade jetzt, da er die Furcht in ihren Augen sah, wusste er, sie würde alles tun, um ihn davon abzuhalten, zur Tür hinauszugehen.

»Beweis es«, forderte sie ihn heraus, doch er sah ihr an, wie sehr sie sich wünschte, dass er dazu imstande war.

»Was, hier?«, fragte er und musterte die lärmende Menge.

Peri nagte an ihrer Unterlippe. »Du musst es nicht zurückbringen. Sag mir nur, wo ich gesprungen bin. Was habe ich vergessen?«

Er hatte sie fast. Mit einer Hand fuhr er sich kurz übers Haar, als würde er darüber nachdenken. »Schön.« Zu seinem großen Schrecken sprang sie unvermittelt auf, zauderte dann aber. »Das Gespräch ist beendet. Kann ich bitte dein Tablet haben?«

Sie streckte die Hand aus, rechnete damit, dass er es ihr geben würde, und erstarrte, als er stattdessen ihre Hand ergriff. »Du wurdest gesehen, als du den Waschraum verlassen hast«, sagte er. Sie starrte ihn aus furchtsamen Augen an, denn nun hatte seine Stimme den Singsang eines Ankers angenommen, der dabei war, eine Erinnerung zurückzubringen. »Drei Sicherheitsleute waren nötig, aber sie haben dich überwältigt, und dann bist du gesprungen. Im Sprung hast du einen Geschäftsmann gegen einen anderen gestoßen, um die Wachleute abzulenken und ihnen auszuweichen. Das war kurz bevor du den Mantel gestohlen hast. An der Rolltreppe haben sie dich wieder erwischt, aber du bist gesprungen und hast dich hinter dem Schmuckstand versteckt, bis die Familie mit dem Kinderwagen aufgetaucht ist, mit der du runtergegangen bist.«

Langsam setzte sich Peri wieder, und ihre Hand lag locker in seinem Griff.

»Ich habe ein paar Minuten gebraucht, um da runterzukommen, aber du bist das nächste Mal gesprungen, als Allen dich am Kaffeestand entdeckt hat.«

Sichtlich erschüttert entzog sie ihm ihre Hand. »Am Kaffeestand bin ich nicht gesprungen.«

»Es war nur ein winziger Sprung«, sagte er. Gegen seinen Willen schlug sich Mitleid in seiner Stimme nieder. »Ein kleiner Hüpfer, wenn du so willst. Du hast dich im Sprung im richtigen Moment abgewandt, sodass er dich nicht sehen konnte. Gerade jetzt, ehe ich mich hergesetzt habe, hast du drei Sekunden übersprungen, damit der Junge da in der Ecke – derjenige, der so aussieht, als hätte er sich seit einer Woche nicht rasiert – dich nicht anrempelt. Peri, du bist Opti entkommen. Du bist gut, aber du hättest das nicht geschafft, ohne zu springen, und das weißt du.«

Es tat weh, sie so auseinanderzunehmen, ganz besonders, weil er wusste, wie zerbrechlich sie war. Silas kam sich vor wie ein Arsch, als er ihr blasses Gesicht betrachtete. »Wenn du mich belügst ...«, sagte sie drohend.

Angesichts ihrer Angst war seine Wut verraucht. »Wo übernachtest du hier? Ich bringe dir alle drei Sprünge zurück. Wenn dir gefällt, was du siehst, können wir zusammenarbeiten. Wenn du mir dann aber immer noch nicht traust ...«

»Vertrauen hat nichts damit zu tun«, fiel sie ihm ins Wort. »Du willst Opti ausschalten.«

»Es geht dabei in erster Linie um Vertrauen«, widersprach er in erbittertem Ton, und sie senkte den Blick. »Herauszufinden, was da oben passiert ist, ist die einzige Möglichkeit, deinen Namen reinzuwaschen. Was danach passiert, ist zweitrangig. Lass uns gehen.«

Sie hob das Kinn und fixierte ihn. »Ich habe nicht gesagt, dass ich mit dir zusammenarbeiten werde.«

»Nicht mit Worten, nein.«

Sie verzog das Gesicht und dachte offensichtlich angestrengt nach. »Ich weiß noch nicht, wo ich unterkomme«, sagte sie schließlich leise.

Er hatte sie am Wickel. Vielleicht nur für eine Stunde, aber er hatte sie. Silas erhob sich. »Ich aber.« Ihm war fast schwindelig, als er seinen Hut nahm und in Richtung Tür ging. Ihre Opti-Konditionierung, die von ihr verlangte, niemals allein zu bleiben, würde sie schneller in Gang setzen als alles andere. Doch als sie schließlich die letzte Seite ihrer bezahlten Internet-

**203**

verbindung schloss und aufstand, hatte er wider Erwarten trotzdem ein ungutes Gefühl.

»Warum hilfst du mir?«, fragte sie, während sie in ihren Mantel schlüpfte. Der hässliche Männerhut saß bereits auf ihrem Kopf.

Silas knirschte mit den Zähnen. »Ich helfe dir nicht, ich erledige meinen Job.«

Während sie sich gemeinsam durch das überfüllte Café zur Tür drängten, kämpfte er gegen den Drang an, ihr den Weg freizumachen. Er war nicht ihr verdammter Anker, und diese Verbindung würde nur so lange bestehen, bis er hatte, was er wollte.

An der Tür blieb sie stehen, um ihren Becher in den Geschirrsammler zu stellen. Als er sich vorbeugte, um seinen Becher neben ihrem abzustellen, roch er ihren Duft, fast überlagert von dem schalen Geruch der Angst und der tiefen Besorgnis. »Ich bin übrigens beeindruckt, wie gut du mit minimalen Sprüngen zurechtkommst. Nicht übel, Peri. Gar nicht übel.«

Blinzelnd blickte sie auf. Dieses kleine Lob verstand sie offensichtlich anders, als es gemeint war. »Dass du mich nicht magst, ist unverkennbar, Silas, aber ich bin nicht korrupt. Und ich bin deine einzige Möglichkeit, je herauszufinden, was wirklich passiert ist. Wie wäre es also, wenn du dich ein bisschen lockern würdest?«

Mit bitterem Lächeln stieß er die Tür auf. »Das Gleiche könnte ich auch sagen.«

Mit erhobenem Kopf stolzierte sie vor ihm hinaus. Zu spät wurde ihm bewusst, dass er ihr die Tür aufgehalten hatte, eine durchaus normale höfliche Geste, aber auch eine, die zu unterlassen er sich geschworen hatte. Von der Straße her wehte ein kalter Wind, und sie wickelte sich fester in den gestohlenen Mantel. »Das ist wirklich schlecht für mein Asthma«, flüsterte sie.

»Wie bitte?«, platzte er heraus. Dieser Satz aus ihrer gemeinsamen Vergangenheit erschütterte ihn bis ins Mark. *Das sagt sie immer noch? Vielleicht ist doch noch etwas übrig.*

Aber in ihren Augen spiegelte sich nur Verwirrung. »Ich, äh, das sage ich nur … manchmal«, murmelte sie und wirkte dabei noch melancholischer als zuvor.

Mit hochgezogenen Schultern zeigte er die Straße hinauf und marschierte los. Wortlos ging sie neben ihm, ohne zu merken, dass sie automatisch längere Schritte machte, während er plötzlich langsamer wurde, bis sie trotz der guten zwanzig Zentimeter Größenunterschied im Gleichschritt marschierten.

*Allmächtiger*, dachte er und bemühte sich vergeblich, wieder in seinen normalen Schritt zurückzufallen. Sie war neben ihm und irgendwie auch nicht, vermisste einen Mann, an den sie sich nicht erinnerte, einen, der sie drei Jahre lang belogen hatte, trauerte sogar um ihn, obwohl sie selbst ihn getötet hatte.

Und er wollte versuchen, ihr all das ins Gedächtnis zu rufen?

# 14

Silas' Hotelzimmer war eine Ecksuite im vierundzwanzigsten Stock eines Hochhauses in Charlotte. Schon der Fahrstuhl war so elegant, dass Peri sich mit ihrer schwarzen Reisehose, dem geborgten, nein, *gestohlenen*, Mantel dieser fremden Frau und dem Hut, der immer noch nach seinem Eigentümer roch, wie eine Obdachlose vorkam. Sie wusste, sie roch selbst nicht gerade gut, nachdem sie sechzehn Stunden in einem Bus zugebracht hatte. Das Paar, das zusammen mit ihnen im Fahrstuhl war, hatte kein Wort verloren, aber Parfüm, Rasierwasser und ihr kostspieliger Schmuck waren aussagekräftig genug. Niemand konnte einem anderen das Gefühl der Minderwertigkeit vermitteln, wenn derjenige das nicht zuließ, aber üblicherweise war sie diejenige, die vornehm und modern gekleidet war. Und der geklaute Mantel konnte es damit nicht aufnehmen, umso weniger, als Silas Designerklamotten trug und sie damit an schwarze Autos und Gelächter bei perlendem Schaumwein erinnerte.

Sein Zimmer zu betreten und festzustellen, dass es alle denkbaren Annehmlichkeiten bereithielt, war beinahe so entspannend wie die Dusche, auf der sie bestanden hatte, ehe sie bereit war, ihn noch einmal in ihre Nähe zu lassen. Sie war immer noch hungrig, aber wenigstens war der verklebte Eyeliner weg, und sie stank nicht mehr. Besser noch, der Wasserdampf hatte die meisten Falten in ihren Kleidungsstücken geglättet. Ein echter Anker wäre hinunter in die Boutique gegangen und hätte ihr etwas anderes zum Anziehen gekauft. Aber wenn sie nur ihre Unterwäsche im Waschbecken waschen konnte, dann sollte auch das reichen – vorerst.

Wieder sauber und angezogen, mit Hotelhausschuhen an den Füßen und nassem Haar, das sie an den Ohren kitzelte, setzte sich Peri in den bequemen Sessel, der am weitesten vom Fenster entfernt war. Sie bemühte sich, nicht an das mickrige Sandwich zu denken, das sie sich acht Stunden zuvor aus einem Automaten geholt hatte. Sie war überzeugt, dass feuchte Kleidungsstücke nicht zu ihrem üblichen Putz bei der Defragmentierung von Erinnerungen zählten, aber nur im Bademantel im Hotelzimmer eines fremden Mannes zu sitzen kam schlicht nicht infrage. Die Jalousien waren fast geschlossen, sodass nur wenig von dem Sonnenlicht, das vom benachbarten Hochhaus reflektiert wurde, in den Raum drang. Ihr Kopf ruhte auf einem Kissen, das nach neuem Stoff roch. Silas' Finger bearbeiteten ihre Schläfen mit geübtem Druck. Seine Behauptung, ein Anker zu sein, entsprach offensichtlich der Wahrheit.

Was er am Vortag über blindes Vertrauen gesagt hatte, beschäftigte sie. Sie war so dumm gewesen – nicht nur, weil sie mit Allen blindlings aus der Bar spaziert war, sondern auch, weil sie drei Jahre mit Jack gearbeitet hatte, ohne je auch nur auf die Idee zu kommen, sie könnten Aufträge ausführen, die nicht von Opti sanktioniert worden waren. Schlimmer noch, sie war sogar dumm genug gewesen, sich in ihn zu verlieben. Denn auch wenn sie sich nicht mehr an den Mann erinnern konnte, spürte sie doch den Schmerz.

»Das würde schneller gehen, wenn du aufhören würdest, die Zähne zusammenzubeißen«, bemerkte Silas trocken, und Peri zwang sich, ihre Schultern zu entspannen. Seine Berührung an ihren Schläfen war nicht bedrohlich, nicht einmal unangenehm, aber sie hatte den Kopf zu voll.

»Wie lange ist es her, dass du das zum letzten Mal getan hast?«, fragte sie.

»Geht dich nichts an.«

Langsam und geräuschvoll atmete Peri aus. Dass er nach Leder roch und sich seine Finger anfühlten wie ein Strom kühlen Wassers, war irgendwie nicht hilfreich. »Ich glaube nicht, dass du je bei Opti warst.«

»Ich war da«, knurrte er. »Wie, denkst du, soll ich arbeiten, wenn du dich einfach nicht entspannen willst?«

»Wie soll ich mich entspannen, wenn ich am *Verhungern* bin!«, gab sie zurück.

Seine Finger lösten sich von ihren Schläfen. Sie schlug die Augen auf und sah zu, wie er in dem abgedunkelten Raum zum Bett stapfte. Mit vor Ärger hochgezogenen Schultern griff er zu dem Telefon auf dem Nachttisch. »Ich habe mir geschworen, dass ich das nicht tue«, sagte er und hämmerte wütend eine Nummer in die Tastatur. »Ich *wollte* das nicht tun«, fügte er hinzu, fuchtelte mit dem Hörer herum und maß sie mit einem finsteren Blick.

Weniger erstaunt als verärgert, setzte Peri sich auf und kämmte sich das feuchte Haar mit den Fingern.

»Hi«, meldete Silas sich mit matter Stimme, als am anderen Ende abgenommen wurde. »Hier ist Silas Denier von Vierundzwanzig-fünfunddreißig. Kann ich zwei Erdbeer-Milkshakes und einen Teller Pommes frites auf das Zimmer bekommen? Wenn Sie es in zehn Minuten schaffen, ist ein Zwanziger für Sie drin.« Dann rammte er den Hörer mit dumpfem Knall auf die Gabel, setzte sich aufs Bett und starrte die Wand an.

*Ich liebe Milkshakes und Pommes frites.* Schuldgefühle wogten in ihr auf, doch sie verdrängte sie. »Danke«, sagte sie leise. »Ich habe kein Geld. Ich kann es dir nicht zurückgeben.«

»Das«, bemerkte er und wischte sich mit einer Hand übers Kinn, »ist mir aufgefallen.«

Er war wütend über Dinge, auf die sie keinen Einfluss hatte. »Ich wusste nicht, dass ich abhaue, bis ...«

»Bis was?«

*Bis ich mehr als die Hälfte der Nachricht, die ich für mich hinterlassen hatte, zerstört habe? Bis ich herausgefunden habe, dass Bill korrupt ist? Dass auch ich korrupt sein könnte?* »Ich habe das nicht geplant, okay?«, fauchte sie. Ihre feuchten Hände rochen nach Hotel-Shampoo.

Silas drehte sich um, und sie erschrak, als sie seine ausdruckslose Miene sah. »Ich bin nicht dein Sklave, kapiert?«

»Sklave!« Ihre Kopfschmerzen kehrten mit voller Wucht zurück. »Deiner Meinung nach sind Anker also Sklaven, ja? Kein Wunder, dass du rausgeflogen bist.« Aufgebracht legte sie die Füße auf den Tisch.

Er stand auf und fing an, im Raum auf und ab zu gehen, und seine Unruhe ging weit über alles hinaus, was sich mit einem Teller Pommes frites und zwei Milkshakes rechtfertigen ließ. »Ich werde dir *keinen* Kaffee kochen, dich bedienen oder dir die Füße massieren. Sobald ich weiß, was in diesem Büro passiert ist, sind wir fertig miteinander. Ist das klar?«

Schniefend strich Peri mit der Hand über ihre Kleider. »Du hast den Charakter eines Panzerschweins. Du sagst, ich sei korrupt – ohne irgendeinen Beweis –, wedelst mit der Wahrheit vor meiner Nase herum, die ich aber nur erfahren werde, wenn ich dir helfe, alles kaputtzumachen, woran ich glaube. Entschuldige, dass es mir schwerfällt, dich in meinen Geist zu lassen.«

Eine Hand frustriert vor den Mund geschlagen, starrte er sie an. »Du hast recht. Tut mir leid«, sagte er und ließ die Hand sinken. »Ich habe keinen Beweis dafür, dass du korrupt bist.

Vermutlich bist du ein sehr netter Mensch. Eine Frau, die nur Leute tötet, die sie zuerst töten.«

*Und dabei hat die Entschuldigung so nett angefangen.* »Mehr geht nicht, was?«

»Genau.« Silas nickte, und das goldene Licht, das durch die Jalousien drang, umrahmte sein Gesicht mit hellen Streifen. Ihr Blick, angezogen von dem Lichtschein, wanderte zu seiner schlanken Taille und der Andeutung von Haaren, die aus seinem nicht mehr ganz so faltenfreien Hemd hervorlugten. Dann folgten ihre Augen der Linie seiner kräftigen Kiefer – derzeit vor Zorn fest zusammengepresst. Mit den kaum wahrnehmbaren Bartstoppeln sah er … zugänglich aus. Mehr noch, er kam ihr beinahe vertraut vor.

»Weißt du, was ich wirklich gern wüsste?«, fragte sie und sah zu, wie die Sonne ihn umrahmte, sich in den Barthaaren an seinem Kinn fing und sie aufleuchten ließ.

»Was?«, fragte er fast tonlos, in Gedanken offenbar ganz woanders.

»Ob Ridley Scott je eine Fortsetzung von *Blade Runner* abgedreht hat.«

Er erschrak, und sein verblüffter Gesichtsausdruck gab ihr zu denken. »Äh, ja, hat er.« Wieder etwas erweicht, setzte er sich. »War richtig gut.«

»Mmmm.« Sie blickte an ihm vorbei in weite Ferne. »Ich frage mich, ob ich den Film gesehen habe«, sinnierte sie.

»Ich habe eine Idee«, erklärte er und riss sie aus ihren Tagträumen, als er zu ihr zurückkam, ihre Füße vom Kaffeetisch schob und sich direkt vor sie setzte. »Gib mir einen Fuß.« Er streckte eine Hand aus.

Misstrauisch blickte sie unter ihren Ponysträhnen zu ihm hinüber. »Du hast doch gerade gesagt …«

Er griff nach einem Fuß, zog ihr den Hausschuh aus und ließ

ihn fallen. »Das war eine Metapher«, klärte er sie auf. Sie unterdrückte ein Schaudern, als sie seine Hände an ihrem nackten Fuß spürte. »Das ist eine Entspannungstechnik, die bei unsozialen Menschen, die sich nicht gern anfassen lassen, besonders wirkungsvoll ist, eine Mischung aus Reflexologie und klassischer Massage.«

»Ich lasse mich gern anfassen, nur nicht von dir«, gab sie zurück. Doch da hatte er bereits ihren Fuß umfasst und drehte die Hände hin und her, was einen herrlich süßen Schmerz auslöste. Sie entzog sich nicht, nicht einmal, als er mit dem Daumen über ihr Fußgewölbe strich und sie sich auf die Lippe beißen musste, um einen Seufzer zu unterdrücken, denn diese Befriedigung wollte sie ihm nicht gönnen.

»Ich kann dich von deinen Kopfschmerzen befreien«, sagte er, während er sich über ihren Fuß beugte. »Versprochen.«

Sie hatte ihm nicht von ihren Kopfschmerzen erzählt, aber das, was er da tat, fühlte sich wirklich gut an. Obgleich sie der Sache nicht ganz traute, lehnte sie sich bequem zurück und starrte zur Decke hinauf.

»Okay«, sagte er, und sein Griff wurde fester. »Schauen wir mal, wo du deine Verspannung versteckst.«

»Au!«, schrie sie und zuckte zusammen, als sein Daumen an der Seite ihres Fußes entlangfuhr. »Nicht so fest!«

Doch er packte ihr Fußgelenk und schob es zurück. »Das sind dein Rücken und deine Hüften. Wenn ich diese Verspannung löse, dann habe ich auch eine Chance, dich von deinen Kopfschmerzen zu befreien. Atme tief durch die Nase ein und durch den Mund aus. Hast du noch nie eine Massage bekommen?«

»Nicht so eine«, antwortete sie, und er konnte sich ein Lächeln nicht verkneifen. Eines, das echt war und zugleich so tröstlich, dass sie die Augen schloss. Je mehr sie sich entspannte, desto besser fühlte sie sich. Allmählich löste sich die Muskulatur in ihrem Rücken, dann in ihrem Nacken … und schließlich in den Schultern.

Silas nahm sich ihren anderen Fuß vor, und der erwartungsgemäße Schmerz ließ rasch wieder nach, als die Spannung aus ihren Muskeln wich. »Danke«, sagte sie, als er die Druckpunktmassage beendete und zu einer sanfteren Methode wechselte. Sie war nicht dumm. Sie wusste, dass alles mit allem zusammenhing, und wenn sie auch zu angespannt war, um zuzulassen, dass er ihr Gesicht und ihre Schultern berührte, funktionierte diese Vorgehensweise dennoch.

»Okay.« Silas sprach leise, und in seiner Stimme lag eine neue Zuversicht. »Erzähl mir von deinem Ort.«

Peri schlug die Augen auf, und die matte Trägheit, der sie sich ergeben hatte, schwand dahin. »Wie bitte?«

Die entschlossenen, sicheren Bewegungen seiner Hände hielten immer noch an. »Dein sicherer Ort«, sagte er. »Der Platz in deinem Geist, den du aufsuchst, um Frieden zu finden.«

Besänftigt schloss sie die Augen. »Ach so. Das habe ich nie gebraucht. Meine Anker konnten mir normalerweise problemlos alles zurückbringen.«

Er drückte auf einen Nerv, und sie zuckte zusammen. »Au«, machte sie, entzog sich ihm aber nicht, denn sie nahm an, dass sie es verdient hatte.

»Das ist keine Erinnerungstechnik«, klärte er sie auf. »Es dient dazu, dass du deine Mitte findest.«

Er hörte sich an wie ein Psychologe, was einerseits beruhigend, andererseits aber auch nervtötend war. »Aus welcher Abteilung bei Opti bist du rausgeflogen?«, fragte sie. Sie erhielt keine Antwort, aber der Druck an ihrem Fuß blieb bestehen. »Silas? Welche Abteilung?«

»Ich bin nicht rausgeflogen, ich habe gekündigt.« Sein Daumen glitt erneut über die Außenseite ihres Fußes, um ihr zu demonstrieren, dass die Spannung sich gelöst hatte. »Such dir einen Ort. Sag mir, was dir daran gefallen hat. Wie du dich dort gefühlt hast.«

*Also gut.* Sie war bereit, fast alles zu tun, wenn er nur weiter ihre Füße bearbeitete. Ihre Kopfschmerzen waren beinahe weg. »Kann ich stattdessen auch eine Person wählen?«

Seine Finger verharrten. »Äh, nein.«

Sie hielt die Luft an und atmete aus, als ihr eine Idee kam. »Als ich klein war, habe ich ein paar Sommer auf der Farm meiner Großeltern verbracht. Mitten auf einem der Felder gab es ein paar Bäume und einen alten Friedhof. Nur ein paar verblasste Grabsteine. Ich konnte sie nicht entziffern. Aber da war es so friedlich, und der Wind war herrlich.« Peri lächelte, und der letzte Rest ihrer Kopfschmerzen schwand dahin. Vielleicht war an dieser Sache mehr dran, als sie ihm zubilligen wollte.

»Wie hat es dort gerochen?«

Ihr Unwille, ihm etwas Persönliches zu offenbaren, löste sich auf im Angesicht seiner Logik. Trigger wie Gerüche oder Berührungen waren wichtig für eine erfolgreiche Verbindung zwischen Zeitagent und Anker, also fand sie sich bereit, ihm mehr zu liefern und abzuwarten, wohin es führte.

»Da, wo Wurzeln waren, war der Boden hart, und zwischen den Wurzeln war er lehmig«, erzählte sie und bewegte dabei die Finger, als würde sie in der Erde wühlen. »Die Rinde hat sich weich angefühlt, und sie hatte ein Muster aus Grautönen. Da konnte ich allein sein, nur ich und die Sonne und der Wind, und der Boden hat nach Erde gerochen, und ich habe mich frei gefühlt, wenn ich auf die belaubten Wipfel geklettert bin.«

Sie war vollkommen entspannt, auch wenn der Geruch der Erde, nun, da sie sich an ihn erinnerte, an ihr zu kleben schien.

**213**

»Zentriert und ruhig«, sagte Silas, der aufgehört hatte, ihre Druckpunkte zu bearbeiten, sie aber immer noch sanft berührte, um ihr zu vermitteln, dass er da war und zuhörte. »Peri?«

»Mmmm?«

»Willst du versuchen, dich an den Flughafen zu erinnern?«

»Klar.« Das konnte sie tun, also öffnete sie ein Auge und betrachtete die Lichtstreifen, die die Mittagssonne an die Zimmerdecke zeichnete. Im Nebenraum war der Fernseher eingeschaltet worden, und der leiernde Ton wirkte beruhigend auf sie.

»Du hattest Angst«, sagte er, und sie schloss die Augen, um ihre Verbindung zu ihm zu vertiefen und ihn einzulassen. »Jetzt bist du ruhig, und nichts kann dir etwas anhaben, aber da hattest du Angst.«

Auch wenn sie sich nicht mehr erinnern konnte, welche Technik ihr letzter Anker angewendet hatte, hatte sie doch über die Jahre mit genug Profis zusammengearbeitet, um zu wissen, was sie zu tun hatte – und sie entspannte sich noch weiter.

»Du hattest einen Kaffee und hast daran genippt, um Argwohn zu zerstreuen«, sagte er, und Peri hielt sich an der Erinnerung fest, die ihr geblieben war, und verdrängte die Sorge, er könne sie bereits da beobachtet haben. »Du hast ihn abgestellt, als die Frau, die du ausgewählt hast, zur Toilette ging. Das Boarding der Flüge fing gerade an. Du warst bereit zu handeln.«

In ihren Gedanken war sie in der Sonne, aber sie wusste, dass sie im Flughafengebäude im Schatten gesessen hatte. Sie konnte den Wind wahrnehmen, die Erde riechen, den Karamellsirup im Kaffee schmecken. Allen hatte ihn ihr geholt, aber der Geschmack mischte sich mit einem bitteren Aroma teurer Schokolade. Eine Flugankündigung hallte durch ihre Erinnerung, und ein weißes Gesicht blitzte im Licht eines holografischen Monitors auf und verschwand wieder.

Die Erinnerungen an mehrere Ereignisse verschmolzen miteinander. Silas' Besänftigungstechnik kollidierte mit der ihres letzten Ankers, aber sie konnte es schaffen, und sie konzentrierte sich auf die bekannten Eindrücke vom Flughafen. Ihr Puls schlug schneller, als sich Silas' Zuversicht plötzlich um ihre inneren Überzeugungen legte. Er hatte sie gefunden, hatte vollen Zugriff, und seine Präsenz in ihrem Geist glänzte mit professioneller Leichtigkeit und vermittelte zugleich Sicherheit. Jetzt teilten sie die ersten Visionen, wobei jede zu einer weiteren führte. Er hatte ihren Geist ungewöhnlich schnell infiltriert und sich dort mit der kühlen Distanziertheit, die sie schätzte, eingerichtet. Aber wenn er einmal Opti-Psychologe gewesen war, dann wusste er natürlich, was er zu tun hatte. Beruhigt glitt sie tiefer in die leichte Trance.

»Jetzt bist du sicher«, sagte er besänftigend, als fürchtete er, sie könne Angst haben, »aber du warst in Gefahr, und du hattest einen Plan. Eine Sicherheitsbedienstete hat dich begleitet.«

Das Bild eines blassen Männergesichts im Licht eines Monitors blitzte auf und erlosch, und Peri schob es weg, um sich stattdessen auf das Gedränge der Menschen und ihrer Trolleys zu konzentrieren. »Ich bin zuerst reingegangen«, griff sie den Faden auf, während sie fühlte, wie sich ein Bündel unbemerkter Fragmente im Hintergrund ihres Bewusstseins sammelte. Fast meinte Peri zu spüren, wie Silas diese Fragmente ordnete – so als könnte er sie erahnen, bevor sie selbst sie sah. »Ich musste warten, bis eine Frau gegangen war, aber das hat mir Zeit gegeben, einen Papierklumpen auf die Kamera zu werfen.«

Der Geruch des Hotel-Shampoos drang in ihre Wahrnehmung, vermengt mit dem süßlichen Duft der Bäume. *Nein, vom Teppich.* Sie runzelte die Stirn, als das Bild von der Unterseite eines Betts in ihr Bewusstsein eindrang, herbeigelockt von den widerstreitenden Eindrücken, die mit sauberem Haar und einem schmutzigen Teppich verknüpft waren. Das Gewebe war unnachgiebig verfilzt, doch da, wo ihre Finger sich offen auf ihm spreizten, war es staubig und nicht zusammengedrückt. Ihre Handfläche lag offen da, willkommen heißend. Eine zerknautschte Socke lag am Übergang zwischen Schatten und goldenem Licht, gleich daneben ein blauer Knopf. Der Knopf war ein Talisman, und sie fürchtete, sie könne ihn vergessen haben. Die Fragmente verbanden sich nicht mit den verblassenden Eindrücken aus dem Flughafengebäude. Sie passten nicht zusammen, und sie spürte Silas' zunehmende Besorgnis.

»Ich habe die Sicherheitsfrau in eine Kabine gestoßen«, sagte Peri und zwang sich, ihre Gedanken von dem wohligen Gefühl zu lösen, das das Bild von der Socke unter dem Bett ihr vermittelte. »Ich bin ihr gefolgt und habe ihren Kopf an das Rohr geschlagen.«

Die erwartungsgemäße, schmerzhafte Leere fehlender Erinnerungen verfestigte sich, ein Morast widersprüchlicher Bilder. Statt eines geschäftigen Flughafens sah Peri goldenes Licht, das sich unter einer Tür hindurch auf einen verfilzten Teppich ergoss. Es passte nicht, und ihr Herz schmerzte, als immer mehr Fragmente ihr ins Gehege kamen, sie ängstigten. »Silas ...«

»Das ist kein Sprungfragment. Es ist nur vergessen«, flüsterte er, als auch er es sah. »Peri, wo bist du?«

»Ich bin in Sicherheit!«, ächzte sie beinahe, und ihre Brust verkrampfte sich vor Kummer, als sie seine Hände ergriff. Sie war in Sicherheit. In ihrer verlorenen Erinnerung fiel goldenes Licht auf ihre Haut. Ihr Morgenmantel war fast vollständig herabgeglitten, und die Wärme eines Körpers, den sie kannte und liebte, umfing sie. Liebe und eine wohlige Erschöpfung erfüllten sie. *Es ist Jack*, stöhnte sie in Gedanken, und Jack lächelte auf sie herab, und die Glut in seinen Augen sagte ihr, dass er sie liebte.

»Jack!«, schrie Peri und richtete sich, vom Schmerz wie mit

einer Klinge durchbohrt, ruckartig auf. Silas keuchte auf, als sie ihn aus ihrem Geist katapultierte und wieder allein mit ihren Gedanken war.

Todunglücklich starrte sie Silas an, der vor ihr kniete, sah sein Mitleid und sein umfassendes Verständnis, als die Erinnerung an Jack und ihre Liebe über sie hereinbrach. Jack war tot. Das hatte Allen gesagt. Und Silas hatte es auch gesagt. Sie hatte ihn geliebt, und nun war er für immer fort, weil … *sie ihn getötet hatte.*

»Oh Gott …«, stöhnte sie, zog die Beine an, bis ihre Füße auf dem Sessel lagen, und schlang die Arme um die Knie. Dass sie Silas so plötzlich aus ihrem Geist gestoßen hatte, war wie ein Schock. Das Schwarz ihrer Reisekleidung erschreckte sie jetzt, denn ihre Gedanken verweilten noch immer bei einem weißen Morgenmantel, den Jack von zu Hause mitgenommen hatte. Wütend schob sie Silas' Hände weg, rollte sich auf dem Sessel zusammen und verbarg ihr Gesicht. Das war eine Erinnerung gewesen, kein Sprung, der fragmentiert werden musste, und sie tat weh.

»Schschsch«, machte er und legte ungefragt den Arm um sie. »Lass los, Peri. Lass einfach los.«

»Du Mistkerl«, würgte sie zwischen ihren keuchenden Atemzügen hervor, als ihr sein Ledergeruch allmählich zu Kopf stieg. »Du hast gewusst, dass ich mich daran erinnern würde.«

»Nein, das habe ich nicht«, widersprach er, und sie blickte mit einem schmerzhaften Kloß im Hals auf. »Es tut mir leid«, fügte er hinzu, und das Wissen, das sich in seinen Augen spiegelte, verriet ihr, dass er alles gesehen hatte, und dafür hasste sie ihn. »Ich wollte dir nur die Sprünge vom Flughafen zurückbringen. Ich hatte keine Ahnung, dass so etwas passieren könnte. Du dürftest gar nicht in der Lage sein, dich an irgendetwas im Zusammenhang mit Jack zu erinnern.«

**217**

Peri brachte einen tiefen Atemzug zustande. Dann noch einen. »Du bist Opti-Psychologe«, stieß sie hervor. »Arbeitest du für die? Ist das irgendeine kranke Art, meine drei Jahre zurückzuholen?«

Er schüttelte den Kopf. »Nein. Ich gehöre wirklich zur Allianz. Ich habe Opti vor langer Zeit verlassen. Ich glaube nicht an das, was die tun. An die Lügen, die sie euch erzählen.«

Peri senkte den Blick. Ihr Leben war ein einziges Elend. »Sie lassen nicht zu, dass ein Zeitagent sie verlässt. Niemals.«

Ihr wurde kalt, als Silas sich von ihr entfernte. »Man hat immer eine Wahl«, sagte er. Sie schloss die Augen, und schon tauchte Jacks Bild erneut auf. Sie hatte nur diese eine Erinnerung, aber an ihr hafteten die Gefühle aus ganzen drei Jahren. *Ich habe ihn geliebt.*

»Das war Jack?«, fragte Silas und kniete sich hilflos vor sie. »Blondes Haar? Blaue Augen?«

*Ein Mensch, ein Individuum, reduziert auf eine Beschreibung von Augen und Haar.* Sie nickte und dachte, wie unfair es doch war, dass sie sich an die Liebe erinnern konnte, nicht aber daran, wie sie sie gefunden hatte oder wie sie zu Ende gegangen war.

Silas schaukelte auf den Fersen. »Das ist unglaublich«, hauchte er und starrte dabei ins Nirgendwo.

»Jack war nicht korrupt!«, rief sie, ohne zu wissen, warum sie ihn verteidigte, obwohl sie selbst nicht an seine Unschuld glaubte.

»Kümmert mich nicht«, sagte er, und als sie wütend die Augen aufriss, setzte er nach: »Okay, tut es schon, aber, Peri, hör zu ...« Er ließ sich wieder auf den Boden sinken und ergriff eine ihrer Hände. »Du dürftest dich gar nicht an ihn erinnern können«, sagte er eindringlich. »Das war ein Erinnerungsknoten, und du hast ihn entwirrt, nicht ich.«

*Erinnerungsknoten!* Furcht verdrängte den Kummer. »Wir sind hier fertig.«

Verstört stand sie auf, und Silas beeilte sich, aus dem Weg zu verschwinden. Sie sah sich um, fand ihre Socken, die auf dem Fenstersims trockneten, und schnappte sie sich. Sie waren immer noch feucht, aber etwas anderes hatte sie nicht. Die Trauer erschlug sie beinahe, als sie sich auf das Bett setzte und sie überstreifte, erst den einen, dann den anderen.

»Mach dir keine Sorgen«, sagte Silas, der vor Aufregung die Schultern hochgezogen hatte. »Ich weiß, Opti hat dir erzählt, Erinnerungsknoten seien wie Ratten, die das sinkende Schiff verlassen, aber das stimmt nicht. Dein Geist versucht lediglich, etwas wiederzufinden.«

»Etwas, das mich in eine MEP treiben könnte«, entgegnete sie. Die feuchte Wolle fühlte sich unangenehm an.

»Aber das war eine echte Erinnerung«, wandte er ein. »Kein Sprung, der zerstreut oder verdichtet werden muss.«

»Ich weiß. Ich war dabei!«, schrie sie. Es behagte ihr gar nicht, dass er die Tiefe ihrer Gefühle miterlebt hatte.

»Aber verstehst du denn nicht?«, fragte er mit leuchtenden Augen. »Sie war weg. Du hast drei Jahre verloren, hast du gesagt. Aber wenn ich dir einmal helfen konnte, eine Erinnerung zurückzuholen, die ich gar nicht kenne, dann kann ich das auch wieder tun. Wenn wir genügend Anhaltspunkte haben, kann ich alles zurückholen, was in dem Büro passiert ist«, sagte er und zeigte mit den Fingern auf nichts Spezielles.

Peri leckte sich über die Lippen. Jack und sie hatten sich geliebt, hatten miteinander geschlafen, und sie war glücklich gewesen. Einen Tag später hatte sie ihn getötet. Einer von ihnen beiden war ein korrupter Agent. Allen hatte ihr erzählt, Jack sei der Verräter gewesen, aber was, wenn sie es gewesen war und Opti ihre Erinnerung daran einfach gelöscht hatte?

*Würde ich mich noch schlechter oder womöglich sogar besser fühlen, wenn ich es wäre?* »Du hast Jack in meinen Gedanken gesehen. Was hast du sonst noch gesehen?«

Er senkte den Blick. »Dass du ihn geliebt hast.«

Sie schwieg. Das war auch alles, was sie gesehen hatte – gerade genug, um ihr Schmerz zu bereiten. Langsam tastete Peri nach ihren Stiefeln. Silas hatte sie ordentlich neben das Bett gestellt, genau an die Stelle, an der sie sie suchen würde.

»Wir müssen in dieses Büro«, sagte Silas mit leiser, aber entschlossener Stimme. »Wenn wir etwas haben, worauf wir die Erinnerung aufbauen können, haben wir die Möglichkeit, die Wahrheit aufzudecken.«

*Als hätte die Wahrheit je irgendeine Bedeutung gehabt.* Die Reißverschlüsse ihrer Stiefel verursachten ein lautes Geräusch, als sie sie hochzog. Ihre Zehen froren in den nassen Socken, und es widerstrebte ihr, den Mantel dieser Frau anzuziehen. »Das ist nicht normal. Dass du imstande bist, eine Erinnerung zu reparieren, die du gar nicht kennst, meine ich.«

»Ungewöhnlich ist nur, dass es so schnell ging. Aber mit neuen Zeitagenten machen wir so etwas ständig«, sagte er und hörte sich dabei wie ein Psychiater an. »Du musst dir gewünscht haben, dich daran zu erinnern, daher der Erinnerungsknoten.«

»Das war kein Erinnerungsknoten«, widersprach sie, doch da beugte er sich bereits über sein Telefon.

»Ich muss einen Anruf machen. Ich möchte, dass du jemanden kennenlernst.«

Mit mulmigem Gefühl griff Peri nach dem Mantel. »Einen von deinen Allianzfreunden?«, fragte sie erbittert, als sie die Arme in die Ärmel schob. *Es war also mein Wunsch, mich daran zu erinnern, dass ich den Mann, den ich geliebt habe, getötet habe? Na klar.*

Silas zögerte mit dem Handy in der Hand, als er sah, dass sie den Mantel angezogen hatte. »Wo willst du hin?«

Sie wusste es nicht, aber hier konnte sie nicht bleiben. Jack war tot, und sie konnte kaum atmen.

Als ein leises Klopfen an der Tür ertönte, gefolgt von einem gedämpften »Zimmerservice«, drehten sie sich beide um.

»Das ist eine Chance, Peri. Ein Potenzial, wie ich es in fünf Jahren nicht gesehen habe. Bleib wenigstens, bis du etwas gegessen hast«, bat er, steckte das Telefon in die hintere Hosentasche und ging zur Tür.

Peris Magen knurrte schon beim bloßen Gedanken an Essen. Sie ließ sich wieder in den Sessel fallen und rieb an dem blauen Polster, fühlte aber stattdessen einen verfilzten, schmutzigen, kastanienbraunen Teppich. *Wo haben wir miteinander geschlafen? In welcher Stadt waren wir?* Sie schloss die Augen, um die Tränen zurückzudrängen. Sie fühlte sich ausgelaugt, erschöpft, gepeinigt von dem Wissen um Jack. Da war ein Knopf unter dem Bett gewesen. Ein Talisman – sogar in der Erinnerung hatte sie gespürt, wie dieser Knopf sie anzog. Vermutlich befand er sich jetzt in ihrer Wohnung. Wenn sie ihn in die Finger kriegen konnte, würde sie es vielleicht schaffen, die Erinnerung an jene Nacht wiederherzustellen, mit oder ohne Jack. Genau deswegen besorgten sich Zeitagenten Talismane.

»Komme!«, rief Silas und schob einen Stuhl zur Seite, um Platz für den Servierwagen zu schaffen. »Der Tisch steht drüben beim Fenster«, erklärte er, während er die Tür entriegelte und aufzog.

Peris Kopf ruckte hoch, als Silas aufschrie, rücklings gegen die Schranktür krachte und zu Boden glitt. Mit weit aufgerissenen Augen zog er einen rot befiederten Pfeil aus seiner Schulter.

Im Eingang stand Allen. Seine dunklen Locken schwangen herum, als er das Betäubungsgewehr auf sie richtete. Hinter

**221**

Allen hatten sich drei Männer aufgebaut. Den Servierwagen mit den bestellten Pommes frites und den Milchshakes hatten sie zur Seite geschoben.

Keuchend wälzte sich Peri über den Boden, um sich hinter dem Sessel zu verstecken.

»Hab sie erwischt!«, hörte Peri einen Mann sagen, und dann, auf Händen und Knien, starrte sie den rot befiederten Pfeil an, der in ihrem Arm steckte. Entsetzt riss sie ihn heraus, froh, dass der dicke Mantel ihn aufgehalten hatte. Sie war unverletzt.

»Wie habt ihr sie gefunden?«, ächzte Silas und keuchte auf, als jemand ihm einen Tritt versetzte. Der Pfeil enthielt vermutlich ein starkes Muskelrelaxans, das sie am Springen hindern sollte, damit sie einfacher zu packen war.

»Peri?« Allens Schritte waren auf dem Teppich nicht zu hören. »Wir müssen das nicht auf diese Art machen.«

»Du hast mich angelogen!«, rief sie hinter dem Sessel. Dann überlegte sie, ob sie so tun sollte, als wäre sie getroffen worden. »Jack ist nicht korrupt. Du bist es. Du und Bill!« Aber wenn Jack nicht korrupt war, hieß das, dass sie korrupt war.

»Wir versuchen dir zu helfen«, erklärte Allen. Peri schaute unter dem Sessel hindurch und sah, wie sich seine eleganten Schuhe durch den Raum bewegten. Vier Männer, und ihr blieb nur Silas, auf dessen Unterstützung sie jedoch kaum zählen konnte. Aber sie wollte auf keinen Fall springen. Außerdem hatte sie ihren Kuli auf der Ablage im Bad gelassen. Sie runzelte die Stirn, froh, Stiefel zu tragen; zumindest würde sie sich nicht die Füße brechen, wenn sie sie in dicke Männerschädel rammte.

Peri streckte sich, um nach dem Tablett unter dem leeren Eiskübel auf dem Tisch zu greifen. Sie hörte etwas plumpsen. Dann stöhnte Silas. Er lag immer noch an der Tür, die er mit seinem Körper offen hielt, wenn sie die Geräusche vom Gang her richtig deutete. »Bringt ihn in den Van«, befahl Allen, und sie sprang laut brüllend mit dem Tablett in den Händen auf.

Die beiden Männer, die Silas auf den Korridor zerrten, ließen ihn fallen und wollten nach ihren Betäubungswaffen greifen. Der dritte Mann schoss auf sie, aber sie wehrte den Pfeil ab und versetzte ihm mit lautem Geheul einen Tritt in die Körpermitte, wirbelte herum und rammte ihm den Stiefel seitlich ins Gesicht, als er entgegenkommenderweise in angenehmer Distanz zu Boden ging. Seine Waffe war in Griffweite und wartete nur darauf, dass sie sie an sich nahm. Peri riss sie ihm aus der kraftlosen Hand und ließ sich fallen, um einer Salve Betäubungspfeile auszuweichen.

Einer traf ihren Mantel, und sie ließ ihn, wo er war, während sie auf die Männer anlegte. Beide sprangen zur Zimmertür, stolperten unterwegs über Silas und rannten schließlich hinaus auf den Korridor.

»Ich will dir nur helfen!«, brüllte Allen und riss die Hände in die Luft.

»Ja, klar«, sagte sie und warf Silas die Waffe zu. Er fing sie auf wie ein Agent im operativen Dienst. Peri lächelte, ohne Allen aus den Augen zu lassen, als im Korridor plötzlich ein Tumult ausbrach, gefolgt von Stille.

»Und kommt bloß nicht zurück!«, brüllte Silas, worauf sie noch breiter lächelte.

»Wie habt ihr mich gefunden?«, fragte Peri und musterte den Mann, der versucht hatte, sie zu betäuben, während sie auf Allen zuging – und Allen wich zurück, die Hände erhoben und die Augen unter dem lockigen schwarzen Haar weit aufgerissen. Die Angst ließ sein langes Gesicht noch länger wirken. »Wie?«, blaffte sie ihn an.

Silas kam wieder auf die Beine und lehnte sich schwer an den Türrahmen. »Wir müssen weg«, keuchte er.

Als sie die Hand ausstreckte, warf er ihr die Waffe zu. Allen hatte sich während des Wurfs in Bewegung gesetzt, deshalb ging sie lieber auf ihn los, als die Waffe zu fangen.

»Du hast mich angelogen!«, schrie sie, und ihr Arm wurde taub, da Allen ihren Faustschlag abblockte.

»Hör … einfach zu«, flehte Allen, und sie versetzte ihm einen bösartigen Tritt ans Knie.

Den Mund zu einem stummen Schrei aufgerissen, ging er zu Boden und umklammerte sein Knie. Peri trat rückwärts nach dem Mann, der nach der Betäubungswaffe greifen wollte. Dann packte sie Allens Arm, der gerade zittrig nach der wie auch immer gearteten Waffe tastete, die in seinem Gürtelhalfter steckte.

»Niemand lügt mich an«, knurrte sie und brach ihm die Finger. Drei, zumindest.

Allen sank zurück auf den Boden und starrte sie mit bleichem Gesicht fassungslos an, während er die verletzte Hand dicht am Körper barg.

»Wir müssen weg«, sagte Silas. »Jetzt.«

Peri zerrte Allen am Kragen hoch und stieß ihn gegen das Bett. »Ich hätte Jack nicht umbringen können«, sagte sie, innerlich bebend. »Ich habe ihn geliebt.«

»Peri …«, keuchte Silas an der Tür. »Bitte.«

Hastig wirbelte sie herum und kickte die Betäubungswaffe weiter von dem Sicherheitsmann weg. Dann schnappte sie sich Silas' Mantel und schob die Schulter unter seine Achsel. Gemeinsam stolperten sie hinaus auf den Korridor, und die Tür fiel mit einem absurden Klicken hinter ihnen ins Schloss.

*Verdammt, ich habe meinen Kugelschreiber vergessen.* Peri holte tief Luft und sah erst in die eine, dann in die andere Richtung. Silas war schwer, und sie hatten einen weiten Weg vor sich. »Das wird gehen«, sagte sie und führte ihn zu dem Servierwagen. Dort angekommen, fegte sie alles herunter, was auf ihm stand, und Silas fing im letzten Moment ein Milchglas ab, ehe es über den Rand fallen konnte. Ihr war übel, als das Geschirr am Boden zersprang. Irgendwo wurde eine Tür zum Korridor geöffnet und umgehend wieder geschlossen.

»Du bist hungrig«, schnaubte er und glitt mühsam und unter Schmerzen auf den Servierwagen. »Himmel hilf, was packen die in ihre Betäubungspfeile? Hier. Trink den Milkshake im Fahrstuhl.«

»Danke.« Peri setzte den Servierwagen in Bewegung. »Erzähl mir jetzt bloß nicht, dass du deine Brieftasche nicht bei dir hast.«

»Doch, hab ich.« Er hielt den Kopf gesenkt, eine Hand auf den Körper gepresst, während die andere seinen Mantel umklammerte.

Sie lief so schnell, dass ihre Haare flogen. Obwohl der Schmerz wegen Jack noch immer in ihr wütete, fühlte sie sich gut. Sie tat wieder etwas, und sie war nicht allein. »Bin ich gesprungen?«

»Nein.« Er blickte auf. Schweißperlen bedeckten seine Stirn. »Du bist irgendwie beängstigend, weißt du das?«

Peri spürte ein Reißen in ihrem Inneren, ausgelöst zum Teil durch die Trauer um Jack, zum Teil durch etwas, das sie nicht greifen konnte. »Dem Anker den Arsch zu retten zählt zu den Aufgaben eines Zeitagenten«, stellte sie fest. »Das ist nur so eine Art Wiedergutmachung für den Morgenkaffee und so.«

Er lachte, verstummte aber gleich wieder und verzog vor Schmerz das Gesicht. Peris Lächeln erstarb.

*Jack ...*

# 15

In Charlottes führendem Einkaufszentrum ging es auch am Wochenende bemerkenswert geschäftig zu. Der Gastronomiebereich schloss sich direkt an die zwei Stockwerke hohe Eingangshalle an, und Peri fand es angenehm, dass sie von dort aus den Haupteingang und die zentrale Schnittstelle der drei Flügel des Einkaufszentrums im Auge behalten konnte. Wenn sie auch ein ruhigeres Plätzchen bevorzugt hätte, um sich zu sammeln, gab es hier doch immerhin Essen und vermutlich auch etwas zum Anziehen. Silas hatte sie erzählt, er sei ein Genie, dass er auf diese Idee gekommen sei, obwohl sie selbst ebenfalls daran gedacht hatte, eine Mall aufzusuchen.

Aber das musste sie ihm ja nicht verraten. Nicht, nachdem er sie zum Essen eingeladen hatte. Sie war mehr als überrascht gewesen, als sie Zeuge wurde, wie er trotz seiner dicken Finger mit der Geschicklichkeit eines Vierzehnjährigen das Bestellpad am Tisch bediente. Die Art, wie er mit der Bedienung flirtete, die das Essen auf Inlinern servierte, wirkte beruhigend auf sie, und sogar der einfach zubereitete und dennoch aromatische Reis mit Fisch, den er bestellt hatte, trug viel dazu bei, sie davon zu überzeugen, dass sie heute nicht sterben würde.

Das war nun eine Stunde her. Auf der anderen Seite des Ganges knallte und piepte es aus einer Spielhalle heraus, und während Silas mit einem Mann an einem nahen Telefonverkaufsstand verhandelte, beobachtete sie vier Kerle mit militärisch kurzem Haarschnitt beim Live-Online-Spiel, bei dem sie zusammen mit einem südafrikanischen Team gegen Aliens

**226**

kämpften. Zwar war sie nicht sicher, woher sie wusste, dass sie den Planeten ohne den Keymaster, der im Sumpf lebte, nicht verlassen konnten, doch es fiel ihr ziemlich schwer, nicht hinüberzugehen und sich einzuschalten, um die Spieler darauf aufmerksam zu machen. *Vielleicht weiß ich das von Jack,* überlegte sie, was ihrer guten Stimmung einen Dämpfer versetzte. Hatte sie wirklich ihren Anker getötet? *Hat er wirklich zuerst auf mich geschossen?*

Gesättigt legte Peri die Essstäbchen zur Seite und griff zu dem Glückskeks. Er war altbacken, und der süße, dünne Waffelteig schmeckte fad, als sie ihn zwischen den Zähnen zerbrach und den Zettel herausnahm. *Das Herz ist stärker als der Intellekt,* las sie, knäuelte das Papier zusammen und schnippte es quer über den Tisch, sodass es an Silas leerer Tasse landete.

*Na sicher,* dachte sie und sah Silas und dem Verkäufer zu, an dessen Kleidung allerlei Logos und Rabatt-Codes aufblinkten. Seit sie das Hotel verlassen hatten, hatte Silas still vor sich hin gegrübelt, aber zumindest hatte er sie zum Essen eingeladen. Seufzend musterte Peri das Plastikmesser und steckte es schließlich wie ein kindliches Versprechen – voller guter Absichten, aber zu schwach, sie in die Tat umzusetzen – in ihre Stiefelscheide.

Endlich schüttelte Silas dem Mann die Hand und bahnte sich mit einer neuen Tüte in der Hand ungeduldig einen Weg an drei kichernden Mädchen vorbei, die ausstaffiert waren wie japanische Schulmädchen. Ihr grünes Haar passte zu der Gesichtsbemalung, die dazu diente, Gesichtserkennungsscanner in die Irre zu führen. *Keine schlechte Idee.* Ein Telefon wäre wunderbar, aber sie würde nicht ohne neue Unterwäsche von hier verschwinden, selbst wenn sie sie einer Schaufensterpuppe vom Leib reißen müsste – was ein wenig problematisch werden könnte, da sie überall nur holografische Simulationen sehen konnte.

»Besser?«, fragte Silas, als er sich zu ihr setzte und kopf-schüttelnd die drei Mädchen beäugte, die nun aus vollem Halse etwas sangen, das nach der aktuellen Single von Hatsune Miku klang. Die interaktiven Schaufensterpuppen in Hörweite stimmten mit ein, und dabei veränderte sich die Bekleidung der Simulationen, und sie präsentierten dem Trio Artikel, für die junge Mädchen ihr Geld ausgeben mochten.

Peri zerdrückte die weitgehend nutzlose Serviette und ließ sie auf den restlichen Reis fallen. »Ja, vielen Dank«, sagte sie und meinte es auch. »Ein bisschen zitronenlastig, aber nicht übel. Wahrscheinlich haben sie die Zitronen erst nach dem Kochen zugegeben, nicht davor. Das ist ein häufiger Fehler.«

»Seit wann kannst du kochen?«, fragte er und wäre beinahe in Gelächter ausgebrochen.

Gekränkt löste sie ihren Blick von dem staubigen Parkplatz. »Ich koche dauernd«, sagte sie, peinlich berührt, dass sie sich nicht erinnern konnte, je irgendetwas gekocht zu haben. Aber das Wissen war eindeutig vorhanden. Ihre Psychologin Sandy hatte ihr einmal vorgeschlagen, die Annehmlichkeiten ihrer neuen Küche in Hinblick auf deren potenziell entspannende Wirkung zu erkunden. Ganz eindeutig hatte sie das getan. Aber warum ging Silas davon aus, dass sie nicht kochen konnte?

Zerknirscht zuckte er mit den Schultern, und Peri, der die Stille nicht gefiel, fragte: »Hast du was dagegen, wenn ich mir dein Telefon leihe und mir Unterwäsche besorge?«

»Kein Problem«, sagte er und betrachtete die blinkenden Werbebotschaften an der Kleidung der Kellnerinnen, die auf ihren Inlineskatern rasant um die Tische kurvten. »Dein Pullo-ver sieht auch ein bisschen schlaff aus. Kann ich erst mal dein Telefon sehen?«

»Mein Pullover?« Fassungslos blickte sie an sich herab, und ihm stieg die Röte den Hals empor.

»Er ist, äh, nicht sehr praktisch«, versuchte er sich an einer Richtigstellung. Peri schlürfte ungläubig den Rest ihres Orangensafts aus dem aus Eis geformten Glas. »Gibst du mir jetzt bitte dein Telefon?«, wiederholte er.

»Hab ich in Detroit weggeschmissen«, sagte sie säuerlich. *Ich kann also angeblich nicht kochen, und mein Pullover sieht ein bisschen schlaff aus? Der ist von Donna Karan.* Aber, bei nochmaligem Nachdenken, was den Pullover betraf, hatte er recht.

»Wirklich?« Er nahm ein Glas-Phone aus der Tüte und schob es ihr hinüber. Die Kauf-App blinkte auf, als sie das Bestellsystem erkannte, das in den Tisch eingebaut war. »Dann ist es ja nur gut, dass ich dir ein Neues besorgt habe.«

Plötzlich kam sie sich schäbig vor. Sie griff nach dem Gerät und wünschte im Stillen, er hätte stattdessen ein einfaches Smartphone besorgt. Diese neue Glas-Technik war nett, aber ihr Lernprozess schleppend. Zumindest wusste sie, wie man es einschaltete. Dass Silas bei ihr war, erfüllte sie mit einer eigenartigen Mischung aus Schuldgefühlen, Dankbarkeit und Unbehagen. »Danke«, sagte sie, zog ihre SIM-Karte aus dem Portemonnaie und drehte das Telefon um. »Trotzdem werde ich dein Telefon brauchen. Wenn ich meine Bankverbindung benutze, wissen die, wo ich bin.«

»Hey, hey, hey, ist die aus deinem alten Telefon?« Als sie nickte, streckte er die Hand aus und sah dabei zugleich wütend und erleichtert aus. »Darf ich?«

Sie reichte ihm die Karte und erschrak, als er sie zerbrach. »Hey!«, rief sie und senkte rasch die Stimme, als ihr auffiel, dass sich die Leute zu ihnen umdrehten. »SIM-Karten kann man nicht verfolgen«, sagte sie, während er die Bruchstücke in die leere Tasse fallen ließ. »Das war die einzige Verbindung zu meinen letzten drei Jahren!«

»Hat Opti sie dir gegeben?«, erkundigte er sich, und seine Stimme klang genauso aufgebracht wie ihre.

Gereizt sackte sie tiefer auf ihren Stuhl. Ihr gerade erst getroffener Entschluss, Silas nicht mehr anzublaffen, wurde auf eine harte Probe gestellt. Ihr war nicht viel geblieben, und das warf er einfach weg, als wäre es völlig bedeutungslos.

»Hör mal, es tut mir leid«, sagte Silas zu ihr, während sie immer wütender wurde. »Ich weiß, dass die Namen und Nummern wichtig für dich sind, aber hast du denn kein Tagebuch? Jeder Zeitagent, den ich kennengelernt habe, hat irgendwo eines versteckt.«

Frustriert rieb sie sich die Schläfen mit den Fingern. Selbst wenn sie ihr Tagebuch fände, wusste sie nicht mehr, ob sie ihm vertrauen konnte, ob es nun in ihrer eigenen Handschrift geschrieben war oder nicht. »Eine SIM-Karte kann man nicht verfolgen«, wiederholte sie, aber ihm war die Sache todernst, und ein Funke von Besorgnis kühlte ihren Zorn.

»Mag sein oder auch nicht.« Er blickte an ihr vorbei in die Ferne. Sie hätte ihm ja vorwerfen können, er würde Mädchen nachstarren, aber sie sah genauso aus, wenn sie die Umgebung nach Allen oder Bill absuchte – oder nach irgendjemandem, der einfach zu perfekt aussah. »Es dauert eine Weile, einen Tracker aufzuspüren, aber selbst wenn sie dich gefunden haben, dürften wir noch etwas Zeit haben.« Sein Blick huschte zu ihren Augen. »Nachdem du Allen Kniescheibe und Finger gebrochen hast.«

Sie verzog das Gesicht in Anbetracht seines anklagenden Tonfalls, dachte an Allens blasses Gesicht unter den schwarzen Locken, als sie ihm die Finger gebrochen hatte. »Die Finger, ja. Kniescheibe … So hart habe ich ihn nicht getroffen. Verzeih, dass ich nicht in einem geschlossenen weißen Lieferwagen enden wollte.«

Silas machte eine zustimmende Geste, und sie entspannte sich wieder. »Das ist so weit klar. Hier.«

Ihre Gefühle schlugen Purzelbaum, als er nach seiner Brieftasche griff und eine Handvoll Banknoten hervorzog. Sie kam sich vor, als wäre sie mit ihrer Mom einkaufen. *Heilige Scheiße – Mom!* Allen hatte behauptet, sie habe sie vergangene Woche angerufen, aber daran erinnerte sie sich nicht, und das Bedürfnis, die Stimme ihrer Mutter zu hören, war beinahe schmerzhaft intensiv.

»Mir wäre lieber, du zahlst bar«, sagte Silas, während sie die Nummer ihrer Mutter eingab. Die hatte sich vermutlich nicht geändert. »Besorg dir, was du für eine Reise mit leichtem Gepäck brauchst. Und wenn ich leicht sage, dann meine ich leicht.« Mit Verspätung registrierte er, dass sie das Telefon am Ohr hatte. »Was machst du da?«

»Ich rufe meine Mom an.«

»Bist du irre?«, platzte er heraus und griff nach dem Telefon. Er riss es ihr vom Ohr, aber sie ließ nicht los, und schließlich zerrten sie beide an dem Gerät, das zwischen ihnen über dem Tisch in der Luft hing, und keiner wollte nachgeben. Peri konnte die Stimme einer Frau vom anderen Ende der Verbindung hören, und sie lief rot an. »Magst du diese Hand?«, fragte Peri angespannt. »Willst du sie behalten?«

Opti konnte sie nicht so einfach über ihre Mutter aufspüren, erst recht nicht, wenn sie ein neues Telefon benutzte, und das wusste auch Silas, also ließ er los. Zufrieden reckte Peri das Kinn vor und hielt sich das Telefon ans Ohr. »Hi, hier ist Belle Marshal«, meldete sich Peri mit dem Namen einer langjährigen Freundin ihrer Mutter. »Kann ich bitte mit Caroline Reed sprechen? Ich warte.«

»Tut mir leid«, erwiderte die Stimme am anderen Ende. »Mrs. Reed hat keine Telefonerlaubnis.«

Peri klappte vor Überraschung der Kiefer herab. »Doch, hat

sie. Ich habe doch erst letzte Woche mit ihr gesprochen«, sagte sie. Ihr gegenüber verzog Silas das Gesicht.

»Nein«, widersprach die Frau. »Sie hatte seit über einem Jahr kein Telefon mehr in der Hand. Wer sind Sie?«

Peri atmete zittrig aus und legte auf. »Allen hat gesagt, ich hätte Freitag mit ihr gesprochen.«

»Er hat dich angelogen«, erklärte Silas verärgert. »Jeder lügt, um dich bei Laune zu halten.«

Flackernd blickte sie auf. »Komisch. Mich macht das nur sauer.« Sie hatte seit über einem Jahr nicht mit ihrer Mutter gesprochen? In ihr regte sich das Gefühl, nachlässig gewesen zu sein. Silas legte einen kleinen Stapel Hunderter auf den Tisch. *Gut so, ich muss shoppen gehen.* Aber von ihrer anfänglichen Begeisterung war nichts geblieben. »Soll ich dir irgendwas mitbringen?«, fragte sie, als sie sich erhob, erpicht darauf, seinem Mitleid zu entkommen.

Immer noch recht kleinlaut, zuckte er mit den Schultern. »Kümmere dich erst mal um dich. Wenn niemand auftaucht, besorge ich mir vielleicht noch eine neue Zahnbürste. Falls dein Telefon klingelt, geh raus, und wir treffen uns beim Autohaus. Bei dem großen mit dem Zelt.«

Sie nahm das Geld und stopfte es in die Hosentasche. »Und wenn ich springe?«, fragte sie, im Stillen immer noch bemüht, die Information über ihre Mutter zu verdauen. »Da gehen leicht mal zehn Minuten verloren.«

Nickend zog Silas einen Kugelschreiber aus seiner Brusttasche und drückte die Mine heraus. Dann griff er nach ihrer Hand, und sie ließ zu, dass er sie umfasste. Obwohl sie das Gleiche vorgehabt hatte, empfand sie es als herabwürdigend, dass er AUTOHAUS auf ihre Handfläche schrieb. Es kitzelte und tat gleichzeitig weh, und sie ballte die Faust, um die Schrift zu verbergen, als er sie losließ.

»Brillant«, bemerkte sie sarkastisch und ließ Hut und Mantel auf ihrem Stuhl zurück.

Silas beugte sich über die benutzten Teller. »Du hast zehn Minuten.«

»Ich kann mir in zehn Minuten keine neue Garderobe zulegen. Ich kann mir in zehn Minuten kaum neue Unterwäsche kaufen, und ich brauche einen neuen Mantel, eine Hose und anscheinend auch einen Pullover.«

»Schön!« Wütend runzelte er die Stirn und stapelte die Überreste ihres Essens aufeinander. »Dann nimm meine zehn Minuten dazu. Ich bin ja nicht so bedürftig wie unsere kleine Prinzessin.«

»So? Dieses saure Bonbon hast du also schon geschluckt, wie?«, erwiderte sie verärgert, doch ihr Blick huschte sofort zu Silas. Warum hatte sie das gesagt? Er wirkte so überrascht wie sie, doch dann zuckte er mit den Schultern.

»Mach dir keine Gedanken«, sagte er mürrisch. »Das ist, äh, irgendwas von … Jack.«

Er log, aber worüber wusste sie nicht. »Von *Jack?*«, wiederholte sie, eine Hand auf den Tisch gestützt.

Er wich ihrem Blick aus und starrte zu dem Spielsalon hinter ihr. »Die Bemerkung über dein gar nicht vorhandenes Asthma bedeutet, dass du dich an gar nichts erinnern kannst. Das bringst du einfach leichter über die Lippen als ›Ich habe keine Ahnung‹. Und das eine geschluckte saure Bonbon soll wahrscheinlich eine Warnung an mich sein, dass es noch nicht vorbei ist oder noch schlimmer kommen kann. So was wie der nächste Drops, der noch nicht gelutscht und geschluckt ist.«

»Ein Formulierung, die sich Jack ausgedacht hat«, murmelte sie, und als Silas nicht antwortete, schnappte sie sich den hässlichen Hut und marschierte davon. Sie hatte die letzten drei Jahre mit Jack verbracht. Sie wusste, dass sie ihn geliebt hatte.

Wie lange würde der Schmerz vorhalten, wenn ihr ständig derartige Dinge aus dem Mund purzelten? *Ich hasse Psychologen*, dachte sie, stopfte den Männerhut in einen Mülleimer und ging weiter.

Sie ahnte, dass Silas sie beobachtete, also achtete sie auf einen betonten Hüftschwung, um zu verbergen, wie erschüttert sie war. Aber als sie sich umblickte, stritt er sich mit jemandem am Telefon – vermutlich ihretwegen. Peri wurde langsamer, als ihre Wut verrauchte. Trotz der Probleme, die Silas gehabt hatte, sie an diesem Nachmittag zu beruhigen, war er einer der talentiertesten Anker, mit denen sie je gearbeitet hatte – Optis beste Ausbilder eingeschlossen. Cavana hatte beinahe einen Monat gebraucht, um einen Sprung nachzubilden, den er nicht miterlebt hatte. Silas war das in einer einzigen Sitzung gelungen.

*Aber wir wussten beide, was wir taten*, dachte sie und überlegte, ob das der Knackpunkt war, als ihr Blick auf ihre Hand und auf Silas' verkrampfte und irgendwie vertraute Handschrift fiel. Mit jedem Moment, der verging, verringerte sich die Gefahr, dass sie vergaß, wo sie sich treffen würden. Sie hatte sechshundert Dollar in der Tasche und litt unter einem eklatanten Bekleidungsmangel. *Pipikram*.

Die nächsten zwanzig Minuten verbrachte sie mit einem therapeutischen Einkauf, der sich auf ihre Stimmung beinahe genauso vorteilhaft auswirkte wie das Essen. Dank einem 3-D-Bildsimulator lief die Anprobe von sechs verschiedenen Outfits und einem neuen Mantel schmerzlos ab. Es dauerte allerdings eine Weile, einen Manager aufzutreiben, der die Barzahlung autorisierte, aber schließlich winkte sie den verwirrten, aber glücklichen Verkäufern zum Abschied zu und schlenderte mit neuem Reisegepäck und Klamotten für eine ganze Woche hinaus auf den Korridor. Ihre Stiefel klapperten auf dem Boden, und ihre Finger spielten mit dem neuen Filzstift, der an einer

Kette an ihrem Hals baumelte. Es war ein billiges Plastikteil, aber er fühlte sich gut an und vermittelte ihr ein Gefühl der Sicherheit.

Ihr Lächeln erstarb, als sie sah, wie Silas von einer nahen Bank aufstand und auf direktem Weg, die Hände in den Taschen vergraben, auf sie zukam. Ihre Finger zuckten, wollten ein Messer ergreifen, das nicht da war. Mit klopfendem Herzen schaute sie sich in der Mall um, aber außer ein paar Kids, die herumbummelten, ohne etwas zu kaufen, fiel ihr nichts auf.

»Du hast einen Trolley gekauft?«, fragte er mit schiefem Grinsen.

»Du hast gesagt, leichtes Gepäck«, konterte sie, aber ihr entging nicht, dass etwas im Busch war. »Was ist los?«, fragte sie, als er zu ihr aufgeschlossen hatte.

Wortlos nahm er ihr erst den neuen Mantel und dann den Trolley ab. Aus purer Gewohnheit spielte sie mit, nur um sich geistig anschließend einen Tritt zu versetzen. »Ich kann einen Trolley schon selber ziehen«, informierte sie ihn und griff danach, aber er wechselte die Hand und brachte ihn außer Reichweite.

»Opti hat Leute hier«, sagte er.

Zischend sog Peri die Luft ein. Die Gewohnheit trieb sie weiter, ohne dass sie auch nur einmal ins Stocken geriet oder sich verstohlen umblickte. »Nein«, hauchte sie. »Bill?«, fragte sie dann und lächelte dabei, als wäre alles in Ordnung. Wenn Opti hier war, dann standen sie in diesem Moment unter Beobachtung.

Silas hakte sie unter, sodass sie noch langsamer wurden. »Soweit ich gesehen habe nicht. Nur Allen. Er und ein halbes Dutzend Agenten, die gekleidet sind wie Verkäufer und Sekretärinnen. Ich habe sie beobachtet, als sie dich beobachtet haben. Ich hätte wissen müssen, dass du gechippt bist.«

**235**

Ein Schaudern kroch wie Schleim über ihr Rückgrat. »Nimm das zurück! Ich bin doch nicht gechippt wie ein Hund!«

»Und wie haben sie dich dann so schnell finden können?«

»Vielleicht hast du sie ja gerufen?«, giftete sie, obwohl sie wusste, dass das Unsinn war, doch er schnaubte nur verächtlich. Irgendwie gelang es ihr, ihre freie Hand locker schwingen zu lassen und den Blick auf den Makronenstand am Ende des Ganges zu heften, während sie in Gedanken ihre Pluspunkte durchging und so gut wie nichts finden konnte. *Ich bin gechippt? Meine eigenen Leute haben mich gechippt?*

»Die wussten genau, wo du bist, als sie reingekommen sind«, klärte Silas sie auf. »Die Sicherheitsleute des Einkaufszentrums sind jetzt zwar verschwunden, aber ich glaube, Opti würde uns trotzdem lieber auf dem Parkplatz einsammeln. Darum habe ich dich nicht angerufen.«

*Uns. Er hat uns gesagt.* Fisch und Reis lagen ihr plötzlich schwer im Magen. Opti war hinter ihr her, und sie verließ sich auf einen Mann, der von ihr wollte, dass sie allem, was ihr je etwas bedeutet hatte, ein Ende machte. Der ihr nur helfen würde, bis er hatte, was er brauchte, um Opti zu zerstören. Aber wer würde den Cyberterroristen das Handwerk legen, wenn Opti nicht mehr war? Wer würde verschwundene Flugzeuge aufspüren? Sadistische Diktatoren töten?

Trotzdem war Silas im Augenblick alles, was sie hatte. »Danke«, flüsterte sie und unterdrückte die aufkeimende Panik. »Lass nicht zu, dass ich mein Gepäck im Kampf zurücklasse. Das hat mehr gekostet als der Rest meiner Klamotten zusammengenommen. Wenn wir nur schnell genug weit genug kommen, werden die mich erst orten müssen, und das braucht Zeit.«

»Du willst kämpfen?«, fragte er und klang dabei regelrecht enttäuscht. »Selbst wenn wir es hier rausschaffen, müssen wir den Chip entfernen, sonst werden sie uns wieder aufspüren. Ich habe alles unter Kontrolle.«

»Ich habe einen Chip im Körper, und du erzählst mir, du hättest alles unter Kontrolle?«, fragte sie zuckersüß und bleckte dabei so die Zähne, dass es für die Passanten ringsum wie ein Lächeln wirken musste. Zwei Opti-Agenten lauerten an der Rolltreppe. Silas Hand spannte sich.

»Ich kann den Chip rausholen«, sagte er, und zur Abwechslung richtete sich sein Zorn mal nicht gegen sie. »Wir können es gleich hier machen. Alles ist bereit. Das Einzige, was ich brauche, ist ein bisschen Vertrauen deinerseits.«

*Dieses Telefongespräch.* Sie befragte ihre Intuition, aber es war, als besäße sie gar keine. Da war nichts. Nur Stille. Sie musste ihm vertrauen. Oder besser ihrem Bauchgefühl, und das sagte ihr, dass er sie nicht belog, auch wenn die Logik das Gegenteil behauptete. »Also gut«, seufzte sie. »Aber ich bin nicht gut darin, jemandem zu vertrauen.«

»Ist mir aufgefallen«, entgegnete er mit einem schiefen Grinsen und zog sie in einen Korridor. »Geh weiter. Ein Mann namens Eichhorn wartet in der Damentoilette auf dich.«

Sofort meldeten sich Peris Zweifel zurück. »Eichhorn?« War das wirklich sein Ernst?

»Wir haben alle noch ein Leben jenseits von diesem hier«, erklärte er und bohrte seine Finger schmerzhaft in ihren Ellbogen. »Er sieht aus wie ein Hausmeister, verstanden? Geh einfach rein. Er wird den Chip entfernen.«

»Einfach so? Du willst, dass ich in eine Toilette gehe und mich von einem *Hausmeister* aufschneiden lasse?«

Silas blieb stehen, und sie starrte ihn an. Hatte er eine Vorstellung davon, was er da verlangte? Die Toiletten lagen gleich neben dem Haupteingang, und da waren Leute, deren Blicke ihnen folgten, auch ohne dass sie direkt verfolgt wurden.

**237**

»Ich würde dich ja in seine Praxis bringen, aber nicht, solange du gechippt bist. Peri, bitte. Eichhorn und ich kennen uns schon lange. Er ist ein guter Mann.«

»Dann verrat mir seinen Klarnamen«, forderte sie und zählte dabei die Opti-Agenten. Sechs? Sieben? Sie war nur zwanzig Meter vom Haupteingang entfernt, zwanzig Meter von den Toiletten, und nichts fühlte sich mehr real an.

»Nein, das kann ich nicht machen. Aber ich gehe mit dir rein, wenn du dich dann besser fühlst.«

Vor der Tür zu den Toiletten hing ein Absperrband mit der Aufschrift GESCHLOSSEN. Die Tür selbst wurde von einem Holzkeil offen gehalten. Zwei Männer und sie allein in der Damentoilette? »Nein, ich schaffe das schon«, erklärte sie. *Toll. Und wenn ich springe? Was, wenn ich alles vergesse, rauslaufe und Allen stürmisch in die Arme nehme?*

Seufzend reichte Silas Peri den Mantel. »Danke«, sagte er. »Wir sehen uns in fünf Minuten.« Rasch ergriff er ihr Handgelenk und verwischte mit dem Daumen die Buchstaben, die er in ihre Handfläche geschrieben hatte. Sie nickte und schauderte innerlich, denn sie wusste genau, was er ihr damit sagen wollte. Er würde vielleicht nicht da sein, wenn sie aus der Toilette kam. Sie musste es allein zu dem Händler schaffen. *Scheiß drauf, ich schaffe das.*

»Vergiss mein Gepäck nicht«, sagte sie, ehe sie mit erhobenem Kopf zum Waschraum stolzierte. Einer der Männer am Haupteingang flüsterte vor sich hin, doch sie starrte an ihm vorbei und ging ruhigen Schrittes weiter. Allerdings konnte sie es sich nicht verkneifen, noch einen kurzen Blick hinter sich zu werfen, während sie sich unter dem Absperrband vor der Toilette hindurchduckte. Silas saß auf einer Bank, die Beine gespreizt, den Oberkörper vorgebeugt, ganz so, als würde er warten.

»Die Toilette ist geschlossen«, sagte ein drahtiger Mann mit Rastalocken und dunkler Haut, als ihre Stiefel über den schadhaften Fliesenboden klapperten. »Lernt ihr in euren Highschools nicht mehr lesen? Raus hier. Ich riskiere nicht meinen Job, nur weil Sie pinkeln müssen.«

»Eichhorn?«, flüsterte sie und erschrak über die eigene Blässe, als sie ihr Gesicht im Spiegel erblickte.

Seufzend lehnte der Enddreißiger seinen Mopp gegen den verbeulten Reinigungskarren. Die Hände in die Hüften gestemmt, musterte er sie demonstrativ von oben bis unten. Seine Augen wirkten beängstigend intelligent, und ihr gefiel gar nicht, dass sein Blick bei ihrem blauen Auge hängen blieb. »Sie sind zierlicher, als ich gedacht hatte«, informierte er sie, und sein Akzent verriet ihr, dass er aus dem Süden stammte, möglicherweise aus Louisiana.

»Wie bitte?« Etwas Besseres fiel ihr nicht ein, während sie mit Schrecken den Reinigungswagen betrachtete, der voller Flecken von diversen Chemikalien und mit alten Aufklebern übersät war. Noch erschrockener war sie, als er einen alten Werkzeugkasten öffnete, doch sie beruhigte sich schnell, als sie das saubere Verbandszeug und die medizinischen Hilfsmittel erblickte. Sie trat näher. Die Hände des Mannes waren vom emsigen Schrubben gerötet, aber die Haut war ebenmäßig. Dies waren nicht die Hände eines Hausmeisters. Die Tür stand immer noch offen, aber Silas würde sie alarmieren, sollte jemand sich Zutritt verschaffen wollen.

»Sie arbeiten für die Allianz«, stellte sie fest und erschrak erneut, als er ein Fach öffnete und ein stabförmiges Instrument herausnahm. »Woher weiß ich, dass Sie mich nicht chippen?«

Mit einem schiefen Grinsen reichte er ihr einen Handspiegel. »Sie können ja zusehen. Strecken Sie die Arme aus, und halten Sie still.«

Sie legte ihren Mantel ab. Dabei fiel ihr auf, dass er die Waschbecken trocken gewischt hatte. »Was ist das?«, fragte sie, als er mit dem Instrument über ihren Körper fuhr.

»Das ist ein Chiplesegerät aus meiner Praxis«, sagte er, und sie hätte sich beinahe umgedreht, hätte er sie nicht angerauzt, sie solle sich nicht bewegen. »In meinem anderen Leben bin ich Tierarzt.«

Peri runzelte die Stirn, als er ihren Rücken absuchte. »Opti chippt doch sein Personal nicht wie *Hunde*.«

»Aha«, machte der Mann, als das Gerät piepte.

*Nein.* Entsetzt hob sie den Spiegel und drehte sich mit dem Rücken zu der Reihe Wandspiegel um. Ihr Herz hämmerte in der Brust, und das hässliche Gefühl, verraten worden zu sein, breitete sich in ihr aus. Der Chip befand sich oben auf ihrer Schulter, genau da, wo man ihr vor vier Jahren ein Muttermal entfernt hatte. Sie hatten sie gechippt.

»Tja, immerhin ist er nicht in Ihrem Arsch. Können Sie den Pulli ein bisschen runterziehen?«

Entsetzt fuhr sie herum, und er zog grinsend den Kopf ein. »Ich weiß, was ich tue«, versprach er, legte das stabförmige Instrument weg und schnappte sich ein Paar purpurner Handschuhe. »Ich habe eine Zulassung, um als Mediziner zu praktizieren. Der veterinärmedizinische Abschluss ist allerdings eine Fälschung. Aber als Veterinär kommt man einfacher an verschreibungspflichtige Medikamente heran. Sie können zuschauen. Dafür habe ich Ihnen den Spiegel gegeben.«

Peri, der die Eile bis ins Mark drang, zog den Pullover über ihre Schulter herab. Der Spiegel zitterte in ihrem Griff, und sie musste ihn mit beiden Händen festhalten. Man hatte sie gechippt, und das machte ihr mehr zu schaffen als alles andere, was sie am vergangenen Tag erfahren hatte.

Kreidebleich fixierte sie ihr Spiegelbild. Seine Hände an

ihrem Rücken fühlten sich warm an, als sie mit sicheren, entschlossenen Bewegungen ihre Haut abtasteten. Sie erkannte an seinen Augen, dass er den Chip gefunden hatte, und ihre Blicke trafen sich, als er sie unter seinen schaukelnden Rastalocken hindurch im Spiegel anschaute. »Haben Sie so etwas schon früher gemacht?«, fragte sie, als er ein Skalpell aus der Verpackung nahm.

»Leider ja.« Mit gerunzelter Stirn betastete er erneut ihren Rücken und betupfte die Stelle, um sie zu desinfizieren. »Tut mir leid, aber wir haben keine Zeit für eine Betäubung.«

Sie nickte, und gleich darauf blieb ihr die Luft weg, als er ihre Haut aufschnitt. Ihr Magen krampfte sich zusammen, und sie sah ihr eigenes Blut fließen. Der Schmerz jedoch war erträglich und blieb es auch, als er weitermachte.

»Sagen Sie mir Bescheid, wenn Ihnen übel wird«, sagte er. »Das ist nur ein kleiner Schnitt, aber manche Leute reagieren komisch. Jetzt drückt es gleich ein bisschen.«

Sie biss die Zähne zusammen, während er solchen Druck ausübte, als wollte er einen Splitter herauspressen. Die Hand, die den Spiegel hielt, bebte, als etwas Weiß-Rotes von der Größe eines Reiskorns aus ihr herausglitt. Rasch wickelte er es in ein Stück Verbandsmull. »Hier«, sagte er und hielt es ihr hin. »Sie werden doch nicht ohnmächtig?«

»Nein.« Als er die Wunde säuberte, wich der pochende Schmerz in ihrer Schulter einem Brennen. Während sie den Verbandsmull hielt, fixierte sie das rot-weiße Etwas.

»Alles in Ordnung?«

Seine Stimme hörte sich freundlich an. Peri legte den Verbandsmull auf die Ablage unter dem Spiegel und zupfte ihren Pullover zurecht. Das Heftpflaster über dem Schnitt beulte die zarte Wolle merkwürdig aus, wie um sie daran zu erinnern, was man ihr angetan hatte. Bill hatte sie *gechippt*! »Mir geht es gut«,

**241**

antwortete sie, obwohl sie sich wackelig fühlte, aber nicht wegen des Bluts, sondern wegen der Erkenntnis, dass Silas, wenn er in diesem Punkt richtiggelegen hatte, vielleicht auch alles andere richtig sah.

»Wir führen sie in die Irre«, sagte der Mann und sammelte seine Sachen ein. »Gehört zum Service. Liz wird sofort hier sein, aber hauen Sie das Mädchen nicht gleich um, ja? Sie können das Pflaster jetzt wieder abnehmen, wenn Sie wollen.«

Mit rasendem Puls beugte sie sich über das Waschbecken. Ihre Welt geriet aus den Fugen, und es gab niemanden, der sie auffangen würde. *Wie ist es so weit gekommen?* Der Chip befand sich immer noch auf der Ablage. Sie warf einen Blick auf ihr Telefon. Fünf Minuten. Ihr war es länger vorgekommen. Hastig griff sie nach ihrem Mantel, um zu verschwinden. Das Bedürfnis zu fliehen war beinahe übermächtig.

»Hey, einen Moment mal«, sagte der Mann, als sie zur Tür ging. »Sie müssen warten, bis Liz hier ist. Wann haben Sie zum letzten Mal etwas gegessen?«

*Liz? Bestimmt ist das auch nicht ihr echter Name.* »Vor ein paar Minuten.«

»Fertigfraß aus der Mall«, kommentierte er angewidert. »Haben Sie letzte Nacht geschlafen?«

»Im Bus«, erwiderte sie, während eine dunkelhaarige Frau in einem hellblauen Kunstfasermantel hereinkam. Ihre Augen waren übertrieben geschminkt und mit rußschwarzen Kringeln akzentuiert, um die Gesichtserkennungsprogramme in die Irre zu führen. Peri runzelte die Stirn. Mit den Sachen, die Eichhorn in seinem Reinigungskarren hatte, würde es kaum gelingen, die gleiche Maskierung hinzukriegen.

»Hi, Eichhorn«, sagte die Frau fröhlich, doch ihre Miene verfinsterte sich, als sie Peri sah. »Hoffentlich bist du das wert«, kommentierte sie und reichte Peri einen Schminkstift.

**242**

»Das reicht«, fuhr der Mann sie an. Peri nahm die Kappe von dem Rußstift und beugte sich zum Spiegel, um die schwarze Farbe aufzutragen. »Wenn du nicht helfen willst, hättest du nicht kommen sollen«, setzte Eichhorn nach.

»Oh, ich helfe ja, aber ich tue das für Silas, nicht für sie.« Die Frau schälte sich aus dem blauen Mantel und reichte ihn Peri, die sich wieder aufgerichtet hatte. Beifallheischend sah sie Eichhorn an. »Silas bin ich etwas schuldig.«

Doch der Beifall blieb aus. Peri erstarrte beinahe, als die Frau sich mit einem anerkennenden Schnalzen ihren neuen Mantel schnappte. »Wenn du Silas wehtust, falle ich über dich her wie ein tollwütiger Hund«, erklärte Liz und schlüpfte grinsend in Peris Mantel. »Oh, wie angenehm. Falls sie dich schnappen, behalte ich ihn.«

»Ich habe Silas einmal das Leben gerettet«, entgegnete Peri. »Und das werde ich wieder tun.« *Bin ich wirklich so klein?*, fragte sie sich, während sie den Rußstift in einer Hosentasche verstaute, da sie ihn behalten wollte. Aber es stimmte: Diese Frau und sie waren tatsächlich beinahe gleich groß.

»Ja, nachdem er sich einen Betäubungspfeil eingefangen hat, weil er dich beschützt hat. Mach mal ein paar Schritte. Und hattest du nicht auch einen Hut?«

»Den hab ich weggeworfen.« Peri, die den Sinn ihrer Aufforderung verstand, ging vor dem Waschbecken auf und ab.

»Ich glaube, die schmerzgeplagte Haltung lasse ich weg«, bemerkte Liz trocken. »Wo ist der Chip?«

Eichhorn hatte ihn samt dem blutigen Verbandsmull in einen kleinen Probenbeutel gelegt. Die zierliche Frau nahm ihn an sich und steckte ihn in eine Tasche. »Zieh meinen Mantel an, setz die Mütze auf und hau ab«, sagte sie und zeigte zur Tür. »Die werden langsam nervös. Und sieh Silas nicht an, wenn du gehst. Meinst du, das schaffst du?«

Als der Arzt Peri in den blauen Mantel half, schnaubte Liz verächtlich. Zähneknirschend setzte Peri sich die derbe, blau-weiße Strickmütze auf. Sie war mit einem Bommel verziert, der in ihren Augen schlicht lächerlich aussah. »Danke«, sagte Peri, während Eichhorn das Kunstfaserungetüm an ihrem Körper zurechtzupfte.

»Danken Sie uns nicht«, entgegnete er mit trockenem Grinsen. »Immerhin versuchen wir, euch stillzulegen.«

Was vielleicht gar keine so schlechte Sache war. Peri wusste es inzwischen selbst nicht mehr. Mit erhobenem Kopf, um nicht so auszusehen, als hätte sie Schmerzen, ging sie langsam zum Ausgang.

Aber sie hatte Schmerzen. Und sie hatte sich noch nie so einsam gefühlt.

»Was meinst du?«, hörte Peri Liz sagen, als sie an der Tür mit dem Absperrband kurz stehen blieb – außer Sichtweite der beiden, aber noch nicht draußen.

»Ich meine, du solltest dich mal ein bisschen locker machen«, entgegnete der Mann. »Und ich meine, Silas sollte es langsam hinter sich bringen und seine Arbeit machen.«

»Seine Arbeit?«, wiederholte Liz höhnisch. »Was hast du erwartet? Er hasst Zeitagenten.«

»Das tut er nicht«, gab Eichhorn postwendend und verärgert zurück. »Diese Frau ist halb verhungert und steht emotionell kurz vor dem Zusammenbruch, und das ist zu einem guten Teil seine Schuld. Er weiß, welche inneren Barrieren Opti bei den Zeitagenten installiert, um zu verhindern, dass sie selbstständig agieren. Wenn er versucht, sie dazu zu treiben, diese Barrieren zu durchbrechen, obwohl ihr die Kraft dazu fehlt, hilft das niemandem, ganz besonders nicht ihr. Er hat einen Job zu erledigen, und wenn er damit nicht bald anfängt, werden wir alles verlieren. Peri eingeschlossen.«

**244**

Den Rücken an die Wand gepresst, stand Peri wie erstarrt da, gefangen zwischen zwei Welten, auf der Schwelle einer schmuddeligen Toilette – Opti auf der einen, die Allianz auf der anderen Seite, und sie wurde von beiden belogen. Barrieren gegen Selbstständigkeit? Wollte er damit sagen, dass sie darauf konditioniert war, einen anderen Menschen zum Überleben zu brauchen oder das zumindest zu glauben? Unbestreitbar war sie daran gewöhnt, Teil eines Teams zu sein, aber das bedeutete doch nicht, dass sie allein nicht zurechtkommen würde!

Doch dann dachte sie an Silas. Er hatte ihr Geld gegeben, er hatte ihr etwas zu essen gekauft, und in seinem Zimmer hatte sie sich erholt. Schlimmer, da war auch noch die potenzielle MEP, die jedem traumatischen Sprung folgen konnte, wenn sie niemanden hatte, der ihr half, die Löcher der Erinnerung zu stopfen. Ihr Herz raste. Sie zog den geborgten Kunstfasermantel fester um den Leib. Falls Opti hier war, würde sie es nie in dieses hoch gelegene Büro schaffen. Aber es würde sowieso nichts bringen, sich den von allen Spuren gereinigten Tatort anzuschauen. Vielmehr musste sie herausbekommen, was in jener Nacht geschehen war. Sie musste den Knopf finden, den sie in der Erinnerung an Jack gesehen hatte. Der Knopf war ein Talisman, und er barg eine Erinnerung. Er barg die Wahrheit.

»Das ist unsere beste Chance seit fünf Jahren, Opti unschädlich zu machen, und er vermasselt alles, weil er ihr kein Essen kaufen will?«, fragte der Mann, und Peri fühlte, wie ihr das Blut ins Gesicht stieg. »Was für eine Scheiße! Sag Silas, er soll sich zusammenreißen und seinen Job erledigen. Die Woche, die das dauert, kann er das doch wohl schaffen.«

Wütend zog Peri das Absperrband ab und ließ es beim Hinausgehen auf den Boden fallen. Mit erhobenem Kopf stolzierte sie raschen Schritts in das Einkaufszentrum und ignorierte dabei alles und jeden. Von Silas keine Spur, als sie an den

Opti-Leuten vorüberging, die sich offensichtlich mehr auf den Bildschirm ihres Tablets und den Tracker – Peris Chip – konzentrierten, als auf das, was sich unmittelbar vor ihren Augen abspielte. Das war ein Fehler, den sie kein zweites Mal machen würden.

Sie hatte die Hand zur Faust geballt, sodass die Schrift, die sie zu Silas führen sollte, falls sie vergaß, was sie ausgemacht hatten, nicht zu sehen war. Aber sie würde so oder so nicht zu dem Autohaus gehen.

Sie würde nach Hause zurückkehren.

# 16

Silas lehnte sich auf der harten Bank im Einkaufszentrum zurück, streckte die langen Beine aus und schlug die Füße übereinander, während er auf Peri wartete. Den Kopf hatte er in den Nacken gelegt, und sein Hut verdeckte den größten Teil seines Gesichts, gestattete ihm aber zugleich, die Toilette und den Vordereingang unauffällig im Auge zu behalten. Bisher waren nur ein paar Minuten vergangen, aber es fühlte sich an, als wären Stunden verstrichen.

Unruhig setzte er sich auf, als er Liz in den Waschraum tänzeln sah. Die drei Anzugträger, die so taten, als wollten sie eine Rauchpause im Windfang machen, fingen an, ihre Möglichkeiten zu erörtern. Sein Blick huschte zu dem Spielsalon, angezogen von einer Salve realistisch klingender Schüsse. *Beeil dich, Howard*, dachte er und zog sich den Mantel fester um die Schultern. Sein alter Freund brauchte womöglich mehr Zeit, um Peris Vertrauen zu gewinnen, als zum Herausholen des Chips. Vertrauen war der Schlüssel zu allem, und alles in ihm schrie danach, dass er sich in Bewegung setzte, und zwar schnell.

Fran hatte ihn angerufen, während Peri einkaufen war. Sie hatte ihn aufgespürt, als er Howard, den Putzmann der Allianz, angefordert hatte. Die wenig vorausschauende Frau hatte ihm gesagt, er solle Peri laufen lassen, damit Opti sie aufgreifen und säubern und das Spiel wieder von vorn beginnen könne. Aber die Information war da, sie steckte in Peris Kopf. Er musste Peri nur dazu bringen, sie ihm zu offenbaren. Fran hatte ihm

**247**

noch eine Chance gegeben, aber sollte er dabei versagen, war es aus. Entsprechend nahm Silas' Besorgnis zu, als sich immer mehr Agenten näherten, einzeln oder paarweise. Sie bereiteten einen Angriff vor. Die Zeit war abgelaufen.

»Gott sei Dank«, flüsterte er, als er Peri aus dem Augenwinkel erblickte. In dem blauen Kunstfasermantel und Liz' weißblau gestreifter Strickmütze, die sie sich tief ins Gesicht gezogen hatte, war sie kaum zu erkennen. In dieser salopperen Kleidung sah sie kleiner aus, verwundbarer. Er sah ihr an, wie mitgenommen sie war; von ihrem üblichen Selbstvertrauen war nichts mehr zu spüren. Ihre Anmut aber war immer noch da, und er fragte sich, was wohl aus ihr geworden wäre, wenn sie nie von dieser Schaukel gefallen und Tänzerin geworden wäre, wie sie es eigentlich vorgehabt hatte.

*Aber*, sinnierte er, *sie ist ja eine Tänzerin.* Sie tanzte mit dem Tod, und wenn sie nicht durchhielt, würde der Bastard gewinnen.

Mit angehaltenem Atem beobachtete er sie und erkannte, dass die Männer an der Tür sie gar nicht beachteten, sondern sich auf ein Tablet und vermutlich auf den Tracker konzentrierten. Naserümpfend ging sie an ihnen vorbei, stieß die Glastür auf – und war weg.

*Rotzfrech*, dachte er erleichtert und sah zur Uhr. Er würde die Männer zusammen mit Liz durch die Mall und durch den Südausgang ins Freie führen, den Tracker in einen Bus legen und zurückgehen. Peri würde vermutlich eine Probefahrt mit dem neuesten Modell aus Detroit machen. Die Frau liebte Autos.

*Nicht hetzen*, mahnte er in Gedanken, als er Liz zum Gastrobereich gehen sah. Peri ging nie so schnell, nicht einmal, wenn sie spät dran war; dafür war sie viel zu sehr davon überzeugt, dass die Leute schon warten würden, wenn man nur wichtig genug war. Die Arme von Liz schwangen zu weit vor und zurück, und ihr Hüftschwung war zu schwach. Der Mantel, den Peri gekauft hatte, war ihr ein bisschen zu groß, und ihre Schultern waren nicht breit genug für diese Haute Couture. Auch fehlte ihr Peris Anmut, aber außer ihm schien das niemand zu merken. Jeder einzelne Opti-Agent konzentrierte sich auf sie. Während Liz näher kam, schwang er mit beschleunigtem Puls Peris Trolley herum.

»Mein Gott«, sagte Liz, blieb vor ihm stehen und strahlte ihn aufgeregt an. »Die Frau ist ein Albtraum.«

Silas knirschte mit den Zähnen. *Stimmt.* »Sie ist kompliziert«, sagte er, legte ihr die Hand auf die Schulter und drehte sie in die Richtung des Südausgangs.

Getarnt durch ein Zupfen an ihrem neuen Mantel, warf Liz einen raschen Blick hinter sich. »So? Du hast wohl was übrig für paranoide, sarkastische Psychos, die einen Menschen mit einem Kugelschreiber töten können?«

»Dich mag ich doch auch, oder? Der Südausgang ist unsere beste Option.«

»Da, wo die Baustelle ist? Alles klar.« Sie machten sich auf den Weg, und als Liz neben ihm ging, fiel ihm zwangsläufig auf, dass ihre Schritte kürzer waren als Peris. Es kostete ihn Mühe, sich ihrem langsameren Tempo anzupassen. Komisch, dass ihm das bei Peri nie so lästig vorgekommen war. »Ich kann nicht fassen, dass du immer noch ihr Gepäck schleppst«, bemerkte Liz. In Anbetracht seiner zunehmenden Besorgnis war sie beinahe widerwärtig gut gelaunt. »Den ganzen Weg von Detroit hierher.«

»Das hat sie gerade erst gekauft, und es war meine Idee«, entgegnete er und wusste nicht recht, warum er das Bedürfnis verspürte, Peri zu verteidigen, nur weil Liz eine *Lieber-Gott*-Miene aufsetzte. »Sie hat zwei Tage lang keinen Blick in ihren Schrank geworfen«, fügte er hinzu, und Liz' Gesicht verfinsterte sich.

**249**

»Okay, zwei Tage sind eine lange Zeit«, bemerkte sie süffisant, während sie sich durch die Menge einen Weg zum Südausgang bahnten. »Aber sie hat sich gleich einen *Koffer* gekauft. Wie viel hast du ihr gegeben?«

»Hör auf«, warnte Silas sie. Zweihundert hätten gereicht, aber sechshundert hatten sie glücklich gemacht.

»Howard sagt, du solltest dich mehr wie ihr Anker und weniger wie ein abgelegter Liebhaber benehmen«, berichtete sie in angespanntem Ton. »Ich persönlich finde, du solltest aufhören, dich wie ihr Fußabtreter zu verhalten.«

»Ich sagte, *hör auf*«, wiederholte er und betrachtete mit Unbehagen die Menge der Opti-Leute am Südeingang: drei, und einer davon rief am Telefon gerade Verstärkung herbei. »Wenn es hier eng wird, musst du losrennen.«

»Ich hab mich auf das hier nicht eingelassen, um beim ersten Anzeichen von Gefahr loszurennen.«

Am liebsten hätte er sie geschüttelt, um sie zur Vernunft zu bringen. Das hier war kein Spiel. »Du wirst losrennen!«, wiederholte er scharf. »Ich kann uns nicht beiden den Rücken freihalten.«

»Ich kann für mich selbst sorgen«, erwiderte sie, und seine schlechte Laune legte sich plötzlich. Genau das hätte Peri auch gesagt.

»Ich halte dir die Tür auf«, sagte er, als sie schneller wurde. »Peri wartet immer darauf.«

»Sie ist ja so ein Prinzesschen.«

Liz verdrehte die Augen, blieb aber zurück, und Silas zögerte kurz. »Ja, das ist sie«, sagte er, und Liz setzte erneut eine säuerliche Miene auf.

Er stieß die Tür auf, und sie gingen in die früh einsetzende Abenddämmerung hinaus. Silas sah sich um und fragte sich, ob das mit Maschendrahtzaun versperrte Baugelände möglicher-

**250**

weise von Vorteil für sie wäre. Liz schwieg, reckte nur das Kinn vor, als sie einen Agenten nach dem anderen ausmachte.

»Ich sehe drei«, sagte er, während der Trolley über das holperige Pflaster rumpelte.

»Fünf«, korrigierte sie ihn. »Und mehr sind unterwegs. Mist, für wen halten die das Weib? Für Supergirl?«

»Jep«, stimmte er zu, und sein Herz schlug schneller. »Sie kommen auf zwei, fünf und acht Uhr auf uns zu.«

»Puh.« Liz wurde langsamer, und er gab den Versuch auf, sich ihren Schritten anzupassen. »Ich dachte, wir würden ein bisschen weiterkommen.«

»Mich wundert, dass wir es überhaupt zur Tür hinausgeschafft haben.« Silas blickte den drei am nächsten stehenden Agenten in die Augen, warnte sie wortlos, ehe der Kampf überhaupt begonnen hatte. »Ich mach dir den Weg frei. Sie werden nicht schießen.« *Jedenfalls nicht auf sie.*

»Silas …«

»Pass auf Pfeile auf.« Die drei Agenten hatten sie beinahe erreicht. »Lauf!«, brüllte er und stieß sie voran.

Mit einem frustrierten Aufschrei lief Liz los. Silas schwang Peris Koffer wie ein Hammerwerfer und grinste wie ein Irrer, als er ihn dem Mann entgegenschleuderte, auf den Liz zulief. Er landete einen satten Treffer. Der Mann ging grunzend zu Boden, versuchte, nach ihrem Fuß zu greifen, verfehlte ihn jedoch.

»Lauf weiter«, brüllte Silas und wirbelte erzürnt herum, als ein Pfeil die Rückseite seines Beins traf.

»Gottverdammt«, murmelte er und zog ihn heraus. Sein Bein wurde bereits taub, aber er konnte noch darauf stehen. Zumindest benutzten sie keine scharfe Munition.

»Keine Drogen, hab ich gesagt!«, ertönte Allens Stimme aus den Funkgeräten der Agenten, die Silas so wachsam umkreisten, als hätten sie es mit einem Löwen zu tun, und auf Verstärkung warteten. »Keine Drogen! Einen Bewusstlosen kann ich nicht verhören. Gütiger Gott, ist da draußen denn niemand, der mehr als einen braunen Gürtel vorweisen kann?«

*Allen*, dachte Silas und änderte seine Pläne. Er würde sich schnappen lassen. Er wollte mit Allen reden. Sein Lächeln wurde breiter, als er sah, wie die drei Agenten nervöse Blicke wechselten. Lebend und bei vollem Bewusstsein? Er kannte keine derartige Zurückhaltung, also warf er den Pfeil weg und ballte erwartungsvoll die Fäuste. »Ihr habt den Mann gehört«, sagte er und scharrte mit den Schuhen auf dem Pflaster, um sicheren Halt zu finden. »Wer will anfangen?«

Aber keiner der Männer spielte den Freiwilligen, also stürzte sich Silas schließlich mit Gebrüll auf den kleinsten von ihnen.

Wie ein Linebacker beim Football zielte Silas auf die Körpermitte und schlug so hart zu, dass seinem Gegner die Luft wegblieb und er zurückgeworfen wurde. Sofort wirbelte Silas herum, um sich den Nächsten vorzunehmen, doch da waren sie schon über ihm und zwangen ihn zu Boden. Er wand sich, aber jemand hatte seinen Arm gepackt und riss ihn hoch und nach hinten, sodass er sich kaum noch rühren konnte, während zwei andere auf seinen Beinen landeten.

»Legt ihm Handschellen an!«, brüllte jemand, und Silas verzog das Gesicht, als er das Metall über sein Handgelenk schrammen fühlte. Mit einer ruckartigen Drehbewegung schleuderte Silas den Mann von sich.

»Haltet ihn unten!«, forderte eine andere Stimme, und die Luft wurde ihm aus der Lunge gepresst, als sich zwei weitere Männer auf ihn fallen ließen. Einem rammte er den Ellbogen ins Gesicht, doch dann packten sie auch seinen anderen Arm, drehten ihn ebenfalls auf seinen Rücken und fesselten ihn an den ersten.

»Runter von mir«, verlangte er, und im Handumdrehen waren sie fort.

Empört drehte er sich um und schaffte es, sich aufzusetzen. Sechs Männer, alle in schwarzen Anzügen, umringten ihn. Einer hatte eine blutige Nase, ein anderer war rot angelaufen und rang um Atem. Alle waren wütend und ihre hübschen schwarzen Anzüge mit Schmutz und Öl besudelt.

Seine eigene Nase blutete ebenfalls. Er wischte sie an seiner Schulter ab und rührte sich nicht vom Fleck, als einer der Männer ihn schubste. Gleich darauf wandten sie sich ab, und er folgte ihrer Blickrichtung zu Allen, der unbeholfen und langsam mit einer verbundenen rechten Hand auf einer Krücke zur Entlastung seines linken Knies zwischen den geparkten Wagen hindurchhumpelte. Silas' gefesselte Hände krampften, und sein Schädel fing an zu pochen.

»Er hat einen Pfeil abgekriegt«, sagte der größte Mann keuchend, als Allen stehen blieb und Silas von oben bis unten musterte. »Tut mir leid, Sir.«

Allen zog amüsiert die Brauen hoch, als er die Männer betrachtete, die mühsam versuchten, wieder zu Atem zu kommen. »Keine Sorge«, sagte er, während Silas schäumend vor Wut am Boden saß. »Der hat ihn kaum beeinträchtigt.« Allen ließ seinen Blick über den Parkplatz schweifen, während andere Agenten Neugierige verscheuchten. »Können Sie stehen?«, fragte er Silas.

»Geh zum Teufel«, sagte Silas kaum hörbar. Sein Kinn schmerzte nach dem Aufprall auf das Pflaster.

Allen lachte leise. »Helft ihm hoch«, befahl er unbeeindruckt. Zwei Männer rissen ihn hoch, bis er unsicher auf den Füßen stand. »Ich will sein Telefon, die Brieftasche, alles. Wo ist der Van?«

Während man ihn durchsuchte, blieb Silas stoisch stehen.

Solange sie mit ihm beschäftigt waren, konnten sie nicht nach Peri suchen, und er verspürte ein seltsames Gefühl banger Befriedigung. Auf die Krücke gestützt, humpelte Allen zu einem anderen Agenten, um in Erfahrung zu bringen, wo der Pick-up so lange blieb.

»Eine Autokralle?«, wiederholte Allen sichtlich aufgebracht, während ein Passant versuchte, das ganze Geschehen auf Youtube zu laden, und sich beklagte, als ein Agent ihm sein Telefon abnahm und zerstörte. »Wir haben unseren Einsatz doch mit den hiesigen Cops abgeklärt!«, setzte Allen nach.

»Ja, Sir«, antwortete jemand. »Der Wagen hatte einen Bürgerwehr-Aufkleber drauf. Ich habe einen anderen Wagen angefordert.«

»Ach ja?« Stirnrunzelnd wandte Allen den Blick vom Einkaufszentrum ab und musterte einen nahen Bauwagen. »Ich will nicht, dass das im Netz verbreitet wird. Jemand soll das Ding da drüben aufmachen. Bewegung, Denier, oder wir helfen nach.«

Langsam ging Silas in Richtung des mobilen Baubüros, die Hände hinter dem Rücken gefesselt. Während sich das Tor im Maschendrahtzaun rasselnd öffnete, beäugte Silas die Waffe an Allens Hüfte. Die würde er sich schnappen, wenn er flüchtete. Während ein Agent die Metallstufen hinaufeilte und in den Bauwagen eindrang, wartete er geduldig ab.

»Rein da«, befahl Allen, als der Agent den Kopf rausstreckte und den Wagen für sauber erklärte.

Steifen Schrittes setzte sich Silas in Bewegung und bedachte den Agenten auf den Stufen mit einem warnenden Blick, der diesem sagte, dass er die Treppe schon allein hochkäme. Seine Stimmung erhielt einen Dämpfer, als er feststellte, dass die Möbel unter der erwartungsgemäß niedrigen Decke mit

Schmutz und Unrat bedeckt waren – aber seine Klamotten waren so oder so längst ruiniert.

»Setzt ihn dahin«, befahl Allen. Zwei Agenten stießen Silas auf den Rollenstuhl vor dem unordentlichen Schreibtisch und befestigten seine Handschellen mit einem langen, mit Kunststoff ummantelten Draht an einem fest eingebauten, feuersicheren Aktenschrank. Silas lehnte sich zurück, so weit er konnte, die Hände hinter dem Rücken zu Fäusten geballt.

»Wir verfolgen die Frau«, erklärte einer der Männer, und Allen parkte den Hintern ächzend auf dem Schreibtisch. »Sie bewegt sich in östlicher Richtung«, fügte der Mann hinzu und zeigte Allen das Tablet. »Ist offenbar motorisiert und kommt schnell voran.«

Allen warf einen Blick darauf. »Nicht nötig«, sagte er, zog sein Telefon aus der hinteren Hosentasche und ging die Apps durch. »Das ist nicht Reed.«

*Scheiße!*

»Sir?«, fragte der Agent und ließ das Tablet so weit sinken, dass Silas eine Karte von Charlotte erkennen konnte.

»Sie ist es nicht«, wiederholte Allen und schaute Silas mit blasierter Miene an. »Nicht wahr?«

*Was immerhin bedeutet, dass Peri immer noch in Freiheit ist,* aber Silas' Hochgefühl wich rasch neuer Besorgnis. Wie lange würde sie warten? Eine Stunde? Der Bauwagen war nur einen kurzen Fußweg von dem Autohaus entfernt.

»Raus«, befahl Allen, als der Bauwagen unter dem Gewicht zweier weiterer Männer erbebte, die gerade hereinkommen wollten. Sofort zogen sie sich wieder zurück. »Sie«, sagte Allen und gab einem der drei verbliebenen Agenten Silas' Telefon und Brieftasche. »Gehen Sie los, und richten Sie dem Sicherheitsdienst der Mall unseren Dank aus. Sagen Sie denen, dass wir unsere Tatverdächtigen geschnappt haben und hier in fünf

Minuten weg sind.« Gepeinigt legte er die Stirn in Falten und wandte sich an die beiden übrigen Agenten. »Und ihr zwei sucht den Wagen und sorgt dafür, dass er *in fünf Minuten* hier ist!«, brüllte er. »Nicht in zehn. Nicht in sechs. In *fünf* Minuten!«

Während sie zur Tür hasteten, schaltete Allen sein Funkgerät ein. »Ich bin in dem Bauwagen am Südende«, sagte er mürrisch. »Verschaffen Sie mir eine Schutzzone von zwölf Metern Umkreis. Sofort.«

Den Blick auf Silas gerichtet, zog er seine Waffe aus dem Halfter und legte sie mit einem erleichterten Seufzer auf den Schreibtisch. Die Agenten zögerten immer noch, und Allen wedelte mit der Hand, um sie hinauszuscheuchen. »Na los«, sagte er. »Er trägt Handschellen und ist an einen Zweihundertfünfzig-Kilo-Schrank gefesselt.«

Langsam zogen sie sich zurück. Silas konnte sie reden hören, als sie die Tür hinter sich schlossen.

»Du schleimiger Kotzbrocken«, sagte Silas, dem die Veränderung, die sein *alter Freund* durchgemacht hatte, keineswegs gefiel.

»Halt's Maul«, herrschte Allen ihn an und schaltete das Funkgerät aus.

»Wie konntest du ihr das antun«, flüsterte Silas und beugte sich vor, so weit es sein eingeschränkter Bewegungsspielraum ermöglichte. Beinahe hätte er es vermasselt, als Allen in Optis Klinikgebäude gekommen war und sich als ihr Anker aufgespielt hatte. Sein schlanker, athletischer Körperbau wirkte überzeugend, aber Allens Defragmentierungsmethoden waren nicht gut genug. Dass er sich bei Opti so weit und so schnell hatte hocharbeiten können, war mehr als verdächtig.

»Ich sagte …« – Allen legte sein Telefon so hin, dass Silas die gekaperten Livebilder von der Überwachungskamera in der

Mall sehen konnte, die auf den Bauwagen ausgerichtet war –
»… halt mal für einen Moment das Maul.«

Silas schwieg. Das Blut pulsierte unter dem neuen Kratzer in seinem Gesicht. Gemeinsam sahen sie zu, wie die Männer um den Bauwagen einen Kordon mit einem Zwölf-Meter-Durchmesser bildeten. Allens Veränderung ging weit über die Verbände hinaus. Er wirkte etwas reifer um die Schultern, und seine schwarzen Locken waren kürzer als früher. Die Schmerzen zogen sein längliches Gesicht noch mehr in die Länge, aber er war so fit und vernarbt wie eh und je, und das Brillengestell mit dem Sicherheitsglas war auch noch aus dem gleichen schwarzen Kunststoff. Silas wusste, dass er es dazu benutzte, sich Frauen vom Hals zu halten – Verhütungsbrille nannte er das Ding. Nicht dass Allen keine Frauen mochte, aber er behandelte sie wie den nächsten Berg, den er bewältigen wollte – nach eigenem Gutdünken.

»Du bist doch nicht ernsthaft verletzt, oder?«, fragte Allen. Die Art, wie er die Schultern hängen ließ, verriet, dass er unter ziemlich starken Schmerzen litt. Offensichtlich mied er Schmerzmedikamente, was eine verständliche Vorsichtsmaßnahme war, da sie seine Fähigkeit, einen Sprung zu erkennen, beeinträchtigten. »Die Männer haben nicht allzu hart zugeschlagen, stimmt's?«

Nach der Auseinandersetzung auf dem Parkplatz nass und verdreckt, musterte Silas Allen eingehend. Schließlich blieb sein Blick an der Opti-Anstecknadel hängen. »Du bist wirklich ein … Kotzbrocken.«

Allens Miene verhärtete sich. »Wir haben fünf Minuten. Willst du sie damit vergeuden, mir zu sagen, was für ein Arsch ich bin, oder zusammen mit mir überlegen, wie wir diese Sache in Ordnung bringen können?«

»So weit war ich schon«, sagte Silas rundheraus und zunehmend verärgert. »Bereit, Peri rauszuholen. Sie hatte alles, was wir brauchen, um dem ein Ende zu machen, und du *nimmst ihr alle Erinnerungen*? Warum hat mir das niemand gesagt?«

Allen starrte zu dem schmutzigen Fenster hinaus. »Vielleicht, weil du Matts Lieferwagen im Detroit River versenkt hast?«

»Spiel dich mal nicht so auf, du kleiner degenerierter Versager.«

»Ich habe sie von den Erinnerungen gesäubert, um ihr das Leben zu retten«, erklärte Allen nachdrücklich und konzentrierte sich wieder auf Silas, doch der hatte den Eindruck, dass in Allens Worten viel zu viele Schuldgefühle mitschwangen. »Du warst schon unterwegs, ehe das passiert ist. Es gab keine Möglichkeit, dich zu informieren. Und es gibt immer noch eine Chance, es zu Ende zu bringen. Fran will sie laufen lassen, und ich stimme ihr zu. Sie muss zurück zu Opti, um es zu beenden.«

»Du hast sie gesäubert, weil du sie endlich in den Fingern hattest!«, beschuldigte ihn Silas. Als Allen errötete, erkannte er mit Befriedigung, dass er richtiglag.

»Ich hatte keine Wahl.« Allen rutschte vom Tisch. »Lieber Gott, Silas. Sie lag im *Sterben*. Sie lag sterbend in meinen Armen und wollte nicht springen. Bill weiß, dass sie eine Schläferin der Allianz ist. Er weiß es vermutlich seit dem ersten Tag. Hätte ich ihr weniger als drei Jahre genommen, hätten sie mich verdächtigt.«

*Möglich.* Silas schaltete einen Gang runter, als ihm in den Sinn kam, wie schlecht die Chancen gestanden hatten, als sie vor fünf Jahren mit alldem begonnen hatten. »Bill weiß nicht, wer sie ist«, murmelte er.

»Doch, er weiß es.« Vorsichtig streckte Allen sein verletztes Knie. »Darum hat Jack sie ständig gesäubert, damit sie ahnungslos und produktiv bleibt.«

»So wie du«, bemerkte Silas erbittert.

»Nicht wie ich.« Mit gerunzelter Stirn starrte Allen ins Leere. »Der Idiot hat auf sie geschossen, um sie zum Springen zu zwingen, und dank ihrer Intuition ...«

»Sie hätte ihn nie akzeptiert, Säuberung hin oder her.« Silas' Blick verschleierte sich, und seine Schultern schmerzten, weil sie zu stramm nach hinten gezogen wurden. Peri war eine Nervensäge, fordernd und wählerisch, aber er vertraute ihrer Intuition mehr als dem größten Teil dessen, was andere ihm als Fakten verkaufen wollten. Und es gab niemanden, den er lieber an seiner Seite wüsste, wenn es wirklich eng wurde. Sogar jetzt.

Sein Blick huschte zu Allen. *Ganz besonders jetzt.*

»Also hast du sie dazu gebracht, ihn zu töten«, sagte Silas anklagend, »obwohl niemand anderes da war, der sich als Anker für sie geeignet hätte.«

Allens Züge verhärteten sich. »Das habe ich in der Hoffnung getan, dass wir das Spiel zu Ende bringen können, wenn diese Verbindung gelöst ist.« Steif stemmte er sich hoch, das Gewicht auf das gesunde Bein verlagert. »Die Regierung weiß, dass Opti korrupt bis zum Anschlag ist, aber sie braucht Opti, wie ein Bäcker Mehl braucht. Man hat Bill beauftragt, der Sache auf den Grund zu gehen, und der hat natürlich die Gelegenheit wahrgenommen, die Liste zu manipulieren, damit er sein Spiel weiterspielen kann. Peri hat herausgefunden, dass sie auf dem Original steht, und auf ihre übliche Weise reagiert.«

Silas nickte und spürte, wie sich die Haut seines Gesichts unter dem trocknenden Blut spannte. Am Ende war Peri gesprungen und hatte alles vergessen. »Und wo stehen wir nun?«

Allen schob die Brille hoch. »Bill hat die Liste, aber Jack hat den Originalchip mit sämtlichen Namen zu seiner Sicherheit behalten. Bill hat bereits seine Wohnung auseinandergenommen, den Chip aber nicht gefunden. Er ist nicht in Peris Mantis und auch nicht in dem Hotel, in dem sie Zwischenstation gemacht haben, und weder Peri noch Jack hätten ihn zerstört. Hat Peri irgendetwas darüber erzählt?«

Silas lehnte sich mit einem verächtlichen Schnauben zurück, und die Handschellen gruben sich tief in sein Fleisch. »Nein. Aber darüber konnte sie auch nichts wissen, da du sie bis zurück zu ihrem ersten Opti-Anker gesäubert hast.« Er hielt kurz inne.

»Ich glaube, du bist bei Opti heimisch geworden«, beschuldigte er Allen gleich darauf. »Ich glaube, dir gefällt, wo du bist und was du tust. Es macht dir Spaß, beide Seiten zu manipulieren. Ich glaube, dir gefällt, dass Peri dich kennt, mich aber nicht.«

Wütend zog Allen die Schultern hoch. »Und darum kaufst du ihr was zu essen, stattest sie für die Reise aus und weigerst dich, sie laufenzulassen, wenn Fran dir sagt, du sollst sie zurückschicken? Peri weiß nichts, und ich bin so nahe dran«, sagte er und zeigte ihm Daumen und Zeigefinger, die gerade zwei Zentimeter voneinander entfernt waren. »Wenn ich es schaffe, dass Peri zurückgeht und wieder arbeitet, kann ich herausfinden, wer Bill finanziert. Ich hätte die Chance herauszubekommen, wie weit das geht. Ich weiß, die ursprüngliche Idee lautete, dass *Peri* uns das verraten sollte, aber ich kann die Sache zu Ende bringen, und dann können wir alle nach Hause gehen.«

Mit pochenden Schmerzen in der Wange kniff Silas die Augen zusammen und sah Allen an. Er wusste nie so recht, wann Allen log. Er hatte sich immer darauf verlassen, dass Peri ihm das sagen würde. Seine Augen huschten zu Allens gebrochenen Fingern und weiter zu dem verletzten Knie. *Kein Grund, das jetzt zu ändern.*

»Die Frau kann es nicht leiden, wenn man sie anlügt«, sagte Silas, hob den Blick und merkte, dass Allen ihn fixierte.

»Wem sagst du das«, entgegnete er mit einem müden Seufzer. »Denkst du, ich hätte das getan, um mit Peri zusammen zu sein? Jedes Mal, wenn ich sie berühre, ängstige ich mich beinahe zu Tode, ich könnte irgendeinen Erinnerungsfetzen wecken, den ich nicht fragmentiert habe. Sie weiß, dass ich sie belüge, aber nicht, über was.«

*Allen macht sich Sorgen wegen übrig gebliebener Fragmente, und das Einzige, woran sie sich im Zusammenhang mit mir erinnert, sind ein paar Insiderwitze über Asthma und Bonbons.* Silas' Argwohn verfestigte sich.

Nervös fummelte Allen in einer seiner Jacketttaschen herum und hielt ein Büchlein hoch, das er gleich darauf auf den Tisch legte. »Heimisch bin ich bei Opti nicht geworden, aber ich habe angefangen, über Peri nachzudenken.«

»Du hast ihr Tagebuch gelesen?«, fragte Silas und schürzte die Lippen.

»Es hieß entweder ich oder Bill«, entgegnete Allen. »Ich habe ihm gesagt, es würde mir helfen, sie zu überzeugen, dass ich ihr Anker bin, aber eigentlich habe ich Beweise für die Korruption bei Opti gesucht. Etwas, das wir verwenden können.«

»Und?«

Allen schüttelte den Kopf. »Nichts. Falls sie ihre Erkenntnisse festgehalten hat, dann muss sie das irgendwo anders getan haben.«

Das führte zu nichts. Er musste hier raus. Sie würde nicht ewig warten.

»Sie hat sich verändert, Silas«, rief ihn Allen in die Wirklichkeit des dreckigen kleinen Bauwagens zurück. »Ihr Tagebuch? Sie genießt das, was sie tut, ein bisschen zu sehr. Wir wissen nicht, was in ihrem Kopf vorgeht, abgesehen von dem, was sie uns erzählt und was wir uns zusammenreimen können. Wie sollen wir wissen, ob sie nicht für Bill arbeitet und auf der Suche

**261**

nach der Führungsriege der Allianz ist, um die Topleute umzubringen?«

»Bist du übergeschnappt?« Aber sie hatte schon früher Menschen umgebracht, auch wenn sie sich nicht daran erinnern konnte.

»Sei einfach vorsichtig«, bat Allen. »Ich sage dir, sie ist nicht mehr dieselbe Frau.«

Silas dachte an Peris spontane Bemerkung über den Fisch und schnaubte verärgert. »Wem sagst du das? Wann hat die Frau kochen gelernt?«

Sichtlich erleichtert über den Themenwechsel, lächelte Allen. »Hast du das nicht gehört? Bill hat eine von Opti genehmigte Stressabbaumaßnahme daraus gemacht. Sie ist ziemlich gut darin, soweit ich gehört habe.«

»Und du gierst danach, dich an ihren Tisch zu setzen, was?«, gab Silas zurück. »Den Platz zu belegen, den Jack freigemacht hat. Sie hat dich dazu gebracht, auf der Couch zu schlafen, oder nicht? Mehr wirst du auch nicht bekommen.«

Allens Miene verfinsterte sich. »*Ich* bin nicht derjenige, der versucht hat, sie zum Aufgeben zu überreden. Ich habe sie und ihre Idee, Opti abzuschießen, unterstützt. Das tue ich immer noch.«

Mit schmerzenden Armen beugte Silas sich vor. »Du bist auf den Ruhm aus, Allen. Das ist alles, was du je gewollt hast, und du hast mit ihren Bedürfnissen gespielt, als wären sie eine Sucht, die befriedigt werden will, weil du es allein nämlich nicht schaffen konntest. Du hast sie benutzt. Sie überzeugt, es wäre machbar.«

»Es war machbar«, protestierte Allen, und Silas kniff die Augen zusammen, als er den schuldbewussten Ton wahrnahm. »Es ist immer noch machbar.«

»Du hast sie *benutzt*«, wiederholte Silas. »Und jetzt ist ihr

Kopf voller Löcher, und der traumatische Sprung, zu dem du sie gezwungen hast, sickert geradewegs durch und treibt sie in den Wahnsinn. Das ist deine Schuld.«

»Es ist *nicht* meine Schuld«, widersprach Allen kreidebleich. »Sie wollte das tun. Sie kannte die Risiken.«

»Du hast sie ermutigt«, beschuldigte ihn Silas. »*Du* hast das Jahr ausgelöscht, in dem wir dafür trainiert haben.«

»Und du warst einverstanden.« Allen fing an, auf seine merkwürdig humpelnde Art auf und ab zu gehen, und der Schmerz regte ihn nur noch mehr auf. »Du warst dabei und hast dafür gesorgt, dass ich nichts übersehe.«

»Um sie am Leben zu halten!«, brüllte Silas ihn an.

Allen humpelte näher heran. »Sie ist weg«, sagte er mit ausdrucksloser Miene. »Sie ist vor fünf Jahren gegangen. Sie wollte die Dinge zum Besseren ändern, aber nun ist nichts mehr von ihr übrig. Komm darüber hinweg, Silas.«

Mühsam zwang Silas sich, nicht mit den Zähnen zu knirschen. »Sie wartet in diesem Moment auf mich. Nimm mir diese Handschellen ab.«

Ein hinterhältiger Ausdruck trat in Allens Augen, als er sich zu voller Größe aufrichtete. »Oh, du hast ihr geholfen zu fliehen. Ich kann dich nicht gehen lassen.«

Silas klappte den Mund auf. »Sie wartet. Nimm mir die Dinger ab, und gib mir deine Waffe. Sag einfach, ich hätte dich niedergeschlagen.«

»Wo ist sie?«

Silas antwortete nicht. Allen wandte sich ab, und Silas zerrte so heftig an seinen Fesseln, dass der kleinere Mann erschrocken zusammenzuckte. »Sie ist nur noch einen schlimmen Sprung von einer MEP entfernt«, sagte Silas. »Dieser Mist aus der Bar versucht jetzt schon, sich zu manifestieren. Ich habe gestern drei potenzielle Erinnerungsknoten entwirrt, nur damit sie sich entspannen konnte. Allein wird sie sich hilflos darin verheddern.«

»Dann sag mir, wo sie ist, damit wir uns um sie kümmern können.«

Um sie kümmern? Er sprach von einer weiteren Säuberung. Angepisst tastete Silas nach dem Draht und zerrte daran. Er spannte sich, hielt aber stand. Silas traute Allen nicht mehr, und sein Herz schlug immer schneller, bis sein ganzes Gesicht zu pulsieren schien. »Tu das nicht, Allen.«

»Sie vertrauen mir«, entgegnete Allen, warf einen Blick auf sein Telefon und hatte es plötzlich auffallend eilig. »Sag mir, wo sie ist, oder es wird gar nichts passieren.«

»Tu das nicht«, warnte ihn Silas, und Allen erschrak, als er aufzustehen versuchte, aber von den Handschellen gestoppt wurde. »Allen.«

»Tut mir leid«, flüsterte er und starrte die schmutzigen Fenster an, während draußen die Geräusche herannahender Agenten lauter wurden. Mit zusammengepressten Lippen steckte er Peris Tagebuch wieder unter den Mantel. »Ich sorge dafür, dass du eine Gelegenheit bekommst, es zu lesen. Ich glaube, sie ist nicht mehr zu retten. Alles, was wir noch tun können, ist, Opti auszuschalten.«

»Allen!«, rief Silas wie rasend, als Allen zur Tür humpelte.

»Wo ist mein Wagen?« Allen stieß die Tür auf und hinkte die Stufen hinab.

Die Tür fiel ins Schloss, und Silas zerrte schäumend vor Wut an seinen Fesseln. Vergeblich. Allen log. Und Peri wusste das, zumindest wusste es ihr Unterbewusstsein. Warum hätte sie ihm sonst Finger und Kniescheibe brechen sollen? Er musste hier raus. Er musste sie warnen. Es war nie geplant gewesen, dass dies alles so lange dauerte. Er musste sie rausholen, ehe alles verschwand, was sie einmal gewesen war.

Aber er kam nicht einmal vom Stuhl hoch, also ließ er sich mit einem frustrierten Ächzen zurücksinken und brütete vor sich hin. Allen war immer schon ein verschlagener Mistkerl gewesen, selbst als sie noch die besten Freunde gewesen waren. Schön zu sehen, dass sich manche Dinge nie änderten.

# 17

Rasch überquerte Peri den Parkplatz vor dem Studentenwohnheim. Ihr war nicht wohl dabei, in Liz' billigem blauem Kunstfasermantel so zu tun, als wüsste sie, wohin sie ging. Sie wusste, was sie suchte, aber nicht, wo es war. Eine alte Klapperkiste dürfte weder Sicherheitseinrichtungen noch Bordcomputer haben, die für das Suchsystem LoJack nutzbar waren, und wenn der Wagen dann noch von diesem Parkplatz stammte, würde man ihn möglicherweise tagelang nicht vermissen.

Es zog Nebel auf, und mit Einsetzen der Dämmerung wurde es zunehmend kälter. *Klamm und kalt.* Es war eine scheußliche Nacht in Charlotte. Sie betastete den Schraubendreher mit dem langen Griff, den sie in einer Werkstatt geklaut hatte, an der sie vorbeigekommen war. Der lindgrüne Zweitürer mit dem zerfetzten Stoffverdeck war ein geeigneter Kandidat, und wenn sie Glück hatte, war er nicht einmal abgeschlossen.

Sie hatte.

Lächelnd zog Peri am Griff und glitt hinein, als würde die hässliche Karre ihr gehören. Tatsächlich gehörte sie eindeutig einem Kerl; am Rückspiegel baumelten Haifischzähne, und auf dem Boden lagen Matten mit der Silhouette eines nackten Mädchens.

*Und die Karre stinkt nach Rasierwasser,* dachte sie naserümpfend, zog den Stiefel aus und hämmerte damit auf die Lenksäule ein, bis sie knackte. Beinahe eine halbe Stunde lang hatte sie die Busse gewechselt, um eine möglichst große Distanz zwischen sich und die Mall zu bringen. Das Kunstfasergewebe kratzte bei jeder Bewegung, und sie dachte wehmütig an den Mantel, den sie hatte zurücklassen müssen, ganz zu schweigen von allem anderen. Hätte sie auch nur geahnt, dass sie einen Wagen würde kurzschließen müssen, dann hätte sie ein Messer gekauft anstelle der Socken. Wenigstens trug sie frische Unterwäsche und hatte ein paar Scheine im Portemonnaie.

*Und ein Telefon*, konstatierte sie in Gedanken, als ihre hintere Hosentasche zu summen begann.

Ihr schlechtes Gewissen meldete sich. Sie hatte Silas einfach sitzen lassen – keine Erklärung, kein gar nichts –, aber Liz' unerbittliche Worte schmerzten. Sie war gut in ihrem Job. Und sie war nicht hilflos, wenn sie auf sich gestellt war.

Frustriert zerrte Peri an der geborstenen Lenksäulenverkleidung, bis sich das Plastik mit lautem Knacken löste. An der Spitze eines geklemmten Fingers saugend, fummelte sie ihr Telefon aus der Tasche. Sie musste nicht nachsehen, welche Nummer angezeigt wurde; es gab nur eine Person, die sie anrufen würde. Also drückte sie auf ANNAHME und hielt das Telefon ans Ohr.

»Peri.« Allens Stimme ertönte, und die hochmoderne Technik übertrug jede Nuance seines Zorns.

Mit flackerndem Blick schaute sie in den Rückspiegel und schloss beide Türen ab. Das Pflaster an ihrer Schulter ziepte, als sie sich über die breite Bank lehnte. *Himmel, hier geht aber auch alles manuell.* »Hi, Allen.« Sie griff nach dem Zündschloss, löste es heraus und zog es – samt der zugehörigen Kabel – in das abnehmende Tageslicht. Wenn sie Glück hatte, würde sie nichts als den Schraubenzieher brauchen. »Wie geht es der Hand?«

»Ist getapt. Das Knie macht mir mehr Kummer. Kreuzbandriss. Sobald die Schwellung runter ist, bekomme ich einen Flexigips.«

»Au, das ist echt Mist.« Sie hörte Geräusche im Hintergrund, konnte aber nicht erkennen, ob er in einem Krankenzimmer war oder in einem Überwachungsfahrzeug.

»Hab Schlimmeres erlebt, aber normalerweise war dann ein Motorrad oder ein Fallschirm im Spiel. Wegzulaufen war ein Fehler.«

Das Telefon unbeholfen zwischen Schulter und Ohr geklemmt, versuchte sie, den Schraubenzieher im Schloss zu drehen, aber vergeblich. *Warum kann nie mal etwas einfach sein?* »Also, ich nehme an, ihr habt Silas, wenn du mit seinem Telefon anrufst.« Alles würde ruckzuck in die Binsen gehen, wenn sie dieses Ding nicht in Gang brachte.

»Oh, ja«, antwortete Allen selbstgefällig. »Zu schade, dass ich nicht dabei war, sonst hätten wir dich auch. Niemand bewegt sich so wie du, Peri.«

Das Plastikmesser war absolut nutzlos, also beugte sie sich mit protestierender Schulter zu dem vollgestopften Handschuhfach hinüber und wühlte nach etwas, womit sie Drähte schneiden und abisolieren konnte. Er zog das Gespräch in die Länge, was bedeutete, dass der Anruf verfolgt wurde. Sie nahm an, dass er bestenfalls den Funkturm aufspüren konnte, über den sie eingewählt war, aber in dem Punkt war sie nicht sicher. »Wozu unterhalten wir uns?«, fragte sie, um das Geräusch zu tarnen, als sie alles auf den Boden fegte. Ein Klappmesser sprang ihr ins Auge. Sie hob es auf und wischte den Dreck vom Griff, ehe sie es aufschnappen ließ. *Goldrichtig!*

»Ich wollte nur die gute Nachricht verbreiten«, sagte er. Im Hintergrund hörte sie Funkgeplapper. *Toll. Er ist also in einem Überwachungsfahrzeug.* »Allerdings ist sie für dich nicht so gut. Wäre es meine Entscheidung gewesen, hätte ich dich einfach im Regen stehen gelassen, aber Bill meint, wir könnten dich säubern und noch mal von vorn beginnen, und hier bin ich.«

»Säubern?« Das Wort hörte sich fremd an, und ein hässlicher Gedanke schwirrte durch ihren Kopf: Konnte Opti kontrollieren, wie viel sie verlor, wenn sie sprang? Sie hatten sie belogen. Schlimmer noch, die Wut, die sich nun in ihr regte, war zu alt, als dass sie dergleichen nicht schon früher erlebt hätte. *Allen hat mir drei Jahre genommen. Ich hätte ihm das Kinn zertrümmern sollen, nicht das Knie.*

Angepisst ertastete sie die Kabel und folgte ihnen vom Schloss aus, bis sie genug hatte, um die Enden zu isolieren und sie zusammenzudrehen.

»Ich dagegen glaube, dass du mehr Ärger machst, als du wert bist«, fuhr Allen fort. »Aber wenn ich das richtig anpacke, kann ich zwei Fliegen mit einer Klappe schlagen – ich bilde ein Team mit einer Top-Zeitagentin und bekomme die Chance, dich jede Nacht zu ficken.«

Das war fies, und sie hielt sich betreten das Telefon ans Ohr, während sie die Drähte zusammenführte. Als der Motor drehte, verzog sie das Gesicht. Doch es war weniger die plötzliche Erschütterung als das Plärren des Radios, was ihr so einen Schrecken versetzte, dass sie das Telefon fallen ließ, um das Radio leiser zu stellen.

»Dank dir hat Bill jetzt einen Repräsentanten der Allianz, der bereit ist zu bezeugen, dass du korrupt bist«, sagte Allen gerade, als sie das Telefon wieder an ihr Ohr brachte. Offenbar hatte er nicht gemerkt, dass sie es zwischendurch hatte fallen lassen. »Wo bist du, Peri? Wir können dich schützen.«

*Als würde ich dir das erzählen.* »Silas glaubt nicht, dass ich korrupt bin.« Der Wagen lief, aber drei Jahre verlorener Erinnerungen hin oder her: Sie merkte deutlich, dass es lange her sein musste, dass sie zum letzten Mal einen Wagen kurzgeschlossen hatte. Auch das hatte bei den wenigen Gelegenheiten, zu denen es nötig gewesen war, vermutlich ihr Anker erledigt. *Ich bin so dumm.*

»Er *glaubt* es nicht?«, wiederholte Allen, und sie schloss die Lüftungsdüsen, damit es im Wagen wärmer wurde. »Glauben ist ein komisches Wort. Im Augenblick *glaubt* er, du hättest ihm eine Falle gestellt. Er *glaubt*, du hättest die ganze Zeit gewusst, dass Opti durch und durch korrupt ist, und selbst zu den Korrupten gehört. Ein hässlicher kleiner Maulwurf, der sich durch die Allianzränge hocharbeitet, bis er nahe genug an die Topagenten der Allianz herangekommen ist, um sie auszuschalten.«

Es fühlte sich an wie ein Schlag ins Gesicht. Opti war korrupt. Das hatte sie vermutlich vor dem Sprung im *Zeitloch* herausgefunden, und Allen hatte sie *gesäubert*. Bill, Allen … Jack? Oh Gott, sie hatte ihn getötet. Sie mochte sich nicht daran erinnern, aber falls sie herausgefunden hatte, dass er korrupt war, dann hätte sie das vielleicht getan. Silas hatte ihr die Wahrheit gesagt. *Und ich habe ihn zurückgelassen.*

»Wir werden ihn bald entkommen lassen«, palaverte Allen, aber Peri hörte ihn kaum, während sie damit beschäftigt war, die Informationen zu verarbeiten. »Er will dich dazu benutzen, Opti zu zerschlagen.« Er lachte. Es hörte sich nett an. »Diese Treuherzigkeit kann man nur bewundern. Opti kann man nicht zerschlagen. Zu viele bedeutende Bankkonten wollen uns genau da haben, wo wir sind. Verdammt, die Regierung könnte sich ohne uns nicht mal den Arsch abwischen. Aber wenn du dich einbringst und mit uns zusammenarbeitest, damit wir die letzten paar Tage löschen …«

»Fahr zur Hölle und stirb«, sagte sie. »In dieser Reihenfolge.« Das Bedürfnis, sich in Bewegung zu setzen, war beinahe schmerzhaft, aber das Telefon war zu klein, um es sicher zwischen Schulter und Ohr zu halten, also hätte sie nur eine Hand zum Fahren. Aber mit einer Hand konnte sie einen Wagen mit Schaltgetriebe nicht vernünftig durch das städtische Verkehrsgewühl steuern.

»Ich habe Bill gewarnt, dass du genau das sagen würdest«, entgegnete er und hörte sich ganz und gar nicht bedauernd an. »Denk darüber nach, Peri. Wenn du wegläufst, wird jeder Cop von hier bis zu beiden Grenzen nach dir suchen. So gut bist du nicht, wenn du auf dich gestellt bist. Das gleiche Muster, das dich bei Verstand hält, wird uns helfen, dich zu finden. Du kannst nichts dafür. Wir haben es so eingefädelt. Früher oder später machst du einen Fehler, und dann wird man dich zur Strecke bringen und als korrupte Opti-Agentin, die ihren Anker getötet hat, um ihre Taten zu verschleiern, verurteilen und wegsperren.«

»Ihr könnt Opti nicht dem Licht der Öffentlichkeit aussetzen«, erwiderte sie, und er lachte. »Die Öffentlichkeit würde fordern, uns alle aus dem Verkehr zu ziehen, wenn bekannt würde, was wir tun können.«

»Weshalb deine speziellen Fähigkeiten gar nicht zur Sprache kämen. Nach unserer Legende bist du nur eine gewöhnliche Attentäterin, Peri, Angehörige einer Regierungtruppe, die zu einem Militärprojekt gehört. Und dieses Projekt läuft bereits seit den Vierzigern des letzten Jahrhunderts, ganz einfach, weil wir es behaupten. Und wir haben die Dokumente, die das beweisen. Fünfundneunzig Prozent davon sind wahr. Ist ja nicht so, als hätten wir nicht schon früher von vorn anfangen müssen.«

*Ich spiele für niemanden den Sündenbock.* Frustriert zog sie die Strickmütze vom Kopf und warf sie neben sich.

»Opti wird das überstehen, aber dir stehen zwei Wege offen: Der eine führt dich für den Rest deines Lebens ins Gefängnis, der andere bringt dich zu mir, und du kannst alles vergessen und glücklich und zufrieden das tun, was du gern tust. Worin du gut bist.«

»Ich brauche Zeit, um darüber nachzudenken.«

»Du hast keine Zeit!«, brüllte Allen. »Ich brauche eine Antwort. Ehe meine Schmerzmedikamente anfangen zu wirken.«

Peri fühlte sich mattgesetzt und schwieg. Sie würde nicht zurückgehen, um das brave Hündchen zu spielen, auf Kommando Tricks vorzuführen und jedes Mal, wenn sie herausfand, was gespielt wurde, gelöscht zu werden und unwissend zurückzubleiben. *Wie lange schon? Wie oft?*

Allens Stimme klang zufrieden, als er sagte: »Ich verstehe das als nein. Wir sehen uns bald, Peri.«

Die Verbindung brach ab, und sie schaltete das Telefon aus. Der Wagen stand immer noch mitten auf dem Parkplatz des Wohnheims. Peri beugte sich in den Fußraum und wühlte in dem Durcheinander, bis sie einen Stift und eine gelbe Quittung von einem Reifenhandel gefunden hatte. Sie notierte Silas' Mobilnummer und steckte den gelben Zettel in ihre Tasche. Das Telefon würde sie wegwerfen, sobald sie auf dem Expressway war.

*Ich erinnere mich nicht mal, je meinen Mantis gefahren zu haben*, dachte sie plötzlich bedauernd und verzog das Gesicht beim Blick auf das AM/FM-Radio und den schmuddeligen Unrat, der sich über die zerschlissenen Sitzflächen aus Vinyl verteilte. Den Angaben im Prospekt zufolge konnte sie den Mantis aus dreißig Metern Entfernung mit dem Funkschlüssel oder ihrem Telefon starten. Und er würde sich ausschalten, wenn eine nicht registrierte Person auf dem Fahrersitz Platz nahm. Im Lieferumfang war ein lebenslanges SiriusXM-Radio-Abonnement enthalten. Er schaffte es in drei Komma zwei Sekunden von null auf hundert. Das Vorheizaggregat machte *barrummm!*, wenn sie es startete, was ein wohliges Kribbeln im Bauch auslöste. Und sie musste diese Schrottlaube fahren?

Seufzend legte sie den Gang ein. Gut, sie hatte also einen Wagen, aber nach Detroit zu kommen und diesen Knopf zu holen kam ihr nun nicht mehr so wichtig vor. Mit pochendem Herzen steuerte sie zur Ausfahrt. Nur ein paar Meilen, und sie würde im Bereich eines anderen Funkturms sein, was ihr ein gewisses Maß an Sicherheit böte. Sie durfte sich nicht gestatten, Allen irgendetwas zu glauben, und ihr Bauchgefühl sagte ihr, dass auch Silas zu klug war, ihm zu glauben.

»Früher oder später mache ich einen Fehler, ja?«, murmelte Peri, als sie auf die Straße einbog. Sie kam zu dem Schluss, dass Wut ein besseres Gefühl war als Angst. Sie würde sich nicht schnappen lassen. Sie war verdammt noch mal ein Profi, und wenn sie sich auch nicht an alles erinnern mochte, hatte sie doch ein gewisses Rüstzeug.

Ihr größter Vorzug war aber zugleich ihr größtes Problem, und sie würde keinen Anker haben, der ihr nach dem nächsten Sprung die Erinnerungen zurückholen konnte. Sie brauchte Silas.

»Tierärzte«, sagte sie und beschloss anzuhalten und etwas zu essen, während sie Nachforschungen anstellte. »Ich muss einen Tierarzt finden, der auf Eichhörnchen spezialisiert ist.« Ihre Hände zitterten, als sie Gas gab, um herauszufinden, was der große, übertrieben durstige, uramerikanische Motor hergab.

# 18

»Ein Eichhörnchen«, sagte Peri mit künstlich schriller Stimme und lieferte eine panische Show ab, als sie den Schuhkarton, den sie in einem Müllcontainer gefunden hatte, zur Seite kippte, damit die Steine in seinem Inneren über den Karton scharrten wie Klauen. »Ich habe es angefahren, und ich konnte es doch nicht da liegen lassen, und in ihrer Werbung heißt es, sie würden sich mit exotischen Tieren auskennen.«

Die Mitzwanzigerin hinter dem Tresen maß erst den Karton und dann Peris erschöpfte, aber sportliche Statur in dem hässlichen blauen Mantel und der blau-weiß gestreiften Mütze mit einem zweifelnden Blick. »Ja, Ma'am, aber da geht es um Haustiere, so etwas wie Eidechsen oder Vögel. Ein Eichhörnchen hatten wir noch nie.«

Peri beugte sich über den Tresen. Ihre Anspannung musste sie der Frau gar nicht vorspielen. »Sie müssen mir helfen. Es hat ein gebrochenes Bein. Womöglich hat das Tier Junge! Es hat sich von mir anfassen lassen. Es ist richtig zahm.« Peri versetzte die Steine erneut in Bewegung. Als im hinteren Teil der Praxis Hunde bellten, unterdrückte sie ein Schaudern. *Warum kann ich Hunde nicht leiden?*

Die Frau wirkte verunsichert. »Ich schau mal, ob er Zeit hat«, sagte sie und ging nach hinten.

Seufzend wich Peri von dem Tresen zurück und lächelte matt der zweiten Sprechstundenhilfe zu, die damit beschäftigt war, Karten mit der Aufschrift »Bringen Sie Ihr Haustier zur Kontrolluntersuchung her« zu sortieren, die der Drucker gerade ausspuckte. Die Diplome an den Wänden wiesen den Tierarzt als Howard Lamms aus – besser als Eichhorn, wenn auch nur geringfügig. *Gott schütze mich vor Amateuren*, dachte sie, und ihre Anspannung kehrte mit dreifacher Stärke zurück.

Zuvor hatte sie sich ein rasches und einsames Mahl in einem Imbiss gegönnt, in dem sie sich auch ein echtes Telefonbuch ausgeliehen hatte – so etwas hatte sie nicht mehr zu sehen bekommen, seit sie ein kleines Mädchen gewesen war –, um es nach Tierärzten in einem Umkreis von fünfzehn Meilen zu durchstöbern. Die Praxen sortierte sie anschließend nach der Anzahl der dort beschäftigten Ärzte, ausgehend von der Vermutung, dass »Eichhorn«, der, laut eigenem Bekunden, Medikamente abzweigte, nicht an einem Partner interessiert sein konnte, dem er Rechenschaft schuldig wäre.

Derzeit stand Peri mit ihrem Steinkarton in der dritten Praxis, die sie ausgewählt hatte. Sie hegte keine besonders großen Hoffnungen, aber auf ihrer Liste standen noch sechs weitere Adressen von Praxen mit mehreren Ärzten, sollte sich dieser letzte allein praktizierende erneut als Fehlschlag erweisen. Nachdem sie sich den Ruß zur Irreführung von Gesichtserkennungssoftware abgewischt hatte, kam sie sich nackt vor, aber wenn sie ihn abseits von großen, öffentlichen Plätzen benutzte, würde das nur unnötige Aufmerksamkeit erregen. Dass es inzwischen dunkel war, war auch keine Hilfe. Aber mehr als alles andere machte ihr zu schaffen, dass Allen Silas gerade mit Lügen fütterte, die leichter zu schlucken waren als die Wahrheit.

Eine Tür knallte ins Schloss. Sie spürte einen Adrenalinstoß, als sie die vertraute Stimme brüllen hörte: »Susie, gehen Sie mal mit Buddy spazieren? Der Gassi-Automat ist schon wieder kaputt. Ich kann das dumme Ding nicht …« Howards Stimme verlor sich, als er durch einen Bogengang trat. Mit seinem weißen Arztkittel und den zurückgebundenen Rastalocken machte er einen ziemlich professionellen Eindruck.»...in Gang bringen«, vollendete er den Satz. Er legte die mit einer Hundeleine umwickelte Drohne auf den Tresen und starrte sie an.

»Bitte, ich brauche Ihre Hilfe«, sagte Peri. »Etwas Furchtbares ist passiert.«

»Sie hat ein Eichhörnchen dabei, Doktor«, klärte ihn die Empfangsdame in seiner Begleitung auf. Überwältigt von Fassungslosigkeit, Neugier und schließlich Misstrauen, sah der Arzt sie weiterhin wortlos an.

»Ich schau mir das mal an«, sagte er schließlich zu Peris Erleichterung. »Untersuchungsraum drei. Das Wiegen lassen wir mal ausfallen. Hat es jemanden *gebissen*? Dann müssten wir es *notschlachten*, um es auf Tollwut zu untersuchen.«

»Nein, es ist wirklich gutmütig.« Peri setzte sich so ruckartig in Bewegung, dass die Steine im Karton herumrutschten. Schnurstracks ging sie am Empfang vorbei und betrat einen kurzen Gang. »War nur zur falschen Zeit am falschen Ort und hat es nicht kapiert.«

Howard hielt ihr die Tür auf. »Der Versuch, einem wilden Tier zu helfen, schlägt meist fehl. Am sichersten wäre es, das Tier den zuständigen Stellen zu übergeben.«

»Die würden es nur umbringen«, protestierte Peri und sah ihm direkt in die Augen, als sie sich an ihm vorbeischob. »Und es hat doch gar nichts Böses im Sinn.«

»Das haben wilde Tiere selten«, konterte er säuerlich.

Die Tür fiel zu, und Peri stellte den Karton mit den Steinen achtlos auf den Untersuchungstisch.

»Sind Sie verrückt?«, zischte Howard, ergriff ein Chip-Lesegerät und kam auf sie zu.

»Hey!«, rief sie und senkte gleich darauf die Stimme, als er das Gerät an ihrem Körper entlangführte. »Sie haben den Chip doch schon rausgenommen. Ich bin sauber.«

»Sie könnten einen neuen bekommen und es vergessen haben.«

»Ich bin seitdem nicht gesprungen«, versicherte sie, als er das Gerät weglegte. Bei jeder Bewegung klimperten die Perlen in seinem Haar.

»Sicher?«

»Ziemlich«, entgegnete sie, und als ihm auffiel, dass sie zweifelte, zog er die Brauen hoch und deutete zur Tür, um sie hinauszuwerfen. »Moment. Opti hat Silas. Sie haben ihn erwischt.« Howards Unterkiefer klappte herab, und sie wandte beschämt den Blick ab. »Ich habe ihn sitzen lassen und wollte zurück nach Detroit, aber dann hat Allen mich angerufen, als ich einen Wagen kurzgeschlossen habe, und jetzt ...« *Was mache ich hier eigentlich?* Er würde ihr nie glauben.

»Sie haben einen Wagen gestohlen?«, fragte er, als wäre das alles, was angekommen war.

»Sie zerbrechen sich den Kopf über ein blödes Auto?«, gab sie zurück und runzelte die Stirn, als sie durch einen großen Spalt unter der Tür den Schatten von vorbeigehenden Füßen sah. »Allen hat zugegeben, dass Opti durch und durch korrupt ist«, flüsterte sie. »Er selbst auch. Genau wie Bill.« *Und Jack?* »Allen hat Silas erzählt, ich hätte Silas in eine Falle gelockt, damit sie ihn schnappen können – ich würde zu der korrupten Gruppe gehören. Sie wollen Silas absichtlich entkommen lassen, weil sie wissen, dass er dank der Lügen, die Allen ihm eintrichtert, versuchen wird, Opti zu Fall zu bringen und mich dabei zum Buhmann zu machen. Aber Opti wird nicht untergehen; dafür ist die Organisation zu mächtig. Sie werden einfach mir die ganze Schuld in die Schuhe schieben, und die Korruption bei Opti wird sich noch weiter ausbreiten. Howard, Sie müssen mir helfen.«

»Woher kennen Sie meinen Namen?«, fragte der Mann, dessen dunkle Augen plötzlich bedrohlich wirkten.

»Er steht auf der Veterinärsurkunde im Vorzimmer«, sagte sie. Damit schien Howard zufrieden zu sein, dennoch verzog er das Gesicht.

»Allen hat zugegeben, dass Bill korrupt ist?«

Außer Atem nickte sie. Plötzlich klopfte es an der Tür, und beide wandten sich ruckartig um. Peri wollte nicht, dass jemand hereinkam, also fuhr sie mit der Hand über einen Tisch, warf Dinge um und veranstaltete eine Menge Radau. »Es ist mir weggelaufen! Oh Gott, es tut mir ja so leid!«, kreischte sie.

Howard starrte sie an und fügte hinzu: »Geben Sie uns ein paar Minuten, Anne. Ich rufe Sie, wenn ich Hilfe brauche.«

Sie warteten, bis Annes Schritte verklangen und von einem lauten Gespräch zwischen ihr und der anderen Frau abgelöst wurden, das gleichermaßen mürrisch und aufgeregt klang. »Sie haben ja gar keine Angst mehr«, bemerkte Howard und sammelte eine Handvoll Wattestäbchen ein, die sie vom Tisch gefegt hatte.

»Ich habe keinen Tracking-Chip mehr in mir. Es ist ganz erstaunlich, wie sehr so etwas das Selbstvertrauen stärken kann.« Dann verfinsterte sich ihre Miene. »Bitte, ich muss Silas da rausholen, ehe sie ihm den Kopf mit Lügen vollstopfen.«

Den Blick abgewandt, klopfte Howard die Wattestäbchen auf dem Tresen zurecht und legte sie zurück in ihren Behälter, den er anschließend mit gerunzelter Stirn an die Wand schob. In seinem weißen Kittel sah er verändert aus, aber seine Hände waren immer noch dieselben. Er war kein großer Mann, aber er hatte eine gewaltige Präsenz. »Ich weiß nicht, was Sie in dieser Hinsicht ausgerechnet von mir erwarten«, sagte er schließlich.

»Macht es Ihnen denn gar nichts aus, dass er gefangen gehalten wird?«, fragte Peri entsetzt. »Belogen? Manipuliert?«

»Natürlich macht mir das etwas aus, aber er kannte die Risiken. Wir alle wollen Opti ein Ende machen. Aber es kümmert mich nicht, ob Sie dabei mit untergehen. Und Silas auch nicht.«

Peri spielte mit der Zunge an ihren Zähnen. Das war lahm. Lahm und feige. »Passen Sie auf, kleiner Mann«, sagte sie, und Howard verzog gekränkt das Gesicht. »Wer, glauben Sie, hält Terroristen vom Luftraum der Vereinigten Staaten fern, schafft Waffen zu ölfreundlichen Rebellen und wäscht Ihren Lieblingspolitiker rein? Zu viele Leute wollen Opti behalten, weil sie darauf angewiesen sind, wenn sie wollen, dass das urbane Amerika auch weiterhin technische Spielzeuge kauft, die es nicht braucht. Dass die Allianz versucht, Opti dichtzumachen, fängt allmählich an, mich anzukotzen! Die werden ihre Akten schreddern, den Sekretär feuern und unter einem anderen Namen wieder aufmachen, und die Öffentlichkeit wird uns für die Green Berets oder das SEAL Team 6 B oder irgendeine Sondereinsatztruppe halten. Aber ich will verdammt sein, wenn ich zulasse, dass Bill dabei federführend ist. Ich bin *nicht* korrupt, und das Opti, für das ich gearbeitet habe, ist es auch nicht.«

»So?« Howard hatte die Arme vor der Brust verschränkt, sichtlich erbost über die *Kleiner-Mann*-Anrede.

»Ich muss mich vor Ihnen nicht rechtfertigen«, sagte sie. *Herzukommen war ein Fehler.* »Werden Sie mir helfen, Silas zu befreien, oder nicht?«

Nachdenklich lehnte er sich an den Tisch. »Was wollen Sie?«

Das war keine Zustimmung, nur eine Frage. »Geld.« Er schnaubte, und sie machte weiter. »Die Ausrüstung, um Silas zu befreien, und eine Fahrt nach Detroit, um mir den Talisman zu holen, den ich mir in der Nacht besorgt habe, in der das alles angefangen hat. Silas kann mir helfen, die mit ihm verknüpfte Erinnerung zurückzuholen, und dann käme die Wahrheit ans Licht.«

»Ihre Talismane«, sagte er rundheraus und schüttelte mit klimpernden Perlen den Kopf, »sind weiter nichts als Briefbeschwerer, nun, da Ihr letzter Anker tot ist.«

Peris Brust verkrampfte sich, aber sie nutzte den Kummer und verwandelte ihn in Zorn. »Silas hat eine meiner Erinnerungen defragmentiert. An eine Geschichte, die er nicht miterlebt hat. Wenn er das einmal geschafft hat, dann schafft er es auch wieder. Der Talisman wird uns dabei helfen.« Als Howard ein ungläubiges Gesicht machte, ballte sie die Hand frustriert zur Faust. »Helfen Sie mir jetzt oder nicht?«

Wieder klopfte es an der Tür, aber Peri sah Howard unverwandt in die Augen. »Doktor?«, rief die Sprechstundenhilfe, und Howard verzog das Gesicht.

»Nicht die Tür öffnen!«, sagte er mürrisch. »Ich habe es gerade in die Ecke getrieben.« Mit zweifelnder Miene beugte er sich über den Tisch. »Ein Anker kann keine Erinnerung an etwas defragmentieren, das er nicht miterlebt hat.«

»Das macht Opti bei neuen Zeitagenten ständig. Es ist nicht unmöglich, nur sehr schwer und zeitaufwändig.« Aber es war weder das eine noch das andere gewesen, als Silas es getan hatte. »Irgendwas ist in dem Büro von Global Genetics passiert. Dort hinzugehen und Kreideumrisse anzustarren wird mir nicht helfen. Ich brauche Silas und meinen Talisman. Ich muss mich erinnern.«

Sichtlich unglücklich zog Howard sein veraltetes Smartphone aus der Tasche und warf einen Blick auf das Display. »Ich war mit Silas' Plan, Sie zu benutzen, um Informationen zu bekommen, nie einverstanden.«

»Danke.«

Das Display färbte sich schwarz, und er steckte das Telefon wieder ein. »Das war keine Schmeichelei. Ich habe es nur für eine dumme Idee gehalten, die ihm noch mehr wehtun wird. Ich habe ihn nur unterstützt, weil er sich seinem Kummer stellen muss, statt sich vor ihm zu verstecken.« Offenbar zu einer Entscheidung gelangt, fegte Howard den Behälter mit den Wattestäbchen vom Tisch. Peri zuckte erschrocken zusammen, obwohl sie mit dem Krach gerechnet hatte. »Anne ist eine fürchterliche Schnüfflerin«, murmelte er.

Frustriert legte Peri die Hände mit gespreizten Fingern auf den Untersuchungstisch. »Ich brauche ein Fahrzeug, das niemand als gestohlen meldet, und ein paar Tausend Dollar. Vielleicht auch ein gutes Wurfmesser.«

»Ein paar Tausend Dollar?«, wiederholte Howard mit geweiteten Augen.

»Und eine Zahnbürste. Ich könnte töten für eine Zahnbürste.«

Blinzelnd rieb er sich die Stirn, als litte er unter Schmerzen. »Packen Sie Ihr Eichhörnchen ein«, sagte er, drehte sich zu einer Schublade um und holte eine Rolle Verbandsmull heraus.

»Also helfen Sie mir?«, fragte sie, während er sich die Hand verband.

»Das weiß ich noch nicht. Halten Sie die Klappe, und kommen Sie mit.« Er öffnete die Tür und wirkte prompt größer, als er auf der Schwelle stand.

Peri ergriff den Karton, klemmte ihn unter den Arm und folgte ihm. Beinahe wäre sie in ihn hineingelaufen, als er abrupt vor einer verlegenen Anne stehen blieb. »Machen Sie in Raum drei sauber«, sagte er kurz angebunden. »Und sagen Sie meine Termine ab. Ich gehe in die Notaufnahme.«

Die Frau riss die Augen weit auf. »Sind Sie verletzt?«

»Nur ein Kratzer«, erwiderte er und drängte sie gewaltsam aus dem Weg. »Aber ich will das gleich versorgen lassen.« Dann drehte er sich um und maß Peri mit einem zornigen Blick. »Gehen wir. Und passen Sie auf, dass der Karton zu bleibt, ja?«

Mit gesenktem Kopf, den Karton immer noch unter dem Arm, folgte sie ihm.

»Eichhörnchen!«, brüllte Howard, als er seinen Mantel von dem Haken hinter dem Tresen riss. »Klar doch, sehe ich mir an.

Susan, machen Sie eine Aktennotiz: Keine Eichhörnchen mehr!«

»Geht es Ihnen gut?«, wollte die zweite Empfangsdame wissen, die den Hörer schon in der Hand hielt.

»Fragen Sie mich das morgen.« Mit steifen Bewegungen öffnete Howard die Glastür. Peri folgte ihm hinaus in die Dunkelheit und wagte kaum zu atmen. Lichter flammten auf dem Parkplatz auf, und der Verkehr auf der nahen Straße schien im Nebel zu glühen. Als Howard das grüne Monstrum sah, mit dem sie gekommen war, stemmte er die Hände in die Hüften. »Diesen Haufen Scheiße haben Sie *geklaut?*«

»Ein neues Modell lässt sich nicht so einfach kurzschließen«, entgegnete sie beleidigt. »Die haben Chips und all so'n Zeug. Hätte ich einen Lexus gestohlen, wäre ich keine zehn Minuten gefahren, ehe die Polizei mich geschnappt hätte.« Ein Gefühl der Dankbarkeit breitete sich in ihr aus, und sie hielt inne. »Danke schön.«

»Ich habe noch nicht zugesagt, Ihnen zu helfen.« Er setzte sich wieder in Bewegung, und Peri hastete hinterher. »Das ist mein Van«, sagte er. Das Fahrzeug blinkte mit den Scheinwerfern, als er den Funkschlüssel darauf richtete.

Sie lief zur Beifahrerseite. Die fensterlose Kiste bereitete ihr Unbehagen. Die Finger am Türgriff, zögerte sie. »Was sagt dir dein Bauchgefühl?«, flüsterte sie, während sie frierend im Nebel stand. Doch dann traf sie blitzartig eine Entscheidung, zog die Tür auf und stieg mit klappernden Steinhörnchen ein.

Howard saß bereits hinter dem Steuer. Sein Mantel lag im Laderaum, und der Schlüssel steckte im Zündschloss, als sie auf ihren Sitz glitt. Ein Sammelsurium an Kisten und Schachteln war im Van verstreut. Peri warf den Schuhkarton auf den Boden zu den anderen und legte den Sicherheitsgurt an.

»Die Tatsache, dass Sie mir vertrauen, stimmt mich nicht gerade zuversichtlich«, bemerkte Howard geistesabwesend.

Peri schob mit dem Fuß einen Imbissbeutel zur Seite. »Mein Bauchgefühl liegt normalerweise richtig.« Aber irgendwas fühlte sich nicht richtig an, obwohl alles so lief, wie sie es wollte.

»Meines auch«, entgegnete er und startete den Van. »Setzen Sie sich nach hinten, Prinzessin, dann muss ich Sie nicht umhauen oder Ihnen die Augen verbinden oder irgendetwas ähnlich Albernes veranstalten.«

*War das sein Ernst?* Aber da er nicht losfuhr, schnallte sie sich schließlich wieder los, bahnte sich unbeholfen einen Weg durch das Gerümpel und setzte sich auf einen Stapel sauberer, aber ausgefranster Handtücher. Die waren, so nahm sie an, für die Tiere gedacht. Ihr mieses Gefühl wurde stärker, als er den Gang einlegte und Richtung Ausfahrt kroch, wo er mit quietschenden Bremsen anhielt, um den Verkehr passieren zu lassen. »Wo fahren wir hin?«, fragte sie, ohne mit einer Antwort zu rechnen.

»Zu einem sicheren Haus. Ich werde den Schwarzen Peter weitergeben.« Während er auf eine Lücke im Verkehr wartete, konnte sie im Lichtschein der vorbeifahrenden Autos nur den Umriss seines Profils sehen, aber sie hatte den Eindruck, dass er wütend auf sie war. Seine Hände trommelten ungeduldig auf dem Lenkrad herum. Kaum hörbar vor sich hin murmelnd, rammte er den Wahlhebel in die Parkstellung, als die Ampel an der Ecke umschaltete und jegliche Chance, sich in den Verkehr einzufädeln, vorerst vertan war. Er starrte zum Fenster hinaus, zog das Haargummi aus seinen Rastalocken und warf es zu den drei anderen auf das Armaturenbrett, ehe er sich zu ihr umdrehte. »Eines wüsste ich gern. Was hat Silas defragmentiert, das er nie erlebt hat?«, fragte er.

Peri leckte sich die Lippen. Hinten im Van kam sie sich verloren vor. »Dass ich Jack geliebt habe«, sagte sie, ohne zu wissen, ob ihr das helfen oder schaden würde. Hektisch blinzelnd, wandte sie den Blick ab. Regierungsagenten weinten nicht, auch nicht, wenn sie sich verloren und einsam fühlten und gegen die eigenen Leute kämpfen mussten.

Verlegen drehte er sich wieder nach vorn, stellte den Wahlhebel in die Fahrstellung, maulte, weil ein Wagen ihn nicht dazwischenlassen wollte, und schoss schließlich mit aufheulendem Motor auf die Straße hinaus. Peri stützte sich ab, um dem Gewackel des Wagens standzuhalten. Sie fühlte sich jämmerlich und war wütend auf sich selbst, weil sie so erleichtert war, dass jemand sich bereitfand, ihr zu helfen.

»Heimtückisches Miststück!«, schrie Howard, und sie blickte auf, überzeugt, dass er sich über den Verkehr ärgerte, aber er starrte sie an. »Du hast mich angelogen, und ich bin darauf reingefallen!«

»Was?«

Peris Augen weiteten sich, als sie zur Frontscheibe hinausblickte. Blinkende blaue und rote Signalleuchten kamen die Straße herauf. Instinktiv wollte sie nach ihrem Stiftanhänger greifen, aber da war nichts zum Schreiben.

»Ich hätte es wissen müssen!«, brüllte Howard mit wild herumfliegenden Rastalocken. »Silas hat mich gewarnt. Er hat mir gesagt, du wärst so schlüpfrig wie ein Schleimpilz.«

»Howard, Sie selbst haben den Chip rausgenommen, und Silas hat mir ein neues Telefon gekauft, das sie nicht verfolgen können. Ich versichere Ihnen, an mir liegt das nicht.« Cops. So sichtbar würde Opti sich nicht machen, aber es war denkbar, dass sie die örtliche Polizei dazu benutzten, sie in eine Falle zu treiben. »Ich habe Ihre Adresse in fünfzehn Minuten gehabt, dabei wusste ich nur, dass Sie Tierarzt sind und Eichhörnchen mögen«, sagte sie mit ruhiger Stimme. »Vielleicht ist Silas was rausgerutscht. Oder vielleicht sind die auch einfach nur *Ihnen* hierher gefolgt, Herr Hausmeister. Ich habe Ihren Arsch gerettet, indem ich Sie da rausgelockt habe. Sehen Sie?«, sagte sie, als die Streifenwagen mit blinkenden Lichtern an dem Van vorbeischossen. »Sie folgen uns nicht, sie sind unterwegs zu Ihrer Praxis.«

Howards Zorn wich eisiger Furcht. »Ich kann nicht mehr zurück.«

Peri kroch zurück auf den Vordersitz und zog den Kopf ein, um außer Sichtweite zu bleiben. »Scheiße, was.« Sie mussten runter von dieser Straße. Es gab eine Ampel an jeder Ecke, und sie kamen in dem Feierabendverkehr kaum voran.

Howard knirschte mit den Zähnen, und die Perlen in seinem Haar reflektierten das Scheinwerferlicht der entgegenkommenden Fahrzeuge. »Die müssen auch meine Privatadresse und alles haben.«

*Sie sind ein Blitzmerker, Doktor.* »Wir müssen den Van loswerden. Die schreiben ihn zur Fahndung aus, sobald sie sehen, dass er nicht auf dem Parkplatz steht. Im Nahverkehr stehen die Chancen eins zu eins, solange wir über der Erde bleiben. Alles, was unterirdisch ist, ist kameraüberwacht, und ich bin die Gesichtsbemalung wirklich leid.«

»Der Van.« Howards Finger spannten sich fester um das Lenkrad. »Sie werden ihn suchen.«

Peri seufzte. »Ja. Wir müssen ihn loswerden. Tut mir leid.«

Er warf ihr einen finsteren Blick zu, ehe er sich wieder auf die Straße konzentrierte. »Sollte ich herausfinden, dass du dafür verantwortlich bist …«

Wütend richtete sie sich auf. »Wenn Sie das denken, dann halten Sie sofort an und lassen mich raus. Dann gehe ich weg, und Sie sehen mich nie wieder.« Verdammt, das lief gar nicht gut.

Abrupt riss Howard den Van nach rechts herum, raste zu einem verlassenen Reifenhandel und hielt ruckartig an. Gras wucherte in Rissen im Asphalt, und ein Abwasserkanal führte hinter das Gebäude und erstickte dort in noch mehr Unkraut. Ungefähr eine halbe Meile entfernt leuchteten die Lichter eines Supermarkts im Nebel. Erschrocken starrte Peri Howard an. »Komm«, sagte er und schnappte sich seinen Mantel. »Wir werden zu Fuß weitermüssen.«

Sie war so erleichtert, sie glaubte beinahe, es auf der Zunge zu spüren. Er ließ sie nicht im Stich. »Sie glauben mir also?«, fragte sie, während sie sich auf der Suche nach etwas potenziell Nützlichem in dem Van umschaute.

Er war bereits ausgestiegen und zog den Arztkittel aus, unter dem eine braune Hose und eine Strickweste über einem blütenweißen Hemd zum Vorschein kamen. Fehlte nur noch eine Fliege. Mit zusammengekniffenen Augen musterte er den Nebel, schlüpfte in seinen Mantel und stellte den Kragen hoch, wenig begeistert über den leichten Nieselregen. »Glauben? Nein, aber Silas hat dir vertraut. Wir gehen über das verlassene Grundstück und nehmen bei dem Supermarkt einen Bus. Das sichere Haus lassen wir aus. Stattdessen gehen wir direkt zur Allianz. Was wir mit dir machen, soll jemand anderes entscheiden. Mir reicht's.«

Er knallte die Tür zu. Ihr blieb keine Zeit, den Van nach Dingen zu durchsuchen, die ihnen auf der Flucht nutzen konnten, also stieg sie aus und beeilte sich, zu ihm aufzuholen. Er ließ die Schultern hängen, und seine Halbschuhe waren schon jetzt durchnässt und verdreckt. »Es tut mir leid«, sagte sie und meinte es auch, doch er würdigte sie keines Blickes, während er ihr den Abhang hinab und über den seichten Wassergraben half.

Das würde eine lange Nacht werden.

# 19

Zwei Tüten mit Essen in der Hand, wartete Peri auf dem Gang des Busses darauf, dass die korpulente Frau, die ihr den Weg versperrte, damit fertig wurde, ihren Mantel über der Rücklehne zu drapieren, und Platz nahm. Es war nach Mitternacht, und in dem Reisebus voller aufgedrehter, übertrieben herausgeputzter Frauen kehrte endlich Ruhe ein, als der kostenlose Wein und die späte Stunde ihren Tribut forderten. Als der BING-Bus die Interstate für eine fünfzehnminütige Toilettenpause verlassen hatte, hatte sie die Gelegenheit dazu genutzt, etwas zu essen zu besorgen. Zur Wahl gestanden hatten Tacos, Burger und Baguettes. Die Baguettes hatten gewonnen. Spielend.

Endlich parkte die Frau ihren Hintern auf dem Sitz, und Peri konnte sich an ihr vorbeischieben. Es war ein gutes Gefühl, aufzustehen und sich ein wenig zu bewegen. Aber Howard hatte geschlafen, als sie den Bus verlassen hatte, und sie wusste nicht recht, wie er damit umgehen würde, wenn er erwachte und feststellen musste, dass sie fort war.

Mit einem Ruck setzte sich der Bus in Bewegung, doch sie hielt mühelos das Gleichgewicht. Im nächsten Moment – wie konnte es auch anders sein – entdeckte sie Howards entsetztes Gesicht im Licht der Straßenlaternen. Als sich ihre Blicke trafen, hielt sie zur Erklärung die Tüten hoch. Erleichterung breitete sich in seinen Zügen aus, unmittelbar gefolgt von Schuldbewusstsein.

Den Schwankungen des Busses folgend, ging sie an etlichen weiteren Reihen plüschiger Sitze vorbei, um zu den Plätzen zu gelangen, auf die sie sich zurückgezogen hatten, um sich von der Reisegruppe abzusetzen.

»Ich wusste nicht, was du magst, also habe ich dir ein Riesenvollkornbaguette mit Steak mitgebracht«, sagte sie, als sie neben ihm Platz nahm, und ihre leichte Verärgerung schlug sich auch im Tonfall nieder.

Die Augen weit aufgerissen, verlagerte er sein Gewicht auf dem nachgiebigen Sitz und steckte sein Telefon weg. »Ich dachte, du wärst abgehauen.«

Mit steifem Arm reichte sie ihm eine der Tüten. »Ich hatte dich um Hilfe gebeten, weißt du noch?«

Verlegen nahm er die leicht knisternde Tüte an sich, öffnete sie und schaute hinein. »Das war, bevor meine Deckung aufgeflogen ist. Danke.«

»Wasser …« Sie reichte ihm eine der Flaschen, die sie sich unter den Arm geklemmt hatte. Er griff danach, trennte die Verbindung zu dem kostenlosen Netzanschluss und klappte sein Tablett aus dem Vordersitz heraus. »Und du hast die Wahl«, sagte sie, öffnete ihre Tüte und zog die Chips hervor. »Mit Salz und Essig oder mit schwarzem Pfeffer.«

Howard lächelte schwach. Sein Gesicht schien zu verschwinden, als der Bus auf die Zufahrtsstraße einbog und die Straßenbeleuchtung hinter sich ließ. »Mit schwarzem Pfeffer«, bat er, und sie gab ihm die Chips.

Dass er ihr nicht vertraute, tat weh. Wortlos saß Peri neben ihm auf der hinteren Bank und presste die Lippen zusammen, während sie Chips und Baguette auf dem Klapptisch anordnete. Die Platzbeleuchtung schaltete sie nicht ein, aber der schwache Lichtschein der Monitore, die derzeit stumm geschaltet waren und die Spätnachrichten zeigten, reichte vollkommen, um seine fortdauernde Betretenheit zu erkennen. Anscheinend waren Asiens Grenzen geschlossen worden, und jeder, der versuchte, die Absperrung zu durchbrechen, wurde unter Beschuss genommen und von Arbeitern in Schutzanzügen fortgeschleppt. Peri war bestürzt, dass das niemanden zu interessieren schien. Vielleicht war das ein Problem mit langer Vorgeschichte, die sie vergessen hatte. Die kleinen Kuchen mit Cremefüllung der Marke Twinkies hatte sie in den letzten paar Tagen auch nirgends auftreiben können.

»Ich habe dir eine Notiz dagelassen«, sagte sie nach einer Weile. Er zuckte zusammen.

»Hab ich nicht gesehen«, entgegnete er, was offensichtlich gelogen war. »Danke für das Essen.«

»Aha«, machte sie trocken, und das Aufbrechen der Versiegelung an ihrer Wasserflasche hörte sich auffallend laut an.

Howard schien in sich zusammenzufallen. »Es tut mir leid«, setzte er an, doch sie winkte ab, während sie schluckte.

»Vergiss es«, sagte sie, als sie wieder zu Atem kam. »Ich bin die Böse, weißt du noch?«

»Ich habe nie …«, begann er gekränkt, worauf sie ihn mit einem scharfen Blick bedachte und ihre Flasche verschloss. »Schön, vielleicht habe ich doch«, gestand er und starrte verloren sein Baguette an. »Aber kannst du mir das wirklich vorwerfen?«

»Iss dein Steak, Howard«, erwiderte sie ausdruckslos.

Sofort griff er danach. »Opti ist eine Söldnertruppe«, sagte er mit vollem Mund. »Der einzige Grund, warum sie nicht als Terroristengruppe eingestuft wird, besteht darin, dass sie auf der Gehaltsliste der Regierung steht.« Er schluckte. »Allerdings auch auf anderen.«

»Ich behalte meine Pfefferchips doch«, sagte sie und nahm sie von seinem Tisch.

Howard gluckste, die Hände fest um sein Riesenbaguette geschlossen. »Du tust, was du tun musst, aber du kannst mir nicht erzählen, Opti hätte bei der Kernschmelze in dem Kraftwerk im Nahen Osten vergangenes Jahr nicht die Finger im Spiel gehabt.«

»Warum sollte Opti ein Kraftwerk hochjagen?«, fragte sie. Als der Bus eine steile Auffahrt nahm, war ihre Stimme wegen des dröhnenden Motors kaum zu hören. Zugleich nahm die Dunkelheit zu und hüllte sie mehr und mehr ein.

»Um den religiösen Extremisten, die Reporter und medizinische Nothelfer abgeschlachtet haben, die finanzielle Grundlage zu entziehen und ihnen den Garaus zu machen.« Howard, kaum mehr als ein Schatten, beugte sich über den Tisch, da sein Baguette auseinanderzufallen drohte. »Millionen Heimatvertriebene, Tausende Tote. Viele Morgen gerade urbar gemachter Ackerflächen unbrauchbar. Es ist eine Schande. Und einen großen Teil der Geschichte hat die Welt dabei auch verloren. Mit der Ausflucht, sie als Leihgaben in ein Museum zu schaffen, konnten nur wenige historische Gegenstände vorher fortgebracht werden.«

Sie erinnerte sich nicht daran, und zum ersten Mal empfand sie diesen Umstand als beunruhigend. »Unfälle passieren.«

Ihre Augen hatten sich an die Dunkelheit gewöhnt, sodass sie Howards dunkle Finger erkennen konnte, die sich von dem hellen Baguette abhoben, als er es weglegte. »So etwas haben die Opti-Leute schon früher gemacht. Klingelt bei dir etwas bei dem Namen Tschernobyl?«

Stirnrunzelnd zupfte Peri ein Stück Schinken von ihrem Baguette, das außerdem mit Tomaten und Salatblättern belegt war. »Du irrst dich.«

»Ach ja?«

Der salzige Schinken schmeckte fad. Wieder regten sich Zweifel in ihr. Von ihrer blinden Loyalität war nicht mehr viel übrig. »Was ist mit dieser Bande Kreditkartenhacker, die Opti hat auffliegen lassen? Millionen Dollar wurden gesichert, ehe sie die nach Übersee weiterleiten konnten. Und Stanza-Gate. Meinst du wirklich, ein solcher Spinner sollte die Politik bestimmen dürfen? Oder das Auffinden des Flugzeugs, das über den Alpen abgeschmiert ist? All die Leute, die gerettet wurden, ehe sie angefangen haben, sich gegenseitig aufzufressen.«

Howard runzelte nachdenklich die Stirn. »Das war vor drei Jahren.«

»Tja, mir kommt es vor wie gestern«, gab sie trotzig zurück. Er nutzte die Gelegenheit geschickt dazu, sich die Chips zu schnappen. Der vage Ausdruck mitleidigen Verständnisses in seinen Zügen ärgerte sie mächtig.

Er öffnete die Packung und beugte sich zu ihr hinüber. »Tut mir leid, dass ich dir das sagen muss, aber der Kreditkartenbetrug war nur Fassade, finanziert von dem Milliardär-mit-dreißig-Club, ein Trick, um diese raffinierte neue Banking-App ins Spiel zu bringen. Und das Flugzeug hat Opti in den Alpen gefunden, weil Opti selbst es dort zuvor zum Absturz gebracht hat. Sie wollten damit nämlich einen Abtrünnigen daran hindern, zur falschen Seite überzulaufen. Aber mit Stanza-Gate hast du recht. Der Kerl war tatsächlich verrückt.«

»Genau, wir sollten die Welt einfach zur Hölle fahren lassen«, grummelte sie. »Freier Wille und so.«

»Darum geht es nicht.« Er zögerte, und die Falten auf seiner Stirn sahen im Licht der Scheinwerfer entgegenkommender Fahrzeuge noch tiefer aus. »Okay, die Allianz versucht, Opti stillzulegen, aber nicht, die Arbeit zu beenden, die Zeitagenten und Anker verrichten. Wir *müssen* Terroristen Einhalt gebieten, die Menschenhändlerringe vernichten und machthungrige, extremistische Regimes im Zaum halten. Und natürlich ist die Allianz mehr als ein Haufen abgedrehter Ökofreaks, die nicht begreifen würden, dass es manchmal besser ist, wenn jemand um des größeren Gutes willen früh stirbt oder Unschuldige leiden müssen. Aber die Allianz ist davon überzeugt, dass es nicht richtig ist, wenn eine Handvoll reicher Familien, die einerseits die Befehle erteilt, andererseits direkt davon profitiert, dem Rest der Menschheit erzählt, sie täte ihr einen Gefallen und die Leute sollten mit ihren neuen Spielzeugen gefälligst zufrieden sein und nicht fragen, wer auf welche Weise dafür bezahlt hat.«

Peri schob ihr Baguette von sich. Ihr war der Appetit vergangen. Sie war kein Unschuldslamm, das glaubte, es gebe nur Richtig und Falsch. Aber Opti *hatte* die Leute aus diesem Flugzeug gerettet. Sie *hatten* dem Steuerzahler Millionen von Dollars eingespart. *Und einen Politiker ermordet, ehe er eine Reihe Gesetze durchboxen konnte, die die Vereinigten Staaten um hundert Jahre zurückgeworfen hätten.*

Aber sogar sie hatte ein Problem damit, wenn der eigentliche Nutzen von Opti darin bestand, den Interessen jener zu dienen, die für das Wunder der Manipulation von Zeit bezahlen konnten.

»Himmel, Howard, wie bist du nur in all das reingeraten?«, fragte sie sanft, ohne mit einer Antwort zu rechnen.

Leise lachend, fischte Howard die restlichen Chips aus der Tüte. »Durch eine Frau.«

»Siehst du einen Mann, der in Schwierigkeiten steckt, dann such nach der Frau an seiner Seite«, kommentierte sie und prostete ihm mit der Wasserflasche zu.

»Nein, eigentlich war Silas der Grund«, klärte Howard sie auf und schüttelte sich die Krümel aus der Chipstüte in die Handfläche. »Ich war Tutor im College und bin Silas begegnet, als der rübergekommen ist, um einen meiner Schüler abzuholen. Wir haben festgestellt, dass wir Anhänger des gleichen Footballteams sind, und angefangen, zusammen loszuziehen und uns die Spiele anzusehen. Eines Abends hat er gesoffen, war total voll wegen eines Mädchens, von dem ich ihn vorher nie hatte sprechen hören. Ich habe ihn mit nach Hause genommen.« Harold zerdrückte die Chipstüte und warf sie weg. »Während der ganzen Fahrt hat er mit sich gerungen wegen der moralischen Verantwortung in Hinblick darauf, wie viel man jemanden für seine Überzeugungen opfern lassen sollte, und der Verantwortung derjenigen, die diesen Jemand lieben. Er hat mir eine fantastische Geschichte erzählt – darüber, wie es wohl wäre, wenn Leute ein paar Sekunden in der Zeit zurückspringen und Fehler einfach wiedergutmachen könnten, es aber anschließend vergessen würden.«

Froh darüber, dass es dunkel war, sah Peri ihm in die Augen. »Zeitagenten.«

Er schob die Krümel in seiner Hand zu einem kleinen Häufchen zusammen. »Ich habe das mit den Ankern und Zeitagenten herausgefunden, und ich habe herausgefunden, dass Opti eine Art Dienstleister ist. Die Reichen werden reicher, die Armen müssen sich mit Almosen begnügen. Die Allianz war meine Chance, mehr aus mir zu machen, als ich eigentlich bin, schätze ich. Die Chance, meinen Worten Taten folgen zu lassen. Manchmal braucht man kein anderes Motiv als das Bedürfnis, das Richtige zu tun. Und es war aufregend zu wissen, dass es wirklich Leute gibt, die das können, was du kannst, und daran teilzuhaben.« Er zuckte mit den Schultern. »Warum tut irgendwer irgendwas?«

Ein Lächeln huschte über Peris Gesicht. *Ja, warum?*

»Wie war das bei dir?«, fragte Howard, und sie zupfte einen Chip von seinem gestärkten weißen Hemd.

»Ich bin von einer Schaukel gefallen«, sagte sie, wollte aber gar nicht darüber reden. »Macht es dir was aus, wenn ich mich auf die andere Seite des Gangs setze und ein bisschen die Augen schließe?«

»Nein, mach nur«, antwortete er. Sein Blick fiel auf ihr unberührtes Baguette. »Willst du das noch essen?«

Sie schüttelte den Kopf und lächelte, als er es auf seinen Klapptisch legte. »Weck mich, bevor wir ankommen, ja?«, bat sie. Als er nickte, nahm sie ihr Wasser und verzog sich auf die andere Seite des Busses.

Der Sitz, auf dem sie Platz nahm, war kalt, genau wie die Fensterscheibe, an die sie ihren Kopf lehnte. Aber sie zitterte aus anderen Gründen. Während sie die vorüberhuschenden Lichter anstarrte, ging es in ihrem Kopf drunter und drüber, denn sie wägte die Erlebnisse und Erkenntnisse der letzten Tage gegen das ab, was sie ihr ganzes Erwachsenenleben lang gewusst hatte. Würde sich an der Gewichtung etwas ändern, falls die Erinnerung an die drei Jahre zurückkehrte, die ihr abhandengekommen waren? Sie war sich nicht sicher.

Opti war sowohl mehr als auch weniger, als sie darin gesehen hatte: in mehr verwickelt und hinterhältiger, als sie geglaubt hatte, und weniger moralisch und transparent, als sie sich je hätte vorstellen können. Die Allianz konnte gar nicht so erfolglos und lachhaft sein, wie man ihr erzählt hatte – nicht wenn sie Leute wie Howard anzog, Leute, die ihr Leben nicht aus Rachsucht oder Geldgier aufs Spiel setzten, sondern weil sie das Richtige tun wollten.

Erneut lief Peri ein Schauer über den Rücken, während sie sich an die Außenwand des kalten Busses drückte.

Sie konnte nicht glauben, dass Opti durch und durch korrupt war – denn das hätte bedeutet, dass auch sie es war.

# 20

Den hässlichen blauen Mantel über dem Arm, stieg Peri aus dem Reisebus und blinzelte in die helle Morgensonne. Howard war direkt hinter ihr, prallte beinahe gegen sie, als er ihren Ellbogen ergriff und sie aus dem Weg zog, um den aufgedrehten aussteigenden Passagieren Platz zu machen. Sie schloss die Augen und atmete tief durch, um die nachklingende milde Paranoia zu vertreiben, die daraus resultierte, dass sie in einen Bus voller Frauen gesperrt war, die *einfach nicht den Mund halten konnten.*

Silas wurden Lügen über sie erzählt, und das quälte sie mehr, als sie sich eingestehen wollte. Seufzend schlug sie die Augen auf. Übertrieben geschniegelte Leute bildeten mit solchen in Jeans und T-Shirt einen lärmenden Pulk, der den Pflasterweg zur Churchill Downs hinuntermarschierte. Die Saison war vorbei und die Rennbahn geschlossen, aber wie es schien, konnte man die Anlage dennoch mieten. Mit zusammengekniffenen Augen musterte Peri die Frau auf dem hellen Fuchs, die jedermann zu dem Pferderennen willkommen hieß, dessen Einnahmen Herzkranken zugutekommen würden.

Ein Sprecher plärrte den Lärm des abfahrenden Busses nieder. Die Frau wendete ihr Pferd und ließ es auf der Stelle tänzeln, begleitet von den Jubelrufen der Menge vor ihr. Peri fiel auf, dass in der Nähe ein kleines Düsenflugzeug dröhnend startete. Nicht weit entfernt. Überhaupt nicht weit entfernt. In geringerer Höhe brummten etliche Low-Q-Nachrichtendrohnen über die Rennbahn, um Filmaufnahmen zu machen, und sie senkte den Kopf, als eine davon für eine Aufnahme der eintreffenden Fans über den Parkplatz sauste. Schwarze Wagen standen aufgereiht im Schatten am Rand des Parkplatzes. Ihre Fahrer nutzten die Zeit zum Rauchen oder versammelten sich um Tabletcomputer. Die meisten Fahrzeuge waren recht neu – viele davon vermutlich Mietwagen mit Fahrern –, aber darunter genügend schnittige Privatwagen, dass sie sich mit der Hand über den zerdrückten Pulli fuhr. Mit einem großen Hut und Schmuck hätte sie besser hierhergepasst. *Schwarze Perlen*, dachte sie, wusste aber nicht, warum. Die Liebe zu Pferden hatte eine sonderbare Mischung aus Vermögenden und gemeinem Volk hergelockt. Dass sich Howards Kontaktperson in diesem Pulk befand, war nicht gerade ermutigend.

»Da entlang.« Howard deutete auf einen schmalen, mit Sägespänen bedeckten Pfad, der von der Rennbahn wegführte, und sie zog los, dankbar für die Gelegenheit, sich bewegen zu können. Erneut flackerte Misstrauen bei ihr auf, als sie ein Schild passierten, das verkündete, dass sie sich auf dem Weg zu den Platinum Campsites befanden. Aber ihrem Bauchgefühl nach war Howard ihr gegenüber ehrlich. An diesem Morgen war er milder gestimmt, und sie hegte zunehmend den Verdacht, dass er glaubte, sie müsse gerettet werden.

»Es ist da oben auf der rechten Seite«, sagte Howard, den Kopf über sein Telefon gebeugt, während drei Mädchen mit zu kurzen Röcken und zu hohen Absätzen in die andere Richtung an ihnen vorbeigingen. »Wird Zeit, dass sie meine SMS beantwortet.«

»Goooott«, sagte eines der Mädchen gedehnt. »Habt ihr das Veilchen der Frau gesehen?«

*Ach ja, das hatte ich ganz vergessen.* Sie schüttelte ihr Haar zurecht und reckte das Kinn vor. *So ist das eben.*

Als sie den Campingplatz betraten, wurde Howard langsamer

und blickte sich um. Große Wohnmobile verteilten sich planlos zwischen den alten Bäumen. Vor einigen von ihnen parkten Golfwagen. Andere trumpften mit Zelten auf, in denen es eine Freiluftspeisung gab, die aufwändiger und üppiger war als das, was manche Restaurants in ihren Gasträumen zu bieten hatten. Es gab einen ganzjährig geöffneten Wellnessbereich mit Schwimmbecken, und Pferde waren offenkundig willkommen, wie sie der Anzahl der Vorrichtungen entnahm, die dazu dienten, sie festzubinden oder zu tränken. *Millionäre beim Camping, man stelle sich vor.*

»Da drüben«, sagte Howard mit erleichtertem Schnauben. Peri folgte der Richtung, in die sein Finger zeigte, zu einem der aufwändiger gestalteten Plätze unter einem Banner mit der Aufschrift JACQUARD-PFERDE. Eine Blondine in schwarzem Abendkleid saß mit laufendem Laptop und Tablet in einem Loungebereich, der an eine Strandhütte erinnerte. Ein bombastischer silberner Ascothut mit einem Schleier und einer riesigen Magnolienblüte ruhte neben einem unberührten Julep-Cocktail unbeachtet auf dem Tisch, während die Frau in ihr Glas-Phone sprach. Doch was Peris Aufmerksamkeit am meisten fesselte, waren die diversen Antennenschüsseln auf dem Dach des Wohnmobils. Das alles gehörte zur Allianz? Sie hatte eher etwas in der Art eines Hinterzimmers voller Sicherheitsleute mit dunklen Brillen erwartet. Das hier fühlte sich an wie zu Hause.

Als die Frau sie bemerkte, stand sie auf und kam auf sie zu, ohne jedoch ihr Gespräch zu beenden. Sie bewegte sich selbstsicher und strich sich das lange blonde Haar glatt, das – vermutlich, weil sie den riesigen Ascot-Hut getragen hatte – ein wenig zerzaust war. Anerkennend beäugte Peri ihre flachen Sandalen: schick, aber nicht hinderlich beim Laufen. Ihr Kleid war mit einem züchtig hochgeschlossenen Mieder ausgestattet, das allerdings ausreichend an ihr klebte, um ihre weiblichen Reize zu betonen. Sogar ihr Schmuck war perfekt. Schlicht genug, dass man sie nicht in die Kategorie der Partygänger einstufen würde, verströmte er dennoch den unverwechselbaren Duft des Geldes. Sie pflegte ein unverkennbar kultiviertes Auftreten, elegant und autoritativ zugleich.

»Hallo, kann ich Ihnen helfen?«, fragte sie leicht gedehnt und beendete ihr Gespräch. Ihr Blick glitt über Peri und kehrte wieder zu Howard zurück. Und dann weiteten sich ihre Augen. »Oh. Mein. Gooott! Howard!«, rief sie, und ihr Südstaatenakzent machte sich verstärkt bemerkbar. »Dich habe ich ja seit dem ersten Semester nicht mehr gesehen!«

»Taf.« Howard grinste sie an und grunzte überrascht, als sie ihn in eine begeisterte Umarmung riss. Ihr Haar gab den Blick auf ein Schmetterlingstattoo frei, ehe sie sich von ihm löste und ihn anstrahlte. »Wow, du siehst toll aus«, sagte er. »Ich hätte mein Hauptfach wechseln sollen. Wie ist das Leben mit dir umgesprungen?«

»Wunderbar! Ich arbeite für eine der großen Kliniken und organisiere deren Veranstaltungen. Ich muss meinen ganzen Urlaub dazu verwenden, meiner Mom bei dem hier zu helfen, aber bei Gott, sie hat es gebraucht. Wie steht's mit dir? Du hast doch promoviert und bist jetzt als Arzt zugelassen, stimmt's? Ich wette, du bist der Grund dafür, dass meine Mom in so einem Zustand ist. Lieber Gott, du solltest klug genug sein, sie nicht zu stören, wenn sie Spenden sammelt.«

»Ja, was das angeht ...« Howard, der rot angelaufen war, wich ein Stück zurück, und sein Blick huschte zu Peri, um sie in das Gespräch einzubinden. »Taf, ich möchte dir Peri Reed vorstellen. Peri, das ist Taf Jacquard. Wir haben uns an der Uni kennengelernt. Ich habe Medizin im Grundstudium studiert, und Taf musste, glaube ich, vor allem für ihr MRS-

Diplom arbeiten. Wie viele Hauptfächer hast du dazu eigentlich belegt?«

*Arbeit an einem MRS-Diplom wie in Mrs.? Das war der altmodische, leicht hämische Spott über wohlhabende Studentinnen, die an der Uni vor allem nach einem passenden Ehemann zu suchen schienen...* Peri gab der Frau die Hand und staunte über deren festen Griff.

»Nur ein einziges«, erwiderte Taf und versetzte ihm einen spielerischen Hieb, als sie Peris Hand losgelassen hatte. »Ich bin Veranstaltungskoordinatorin im Marketing, was bedeutet, dass ich eine irre Party für sechs oder sechzehntausend Leute planen kann. Nett, dich kennenzulernen, Peri. Ich heiße eigentlich Taffeta, aber nenn mich ruhig Taf.«

»Ist mir ein Vergnügen«, erwiderte Peri und zwang sich, ihr Lächeln beizubehalten, als Taf ihre abgewetzten Stiefel, die zerknitterte Hose und den hässlichen Mantel betrachtete. Wenigstens verlor sie kein Wort über das blaue Auge.

»Ist deine Mom hier?«, fragte Howard nervös. »Ich glaube, sie erwartet uns.«

»Klar. Kommt und setzt euch«, sagte Taf, ehe sie sich mit etwas lauterer Stimme an die Hilfskraft wandte, die sich in der Nähe der Hütte bereithielt. »Schauen Sie, ob Sie meine Mutter finden, ja?« Die Hilfskraft murmelte etwas, und Taf blaffte: »Dann schicken Sie ihr eine SMS! Die Frau hat sich ihr Telefon fest an den Arsch transplantiert.« Und schon drehte sich Taf mit einem strahlenden Lächeln zu ihnen um. »Möchtet ihr etwas trinken? Es könnte etwas dauern. Sie erwartet einen ganzen Haufen Leute, die aus L.A. einfliegen, und jetzt versucht sie, so viel sie kann in die Zeit zu quetschen, die ihr noch bleibt, ehe sie ankommen.«

Erwartungsfroh musterte Peri die Hütte, doch noch ehe sie einen Schritt machen konnte, hörten sie Hufgetrappel, und Taf

**299**

seufzte. »Wenn man vom Teufel spricht …« Ihre Stimme klang matt, aber entschlossen, und Peri sah, wie für einen Moment Ärger in den Zügen der jungen Frau aufblitzte, der jedoch gleich wieder verschwand.

»Oh je, du meine Güte …« Howard wich zurück, als eine helle Fuchsstute mit weit gebogenem Hals im Spanischen Schritt näher kam. »Ich kann Pferde nicht leiden.«

»Dann bist du hier am falschen Ort«, erklärte Taf, während zwei Männer in Pferdepflegeruniform hinter dem Wohnmobil auftauchten, um die Zügel zu übernehmen.

Es war die Frau vom Parkplatz. Peri zwang sich, nicht zurückzuzucken, als das Tier scheute. »Ich habe noch nie ein Pferd mit so einer Fellfarbe gesehen«, bemerkte sie und bewunderte den in ihren Augen beinahe metallischen Glanz des Fells.

Taf stellte sich neben sie, so nah, dass Peri ihr teures Parfüm riechen konnte. »Das ist ein Achal-Tekkiner Gold. Ich glaube, diese Stute hat sie mehr gekostet als meine ganze Ausbildung.«

»*Sie* ist unsere Kontaktperson?«, platzte Peri heraus und beäugte die Frau mit dem Samtblazer und dem farbenfrohen Halstuch. Im Halbschatten fing sich das Licht in einer diamantbesetzten Brosche von der Form eines Pferdekopfes. Ihr kurzes blondes Haar hatte sie unter einem kleinen, aber ins Auge springenden Ascot-Hütchen hochgesteckt. Sie sah aus wie eine Politikergemahlin mit zu viel Geld und zu wenig zu tun. Doch als Peri die Sicherheitsleute näher kommen sah, hatte sie ein ungutes Gefühl, das sich mehr und mehr in ihr festsetzte und an ihr nagte.

Mit geübter Eleganz stieg die Frau ab, nahm Hut und Handschuhe ab und reichte sie einem der Männer. »Howard«, sagte sie. Ihre Augen leuchteten auf, und ihre Wangen hatten mehr Farbe, als ihr Make-up verbergen konnte. Im Gegensatz zur übrigen Bekleidung waren ihre Reitstiefel reichlich abgetragen.

Peri suchte nach einer Peitsche, die ihrer Meinung nach gut dazu gepasst hätte. »Ihre SMS war verworren, um es milde auszudrücken. Ich hoffe, Sie haben eine gute Erklärung dafür. Das ist nämlich kein guter Zeitpunkt.«

»Gibt es den je?«, fragte er und schüttelte ihr die Hand, doch die Frau ließ Peri keinen Moment aus den Augen.

Taf trat zur Seite, um Platz zu machen, und stand schließlich näher bei Peri als bei ihrer Mutter. »Mutter, das ist Peri Reed«, sagte sie formell und mit einem gekünstelten Lächeln auf den Lippen. Peri schob den Mantelärmel zurück, um der Frau die Hand zu reichen. »Peri, das ist meine Mutter, Fran Jacquard.«

»Ist mir ein Vergnügen«, sagte Fran und winkte ihre Sicherheitsleute herbei.

»Hey!«, rief Peri, als einer ihr Hut und Mantel abnahm und der andere sie abtastete.

»Ist das dein Ernst?«, protestierte Taf. »Howard würde sie nicht herbringen, wenn sie nicht sauber wäre.«

»Fehler passieren.« Die gezupften Brauen hochgezogen, winkte Fran ab, als der Wachmann ihr das Klappmesser aus dem verbeulten Zweitürer zeigte, den Peri kurzgeschlossen hatte. Als er ging, nahm er das Messer mit.

»Peri ist sauber«, murrte Howard, als sich die Sicherheitsbediensteten ein wenig zurückzogen. »Das ist schließlich mein Job.«

»Also gut.« Fran baute sich vor Peri auf und fixierte sie so aufmerksam, dass Peri erstarrte. Sie war schmutzig und stank nach Bus. Sie hatte drei Tage am Stück gearbeitet. »Soweit ich weiß, haben Sie etwas für uns«, soufflierte Fran, und Howard trat verlegen von einem Fuß auf den anderen, sodass die Perlen in seinen Rastalocken leise klimperten.

»Äh, eigentlich …«, entgegnete er ausweichend. »Wir haben es noch nicht ganz. Darum sind wir hier.«

Fran drehte sich zu ihm um, während Peri sich fragte, was dieses *Etwas* war, über das sie sprachen. Auch Taf sah aus, als käme sie nicht so recht mit. »Was für ein Etwas?«, fragte Peri und wurde ignoriert.

Fran beugte sich mit verärgerter Miene zu Howard vor. »Howard«, sagte sie sanft, »was hat sie hier zu suchen, wenn sie das nicht hat, was wir brauchen, um Opti stillzulegen?«

*Ach, das Etwas,* dachte Peri. »Mrs. Jacquard, Opti hat sich Silas Denier geschnappt. Er arbeitet doch für Sie, nicht wahr?«

Damit gewann sie Frans Aufmerksamkeit, und Howard seufzte erleichtert auf. »Aber Sie nicht«, bemerkte Fran.

Peri kniff die Augen zusammen. Mit rasendem Puls sah sie sich nach einem geeigneten Fluchtweg um. Das Pferd hatte man fortgebracht, und die Golfwagen in der Nähe waren vermutlich nicht schneller, als ein Mensch laufen konnte. Und Kugeln konnte sie damit so oder so nicht entkommen. Plötzlich hatte sie das Gefühl, herzukommen sei ein Fehler gewesen. Aber sie hatte noch nie jemanden im Stich gelassen, und sie würde jetzt nicht damit anfangen – auch nicht, wenn es dabei um Silas ging.

»Peri glaubt, dass Silas ihr eine Erinnerung zurückbringen kann, die beweisen würde, dass Opti korrupt ist«, erklärte Howard in flehentlichem Ton.

»Und dass ich es nicht bin«, fügte Peri hinzu.

»Opti *ist* korrupt«, stellte Fran fest und signalisierte ihren Sicherheitsleuten, sie sollten sich noch weiter zurückziehen. »Ganz Opti.«

»*Ich* bin nicht korrupt«, erklärte Peri mühsam beherrscht. Ihre Kontaktperson bei der Allianz wütend zu machen würde ihr nicht weiterhelfen. »Und ich lasse mich nicht zum Sündenbock machen«, setzte sie nach. Unter dem anklagenden Blick dieser Frau fühlte sie sich wehrlos und verwundbar. »Silas kann

**302**

mir helfen, mich daran zu erinnern, was bei Global Genetics passiert ist.« *Was, wenn ich mich an mehr erinnere? Was, wenn er alles zurückholt? Will ich mich an Jacks Tod erinnern?*

Um etwas zu bitten war nichts Ungewöhnliches für Peri. Das tat sie ständig, und gewöhnlich bekam sie, was sie wollte. Aber eine Gruppe um etwas zu bitten, die wild entschlossen war, alles zu zerstören, woran sie geglaubt hatte, war riskant – auch wenn diese Gruppe im Erfolgsfall möglicherweise alles erreichen konnte, wonach sie strebte. Und an diesem Punkt konnte sie kaum etwas dagegen einwenden, dass Opti bis ins Innerste korrupt war. Alles, was sie wollte, bestand darin, ihren eigenen Namen reinzuwaschen.

Und doch vermittelte Frans Miene, während sie Peri anstarrte, ihr ein Gefühl von … Schuld.

»Das hier ist kontraproduktiv«, sagte Peri, um einen festen Ton bemüht. »Jeder Augenblick, den wir mit Gerede vergeuden, macht es schwerer, Silas zurückzuholen. Ich brauche ihn, um zu rekonstruieren, was in dem Büro vorgefallen ist. Sie wollen wissen, wer korrupt ist? Ich auch. Aber ich bin es nicht, und Silas kann mir meine Erinnerungen zurückgeben.«

»Ein Anker kann keine Erinnerung an Ereignisse defragmentieren, bei denen er nicht zugegen war«, sagte Fran leise.

»Doch, das kann er.« Mit warmen Gefühlen dachte Peri an Silas' Hotelzimmer und daran, wie seine kühlen Gedanken in ihre eingedrungen waren.

Howard schob sich näher heran. Neben der elegant gekleideten Fran sah er in seiner Strickweste reichlich lahm aus. »Ich habe gestern mit Silas gesprochen. Er hat wirklich mit ihr *gearbeitet*«, sagte er, und Peri fragte sich, warum er das Wort so betonte. »Er hatte bereits Erfolg und konnte ihr die Erinnerung an ihren letzten Anker zurückbringen. Wenn er das geschafft hat …«

»Der, den sie getötet hat, ja?«, unterbrach ihn Fran, und Taf klappte überrascht den Mund auf.

»Warum müssen wir immer noch darüber reden?«, fragte Peri fassungslos. »Ich versuche zu helfen.«

»Sie versuchen, sich selbst zu helfen.« Erkennbar unentschlossen legte Fran die Stirn in Falten. »Ist das nicht der Grund, warum Sie hier sind?«

»Ich bin hier, weil ich die Wahrheit erfahren will«, beharrte Peri, und ihr Herz schlug ein bisschen schneller.

Fran seufzte. »Wollen wir das nicht alle?«, bemerkte sie und zuckte zusammen, als das Telefon an ihrer Hüfte vibrierte. »Wie nett. Das Flugzeug ist früher gelandet«, sagte sie verärgert, nachdem sie einen Blick darauf geworfen hatte. »Ich muss weg, aber Sie kommen mit. Sie können mir unterwegs alles erklären.«

Peri rührte sich nicht. Ihr Blick wanderte von ihrer schmutzigen Kleidung zu Tafs dezent-eleganter Erscheinung. Auch Howard schien sich nicht wohlzufühlen. Er fuhr mit der Hand über die Bartstoppeln, die wie Schatten auf seinem Gesicht lagen. »Äh, ich weiß ja, dass Dreitagebärte derzeit als schick gelten, aber ich könnte wirklich eine Dusche brauchen, ehe wir in Ihre Loge gehen, Fran.«

Abrupt hielt Fran inne und verzog das Gesicht. »Für so was habe ich keine Zeit.«

*Wie bitte?*

»Mom.« Taf legte eine Hand auf Peris Schulter. »Geh und mach, was immer du zu tun hast. Nimm Howard mit. Er kann sich in der Jockeydusche waschen. Ich gebe Peri was zum Anziehen von mir. Wir treffen uns dann dort, in zwanzig Minuten. Du kannst deine Gäste unterbringen, und danach können wir reden.«

*Dusche?* Peris innerer Drang, loszugehen und nicht mehr stehen zu bleiben, legte sich augenblicklich. »Du hast etwas, das mir passen könnte?«, fragte sie, und Taf nickte mit leuchtenden Augen. »Du bist meine Rettung. Ich trage das Zeug schon seit drei Tagen.« Sie wusste, wenn sie Howard allein gehen ließ, könnte er auspacken, aber sie hatte in den letzten drei Tagen nichts getan, was sie anders machen würde, bekäme sie die Gelegenheit dazu.

»Howard?«, fragte Fran, und der Mann überraschte Peri damit, ihre beiden Hände zu ergreifen.

»Kommst du klar?«, fragte er sie mit einem beinahe erschreckend ernsthaften Ausdruck in seinen braunen Augen.

»Geh einfach mit, Howie«, riet ihm Taf fröhlich mit ihrem gedehnten Akzent. »Ich kümmere mich um sie.«

Aber er ging immer noch nicht, also nickte Peri ihm aufmunternd zu, obwohl sie sich nun irgendwie noch verwundbarer fühlte.

»Ich habe dir doch gesagt, du sollst diesen Akzent ablegen, Taf«, tadelte Fran, ehe sie und Howard in einen Golfwagen stiegen. Taf runzelte verärgert die Stirn.

»Ich weiß nicht, worüber die sich Sorgen machen sollten«, kommentierte Peri trocken, als Fran ihre Sicherheitsleute anwies, bei ihr zu bleiben. »Mein Klappmesser haben sie mir doch schon abgenommen.«

»Komm mit«, sagte Taf mit angespannter Stimme und fast akzentfrei, während sie an Peris Ellbogen zupfte. »Ich habe da etwas, das hervorragend zu deinem Teint passen würde.«

»Ich wäre schon glücklich, wenn ich nur das blaue Auge abdecken könnte, danke«, erwiderte sie geistesabwesend und folgte ihr zu dem fest installierten Holzpodest, an dem der Wohnwagen parkte. Taf lächelte immer noch, aber es war leicht zu erkennen, dass die Spannungen zwischen ihr und ihrer Mutter tief reichten und eine lange Geschichte haben mussten.

Für etwas, das auf Rädern stand, war die Dusche ein erstaunlich dekadenter Luxus, und Peri kostete sie aus, bis das Wasser kalt wurde, genoss die kostspielige Seife und das edle Shampoo. Nachdem sie sich darin einig geworden waren, dass das erste – gemusterte – Kleid, das Taf herausgesucht hatte, nicht besonders zweckmäßig war, entschied sich Peri für eine hauteng weiße Jeans und einen schwarzen Blazer zu einem weißen seidenen Button-Down-Hemd. Es gab sogar einen passenden Derbyhut. Mit dem glamourösen, schwarz-silbernen Ungetüm in der Hand verließ Peri den winzigen Vorraum des Badezimmers und ging hinaus in den Hauptraum.

Taf blickte von ihrem Laptop auf, und ein Strahlen breitete sich auf ihrem Gesicht aus. »Wow, du siehst darin besser aus, als ich es je getan habe. Für ein Pferderennen ist es ein bisschen zu leger, aber verdammt, Mädchen, du siehst toll aus!«

Vor Freude errötend, drehte sich Peri im Kreis, um sich von allen Seiten zu zeigen. »Und du meinst nicht, dass der Hut ein bisschen übertrieben ist?«

»Nein.« Taf stand auf und drückte sie mehr oder weniger in einen der bequemen Sessel. »Setz dich.«

Aufgeregt nahm Peri Platz und sah mit Hilfe des Spiegels zu, wie Taf den Hut auf ihrem Kopf feststeckte. Sie hatte nie viele Freundinnen gehabt. Es war viel leichter, potenzielle Freunde zu vergraulen, als sich damit abzufinden, ihnen den Eindruck zu vermitteln, sie wäre dumm, weil sie sich nicht erinnern konnte, was sie in der vergangenen Woche zusammen unternommen hatten. »Danke«, sagte Peri mit leiser Stimme. Sie wusste nicht, was sie von all dieser Aufmerksamkeit halten sollte. »Du bekommst aber keinen Ärger wegen der Hose, oder?« Die Hose stammte offensichtlich von Fran, denn Tafs Beine waren spindeldürr.

»Was soll sie schon tun? Mir Hausarrest geben?« Taf nahm

eine Hutnadel, die sie zwischen den Zähnen gehalten hatte, und klemmte sie sorgsam fest, um das Ungetüm auf Peris Kopf zu sichern. »Das mit meiner Mom tut mir leid. Sie ist anstrengend. Hier, versuch das an deinem Auge.«

»Mach dir keine Gedanken«, sagte Peri, während sie das Kompaktpuderdöschen öffnete und die Finger benutzte, um das Make-up rund um ihr Auge aufzutupfen. Sie stellte fest, dass es gut zu ihrem Hautton passte. »Meine Mom ist noch schlimmer. *Sie meint es immer so unerträglich gut mit mir*«, fügte sie mit einem breiten Südstaatenakzent hinzu, was Taf mit einem Kichern quittierte. »Sie wollte, dass ich Tänzerin werde«, erzählte sie, ohne recht zu wissen, warum sie Taf gegenüber so offen war, abgesehen davon, dass sie ebenfalls eine erdrückende, kontrollsüchtige Mutter hatte. »Ich habe sämtliche Kurse besucht und meine Sommerferien in Trainingslagern verbracht, blablabla.«

»Meine Mom will nur, dass ich heirate«, bemerkte Taf und klappte den Laptop zu.

Peri lachte über den trockenen Humor, der in Tafs Tonfall anklang. Jetzt verstand sie, auf was Howard mit seiner scherzhaften Bemerkung über das MRS-Diplom angespielt hatte. »Du bist eine verdammt gute Organisatorin«, sagte Peri, wirbelte herum und sah, dass Taf in den Polstern zusammengesackt war. »Was hattest du im Nebenfach?«

»Betriebswirtschaft«, antwortete sie verdrossen.

Das war offensichtlich nicht ihre große Liebe. »Und was *noch*?«, soufflierte sie.

Taf blickte kurz auf und dann weg. »Alles Mögliche«, sagte sie, sichtlich darauf bedacht, dem Thema aus dem Weg zu gehen. »Meine Mom hielt das zwar für eine Zeitverschwendung, aber ich habe ein halbes Dutzend Fächer im Nebenfach studiert, wenn auch nicht bis zum Ende.«

*Damit sie keinen Abschluss machen musste*, dachte Peri, die sie voll und ganz verstehen konnte. Es war viel einfacher, einer dominanten Mutter aus dem Weg zu gehen, als jemandem die Stirn zu bieten, den man liebte. Und Taf liebte ihre Mutter. »Taf, du kannst dein Leben nicht davon abhängig machen, was deine Mutter will«, sagte sie, und Taf blickte erschrocken auf. »Es mag schwer sein, ihr Paroli zu bieten, vielleicht wendet sie sich sogar von dir ab, trotzdem ist es dein Leben. Ihr gehören schon deine ersten zwanzig Jahre. Gib ihr nicht noch deine zweiten. Danach ist es zu spät.«

Taf presste die Lippen zusammen, und Peri fürchtete, sie sei zu weit gegangen. Dann stand Taf auf und gab ihr einen passenden Schal. »Wir sollten uns auf den Weg machen.«

Ja, sie war zu weit gegangen. Bedrückt nahm Peri den Schal. »Danke.«

Tafs nachdenkliches Schweigen hielt den ganzen Weg entlang des mit Sägespänen bedeckten Pfads bis zur Rennstrecke an. Das gab Peri Zeit, sich im Stillen über die steinernen Gesichter der Wachleute zu ereifern, die sie im Golfwagen begleiteten. Ringsum herrschten Farbenfreude und Frühlingsstimmung. Die Männer nutzten die seltene Gelegenheit, mit Nadelstreifen und grellen Farben zu protzen, genauso begeistert wie die Frauen. Große Hüte, Mint-Julep-Cocktails und haarsträubende Krawatten brachten Peri auf den Gedanken, dass sie vielleicht doch Tafs erstem Vorschlag hätte folgen und das kurze, rote Kleid hätte anziehen sollen.

Die Stille hielt immer noch an, als der Fahrer des Golfwagens auf die Zufahrt zur Rückseite des Hauptgebäudes einbog. Es war ein Betonklotz in dumpfem Gelb, gesäumt von Türen, die vermutlich zu Küchen und Betriebsräumen führten. Aus Richtung der Rennbahn, die von hier aus nicht zu sehen war, erklang ein Hornstoß, der die Nachzügler herbeirufen sollte.

Der einsetzende Jubel auf der Tribüne steigerte sich zu lautem Getöse.

Hätte Peri abhauen wollen, so wäre dies ein ausgezeichneter Ausgangspunkt dafür gewesen – ruhig, abgelegen, und die Opfer würde man erst nach dem Rennen finden. Aber das wollte sie nicht, und so strömte das angesammelte Adrenalin ziellos durch ihre Adern. Als sie aus dem Golfwagen stieg, beschleunigte sich ihr Puls.

»Den Korridor entlang, durch die Tür und die Treppe hinauf«, wies Taf sie an. Peri blieb kurz stehen.

»Taf, tut mir leid, was ich über deine Mutter gesagt habe«, erklärte sie. Taf zuckte zusammen, als hätte sie ihr eine Ohrfeige versetzt. »Das war unangebracht, und es geht mich auch nichts an.«

Beinahe hätte Taf gelächelt. Stattdessen ergriff sie Peris Oberarm und drückte ihn kurz. »Nein«, sagte sie leise und führte Peri zu der stählernen Doppeltür. »Du hast ja recht. Ich sollte mir mal ein Rückgrat wachsen lassen.«

»So habe ich das nicht gemeint«, widersprach Peri. »Du bist ja kein Feigling. Sie ist deine Mutter.«

»Genau.« Taf winkte ihr zu, zuerst hineinzugehen, also folgte Peri dem ersten Wachmann zum Personaleingang, obwohl sie sich dabei noch unbehaglicher fühlte. Lautes Gelächter erklang, lange, ehe sie die amüsierten Leute sehen konnte. Peri erschrak, als sie um eine Ecke bog und der Korridor in einen großen Raum mündete, der Blick auf die Rennbahn bot.

»Hier entlang«, sagte Taf und zeigte auf die Treppe. Peri nickte und musterte das Prachtexemplar von Südstaatenarchitektur samt der zugehörigen Südstaatenschönheit am Fuß der Treppe, die mit charmantem Akzent eine Namensliste konsultierte, ehe sie irgendjemandem den Zutritt zum Obergeschoss gestattete. Zwei Männer in Livree standen wartend bereit, um,

**309**

falls nötig, ungebetene Gäste abzuweisen. Hier trennten sich die Wohlhabenden von den Habenichtsen. Peris Anspannung wuchs, aber die Organisatorin des Events würde man wohl kaum auf die allgemeine Tribüne verbannen.

»Gehen Sie nur rauf, Ms. Jacquard«, sagte die Frau und zog Tafs Namen so in die Länge, dass er sich anhörte, als hätte er vier Silben.

Der Lärm legte sich, als sie hinaufstiegen, und die sanften Klänge eines Klaviers drangen deutlicher herüber. Der Holzboden war schwarz lackiert. »Das ist unsere«. Taf zeigte auf eine kunstvolle Tür. Zögerlich betrat Peri die ausgedehnte Panoramalounge.

Vor den deckenhohen Fenstern standen Kaffeetische und bequeme Sitzmöbel mit Sofakissen, die wie in einem Wohnzimmer angeordnet waren. Ältere Damen in leuchtenden Farben mischten sich mit hageren Frauen in eng sitzendem Schwarz, die beim Lachen ihre Köpfe zurückwarfen, die dürren Hälse zeigten und das Publikum im Erdgeschoss in einer höheren Steuerklasse nachbildeten. Für die Musik war ein echter Pianist zuständig, und die Speisen wurden in winzigen Portionen serviert. Und über allem wachte Fran.

Als Fran sie erblickte, entschuldigte sie sich bei ihren Gästen, einer Gruppe von Leuten, deren coole Fassade anschaulich betonte, dass sie aus L.A. stammten. »Taf, auf ein Wort«, sagte sie anstelle einer Begrüßung, ehe sie sich Peri zuwandte. »Sie können sich setzen, wenn Sie wünschen.«

»Oh, vielen Dank auch«, erwiderte Peri sarkastisch, worauf Fran sie mit ausdrucksloser Miene musterte. Peri, die sich wie zu Hause fühlte, machte es sich auf dem weichen Polster eines Sessels bequem, der mit dem Rücken zur Wand stand, sodass sie alles im Blick hatte. So angenehm hatte sie seit drei Tagen nicht mehr gesessen. Sie streckte die Arme über der Rückenlehne aus, um den Platz ganz für sich einzunehmen. Auf der anderen Seite des Raums tat ein Mann lächelnd den ersten Schritt in ihre Richtung, nur um gleich darauf mit roten Ohren innezuhalten, als die Wachmänner, die sie begleitet hatten, zu beiden Seiten von ihr Aufstellung bezogen.

»Kein Abenteuergeist«, kommentierte sie seufzend und strahlte die Bediensteten an, die ihr allerlei Hors d'œuvres anboten. Glücklich und zufrieden häufte sie einen kleinen Teller voll. Mit dem Mund voller Gänsestopfleber winkte sie den Kellner mit dem Champagner zu sich. »Danke, vielen Dank«, sagte sie und nahm sich ein Glas, und er neigte mit leuchtenden Augen den Kopf.

»Howard!«, rief sie, als sie ihn am Fenster erblickte. In seinem neuen Anzug und mit der Krawatte fühlte er sich offensichtlich unwohl. Die Rastalocken hatte er zu einem Pferdeschwanz gebunden, was seine anmutigen Züge betonte und dennoch exotisch wirkte. Sein Gesicht war noch feucht von einer hastigen Rasur. »Hast dich nett rausgeputzt«, bemerkte sie, als er zu ihr kam und die Wachleute mit einem kurzen Blick streifte, ehe er in dem Sessel neben ihrem Platz nahm.

»Das Gleiche könnte ich von dir sagen«, erwiderte er, runzelte dabei aber die Stirn.

»Was hast du ihr erzählt«, fragte sie, plötzlich besorgt.

»Nichts, das du nicht gewollt hättest.« Sein Blick ruhte auf Taf, die sich mit ihrer Mutter stritt. »Ich weiß nicht, Peri, irgendetwas fühlt sich nicht richtig an. Es wird zu viel palavert.«

»Ja, ich rieche auch, dass wir irgendwo reingetreten sind.« Peri lehnte sich zurück. Das reichhaltige Essen bekam ihr nicht gut. Alles um sie herum wirkte so wunderbar vertraut, dass es beinahe wehtat, aber ihre Intuition riet ihr zu gehen. Nur die Tatsache, dass sie Hilfe brauchte, um Silas zu befreien, hielt sie davon ab. Das – und die beiden Wachleute neben ihr.

»Das reicht, Taf!«, blaffte Fran laut, ehe sie ihre Züge in eine freundliche Mimik zwang. Taf, die neben ihr stand, war unverkennbar wütend.

»Sie stellen sich auf!«, rief Fran in heiterem Tonfall. »Alle zum Fenster!«

Die Aufregung nahm zu. Getränke wurden abgestellt, und die kleinen Grüppchen schwatzender Leute verwandelten sich vor dem Fenster in eine dicht gedrängte Meute von Menschen, deren persönliche Distanz dem Nervenkitzel des Rennens wich.

Peri stellte ihr Glas ab und erhob sich, als Fran auf sie zukam. »Ich habe jetzt einen Moment Zeit. Sie kommen mit mir«, erklärte Fran brüsk. »Taf, du kannst dir mit Howard das Rennen anschen.«

»Ich will mir das Rennen nicht ansehen«, entgegnete Taf, die Arme vor dem Körper verschränkt.

Howard blickte peinlich berührt von einer Frau zur anderen. »Äh, wenn es Ihnen nichts ausmacht, Ma'am, würde ich lieber bei Peri bleiben.«

Fran sah sich zu den Wachleuten um. Peri versteifte sich, als ein Adrenalinschub sie vor kommenden Unannehmlichkeiten warnte. »Sehen Sie sich das Rennen an«, erwiderte Fran angespannt. »Wir gehen nur in die Küche.«

Peri beäugte die Schwingtür, durch die die Kellner ein und aus gegangen waren. *Etwas hat sich verändert.* »Mach nur, Howard. Ich komme zurecht«, sagte sie, doch der resolute Zug um seinen Mund gab ihr ein ungutes Gefühl.

»Da. Sehen Sie?«, trällerte Fran, ergriff Peris Arm und führte sie weg. »Alles bestens.«

Aber es war nicht bestens. Peri hatte nur aus einem einzigen Grund zugestimmt, den Raum zu verlassen: Damit waren Howard und Taf aus der Schusslinie. »Was wollen Sie von mir?«, fragte sie, während sie Fran in die Küche folgte.

Die voller bewaffneter Männer war.

Jemand berührte sie und ging zu Boden, als Peri ihm prompt das Handgelenk brach. Ihr Kopf ruckte hin und her, und sie nahm Verteidigungshaltung ein, doch es war zu spät. Die Männer entsicherten ihre Waffen. Sie hätte springen können, aber dann würde sie möglicherweise eine halbe Stunde verlieren – für immer.

»Mutter!«, rief Taf, als sie nach ihnen hereinplatzte, genau in dem Moment, in dem Peri zu Boden gerungen wurde und schnaubte, weil ihre Hände schmerzhaft nach hinten gerissen und mit glatten Plastikfesseln gebunden wurden. *Verdammter Mist.*

»Wo sind die Audioblocker?«, fragte Fran. »Legt sie ihr an. Und die Augenblende auch.«

Peri wand sich, als jemand ihr das Knie ins Kreuz drückte. »Ich versuche, Ihnen zu helfen!«, brüllte sie und schloss die Augen, um das Lila-Grau des Sacks auszublenden, den man ihr über den Kopf gestülpt hatte. Aber gleich darauf gab sie ihre Gegenwehr auf, denn nun presste eine starke Hand ihr Gesicht auf den Boden, und jemand drückte ihr ungeschickt Schaumstoffpropfen ins Ohr. Sofort überlagerte ein lästiges Heulen den größten Teil der anderen Geräusche. Es war vorbei. Sie konnte die Augen schließen, um sich vor den Farben zu schützen, aber dem exakten Summen der 741 MHz hatte sie nichts entgegenzusetzen – und es wirkte umgehend.

»Mom! Was machst du da?«, protestierte Taf lauthals.

»Du denkst doch nicht, dass Peri Reeds Gesuch das Einzige war, das auf dem Tisch lag, oder?«, gab Fran ebenso laut zurück. Peri lief ein eisiger Schauer über den Rücken. Als die beiden Männer, die sie auf dem Boden festgehalten hatten, ihr einen Stoß versetzten, richtete sie sich auf. »Warum sollten wir ein

Risiko eingehen, wenn Opti bereit ist, uns Silas im Austausch für sie zu überlassen?«, setzte Fran nach.

*Wie bitte?* »Die werden mich säubern!«, klagte Peri, die Hände hinter dem Rücken und einen Sack über dem Kopf. »Ich bin nicht korrupt! Die werden all mein Wissen auslöschen, und ich werde nie herausfinden, was passiert ist!«

»Schafft sie raus.«

Peri hörte, wie eine Tür geöffnet wurde, während sich draußen die Aufregung der Menge lautstark Bahn brach. Sie wurde auf die Beine gezerrt, und der ganze Raum schien unter dem Lärm zu erbeben. Erfüllt von dem Gefühl, verraten worden zu sein, dachte sie an Howard, doch er hatte nichts davon gewusst. Hätte er, dann hätte ihre Intuition auf ihn verwiesen, und sie wäre nie in die Küche gegangen. Sie hatten ihn benutzt.

»Sie ist zu uns gekommen, um uns um Hilfe zu bitten«, sagte Taf erbittert. »Ich kann nicht fassen, dass du so etwas tust.«

»Überlass das mir, Taffeta. Du hast dir noch nicht das Recht erworben, gehört zu werden«, stutzte Fran sie zurecht. »Geh und plane irgendwas.«

»Das ist falsch, und du weißt es«, protestierte Taf. »Howard? Howard!«, rief sie, aber es war zu spät. Peri erhielt einen Schubs und stolperte orientierungslos vorwärts. Während sich ihre Füße einen Weg über den harten Boden suchten und der Lärm der Leute im Erdgeschoss anschwoll, wurde das betäubende Summen in ihren Ohren immer schlimmer,.

»Schafft sie hier raus«, wiederholte Fran in einem enervierend selbstsicheren Ton. »Und nehmt ihr den Sack nicht ab, ehe sie mindestens zwanzig Minuten lang unter Drogen steht.«

Peri erstarrte und musste ein Aufkeuchen unterdrücken, als jemand sie über seine Schulter warf. Bei jedem Schritt wurde sie durchgerüttelt, während sie durch diverse Korridore getragen wurde und die Klaviermusik und der Radau der Menschenmenge allmählich verklangen. Das war noch nicht das Ende. Bei Weitem nicht. Aber als der Fahrstuhl in die Tiefe sank, fragte sich Peri, wie sie je wieder aus dieser Sache herauskommen sollte.

Sie war hilflos, trieb ziellos umher. Sie brauchte einen Anker.

# 21

Die Knie an die Brust gezogen, lehnte sich Peri an die Seite des Kastenwagens, um nicht umzukippen, als sie um eine Kurve bogen. Sie hasste diese Lieferwagen. Und dass man sie gefesselt, unter Drogen gesetzt und auf die Ladefläche geworfen hatte, lieferte ihr keinen Anlass, ihre Meinung zu ändern. Wenigstens hatten sie ihr den Sack vom Kopf gezogen. Die Audioblocker mit dem eingespielten Geräusch waren jedoch noch da, und das monotone hohe Summen war so laut eingestellt, dass es ihr leichte Kopfschmerzen bereitete. Sie war sich ziemlich sicher, dass sie zu dem Flughafen fuhren, der ihr unterwegs aufgefallen war. Und sie wussten, was sie taten, das entnahm sie der Tatsache, dass die Droge, die sie ihr vor einer Stunde verabreicht hatten, sowohl muskelentspannend als auch beruhigend wirkte.

Ein Klingeln von der Vorderseite des Vans erregte Peris Aufmerksamkeit. Sie stemmte sich auf die Knie, beugte sich vor und beobachtete die beiden nach ihren Telefonen tastenden Männer, um herauszufinden, wem von ihnen der Anruf galt.

»Oh, Gott. Es ist die Drachenlady«, sagte der Fahrer. »Übernimm du das.«

»Es ist dein Telefon«, gab der andere zurück und zog den Kopf ein, als der Fahrer nach ihm schlug. »Spinnst du?«

»Nimm mein Telefon. Ich muss fahren.«

»Schlag mich noch mal, und ich mache Kleinholz aus dir«, drohte sein Kollege, griff aber nach dem Telefon.

In der Trennwand gab es eine schadhafte Stelle mit einer

vorstehenden Schraube, doch sie war zu weit hineingedreht, um die Plastikbänder aufzutrennen, mit denen ihre Hände gefesselt waren, also rutschte Peri zu einer anderen Stelle.

»Ja, Ma'am. Ja, Ma'am. Fünf Minuten. Ja, Ma'am, ich schreibe es auf.«

Als sie das Telefon piepen hörte, hielt Peri inne und rührte sich nicht mehr. »Was für ein Kontrollfreak«, murrte der Mann. »Sie wollte uns nur daran erinnern, dass sie immer noch in Hangar drei sind.«

»Halt die Klappe!«, herrschte ihn der Fahrer an. »Sie soll nicht wissen, wohin wir fahren.«

»Als würde sie nicht auch so merken, dass wir am Flughafen sind«, gab der andere zurück. »Die Düsenflugzeuge sind irgendwie ein bisschen verräterisch.«

*Ja, das sind sie wohl,* dachte Peri, während sie erneut um ihr Gleichgewicht kämpfte. Der Wagen bog ab, vermutlich auf eine Zufahrtsstraße.

»Heilige Scheiße!«, brüllte einer der Männer. Peri spannte die Muskeln. Der Van schwenkte erneut zur Seite, während der andere Mann kreischte: »Weich aus! Weich aus! Sie kommt direkt auf uns zu!«

Die Räder verloren die Bodenhaftung. Peri keuchte auf, rollte zur Vorderseite des Van und schlug sich den Kopf an der Sitzrücklehne an, als der Fahrer den Kastenwagen mit quietschenden Reifen innerhalb von drei Sekunden zum Stehen brachte.

Für einen Moment waren die einzigen Geräusche, die Peri wahrnahm, das *Om* in ihren Ohren und das Pochen ihres eigenen Herzens. Dann vernahm sie ein Stöhnen. Der Van befand sich in Schieflage, lag vorn tiefer als hinten. Adrenalin schuf ein wenig Klarheit in ihrem drogenumwölkten Hirn, und sie fühlte sich, als wäre sie aus tiefem Schlaf erwacht. Sie konnte Treib-

**317**

stoff riechen und wäre beinahe in Panik geraten, doch dann wurde ihr klar, dass die Airbags ausgelöst worden waren.

»Au-au-au ...«, hörte Peri einen der Männer ächzen, während sie versuchte, sich zu bewegen und ihre neuen Schmerzen zu lokalisieren. »Sie hat uns von der Straße gedrängt. Alles in Ordnung, Jeff?«

»Ja«, antwortete eine weichere Stimme. »Aber ich glaube, ich muss kotzen. Geht es der Frau gut?«

*Nein, der Frau geht es nicht gut*, dachte sie. Der Fahrer drehte sich um, um nach ihr zu sehen.

»Finger weg!«, brüllte sie, als er Anstalten machte, nach ihr zu greifen, und er zuckte verdattert zurück.

»Sie lebt«, konstatierte er und lehnte sich wieder in seinen Sitz.

In ihrem Kopf pochte es heftig. Etwas schlug ihr auf den Magen, entweder die Audioblocker, die Medikamente oder der Aufprall ihres Kopfes auf der Rückenlehne. Plötzlich drang frische Luft herein, und die beiden Männer starrten zur Frontscheibe hinaus. »Hey, Sie sind hoffentlich gut versichert ...«, fing der Fahrer an, als plötzlich ein Klicken ertönte, als würde eine Waffe entsichert. Peri erstarrte.

»Wenn ihr irgendwas macht, was mir nicht passt, knall ich euch ab!«, brüllte Taf, und Peris Kopf ruckte hoch. »Ihr haltet meine Mutter für ein Miststück? Schön, ich bin ihre böse Brut. Hände hoch und raus aus dem Wagen! Sofort!«

»Was hat sie – au!«, hörte Peri den zweiten Mann sagen. Dann wurde quietschend die Hecktür geöffnet, und sie rappelte sich mühsam auf. *Howard?*

»Peri, alles in Ordnung?«, fragte Howard und kletterte unbeholfen auf die abschüssige Ladefläche. Sie blinzelte in den Sonnenschein. Das Licht schmerzte in ihren Augen. Sie saßen in einem Graben fest, und die verlassene Straße streckte sich in einem schiefen Winkel hinter ihnen aus.

»Ihr beide steigt jetzt aus!«, brüllte Taf vor dem Kastenwagen. »Hier rüber! Bewegt euch!«

Als Peri die Sorgenfalten rings um Howards Augen bemerkte, krächzte sie: »Ich werd's schon überleben.«

Sofort breitete sich ein Ausdruck der Erleichterung auf seinem Gesicht aus. »Tut dir der Hals weh? Kannst du alle Glieder bewegen?«

»Wenn du mich befreist, kann ich einen Marathon laufen.« Schwerfällig stemmte sich Peri auf die Knie. Ihre Hände waren immer noch auf dem Rücken gefesselt.

»Lass mich mal ran«, sagte er und schnitt die Handfesseln auf, die mit einem so schmerzhaften Ruck nachgaben, dass sie laut die Luft einsog. Als sie nach den Audioblockern tastete, merkte sie, dass ihre schlecht durchbluteten Finger taub waren. Gleich darauf wich das nervende Summen einer wunderbaren Stille. Wieder ganz bei sich, atmete sie einmal tief durch. »Danke«, flüsterte sie und fragte sich im Stillen, warum Howard hier war und ihr schon wieder zu Hilfe kam.

Dann erklang von draußen Tafs Stimme: »Howard? Wenn es ihr einigermaßen gut geht, sollten wir sofort verschwinden.«

Howard glitt hinaus und streckte die Hand aus, um Peri zu helfen. Durch die Berührung schien Kraft in sie zu strömen, und sie kroch hinaus, verwundert über das leichte Schwindelgefühl, das von ihr Besitz ergriffen hatte.

Taf richtete eine Riesenwumme auf die beiden Männer, die neben dem Vorderrad knieten. Der Kotflügel auf der Fahrerseite hatte sich um einen Baum gewickelt. Die Männer hatten die Hände auf den Köpfen gefaltet und sahen aus wie Attentatsopfer. Auf der anderen Straßenseite stand ein 1954er Ford F 100 Pickup, aufgemotzt und mit leuchtend roter Lackierung. Beiläufig fragte Peri sich, woher sie wusste, welches Modell und

**319**

welches Baujahr sie vor sich hatte, aber sie wusste es mit hundertprozentiger Sicherheit.

»Tut mir leid«, sagte Taf gerade, aber das galt Peri, nicht den Männern. »Ich wusste nicht, was ich sonst tun soll, also habe ich das Feiglingsspiel mit den beiden gespielt – du weißt schon: Wer weicht als Erster aus. Alles in Ordnung mit dir?«

Taf hatte sich umgezogen und trug nun eine schwarze Hose und ein ebensolches Top. Das blonde Haar hatte sie zu einem Pferdeschwanz zurückgebunden, und der lederne Staubmantel reichte ihr bis zu den Stiefeln. Dass sie damit aussah wie eine jüngere Version ihrer selbst an einem guten Tag, sagte Peri gar nicht zu. »Frag mich das morgen«, erwiderte sie, wohl wissend, dass die wahren Schmerzen vorher gar nicht einsetzen würden. »Deine Mom ruft alle fünf Minuten an«, fügte Peri hinzu und humpelte, auf Howard gestützt, näher heran. »Holt euch deren Telefone.«

»Telefone! Sofort«, blaffte Taf. »Vorsichtig …«, fügte sie mahnend hinzu, als die beiden die Hände sinken ließen. »Ich konnte dich noch nie ausstehen, Wade. Beim kleinsten Anlass …«

Peri blickte die verlassene Straße entlang, suchte nach Anzeichen für Ärger. Ihr war klar, dass sie nur wenige Augenblicke hatten. Der Oldtimertruck war offensichtlich ihr Fluchtfahrzeug. Auch er stand halb im Graben, aber das war, bei Gott, ein *Muscle-Car*, nicht kaputtzukriegen und mit starkem Motor, auch wenn ihn jemand mit knallroten Flammen verschönert hatte; ein Graben war für diesen Wagen kein Hindernis.

»Werft sie her«, befahl Taf, und zwei Telefone landeten zu ihren Füßen. »Gut«, sagte sie. Das Gewehr sicher im Anschlag, zog sie zwei Paar Handschellen aus der Tasche und warf sie den beiden Männern zu. »Anlegen.«

Allmählich wunderte sich Peri über Taf. Wo hatte sie das

bloß her? »Danke«, sagte Peri, als Howard ihr über die Straße half. »Warum tut ihr das?«

Howard stützte sie mit professioneller Gewandtheit. »Du bist nicht die Einzige, der man Lügen vorgesetzt hat«, entgegnete er angespannt. »Taf hat das geplant. Sie kann mehr als nur Partys ausrichten. Kannst du fahren? Du siehst ein bisschen benebelt aus. Du wirst den Wagen sicher bald loswerden wollen, aber er bringt dich erst mal hier raus. Du weißt nicht, was sie dir gegeben haben, oder?«

»Muskelrelaxans?«, riet sie. Ihre Schulter schmerzte, und sie hoffte, sie würde Aspirin oder, noch besser, Tequila in die Finger bekommen, ehe die Wirkung des Adrenalins nachließ. »Ist schon okay. Ich kann fahren.«

Hinter dem Van brüllte Taf: »Fesselt euch an den Wagen. An den Wagen!« Gleich darauf wirbelte Peri mit klopfendem Herzen herum: Ein Gewehr krachte los. *Scheiße.*

»Taf!«, schrie Howard, aber die junge Frau schlenderte bereits mit wippendem Pferdeschwanz herbei. Sie sah einfach scharf aus in dem Mantel, der um ihre Stiefel schwang, das rauchende Gewehr über dem Arm drapiert, um eine neue Patrone einzulegen. Die beiden Männer waren kreidebleich, aber unversehrt, während aus dem Van eine rosafarbene Flüssigkeit sickerte.

Lächelnd schüttelte sich Taf die Ponyfransen aus den Augen. »Ich wollte sie nicht erschießen. Aber hab ihnen eine Scheißangst eingejagt, stimmt's?«

Taf lachte, als Peri erleichtert die Schultern hängen ließ und zum Truck stolperte. »Nettes Fluchtfahrzeug«, bemerkte sie. Es war wirklich ein hübscher Schlitten, auch wenn er alles andere als unauffällig war. Und halb im Graben lag.

Howard war bereits auf dem Weg zum Heck. »Ich schiebe. Steigt ein.«

**321**

»Gefällt er dir?«, fragte Taf vergnügt. »Er gehört einem Freund von mir. Kannst du mit Schaltfahrzeugen umgehen?«

Peri entriegelte die Tür und grinste, als sie daran dachte, wie viel Geld hinter dem leisen Klicken steckte. »Jack ist besser darin als ich, aber ja«, sagte sie und erstarrte, als ihr klar wurde, was ihr da unbewusst herausgerutscht war. *Jack ist besser darin als ich*, dachte sie erneut, doch sie fand keine begleitende Erinnerung dazu.

Ihr Versuch, behände einzusteigen, scheiterte an den Schmerzen, aber sie schaffte es. »Ich weiß das zu schätzen«, sagte sie, als sie den Motor anließ und das satte Grollen genoss. »Wie weit ist es bis zum Flughafen?«

Howard richtete sich hinter der Heckklappe auf. »Äh … warum?«

»Silas. Wenn das der Ort ist, an dem der Austausch stattfinden soll, dann ist es auch der Ort, zu dem ich fahre.«

Tafs Lächeln fiel in sich zusammen, und sie hielt die Tür fest, als Peri sie gerade schließen wollte. »Ich bin das Risiko, Jamies Kiste zu schrotten, nicht eingegangen, damit meine Mutter dich gleich wieder einfangen kann.«

Peri zerrte an der Tür, und Taf riss sie ihr aus der Hand. Seufzend blickte Peri von ihren schmerzenden Fingern auf. »Ich weiß, ich habe gesagt, du sollst nicht zulassen, dass deine Mutter dein Leben kontrolliert, aber so habe ich das nicht gemeint.«

Taf grinste spöttisch. »Komisch. Das habe ich aber verstanden.«

Der Truck bewegte sich, und Peri blickte über die lange, durchgehende Sitzbank zur Beifahrerseite, wo Howard hereinkletterte. »Raus aus dem Truck, Howard.«

Er senkte den Blick und lief rot an. »Taf ist ein starkes großes Mädchen. Sie kann uns anschieben. Du wirst Hilfe brauchen, wenn du Silas da rausholen willst.« Seine Brauen ruckten zusammen. »Er ist mein Freund. Vielleicht sollte ich fahren. Du siehst ein bisschen grün im Gesicht aus.«

Immer noch in der offenen Tür, verschränkte Taf die Arme vor der Brust. »Ich werde keinen Truck aus dem Graben schieben.«

*Gleich drehe ich durch.* »Äh, Leute? Ich weiß das wirklich zu schätzen, aber es ist keine gute Idee. Du bist Tierarzt«, sagte Peri zu Howard. »Und du Eventmanagerin«, setzte sie nach, wenig begeistert über die finstere Miene der eigensinnigen Frau. »Das ist was für Geheimagenten. Au!«, jaulte sie gleich darauf, als Taf sie in die Mitte des Trucks schubste.

»Rutsch rüber.« Taf legte das Gewehr neben dem Sitz ab und schob ihren winzigen Hintern auf den Fahrersitz. »Ich bringe uns aus dem Graben raus«, verkündete sie und streckte die Hand nach dem Schalthebel aus.

»Das ist kein Spiel«, sagte Peri, als Taf anfing, den Truck zu schaukeln, und das Pulsieren in ihrem Kopf zurückkehrte. »Menschen sterben dabei. Manchmal bin ich diejenige, die sie tötet.«

Howard hielt sich am Angstgriff fest und zeigte ihr grinsend seine weißen Zähne. »Aber nur die Bösen.«

Taf kreischte entzückt, als die Räder griffen. Die Reifen schleuderten Dreck nach hinten und wühlten sich zur Straße hinauf. »Geschafft!«, rief sie. Als sie das Gaspedal durchtrat, heulte der Motor auf.

*Das passiert nicht wirklich.*

»Ausweichmanöver hätte ich beinahe im Nebenfach studieren können«, kommentierte Taf, wendete sauber in drei Zügen und fuhr in die Richtung, aus der sie gekommen war. Im Rückspiegel musterte Peri die beiden Männer, die mit Handschellen an den Van gefesselt waren. Taf, Howard und ihr blieben vielleicht fünf Minuten. Höchstens.

**323**

»So ein Nebenfach gibt es nicht«, entgegnete Peri. »Ich finde es ja schön, dass ihr beide helfen wollt, aber das ist eine miese Idee.« Howard streckte die Hand nach ihrem Kopf aus, und sie zuckte zurück. »Bitte!«

»Du hast da eine hässliche Beule«, erklärte er. »Wie sieht es mit deiner Lichtempfindlichkeit aus?«

»Alles bestens«, log sie. Taf fummelte an dem supermodernen Autoradio herum, und Peri klopfte ihr auf die Finger. »Ich sagte, das ist kein Spiel. Sie sind in Hangar drei.«

»Verstanden. Keine Musik.« Taf machte eine Kaugummiblase und ließ sie platzen, als wäre dies ein herrliches Abenteuer.

Peri stützte sich am Armaturenbrett ab. Als der Wagen über ein Schlagloch flog, verkrampfte sich ihr Magen. »Okay, du beherrschst das Fahren«, gab sie zu. »Aber du bleibst im Wagen. Ihr beide bleibt im Wagen.«

Sie blieben nicht im Wagen. Sie folgten ihr und flüsterten auf dem ganzen Weg zur Hintertür von Hangar drei miteinander, und sie hörten auch nicht auf, als Peri drohte, dem Nächsten, der den Mund aufmachte, Tafs Gewehr in den Arsch zu schieben. Seit sie die Injektion erhalten hatte, war mindestens eine Stunde vergangen, und sie wusste immer noch nicht, was man ihr gespritzt hatte. Möglicherweise war sie derzeit nicht imstande zu springen. *Auch gut.*

Peri winkte den beiden zu, sie sollten sich im Hintergrund halten, während sie das Schloss der kleinen Eingangstür knackte. Als niemand kam, um nachzusehen, was das leise Geräusch zu bedeuten hatte, schlüpfte sie hinein.

»Bleibt hier, und behaltet den Truck im Auge!«, zischte sie Howard an, als der ihr nachgehen wollte. Aber da hatte sich Taf bereits an ihr vorbeigeschoben und war gerade dabei, an der Wand entlang in Richtung der Geräusche zu schleichen, die ganz nach einem Streit klangen. Ergeben signalisierte

Peri Howard, er möge sich hinter ihr halten, und folgte Taf mit mehr Unterstützung als gewünscht zu einer Transportpalette.

Die Hangartore standen offen. Das hereinströmende Licht fiel auf ein kleines, einmotoriges Flugzeug, das in einem schiefen Winkel zu einem schwarzen Wagen stand. Von ihrem Versteck aus konnte Peri die Wärme spüren, die der Motor abstrahlte. Als sie Allen auf der rollbaren Fluggasttreppe am Flugzeug sitzen sah, kniff sie die Augen zusammen. Sein Bein steckte in einem Flexigips, seine Hand war bandagiert. Sein Telefon konnte er so kaum benutzen. Peri empfand kein Mitleid. *Du hast mir drei Jahre meines Lebens gestohlen.*

Fran stand sichtlich frustriert neben dem Wagen. Sie hatte einen schwer bewaffneten Mann dabei, der unverkennbar darauf bedacht war, ihr nicht in die Quere zu kommen. Die Dinge in der Zone des Gefangenenaustauschs liefen nicht gut. Die geringe Größe des Flugzeugs war von Vorteil, denn sie begrenzte die Anzahl der Personen, mit denen Peri fertigwerden musste. Wenn Fran sich von einem Mann begleiten ließ, tat Allen das vermutlich auch. *Ist dieser Mann im Flugzeug?*

Eines der geborgten Telefone in Tafs Tasche fing an zu summen. Mit weit aufgerissenen Augen schlug sie mit der Hand darauf, um den Ton zu dämpfen, aber sie waren ohnehin noch so weit entfernt, dass man das Summen nicht hören konnte.

»Sie sollten längst hier sein«, bemerkte Fran, das Telefon am Ohr.

Beklommen verlagerte Allen sein Gewicht. »Sie haben sie verloren.«

Verärgert ließ Fran das Telefon sinken. »Nein, die gehen nur nicht ran, weil ich sie ständig anrufe.«

»Ich habe Ihnen gesagt, Sie sollen Vergesslichkeit nicht mit Dummheit verwechseln«, murrte Allen. »Peri ist außerordent-

**325**

lich intelligent. Haben Sie die Audioblocker benutzt? Ihr Amneoset gegeben?«

»Natürlich habe ich«, fauchte Fran, während die Röte, die Peri bei seiner Bemerkung über ihre Intelligenz ins Gesicht gestiegen war, wieder nachließ. Zumindest wusste sie nun, dass die Droge in ihrem Körper beinahe abgebaut war. Das dauerte bei Amneoset nicht mehr als eine Stunde.

»Ich will Silas sehen«, forderte Fran. »Ich habe nur Ihr Wort dafür, dass er da drin ist.«

»Dann zeigen Sie mir Peri Reed«, konterte Allen, dem anzusehen war, dass er Schmerzen hatte. Er nahm seine Medikamente nicht, vermutlich, weil Schmerzmittel seine Fähigkeit, doppelte Zeitlinien zu erkennen, beeinträchtigen würden. *Vielleicht hat Jack deswegen gern getrunken*, sinnierte Peri. Der Gedanke kreiste durch ihr Bewusstsein, und ihr Gesicht verlor jegliche Farbe; schließlich verdrängte sie den Kummer. Silas war in dem Flugzeug, und sie hatte einen Job zu erledigen.

»John!«, bellte Fran, und Peri zuckte zusammen. »Suchen Sie den Weg ab, und stellen Sie fest, wo die bleiben.«

Ruckartig setzte sich der Mann in Bewegung. Die Autotür knallte ins Schloss, und der Motor dröhnte lautstark, als der Wagen in dem hallenden Hangar gestartet wurde. Hektisch signalisierte Peri Taf, sie solle sich nicht vom Fleck rühren. *Wo um alles in der Welt will sie hin?* Howard hielt Taf auf, und sie fingen an, sich flüsternd zu zanken. Peris Auge zuckte. Sie hätte beiden in den Fuß schießen sollen.

Allen pfiff laut, um den Piloten auf sich aufmerksam zu machen, humpelte von der Treppe weg und legte den Kopf schief, um ins Cockpit zu spähen. Leider hatte er sich nicht weit genug entfernt, dass Peri sich unbemerkt ins Flugzeug hätte schleichen können.

»Teilen Sie dem Tower mit, dass wir gleich losfliegen«, rief

Allen dem Piloten zu. Die Hände in die Hüften gestemmt, sah Fran mit finsterer Miene zu Allen hinüber. Zugleich fuhr der schwarze Wagen zum großen Tor des Hangars vor. Die Situation wurde immer brenzliger.

»Was ist mit unserem Austausch?« Fran stolzierte etwas näher an Allen heran. »Ich will Silas.«

»Und ich will Reed, aber Sie haben sie verloren.«

Peri fixierte das Flugzeug. Silas war an Bord. Wenn sie jetzt starteten, würde sie ihn nie finden.

»Das wissen Sie nicht. Geben Sie mir fünf Minuten, um herauszufinden, was los ist«, sagte Fran.

Allen humpelte einige Schritte auf sie zu. Misstrauen spiegelte sich in seinen Zügen. »Fünf Minuten«, sagte er und winkte jemandem in dem Flugzeug zu. »Aber mein Mann wird Ihren begleiten.«

Fran brüllte ihrem Wagen hinterher, und er hielt an. Mit pochendem Herzen sah Peri zu, wie ein Mann die Fluggasttreppe hinunterpolterte, eine Pistole im geöffneten Schulterhalfter. Er sah nicht aus wie ein Pilot.

»Fahren Sie mit«, wies Allen ihn barsch an. »Sollten Sie die Frau durch irgendein Wunder finden, dann rufen Sie mich an und bleiben auf Distanz. Ich will sie nicht noch einmal verlieren.«

»Ich habe sie nicht verloren«, schnaubte Fran.

Der Mann hastete zum Wagen und stieg ein. Langsam gab der Fahrer Gas, und der Wagen verschwand. Allen zog eine Grimasse und humpelte zurück zum Flugzeug. Fran war direkt hinter ihm. Peri hätte darauf gewettet, dass beide bewaffnet waren, anderenfalls hätten sie ihre Leute nicht weggeschickt. *Weniger Personen, weniger Zeugen.*

»Taf, gib mir dein Gewehr«, flüsterte Peri, die Hand nach hinten ausgestreckt. Howard gab einen leisen Laut von sich.

Sie drehte sich um und riss die Augen weit auf, als sie sah, dass Taf nicht mehr da war. »Wo ist sie hin?«

Mit zitterndem Finger zeigte Howard quer durch den Hangar. Peri erbleichte, als sie der Richtung folgte. »Oh, nein …«, flüsterte sie. Taf schob sich an der Wand entlang.

Howard kam näher, und die Perlen in seinem Haar klackerten leise. »Ich konnte sie nicht aufhalten«, wisperte er. »Sie will sie ablenken, damit du Silas aus dem Flugzeug holen kannst.«

*Verdammter Mist.* Peris Magen krampfte sich zusammen, als Taf verwegen und mit klappernden Stiefelabsätzen ins Licht trat. Fran wirbelte herum, und Allen erstarrte. Beide hatten dem Flugzeug den Rücken zugekehrt. »Hey, Mom«, sagte Taf mit schwerem Südstaatenakzent und baute sich breitbeinig vor ihr auf. Ihre ganze Haltung spiegelte Selbstvertrauen.

»Mom?«, fragte Allen, und Peri kroch näher heran.

»Das ist meine Tochter«, erklärte Fran trocken und zeigte nicht ansatzweise genug Angst beim Anblick des Gewehrs in den Händen ihrer durchgeknallten Tochter. »Sie sollte nicht hier sein.«

»Die Dinge ändern sich«, bemerkte Taf. »Ich kann euch sagen, was eure Handlanger finden werden. Oder wollt ihr euch die Spannung lieber bis zum Schluss erhalten?«, höhnte sie.

Fran tippte auf ihrem Telefon herum. Tafs Tasche fing an zu summen, und die ältere Frau geriet beinahe außer sich vor Wut. Allen hingegen lachte aus vollem Halse.

»Was hast du getan?«, herrschte Fran ihre Tochter an und stolzierte auf sie zu, bis Taf das Gewehr in Anschlag brachte.

*Mein Gott, will sie wirklich auf ihre Mutter schießen?*, überlegte Peri und erinnerte sich, selbst das eine oder andere Mal in Versuchung gewesen zu sein, soweit es ihre eigene Mutter betraf.

»Ich sorge dafür, dass du aufhörst, deine Zeit und mein

Leben zu vergeuden«, erklärte Taf so befriedigt, wie ihre Mutter wütend war. Inzwischen hatte sie Fran und Allen weit genug vom Flugzeug weggelockt. Peri bedachte Howard mit einem Blick, der ihn anwies, sich nicht von der Stelle zu rühren, während sie weiter heranschlich und die Stufen hinaufkletterte. Vorsichtig, damit das Flugzeug nicht in Bewegung geriet, schob sie sich an Bord. Als sie Silas gefesselt und geknebelt auf einem Sitz erblickte, überwältigte die Erleichterung sie geradezu, was sie selbst überraschte. Sie legte einen Finger an die Lippen und musste angesichts seines wütenden Blicks lächeln. Seine Augen spiegelten Zorn, waren aber hellwach. Frische Blutergüsse und Kratzer verrieten, dass er Schläge hatte einstecken müssen, aber er stand nicht unter Drogen.

Unter der niedrigen Decke zusammengekauert, hielt Peri zwei Finger hoch und hob fragend die Brauen. Er schüttelte den Kopf und nickte, als sie einen Finger hochhielt. *Ein Mann*, dachte sie und folgte seiner Blickrichtung zum Cockpit. *Dürfte nicht so schwer sein.* Langsam zog Peri eine Weinflasche aus einem Eiskübel. *Ausgerechnet Rosé?* Allen hatte wirklich keinerlei Geschmack.

Das klimpernde Eis erregte die Aufmerksamkeit des Piloten, und er legte sein Schwulenblättchen weg. »Soll ich dem Tower melden, dass wir noch bleiben?«, fragte er, eifrig darum bemüht, sein Heftchen zu verstecken. Er merkte gar nicht, dass sie nicht Allen war, bis sich ihre Blicke trafen. Der Bursche tat ihr beinahe leid, als sie ihm die kalte, nasse Flasche über den Schädel zog. Gleich darauf zuckte sie zusammen, weil der Aufprall ihren ganzen Arm erschütterte.

»Sei immer du selbst«, ermunterte Peri ihn und glitt aus dem Cockpit. Fünf Minuten. In fünf Minuten würde er aufwachen und anfangen zu zetern. Sie hatte nicht allzu fest zugeschlagen.

Peri ließ die Flasche zurück in das Eis gleiten. Trotz ihrer kalten Hände fühlte sie sich großartig, genoss es, das zu tun, worin sie gut war. Mit eingezogenem Kopf kehrte sie zu Silas zurück. Er wartete schon ungeduldig auf sie und streckte ihr die gefesselten Hände entgegen. Immer noch lächelnd, ging sie in die Knie und befreite ihn von dem Knebel. »Hi«, sagte sie und machte sich über die Knoten her. »Kannst du schnell laufen?«

»Was machst du hier?«, flüsterte er. Sie blickte auf, und ihre Finger verharrten an dem Seil. »Mit diesen Klamotten? Bist du irre?«

»Ach, das nennt man *Rette ihm den Arsch, aber mit Stil*«, erwiderte Peri und errötete, als sie sah, dass die hauteng weiße Jeans inzwischen voller Dreck und Schmiere war. »Ich bin Soldatin, weißt du noch? Ich lasse niemanden zurück.«

Für einen Moment sah er sie mit ausdrucksloser Miene an, dann trat Entschlossenheit in seine Züge. Frans wütendes »Du hast *was*?« hallte durch den Hangar. Nervös ließ Peri von den Handfesseln ab und widmete sich den Füßen. Zum Laufen brauchte er seine Hände nicht.

»Peri ist längst weg«, hörte sie Taf sagen, und ihr brach der Schweiß aus, während sie hektisch an dem Seil herumfummelte. »Ich habe ihr einen Wagen besorgt. Inzwischen dürfte sie das Gebirge erreicht haben. Dann viel Spaß!«

Die Knoten wollten nicht nachgeben. Vermutlich, weil er versucht hatte, sich zu befreien, und sie dabei zu unentwirrbaren Klumpen festgezogen hatte. »Auf der Rückseite des Gebäudes steht ein roter Truck. Der Schlüssel steckt im Zündschloss«, sagte Peri und blies sich eine Haarsträhne aus den Augen. »Lieber Gott, was hast du mit diesen Knoten angestellt?« *Amateure!*

Silas verzog das Gesicht. »Schau mal in der Toilette nach. Einer von denen hat sich die Fingernägel mit einem Messer gesäubert.«

»Danke, dass du mich das auch wissen lässt.« Peri stand auf. Das Ding war zwanzig Zentimeter lang, und sie beschloss, es trotz des plumpen Tarnmusters am Griff zu behalten. Nach drei Sekunden war Silas frei; nach vier steckte sie das Messer weg und erschauerte beinahe bei dem Geräusch, mit dem es in ihre Stiefelscheide glitt.

»Finden Sie sie!«, brüllte Allen. Sie schlich zu Silas ans Fenster und sah, dass Allen telefonierte. Bisher war Tafs Gewehr die einzige sichtbare Waffe, und Peri betete, dass es dabei bleiben würde. Sichtlich aufgebracht, beendete Allen das Gespräch. »Ihre *Tochter* hat sie von der Straße abgedrängt«, blaffte er angespannt. »Wo will Peri hin? Detroit oder Charlotte?«, fragte er Taf.

»Sie hat was von Kuba gesagt«, entgegnete Taf mit einem gekünstelten Lächeln.

Peri lugte die Stufen hinunter, während Silas sich die offensichtlich schmerzenden Beine rieb. Zu schade, dass sie kein Flugzeug lenken konnte, anderenfalls hätten sie einfach verschwinden können. Die Maschine war immer noch so heiß, dass sie das leise Ticken des abkühlenden Metalls hören konnte.

»Reden Sie, oder ich erschieße Ihre Mutter«, drohte Allen, und Peri runzelte die Stirn. Sie wollte nicht springen müssen, um irgendjemandem das Leben zu retten, aber sie wusste, sie würde es tun.

Doch Taf schwenkte den Lauf ihres Gewehrs zu Allen herum, so abgebrüht, als hätte sie dergleichen schon tausendmal gemacht. »Nur zu«, sagte sie mit starkem Akzent. Zumindest für Peri hörte sie sich durchaus überzeugend an. »Meine Mama ist ein Miststück, aber wenn Sie auch nur eine Bewegung machen, dann verpasse ich Ihnen eine Ladung. Ich bin aus dem Süden, Herzchen, und ich kann meine Angelegenheiten schon ganz allein regeln.«

Silas' Atem kitzelte sie im Nacken, und sie unterdrückte ein Schaudern, als er sagte: »Allen hat uns beide hinters Licht geführt.«

*Muss das jetzt sein?* »Wem sagst du das?«, erwiderte sie angespannt. »Ich war auf dem Weg nach Detroit, als mir klar wurde, dass die dich haben. Allen ist ein Lügner. Ich habe dich nicht verraten.«

»Verraten? Allen hat mich gegriffen, ehe ich mich mit dir treffen konnte.« Silas' Blick verschleierte sich, und er fuhr sich mit der Hand über das Gesicht. »Du bist abgehauen«, stellte er fest, und Peri verzog das Gesicht. »Du hattest gar nicht vor, dich bei dem Autohaus mit mir zu treffen.«

»Können wir das vielleicht besprechen, nachdem wir entkommen sind?«, flüsterte sie frustriert. »Es tut mir leid, okay? Ich habe dich zurückgelassen, aber ich wusste nicht, dass sie dich gefangen nehmen würden. Und als ich herausgefunden habe, dass sie das getan haben, bin ich zurückgekommen. Was meinst du, habe ich sonst bei der Allianz gemacht?«

»Einen Drink genommen, wie es aussieht«, grollte er, und sie seufzte erbittert. Warum musste er ihr Hochgefühl so niedertrampeln?

Das Donnern von Tafs Gewehr klang wie ein Kanonenschlag. Adrenalin schoss durch ihre Adern, und Peri zog Silas von der Tür weg, aus der Gefahrenzone heraus. Wollte Taf erneut schießen?

»Peri! Lass uns verschwinden!«, brüllte Taf barsch, während die Fensterscheibe unter Peris Atem beschlug. Allen lag auf dem Zementboden und umklammerte mit einer Hand seinen Fuß. Unter seinen Fingern quoll Blut hervor.

»Du hast auf ihn geschossen!« Entsetzt starrte Fran ihre Tochter an. »Bist du verrückt geworden?«

»Ich habe ihm in den Fuß geschossen. Er wollte mich umbringen! Gooott, Mom. Meinst du, ich hätte ihn einfach machen lassen sollen? Und ich will verdammt sein, ehe ich zulasse, dass du noch eine unschuldige Frau einfach zu Unrecht verurteilst.«

»Unschuldig?« Fran lachte, und es klang so kalt, dass Peri ein eisiger Schauer über den Rücken lief. »Sei doch nicht so naiv, meine Liebe. Gib mir die Waffe, und gewöhn dir um Gottes willen diesen Akzent ab.«

»Ich schäme mich nicht dafür, wer ich bin!«, brüllte Taf mit hochrotem Kopf. »Peri? Wir müssen weg!«

*Ehe sie wirklich sauer wird*, dachte Peri und schob Silas zur Tür.

»Du hast Taffy da mit reingezogen?«, fragte Silas und verzog das Gesicht, als er sich über die Schulter zu ihr umblickte. »Sie ist doch noch ein halbes Kind.«

»Der Name der Frau ist Taf, und sie rettet uns gerade«, sagte Peri. »Und schießt auf Leute. Alles auf einmal.« Er starrte sie an, und sie deutete auf die Treppe. »Wer, meinst du, hat meine Flucht geplant? Also, hör auf die Frau mit dem Gewehr, und beweg deinen Arsch!«

Silas setzte sich in Bewegung. Allen starrte sie an, als sie die Stufen hinunterstolperten. Howard, halb versteckt hinter einer Transportpalette, winkte ihnen zu, um sie zur Eile zu treiben. Was für ein Chaos! *Wie viele Leute waren nötig, um einen einzigen Mann zu retten?*

»Howard?«, rief Silas erschrocken. »Was machst du denn hier?«

Peri seufzte. Die Frage stellte sie sich auch. Ihre Füße prallten auf den Betonboden, und jeder Schritt rüttelte sie durch bis hinauf zur Schädeldecke. Mit hochgezogenen Schultern winkte sie Taf herbei. Die brüllte ihre Mutter an, sie solle bleiben, wo sie war, und kam im Laufschritt auf sie zu. Fran stand immer

**333**

noch unter Schock und wusste nicht recht, ob sie ihre Tochter anschreien oder doch lieber nachsehen sollte, ob Allen schwerverletzt war. Mit aschgrauem Gesicht hielt er sich den blutenden Fuß und sah wortlos zu, wie sie die Flucht ergriffen.

»Alles okay?«, fragte Taf mit leuchtenden Augen und hielt Peri Allens Glock hin. »Silas?«

»Er kann laufen.« Frustriert nahm Peri die Waffe an sich und schob Taf zur Hintertür. Howard stützte Silas, und Taf ging rückwärts, um sich zu vergewissern, dass ihre Mutter ihnen nicht folgte.

»Du darfst ihr nicht glauben, Silas«, rief Allen, in dessen Tonfall sich Schmerz und Wut zu gleichen Teilen niederschlugen. »Du wirst die Wahrheit nie erfahren! Sie kennt sie ja selbst nicht! Ich hab ihr Tagebuch gelesen. Ich weiß, wie leicht es ihr mittlerweile fällt, jemanden zu töten.«

Peri erbleichte und wurde langsamer. *Der hat mein Tagebuch gelesen?*

»Wir werden dich schnappen«, rief Allen ihr nach. Er saß immer noch am Boden, und um seinen Fuß herum bildete sich eine kleine Pfütze Blut. »Wir wissen genau, was du tun wirst, Peri. Wir haben dich ausgebildet!«

Diese ganze Geschichte würde ihr noch Albträume bereiten. Taf ging rückwärts neben Peri und sah mit ihrem langen Mantel aus wie die Heldin in einem Science-Fiction-Epos. Die Mündung ihres Gewehrs zeigte nach unten, aber Allen und ihre Mom verhielten sich nach wie vor ruhig.

»Traust du ihr?«, fragte Silas Howard, und Peri knirschte mit den Zähnen.

»Ich weiß es nicht«, antwortete Howard. »Aber herzukommen, um dich zu retten, war ihre Idee.«

»Taf, du brauchst dich nicht mehr blicken zu lassen, hörst du?«, kreischte Fran.

»Ja, ich weiß«, sagte Taf, und ihr Ton verriet, wie verbittert sie war.

»Taf!«, brüllte Fran, als sie die Hintertür erreicht hatten und Licht in den Hangar fiel.

Auf etwas wackeligen Füßen hielt Peri mit Taf Wache, während Howard Silas zum Truck brachte. Silas sah nicht gut aus. Er hatte vor Schmerzen die Schultern hochgezogen, und Peri hatte mit Sorge erkannt, dass er sich nicht frei bewegen konnte.

»Du zuerst«, sagte Taf und winkte Peri zu. Silas saß bereits mit gepeinigter Miene im Truck und kauerte sich hinter die Tür. Dann knallte die Sicherheitstür ins Schloss, und Taf stapfte an ihr vorbei. Die junge Frau hielt den Kopf gesenkt und das Gewehr so fest umspannt, dass sich ihre Knöchel weiß unter der Haut abzeichneten. Das frustrierte Geschrei einer Frau hallte durch den Hangar.

Auch wenn sie die Frau nicht ausstehen konnte: Peri verstand genau, wie Fran sich gerade fühlte.

**335**

# 22

Körperwärme hatte den kleinen Raum aufgeheizt, und der Gestank von Howards Lötzinn überlagerte das Aroma der heißen Schokolade. Silas hatte sie ihr aus einem nahen Café mitgebracht – nicht, ohne auch die anderen zu bedenken –, als er sich auf die Suche nach einer echten, gedruckten Papierzeitung gemacht hatte. Mit gerümpfter Nase nippte Peri an dem langsam erkaltenden Getränk und stemmte sich von dem ausgebleichten Sessel hoch, um es in der Mikrowelle wieder aufzuwärmen. Silas, der zusammen mit Howard am Kaffeetisch kniete, blickte auf. Plastiktüten und Styropor verteilten sich über den Boden. Silas schenkte ihr ein knappes Lächeln, ehe Howard wieder seine Aufmerksamkeit forderte und ihn bat, etwas zu halten.

Silas war sichtlich erleichtert, dass sie sich weit genug entspannt hatte, um etwas zu essen. Peri hatte es so eilig gehabt, ein sicheres Haus zu erreichen, eines, das weder Opti noch der Allianz gehörte, dass sie darauf bestanden hatte, den ganzen Weg bis Detroit ohne Pausen durchzufahren. Nur um zu tanken und sich ein paar Snacks zu holen, hatten sie angehalten.

Sie stellte die heiße Schokolade in die Mikrowelle, startete sie und wartete neben dem kleinen Spülbecken, während das Getränk sich in dem Gerät drehte. Die Junggesellenwohnung bot ihnen ein willkommenes Maß an Sicherheit. Nicht einmal Opti wusste von der Wohnung. Peri hatte das ganze Gebäude an ihrem achtzehnten Geburtstag während des großen Exodus aus Detroit für fünfhundert Dollar und das Versprechen, es zu renovieren, erworben. Und sie hatte es renoviert. Es lief auf einen fremden Namen, und die anfallenden Kosten wurden von einem Offshore-Konto beglichen. Die Miete, die der Comic Book Shop im Erdgeschoss bezahlte, reichte für den Inflationsausgleich. Seit ihrem letzten Besuch waren beinahe fünf Jahre vergangen – dem letzten Besuch, an den sie sich erinnerte –, aber Joe hatte sich gefreut, sie zu sehen, und ihr ein paar seltene Superwoman-Hefte verkauft, die ihr zur Vervollständigung ihrer Sammlung gefehlt hatten. Sie war eine gute Vermieterin, verlangte keine hohen Mieten und war stets bereit zu technischen Verbesserungen, die Joe halfen, konkurrenzfähig zu bleiben.

Das Haus hätte eine gute Geldanlage sein können, aber Peri hatte es gekauft, weil es in einem Innenstadtviertel lag, das nie einer solchen Modernisierung wie der Rest der Stadt unterzogen worden war. Deswegen und wegen der Comics. Hier demonstrierte Detroit seine Vergangenheit mit Stein und Stahl, Parkplatznot, Restaurants mit authentischen Speisen aus aller Herren Länder, Straßenmusikern an den Ecken und Ladenfronten, die direkt an die Straßen grenzten. Es war laut und beengt, und Peri fühlte sich gut, weil sie dazu beigetragen hatte, die Gegend zu bewahren, auch wenn sie nur ein paar Blocks umfasste und es inzwischen auch hier mehr elektrische Sitybikes als Autos gab.

Es gab nur ein Fenster zum Parkplatz und der angrenzenden Straße. Der alte Teppich reichte kaum aus, um die zerkratzten Dielen zu bedecken, und die gedämpften Stimmen von unten wirkten mit ihrem vorherrschenden, männlichen Tenor besänftigend. Die Möbel waren alt und passten nicht zusammen, und Peri musste lächeln, als sie daran dachte, wie sie die einzelnen Möbelstücke in einem Gebrauchtmöbelladen gekauft hatte, ganz einfach weil es ihre Mutter geärgert hätte. Ihr Lächeln wurde noch breiter, als ihr Blick auf ihre leuchtend roten Fingernägel fiel, während sie sich die Hände abtrocknete. Sie hatte damals eine ganze Menge nur deshalb getan, weil es ihrer Mutter nicht gefallen hätte. Und offenbar tat sie das immer noch.

Die Mikrowelle klingelte. Peri ging mit ihrer heißen Schokolade zum Fenster und hielt auf der dunklen Straße Ausschau nach Taf, die gerade unterwegs war, um Howard ein Elektronikbauteil zu beschaffen. Silas hatte zugestimmt, Peri zu helfen, ihren Talisman zu holen und zurückzubringen, was bei Global Genetics geschehen war, aber er hatte etwas Zögerliches an sich, ein großes »Aber«, das beständig an ihrem Selbstvertrauen nagte – und das ging ihr allmählich auf die Nerven.

Vielleicht lag es einfach an dem Opti-Wagen vor ihrer Wohnung in Lloyd Park. Einbrechen und wieder verschwinden, ehe Opti Zeit hatte zu reagieren, könnte ein Problem werden. Aber die fünftausend Dollar unter dem Besteckkasten bedeuteten, dass sie über mehr Ressourcen verfügen konnte und nicht mehr von Silas abhängig war. *Vielleicht ist es das, was ihm zu schaffen macht,* überlegte sie und nippte an ihrem Kakao, als Silas plötzlich zusammenzuckte und mit finsterer Miene den Finger von Howards Motherboard wegriss.

»Taf ist zurück«, bemerkte sie. Sogleich hellte sich Howards Miene auf.

»Gut, ich könnte ihre schmalen Finger brauchen«, sagte er, aber Peri glaubte nicht, dass seine Freude nur ihren Händen galt. Einigermaßen überzeugt, dass die beiden eine gemeinsame Vergangenheit hatten, schob Peri das Rollo hoch, um die junge Frau im Auge zu behalten. Sogar in dem Licht von Straßenlaternen und vorüberfahrenden Autos war sie ein Musterbeispiel gehobener Herkunft, eine blonde Göttin mit elegantem Hüftschwung und einem kleinen Täschchen, das von ihrer Hand herabbaumelte. Sie passte wunderbar zu den anderen

Motown-Kunden. Peri ließ das Rollo fallen und hörte zu, wie die Jungs im Erdgeschoss mit ihr flirteten, ehe die Treppenstufen unter ihren Schritten knarrten. Nach oben ging es in diesem Haus nur unter erheblicher Geräuschentwicklung.

Gut gelaunt stolzierte Taf zur Tür herein und sah in ihrer »Retterinnenmontur« einfach scharf aus. Reumütig rieb Peri mit der Hand an ihrer neuen Jeans. Sie waren am Morgen einkaufen gegangen, aber Peri hatte nicht vergessen, was Allen darüber gesagt hatte, wie leicht es ihnen fallen würde, sie aufzuspüren. Folglich hatte sie all das, was ihr gefiel, auf dem Ständer gelassen. Die ausgewaschene Jeans und der Pulli fühlten sich fürchterlich an, aber da »anders« das oberste Ziel gewesen war, musste sie sich wohl damit zufriedengeben.

»Ich glaube, ich habe, was du willst, Howie«, sagte Taf, drängte Silas zur Seite und kippte den Inhalt ihrer Tüte auf den Tisch. »Kompatible Chips, um Smartphones auf Glas umzurüsten. Goooott, sind die Dinger teuer. Die wollten mir den vollen Preis abknöpfen, bis ich sie mit meinem Südstaatencharme überschüttet habe. Und mit Barzahlung gewinkt habe. Diese Stadt liebt Bares.«

*Allerdings*, dachte Peri und setzte sich mit dem heißen Getränk in der Hand an den Küchentisch, auf dem der halb fertige Schal lag, den sie unter einigen Sofakissen entdeckt hatte.

»Ja, das ist es, danke«, sagte Howard und riss die Plastikverpackung auf. Zufrieden zog Taf ihren Mantel aus und hockte sich dahin, wo zuvor Silas gekauert hatte. Beim Anblick ihres Pferdeschwanzes direkt neben Howards Rastalocken musste Peri lächeln. Sie waren so verschieden, ergänzten sich aber großartig.

Silas erhob sich und zog die Schultern hoch. Neben der zierlichen, hibbeligen Taf sah er geradezu gewaltig aus. Da er nun zum Außenseiter geworden war, ging er zu den staubigen Regalen und beäugte die Titel der Bücher und Filme.

»Howard und ich schauen heute Abend bei deiner Wohnung vorbei und sehen nach, ob Opti immer noch dort ist«, sagte Silas und drückte auf den Knopf eines Modells des Raumschiffs *Enterprise*, worauf Spock ihm beschied, er möge lang und in Frieden leben.

Peri runzelte die Stirn. Sie konnte es nicht leiden, wenn er an ihren Sachen herumfingerte. »Wozu die Mühe? Die werden nirgendwohin gehen«, sagte sie, legte das Strickzeug weg und baute sich neben Silas auf. »Reinkommen könnte schwierig werden.«

Howard zischte gepeinigt und schüttelte seine Hand aus. Der Lötgeruch nahm zu, und Taf lachte. »Taf und ich können sie ablenken. Weglocken«, sagte er, verärgert über deren Frohsinn.

»Damit ihr in einer Opti-Zelle endet?«, protestierte Peri. »Nein. Wir finden einen anderen Weg.«

Taf schnaubte verächtlich und benutzte einen Stift, um irgendetwas zu halten, das Howard löten wollte. »Wir werden nicht geschnappt. Ich kenne in Detroit jemanden mit einem netten Motorrad. Unmöglich einzuholen!«

Blinzelnd blickte Howard auf. »Ich bin noch nie Motorrad gefahren.«

»Und daran wird sich auch nichts ändern«, sagte Taf. »Du wirst hinter mir sitzen, Rastamann. Echte Männer haben kein Problem damit, sich von ihren Frauen fahren zu lassen.«

Wenig begeistert runzelte Silas die Stirn, und Peri war ganz seiner Meinung. »Nein«, sagte sie. »Kein Ablenkungsmanöver. Opti tötet Menschen«, fügte sie hinzu. *Opti tötet Menschen. Ich töte Menschen.*

»Wozu, zum Henker, sind wir dann überhaupt hier?«, beklagte sich Taf.

»Um vorübergehend abzutauchen.« Peri nahm Silas ein Foto

mit einer Gruppe Zwölfjähriger in Tutus aus der Hand, ehe er Gelegenheit bekam, sie darauf zu finden, und stellte es an seinen rechtmäßigen Platz neben einem Autogrammfoto, das Putin beim Ritt auf einem Photoshop-Bären zeigte. »Drei Gs und ein W: Geh rein, greif dir die Information, geh raus. Wechsel den Standort.« Das waren nicht ihre Worte, sondern Jacks. Doch daran erinnerte sie sich nicht – sie wusste es einfach.

»Um abzutauchen?« Taf seufzte. »Ich kann mehr als fahren. Ich kann auch schießen. Wir Debütantinnen lernen alle zu schießen, ehe wir den ersten Push-up-BH bekommen.«

»Abtauchen ist genau das, wo jemand, der beinahe Ausweichmanöver studiert hätte, hingehört«, kommentierte Howard, den Kopf tief über seine Arbeit gebeugt, und Silas lachte prustend.

»Du hast die ganze Buffy-Serie auf DVD?«, fragte er. Peri errötete und musste peinlich berührt zugeben, dass sie sich nicht erinnerte, sie gesehen zu haben. Das Gefühl, dass sie die Leute auf den Covern mochte, war allerdings unbestreitbar.

»Oh, cool. Lasst uns heute Abend ein paar Folgen gucken«, rief Taf und musterte den verstaubten Blu-Ray-Player unter dem veralteten Glas-Monitor der ersten Generation, der gleich neben dem Fernseher stand. »Er funktioniert doch, oder?«

»Klar. Gleich nachdem wir uns in Peris Wohnung geschlichen, die bösen Buben übertölpelt und die Welt gerettet haben«, grollte Silas und fummelte an der Biker-Ledermütze auf dem Kopf ihrer Gothic-American-Girl-Puppe herum. »Vielleicht können wir unterwegs noch irgendwo Popcorn besorgen.«

»Geht's auch weniger abfällig?«, murmelte Peri, die plötzlich gar nicht mehr glücklich darüber war, die anderen hergebracht zu haben. Ihre Comic-Book-Wohnung war ihre Zuflucht gewesen, der Ort, an dem sie sich den Anforderungen ihrer Mutter hatte entziehen können, seit sie achtzehn war, und er war voller

Dinge, die sie liebte und niemals vergessen wollte. Sie hatte sich hier wie in einem Baumhaus gefühlt, und nun schnüffelte Silas hier herum, als wäre es ein Ramschladen.

»Entschuldigung«, sagte er mit ausdrucksloser Miene und wandte sich ab, um sich in die offene Küche zu verziehen.

Verärgert rückte sie den Gedenkbildband von Prinzessin Dianas königlicher Hochzeit zurecht. Das schmatzende Geräusch der Kühlschranktür veranlasste sie, sich umzudrehen. Ihr Unterkiefer klappte herunter, als Silas eine Packung Minztäfelchen aus dem Gefrierfach nahm.

»Himmel noch mal, kannst du vielleicht mal aufhören, in meinen Sachen herumzuwühlen?«, rief sie, und Silas wirbelte mit weit aufgerissenen Augen um die eigene Achse.

»Ooooooh, du steckst in Schwierigkeiten ...«, bemerkte Taf gedehnt und lachte, als Howard sie zum Schweigen bringen wollte.

»Du hast hier sechs Packungen davon«, empörte sich Silas, und Howard versetzte Taf einen sanften Stupser, um sie am Reden zu hindern, als sie erneut den Mund aufklappte.

»Schön, greif zu.« Peri stampfte zurück zum Küchentisch. »Aber leg sie auf einen Teller, damit wir alle etwas davon haben.«

»Na klar, Peri«, antwortete er brav, aber sie war immer noch sauer. Der unfertige Schal lag ausgebreitet auf dem Tisch. Sie musterte die ungleichmäßigen roten, orangefarbenen und goldenen Streifen, versuchte herauszufinden, was ihr vorgeschwebt hatte, damit sie es zu Ende bringen konnte. Eigentlich sollte Stricken entspannend wirken. Das tat es aber nicht, solange Silas in ihrer Küche herumpolterte.

»Äh, warum hast du Comicbücher in deinem Weinkühlschrank?«, fragte er.

Sie reckte das Kinn vor, ging aber nicht darauf ein. »Sei vorsichtig damit«, sagte sie nur, als er nach einem blauen Glas-

**342**

teller griff und mit theatralischem Getue die mit Schokolade überzogenen Minzplätzchen aus dem Gefrierfach darauf verteilte. »Die sind uralt«, fügte sie hinzu, auch wenn sie da gar nicht so sicher war.

»Weißt du was? Ich brauche noch ein Bauteil, um das fertigzustellen«, verkündete Howard unvermittelt, stand auf und streckte sich. »Kommst du mit, ehe sie schließen, Taf?«

»Was, jetzt?« Taf beäugte anerkennend Howards gestreckten Körper. »Es wird doch gerade spannend. Was baust du da überhaupt?«

»Ein Wanzensuchgerät«, sagte er und sackte in sich zusammen. »U-u-u-und … es funktioniert«, fügte er hinzu, nahm es und wedelte damit vor Taf herum, bis ein Lämpchen aufleuchtete.

»Ich bin nicht verwanzt«, sagte sie entrüstet. Nun jedoch zeigte auch Silas Interesse, der sich gerade mit seiner Zeitung gegenüber von Peri an den Küchentisch gesetzt hatte.

»Sie ist sauber«, sagte Howard, als Taf ihm einen Schlag auf den Oberschenkel versetzte, und machte es sich auf dem Sofa bequem. »Es leuchtet bei jedem ausgehenden Signal, also reagiert es auch auf Mobiltelefone.«

»Ich weiß, dass ich sauber bin. Gooott!«, schimpfte Taf, während Howard selbstzufrieden die drei Plastikobjekte betrachtete, an denen er gearbeitet hatte.

»Jetzt noch eine kleine Verbesserung an dem GPS in meinem Telefon, und wir haben verfolgbare Wanzen«, fügte er hinzu und legte das Ding mit einem leisen Klappern auf dem Tisch ab. »Wenn wir Allen eines dieser Dinger unterjubeln können, merken wir es, wenn er sich uns auf weniger als eine halbe Meile nähert. Wir können sie auch fallen lassen wie Brotkrumen, wenn wir irgendwo einen Rückweg markieren wollen, und wir können uns gegenseitig finden, sollten wir getrennt werden.«

Peri strich ihr Garn mit den Fingern glatt. »Wenn du als Tierarzt keinen Erfolg hast, kannst du immer noch ein Electronics Hut eröffnen.«

Leise lachend, schlüpfte Howard in seinen Mantel. »Genau. Taf, du kannst doch Kaffee kochen, oder? Ich könnte dich und dein Dutzend angefangener Nebenfächer für meinen Sicherheitsdienst brauchen. Mit dem Gewehr bist du beeindruckend.«

»Danke, Howard, du sagst immer so süße Sachen!«, gurrte Taf, hüpfte zu ihm und kniff ihn in die Wange.

Silas raschelte seufzend mit seiner Zeitung, während Howard rot anlief, was seiner dunklen Haut eine Pinknote verlieh.

»Da wir gerade vom Leute erschießen gesprochen haben, ich brauche noch Munition.« Taf griff zu ihrem Mantel. »Haben wir Zeit für einen Zwischenstopp?«

»Klar, ich wüsste nicht, was dagegen spricht.«

»Äh … Du nimmst doch heute keine Waffe mit?«, setzte Peri an, während sich Taf ihre Handtasche schnappte.

»Entschuldigung, Jungs und Mädels?«, meldete sich Silas zu Wort, der die Zeitung auf dem Tisch ausgebreitet hatte. Plötzlich kam sich Peri vor, als wären sie die Eltern zweier Halbstarker, die nach nächtlichem Chaos und Schießpulver gierten.

»Wir bringen Pizza mit«, versprach Howard und schob Taf zur Tür.

»Ich habe die Nase voll von Pizza«, beklagte sich Taf. »Ich will kantonesisches Essen.«

»Schön. Meinetwegen«, sagte Howard. »Lass uns abhauen, ehe den beiden ein Grund dafür einfällt, dass wir hierbleiben sollten.« Und dann fiel die Tür ins Schloss. Tafs Stimme hallte durch das Treppenhaus, während sie die knarrenden Stufen hinunterstiegen.

Ziemlich überzeugt davon, dass Howard und Taf nicht wegen

Elektronikbauteilen und Munition verschwunden waren, sah Peri Silas an. Sie hatten nicht einmal einen alternativen Treffpunkt vereinbart, falls irgendetwas schiefgehen sollte. Sie war es nicht gewohnt, mit mehr als einer anderen Person zusammenzuarbeiten, und sie beging Fehler. »Gefällt mir nicht, dass die beiden allein da draußen sind«, sagte sie, um die eingetretene Stille zu durchbrechen.

»Mir auch nicht.« Silas raschelte wieder mit der Zeitung. Er hatte sich die Zeit genommen, sich zu rasieren und zu duschen, während Peri mit Taf einkaufen war, und sein dichtes, kurzes Haar stand ihm in Ermangelung des passenden Haarpflegemittels in einem charmanten Durcheinander vom Kopf ab. Unwillkürlich fragte sich Peri, wie es sich wohl unter ihren Fingerspitzen anfühlen würde. *Wie Seide, vielleicht.*

Plötzlich spürte sie ein Kribbeln. Verdutzt konzentrierte sie sich auf ihr Garn. »Das wird nicht einfach«, murmelte sie. »Opti ist bereits vor oder in meiner Wohnung. Ich werde mir den Weg rein oder raus freikämpfen müssen. Oder rein *und* raus. Wir hätten die beiden in Kentucky lassen sollen.«

»Aber dass ich mitgekommen bin, macht dir nichts aus«, kommentierte er und versteckte sich dabei hinter seiner Zeitung.

»Eigentlich schon, aber ich brauche einen Anker«, gab sie zurück. »Ich sorge dafür, dass du am Leben bleibst. Versprochen.«

»Vielleicht will ich dein Versprechen gar nicht.«

Peri schielte die Zeitung zwischen ihr und ihm an. »Gehört zum Job. Komm damit klar.« Sie überlegte, was dahinterstecken mochte. Jemand, den er geliebt hatte, war vielleicht gestorben, um ihn zu retten. *Geht mich nichts an,* dachte sie dann, strich den Schal glatt und versuchte, ein Muster in den Streifen zu erkennen, nur um gleich darauf wütend zu werden, weil Silas'

**345**

Worte sie nicht losließen. »Ich brauche dich, Silas, aber du bist nicht nur Firmware.«

»Das weiß ich.«

Langsam ging ihr die Zeitung ernsthaft auf die Nerven. »Silas«, sagte sie leise. »Hör auf mit diesem weibischen ›Würde es dich interessieren, kämest du schon drauf‹-Mist. Sag mir, was dich belastet, oder stopf den seelischen Ballast in den Müll.«

Seine Hände krampften sich um die Zeitung. Mit einem leisen Knistern ließ er sie sinken. Er hatte die Zähne zusammengebissen, und seine Schultern waren so angespannt, dass sein Hemd beinahe platzte. Seine Lippen bebten, als ihm ein Gedanke kam, und etwas in ihr regte sich. Eine Erinnerung, beinahe. »Dein Muster ist kaputt«, sagte er.

»Silas!«, brüllte sie los, und aus dem Laden drang ein langgezogenes »Oooooh« herauf, unmittelbar gefolgt von Gelächter.

Ohne die Zeitung loszulassen, beugte er sich über den Tisch. »Hör zu, Peri Reed«, sagte er und nahm sich ein gefrorenes Minzplätzchen. »Meine miese Stimmung geht dich gar nichts an. Außerdem ist dein Muster tatsächlich kaputt. Warum bringst du es nicht in Ordnung? Ich bin nicht der Grund dafür, dass du so genervt bist. Das liegt an deinem idiotischen, krankhaften Hang zum Perfektionismus.« Er biss in das Plätzchen und lehnte sich mit einem ärgerlichen Ausdruck in den Augen zurück.

»Das ist nicht wahr«, widersprach sie und nippte an ihrem Kakao, um ihren Groll zu verbergen. Dann aber fiel ihr Blick auf die Wolle in ihrem Schoß. »Verdammt noch mal, Silas, jetzt wird mich das ewig nerven.«

Wieder hob er die Zeitung und versteckte sich dahinter. »Dann bring es in Ordnung. Wir haben Zeit genug, Prinzessin.«

»Nenn mich nicht so«, erwiderte sie und strich mürrisch

**346**

über das Muster. Bis zu diesem Morgen hatte sie nicht einmal gewusst, dass der Schal mit der herbstlichen Farbgebung überhaupt existierte, und dass er gemerkt hatte, wie sehr das fehlerhafte Muster sie beschäftigte, wurmte sie gewaltig. Nicht nur das, es beschäftigte sie ausreichend, dass sie es, ja, tatsächlich, korrigieren würde. Seufzend zog sie den Schal von der Nadel. »Ich werde es in Ordnung bringen. Ich wollte mich nur erst vergewissern, dass ich in dem Muster nicht irgendeinen Code versteckt habe. Als ich das letzte Mal ein Strickzeug aufgeribbelt habe, an das ich mich nicht erinnern konnte, habe ich eine Namensliste zerstört.«

Silas zuckte zusammen, und das leise Rascheln der Zeitung jagte ihr einen Schauer über den Rücken. Langsam ließ er sie sinken, und Peri bestaunte sein kreidebleiches Gesicht, ohne zu ahnen, was sie gesagt hatte. »Ich bringe es in Ordnung«, wiederholte sie versuchsweise. Silas' Stuhl knarrte, als er sich vorbeugte.

»Erinnerst du dich an die Liste?«, fragte er mit angespannter Miene.

Unter seinem eindringlichen Blick heulten in ihrer Vorstellungswelt sämtliche Alarmsirenen auf. »An die Namen? Nein«, log sie, wusste aber nicht warum, abgesehen davon, dass Wissen Macht war und er ziemlich aufgeregt. »Warum?«

Entnervt richtete sich Silas wieder auf. »Allen hat mich nach einer Liste korrupter Opti-Agenten gefragt, die Jack in Charlotte an sich gebracht hat. Er war richtig scharf darauf. Das war das Einzige, wonach ich bei Opti immer wieder gefragt worden bin. Sie wollten wissen, ob du davon weißt, was mir ziemlich idiotisch vorkommt, denn schließlich haben die dich gesäubert.«

*Harry und Gina sind korrupt?* Plötzlich wurde ihr eiskalt, als sie an die neun Reihen aus rechten und linken Maschen dach-

**347**

te, die sie im Flughafen aufgeribbelt hatte. Welche anderen Freunde standen noch auf der Liste? Freunde war vielleicht nicht das richtige Wort, aber sonst hatte sie niemanden.

»Bill denkt, dass der Original-Chip noch irgendwo versteckt ist«, erklärte Silas und holte sich ihre Aufmerksamkeit zurück. »Weißt du, wo Jack ihn aufbewahrt haben könnte? Wenn wir den finden, ist das alles vorbei. Dann ist es vorbei, Peri.«

Er hörte sich so entschlossen an, dass sie unwillkürlich aufblickte. *Warum erzählst du mir das erst jetzt?*, überlegte sie, von neuem Misstrauen erfüllt. »Jack hat keine sensiblen Daten aufbewahrt«, log sie. Ganz eindeutig hatte sie die Liste nicht nur gesehen, sie hatte die Informationen auch in einen Schal gestrickt. »Wieso sollte eine Liste korrupter Agenten Bill zu Fall bringen? Steht er auch drauf?«, fragte sie und dachte an den letzten Satz: *Bill ist korrupt.*

»Ich glaube nicht, aber er hat bereits eine gefälschte Liste korrupter Opti-Agenten vorgelegt, um die eigene Truppe zu schützen, und wenn die echte Liste bekannt wird, ist er erledigt.« Sichtlich angespannt ballte Silas die Fäuste. »Du musst doch wissen, wo Jack Sachen versteckt hat, oder?«

Mit gesenktem Kopf ribbelte sie eine Reihe ihres Schals auf. Nein, das wusste sie nicht. Nicht mehr.

»Tut mir leid«, lenkte Silas ein. »Es ist nur so, dass ich seit fünf Jahren an dieser Sache arbeite, und wir sind so nah dran. Jack dürfte keine Zeit gehabt haben, sie außerhalb deiner Wohnung zu verstecken.«

Peri nickte. Das Garn bildete einen knittrigen roten Haufen auf ihrem Schoß, während sie immer mehr Maschen löste. Ihr Mantis hatte einen Safe, aber Opti wusste davon, also hatten sie bestimmt längst nachgesehen. Eine externe Datenspeichereinheit fiel auch aus. Die waren zu leicht zu finden und zu hacken. Das war der Grund dafür, dass sie die Information in ihren Schal gestrickt hatte. Die gestrickte Liste war verloren, aber wenn Bill auf der Suche nach dem Original war, dann existierte es vermutlich noch. Dass sie Dinge irgendwo versteckt hatte, mochte nicht die beste Idee gewesen sein, aber es gab noch ein paar Winkel, in denen sie nachsehen konnte. Schließlich mussten sie wegen des Talismans sowieso in ihre Wohnung.

»Bitte«, sagte Silas, und sie erschrak regelrecht, als er über die Kekse hinweg nach ihrer Hand griff, sodass sie mit dem Aufribbeln aufhören musste. »Hilf mir, diese Liste zu finden, und ich helfe dir, deine Erinnerungen zurückzubekommen. Alle, die du selbst zurückhaben willst.«

»Nur den Teil über die Ereignisse in Charlotte«, entgegnete sie mit einem mulmigen Gefühl. »Mehr als das will ich über Jack nicht erfahren.«

»Okay. Gut.« Seine Hand löste sich von ihrer, und Silas stand zögernd auf, ganz so, als wüsste er nichts mit sich anzufangen. Sein Blick wanderte von der Tür zum Fenster, und er zog sein Telefon hervor, zweifellos, um Howard oder Taf eine SMS zu schicken.

Stirnrunzelnd löste Peri den Rest des roten Streifens aus dem Schal. Das aufgeribbelte Garn in ihrem Schoß ähnelte den Innereien eines exotischen Insekts. Als sie nach einem Plätzchen griff, drehte ihr der Schokoladengeruch plötzlich den Magen um. Ihr wurde schwindelig, und das rote Garn in ihrem Schoß verwandelte sich in blutgetränkten Stoff. Jacks Gesicht, blass wegen der Schmerzen und des Blutverlusts, blitzte in ihrem Kopf auf.

Etwas rumste im Bad. Ruckartig riss sie den Kopf hoch und erstarrte, als eine sonnengebräunte, gepflegte Hand die Tür aufstieß. Mit hämmerndem Puls starrte sie an Silas vorbei.

*Jack?*

Sie ließ das Plätzchen zu Boden fallen. Das Herz schlug ihr

bis zum Hals, als Jack ihr von der Badezimmertür aus zulächelte. Sein blondes Haar war zerzaust, und die Bartstoppeln waren genau so dicht und lang, wie sie es gern hatte. Er hatte seine Krawatte gelockert, und sein weißes Hemd leuchtete in der Mitte grell rot, doch seine Augen funkelten geradezu vor Vergnügen. »Stell keine Fragen, deren Beantwortung dir nicht gefallen wird, Peri. Fragen sind schlecht für dein Asthma.«

Die Hand um die leere Stricknadel geschlossen, blinzelte sie verwirrt. Sie erinnerte sich nicht einmal, die Nadel ergriffen zu haben, aber da war sie, bereit zum Zustechen. Peri starrte mit weit aufgerissenen Augen zum Badezimmer. Die Tür war geschlossen. Niemand war dort. Nur Silas blickte sie über sein Telefon hinweg an, als würden ihr Hummer aus den Ohren krabbeln. Offensichtlich hatte er Jack nicht gesehen. Sie hatte halluziniert.

*Oh Gott, ich bekomme MEP.* Sie hatte etwas vergessen, das so traumatisch war, dass ihr Gehirn krampfhaft versuchte, es zurückzuholen. Wenn sie keine ordentliche Defragmentierung bekam, würde es immer schlimmer werden, bis sie nicht mehr zwischen Realität und Fantasie unterscheiden könnte. Sie würde durch Tagträume den Verstand verlieren. *Wie lange? Wie viel Zeit bleibt mir noch bis zum Zusammenbruch?*

Silas hob das Plätzchen auf und legte es mit einem tadelnden Blick auf den Tisch. »Internet-Regel zweiunddreißig von Anonymous: Schau genau hin, was du vor dir hast, und mach dir ein Bild, ehe du urteilst.«

»Danke.« Mit zitternden Händen entwirrte sie das Garn, ohne es wirklich zu sehen. Sie halluzinierte, sah den Mann, den sie getötet hatte. Sie war dabei durchzudrehen. Total.

Mit einem abwägenden Mmmm nahm Silas ihr gegenüber Platz und faltete die Hände vor dem Bauch, als würde er auf etwas warten. »Also, wie läuft's?«

Da lag zu viel Hinterlist in seinem Ton, als dass er sich auf das Strickzeug beziehen konnte. *Toll. Ich glaube, er weiß Bescheid.* »Bestens.« Peri ribbelte die nächste Reihe auf, und ihre Furcht nahm zu, während sich die beiden Farben mischten. »Ich überlege, wie ich in meine Wohnung komme«, improvisierte sie. »Wenn ich ihn nicht weggenommen habe, dann ist im Erdgeschoss ein Schlüssel für den Fall, dass ich mich aussperre.« *Schau nicht zum Bad. Da ist nichts. Scheiße, ich schwitze.* »Wie soll das Wetter morgen werden?«

Silas stellte sein Telefon auf Vibrieren ein und legte es auf den Tisch. »Wie schlimm sind die Halluzinationen?«

Sie reckte das Kinn vor und vermied es, zum Badezimmer zu sehen. »Halluzination, nicht Halluzinationen. Kein Plural.«

»Das habe ich mir gedacht.« Er rieb sich mit seiner riesigen Hand das glatt rasierte Gesicht. »Wir haben ein Problem.«

»Wir?«, fragte sie mit klopfendem Herzen. »Mir geht es gut.«

Als er aufblickte, erkannte sie das Mitleid in seinen Augen. »Sie werden mit der Zeit schlimmer.«

Zu ihrem Leidwesen errötete sie, doch sie hielt seinem Blick stand, ohne auch nur zu blinzeln. »Ich komme damit klar.«

»Peri, ich kann dir helfen. Lass mich versuchen, etwas zurückzuholen.«

Gepeinigt betrachtete sie das Garn in ihrem Schoß, als läge die Antwort irgendwo in dem Gewirr. »Nein«, flüsterte sie. Als er das letzte Mal in ihrem Kopf gewesen war, hatte sie sich an Jack erinnert.

»Ich werde dich nirgends hinführen, wohin du nicht willst«, versprach er und beugte sich über den Tisch. In seinen Augen spiegelten sich Besorgnis und Anteilnahme. »Ich weiß, dass du dich nicht daran erinnern willst, was passiert ist, aber wenn du deinem Geist nicht erlaubst, das zu verarbeiten, wird es … deine Fähigkeiten beeinträchtigen.«

Peri hatte das Gefühl, dass er eigentlich hatte sagen wollen, es werde sie in den Wahnsinn treiben. Denn genau das würde geschehen, wenn sie mit der Erinnerung nicht irgendwie klarkam. »Nein«, sagte sie mit fester Stimme, dann: »Ja. Nein.« Sie schloss die Augen.

»Was, wenn du heute Abend eine Vision von etwas hast, das gar nicht da ist, und deswegen einen Fehler machst?«, fragte er. »Lass mich dir wenigstens helfen, alle Erinnerungsknoten zu entwirren, die zum Fallstrick werden könnten.«

*Erinnerungsknoten. Scheiße.* Er hatte recht, aber sie fürchtete sich und erstarrte geradezu, als er aufstand und hinter sie trat. »Erinnerungsknoten sind gefährlich«, sagte sie und zuckte zusammen, als er ihr sacht die Hände auf die Schultern legte.

Er lachte in sich hinein, beugte sich vor und brachte sein Gesicht ganz nahe an ihres heran. »Nur, wenn du sie ignorierst. Und jetzt erzähl mir, das täte nicht gut.« Mit den Daumen bearbeitete er ihre verspannten Muskeln.

*Oh, Gott, fühlt sich das gut an.* »Besser«, flüsterte sie, die Augen geschlossen, und ließ den Kopf über ihrem Garn hängen. »Ich will mich nicht an Jack erinnern.«

»In Ordnung«, sagte er. Seine Berührungen wurden sanfter, und sie blickte auf.

»Du steckst so voll mit psychiatrischem Mist.«

Er lachte, und das wirkte noch entspannender auf sie als seine Finger, deren Druck sich vertraut anfühlte, besänftigend und absolut sachkundig. Ihr Körper erinnerte sich daran und war dabei, zu dem umzuschalten, was nötig war, und ihren Geist mitzunehmen, ob sie wollte oder nicht. »Bitte zwing mich nicht, mich zu erinnern«, flüsterte sie in einem erneuten Anflug von Angst.

»Das werde ich nicht. Ich verspreche es. Entspann dich einfach.«

Sie seufzte, als er eine Verspannung nach der anderen fand

und löste. Gleich darauf geriet sie erneut unter Spannung: Jacks bleiches Gesicht blitzte an der Oberfläche ihres Bewusstseins auf. Doch dann spürte sie erleichtert, wie Silas in ihren Geist drang und das Gesicht vertrieb. Er fragmentierte es nicht, er legte es nur zur Seite. Beeindruckt ließ sie zu, dass die Entspannung tiefer wurde, und vertraute sich ihm an. Silas war vermutlich der Beste seiner ganzen Generation. Warum er Opti verlassen hatte, war ihr ein Rätsel.

»Geh zu deinem sicheren Ort«, raunte er, und sie wurde schläfrig und erinnerte sich, dass er das schon einmal getan hatte. »Dort kannst du schlafen.« Schlafen wäre herrlich, und da sie wusste, dass ihr »sicherer Ort« frei war von Jack, von Opti, von einfach allem, lenkte sie ihre Gedanken zur Farm ihrer Großeltern und fühlte, wie sie hoch oben auf ihrem Baum einschlief. Der Wind roch nach Bienen, Sonnenschein fing sich in ihrem Haar ...

Bis sie merkte, dass Winter war und das Laub fort. Sie griff nach einem toten Zweig; ihre Finger waren blutbefleckt. Furchtsam blickte sie nach unten und sah Jack auf dem gelben Feld liegen, umgeben von wogenden, langen Grashalmen, die über sein schmerzverzerrtes Gesicht strichen. Ein Schal, den sie gestrickt hatte, lag zusammengewickelt auf seinem Unterleib, rot, blutgetränkt. Verziert mit Stundenglasrunen. Panik regte sich in ihr.

»Tut mir leid«, flüsterte Jack in ihrem Traum. Blut haftete an seinen Mundwinkeln. »Ich will nicht, dass du mich so in Erinnerung behältst.«

Plötzlich erkannte sie, dass der Ast, den sie festhielt, in Wirklichkeit ein Gewehr war. Benetzt mit Tränen. Sie weinte. Hatte sie ihn erschossen?

»Ich liebe dich, Peri«, sagte Jack. »Es tut mir leid, dass ich nicht stärker war.«

»Jack!«, schrie sie entsetzt und sprang vom Baum. Ihre Füße landeten auf den abgenutzten Holzdielen einer Tanzfläche, nicht auf lehmiger, klumpiger Erde. Die Luft stank nach Schießpulver, und sie hatte ein Klingeln in den Ohren. Blut klebte an ihren Händen, als sie sie nach Jack ausstreckte, doch seine Augen waren leer, blicklos. Er war tot – er lag tot auf dem Boden des *Zeitloch*.

Peri schnappte nach Luft und erwachte, am ganzen Leib zitternd. Das Garn lag auf einem Haufen auf dem Tisch, und dahinter bearbeitete Silas sein Telefon, neben sich den leeren Gebäckteller. Sichtlich erschrocken, begegnete er ihrem Blick. »Bin ich gesprungen?«

»Nein, du bist am Tisch eingeschlafen.« Er warf einen Blick auf sein Telefon. »Vor fünfzehn Minuten.«

Mit pochendem Herzen setzte Peri sich auf, stützte die Ellbogen auf den Tisch und barg das Gesicht in den Händen. »Ich habe von Jack geträumt. Ich habe ihn erschossen. Ich habe ihn in der Bar *Zeitloch* erschossen. Ich habe meinen eigenen Anker getötet.« *Ich will mich nicht daran erinnern. Aber wenn ich es nicht tue, verliere ich den Verstand.*

Silas rutschte auf seinem Stuhl herum, und seine Sohlen scharrten über das ausgebleichte Linoleum. »Das war ein Traum, kein Fragment. Peri, bitte, lass mich etwas zurückholen, ehe es schlimmer wird.«

*Vielleicht hat er recht.* Erschöpft und ausgelaugt wischte sich Peri mit einer Hand die Wange ab. Aber was, wenn sie diejenige gewesen war, die Dreck am Stecken hatte, und ihn getötet hatte, damit er sie nicht verraten konnte? Schniefend wischte sie sich erneut über die Wange. *Gibt es hier denn keine Taschentücher?*

Über den Tisch griff Silas nach ihrer Hand. »Lass mich dir beim Erinnern helfen.«

Seine Finger fühlten sich rau zwischen ihren an, und sie zuckte zurück, als sie plötzlich rot vor Blut waren, weil ihr Geist sie mit einer Erinnerung überzog, die sie nicht wahrhaben wollte. Silas fixierte sie, und das Herz schlug ihr bis zum Hals. Sie halluzinierte, und er wusste es. So konnte sie nicht arbeiten. Sie musste die Wahrheit herausfinden, ganz gleich, wie sehr die Vorstellung sie ängstigte.

»Du hast recht«, sagte sie plötzlich. »Ich muss ins *Zeitloch* zurück.«

»Jetzt?« Silas lehnte sich zurück und fuhr sich besorgt mit einer Hand durch das Haar.

»Ja, jetzt. Du bist doch der, der gerade gesagt hat, ich müsse mich erinnern.« Sie musste das sofort erledigen, ehe sie kneifen konnte, also stand sie auf und stolzierte zu dem Mantel, den Taf für sie ausgesucht hatte.

»Ich dachte eher an vorsichtige Explorationsmethoden, nicht daran, deine Psyche in einen Morast der Verwirrung zu kippen. Ich weiß nicht, ob ich etwas emotionell Aufgeladenes auf einmal defragmentieren kann. Vielleicht bekommst du gar nichts zurück. Oder ich repariere etwas, das gar nicht wirklich passiert ist.«

Mit rasendem Puls kontrollierte sie, ob Allens Glock gesichert war, ehe sie sich Tafs Gewehr vornahm. »Wenn wir diese Liste finden wollen, muss ich wissen, was letzte Woche passiert ist. Ich brauche etwas Reales.« Auf der Suche nach Brauchbarem sah sie sich im Raum um, fand aber nur Silas. Angespannt schaute sie durch die Jalousie hinaus: Leute schlenderten herum, Sitybikes bahnten sich einen Weg zwischen den Autos hindurch, der Obdachlose an der Ecke spielte Musik, zwei Low-Q-Drohnen überwachten den Verkehr.

»Und du hast recht, ich muss etwas zurückholen, oder ich verliere den Verstand«, sagte sie, ohne den Blick von der Straße zu wenden. »Und wie willst du dann an deine verdammte Liste kommen? Du kannst Howard und Taf eine SMS schicken und ihnen mitteilen, wo wir sind. Es ist Sonntag. Bis morgen ist niemand im *Zeitloch*. Kommst du?«

Silas starrte sie an. Ihr Magen krampfte, Furcht und Überschwang bildeten eine einzige Gefühlsbrühe. Sie würde sich ein paar Antworten holen, ob sie ihr gefielen oder nicht.

Hilflos gestikulierend, stand Silas endlich auf. »Also gut. Aber Tafs Gewehr nehme ich.«

# 23

Frierend schob Peri die Hände tiefer in die Taschen ihres schwarzen Mantels und stellte dabei erbittert fest, dass dies schon der vierte in ebenso vielen Tagen war. Silas bearbeitete das Schloss an der Hintertür des *Zeitloch*, und sie wünschte, er würde sich ein bisschen beeilen. Sie befanden sich auf der Rückseite des Gebäudes, dort, wo die Lieferanten eintrafen und fiese Säufer ihren Rausch ausschliefen. Es wäre zu auffällig gewesen, sich am Haupteingang zu schaffen zu machen. Das WEGEN KRANKHEIT GESCHLOSSEN-Schild auf der Vorderseite machte sich besser als das Absperrband der Polizei, mit dem sie gerechnet hatte. Opti achtete wirklich auf Details.

»Bist du sicher, dass es keine Alarmanlage gibt?« Silas' Hände waren von der Kälte gerötet. Ihrer Ansicht nach hätten sie die Tür einfach eintreten sollen, aber sie konnten es natürlich auch auf seine Weise versuchen.

»Vor drei Jahren gab es jedenfalls keine.« Peri lehnte sich an einen Müllcontainer und sah sich in der Lieferzone um. Die Notbeleuchtung schaltete sich gerade ein und summte fast so wie die ihr verhassten 741 MHz. Ihr war ausgesprochen seltsam zumute. Sie wusste, dass sie erst vor ein paar Tagen hier gewesen war, aber ihre letzte Erinnerung stammte aus einem Sommer. Die Schneeflocken und der graue Himmel wirkten befremdlich auf sie. Die Tankstelle auf der anderen Straßenseite gehörte nicht mehr zu der Kette, an die sie sich erinnerte, und das Café am Ende der Ladenzeile war neu. Manchmal war es leichter, einfach so zu tun, als wäre sie in der Zeit, die sie verloren hatte, fort gewesen und käme von einer ausgedehnten Reise zurück.

»Hab's«, sagte Silas endlich und ergriff Tafs Gewehr. Furchtsam und mit kalten Zehen stieß Peri sich von dem Container ab und folgte ihm, erfüllt von gespannter Erwartung, hinein.

Es war dunkel. Auf einer Seite führte eine Tür zum Kühlraum, auf der anderen hing eine unbenutzte Stechuhr. Der Geruch von biergetränktem Holz war beinahe überwältigend, und sie schauderte, als Silas die Tür hinter ihnen schloss. Allens Glock bildete einen unbequemen Klumpen in ihrem Strumpf, war aber leicht zu greifen, sollte sie am Boden festgehalten werden.

Silas zog erst an der Feuerschutztür und drückte dann dagegen, nur um gleich darauf mit einem überraschten Grunzen festzustellen, dass sie sich gerade mal fünf Zentimeter weit öffnen ließ, ehe sie klirrend von einem Vorhängeschloss aufgehalten wurde. »Es ist illegal, Feuertüren so zu verrammeln«, stellte er fest. Derweil starrte Peri die kalten, grauen Kettenglieder an, als wären sie irgendwie bedeutsam. Unwillkürlich zog sie die Nase kraus und glaubte, Schießpulver zu riechen, und der Geruch kam nicht von ihren ausgeborgten Waffen.

Silas tastete nach dem Schloss, aber Peri schob ihn ungeduldig zur Seite. »Gib mir eine Sekunde«, bat sie und verkantete ein Brecheisen in der Öffnung. Dann ballte sie die Fäuste und reagierte ihren ganzen Frust in einem Seitwärtstritt ab. Die Erschütterung raste durch ihr Bein, und sie geriet ins Stolpern, aber das Schloss gab nach, und die Tür schwang auf. Ihr ganzes Bein fühlte sich taub an, aber das kümmerte sie nicht.

Silas packte ihren Arm, als sie um ihr Gleichgewicht rang. »Geht es dir jetzt besser?«, fragte er trocken.

»Wir haben nicht genug Zeit, um noch ein Schloss zu knacken«, murrte sie und humpelte mit einem letzten Blick auf die herabbaumelnde Kette in die Bar.

Das Licht aus der Juke'sBox und der Lottoannahmestelle
warf unheimliche Schatten, und die Spielelounge war ein fins-
teres Loch, das irgendwie immer noch nach Testosteron roch.
Im Vorbeigehen stellte sie fest, wie sonderbar es sich anfühlte,
ganz allein hier zu sein. Der automatische Bodenreiniger hing
an der Bühne fest und klickte leise, während er versuchte, die
Richtung zu ändern. Peris Blick verweilte bei dem Spiegel hinter der Bar, aber sie wusste nicht, warum. Ihre Brust schmerzte,
als das Bedürfnis, sich zu erinnern, immer drängender wurde.

»Kalt hier drin«, bemerkte Silas naserümpfend und legte Tafs
Gewehr ab.

»Und dunkel«, fügte sie hinzu und runzelte die Stirn, als ihr
auffiel, dass sie die Hände in den Taschen hatte, damit sie
keine Fingerabdrücke hinterließ. Mit entschlossener Miene
marschierte sie zum Bildschirm der Juke'sBox, bedachte ihn mit
einem dicken Kuss und achtete darauf, sämtliche Finger ein-
schließlich der Daumen auf das Glas zu drücken.

Als sie sich wieder umdrehte, sah sie, dass Silas sie anstarrte.
»Ich nehme an, es gibt einen Grund dafür?«

»Allen soll wissen, dass ich hier war.« Immer wieder sah sie
sich zur Vordertür um. Nein … nicht zur Tür, sondern zu dem
einzelnen Stuhl, der gleich danebenstand. Sie war frustriert
und kribbelig. Zwar wusste sie, was sie zu tun hatte, aber nicht,
wie sie anfangen sollte. Es war wie beim berühmten ersten Mal,
unbeholfen und hektisch, darauf bedacht, die Sache durchzu-
ziehen, ehe irgendwelche Eltern zur Tür hereinspazierten. Und
vermutlich würde es auch genauso befriedigend sein – nämlich
gar nicht.

Silas zog einen Stuhl von einem Tisch ab und stellte ihn auf-
fordernd vor das schwarze Loch von einem Kamin. Peris Herz
hämmerte. »Gib mir noch eine Sekunde«, bat sie und sah sich
nach weiteren Dingen um, die sie so ansprachen wie das Vor-

hängeschloss und der Stuhl neben der Eingangstür. Der zerkratzte Boden vor der Bühne zog sie an. Er löste etwas aus, und sie hatte ihn in ihrem Traum gesehen.

Das Bild von Jack, blass von dem Blutverlust und mit einem roten Schal auf dem Bauch, trat an die Oberfläche. Peri starrte den Parkettboden an. Er würde sich hart anfühlen, wenn sie sich auf ihn legte, ähnlich wie ein Turnhallenboden. Wenn sie die Wachsschicht darüber wegwischte, würde sie zu der glatten Oberfläche darunter vordringen. Ihr Magen krampfte sich zusammen, und sie wandte sich ab. Wollte sie sich wirklich erinnern?

»Peri?«

»Irgendwie kann ich nicht fassen, dass ich ernsthaft versuchen will, eine Erinnerung mit einem Erinnerungsknoten zurückzuholen«, sagte sie und fühlte sich äußerst unwohl.

Silas schlurfte zu ihr herüber. »Tut mir leid. Wenn du das nicht möchtest …«

»Aber genau deswegen bin ich ja hier, Doktor«, fiel ihm Peri in scharfem Ton ins Wort. Es passte ihr nicht, dass er sie behandelte wie ein Kleinkind. Sie war Opti-Agentin, verdammt noch mal. Sie würde damit fertigwerden.

Aber ihr Kummer wog schwer. Sie musste die Wurzel der Korruption finden, um ihren Namen reinzuwaschen. Die Antwort lag hier – irgendwo zwischen dem zerkratzten Boden und den dunklen Balken. *Ich brauche mehr Auslöser*, dachte sie und schloss die Augen. Sie brauchte den Geruch von Schießpulver, das Gefühl eines Gewehrschafts in ihren Händen, von klebrigem Blut an ihren Fingern. Steif rieb sie sich die Hände. In jener Nacht war ihr kalt gewesen. Ihr Mantel hatte auf dem Tresen gelegen.

Sie schlug die Augen auf und musterte das Blut, das jetzt durch ihre Fingerspitzen strömte, während eine fragmentierte

Erinnerung, die versuchte, sich wieder Geltung zu verschaffen, ihr die Orientierung raubte.

»Erzwing es nicht«, sagte Silas. Er wirkte hilflos und niedergeschlagen. »Nimm dir Zeit.«

»Ich habe keine Zeit!«, rief sie. Plötzlich keuchte sie auf, sank auf ein Knie und tastete nach ihrer Glock: Allen spazierte durch die geschlossene Vordertür herein. Hinter ihm fiel Schnee auf den Parkplatz, und sie sah das Licht von Autoscheinwerfern. Allen nickte ihr zu, setzte sich auf den Stuhl neben der Tür, fegte sich den Schnee aus den schwarzen Locken und schob seine Brille hoch.

Eine *Halluzination*, dachte sie und fing an zu zittern, nicht imstande, die Waffe fallen zu lassen oder den Blick abzuwenden.

»Peri?« Silas hatte sich nicht gerührt, und sein vorsichtiger Blick in Richtung Tür bestätigte ihr, dass es nur Einbildung war, auch wenn Sandy gerade eine Tasse Kaffee auf den Tresen stellte und sich ein Geschirrtuch über die Schuler warf.

»Wir werden diese pelzige rote, Mäuse verzehrende Wanze wieder in deine Wohnung bringen müssen. Wir hätten euch bei eurem ›Evaluationseinsatz‹ ja verlieren können«, sagte die zierliche Frau, und Peri legte auf sie an. Frank war auch da, und ihr Gesicht verzerrte sich vor Qual, so desorientiert fühlte sie sich.

»Bitte sehr, Schätzchen«, sagte der große Mann und stellte eine Tasse Kaffee auf den Tresen. »Etwas zum Aufwärmen.«

Zitternd schloss Peri die Augen. *Sie sind nicht hier. Ich halluziniere.*

Flatternd öffneten sich ihre Lider, als Silas seine Hand auf ihre Waffenhand legte. »Alles in Ordnung bei dir?«

Die Bar war verlassen, die Berührung hatte die Erscheinungen verscheucht. Verängstigt drehte Peri die Waffe um und reichte sie ihm. »Egal, was ich herausfinde, ich muss es versuchen.« Sie schaute Silas an. »Es sei denn, Allen sitzt tatsächlich neben der Tür und Frank und Sandy stehen tatsächlich hinter dem Tresen.«

»Nein.« Silas legte die Glock auf die niedrige Bühne. »Lieber Himmel, du hättest ...«

»Was?«, fragte Peri matt und presste ihre Fingerspitzen an die Stirn. »Früher zu dir kommen sollen, Dr. Denier?« *Wie soll irgendjemand das ordentlich defragmentieren?* Sie schlang die Arme um den Leib, marschierte zu dem Stuhl, den er für sie bereitgestellt hatte, und ließ sich beleidigt fallen. »Mach dein Ding«, forderte sie angriffslustig.

Silas runzelte die Stirn. »Dein Verhalten ist ziemlich kontraproduktiv.«

»Findest du?«, fragte sie, als er hinter sie trat. Erfüllt von der Furcht, es könne funktionieren, und gepeinigt von der Angst, es könne fehlschlagen, schloss sie die Augen, die sofort begannen, von einer Seite zur anderen zu zucken. Ihr Geist verlangte verzweifelt nach Erinnerung. Ein Hauch von Furcht überlagerte alles. Falls sie über genügend Trigger verfügte, um die Schleusen zu öffnen, würde womöglich alles unkontrolliert aus ihr herausströmen. Dann würde Silas all dem einen Sinn abringen, es ordnen und in eine logische Folge bringen müssen. Sollte ihm das nicht gelingen, würde sie sich vielleicht nie mehr von der Überflutung mit Erinnerungen erholen.

»Ach, Peri«, flüsterte er, während sich seine kühlen Finger zu ihren Schläfen vortasteten. »Wir haben zu lange gewartet. Kannst du mir irgendetwas Stichhaltiges liefern, mit dem ich arbeiten kann?«

»Du meinst, abgesehen von dem Blut auf dem Boden und Jacks herausquellenden Innereien?«, fragte sie sarkastisch. »Ich lehne mich ganz weit aus dem Fenster und behaupte mal, dass Allen hier war. Frank und Sandy auch.«

Als Silas dem Verlauf ihrer Muskeln folgte und die Druckpunkte benutzte, um die Enden zu überreizen und zur Entspannung zu zwingen, begannen ihre verspannten Schultern zu schmerzen. »Frank und Sandy kenne ich nicht«, sagte er. »Wen suche ich?«

*Interessant*, dachte Peri. Anker benutzten etwas, das sie bereits kannten, um eine Defragmentierung einzuleiten. Aber vielleicht taten sie mehr, als nur eine Erinnerung aus ihren eigenen Gedächtnisinhalten aufzubauen, vielleicht nutzten sie auch die latenten Kenntnisse des Zeitagenten. Ihr war es immer so vorgekommen, als könnte sie spüren, wie sich die Gefühle des Ankers mit ihren eigenen verflochten.

»Frank ist Brite«, erklärte Peri und wunderte sich über die plötzliche Anspannung, die der Gedanke an ihn mit sich brachte. »Sieht aus wie ein Profi-Ringer und kleidet sich wie ein Türsteher. Trägt gern Polohemden. Sandy ist eine asiatische Prinzessin in Jeans und einem schwarzen Hemd. Sie betreiben die Bar.« Peri öffnete die Augen ein kleines bisschen und starrte den im Schatten liegenden Spiegel hinter dem Tresen an. »Sie sind meine Psychologen«, fügte sie hinzu.

»Mach weiter«, murmelte er. Während seine Finger sanfter wurden und die Triggerpunkte unter ihren Augen bearbeiteten, bis die Spannung nachließ, schloss sie die Augen wieder. »Du bist mit Jack ins *Zeitloch* gekommen. Etwas ist schiefgegangen. Jack war aufgebracht.«

Das war ein unverschämt vager Startpunkt, aber Peri ließ sich in die leichte Trance sinken. Jack war aufgebracht, möglicherweise schuldbewusst. Während sie durch den Mund ausatmete, spürte sie, wie sich eine Eiseskälte in ihrem Inneren ausbreitete. In ihren Gedanken erkannte sie die Besorgnis Jacks – des vertrauten Fremden, der sich mit Frank auf der Bühne befand. Neben ihm stand eine Leiter. Jack sah schuldbewusst aus. Sie selbst war wütend.

*Ich war wütend auf ihn. Habe ich ihn erschossen?*

»Pssst«, machte Silas. »Nicht raten. Sehen. Die Leiter. Warum war sie dort?«

Seine Worte versetzten ihr einen Schock. Sie hatte nichts von der Leiter gesagt. Silas konnte sehen, was sie sah, und das schenkte ihr eine Zuversicht, die es ihr erlaubte, sich tiefer sinken zu lassen – sich an mehr zu erinnern.

»Frank hat das Soundsystem repariert«, sagte sie, als die Erinnerung zutage trat und Silas' Berührung zu einem sanften Fingerzeig wurde. Bilder von Frank tauchten auf, Ausschnitte von hundert Begegnungen, die sich alle zu einem einzigen Bild vereinigten. Sie spürte, dass Silas bei ihr war, die unzähligen Visionen auf den einzigen Moment herunterbrach, in dem Frank und Jack neben der Leiter standen. Sie war bei Sandy am Tresen. Peri atmete tief, roch die bitteren Ausdünstungen des Kaffees und des Putzmittels. So war es richtig. Sie konnte es schaffen.

*Sandy wirft ihr Haar zurück. »Die Information ist immer da, du kannst sie nur nicht abrufen.«*

Peri zuckte zusammen. Erinnerungen kehrten zurück und brachten Furcht und das Gefühl, verraten worden zu sein, mit sich. Bill hatte ihnen einen neuen Auftrag erteilt, gleich nachdem sie in Charlotte sechs Wochen verloren hatte. Sie schickten sie an dem Tag wieder raus, an dem sie zurückgekommen waren. Warum hatte Sandy darauf so gleichgültig reagiert? Sie war doch ihre Therapeutin!

»Du bist jetzt sicher«, flüsterte Silas. »Nichts kann dir hier wehtun.«

Aber als eine weitere Erinnerung an Sandy erwachte, bohrte sich die Furcht in ihre Synapsen. »Das Leben ist nicht fair. Liebe ist nicht real. Ich tue dir einen verdammten Gefallen!«, kreischte Sandy.

Ihr Herz hämmerte in ihrer Brust. Zugleich spürte sie Silas' Zuversicht. Er fragmentierte die Erinnerung nicht, sondern stufte sie nur als wahr ein und legte sie zur Seite. Eine andere trat an deren Stelle. Jacks Gesicht, blass vor Schock, die Miene schmerzgepeinigt. Er lag auf einem gelben, zerkratzten Boden. Sie kniete neben ihm und hielt mit den Händen seine Gedärme in seinem Körper. *Nein!*, dachte sie und konnte vor Kummer kaum atmen.

Sie wollte das nicht sehen. Alles in ihr drehte sich, verschwamm zu schwindelerregender Unschärfe, bis Jack nicht mehr auf dem Boden lag, sondern neben ihr stand, direkt vor der Leiter. Erleichtert ließ sie die Erinnerung zu.

»Sandy interessiert es gar nicht, dass wir unsere Auszeit nicht bekommen. Und Frank auch nicht. Sie sind unsere Psychologen, um Himmels willen.«

Ein Schock raste durch sie hindurch, verstärkt durch Silas' Gefühle, die sich mit ihren eigenen mischten. Frank und Sandy? Sie waren korrupt? Ihre eigenen Psychologen?

*»Ich bin keine Söldnerin. Ich töte nicht für Geld«, brüllte Peri und wand sich in Franks Griff, während sich Jack auf der niedrigen Bühne aufsetzte, den Bauchbereich voller Blut. Aber er starb nicht, und Peri sah und hörte mit starrem Blick, wie das Geräusch sich öffnender Klettverschlüsse die Luft zerriss und Jack die Körperpanzerung ablegte.*

*»Wenn du es nicht für Geld tust, dann tust du es für den Kick«, sagte Jack. »Gib zu, dass dir das gefällt. Der Nervenkitzel, das Wissen, dass du vielleicht jemanden töten musst, um selbst zu überleben. Das Gefühl der Überlegenheit, das dir das bereitet. Anderenfalls hättest du nicht so lange gebraucht, um dahinterzukommen.«*

*Das ist nicht wahr*, dachte sie. Peri und Silas überwältigte das ätzende Gefühl von Verrat. Bill war korrupt. Jack gehörte auch dazu. Er hatte sie belogen. Ihre ganze Welt war eine einzige Lüge.

Aber Silas sammelte die Erinnerung ein und machte Platz für mehr. Es tat weh. Silas' Finger zuckten, als Peri sich vor Schmerz verkrampfte. Sie schaute an sich herunter, und ihr Blick verschleierte sich: Jemand hatte ihr in die Brust geschossen. Etwas Furchtbares war passiert. Jemand hatte auf sie geschossen.

*Jack ...*

*Mit der Glock in der Hand stand er neben der Tür des Zeitloch. Peris tastete mit Fingern, die sich warm und feucht anfühlten, nach der Brust. Zu ihrem Entsetzen hustete sie Blut. Während sie zur Decke hinaufstarrte, drückte sich der harte Boden in ihren Rücken. Nicht noch einmal.*

*»Spring.« Jack steckte die Waffe ins Halfter und baute sich über ihr auf. »Leg los und spring. Ich mag dich lieber, wenn du unwissend und naiv bist.«*

Peri wusste ja, dass sie im *Zeitloch* nicht gestorben war. Sie fühlte, wie Silas den wabernden Morast durchsiebte, wie er frustriert versuchte, Ordnung in das Durcheinander zu bringen. Inzwischen musste er die Erinnerungen nicht mehr aus ihr herauszerren. Sie stapelten sich ganz von selbst, kämpften darum, gesehen zu werden. Stöhnend glitt sie vom Stuhl und fiel auf den Boden. Silas folgte ihr und schlang die Arme um sie, um die Verbindung aufrechtzuerhalten.

Plötzlich waren es nicht mehr Silas' Arme, sondern Allens. Sie konnte springen und vergessen und bekäme die Chance, Jack zu töten, oder sie würde sterben.

»Ich werde nicht für sie sterben«, sagte Jack und zog sich zur Tür zurück.

Allen verzog den Mund. »Wie wäre es damit?«

»Ihr werdet mich löschen, bis nichts mehr von mir übrig ist«, ächzte sie. »Ihr benutzt mich.«

»Jemand wird das tun. Du wirst dich nie mehr an Jack erinnern, aber ich gebe dir die Chance, ihn zu erschießen, ehe du vergisst.«

»Nein«, stöhnte Peri, als ihr klar wurde, dass sie sich das selbst angetan hatte. Sie hatte zugelassen, dass Allen sie säuberte, damit sie die Chance bekam, den Mann zu töten, den sie geliebt hatte. Was für ein Monster war sie nur?

Und dann griff Silas zu und sicherte die Erinnerung, da sich eine andere an ihre Stelle drängte. Sie spürte, dass seine seelische Qual die ihre spiegelte, sich auf ihr aufbaute und das Denken erschwerte.

*»Wir sind in einem Sprung!«, brüllte Frank. »Noch zwanzig Sekunden, dann ist sie durch! Runter, Sandy!«*

*Jack wich zur Tür zurück und streckte die blutigen Hände aus. »Babe, lass es mich erklären.«*

*»Dafür gibt es keine Worte«, sagte Peri. Mit perverser Befriedigung hob sie das Gewehr und schoss ihm in den Rücken, als er flüchten wollte.*

Ein weiteres Fragment überlagerte dieses Bruchstück und war so deplatziert, dass ihr schwindelig wurde.

*»Ich habe Ihnen ja gesagt, sie steht kurz vor einer ihrer Erleuchtungen«, bemerkte Sandy, während Allen den Schlüssel auffing, den Frank ihm zuwarf. Er sperrte die Vordertür ab. Dann zog er einen Stuhl von einem Tisch heran und nahm breitbeinig und in einer Haltung, die wachsam und zugleich gelassen wirkte, darauf Platz.*

Sofort tauchte ohne jeden Zusammenhang eine andere qualvolle Erinnerung aus dem Wust der anderen auf. *»Liebe?«, kreischte Sandy. »So etwas wie Liebe gibt es nicht!«*

*Mit zusammengebissenen Zähnen warf Peri das Messer nach ihr. Sie wollte nur noch, dass sie endlich die Klappe hielt.*

*Sandy drehte sich weg, um der Klinge zu entgehen, und krach-*

te in den Spiegel hinter dem Tresen, der herabfiel und am Boden
zerschellte.

Als Silas die Erinnerung vernichtete, stöhnte Peri auf, denn
der Spiegel war eindeutig unversehrt. Doch andere Erinnerungen nahmen sogleich deren Platz ein, rasten wie ein wirrer
Strom herbei, bis Silas eine davon festhielt.

*»Hey, ich habe ihr eine saubere Erinnerung gegeben«, sagte
Jack, und sie hasste ihn wie niemanden sonst in ihrem Leben.
»Wisst ihr eigentlich, wie schwer es ist, die ganze Persönlichkeit zu
fragmentieren? Zwei Zeitlinien zu einer glaubwürdigen zu verschmelzen?«*

Ächzend versuchte Peri, den Erinnerungsstrom zu verdrän-
gen, aber sie saß in einer Falle, die sie sich selbst gestellt hatte,
und Silas scheiterte daran. Er konnte den Strom nicht kontrollieren. Halb betäubt hing Peri in einem Dunstschleier, während
die Bilder immer schneller und wilder vorüberzogen. Silas
konnte sie nicht einfangen, und sie würden sie unter einer Woge
des Wahnsinns begraben.

Aber während sie zitternd auf dem Boden hockte, wuchs das
Gefühl von Gleichgültigkeit – jedenfalls kam es ihr so vor. Jack
lag sterbend auf dem Boden, und sie konnte ihn nicht retten.
Dann war sie diejenige, die auf dem Boden lag. Allen hielt ihren
Kopf, und sie wollte, dass Jack starb. Sie wollte seinen Tod!

»Mach, dass es aufhört!«, schrie Peri, doch kein Laut drang
an ihre Ohren. Silas' Arme, die sie immer noch umfasst hielten, zuckten, und er blickte auf: Das Glas in der Vordertür
zersprang. Eine dunkle Hand schlängelte sich herein und tastete nach dem Schloss. Benebelt starrte Peri sie an und fragte
sich, ob sie noch lebte. Sie lag auf dem Boden. Silas umfing
sie, als könnte er sie allein durch seine Berührung davor bewahren, in tausend Stücke zu zerbrechen. Er hatte nicht gewusst, was er fragmentieren sollte, und nun waren beide da,

zwei Zeitlinien, die um die Vorherrschaft kämpften und ihr den Verstand raubten.

»Gott sei Dank habt ihr mir mitgeteilt, wo ihr seid.« Im Schein des trüben Lichts, das vom Parkplatz her herüberdrang, stolperte Howard herein. »Opti ist zwei Minuten hinter uns.«

Sie halluzinierte wieder. Howard konnte nicht wirklich hier sein.

»Silas!«, brüllte der imaginäre Mann, stürzte herbei und packte Silas' Schulter. »Wir müssen weg! Heb sie hoch!«

Peri atmete stoßweise, während Silas aufstand und sie mit einer einzigen Bewegung hochzog. »Wo ist Taf?«, stotterte Silas.

»Wir haben einen Wagen. Gehört einem weiteren Freund von ihr. Komm jetzt!«

Peri zitterte heftig. Sie waren mitten in der Defragmentierung unterbrochen worden; sie hatte gerade im Sterben gelegen. Als Howard die Tür aufhielt, empfand Peri die kalte Luft wie einen überraschenden Schlag ins Gesicht.

»Was ist passiert?«, fragte Howard, während er neben ihnen zum Wagen eilte.

»Ich habe versucht, etwas zu defragmentieren, das ich nicht hätte defragmentieren sollen«, entgegnete Silas gepresst.

Peris Brust schmerzte, und sie spürte bei jedem Atemzug, wie die Luft in sie hinein- und wieder herausströmte. Immer noch wirbelten die Erinnerungen durch ihren Kopf, und sie konnte sich nirgendwo davor verstecken. Sie zitterte am ganzen Körper, befand sich im Zustand eines Schocks.

»Was ist mit Peri los?«, fragte Taf, die am Steuer saß, als die beiden Männer Peri auf die Rückbank manövrierten.

»Fahr einfach!«, brüllte jemand, und der Wagen setzte sich schleudernd in Bewegung – viel zu schnell, auch wenn der Parkplatz leer war. Benebelt und nicht imstande, zwischen Realität und Erinnerung zu unterscheiden, atmete Peri Silas'

**369**

Geruch ein, während er sie auf der Rückbank in den Armen hielt. Sie schaute ihre Hände an und fragte sich, wo das Blut war. Der Himmel war grau. Der Boden war grau. Sie war grau und steckte zwischen beiden fest. Sie hatte Jack geliebt, und sie hatte Jack getötet. Beides zugleich. Wo zuvor ein Loch in ihrem Gedächtnis gewesen war, herrschten nun unsägliche Verwirrung und ein Gefühl von Verlust, gebunden an Bilder, die keinen Sinn ergaben. Sie konnte keine zwei Realitäten verarbeiten. Könnte sie das, wäre sie ein Anker.

»Erholt sie sich wieder davon?«, erkundigte sich Howard besorgt bei Silas.

»Ich weiß es nicht«, antwortete er mit grimmiger Miene. Und während Peri versuchte, sich zu erinnern, wie sie ihre Lunge einsetzen musste, um Atem zu holen, bezweifelte sie, dass sie sich je wieder davon erholen würde.

# 24

Silas beobachtete Peris Atmung und staunte, dass ihr Geist immer noch kämpfte, obwohl er unmittelbar vor seiner Nase zerfaserte. Beide Zeitlinien enthielten Informationen, die sie brauchten: Informationen darüber, wer Peri verraten hatte und wie weit die Korruption ging. Er hatte fast nichts fragmentiert, weil er angenommen hatte, er könne alles festhalten, bis er zwei vollständige Zeitverläufe vor sich hätte. Aber die Erinnerungen waren zu schnell aufgetaucht, hatten sich zu schnell festgekrallt – und obwohl die beiden Zeitlinien nicht kohärent waren, hatte Peri nun beide. Je deutlicher sie Gestalt angenommen hatten, desto instabiler war sie geworden. Sie zitterte, überladen von Erinnerungen. Was nur eine nette Umschreibung dafür war, dass er Scheiße gebaut und ihren Geist in einen Zustand versetzt hatte, in dem er sich selbst zerstörte.

»Bieg nach links ab«, flüsterte Silas gerade so laut, dass er über das Motorengeräusch vernehmbar war. Bei der Defragmentierung waren sie unterbrochen worden, und er wusste nicht, was er zerstören und was er reparieren sollte. Und sie litt Höllenqualen. *Zum Teufel mit dir, Allen. Das ist deine Schuld.* »Es ist das dritte. Gepflasterter Fußweg«, sagte er.

»Ich sehe es«, erwiderte Taf. Während Taf den Wagen durch die hochmoderne Trabantenstadt steuerte, zog Silas Peri fester an sich, um sie vor den Erschütterungen zu schützen. Er konnte spüren, wie Peris Gedanken kreiselten. Sie versuchte, die Erinnerungen zu ordnen, die er ausgegraben hatte. Ihr Schmerz und das Gefühl, hintergangen worden zu sein, hallten in ihm wider,

**371**

als wären es seine eigenen Emotionen. Der Schmerz war das, was sie in diesem Moment bei Verstand hielt, der Wunsch, Rache zu nehmen. Sie konnte es nicht zulassen, dass die Gegenseite annahm, ungeschoren davonzukommen. Aber das war nur eine Frage der Zeit – bis Peri alles richtig eingeordnet hatte. Dann würde auch der tiefe Kummer sie nicht mehr vor dem endgültigen Zusammenbruch bewahren.

»Peri?«, flüsterte er, als ihm auffiel, dass das Zittern aufgehört hatte. »Bleib bei mir.«

»Wie geht es ihr?«, fragte Howard vom Beifahrersitz aus, als ihre Lider zu flattern anfingen.

»Nicht gut.« Silas' Stimme klang heiser. Mit dem Daumen strich er eine Haarsträhne von ihrer Wange. »Peri, kannst du mich hören?«

Ihr Atem klang röchelnd und schmerzgeplagt, und daran hielt er sich fest. Sie konnte ihn hören, sogar jetzt. Verloren zwischen zwei Zeitlinien, war ihr Geist mit ihm verbunden. Falls es ihm gelang, beide Zeitlinien so zurückzudrängen, dass die Gegenwart stärker war als die Vergangenheit, würde er das Unausweichliche vielleicht doch noch abwenden können. Aber für wie lange? »Halt durch«, flüsterte er, als er die beleuchtete Veranda von Karleys zweistöckigem Haus im Schneetreiben erblickte. »Konzentrier dich auf das, was du hörst. Ich lasse dich nicht im Stich.«

Sein Herz tat einen Satz, als ihr zartes Kinn erbebte. Sie hatte ihn gehört. Er umschlang sie noch fester. Mein Gott, sie war viel stärker, als er es ihr je zugetraut hätte.

»Setzt mich am Bordstein ab«, sagte Silas und rutschte mit Peri in den Armen zur Wagentür. »Ich will keine zweite Reifenspur in der Einfahrt haben. Stellt den Wagen ab, und kommt zu Fuß zurück. Karley wird mich eher reinlassen, wenn ihr nicht dabei seid.«

*Was fällt mir eigentlich ein, Peri hierherzubringen?* Aber er hatte keine Wahl, Ex-Frau hin oder her.

»Silas …«, setzte Howard zu einem Protest an, stieg aber aus, um ihm zu helfen.

Bittere Kälte umfing sie. Taumelnd stieg er mit Peri in den Armen aus, doch ihr Gewicht war kaum der Rede wert. Blass und zerbrechlich sah sie aus, als sie die Augen öffnete. Er merkte, dass sie weder den weißen Schnee noch den grauen Himmel über ihnen wahrnahm.

»Bleib bei Taf«, bat Silas, und Howard machte widerwillig kehrt. »Karley wird mir helfen. Sie mag mich zwar nicht, aber sie wird mir helfen, und sei es nur, um mir zu sagen, wie blöde ich bin.«

»Bist du da sicher?«

Er nickte trotz wachsender Verzweiflung. Ohne recht zu wissen, was er tun sollte, ging er die steile Auffahrt hinauf und blieb dabei stets in der Reifenspur, um möglichst wenige Hinweise auf seine Gegenwart zu hinterlassen. Howard stieg wieder in den Wagen, aber sie fuhren nicht ab, wie Silas stirnrunzelnd erkannte, als er mit dem Ellbogen den Klingelknopf drückte. Karley musste zu Hause sein. In der leichten Schneedecke war nur eine einzige Reifenspur zu sehen, die zum Haus führte.

»Ich kriege das hin, Peri«, flüsterte er. »Halt nur noch ein bisschen länger durch. Ich sorge dafür, dass es aufhört.« Seine Furcht wich einem Gefühl des Zorns. Jack hatte sie benutzt, er hatte ihre Liebe dazu missbraucht, sie zu blenden, der Mann, der für die Bewahrung ihrer geistigen und seelischen Gesundheit verantwortlich gewesen war. Sie hatte recht daran getan, ihn zu erschießen.

Als die Tür geöffnet wurde und Licht auf Peri fiel, flatterten ihre Lider, ohne dass sie etwas wahrnahm.

»Karley«, begrüßte Silas die Enddreißigerin im Eingang. Sie stand im Lichtschein, der aus dem Inneren des riesigen Protzbaus drang, und sah der Kleidung nach so aus, als sei sie gerade von einem frühen Abendessen in einem Restaurant zurückgekehrt. Allerdings hatte sie die Schuhe ausgezogen. Ihre Handtasche lag auf dem Tisch neben der Tür. Ihr Lippenstift war verblasst, haftete vermutlich an einem Glas Was-auch-immer, das sie zum Essen oder später getrunken hatte. Stirnrunzelnd stemmte sie eine sorgfältig manikürte Hand in die ausgestellte Hüfte. Das Business-Kostüm gestattete einen großzügigen Blick auf ihre Beine. Das braune Haar hatte sie zu einer Frisur hochgesteckt, die sie streng und zugleich elegant wirken ließ.

»Ich brauche deine Hilfe«, erklärte Silas, als Karley sich vorbeugte, um an ihm vorbei nach dem Wagen zu schauen, der mit laufendem Motor am Bordstein stand.

»Was sonst«, antwortete sie, und ihr Blick kehrte zu Peri zurück.

»Sie bleiben nicht«, fügte Silas hinzu.

Karley lachte mit bitterer Miene auf. »Du auch nicht. Opti war bereits hier und hat nach dir gesucht. Ich werde das nicht noch einmal machen.«

»Hier geht es nicht um mich!«, beteuerte er, als sie die Tür schließen wollte. »Ich habe versucht, etwas zu defragmentieren, und es ist außer Kontrolle geraten. Wir wurden unterbrochen, und jetzt ist sie nervlich völlig am Ende. Aber ich kann sie nicht in irgendeine Notaufnahme bringen. Opti will all ihre Erinnerungen löschen. Die Auflösung dieser ganzen Geschichte ist in ihrem Kopf vergraben. Es ist noch nicht zu spät, sie zurückzuholen. Ich brauche nur ein ruhiges Zimmer.«

Sein Schuldbewusstsein trieb ihn an, ihr fest in die Augen zu blicken. Er hatte früh gelernt, die Frauen zu belügen, die er liebte, und es musste einfach eine Möglichkeit geben, beides zu retten: Peri und ihre Erinnerungen. Er wusste nur noch nicht, wie er das anstellen sollte.

»Warum tust du mir das an?« Bewegt von Peris erbarmungswürdigem Zustand, wenn auch nicht von seinen Worten, kam Karley näher.

»Bitte«, bettelte er nun. »Es geht nicht um mich. Sie braucht Hilfe.«

Karley gab einen hässlichen Laut von sich, aber die Tür war immer noch offen. »Also schön, dann beeil dich«, sagte sie schließlich, sah an ihm vorbei zu dem Wagen und winkte ihn weg. »Komm rein. Wie sicher bist du dir, dass man euch nicht verfolgt hat? Hast du Dreck am Stecken?«

Die Wärme und die gedämpften Geräusche eines gepflegten Heims umfingen ihn und verdrängten die Bilder von Blut und harten, gelben Böden, die in sein Bewusstsein sickerten. Peri bemühte sich. Sie kämpfte darum, nicht den Verstand zu verlieren, auch wenn ihre Augen geschlossen waren und sie so zitterte, als hätte jemand sie zusammengeschlagen.

»Howard hat uns hergebracht«, sagte Silas, als die Tür ins Schloss fiel. »Wir sind sauber. Aber ob uns jemand verfolgt hat? Keine Ahnung.«

»Du bist, wie immer, ein Quell guter Neuigkeiten, Silas. In dieser Hinsicht hat sich nichts geändert. Leg sie hier auf die Couch.«

Im noblen Wohnzimmer kniete er sich vor die Couch und ließ Peri vorsichtig hinunter. Als Peri nach ihm griff, weil sie spürte, dass sie herabsank, wurde ihm die Brust eng. Sie war nicht so weit weg, wie er gedacht hatte. Die eigene Unschlüssigkeit konnte er kaum noch ertragen. Zum Teufel mit den Informationen. Er musste sie retten. Mit zitternden Fingern faltete er ihre Hände über der Brust und hielt sie fest, während er ihr eine Haarsträhne aus den Augen strich.

**375**

Karley beugte sich über sie, die Lippen zu einer dünnen Linie zusammengepresst, und taxierte fachmännisch Peris Zustand. Der Geruch ihres Haarsprays war erstickend. Er hielt die Luft an und betete, dass Karley nicht sagen würde, es sei zu spät. Sie hatte immer schon zu früh aufgegeben. Bei allem.

»Wie lange ist es her, dass es passiert ist?«, fragte sie in dem distanzierten, affektierten Tonfall, den er so verabscheute.

»Zwanzig Minuten.«

Als Karley sich aufrichtete, fiel ihm das Atmen wieder leichter.

»Ich meinte, wie lange ist der Zeitsprung her, den du neutralisieren wolltest?«, hakte sie nach.

»Vier Tage.« Die Schuldgefühle nagten nun noch heftiger als zuvor an ihm. Er breitete die Sofadecke über Peri. »Sie hat angefangen zu halluzinieren. Ich dachte, es sei das Risiko wert.«

»Sie hat innerhalb von vier Tagen halluziniert?«, empörte sich Karley mit erhobener Stimme. »Bist du blind, oder stellst du dich absichtlich dumm? Der Zeitsprung muss höchst traumatisch gewesen sein, wenn er nach nur vier Tagen Halluzinationen auslösen konnte. Wo ist ihr Anker?«

Silas bedachte sie mit einem finsteren Blick. Er wäre gern aufgestanden, wollte Peri aber nicht loslassen. »Sie hat ihn getötet«, antwortete er lakonisch.

Kopfschüttelnd ergriff Karley ihr kurzes Trinkglas, in dem Eis in einer klaren Flüssigkeit schwamm. Die Hand in die Hüfte gestemmt, baute sie sich vor dem überdimensionierten Flachbildschirm auf, der derzeit die Bilder der im Haus installierten Überwachungskameras zeigte. »Das war die Erinnerung, die du defragmentieren wolltest? Sie, wie sie ihren Anker tötet?«

Frustriert zog er die Decke unter Peris Kinn fest. »Das ist ein Teil davon.«

»Und du wunderst dich, dass du die Kontrolle verloren hast?«

Karley war Expertin, und allmählich konnte sie ihren Zorn nicht mehr ganz unterdrücken. »Kein Wunder, dass Opti dich rausgeworfen hat. Welches Wissen ist es wert, dass du ihre mentale Stabilität dafür aufs Spiel setzt?«

»Opti hat mich nicht rausgeworfen. Ich habe gekündigt.« Nun erhob er sich erbittert, nicht gewillt, Peris unstete Gefühlswelt noch mehr durcheinanderzubringen. »Das, was ich zutage gefördert habe, konnte ich unmöglich kontrollieren. Die Neufassung war mit dem Original so eng verflochten wie Haarsträhnen in einer Rastalocke.«

Die Eiswürfel in Karleys Glas klirrten, als sie damit auf ihn zeigte. »Was weiß sie, das wert wäre, ihre geistige Gesundheit dafür zu riskieren?«

Er richtete sich zu voller Größe auf. »Ich brauche nur einen ruhigen Platz, um sie wieder zusammenzupuzzeln. Bist du bereit, mir zu helfen, oder soll ich in ein Motel 6 gehen?«

»Du hast beide Zeitlinien bestehen lassen, stimmt's?« Karley stellte ihr Glas auf dem Kaminsims ab und wartete. Als er nicht antwortete, zog sie wütend die Brauen zusammen. »Du bist wirklich ein Idiot. Zeitagenten können keine zwei Zeitlinien bewältigen. Darum vergessen sie alles! Und du hast sie bestehen lassen?«

»Ich versuche, ihr zu *helfen*«, blaffte Silas. Als Karley daraufhin frustriert die Arme in die Luft warf, duckte er sich innerlich und äußerlich. »Peri hat Informationen über die Korruption bei Opti. Das geht noch über Bill hinaus. Ich habe nichts fragmentiert, weil sich die Beweise in beiden Zeitlinien verstecken.«

»Oh mein Gott, Bill?« Karleys Ärger wich purem Schrecken, und sie musste sich setzen. »Ist er nicht ihr Agentenführer?«

Silas nickte. »Es wird noch besser. Er war damit beauftragt, die Korruption aufzudecken. Er hat Peri und ihren Anker losgeschickt, um eine Liste bestechlicher Agenten zu beschaffen.

Vor der Weitergabe wollte er diese Liste manipulieren. Peri hat es herausgefunden und ihren Anker getötet. Aber die Originalliste existiert noch irgendwo. Wenn wir die finden können, ehe Bill es tut, können wir der Sache ein Ende machen.«

*Und wenn nicht, waren all die Verluste ganz umsonst,* dachte er. »Peri und ich arbeiten gut zusammen«, sagte er, und Karley riss alarmiert und mit einem warnenden Funkeln in den Augen den Kopf hoch. »Ich konnte erfolgreich einen Erinnerungsknoten entwirren, den Allen beim Säubern hinterlassen hat.«

»Verdammt, Silas, die Dinger sind gefährlich«, entgegnete Karley aufgebracht.

»Nein, das sind sie nicht«, widersprach er und konnte seinen Frust über diese uralte Mär nicht verbergen. »Opti setzt Angst ein, um die Zeitagenten unter Kontrolle zu halten. Angst, nicht aufgearbeitete Zeitlinien könnten Wahnsinn verursachen. Angst vor dem Alleinsein, damit sie immer in der Nähe desjenigen bleiben, der sie an der Leine führt. Angst, dass sie ohne ihre Anker nicht zurechtkämen, obwohl sie das durchaus können. Sie haben ihren Kopf mit Lügen gefüllt, um sie hilflos zu machen.«

Karley schüttelte den Kopf. »Sogar die besten Zeitagenten verlieren den Verstand, wenn sie zwei Zeitlinien im Kopf haben.«

Sein Herz schlug schneller, denn damit hatte sie vollkommen recht. »Ich kann sie mit so viel Ablenkungen überlagern, dass sie damit leben kann. Dann hätten wir unseren Beweis.«

»Silas.«

»Ich kriege das hin!«, sagte er laut, sah gleich darauf zu Peri hinüber und senkte die Stimme. Sie hatte genügend motorische Kontrolle zurückerlangt, um sich wie ein Fötus zusammenzurollen. Bei dem Anblick wurde ihm übel, so sehr belastete ihn sein Gewissen. Wenn es ihm nicht gelang, die doppelte Zeitlinie ausreichend zu kaschieren, würde Peri sie aufstöbern und vor seinen Augen verrückt werden. Er konnte nicht noch einmal dabei zusehen, wie ein Zeitagent den Verstand verlor. Nie wieder.

Eindeutig nicht überzeugt, sprang Karley auf. Sie waren drei Jahre verheiratet gewesen. Vor ihr konnte er seine Befürchtungen nicht verheimlichen. »Das ist unmöglich«, erklärte sie und strich ihm über die Schulter. »Tut mir leid.«

»Ich brauche lediglich ein ruhiges Zimmer«, wiederholte er mit Nachdruck. In diesem Augenblick zuckte Peri zusammen. Doch das war ein gutes Zeichen, auch wenn er spürte, dass sich die Erinnerungen bei ihr überschlugen. »Ich kann sie nicht so lassen. Und ich kann auch nicht alles fragmentieren, nachdem sie so hart daran gearbeitet hat, es aufzudecken. Aber ich kann die Informationen herausholen und bewahren und zugleich dafür sorgen, dass sie geistig gesund bleibt.«

Als er den mitleidigen Ausdruck in den Augen seiner Ex-Frau sah, presste er die Zähne zusammen. »Es gibt nur ein Entweder-oder«, entgegnete sie. »Sie ist nicht Summer. Du kannst sie nicht retten.«

Silas' Magen verkrampfte sich, als Peri seinen plötzlich erwachten Kummer erfasste und aufstöhnte. »Summer ist Vergangenheit«, sagte Silas. »Ich weiß, dass ich beides schaffen kann. Hilfst du mir jetzt oder nicht?«

Mit gerunzelter Stirn trat Karley zum Kamin und trank einen Schluck. Die Eiswürfel klirrten in ihrem Glas. »Ich kann nicht fassen, dass ich das wirklich tue«, sagte sie, wütend über sich selbst. »Du kannst bis morgen bleiben. Dann verschwindest du, ob sie bei Bewusstsein ist oder nicht. Gesund oder tot. Hast du verstanden? Du solltest also zusehen, dass du mich zutiefst beeindruckst und das in Ordnung bringst, Doktor.«

Schnell atmend sank er auf die Knie, um Peri vom Sofa zu heben. Sie war so leicht, fast gar nicht da. Mit neuer Entschlos-

**379**

senheit richtete er sich auf, auch wenn die Angst sich zurückmeldete, stärker noch als zuvor. »Danke«, sagte er. Zugleich
öffneten sich Peris Augen und starrten zur Decke. Dann würgte
sie und schloss die Augen wieder. Plötzlich überwältigte ihn
Angst vor dem Alleinsein – er spürte Peris Gefühle wie eigene.

»Oben«, sagte Karley über die Schulter hinweg und ging zu
der Treppe zwischen Wohnzimmer und Küche. »Du kennst
nicht zufällig ihren sicheren Ort, oder?«

Als Peris beständig umherwandernder Blick den seinen fand,
lächelte er zaghaft. Dann umklammerte sie seinen Arm, und
seine Hoffnung lebte auf. »Lass mich nicht allein«, lallte sie.

Das war ein klarer, kohärenter Gedanke, und ihm ging das
Herz auf, während er Karley folgte. »Gott sei Dank, du bist
noch da«, flüsterte er und schaute ihr in die Augen. »Alles wird
gut. Ich lasse dich nicht allein, bis wir einen sicheren Platz jenseits des Chaos für dich gefunden haben.«

Peri atmete keuchend. Tränenüberströmt nickte sie und
schloss erneut die Augen, als würde alles, was sie sah, ihr wehtun. »Bitte mach schnell«

»Sie ist noch wahrnehmungsfähig«, flüsterte Silas, während
Karley am Ende der Treppe eine Tür öffnete. Vorsichtig legte
Silas Peri auf dem Bett ab und suchte in ihrem Gesicht nach
Zeichen von Schmerz. Ihre langen Wimpern ruhten auf fahlen
Wangen. Sie sah verloren aus inmitten der blassen Farben des
Raumes. Sanft strich er ihr das schwarze Haar zurück, das einen
harten Kontrast zu dem weißen Kissen bildete, und auch das
spürte sie, denn sie erbebte prompt. »Ich brauche Kaffee.
Kannst du mir welchen bringen?«

Karley nickte mit tadelnd geschürzten Lippen, ging hinaus
und schloss die Tür hinter sich.

»Silas!«, schrie Peri, als sie das leise Klicken des Schlosses
hörte. Er nahm ihre Hand, ging neben dem Bett in die Knie und

brachte sein Gesicht nahe an ihres heran. Sie schlug die Augen auf, doch er wusste, dass sie ihn nicht sehen konnte. Sie sah Jack, und ein Entsetzen, dessen Ursache für sie nicht greifbar war, schimmerte in ihren Augen auf. Stöhnend schloss sie die Augen wieder und glitt zurück in das Chaos der Erinnerungen, die Silas ausgegraben hatte.

Es war unmöglich, diese Erinnerungen voneinander zu trennen, aber das war auch nicht nötig. Silas wappnete sich innerlich gegen den Kummer und das Gefühl des Verrats, öffnete wieder seinen Geist, lebte erneut alles mit ihr durch, studierte es in allen Einzelheiten, während sie weinend und zitternd im Bett lag. Aber er würde sie das nicht allein durchstehen lassen, und während er sortierte und ordnete, um alles anhand des Schattenfalls oder winziger Details, auf die sie nie ihr Augenmerk gerichtet hatte, zusammenzusetzen, erkannte er, wie er ihre doppelten Erinnerungen gewissermaßen offen sichtbar verbergen konnte. Wenn er damit fertig war, würde sich ihr Geist von den Schrecken ausruhen können – von denen, die im Geruch von Putzmitteln lauerten, in der dunklen Farbe der Deckenbalken, dem Flackern der Juke'sBox und dem unterschwelligen Summen aus der Spielelounge der Bar.

Langsam verlagerte er die Erinnerung an Jacks Tod, verschleierte sie, bis nur noch der Glanz des polierten Bodens von Bedeutung war. Er justierte Peris wilden Zorn, als sie Jack erschossen hatte, reduzierte ihn auf einen kleinen Lichtfleck, der sich in einem Schnapsglas in der Nähe spiegelte. Er vermischte Stimmen, bis sie nur noch das Brummen des Bodenreinigers hören konnte. Allens Einwirkung, als sie ihre Erinnerung gegen die Chance eingetauscht hatte, Jack zu töten, wurde weniger wichtig als ein drückender Stiefel – etwas, das ihr gar nicht aufgefallen wäre.

Er fragmentierte, was er konnte. Noch immer waren beide

Zeitlinien da, doch so sehr gedämpft, dass sie und die Unstimmigkeiten, die sie bargen, nicht mehr auffallen würden. Sie würden alle zu einem einzigen monochromen Bild verschmelzen, das sie schlafen lassen würde.

Und dann, endlich, fand sie Schlaf.

Zitternd vor Anstrengung, schlug Silas die Augen auf. Einen schier endlosen Moment lang musterte er ihre schmalen Finger, die mit seinen verschränkt waren. *Zart und doch so stark*, dachte er und blickte auf seine knollenförmigen Knöchel neben ihren. Er lauschte ihrem Atem. Es kam ihm so vor, als hätte er nie etwas Schöneres als dieses gleichmäßige Geräusch gehört. Aber alles, was er getan hatte, würde nur halten, bis ihre Intuition es auseinandernahm. Sie war zu klug, um sich einer solchen Täuschung hinzugeben, selbst wenn sie wusste, dass sie ihr das Leben retten sollte.

Aber das war nicht das, was ihm zu schaffen machte, als sie erschöpft schlafend vor ihm lag. Während er ihre Gedanken durchgesiebt, sortiert und versteckt hatte, hatte er in ihr erkannt, dass Allen womöglich recht hatte. Sie war bereitwillig das geworden, was sie für diese Aufgabe gebraucht hatten, aber zugleich gefiel ihr die Rolle, die sie ausfüllte, und die Macht, über die sie gebot. Den Tod auszutricksen und davonzuspazieren, in einen schnellen Wagen zu steigen oder Cocktails in 10 000 Metern Höhe zu genießen hatte sie süchtig werden lassen nach dieser Kugelsicherheit, süchtig genug, dass sie möglicherweise nicht bereit sein würde, darauf zu verzichten, wenn die Arbeit getan war. Die Eleganz und der Liebreiz, mit dem sie sich umgab, waren eine Maske, hinter der sich die hässliche Wahrheit verbarg. Sie war zu der Person geworden, die Opti gebraucht hatte, vielleicht so gründlich, dass es für sie keine Rückkehr gab.

Und er erkannte, dass es ihm egal war.

Aber er war noch nicht fertig, und so schloss er die Augen und schlüpfte erneut in ihren Geist. Er musste ihre Intuition so hemmen, dass sie ihr Freiheit und Sicherheit bot.

Dass diese Lösung Jack einbeziehen musste, den Mann, den sie zu lieben und zu hassen gelernt hatte, war vermutlich die passende Strafe für seine eigenen Sünden.

# 25

Leise zankende Stimmen rissen Peri aus einem tiefen, traumlosen Schlaf. Mit geschlossenen Augen streckte sie sich und genoss den süßen, leichten Dehnungsschmerz und das Gefühl sauberer Laken auf ihrer nackten Haut. Das war wie Nacktbaden, und sie seufzte wohlig und wollte gar nicht erwachen.

»Wenn ihr nicht in fünf Minuten aus meinem Haus verschwunden seid, rufe ich Opti an. Die sind in zehn Minuten hier!«, zeterte eine Frau, deren Stimme vertraut klang, doch Peris Erinnerung spuckte kein passendes Gesicht aus. Sie fühlte sich wohl, und ihr Kopf war so klar, als hätte sie gerade einen Einsatz hinter sich gebracht. Aufzustehen war zu viel Aufwand für einen zu geringen Lohn.

»Fassen Sie das Telefon an, und ich erschieße Sie«, flüsterte eine höhere Stimme. Tafs Wut löste ein Stirnrunzeln bei Peri aus. »Peri tut Ihnen doch nichts.«

Etwas rumste leise, und dann sagte Howard: »Ma'am, zwingen Sie mich nicht, Sie zu fesseln.«

Peri schlug die Augen auf. Heller Sonnenschein fiel in das Zimmer, dessen Farbgebung ganz nach ihrem Geschmack war. Es war Vormittag, und sie war splitterfasernackt. Jemand musste sie ausgezogen haben, denn sie schlief nie nackt. *Bin ich vielleicht gesprungen?* Aber da war kein beißender Nachhall in ihrem Geist, nichts von dem Unbehagen, das ein unfragmentierter Zeitsprung gewöhnlich zurückließ. Stirnrunzelnd versuchte sie, sich zu erinnern, wie sie nackt in einem so angenehmen Raum gelandet war.

Gleich darauf hörte sie, wie eine Tür geöffnet wurde. Sofort setzte sie sich auf und wickelte sich in das Laken, um sich zu bedecken. Auf dem Nachttisch stand ein Glas Wasser. Sie kippte es in einem Zug hinunter und wischte sich einen herabgelaufenen Tropfen vom Kinn.

»Ihr werdet sie noch wecken. Könnt ihr das nicht unten diskutieren?«, flüsterte Silas verhalten.

Peri holte Luft, um zu rufen, und wäre beinahe daran erstickt, als sie aus dem Augenwinkel eine Bewegung in der Ecke wahrnahm. Mit pochendem Herzen umklammerte sie das leere Glas und starrte Jack an, der in einem gebügelten Anzug samt Krawatte in der Ecke hockte, die Bartstoppeln gerade lang genug, ein hitziges Glitzern in den Augen. *Es hat nicht funktioniert.* Sie halluzinierte immer noch.

»Hi, Babe«, sagte er, und Peri schloss die Augen, versuchte, die Vision zu vertreiben.

»Geh weg!«, flüsterte sie und riss die Augen wieder auf, als er sich räusperte. »Du bist nicht real«, sagte sie und blickte zur Tür, hinter der immer noch leise gestritten wurde.

Jack schlug die Beine übereinander und lockerte seine Krawatte. Er sah geradezu unverschämt attraktiv aus. »Wenigstens kannst du wieder denken«, bemerkte er, und in ihrem Inneren regte sich erste Panik. *Meine Fresse, jetzt fangen die schon an mit mir zu interagieren.*

»Sie will Opti rufen«, flüsterte Taf unüberhörbar im Korridor.

Silas seufzte. »Karley wird Opti nicht rufen. Und jetzt verschwindet von Peris Tür, ehe ihr sie noch weckt.«

»Sie wird aber aufwachen, oder?«, konterte die unbekannte Frau, von der Peri nun wenigstens den Namen kannte.

Taf keuchte auf, und Howard brachte sie zum Schweigen. »Natürlich wird sie«, antwortete Silas. »Ich konnte gestern Nacht noch ein paar Dinge regeln.«

**385**

*Ein paar Dinge regeln?* Peris Blick huschte von der Tür zurück zu Jack, der irre grinsend mit den Fingern vor ihr wedelte. Ihre Schultern sackten herab. »Geh weg«, wisperte sie und stellte das Glas ab, damit sie es nicht nach ihm werfen konnte. »Du bist nicht real. Du bist *nicht real*. Ich habe dich umgebracht. Du bist tot!« Sie erinnerte sich an nichts von dem, was im *Zeitloch* geschehen war, aber alle hatten gesagt, sie habe es getan. Immer wenn sie versuchte, sich daran zu erinnern, entglitt es ihr irgendwie. Aber die Wut, das Gefühl, er habe einen furchtbaren Verrat begangen, an den sie sich nicht erinnern konnte – diese Emotionen waren real. Und wenn sie sich derart hintergangen fühlte, dann hatte sie ihn vermutlich geliebt. *Warum, um Gottes willen, kann ich nicht mal einen netten Mann kennenlernen?*

»Du hast recht, ich bin nicht real«, erwiderte Jack, und sie kniff die Augen zusammen.

Auf dem Korridor sagte Howard: »Himmel, Silas, du siehst schrecklich aus. Willst du einen Kaffee?«

»Ja, danke«, antwortete Silas. Jack verdrehte die Augen und machte eine Blabla-Geste.

»Hat es funktioniert?«, fragte Karley, die, so wie es sich anhörte, auf halber Treppe war.

»Das werde ich erst erfahren, wenn sie aufwacht. Mentalgerüste sind keine Zauberpillen.«

Als Jack ihre Unterwäsche auf einem Stuhl fand, hochhob und mit den Brauen wackelte, erstarrte Peri. »Leg das wieder hin«, flüsterte sie. »Geh weg. Du bist eine Halluzination.«

Folgsam legte Jack die Wäsche weg. »Richtig. Aber ich werde dich bei Verstand halten, koste es, was es wolle.«

»Das nennst du bei Verstand?«, brüllte Peri und schlug sogleich die Hand vor den Mund, den Blick auf die Tür gerichtet.

Die donnernden Schritte auf der Treppe verharrten. »Ich

glaube, sie ist auf«, sagte Silas. Als dem Donnern diverser heraufsteigender Schritte völlige Stille und dann ein zaghaftes Pochen folgten, verzog Peri das Gesicht. »Peri?«

Das Laken fest um den Leib gewickelt, bedeutete Peri Jack mit einem scharfen Blick, er solle den Mund halten. Danach wandte sie den Blick zur Tür. »Herein.«

Silas, der aussah, als hätte er in seinen Klamotten geschlafen, und sich offenbar auch nicht rasiert hatte, steckte den Kopf herein. Sein Haar sah sogar noch schlimmer aus als sonst, aber irgendwie wirkte er dadurch auf eine nette Art zugänglich. »Äh«, machte er, und es war unverkennbar, dass er Jack nicht in der Ecke sitzen sah. »Wie fühlst du dich? Du siehst besser aus.«

Jack rümpfte die Nase, und Peri schlug das Herz bis zum Hals. »Ich sehe besser aus?«, rief sie. Sie war wahnsinnig. Sie hatte ihm vertraut, und nun war sie wahnsinnig. »Ich bin endgültig und vollkommen durchgeknallt!«

»Solange du mich noch anschreist, bist du das nicht«, konstatierte Silas und trat ein. Hinter ihm schauten Taf und Howard zur Tür herein. Nur weil Silas so erleichtert aussah, blieb sie ruhig, als eine Frau, die ihr fremd war, hinter Taf und Howard hereindrängte. Deswegen – und weil sie immer noch nackt war. Die Frau war für einen Tag im Büro gekleidet und sah wütend aus. *Karley?*, riet Peri im Stillen.

»Ich halluziniere immer noch«, flüsterte Peri, und Jack steckte einen Finger in den Mund und zog ihn geräuschvoll über die Innenseite der Wange wieder heraus. Sie hasste es, wenn er das tat, aber sie hatte nicht vor, ihn anzusehen.

Silas errötete, als sich die fremde Frau tadelnd räusperte. »Ja, ich weiß«, sagte er und rieb sich mit der Hand über die Bartstoppeln. Dann drehte er sich zur Tür um und sagte: »Gebt ihr uns ein paar Minuten? Packt eure Sachen zusammen. Wir verschwinden in einer Stunde.«

Taf zeigte Peri sichtlich erleichtert einen hochgereckten Daumen. »Ich bin froh, dass es dir wieder besser geht.«

»Ich auch«, fügte Howard hinzu und stieß einen kurzen Schrei aus, weil Taf ihn gewaltsam auf den Gang zog. Als ihre Stimmen leiser wurden, drängte sich das Chaos der vergangenen Nacht in Peris Bewusstsein, ohne dass sie sich an Einzelheiten erinnern konnte. Stirnrunzelnd musterte sie Silas. Seiner Anspannung und Karleys Ungeduld nach musste er irgendwas getan haben.

*Das muss Karleys Haus sein*, dachte Peri und wünschte, irgendjemand würde sie vorstellen.

Silas bedachte Karley mit einem Blick, der den Eindruck vermittelte, dass er sie zum Gehen bewegen wollte, doch sie schloss die Tür und baute sich mit gespreizten Beinen auf dem kleinen weißen Teppich auf. »Ich will wissen, ob es funktioniert hat«, verkündete sie.

»Ob *was* funktioniert hat?«, fragte Peri misstrauisch, und Jack warf ihr einen Luftkuss zu.

»Ich bin der Beutel mit deinen Zaubersteinen, Babe«, klärte Jack sie auf. Sie unterdrückte den Ärger darüber, dass er sich so aalglatt einer Phrase aus ihrer gemeinsamen Vergangenheit bedient hatte.

Die Frau zog spöttisch die Brauen hoch. Als Silas nichts erwiderte und sich das Schweigen unangenehm hinzog, sagte sie: »Hi, ich bin Karley, Silas' Ex-Frau. Silas war an einem Opti-Programm beteiligt, dessen Ziel es war, falsche Erinnerungen für Zeitagenten zu schaffen.«

Peri starrte Silas an. »Was hast du mit mir gemacht?« Als sie seine schuldbewusste Miene bemerkte, wandte sie sich an Karley. »Was hat er mit mir gemacht?«, fragte sie, nun schon etwas lauter.

In der Ecke sagte Jack: »Ich werde dich bei Verstand halten, Peri.«

Behutsam setzte Silas sich ans Fußende des Betts. »Die Idee war, Zeitagenten eine Art Polster zu bieten, wenn sie große Teile ihres Lebens verloren haben«, erklärte er. »Sie mit temporären Erinnerungen auszustatten, bis sie genug neue aufgebaut haben, um sich wieder wohlzufühlen. Ich bin ausgestiegen, als Opti anfing, damit zu experimentieren, Zeitagenten Erinnerungen einzupflanzen, die sie zu bestimmten Reaktionen treiben sollten.«

»Beispielsweise, um sie anfällig für Bestechungen zu machen«, kommentierte Peri in anklagendem Ton.

»Ich sagte, ich bin ausgestiegen.« Ärger flackerte in seinen Augen auf. »Eigentlich war das als therapeutisches Mittel gedacht.«

Auf jeden Fall konnte das erklären, wie er ihr hatte helfen können, eine Erinnerung an Ereignisse aufzubauen, die er gar nicht miterlebt hatte. Nun ja, zumindest bluteten ihre Halluzinationen jetzt nicht mehr. »Was hast du mit mir gemacht?«

Silas schaute sich zu Karley um. Dann kehrte sein Blick zu ihr zurück. »Warum fragst du nicht Jack?«

Zaudernd sah Peri zu, wie Jack sich erhob, streckte, grinsend herbeischlenderte und sich die Krawatte richtete, als würde er sich für die Arbeit zurechtmachen.

»Er ist doch hier, oder?«, fragte Silas mit geweiteten Augen. »Verdammt. Wenn er nicht hier ist, hat es nicht funktioniert.«

»Jack ist tot«, sagte Peri und unterdrückte ein Schaudern, als Jack sich zu ihr beugte und auf die Haut unter ihrem Ohr hauchte.

»Was ist schon real, Babe.«

Also schön, sie fühlte sich verraten, aber wie konnte sie auf eine Halluzination in John-Lobb-Schuhen und einem Armani-Anzug wütend sein?

Karley, perfekt geschminkt und ausgehfähig in Kostüm und

High Heels, verlagerte ihr Gewicht und blickte ungeduldig auf die Uhr. »Peri, würdest du bitte einfach Jack fragen? Ich muss in vierzig Minuten auf der Arbeit sein und möchte, dass ihr alle von hier verschwindet, ehe ich das Haus verlasse.«

Jack gestikulierte einladend, und als Silas aufmunternd nickte, sah Peri argwöhnisch zu Jack hinüber. Es gefiel ihr keineswegs, dass zwar alle von seiner Gegenwart wussten, sie aber die Einzige war, die ihn sehen konnte... Lässig lehnte er an der Kommode, ein Bild von einem Mann, umrahmt von Sonnenschein und darin tanzenden Staubpartikeln. *Und ich habe ihn umgebracht.*

»Jack?«, sagte sie und kam sich albern vor. »Was ist hier los?«

Jack strahlte, aber sein Böser-Junge-Charme, den sie vermutlich einmal recht attraktiv gefunden hatte, wirkte ermüdend. »Ich bin ein ideelles Konstrukt, das vollständig aus psychiatrischem Bockmist besteht. Silas hat mich mit deiner Intuition verknüpft, damit ich dich immer ablenken kann, wenn du anfängst, über die beiden herumirrenden Zeitlinien nachzudenken, die er in deinem Kopf zurückgelassen hat.« Er beugte sich über sie, und sie erstarrte, als ihr der Geruch seines Aftershave in die Nase stach. »Aber genau wie deine Intuition werde ich... ganz nach Lust und Laune auftauchen.«

Entsetzt drehte sie sich zu Silas herum. »Du hast zwei Zeitlinien in mir zurückgelassen?!«

»Es ist okay, Peri«, erwiderte er besänftigend und streckte die Hand nach ihr aus.

»Fragmentier sie!« Wütend stieß sie seine Hand weg. »Fragmentier sie sofort!«

Aber er packte ihr Handgelenk und zwang sie, trotz ihrer Angst stillzuhalten. »Wenn ich das tue, ist alles verloren, wofür wir die letzten fünf Jahre gearbeitet haben. Wir brauchen das, was in deinem Kopf ist, um deinen Namen reinzuwaschen und

Opti das Handwerk zu legen. Dir passiert nichts. Entspann dich einfach, und atme durch. Du bist nicht verrückt.«

*Jedenfalls jetzt noch nicht.* Peri betrachtete seine Hand, die ihren Unterarm umfasste. »Ich kann nicht fassen, dass du so etwas getan hast«, sagte sie, doch er hatte recht. Die Verwirrung war fort. Der emotionale Konflikt, der in den letzten Tagen immer wieder in ihr aufgeflammt war, war nur noch ein schwaches Glimmen. Sie hasste Jack – offenbar genug, um ihn zu töten. Sandy, Bill und Frank standen ebenfalls auf ihrer neuen schwarzen Liste. Aber wenn sie versuchte, sich an den Grund dafür zu erinnern, wurde sie … abgelenkt, ehe ihr Geist … zurückblicken und sich die Dinge ins Bewusstsein rufen konnte.

Das war ein höchst merkwürdiges Gefühl, und Peri befreite sich aus Silas' Griff. »Gut, dann nehme ich an, Jack hat recht«, murmelte sie, worauf sich Silas nervös erhob.

»Womit?«, fragte er.

»Damit, dass er ein ideelles Konstrukt ist, das vollständig aus psychiatrischem Bockmist besteht.«

Karley brach in schallendes Gelächter aus, und irgendwie fühlte sich Peri gleich besser. »Das gefällt mir«, stellte die herausgeputzte Frau fest und sah erneut zur Uhr. »Gut gemacht«, fügte sie hinzu und kniff Silas in die Wange. »Ich habe nicht geglaubt, dass das machbar ist. Und jetzt raus aus meinem Haus.«

»Es ist nur ein Pflaster«, bemerkte Silas, dem immer noch unbehaglich zumute war. Auch Peri war nicht gerade beglückt. »Du musst wirklich vorsichtig sein, bis du ein paar Tage lang neue grundlegende Erinnerungen angesammelt hast. Ich möchte nicht, dass du einen Zeitsprung riskierst.«

»Und warum sehe ich Jack?«, verlangte sie zu erfahren, als die Halluzination wieder anfing, in ihrer Unterwäsche herumzuwühlen. »Und wieso kann er mir antworten? Wieso können wir Gespräche führen und so weiter?« Silas hatte sie gerettet, aber sie fühlte sich so zerbrechlich, als könnte schon ein kleiner Nieser sie vollständig vernichten.

Silas zog eine Braue hoch. »Stell ihn dir als einen mentalen Polizisten an der Straßenecke vor. Ich brauchte die Flexibilität und Wahrnehmung, die deine Intuition zu bieten hat. Und all das manifestiert sich als Halluzination, weil die körperlosen Stimmen in deinem Kopf zu, äh, größeren Problemen führen könnten.«

»Kann ich mir vorstellen.« Es hörte sich plausibel an, trotzdem kam sie sich immer noch wie sein persönliches Wissenschaftsprojekt vor. »Warum ausgerechnet Jack?« Allein seinen Namen auszusprechen fühlte sich irgendwie obszön an. Doch Spuren vergangener Einsätze, gemeinsam bewältigter Gefahren und guter Zeiten milderten die sowieso schon erkaltende Glut ihres Hasses ihm gegenüber – bis nichts mehr übrig war.

»Wäre dir deine Mom lieber gewesen?«, konterte Silas, und ihre Augen weiteten sich bei dieser grässlichen Vorstellung. »Das sind nämlich die einzigen Personen, auf die du hörst.«

»Ist schon okay so – mit Jack, meine ich. Aber ich traue ihm genauso wenig wie meiner Mom.«

Silas stand auf, und Karley ging zur Tür. »Ich hab nur gesagt, dass du ihm zuhören sollst, nicht, dass du ihm vertrauen sollst.« In Silas' Augenwinkeln bildeten sich kleine Fältchen. »Ich weiß, das ist nicht leicht«, setzte er mit leiser Stimme nach. »Aber wenn ich beide Zeitlinien zerstört hätte, hätten wir keine Chance mehr, deinen Namen reinzuwaschen oder Opti auszuschalten.«

Erschöpft legte Peri die Stirn auf die angezogenen Knie. Es war schwer, wütend auf Silas zu sein, auch wenn es für einen Anker ziemlich skrupellos war, einen Zeitagenten mit zwei Zeitlinien zurückzulassen. Aber er hatte recht; sie lebte noch. »Wie lange wird es dauern, bis du eine davon fragmentieren kannst?«, fragte sie leise.

»Kommt darauf an, wie lange es dauert, die, äh, ursprüngliche Liste zu finden.«

Sie spürte, wie so etwas wie Tatendrang in ihr erwachte, und hob den Kopf. »Die Liste muss in meiner Wohnung sein. Das können wir heute Nacht erledigen.« Peri wollte es hinter sich haben, und zwar schnell, denn Silas' notdürftige Ausbesserung ihres Geistes- und Seelenzustands war eben genau das: notdürftig.

Karley war auf dem Weg nach draußen, zögerte aber auf der Schwelle und schüttelte den Kopf, als Silas sie fragend anblickte. *Nein? Hat sie gerade nein zu ihm gesagt?*

»Noch nicht«, sagte Silas, und Jack, der vergessen in der Ecke hockte, lachte leise, als Peri die Augen zusammenkniff. »Du musst erst neue Erinnerungen aufbauen, ehe du deinen Geist einem Risiko aussetzen kannst. Ich weiß nämlich nicht, was passiert, falls du springst. Du kannst mit Howard und Taf hierbleiben.«

»Ihr geht alle.« Karley deutete in Richtung Haustür. »Sofort.«

Peri machte Anstalten, aus dem Bett aufzustehen, zögerte aber, als die Laken über ihre nackte Haut glitten. »Du brauchst deine Liste. Ich brauche meine Talismane. Sie können mir das Polster liefern, das nötig ist, um mich vor einer MEP zu bewahren.« Ihr Herz pochte heftig, als sie aussprach, was alle dachten, aber niemand laut sagen wollte.

»Das ist das Risiko nicht wert, umso weniger, wenn wir weiter nichts zu tun haben, als ein paar Wochen zu warten.« Silas schob die hitzig protestierende Karley zur Tür hinaus.

»Ich warte nicht noch ein paar Wochen!«, rief Peri. »Außerdem ist es ein bisschen spät, damit aufzutrumpfen, dass du meinen Geisteszustand nicht gefährden willst.«

»Opti belagert deine Wohnung. Wir warten.« Silas legte Karley eine Hand auf den Arm, um jeglichen Klagen zuvorzukommen. »Wir beschaffen dir ein paar neue Identitäten, damit Opti dich nicht auf den Schirm bekommt. Du brauchst stabile Erinnerungen aus mindestens drei Monaten, ehe du einen weiteren Zeitsprung riskieren kannst. Heute Nachmittag gehst du über die Brücke.«

*Ich werde mich auch nicht in Kanada verstecken.* »Was halten Taf und Howard davon?«

»Ich bin sicher, sie stimmen mir zu«, erwiderte er unbeeindruckt.

»Als ich das zum letzten Mal gehört habe, war das Silas-Code dafür, dass du es ihnen noch gar nicht gesagt hast«, kommentierte Peri, und Karley ging kichernd die Treppe hinunter.

Seufzend kam Silas wieder herein. »Ich will das nicht riskieren«, sagte er mit unverkennbarer Besorgnis. »Wenn zu dem, was du bereits mit dir herumschleppst, noch ein weiterer Sprung kommt, wirst du vielleicht wirklich paranoid. Wir haben Zeit.«

Soweit es sie betraf, war er übertrieben vorsichtig. Die Antworten waren da, und sie würde keine drei Monate abwarten, ehe sie ihre eigene Wohnung auf den Kopf stellte.

»Silas!«, brüllte Karley von unten. »Lass sie sich anziehen! Ich muss zur Arbeit.«

Ärger, dessen Wurzeln in der Vergangenheit lagen, drückte sich in seiner Mimik aus. »Komm ja schon!«, schrie er Richtung Tür, ehe er sich weitaus leiser wieder an Peri wandte. »Deine Klamotten sind frisch gewaschen und liegen da auf dem Stuhl.«

»Danke.« Nackt aufzuwachen war ein geringer Preis für saubere Kleidung.

»Ich warte unten.« Mit einem leisen Klicken zog Silas die Tür von außen ins Schloss. Gedämpft hörte sie ihn auf dem

Korridor fragen: »Karley, hast du alle meine Klamotten weggeworfen?«

Peri lauschte auf die kaum zu verstehende Antwort. Als Silas' Schritte verklungen waren, drehte sie sich zu Jack um. »Wo hast du diese Liste versteckt?«, fragte sie zögernd. Sie kam sich wie ein Schwachkopf vor, mit einer Halluzination zu reden, die auch nicht mehr wissen konnte als sie. Aber auf keinen Fall wollte sie sich drei Monate lang verstecken. Zumal die Wohnung, in der sie die Talismane aus fünf Jahren aufbewahrte, nur eine kurze Autofahrt entfernt war.

»Das weißt du nicht, Herzchen«, sagte Jack. »Wüsstest du es, würde ich es dir sagen. Aber sie muss in der Wohnung sein. Bring mich hin, dann kann ich sie vermutlich finden.«

Seine Worte taten ihr nicht so gut, wie sie erwartet hatte. Sie ließ die Laken fallen und verzog das Gesicht, als Jack daraufhin anerkennend durch die Zähne pfiff. Er war nur eine Halluzination, aber dank tausend vergessener Erinnerungen verhielt er sich genauso, wie der echte Jack es getan hätte. Sie wollte verdammt sein, wenn sie nicht allmählich anfing zu begreifen, warum sie sich drei Jahre lang hatte blenden lassen. Er war perfekt.

*Ein perfekter Griff ins Klo*, berichtigte sie sich im Stillen, während sie auf den Stuhl zeigte, um ihn dazu zu bewegen, ihren Slip dorthin zu legen, damit sie ihn sich holen konnte. »Jack, was hältst du von Silas?«

Jack schnaubte. »Du denkst, dass auch er ein Griff ins Klo ist, Babe«, klärte Jack sie auf, was durchaus Sinn ergab, da er wie ihre Intuition nur auf das zurückgreifen konnte, was sie bereits wusste.

Trotzdem war es nett, Jack diese Worte sagen zu hören.

# 26

»Kanada?« Taf streckte die Hand durch das Seitenfenster zu Silas heraus, der mit den gefälschten Ausweisen eisern am Bordstein stand. Der kurze Frühjahrsmantel, den er von Karley bekommen hatte, war offen und gab den Blick auf sein Nadelstreifenhemd und die Krawatte frei. Anscheinend hatte Karley doch nicht alle seine Klamotten entsorgt. Eine leichte Brise vom Fluss her versetzte die Haarspitzen, die unter seiner Mütze hervorlugten, in Bewegung, und sein frisch rasiertes Gesicht war nicht nur von der Kälte gerötet. Wütend, wie er war, weigerte er sich, Peri, die auf der Rückbank schmorte, auch nur anzusehen.

»Wir können nicht nach Kanada. Peri braucht erst mal ihre Talismane«, murrte Taf, während sie Howards neuen Ausweis entgegennahm und weiterreichte. »Außerdem, was ist mit der Liste? Das ist unser Ticket zurück zur Allianz. Wir schaffen das. Peri geht es doch gut.«

»Gut« war ein relativer Begriff, aber verglichen mit dem komatösen, desorientierten Zustand am letzten Abend ging es Peri tatsächlich gut. Silas' Bedenken ärgerten sie, denn sie gaben ihr das Gefühl, verletzlich zu sein, und sie hatte es satt, sich wie eine Porzellanpuppe vorzukommen. Sie, Taf, und Howard hatten sich bereits einen groben Plan zurechtgelegt, um in ihre Wohnung zu gelangen. Dafür hatten sie nur die knappe Stunde gebraucht, die Silas benötigt hatte, um die neuen Ausweise zu besorgen. Nicht gebraucht hatten sie Silas mit seiner Lasst-uns-stillhalten-Attitüde. Ihn zu übergehen war der erste Schritt.

Aus zusammengekniffenen Augen blickte Silas die Straße hinunter, auf der es wegen des frühmorgendlichen Lieferverkehrs und zahlreicher Fußgänger ziemlich laut war. Als eine Low-Q-Drohne über die geparkten Autos hinwegsauste, zog er sich den Hut tiefer ins Gesicht. »Opti belagert Peris Wohnung«, sagte er und übergab den zweiten Satz Papiere. Taf warf einen Blick darauf und reichte ihn an Peri weiter. »Wir können es in ein paar Wochen probieren, wenn Optis Wachsamkeit nachgelassen hat.«

*Sara Washington? Hätte er sich nicht etwas Besseres einfallen lassen können?*, dachte Peri verärgert, als sie ihren neuen Ausweis beäugte. Mit den Bildern von ihren Telefonen passable Papiere anzufertigen war schwieriger gewesen als notwendig, weil Silas auf erweiterten Führerscheinen bestanden hatte, die als Pass für den terrestrischen Grenzverkehr zwischen Michigan und Kanada fungierten. *Umso besser können wir dich verstecken, meine Liebe.*

»Seit wann hast du das Sagen?«, protestierte Taf. »Es ist vorbei, weil du es sagst? Quatsch! Wir müssen das erledigen, ehe Opti die Liste findet.«

Peri trat an die Rücklehne von Tafs Sitz. Vorn beugte sich Howard über die Mittelkonsole. »Peri braucht ein bisschen Zeit, um sich zu erholen«, sagte er mit einem bedeutungsvollen Zwinkern. »Du kränkst sie, wenn du nicht bald die Klappe hältst.«

Taf zögerte und schnaubte dann leise. »Schön. Ich mag Schnee. Kanada ist vielleicht ganz nett.«

»Du kommst mit mir«, sagte Silas, und Peri wechselte über den Rückspiegel einen besorgten Blick mit Howard. »Howard kann Peri wegbringen.«

»Woah, einen Moment mal. Was hast du vor?«, fragte Taf argwöhnisch, als Silas ihre Tür öffnete.

»Wir beide gehen zurück zur Allianz, um ein paar Missverständnisse auszuräumen«, grollte er. »Denen gefällt nicht, dass ich dich ihnen vorenthalte.«

Peri rutschte über die Sitzbank, legte die Unterarme auf den Rahmen des offenen Fensters und beugte sich hinaus, als Taf ihre Tür schloss und sie Silas dabei förmlich aus der Hand riss. »Du willst zur Allianz?«, fragte Peri, insgeheim auf der Jagd nach einer Lüge. Der Allianz zu erklären, was passiert war, war keine schlechte Idee, aber vielleicht war es auch nur eine List, die es ihm ermöglichen sollte, ihre Wohnung ohne sie zu durchsuchen.

»Ich gehe nicht zurück«, murrte Taf, der die Röte den Hals hinaufkletterte. »Meine Mutter kann von mir aus faule Eier essen, bis sie furzt. Sie wollte dich an Opti ausliefern«, sagte sie und verriegelte die Tür, als Silas versuchte, sie wieder zu öffnen. »Meine *Mutter*!«

»Genau deswegen solltest du mich begleiten und ihnen erklären, warum das eine dumme Idee war.« Silas scharrte mit den eleganten Halbschuhen auf dem mit Salz bestreuten Gehweg. »Raus da. Komm schon. Es ist Zeit, dich erwachsen zu benehmen und mit deiner Mom zu reden. Howard kann Peri über die Brücke bringen.«

Das war ein guter Plan, aber Peri kniff die Augen zusammen, als sie Silas' Körpersprache las: die leicht hochgezogenen Schultern, die Spannung um seine Lippen, die Art, wie er sich an seinen Worten zu verschlucken schien. Verdammt, Silas wusste es. Er wusste, dass sie vorhatte, sich mit oder ohne ihn an ihre Wohnung heranzupirschen, und wollte nun eigenmächtig die Durchsuchung vornehmen.

»Silas …«, jammerte Taf.

»Geh einfach«, grummelte Howard, und nach einem endlosen Moment des Zögerns stieg sie grollend aus. Peri bemühte sich um eine neutrale Miene, um nicht auszusehen wie jemand, dessen Pläne sich gerade in Luft auflösten.

»Es tut mir leid, dass ich für die Chance, Opti auszuschalten, deine geistige Gesundheit gefährden musste«, erklärte Silas, und sie schnaubte verächtlich über seine vorgebliche Aufrichtigkeit. »Ich muss mit der Allianz reden, ehe die auch noch hinter uns her sind. Hinter mir. Aber ruf mich an, wenn du irgendwelche Probleme mit, äh, deiner Intuition hast. Ich melde mich in einer Woche bei dir. Es ist nicht vorbei. Ich komme wieder.«

»Ich weiß nicht, warum du glaubst, es könnte hilfreich sein, wenn ich dabei wäre«, bemerkte Taf, schloss den Reißverschluss ihrer Lederjacke und steckte die Hände in die Taschen. »Ich habe mit Daddys Gewehr auf sie gezielt.«

»Aber du hast nicht auf sie geschossen«, wandte Silas ein und unterdrückte ein Lächeln.

»Richtig.«

Peri zuckte erschrocken zusammen, als Jack geradewegs aus ihrem Unbewussten auftauchte. Er öffnete die hintere Tür auf der Beifahrerseite und setzte sich neben sie. »Silas ist ein guter Lügner. Fast so gut wie ich«, bemerkte er, schlug die Tür zu und machte es sich hinter Howard bequem. Natürlich hatte sich die Autotür nicht wirklich geöffnet, und der Wind war nie wirklich hereingefegt – und trotzdem war ihr plötzlich kalt geworden und sie hatte das Haar zurückstreichen müssen. *Bizarr.* Unbewusst hatte sie sich einen Weg einfallen lassen, um Jack hierherzubringen, und das war ihr so unheimlich, dass sie fast ausgerastet wäre.

»Danke, Howard.« Silas streckte die Hand in den Wagen, und Howard beugte sich hinüber, um sie zu schütteln. »Bring Peri über die Brücke. Ich rufe dich an, wenn ich irgendetwas weiß.«

»Mach ich. Danke.«

Mit hochgezogenen Schultern stopfte Silas, dessen Hals von der Kälte gerötet war, die Hände in die Taschen. »Ich rufe dich in einer Woche an, okay?«, sagte er zu Peri, und seine verhärmt aussehenden Augen bettelten um Vergebung. »Wir müssen an einer dauerhaften Lösung arbeiten, ich muss mich nur erst um diese Sache kümmern. Aber ich lasse dich nicht im Stich.«

Es fühlte sich trotzdem genauso an.

Er wartete einen Moment, und als Peri nichts sagte, wandte er sich widerstrebend ab.

Mit klopfendem Herzen streckte sie die Hand nach ihm aus. Verlegen über diese impulsive Handlung, riss sie den Arm zurück und faltete krampfhaft die Hände im Schoß. Sie brauchte Silas' Hilfe nicht. Aber Taf würde sie schmerzlich vermissen.

Die Hände am Steuer, seufzte Howard. Peri rutschte in die Mitte der Sitzbank und beugte sich nach vorn. »Ohne Taf wird das deutlich schwerer.«

»Mach dir keine Sorgen um Taf«, sagte er langsam. »Spätestens in vier Stunden serviert sie ihn ab. Die kommt zurück.«

»Sicher?«

Howard nickte. »Sie ist allzu bereitwillig ausgestiegen.«

Nicht nur das, sie war auch ohne große Verabschiedung gegangen. Jep, sie würde zurückkommen – wenn sie konnte. Immer noch unsicher sah Peri zu, wie Silas und Taf über die Straße zur Bushaltestelle gingen. Silas' lange, langsame Schritte wirkten sonderbar neben dem hastigen Geklapper von Tafs Stiefelabsätzen. »Überfahr ihn, Howie. Überfahr ihn einfach«, sagte Peri. »Er ist gerade mitten auf der Straße.«

»Ach, er meint es ja gut.« Howard fuhr los und seufzte, als Taf lebhaft winkte. Es kam Peri nicht richtig vor, dass Taf sich allein einen Weg zurück zu ihnen bahnen musste. Sie sackte auf der Rückbank in sich zusammen und musterte die vorüberziehenden Schaufenster und Fußgänger. Jack schien das auch nicht zu gefallen, denn er war dabei, seine Fingernägel mit dem Tarnfarbenmesser zu reinigen, das sie am Flughafen eingesteckt hatte. Sie konnte es nicht ausstehen, wenn er so etwas tat, und musste das Bedürfnis niederkämpfen, sich das imaginäre Messer zu schnappen, um es zum Fenster rauszuwerfen.

*Jedenfalls bin ich nicht traurig, dass Silas weg ist,* sagte sie sich. Die Argumente, die er dafür vorgebracht hatte zu warten, waren durchaus vernünftig, aber sie konnte das Gefühl nicht abschütteln, dass sie sie im Stich ließ. Er war ein Anker – und sie hilflos.

»Du solltest lieber hoffen, dass Taf nicht auftaucht«, sagte Jack, und sie überzeugte sich, dass das Messer immer noch in ihrer Stiefelscheide steckte. »Sogar Howard ist eine Person zu viel. Du wirst sie in den Tod schicken.«

Mit schlechtem Gewissen richtete sie sich auf.

»Wenn du denkst, du hättest jetzt Schuldgefühle, dann warte mal ab, wie es dir geht, wenn sie tot sind«, fügte Jack hinzu.

Peri ignorierte ihn und starrte zum Fenster hinaus. In dieser Angelegenheit hatte sie das Sagen, und es war ihre Verantwortung, den Angehörigen ihres Teams nicht mehr zuzumuten, als sie schultern konnten. Aber ein Teil von ihr hoffte tatsächlich, dass Taf es nicht schaffte zurückzukommen. Taf war zu enthusiastisch, zu optimistisch und hatte bestimmt noch nie einen echten Verlust hinnehmen müssen, und Peri wollte, dass es dabei blieb.

»Kann ich dich den Vormittag über allein lassen?«, fragte Peri Howard, während sie ihren Plan in weniger riskante und hochriskante Abschnitte aufteilte. »Ich muss die Männer auskundschaften, die Opti an meiner Wohnung postiert hat.«

»Unserer Wohnung«, korrigierte Jack, und sie öffnete mühsam die Fäuste.

»In dem Haus auf der anderen Straßenseite gibt es immer

freie Wohnungen. Du könntest dich in einer davon verstecken und mein Haus im Auge behalten«, fügte Peri hinzu und schaute sich um, als sie gerade noch bei Gelb über die Ampel fuhren. Auf diese Weise wäre Howard außer Sichtweite und würde gar nicht auf Optis Radarschirm auftauchen. »Hast du genug Geld für ein Fernglas?«, fragte sie und griff nach den Scheinen, die sie unter ihrem Besteckkasten herausgeholt hatte.

Howard nickte mit klimpernden Perlen, und sie lehnte sich zurück. »Gut. Selbst wenn die Jalousien in meiner Wohnung geschlossen sind, kannst du sehen, wer das Haus betritt, und abschätzen, wie viele Agenten da drin sind.«

»Wenn du deine Wohnung beobachtest, wird Opti das auch tun. Sobald ich ihre Abläufe kenne, kann ich den Hausmeister spielen und in den Gängen nach Überwachungsgeräten Ausschau halten«, erbot er sich.

»Gute Idee.« Der Nervenkitzel der bevorstehenden Arbeit wirkte erfrischend auf sie, und sie beugte sich zwischen den Sitzen vor, um Jacks tadelndem Stirnrunzeln zu entgehen. »Aber versteck sicherheitshalber deine Rastalocken. Die werden inzwischen wissen, wie du aussiehst. Hier rechts. Ich gehe ein bisschen spazieren, um nach dem Fußvolk zu gucken. Damit werde ich etwa bis drei zu tun haben. Sobald du alles hast, suchst du dir eine leere Wohnung. Die sind online aufgelistet. Schick mir gegen Viertel nach drei eine SMS mit der Adresse. Wenn ich bis halb vier nicht da bin, verschwindest du, und wir treffen uns in dem Café, in dem wir gefrühstückt haben. Wenn du nervös bist, geh einfach. Wenn Silas auftaucht, geh. Ich komme klar.«

Jack kratzte sich gemächlich das stoppelige Kinn – ein Zeichen der Nervosität, wie ihre flüchtigen Erinnerungen ihr verrieten. Howard schien einverstanden zu sein, aber ihr gefiel nicht, wie Jack ihre eigenen Sorgen manifest werden ließ. »Ich besorge Abendessen«, sagte Peri und wies Howard mit einem Fingerzeig an, wieder rechts abzubiegen und in das Wohngebiet zu fahren, in dem es an einem Montagmorgen sehr ruhig zuging. »Ich brauche Papier und einen Stift. Kannst du mir was besorgen, während du unterwegs bist? Wir müssen eine Skizze machen, in der wir die Opti-Leute einzeichnen, Möglichkeiten, sie zu umgehen und Plätze, an denen wir ihre Leichen verstecken können.«

Das Letzte kam ihr ganz automatisch über die Lippen. Erschrocken blickte sie auf und sah, wie Howard die Stirn runzelte. Jack räusperte sich. »Das ist eine miese Idee, Babe. Das weißt du selbst.«

»Tut mir leid«, sagte Peri, und Howard ließ ein nervöses Lächeln aufblitzen. »Ich versuche, alles so zu planen, dass wir möglichst wenige Zusammenstöße haben, aber ...«

»Schon gut«, fiel ihr Howard ins Wort, leider ein bisschen zu schnell, und Peris schlechtes Gewissen drückte ihre Stimmung. Jack spielte mit einer Kette ein Fadenspiel, und die schwarzen Perlen klapperten wie die Kugeln auf einem Abakus. Sie konnte darauf verzichten, dass er ihr erzählte, wie mies die Idee doch war. Sie warf die Handschuhe nach ihm, die Karley ihr gegeben hatte. Mit einem leisen Plopp landeten sie auf der Sitzfläche ... und er war verschwunden.

Peri klappte der Unterkiefer herab. Vorsichtig lehnte sie sich über die Bank, um die Handschuhe wieder an sich zu nehmen. »Falls du irgendwelche Zweifel hast, dann sag es mir jetzt«, bat sie, doch Howard schüttelte den Kopf.

»Taf wird sich das nicht entgehen lassen«, bemerkte er unverkennbar besorgt, und sein Griff um das Lenkrad spannte sich. »Wo sie hingeht, da gehe auch ich hin.«

*Sein Drang, das Richtige zu tun, beruht also nicht ausschließlich auf seiner persönlichen Einstellung,* dachte sie und erschrak

**403**

regelrecht, als ihr ein Licht aufging. »Taf war die Studentin, deren Tutor du warst, als du Silas kennengelernt hast, richtig?«

»Ja, Ma'am«, sagte Howard, dessen besorgtes Lächeln einen wehmütigen Zug annahm.

»Liebst du sie?«, fragte Peri. Ehe sie einen der beiden irgendeiner Gefahr aussetzte, musste sie das wissen. Howards Lächeln erstarb.

»So ungern ich es auch zugebe, ja. Ich möchte nur nicht der Mann sein, den sie dazu benutzt, ihre Mutter zu bestrafen.«

Peri kam zu dem Schluss, dass sie weit genug gefahren waren, und zog die Handschuhe an. »Das bist du nicht«, versicherte sie ihm, beugte sich vor und küsste ihn auf die Wange. »Kannst du mich hier absetzen?«

Die Bremsen quietschten leise, und er hielt an. Während sie ausstieg, lächelte er ihr zu. »Wir sehen uns gegen halb vier«, sagte er. Sie winkte ihm kurz zu und spazierte von dannen. Howard fuhr wieder los, hielt an dem Stoppschild weiter vorn an der Straße kurz an, bog ab und war verschwunden.

Mit gesenktem Kopf ging sie in die Richtung ihrer Wohnung und schwor sich dabei, nicht zuzulassen, dass einem der beiden etwas zustieß.

# 27

Es ging auf Mitternacht zu, als Peri vor dem dunklen Fenster der leerstehenden Wohnung gegenüber ihrem Haus stand. Sie mampfte chinesisches Essen und lauschte dabei mit halbem Ohr dem Gespräch von Howard und Taf im Schlafzimmer. Wie Howard vorausgesagt hatte, war Taf zurückgekommen. Sie beneidete die beiden darum, wie sie miteinander scherzten, während sie ihren Reis und das frittierte Fleisch aßen. Taf war eindeutig vor allem wegen Howard zurückgekehrt, nicht so sehr wegen ihr, und Peri musste auf alle beide aufpassen.

Ihre Aufklärungsmission zur Feststellung der Standorte von Opti-Agenten war erfolgreich verlaufen. Mühelos hatte sie die erwarteten drei Teams aufgespürt, die in der üblichen Opti-Dreiecksformation um das Gebäude herum postiert waren. Howard hatte herausgefunden, dass zwei weitere Agenten als Sicherheitsleute getarnt durch die Korridore des Hauses streiften. Ein dritter befand sich vermutlich in ihrer Wohnung, denn Howard hatte ihn seit seiner Ankunft nicht mehr zu sehen bekommen. Mit dem Agenten am Tisch des Portiers befanden sich vier im Gebäude, zwei weitere saßen in einem Van am Bordstein vor dem Haus.

Howard war der Ansicht, dass sie alle verdrahtet waren, was, mit ein bisschen Anstrengung ihrerseits, durchaus hilfreich sein könnte. Zumal Howard den außerhalb des unmittelbaren Überwachungsbereichs liegenden Beobachtungsposten von Opti drei Stockwerke über dem Raum lokalisiert hatte, in dem sie sich gerade befand und kaltes chinesisches Essen aus einer

Pappschachtel aß. Nachdem sie den schwarzen Opti-Van, der beinahe zu ihren Füßen am Bordstein parkte, drei Stunden lang beobachtet hatte, war sie zu dem Schluss gekommen, dass es das Risiko wert war, einen Versuch zu unternehmen, die Leute im Kontrollraum auszuschalten. Dieser Raum wäre ein idealer Platz für Howard – relativ sicher und außerhalb der Schusslinie.

*Nette Wohnung, trotz der miesen Aussicht,* dachte Peri, während sie in dem Gemüse herumstocherte in der Hoffnung, noch etwas anderes als Maiskölbchen und Broccoli zu entdecken. Offener Grundriss, nette Einbauten. Aber die meisten Leute bevorzugten den Ausblick auf Detroit. Die Stadt lugte aus all den neuen Grünflächen heraus, die mit der optisch reizvollen Magnethochbahn verbunden waren. Diese Wohnung, die nichts dergleichen zu bieten hatte, war vermutlich recht schwer zu vermieten.

Jack saß neben dem deckenhohen Fenster auf dem Boden, den Rücken an die Wand gelehnt, die Beine lang ausgestreckt und die Augen geschlossen, als würde er auf seinen Einsatz warten. Allmählich gewöhnte sie sich daran, dass er ständig auftauchte, aber sollte sie Silas je wiedersehen, würde sie ihm eine scheuern. Sich von ihrer perfekt frisierten Mutter in deren herrischem Ton Ratschläge erteilen zu lassen, während die mit ihrem Schmuck herumspielte, wäre vielleicht doch besser gewesen, als ständig den begehrenswerten Kerl im Dolce-&-Gabbana-Anzug zu sehen, der nicht nur sie verraten hatte, sondern auch die Liebe, die sie für ihn empfunden hatte.

Peri schob sich eine Wasserkastanie in den Mund und empfand völlig unerwartet Kummer. Sie und ihre Mutter hatten nicht das beste Verhältnis zueinander gehabt, als sie ausgezogen war. Daran ließ sich nichts mehr ändern, aber vielleicht gab es eine Möglichkeit für sie, damit innerlich abzuschließen. *Gott*

*hilf mir, aber wenn ich das überlebe, dann werde ich sie besuchen,*
dachte sie. Jack schlug die Augen auf und streckte sich.

Peri beugte sich vor, um auf den Bereich vor dem Gebäude
hinabzuschauen, und sah zwei Männer in Anzügen herauskommen, die kurz Augenkontakt zu den Leuten in dem schwarzen
Opti-Van herstellten, ehe sie in ihren eigenen schwarzen Wagen
stiegen und wegfuhren. Ihre Scheinwerfer leuchteten hell in
der Dunkelheit. Es waren nicht die beiden, die vor fünf Minuten
ausgestiegen waren. Schichtwechsel, möglicherweise?

»Howard?«, rief Peri leise und hörte ihn grunzen. Gleich darauf kam er aus dem hinteren Schlafzimmer und kratzte sich an
seinen Rastalocken. Seine Bewegungen waren eckig, sein Körper steif vom langen Sitzen auf dem Boden.

»Ist es so weit?«, fragte er.

»Ja.« Ihr Puls schlug schneller. Sie legte die Essenspackung
weg und schüttelte die Hände aus. »Ich würde das ja lieber um
vier Uhr morgens erledigen, aber Mitternacht muss reichen.
Solange wir uns vom Platz fernhalten, dürfte uns niemand
begegnen.«

Gähnend und mit zerzaustem Haar kam auch Taf herein.
»Sicher?«

»Absolut.« Peri stutzte. Erst jetzt fiel ihr auf, dass Tafs
Schmetterlingstattoo im Dunkeln leuchtete. Den Filzstift, mit
dem sie die Wohnung skizziert hatte, steckte sie zu dem hässlichen Tarnfarbenmesser in ihre Stiefelscheide. *Mächtiger als ein
Schwert*, dachte sie sarkastisch. »Das ist eine ruhige Gegend.
Wenn hier Schüsse fallen, denken die Leute, irgendwelche
Transformatoren an den Strommasten wären hochgegangen.
Genau darum wollte ich hier leben.« *Sogar schon, bevor es Jack
gab*, fügte sie in Gedanken hinzu und erschrak, als sie sah, dass
sich Jack an der Essenspackung gütlich tat, die sie weggelegt
hatte, und mit Essstäbchen aus dem *Zeitloch* in dem Gemüse

wühlte. Jetzt stieg Dampf von der Packung auf, und Jack sah in der schwarzen Arbeitsbekleidung, die er nun trug, zum Niederknien gut aus.

Wenig beglückt, strich Peri mit der Hand über ihre Jeans. Ihr fehlte die übliche Finesse. Ein ungepflegter Dieb war schlicht niveaulos. Ein gut gekleideter hingegen bewies Klasse und endete im Chefbüro, anstatt zusammen mit Nutten und übellaunigen Ladendieben im nächsten Knast zu landen.

Jack zeigte mit den Essstäbchen auf sie. »Zieh sie da nicht mit hinein. Sie würden was abkriegen.«

Aber welche Wahl hatte sie? »Okay«, sagte sie und klatschte einmal in die Hände. »Kleine Planänderung. Taf? Howard und ich werden raufgehen und den Beobachtungsposten von Opti übernehmen.«

»Ach ja?«

Peri nickte. »Wenn die alle verdrahtet sind, könnte Howard mein Zeitfenster enorm erweitern, indem er da oben sitzt und sie in die Irre führt.«

Taf presste die Lippen zusammen, griff nach ihrem Gewehr und verkündete: »Ich komme mit.«

Jack räusperte sich, aber Peri war ihm voraus, nahm Taf das Gewehr aus der Hand und gab es Howard. »Taf, du bist eine tolle Schützin, aber eine noch bessere Fahrerin, und einen Fahrer setzt man nicht an einem Punkt ein, an dem es keinen Wagen gibt.«

»Aber …«, setzte sie an, und Peri schüttelte prompt den Kopf.

»Ich möchte nicht, dass wir deswegen geschnappt werden, weil wir keinen Fluchtplan haben«, fiel sie Taf ins Wort, und die jüngere Frau sackte in sich zusammen. Howard, der hinter ihr stand, seufzte erleichtert auf. »Wenn Howard seinen Platz eingenommen hat, gehe ich rein. Taf, du behältst das Treppenhaus im Auge. Wenn ich in meiner Wohnung das Licht einschalte, will ich, dass ihr verschwindet. Beide. Ihr nehmt den Wagen und parkt an dem Restaurant, das ich auf der Karte gekennzeichnet habe. Von dort aus könnt ihr meine Wohnung immer noch sehen, und ihr habt freie Bahn zur Vorderseite des Gebäudes, um mich abzuholen, wenn ich es euch signalisiere, indem ich das Licht wieder ausschalte.«

»Unsere Wohnung«, bemerkte Jack, und Peris Lid zuckte. *Nur weil ich dich eingeladen habe, bei mir einzuziehen, du Scheißkerl.*

»Ich habe gar nichts zu tun«, klagte Taf, während sich Peri streckte und daran erfreute, wie ihr Körper zum Leben erwachte.

»Genau darum gefällt mir der Plan so.« Peri, im Ausfallschritt, blickte auf und hoffte, dass Taf sie im Dunkeln lächeln sehen konnte. »Ich schätze, wir haben eine siebzigprozentige Chance, sauber da rauszukommen. Aber nur eine zehnprozentige, wenn du nicht hinter dem Steuer sitzt. Es dürfte heiß hergehen, wenn ich rauskomme. Dann müsst ihr bereit sein.«

Damit entlockte sie der jungen Frau ein Lächeln. Howard küsste Taf und drückte sie erleichtert an sich, Jack legte die Essenspackung weg und stand auf. Seine finstere Miene besagte, dass ihre Schätzung übertrieben optimistisch war. Warum fiel es ihr schwerer, auf ihre Intuition zu hören, wenn sie Jacks Gesicht trug?

Sie beschloss, auf ihren Mantel zu verzichten, und steckte sich die Glock, die sie Allen abgenommen hatten, in den Hosenbund, bemüht, nicht hinzusehen, als Howard endlich von Taf abließ. »Wir sehen uns in einer Stunde«, sagte er mit weicher Stimme und löste sich widerstrebend von ihr. Taf nickte und ließ den Kopf hängen. *Siehst du eine Frau, die in Schwierigkeiten steckt, dann such nach dem Mann an ihrer Seite.*

Taf begegnete Peris Lächeln mit ihrer eigenen, wenig geglückten Version, und Howard wippte im Stand, musterte nervös das Gewehr und gab es Taf zurück. Gott im Himmel, wie sie das hasste. Sie waren nicht hilflos, aber zuzusehen, wie sie ihr Leben riskierten, um den korrupten Teil von Opti ans Licht zu zerren, gab ihr ein ungutes Gefühl. Sie war für so etwas ausgebildet, die beiden nicht.

Aber ihr blieb kaum eine Wahl. In der Hoffnung, dass Jack sie in Ruhe ließe, ging sie mit Howard auf den Fersen hinaus. Er atmete auffallend schnell, und sie musterte ihn argwöhnisch, als sie auf den Rufknopf des Fahrstuhls drückte.

»Du hast doch einen Plan, oder?«, fragte Howard, als der kleine grüne Pfeil aufleuchtete.

Die Türen glitten zur Seite, und Peri stellte wenig erfreut fest, dass Jack sie bereits in der Kabine erwartete, und verzog das Gesicht. »Nach oben?«, fragte er hinterhältig, doch sie beachtete ihn gar nicht und trat ein.

»Äh, Peri?«, sagte Howard mit großen, dunklen Augen, als sie den Knopf für das sechste Stockwerk betätigte.

»Du hältst den ersten Mann, den ich ausschalte, am Boden fest, und ich kümmere mich um das, was nach ihm kommt.«

»Alles klar.« Howard leckte sich über die Lippen. »Aber wir haben nur eine Knarre.«

Knarren. Warum drehte sich ständig alles um Knarren? »Die kannst du haben«, sagte sie und reichte sie ihm, als sich die Tür öffnete. Dann ging sie hinaus in den Korridor. 602 ... 604 ... 606. Spannung breitete sich in ihrem Bauch aus, und sie signalisierte ihm, von der Tür wegzubleiben. »Sag ihnen, du hättest deinen Schlüssel vergessen«, flüsterte sie, baute sich neben der Tür auf und klopfte hartnäckig. »Und fass den Mann nicht an, den ich zu Fall bringen will. Der hat vermutlich einen Trick auf Lager, um die Rollen mit dir zu tauschen.«

*Um Himmels willen, das ist ja wie im Anfängerkurs für Selbst-
verteidigung. Was habe ich ihm sonst noch nicht erzählt?*

Howards Augen wurden noch größer, und sie drängte ihn
gestikulierend, den Mund aufzumachen. »Äh, ich habe meine
Schüssel vergessen!«, platzte er heraus und wich hastig zurück,
als Peri ihn erneut von der Tür wegwinkte.

»Willst du mich verarschen?«, rief jemand von drinnen, und
Peri machte sich bereit. »Allmächtiger, Jason, ich schwöre dir,
du wirst noch deine Eier vergessen, falls' die nicht eh schon
deine Freundin hat.«

Die Tür wurde geöffnet. Peri sprang in die Öffnung, packte
den Arm des Mannes und verdrehte ihn. Er war gut genug in
der Kampfkunst, um mitzugehen, setzte mit einem Salto über
sie hinweg und landete mit einem lauten Keuchen im Hausflur
auf dem Boden. Peri, die immer noch seine Hand hielt, drehte
sie herum. Er schrie auf, als sie ihm das Gelenk brach. Damit
war Howard sicher – zumindest von dieser Seite aus.

»Die Hände dahin, wo ich sie sehen kann!«, fuhr sie den
Mann an, riss die Pistole aus seinem Halfter, sprang über ihn
hinweg und rannte in das nicht möblierte Wohnzimmer. Dort
erhob sich gerade ein zweiter Mann von seinem Klappstuhl. Als
er auf seine Gerätschaften zustürzte, verteilten sich Chicken
Wings im ganzen Raum.

Peri schoss in den Boden, hörte, wie sich die Kugel in den
Beton grub. Holzsplitter flogen durch die Luft. Der Mann
geriet ins Schleudern, blieb schließlich stehen und streckte
die Hände hoch. Aus dem Korridor war ein gequältes Stöhnen
zu hören »Howard! Schaff ihn hier rein! Verpass ihm einen
Tritt, wenn er sich nicht von selbst in Bewegung setzt, aber
fass ihn nicht an!« Auf keinen Fall würde sie sich darauf verlassen, dass die beiden Männer unfähig waren, auch wenn es
Howard und ihr gelungen war, sie zu überrumpeln. Opti hatte

**411**

schlicht nicht mit ihrer Anwesenheit gerechnet. Nicht ernsthaft. »Howard!«

»Du hast gehört, was die Dame gesagt hat. Rein da«, sagte
Howard, und Peri winkte die beiden in die leere Küche. Der
Mann, der die Tür geöffnet hatte, war kreidebleich. Er sah aus,
als könnte er jeden Moment in Ohnmacht fallen. Peri entspannte sich ein kleines bisschen – bis sie die Bändigungsinstrumente
auf dem Küchentisch sah, ein hässliches Sammelsurium aus
Spritzen und Drogen. Einen Zeitsprung zu verhindern war einfach. Einen in der Kunst des Entkommens geschulten Agenten
festzuhalten nicht.

*Schön,* dachte sie, während sie zwei Fläschchen und eine
Handvoll Spritzen in die Tasche steckte. Wenn die so etwas
gegen sie verwenden wollten, hatte sie keine Skrupel, es ihrerseits gegen sie einzusetzen.

»Bewegung«, knurrte sie, als sie erkannte, dass einer der
Männer die Lage sondierte. »Ins Bad mit euch. Sofort!«

Howard sah ein bisschen kränklich aus, aber nicht so mitgenommen wie der Mann mit dem gebrochenen Handgelenk, als
der mit seinem Kameraden zusammen ins Badezimmer schlurfte. Sicher, Howard war Agent, aber wenn die Allianz irgendetwas mit Opti gemeinsam hatte, dann kamen operative Hilfs-
kräfte und technisches Personal nur selten mit dem echten
Kampfgeschehen in Berührung.

»Gut. Jetzt fesselt euch an die Rohre.« Peri warf ihnen zwei
Paar Handschellen vom Küchentisch zu.

Howard wollte ihnen ins Bad folgen, aber sie zerrte ihn zurück, um einer möglichen Kräfteumkehr zuvorzukommen, bis
sie die Handschellen klicken hörte. Die Männer hatten sie um
ihre Fußgelenke geschlossen, aber das war kein Problem. Sie
würden so oder so in Kürze schlafen.

»Okay.« Peri nahm Howard die Waffe ab und reichte ihm

zwei Spritzen und ein Arzneifläschchen. »Jetzt kannst du sie sedieren.«

Howards Blick huschte zu dem Fläschchen in seiner Hand. »Ich kenne mich mit der Dosierung nicht aus.«

»Jeder Agent im Außendienst weiß, wie man, ausreichend Zeit vorausgesetzt, Handschellen loswird. Die andere Möglichkeit wäre, sie zu erschießen«, konstatierte sie. Howard verzog das Gesicht und drehte das Fläschchen herum, um nachzuschauen, was es enthielt.

»Ich, äh, nehme die Dosis für Hunde«, sagte er. »Ihr seid, was, zwei Deutsche Schäferhunde?«

»Pass auf, dass du nicht zwischen die und mich gerätst«, wies Peri ihn an, stellte sich in die Badewanne und zielte mit der Glock auf die Männer, um sicherzustellen, dass sie sich anständig benahmen, während Howard sie betäubte. Nicht das kleinste Schuldgefühl machte sich bemerkbar. Diese Droge war nur hier, weil Opti sie bei ihr hatte anwenden wollen.

Beide Männer schliefen langsam ein. Der mit dem gebrochenen Handgelenk kämpfte besonders dagegen an. Doch dann entspannten sich auch seine Schultern, und er begann, ruhig und gleichmäßig zu atmen. »Gute Arbeit«, sagte Peri, als sie vor den bewusstlosen Opti-Agenten stand. Howard sah ein bisschen verstört aus, so, als könnte er immer noch nicht glauben, was sie gerade getan hatten. »Wie lange dauert es, bis sie wieder zu sich kommen?«

»Ein paar Stunden?«, mutmaßte er, folgte ihr hinaus und schloss die Tür.

Das würde reichen. Erfüllt von gespannter Erwartung, schnappte sie sich ein weiteres Paar Handschellen.

»Hier.« Howard kam mit einer Wanze zu ihr. »Nimm das. Ich werde tun, was ich kann.«

»Danke«, sagte sie. Das Ding konnte nur senden, trotzdem

war es nützlich. »Versprich mir, dass du mit Taf verschwindest, falls irgendetwas schiefgeht. Ernsthaft.« Er musterte sie finster, und sie runzelte die Stirn. »Howard, bitte«, drängelte sie und fühlte sich aus irgendeinem Grund wehrlos und angreifbar. »Ich weiß, du glaubst, ich sei der Sache nicht gewachsen, aber das ist mein täglich Brot. Es macht mein Leben aus. Ich brauche eure Hilfe, aber nicht um den Preis, dich und Taf in eine Lage zu bringen, aus der ihr keinen Ausweg finden könnt. Dich möchte ich hier haben«, erklärte sie und zeigte auf die technischen Gerätschaften, da sie spürte, dass er sich damit heimisch fühlte. »Und Taf möchte ich am Steuer haben, auch wenn ihre Fahrerei mir eine Scheißangst macht. Versprich mir, dass du sie dir schnappst und mit ihr abhaust, wenn etwas schiefgeht. Ich möchte nicht, dass ihr in meiner Wohnung auftaucht. Okay? Wenn es schiefläuft, lasst es schieflaufen, und bringt euch in Sicherheit.«

Mit einem leisen Klicken öffnete sich die Tür. Erschrocken wirbelte sie herum und sah erleichtert, dass es nur Jack war. »Wir müssen los, Babe«, sagte er. Sie legte Howard eine Hand auf den Arm, um ihm nicht den Eindruck zu vermitteln, dass sie vor dem eigenen Schatten erschrak, obwohl genau das der Fall war. Die Tür schloss sich wieder, hatte sich aber in Wirklichkeit überhaupt nicht bewegt.

»Bitte?«, drängelte sie erneut, und Howard nickte, sah aber nicht gerade glücklich aus.

»Wir machen es auf deine Weise«, erwiderte er schließlich mit einem schiefen Grinsen.

»Danke.« Mit einem strahlenden Lächeln betastete Peri den Drahtsender, den er ihr gegeben hatte, wickelte ihn locker auf und steckte ihn in die Tasche. »In Kanada gibt es doch Electronic Huts, oder?«

Endlich schwand der grimmige Ausdruck aus seinem Gesicht, und er winkte ihr zu. An der Tür sah sie sich noch einmal um und wurde Zeuge, wie Howard es sich inmitten all der Schalter und Monitore bequem machte. Allens alte Glock lag greifbar neben ihm. Nachdem sie sich vergewissert hatte, dass das Schloss der Tür ordnungsgemäß funktionierte, zog sie sie leise hinter sich zu.

Jack joggte neben ihr die Treppe hinunter. »Er sieht aus, als würde er da hingehören.«

»Stimmt«, sagte sie und bemühte sich, sich Jack nicht als Toten vorzustellen, während sie die Stufen hinablief, das Haus durch den Hinterausgang verließ und zwischen den Recyclingcontainern kurz innehielt. Sie wollte auf keinen Fall springen, auch wenn es langsam leichter wurde, ohne den Schutz eines Ankers zu arbeiten. Und was konnte schon so wichtig sein, dass sie sich unbedingt daran erinnern musste?

Aber sollte Howard oder Taf irgendetwas zustoßen, dann, so schwor sie sich, wollte sie das niemals vergessen.

# 28

*Was, wenn ich springe? Wird das Flickwerk das aushalten?*

Peri unterdrückte die Angst und schlich sich an den Opti-Van am Bordstein heran. Howard würde sich um alle elektronischen Gefahren kümmern. Die Chance, den Fluchtweg freizuräumen, war das Risiko wert gewesen, umso mehr, wenn Taf dadurch aus der unmittelbaren Gefahrenzone raus war. Außerdem hatte sie selbst nun die Macht der Drogen auf ihrer Seite.

Das durch den Adrenalinstoß ausgelöste innere Glühen vertrieb die schwelenden Sorgen. Im schwarzen Schatten des Gebäudes blieb Peri stehen, um die drei Spritzen aufzuziehen und wie Stecknadeln im Ärmelgewebe ihres Shirts festzustecken, wo sie gleichermaßen aus dem Weg wie greifbar waren. Dann zog sie einen Lumpen aus einem Müllcontainer, rannte zum Heck des laufenden Wagens, knüllte den Stoff zusammen, rammte ihn ins Endrohr und hielt ihn mit dem Fuß an Ort und Stelle fest.

Jack sauste mit leuchtenden Augen herbei, so plötzlich, dass sie vor Schreck beinahe aufgeschrien hätte.

»Was machst du hier?«, flüsterte sie und kam sich idiotisch vor. Sie sprach mit dem puren Nichts.

Er zog die Nase kraus und kauerte sich neben sie. »Ich halte dir den Rücken frei, Peri. Das werde ich immer tun.«

Seine Worte brachten sie auf die Palme, aber sie würde nicht auch noch mit sich selbst streiten. Endlich hustete der Motor sein Leben aus, und Stille kehrte ein. Sie berührte die Spritzen, die aufgereiht wie kleine Soldaten an ihrem Ärmel hingen. Ihre

Anspannung erreichte einen neuen Höhepunkt, als die Beifahrertür geöffnet wurde. »Ich weiß einen Scheiß über Autos, Tony«, sagte der Mann, der im Wagen geblieben war, während sein Kamerad hinauskletterte. Sie lächelte: Er öffnete die Haube. *Perfekt.* »Sieh du nach.«

Peri ließ sich bäuchlings auf den Asphalt fallen und spähte unter dem Wagen hindurch nach vorne. »Normale Straßenschuhe«, flüsterte sie. Das dürfte leicht werden.

»Okay, versuch es jetzt mal!«, rief Tony, und der Motor drehte, hustete und erstarb.

Mit langsamen, gleichmäßigen Bewegungen versuchte Peri es an der Hecktür des Vans und stellte freudig fest, dass sie nicht verschlossen war. *Idioten.* Sie schlüpfte hinein und betete, dass der Mann hinter dem Steuer den Luftzug nicht bemerken würde. Wie auf Katzenpfoten schlich sie sich an ihn heran, die Glock in der Hand. Die Motorhaube füllte die ganze Windschutzscheibe aus. Wie im Adrenalinrausch schob sie sich hinter den Fahrer und hielt ihm die Mündung der Glock an den Nacken. *Unschön.* Ein Schuss in den Hinterkopf war unschön, aber davon erholte sich niemand mehr.

»Ach, Scheiße«, murmelte der Mann und löste die Hände vom Lenkrad. Ihn kümmerte nicht, ob Peri geschnappt wurde oder nicht – jedenfalls nicht so sehr, dass er dafür sein Leben aufs Spiel setzen würde.

Peri lächelte. »Guter Mann. Bereite dich auf einen kleinen Stich vor. Ich werde dich leicht und zart schlafen legen. Wenn du dich bewegst oder den Mund aufmachst, hast du stattdessen eine Kugel im Kopf. Klar?«

Er nickte und grunzte leise, als sie eine der Spritzen nahm und ihm die Nadel in den Bizeps jagte.

»Chuck, versuch es jetzt noch mal!«, rief Tony. Sie beugte sich vor und drehte den Schlüssel. Der Motor erwachte hustend zum Leben und versagte gleich wieder. »Keine Ahnung«, hörte sie Tony grummeln und senkte die Pistole. Chuck war hinüber, sein Puls schlug kräftig und gleichmäßig. Mit pochendem Herzen steckte sie die Waffe weg und schnappte sich Chucks Mütze, ehe sie eine weitere Spritze zur Hand nahm und keck zur Beifahrertür hinausstieg.

»Ich hasse computergesteuerte Autos«, schimpfte Tony. »Schätze, wir müssen es melden und einen neuen Van – hey!«, brachte er noch heraus, ehe sie angriff. Hastig wich er zurück, um ihrem Vorwärtstritt auszuweichen.

Tonys Augen leuchteten auf, als er sie erkannte, und er griff sie mit neuem Eifer an. Sie blockte seinen Vorstoß. Schmerz raste ihr Rückgrat hinunter. Beim nächsten Hieb packte sie ihn, wirbelte herum und glitt hinter ihn, um ihm mit einem Tritt gegen die Kniekehle die Füße unter dem Leib wegzureißen. Er ging zu Boden und lachte, was schlicht beleidigend war. Sie zwang ihn zu bleiben, wo er war, und zerrte seinen Arm hoch, bis er aufhörte.

»Au! Reed!«, protestierte er. Seine Nase blutete von dem Aufprall. Das Licht der Straßenlaterne fing sich in seinem Opti-Anstecker. »Du bist so was von erledigt.«

»Sag gute Nacht, Tony.«

Er schrie auf, als sie ihm die zweite Spritze in den Arsch rammte, aber da sie ihm zusätzlich den Arm verdreht hatte, gab er recht schnell auf. Verborgen durch den Van und die Schatten blieb sie noch ein bisschen länger auf ihm sitzen, um sich zu vergewissern, dass er außer Gefecht war. Schließlich erhob sie sich leise schnaubend und wälzte ihn unter den Wagen, außer Sichtweite. Danach drehte sie sich um und winkte Taf und Howard zu, ehe sie vorsichtig die Haube herabdrückte und die Straße überquerte. Jack wartete vor der Haustür auf sie. Mit betontem Hüftschwung setzte Peri sich die Mütze auf, die sie

Chuck abgenommen hatte, für den Fall, dass Opti sich in die Gesichtserkennungskameras des Gebäudes gehackt hatte.

»Nett, dass du mir Raum zum Arbeiten lässt«, sagte sie, und Jack neigte den Kopf.

»Nett zu sehen, dass du auch etwas allein hinkriegst«, konterte er. Mit gesenktem Kopf betrat sie das Haus und entfernte sich so schnell wie möglich von der Eingangstür.

Das riesige Arrangement aus Klunkern und Seidenblumen in der Eingangshalle sah unverändert aus. Peri kippte die über einen Meter hohe Vase um und schnappte sich die Ersatzkarte für ihre Wohnungstür, ehe das schwere Gipsgebilde auf dem Boden aufkam. *Das war einfach.*

Der Krach erregte die Aufmerksamkeit des Mannes, der am Tisch des Pförtners saß. *Das könnte schwerer werden.*

»Reed ist im Gebäude«, sagte er in sein Funkgerät, was Peri verriet, dass bisher niemand wusste, dass Howard in Suite 606 war. Lächelnd steckte sie die Karte in ihre Bluse. »Keinen Schritt näher, Reed«, befahl er und zielte mit der Betäubungspistole auf sie. Peri warf Chucks Mütze nach ihm.

Für einen Moment folgten seine Augen der Mütze, und sie tauchte ab, sodass sie durch den Tisch gedeckt war. Die Luft entwich aus ihren Lungen, als sie gegen die Rückwand des Tisches prallte …

Und plötzlich drückte sie sich nicht mehr an den Schreibtisch, sondern stand über dem Mann, beinahe einen Meter von der Stelle entfernt, an der sie gelandet war, und außerdem mitten in der Eingangshalle.

Erschrocken blickte Peri auf den Bewusstlosen hinab und hatte keine Ahnung, wie er da hingekommen war oder wie sie den Raum durchquert haben mochte. Die Betäubungspistole lag in ihrer Hand, und eine leere Spritze steckte in seinem Bein. *Verdammt! Ich bin gesprungen!*

Verstört schlug sie auf ihre Stiefelscheide, um sich zu verge-wissern, dass das Messer noch an Ort und Stelle war. Dann suchte sie in ihrer Handfläche nach einer Notiz – die sie nicht geschrieben hatte –, und ihre Finger schlossen sich zur Faust. Während sie in die Stille lauschte, wartete sie darauf, dass der Albtraum seinen Lauf nahm. Das Herz donnerte in ihrer Brust. *Nichts.* Langsam öffnete sie die Faust und atmete aus. *Alles in Ordnung.* Silas' Flickwerk hatte dem Sprung standgehalten – dieses Mal. »Jack?«, flüsterte sie, begierig auf eine Antwort. Ihr Kopf schmerzte so, als hätte jemand an ihrem Haar gezerrt. Strähnen davon wehten über den Boden.

Keuchend ging sie in eine defensive Kauerhaltung, als Jack sich hinter dem Empfangstresen erhob. »Du bist gesprungen«, sagte er mit erbitterter Miene. »Beweg dich. Es macht nichts aus, dass du dich nicht erinnerst.«

»Wie lange?«, wisperte sie, ergriff die Füße des Opti-Agenten und schleifte ihn hinter den Tresen.

Jack blickte auf ihn hinab und zuckte mit den Schultern. »Teufel, Babe, ich habe keine Ahnung. Aber du hast nicht mehr als den Sprung verloren. Vielleicht dreißig Sekunden?«

»Was sagt man dazu?« Ihr fiel ein, dass Allen gesagt hatte, Opti könne künstlich Zeiträume aus ihrem Gedächtnis löschen, wenn sie sprang. *Verdammt und zugenäht. Es ist wahr.*

Eine blecherne Stimme, die ihren Namen rief, lockte sie zu einem schwarzen Plastikkästchen auf dem Boden. Es war nicht ihr Gerät, also nahm sie an, dass es dem Mann gehört hatte, den sie gerade ausgeschaltet hatte. Peri hob es auf und ging in Richtung Treppe. »Peri! Bist du da?« Das war Howard, und eine weitere Woge der Erleichterung erfasste sie.

»Mir geht es gut.« Sie wandte der Feuerschutztür den Rücken zu, beugte sich über die Treppe und lauschte Howards Geplap-per, während sie sich rasch im Treppenhaus umschaute. »Howard, entspann dich«, fiel sie ihm schließlich ins Wort. »Ich bin gesprungen, aber unversehrt.« Als sie die Tür etwas weiter öffnete, ging Jack ihr voraus nach oben, wobei er jeweils zwei Stufen auf einmal nahm. Schließlich wartete er an der nächsten Tür auf sie. »Ich gehe jetzt rauf«, sagte sie. »Hol Taf und hau ab. Wartet nicht auf mich. Ich habe sie richtig geärgert. Wir sehen uns jenseits der Grenze. Sagt Silas, dass es mir leidtut und dass sein Pflaster gehalten hat.«

»Peri, du kannst das nicht allein machen. Es ist zu gefähr-lich ...«

Sie hatte nicht die Zeit für ausufernde Überzeugungsarbeit, also ließ sie das Funkgerät auf die Stufen fallen und zertrat es. Dennoch fühlte sie seinen Blick aus der Ferne, als sie die Stufen hinaufhastete und ihre Schlüsselkarte herausfischte. Irgendwie war das seltsam – einen Schlüssel für die eigene Wohnung beschaffen zu müssen –, aber sie hatte sich eine verstärkte Tür einbauen lassen. Es wäre einfacher, ein Loch in die Mauer zu schlagen, als die Tür aufzubrechen.

Sie lief den Korridor hinunter, zog die Karte durch und dreh-te im gleichen Moment mit fließenden Bewegungen den Knauf. Es war nichts zu hören, aber unter der Tür drang ein Lichtstrei-fen hervor. Bilder eines verfilzten, kastanienbraunen Teppichs blitzen in ihrem Geist auf, doch sie verdrängte sie und trat ein.

Kaum hatte sie die Schwelle überquert, blieb sie wie verstei-nert stehen. Mit offenem Mund starrte sie in ihre hell erleuch-tete, demolierte Wohnung, während in ihrem Inneren unter-schiedliche Gefühle miteinander kämpften: Schock, Entsetzen, Kummer ... Wut. Diese Wohnung sah überhaupt nicht mehr aus wie ihr Zuhause. Alles war von den Wänden entfernt wor-den, das Regal, auf dem sie ihre Talismane aufbewahrt hatte, leer, das Mobiliar zertrümmert. Ihre Kleidung lag mitten im Raum auf einem Haufen. Die Deckenverkleidung war so he-

runtergezogen, dass sie den Blick auf das Leitungssystem frei
gab. Leuchten baumelten an Drähten, sodass ihr Licht in einem
sonderbaren Muster erstrahlte. Die Jalousien hatte jemand von
den Fenstern gerissen und in eine Ecke geworfen, wo sie erstaunlich viel Raum einnahmen. An ihrer Stelle klebte nun Ver-
dunkelungsfolie – die den Blick hinein blockierte, nicht aber
den Blick hinaus –, und Detroit funkelte hinter den kahlen
Fenstern. Nur gut, dass sie Howard bereits angewiesen hatte zu
verschwinden. Er hätte nie erfahren, ob die Lichter an oder aus
waren.

»Einstellung ändern. Wärme«, sagte sie leise, doch es ertönte
kein fröhliches Klingeln. Peri trat weiter vor. Jack stand mit gesenktem Kopf vor dem Kleiderhaufen und hielt einen zerbrochenen Bilderrahmen in der Hand. Sogar die Pflanzen waren
entwurzelt worden und nun zum Welken und Sterben verurteilt. Überall waren Erdbrocken verstreut. Sie hatten ihr Zuhause zerstört, ihren sicheren Hafen, den Ort, an dem sie nach
jedem Zeitsprung wieder zu sich gefunden hatte.

»Tut mir leid, Babe«, sagte Jack. Unvermittelt überwältigte
der Zorn sie so, dass er wie Galle in ihr aufstieg, die sie im
Mund zu schmecken meinte. Jack hatte kein Recht, ihr zu erzählen, es täte ihm leid. Er war der Grund dafür, dass ihr Leben
so verkorkst war. Doch dann unterbrach ein Geräusch aus dem
Schlafzimmer, das wie ein Schieben und Knarren klang, ihre
Grübeleien und erforderte ihre volle Aufmerksamkeit.

»Keine Waffen. Sie wissen noch nicht, dass du hier bist.«
Jack ließ das Bild fallen und stürzte hinter ihr her. »Beherrsch
dich. Er hat das nicht getan. Töte ihn nicht, Peri.«

»Was kümmert dich das?«, knurrte Peri. Angefressen stieß sie
die Schlafzimmertür auf. Nur ganz am Rande nahm sie die zerfetzte Matratze und die Löcher in der Wand wahr. Sie richtete
den Blick auf den Mann im schwarzen Anzug, der vor ihrer

Kommode stand und eines von Jacks Hemden hochhielt, als wollte er die Größe abschätzen.

»Hände weg!«, brüllte sie und stürzte sich auf ihn.

Sie platzierte einen sauberen Vorwärtstritt, der seinen Kopf zurückschleuderte. Als er nach hinten stürzte, folgte sie ihm und rammte ihm die Faust in den Solarplexus. Außer sich vor Wut, schlug sie gleich noch einmal zu, aber diesen Hieb blockte er ab, und Nadelstiche rasten ihren Arm hinauf.

Sein Fuß schoss so vor, dass er ihr die Beine unter dem Leib wegtrat; sie ging zu Boden, rollte sich ab, entging knapp einem weiteren wilden Tritt und wälzte sich noch ein bisschen weiter. Immer noch auf dem Boden, rutschte sie ein Stück zurück und sprang schwungvoll auf die Füße, worauf er mit erwartungsvollem Grinsen ihren Arm packte und sie gegen die Wand katapultierte.

Mit dem Gesicht voran prallte sie auf. Die Luft entwich ihren Lungen, und sie geriet ins Stolpern. Kaum hatte sie sich umgedreht, landete sein Fuß auf ihrer Brust, und sie glitt erneut zu Boden.

Nicht imstande zu atmen, kroch sie ins Badezimmer. Sie konnte nicht klar sehen, doch es gelang ihr endlich, wieder Luft zu holen. Als sie sich aufrichtete, sah sie den Mann in der Tür stehen, eine Hand an die Brust gepresst und ebenfalls erkennbar angeschlagen. Eine Opti-Glock lag hinter ihm, leider völlig außer Reichweite.

»Reed ist hier«, keuchte er in sein elektronisches Armband, ehe er mit ausgestreckten Händen erneut auf sie losging. Sollte er sie zu packen kriegen, war sie erledigt.

*Scheiße.* Peri stolperte weiter in den Raum hinein und grunzte, als er mit seinem ganzen Gewicht gegen sie prallte und sie an die Wand nagelte. Während sie den Kopf zurückwarf, um ihn zu rammen, knirschte Katzenstreu unter ihren Füßen.

Er schrie auf, und sein Griff lockerte sich. Peri sank auf die Knie und tastete nach dem Messer, doch da fiel er schon wieder über sie her, packte sie mit seiner großen, fleischigen Hand im Nacken und drückte sie zu Boden, während er ihr mit der anderen Hand das Messer entrang. Er hatte Blut im Gesicht. Sie hatte ihm die Nase gebrochen.

»Peri, tu was!«, brüllte Jack, und sie ergriff eine Handvoll Katzenstreu und schleuderte es in die Richtung, aus der sie den schweren Atem des Mannes hörte.

»Miststück!«, rief er, und seine Hand löste sich von ihrem Hals. Peri stemmte sich hoch, riss den Deckel des Spülkastens ab und holte damit aus. Er stand nur halb auf den Beinen, als ihn das Ding mit einem dumpfen Knall am Kopf erwischte. Peri wurde vom eigenen Schwung mitgerissen und krachte gegen den Waschtisch. Ihre Hände wurden taub, der Deckel fiel herab und zerbrach in zwei Stücke. Sie verlor den Halt, stürzte und unterdrückte mühsam einen Aufschrei, als sie mit dem Rücken auf die Badewanne krachte.

Aber der Mann war erledigt. Seine Wange ruhte auf einer dünnen Schicht Katzenstreu, die das Blut aufsaugte, das aus seiner gebrochenen Nase sickerte. An seinem Haaransatz bildete sich eine rote Beule. Peri sah sich nach Jack um. »Hat mir nicht gefallen, dass er deine Sachen befingert hat«, erklärte sie und erschrak, als ihr die Sinnlosigkeit ihrer Worte bewusst wurde.

Lächelnd reichte er ihr die Hand, um ihr beim Aufstehen zu helfen, doch sie ignorierte sie, sprang auf und nahm ihr Messer wieder an sich. Ihre Brust schmerzte, aber nicht wegen des Tritts, den sie hatte einstecken müssen. Sie hasste Jack, und sie hasste es, dass es sich so richtig anfühlte, ihn an ihrer Seite zu haben.

Unter dem Einfluss des Adrenalins zitternd, steckte Peri ihr

Messer weg und stolperte ins Wohnzimmer. Zweifellos hatte irgendjemand den Kampf gehört. Sie musste verschwinden. Aber als sie ihr halbes Leben auf einem einzigen großen Haufen liegen sah, konnte sie sich kaum konzentrieren. »Meine Talismane«, sagte sie mit wachsendem Ärger, als sie das Bild von sich und Jack in der Wüste vor einem heruntergebrannten Feuer erblickte. Sie erinnerte sich nicht daran, aber auf dem Foto sah sie glücklich aus. Alle ihre Erinnerungen waren zerstört und verloren. »Wo ist die Liste, Jack? Haben die sie gefunden?«

»Tut mir leid, Babe. Ich wusste nicht, dass so etwas passieren würde.«

Ihr Frust wich rasender Wut, und sie wirbelte auf dem Absatz herum. »Wo ist sie?«, brüllte sie und ballte die Fäuste, als er den silbernen Rahmen ergriff und mit einem Finger über ihr Gesicht auf dem Foto fuhr. In ihren Augen brannten Tränen, und sie war nahe dran, ihm das Bild zu entreißen, wollte jedoch die Illusion, dass er es hielt, nicht zerstören. Nach allem, was sie wusste, war es durchaus möglich, dass das Bild gar nicht existierte. »Jack, wo ist die Liste?«

Mit Tränen in den Augen blickte er auf. »Ich glaube nicht, dass sie hier ist.«

Peri atmete schwer. War dies alles umsonst gewesen? »Dann haben die sie?«

»Nein.« Sichtlich gepeinigt, beäugte er die Spuren der Zerstörung. »Sie ist nur ... nicht hier.« Gleich darauf setzte er nach: »Du solltest verschwinden. Du hast schon zu lange gewartet. Tut mir leid.«

Als sie hörte, wie eine Tür geöffnet wurde, wirbelte sie um die eigene Achse. Jack verschwand. »Silas!«, rief sie, während er zur Tür hereinstolperte. »Ich kann das erklären.«

Gequält kämpfte Silas um sein Gleichgewicht. Unmittelbar

hinter ihm trat Bill ins Zimmer. Ruckartig blieb Peri stehen. Erst jetzt erkannte sie, dass Silas' Hände vor seinem Körper gefesselt waren.

»Dann hat er also nicht gelogen. Du bist tatsächlich auf eigene Faust hergekommen. Merkwürdig«, sagte Bill. Es sah beängstigend aus, wie er in seinem dreiteiligen Anzug und den teuren Schuhen einfach dastand und seine Waffe auf Silas' Nieren richtete. »Wenn du springst, erschieße ich ihn in der neuen Zeitlinie, und er stirbt. Sehr schnell sogar.« *Bill ist ein Anker?* Nur dann konnte er wissen, ob ein Zeitsprung im Gange war oder nicht.

»Ich hätte dich nicht allein lassen sollen, Peri«, sagte Silas mit gehetztem Blick. »Es tut mir leid.«

Vom Korridor drang Allens erhobene Stimme herein: »Ist sie erledigt?«

Bill setzte ein spöttisches Grinsen auf und schob Silas weiter in den Raum hinein. »Er hat Angst vor dir.«

»Vielleicht ist er ja der Klügere hier«, gab Peri zurück, als zwei unauffällige Männer in Anzügen eintraten. Im Stillen betete sie, dass Howard und Taf abgehauen waren. Es war schiefgegangen, so verdammt schief.

Der stechende Schmerz eines Pfeils, der sie im Nacken traf, ließ sie aufschreien. Sofort riss sie ihn heraus, doch die Droge zeigte bereits Wirkung. Ihre Zunge fühlte sich an, als hätte sie Kreide geleckt. Sie umklammerte den Pfeil wie ein Messer. Selbst wenn sie gewollt hätte, hätte sie jetzt nicht mehr springen können. Als sie sich umwandte, sah sie, wie der Mann, dem sie im Badezimmer die Nase gebrochen hatte, die Betäubungswaffe sinken ließ und sich erschöpft gegen die Wand lehnte. Aus seiner Nase tropfte immer noch Blut.

»Hure«, keuchte er, und Peri wich zu den kugelsicheren Fenstern zurück.

»Aber, aber«, sagte Bill jovial. »Kein Grund, beleidigend zu werden. Sie tut doch nur, was wir ihr beigebracht haben. Bist du bereit, einen neuen Trick zu lernen, Peri?«

Ihre Stiefel rutschten über die Pflanzenerde auf dem Boden. »Schieben Sie sich den Trick in den Arsch.«

Amüsiert rief Bill: »Sie können jetzt reinkommen, Allen. Sie kann nicht mehr springen.«

Ungelenk auf eine Krücke gestützt, lugte Allen zur Tür herein. »Sie kann aber immer noch kämpfen.«

»Richtig.« Bill winkte einem der Männer zu.

Adrenalin strömte durch ihren Körper, und sie wirbelte herum. Aber es reichte nicht. Die Droge ergoss sich wie Honig in ihre Muskeln und hemmte jede ihrer Bewegungen. Als der Mann sie umwarf und sie bäuchlings auf dem Boden landete, keuchte sie erschrocken auf. Gleich darauf kniete er auf ihr und presste ihr die Luft aus der Lunge. Sie war vollkommen hilflos, als er mit einer Hand ihren Unterarm am Boden festnagelte und mit der zweiten ihren anderen Arm auf den Rücken zog und verdrehte, bis sie vor Schmerzen schrie und erschlaffte. Der Pfeil fiel ihr aus den Händen und wurde weggetreten, das Messer fortgenommen.

*Bitte nicht auskugeln*, bettelte sie in Gedanken, während Silas lautstark protestierte. Der Schmutz am Boden drückte sich in ihre Wange, und ein Buch, das sie nicht wiedererkannte, in ihre Schulter. Sie biss die Zähne zusammen, weigerte sich, sich den Blick durch Tränen verschleiern zu lassen. Das Bild von ihr und Jack in der Wüste schien sie zu verhöhnen. Stundenglasrunen zierten den silbernen Rahmen, und sie fühlte sich von den glücklichen Mienen auf dem Foto verraten. Von ihnen war nichts mehr übrig, und vielleicht hatte es sie nie wirklich gegeben.

»Sie tun ihr weh!«, rief Silas, und dann wurden ihre Hände aneinandergefesselt.

»Halten Sie die Klappe«, sagte Bill, ehe er sich in gelöstem Ton an Allen wandte. »Wie sieht es aus, Allen? Fühlen Sie sich jetzt sicher?«

Allen maß ihn mit einem finsteren Blick. »Wenn Sie sie weiterhin unterschätzen, wird sie Sie irgendwann umbringen.«

Peri rang um Atem. Noch immer drückte der Mann ihr sein Knie ins Kreuz. Ihre Muskeln spannten sich, als ihr ein Schlurfen und das Tock-Tock eines Krückstocks verrieten, dass sich Allen näherte. So schwer es ihm auch fiel: Er ging in die Knie. Und riss ihren Kopf an den Haaren hoch, um ihr ins Gesicht zu sehen.

»Hi, Peri«, sagte er mit wütendem Blick. Plötzlich empfand sie tiefen Hass auf die glatt rasierten Züge und die dunklen Augen hinter den Brillengläsern. »Du hättest es dir leichter machen können, aber das hier hat durchaus seinen Reiz.« Ohne sie loszulassen, sah er sich zu Bill um. »Sie ist darauf konditioniert, nie allein zu arbeiten. Wo ist der Rest ihres Teams?«

Bill drehte sich zu einem der Männer an der Tür um. »Weg«, sagte der mit plötzlich besorgter Miene. »Wir haben uns voll und ganz auf Reed konzentriert. Soll ich einen Wagen ausschicken?«

»Nein, mehr als sie brauche ich im Grunde nicht.« Bill lächelte ihr sichtlich zufrieden zu. »Nicht wahr, Kindchen?«

*Sie sind entkommen,* dachte Peri erleichtert.

Dann ließ Allen ihren Kopf los, und sie nutzte das Herabfallen ihres Schädels zu einem Versuch, sich etwas Freiraum zu erkämpfen. Sie wand sich so, dass der Mann, der ihr das Knie in den Rücken gedrückt hatte, zurückgeschleudert wurde und Allen davonkroch. Sie kniete sich hin, hielt jedoch in der Bewegung inne, als sie das Klicken entsicherter Waffen vernahm. Da ihr das Haar in die Augen hing und die Sicht blockierte, warf sie mit rasendem Puls den Kopf zurück. Die Droge bremste sie, aber sie konnte sich immer noch bewegen.

»Glaubt ihr etwa, ich könnte das hier je vergessen?«, sagte sie mit schwerer Zunge und stand auf, den Blick starr auf Bill gerichtet. »Ich werde Allen niemals als meinen Anker akzeptieren.«

Bill sah sich so zu Silas um, als hätten sie dieses Thema bereits diskutiert. »Nicht wichtig. Dank Dr. Denier haben wir das morgen alles wieder in Ordnung gebracht. In null Komma nichts bist du wieder im Einsatz. Ich weiß, dass du das liebst, und ich werde dir das alles zurückgeben.«

»Ich habe damit nichts zu tun«, schäumte Silas. »Sie missbrauchen meine Methoden. Sie pervertieren sie.« Wütend starrte er den Mann an, der ihm die Pistole in den Leib stieß, um ihn zum Schweigen zu bringen.

Bill warf einen Blick auf sein Telefon und nickte, offenbar zufrieden. »Morgen um diese Zeit, vielleicht auch erst übermorgen, bist du wieder du selbst, und in allen latenten Erinnerungen, die vielleicht an die Oberfläche treten, wird Allen Silas' Gesicht tragen. Und weißt du, was du zuallererst tun wirst? Silas aufspüren und töten. Du wirst es genießen. Wirst sogar bereit sein, die Regeln zu brechen, um das zu tun.«

»Das können Sie nicht machen!«, protestierte Peri, aber Bills selbstgefällige Miene besagte etwas anderes.

»Doch, wir können.« Erneut warf Bill einen Blick auf sein Telefon, ehe er es wieder einsteckte. »Allerdings dürfte ein kleiner Hausputz ganz probat sein. Allen?«

»Haltet sie mir vom Leib«, grummelte er. Als der Kerl, den sie im Bad bewusstlos geschlagen hatte, hinter sie trat und ihre Arme nach oben riss, warf sie den Kopf hoch und zuckte vor Schmerzen zusammen.

»Ein großer Teil dessen, was Silas entwickelt hat, um Zeitagenten gegen langfristigen Gedächtnisverlust abzupuffern, hat ein weitaus größeres Potenzial, wenn man es dazu nutzt, tüchtigere Agenten zu konstruieren«, erklärte Bill.

»Sie meinen Marionetten, die keinen eigenen Gedanken mehr fassen können«, beschuldigte ihn Peri und stellte sich angewidert vor, wie Allen in den Trümmern ihres Lebens herumwühlte.

»Wenn du so willst. Aber das sind äußerst gefährliche Marionetten. Allerdings hat das bei dir nie lange angehalten.«

Sie atmete schneller, als Allen sich mit dem Bild von Jack und ihr vor ihr aufbaute.

»Das Problem können wir gewöhnlich dadurch umgehen, dass wir nach einem Zeitsprung immer gleich mehrere Wochen aus dem Gedächtnis der Agenten tilgen. Aber *du* bist mit der Zeit auch nach den schwierigsten Aufträgen unversehrt zurückgekommen und hast nicht mal mehr springen müssen, um den Einsatz zu überleben. Bedauerlicherweise können wir keinen Hausputz durchführen, wenn du nicht springst. Darum haben wir im *Zeitloch* ein bisschen nachgeholfen. Und das hätte sogar funktionieren können, hätte Jack keinen Mist gebaut. Er war nicht mehr gut genug für dich, dir nicht mehr gewachsen.«

*Mein Gott, wie lange machen die das schon? Gibt es bei Opti überhaupt jemanden, der nicht korrupt ist?*

Allen nahm das Foto heraus und ließ den Rahmen auf den Holzboden fallen. »Wenn wir alles vernichten, das dich mit deiner Vergangenheit verbindet, wirst du dich vielleicht nie mehr an irgendetwas erinnern. Und das funktioniert am besten, wenn du Zeuge der Zerstörung wirst.« Mit einem hässlichen Gesichtsausdruck drehte er sich zu seinen Kollegen um. »Verbrennen ist ideal.«

Als er das Foto zusammenfaltete, biss sie, wohl wissend, was nun kommen musste, die Zähne zusammen. »Silvester, nicht wahr?«, sagte Allen. »Ich konnte Jack nie leiden. Er dachte, er wäre schlauer als ich. Schätze, das war ein Irrtum.«

»Fangen Sie damit an«, sagte Bill und warf Allen ein Ringbuch

**430**

vor die Füße. Ihr Tagebuch – und der Gegenwert von Erinnerungen eines ganzen Jahres, mindestens.

»Mistkerl«, flüsterte sie, als Allen das Foto in die Tasche steckte und anfing, Seiten aus dem Ringbuch zu reißen. »Ihr seid alle Mistkerle. Ich werde das nicht vergessen.«

»Das wird heute nicht anders laufen als letzte Woche«, bemerkte Bill und warf Allen ein Feuerzeug zu.

Silas schüttelte die Hand seines Bewachers ab. »Peri, es tut mir leid«, sagte er, aber sie wusste nicht, was er damit meinte. Es war nicht seine Schuld. Es war ihre. Sie hatte sich erwischen lassen. Zähneknirschend sah sie zu, wie Allen eine Ecke ihres Tagebuchs in Brand steckte. Die Flamme kroch über den Einband, und von den Innenseiten stieg schwarzer Rauch auf. Er ließ das Ringbuch fallen, und es loderte kurz auf, ehe die Flammen wieder kleiner wurden und so schwach weiterbrannten, dass das Feuer irgendwann von selbst ersticken würde. Aber das reichte ihm nicht, also fügte er nach und nach die herausgerissenen Blätter hinzu. Eines nach dem anderen.

»Fackeln Sie das ab«, sagte Bill und machte eine ausholende Geste, die ihre ganze Wohnung einschloss. Peri musste hilflos zusehen, wie die Männer wie Ratten durch ihr Zuhause huschten, die Rauchmelder abklemmten und noch mehr von ihrem Leben auf den wachsenden Haufen warfen. Die Schiebetüren zum Balkon hatten sie aufgemacht, sodass der Rauch entweichen konnte. Und mit ihm schwand auch ihr Verlangen zu kämpfen.

»Von deiner Vergangenheit wird nichts mehr übrig bleiben, Peri«, erklärte Bill, während eiskalte Luft von draußen hereindrang. Voller Trauer senkte Peri den Kopf. »Ich habe dir all das gegeben, und nun nehme ich es dir wieder. Ich gebe dir eine neue Vergangenheit, eine bessere. Du wirst sie fraglos akzeptieren. Du wirst die Aufträge übernehmen, die Allen dir erteilt, und du wirst niemals an ihrer Rechtmäßigkeit zweifeln.«

**431**

»Dreckskerl«, flüsterte Peri. »Damit kommen Sie nicht durch, das verspreche ich Ihnen.«

»Nein«, gab er zurück, und sie wappnete sich innerlich, als er einen fleischigen Ringfinger nach ihrer Wange ausstreckte. »Ich verspreche *dir* etwas«, fuhr er fort. »Du kannst dich glücklich schätzen, dass du die Beste bist, die ich habe, denn anderenfalls hättest du geendet wie der arme Jack.«

Der Rauch brachte sie zum Husten, während sie schäumend vor Wut vor Bill kniete. Als er sich zum Gehen wandte, wusste Allen nicht recht, ob er ihm folgen sollte. »Soll ich irgendetwas aufbewahren? Vielleicht ihre Kleidung?«, fragte er.

Bill blieb auf der Schwelle stehen und bedachte Silas mit einem langen Blick. »Nur die Kochbücher und das Garn. Ich glaube, wir haben auch noch den Strickbeutel, den sie am Flughafen liegen lassen hat.« Dann drehte er sich zu Peri um und lächelte. »Die von Opti bewilligten Hilfsmittel zum Abbau von zwangsneurotischem Stress sollten wir nicht aufgeben. Übrigens gefällt mir dein Haar besser, wenn es lang ist. Allen, implantieren Sie den Gedanken, dass sie es gern lang trägt.«

»Das können Sie nicht machen!«, brüllte sie und erschrak, als sie erneut von einem Pfeil getroffen wurde. Ein Teil ihrer selbst triumphierte – sie hatten Angst vor ihr; sie war gefesselt und betäubt worden, und die hatten immer noch Angst vor ihr.

»Packt ihn!«, schrie jemand. Sie blinzelte gegen den Rauch in ihren Augen an und erkannte, dass Silas Allen einen Stoß versetzt und die Flucht ergriffen hatte. Er hatte sie alleingelassen. Wieder einmal.

»Lasst ihn laufen«, sagte Bill, was dazu führte, dass alle an Ort und Stelle erstarrten. »Ihn zu finden wird ein Teil ihrer Konditionierung werden. Jemand hat den Rauch gemeldet. Die Feuerwehr ist unterwegs. Alle raus hier.«

Sie wurde auf die Beine gezerrt und kämpfte darum zu bleiben, wo sie war, bei ihrer Vergangenheit. Ihre Schulter brannte, als sie auf den heißen Bilderrahmen fiel, und sie rollte sich von den Flammen weg. »Lasst mich in Ruhe!«, schrie sie, während sie von einem weiteren Pfeil getroffen wurde.

Und dann wurde alles segensreich still.

# 29

Mit einer schnurrenden Katze auf der Brust aufzuwachen war nicht die schlechteste Art, einen Tag zu beginnen. Während der letzten halben Stunde hatte Peri dösend zugehört, wie ihre Nachbarn über ihr vom Bad in die Küche und schließlich hinunter zu dem Parkplatz gegangen waren, der zwei Meter unter dem Balkon der neuen Wohnung lag, die Opti ihr zugewiesen hatte. Als das Paar schließlich die Wagentüren zuknallte und mit seinem batteriebetriebenen Fahrzeug davonbrummte, dachte sie, sie könne vielleicht noch ein paar Minuten Schlaf bekommen.

Aber wenn eine Katze will, dass der Mensch aufsteht, hat man keine Wahl.

»Carnac!«, kreischte Peri, als sich scharfe Klauen durch die Decke bohrten, worauf die rötliche Katze von ihr heruntersprang und die Krallen beim Absprung noch tiefer in ihren Bauch grub. »Herrschsüchtiges Vieh!«, rief sie, setzte sich auf, schob die Decke weg und ihr Nachthemd hoch, um die kleinen roten Kratzer auf ihrer Haut zu begutachten. Carnac stand mit angelegten Ohren und zuckendem Schwanz in der offenen Schlafzimmertür.

Sofort wurde Peri weich und trällerte leise, um ihn zurückzulocken. Die wankelmütige Katze sprang zurück aufs Bett und rammte ihr in der Hoffnung auf ein Frühstück den Kopf unter die Hand. »Wie geht es meinem alten Kater?«, fragte Peri und schnüffelte an seinem süß riechenden, weichen Fell, während sie das kunstvolle, mit roten X verzierte Halsband mit seinem Namen betastete, mit dem sie ihn gefunden hatte.

Der Kater war das Einzige, was sich für sie real anfühlte, was sonderbar war, da er ein Streuner war, den sie im Gebüsch außerhalb ihres Wohnhauses entdeckt hatte. Und doch war er zu ihr und in die Wohnung gekommen, als würde er nirgendwo anders hingehören. Dafür liebte sie ihn und hoffte, dass seine wahren Eigentümer ihn niemals zurückfordern würden. Zumindest war es ein gutes Zeichen, dass die Zettel mit der Überschrift *Katze zugelaufen*, die sie im letzten Monat widerwillig in der Nachbarschaft ausgehängt hatte, allmählich unter Konzertankündigungen und Autoangeboten versanken.

»Hast du Hunger?«, fragte sie ihn und hob ihn hoch, um ihm in die Augen zu sehen. Er wich ihrem Blick aus, schnurrte jedoch weiter. Optis Ärzte für Allgemeinmedizin hatten ihr vor einigen Wochen ein makelloses Gesundheitszeugnis ausgestellt, und an diesem Vormittag wollten die Psychologen sie noch unter die Lupe nehmen. Im Hinblick auf ihren psychischen Zustand war sie nicht so sicher, ob sie gute Noten bekommen würde. Sie war hochmotiviert, ja, aber trotz aller positiven Einschätzungen der anderen fühlte sie sich innerlich selbst nach den vergangenen sechs Wochen noch zerrissen. Und diese Risse schienen sich ihrem Eindruck nach nicht zu schließen, sondern, im Gegenteil, immer weiter zu öffnen.

Als sie kurz darauf in den Badezimmerspiegel blickte und die Spitzen ihres schulterlangen Haars betastete, fragte sie sich, warum sie es je abgeschnitten hatte. Es dauerte ewig, es wieder wachsen zu lassen. Aber Allen mochte es, wenn es lang war. Ein Lächeln huschte über ihr Gesicht, als sie an ihren Anker dachte. Heute würde man ihm die Flexischiene abnehmen, zeitlich perfekt abgestimmt auf ihre psychologische Untersuchung. Allen hatte von ihrem letzten Einsatz einen Kreuzbandriss, gebrochene Finger und eine Schusswunde im Fuß zurückbehalten.

Das war ein wirklich übler Einsatz gewesen – alles war schiefgegangen.

Peri knirschte mit den Zähnen, als sie die Dusche aufdrehte. Ihr Hass gegenüber dem Allianzagenten, der versucht hatte, sie beide zu töten, schlug sich in aggressiven Bewegungen nieder, als sie in den heißen Wasserstrahl trat und sich den Kopf schrubbte. Silas Orion Denier. Er hatte versucht, Allen umzubringen. Ihn zu retten hatte sie jeden Fetzen ihrer Erinnerung an ihre drei gemeinsamen Jahre gekostet, und es tat weh zu sehen, wie unsicher Allen ihr gegenüber auftrat.

Sie trödelte lange unter der Dusche herum und tastete vorsichtig die sonderbare Verbrennung an ihrer Schulter ab. Das war das einzige physische Zeichen, das sie von der Tortur zurückbehalten hatte, und es verblasste bereits. Opti hatte bisher keine Spur von Silas finden können, zumindest hatte man ihr nichts davon erzählt. Es ärgerte Peri, dass Silas immer noch frei herumlief, während sie und Allen darum kämpfen mussten, ihr Leben wieder zusammenzusetzen.

Schließlich drehte Peri das Wasser ab und stieg aus der Dusche. Das Handtuch war rau, und nachdem sie ihr Haar flüchtig trocken gerubbelt hatte, wickelte sie es sich um den Körper und tapste barfuß ins Schlafzimmer. In ihr Leben kehrte jetzt wieder Normalität ein, allerdings im Tempo einer Gletscherschmelze. Das mochte teilweise ihre Schuld sein, weil sie darauf bestanden hatte, Optis Reha-Zentrum zu verlassen und eine eigene neue Wohnung zu beziehen, anstatt sich eine mit Allen zu teilen. Bill war nicht erfreut gewesen, aber als Allen ebenfalls erklärt hatte, sie brauche noch Zeit, hatte ihr Vorgesetzter ihr die eigene Wohnung gewährt. Das Problem war nur, dass sie nun, da sie diese Rückzugsmöglichkeit hatte, nicht mehr darauf verzichten wollte.

Während sie sich mit den Fingern durch das Haar fuhr, verfinsterte sich ihre Miene mehr und mehr. Allen hatte von dem letzten Einsatz defragmentiert, was er konnte, doch die Erinnerung an Silas' hämisches Grinsen, als er Allen durch das Fenster hinaus und über das Balkongeländer ihrer alten Wohnung gestoßen hatte, verfolgte sie immer noch. Danach klaffte eine große Lücke in ihrem Gedächtnis, weil Allen nicht mehr miterlebt hatte, was weiter passiert war, aber die Kurzform lautete, dass Silas entkommen war. Dass Opti nicht alles tat, um ihn zu finden, war mehr als ärgerlich.

»Gib mir eine Sekunde, Carnac«, sagte sie und schnappte sich eine Jeans und einen schwarzen Pulli, während die Katze vor dem leeren Napf stand und sich lautstark beklagte. Diese Kleidungsstücke waren die einzigen in ihrem Schrank, die sie mochte. Sie wäre gern einkaufen gegangen, aber jedes Mal, wenn sie sich einen Nachmittag dafür freihielt, kam irgendetwas dazwischen. »Was habe ich mir bloß dabei gedacht?«, fragte sie sich laut und hielt eine blaue Bluse mit rotem Blumenmuster hoch. Vielleicht hatte sie ihrer Mutter nacheifern wollen, als sie all diese gestreiften oder wild gemusterten Klamotten erworben hatte.

*Aber meine kniehohen Stiefel sind schön*, dachte sie, setzte sich auf die Bettkante und schlüpfte hinein. Als das dumpfe Läuten der Türglocke erklang, sauste Carnac mit hoch erhobenem Schwanz hinaus. »Komme!«, brüllte sie und schlang sich die Kette mit dem Stift um den Hals, ehe sie ins Wohnzimmer ging. Die Jalousien an der Balkontür waren geschlossen. Spots beleuchteten das Regal mit ihren Talismanen, von denen keiner irgendetwas in ihr auslöste. Nicht einmal das Bild von Allen und ihr selbst am Strand vor der untergehenden Sonne, das vom letzten Silvesterabend stammte, berührte irgendetwas in ihrer Seele. Es war deprimierend, und doch konnte sie nicht von der Hoffnung lassen, dass eines Tages einer dieser

Gegenstände seinen Job tun und ihr helfen würde, sich zu erinnern.

Auf Zehenspitzen schaute Peri durch den Spion und sah Allen mit den Schuhen nervös auf dem Teppich scharren. Immer wieder fragte sie sich, wie viele seiner Narben er wohl ihr zu verdanken hatte, aber er wollte es ihr nicht verraten. *Vielleicht hätte ich mich schick machen sollen*, dachte sie beim Anblick seiner schwarzen Hose und der Krawatte, aber sie wollten sich ja nur im *Zeitloch* treffen, und warum sollte sie sich für einen Barbesuch um neun Uhr morgens herausputzen?

»Hi, Allen. Du siehst scharf aus. Gib mir eine Sekunde, dann ziehe ich mir eine hübschere Hose an«, sagte sie, kaum dass sie die Tür geöffnet hatte. Der Frühlingswind hatte sein Haar zerzaust, und die Brille mit dem bruchsicheren Glas erinnerte sie an Clark Kent. Irgendwie glaubte sie, dass er sie aus dem gleichen Grund wie Superman trug: um seine wahre Stärke zu verbergen.

»Morgen«, sagte er und beugte sich geschickt zu ihr, um ihr trotz des störenden Gipsverbands einen raschen Kuss zu geben. »Meinetwegen musst du dich nicht umziehen. Mir gefällst du gut in Jeans. Bist du fertig?«

»Fast. Ich muss nur noch Carnac füttern.«

»Wieso ist diese Katze überhaupt noch hier?«, fragte er. Seine gute Laune erhielt einen zusätzlichen Dämpfer, als sein Blick auf den Stiftanhänger an ihrer Kette fiel. Rasch versteckte sie ihn unter ihrem Pullover. »Haben sich seine Besitzer immer noch nicht gemeldet?«

Achselzuckend schloss sie die Tür. »Ich mag ihn, und ich hoffe, sie melden sich nie. Er reißt mir nicht die Decke weg und frisst auch nicht mein Speiseeis.«

Allen schlurfte zur Küchentheke und setzte sich seufzend auf einen Barhocker. Als Peri sich zu ihm gesellte, konnte sie die

Distanz deutlich spüren. Immer stand irgendetwas zwischen ihnen, und sie wusste nicht was und warum. Lag es an seinem schlechten Gewissen, weil sie so viel hatte aufgeben müssen, um ihn zu retten, oder hatte ihr Gedächtnisverlust sie so verändert, dass er sie nicht mehr lieben konnte? Sie wusste, dass sie einmal eine wunderbare Beziehung gehabt haben mussten. Das sagte ihr der Kummer, den sie über den Verlust dieser guten Beziehung empfand. Sie bemühte sich. Allen bemühte sich. Und trotzdem fühlte sie sich … innerlich zerrissen.

»Peri, hast du dir schon überlegt, ob du wieder bei mir einziehen möchtest?«, fragte er, worauf sie den Beutel mit dem Katzenfutter versehentlich ganz aufriss und den Inhalt verschüttete. »Ich käme sogar mit dem Katzenklo klar«, setzte er säuerlich nach.

»Nein«, sagte sie und schaufelte das verschüttete Futter in den Napf. »Allen, es tut mir leid«, fügte sie hinzu, um dem Wort die Schärfe zu nehmen. »Ich bin dir dankbar dafür, dass du aus meinem Auszug keine große Sache gemacht hast, und solange ich mich nicht *an mehr* erinnern kann, fühlt es sich … ich weiß auch nicht.« Als Allen das Gesicht verzog, machte sie eine hilflose Geste. »Wir müssen einfach ein paar gemeinsame Einsätze hinter uns bringen. Das ist alles.«

Allen blickte zu Boden und fummelte am Rand seines Gipsverbands herum. Auf dem sich so ziemlich jeder verewigt hatte, nur sie nicht. Sie wusste nicht, warum sie nicht darauf unterschrieben hatte. Vielleicht, weil sie so oder so ständig mit ihm zusammen war. »Der Psychologe erzählt mir dauernd, ich müsse noch Geduld haben«, erwiderte er mit sanfter Stimme.

»Da hat er recht.« Peri beugte sich über die Theke und gab ihm einen Kuss. Als er die schlecht zusammengeheilten Finger hob und ihr Kinn zu streicheln begann, löste sie ihre Finger von seinem glatt rasierten Gesicht. Ihr Auge zuckte, und sie richtete sich auf und wandte sich ab. »Lass mich kurz saubermachen, dann können wir los.«

»Klar.«

Sie spürte, dass er sie beobachtete, während sie den Tisch abwischte und sich die Hände wusch. »Warum strickst du eigentlich nicht mehr?«, fragte Allen, und sie blickte erschrocken auf.

»Äh, weil jetzt Frühling ist?«, erwiderte sie, und ihr Blick wanderte zu dem Leinenbeutel am Ende der Couch. »Außerdem brauche ich das nicht.« Nein, sie brauchte den weichen roten Schal nicht mehr, aber es störte sie offensichtlich, dass er nicht fertig war, sonst würde er nicht mehr greifbar herumliegen.

»Ich mag es, wenn du strickst«, sagte er, als sie um die Küchentheke herumkam und ihre Tasche suchte.

»Dann mache ich das am Wochenende fertig.« Als sie die Tasche gefunden hatte, ging sie zum Flurschrank, um ihre Jacke herauszuholen. *Guter Gott, warum habe ich eine rote Jacke gekauft? Weil ich etwas Passendes für den Schal wollte, den ich nicht fertig gestrickt habe?* Ihre Finger, die über die glatte Lackoberfläche glitten, fühlten sich taub an, und ihr Blick verschleierte sich. Die Jacke roch wie echtes Leder, aber sie erinnerte sich nicht, sie gekauft zu haben. Tatsächlich bezweifelte sie, dass sie sie gekauft hatte.

»Warum will sich Bill überhaupt im *Zeitloch* mit uns treffen?«, fragte sie und schaute um die Schranktür herum. »Sandy stopft die Juke'sBox immer mit diesem selbstmörderischen Country-Mist voll.«

Allen lachte und glitt vom Hocker herab. »Würdest du lieber zu einer offiziellen psychologischen Begutachtung zu Opti gehen? Gib ihm eine Chance. Du bist seine beste Zeitagentin, und er will dich nicht unter Druck setzen.«

Peri zwang sich, ihre Schultern zu entspannen, doch die Furcht vor einem Zeitsprung krallte sich eisig in ihre Eingeweide, und sie musste sich zusammenreißen, um nicht nach dem Anhänger zu greifen. »Mag sein«, sagte sie mürrisch. »Fertig?«

»Willst du fahren?«, fragte er und hielt wie zur Erklärung sein Gipsbein hoch.

»Auf jeden Fall.« Sie freute sich darauf, die sanfte Kraft des Mantis um sich herum zu spüren, und ging schnell zur Tür.

*Eine Erdgeschosswohnung*, dachte sie resigniert, als sie die Tür verriegelte. Selbst nach einem ganzen Monat fühlte sie sich hier noch nicht sicher. Sie konnte einfach nicht fassen, dass sie sich von Allen dazu hatte überreden lassen. Es mochte etwas mit seinem Sturz vom Balkon im ersten Obergeschoss zu tun haben.

Die Luft an diesem Morgen im April war noch feucht vom Regen der letzten Nacht. Peri ging mit großen Schritten zum Wagen und legte die Hand auf den Griff der Fahrertür, damit das Fahrzeug sie identifizieren und das Schloss entriegeln konnte. Allen humpelte zur Beifahrerseite. Peri fuhr gern, außerdem machte sie sein Gips, wenn er fuhr, nervös. Als sie hinter das Steuer glitt, spürte sie, wie der Wagen zum Leben erwachte. Einen Moment lang fühlte sie sich gut und genoss das sanfte Brummen des Motors und das Fahren. Allen redete Belangloses, in dem es um die Befreiung von dem Gipsverband und die Reha zur Wiederherstellung der Muskulatur ging. Er nahm an, dass es mindestens noch einen Monat dauern würde, bis sie wieder einen Einsatz bekämen, was ihr nur recht war. Sie brauchte ein bisschen Zeit für ihre eigenen Nachforschungen. Nachforschungen, von denen sie niemandem erzählt hatte.

Ihre Finger spannten sich um das Lenkrad, und sie zwang sich lockerzulassen, ehe Allen etwas merken konnte. *Silas.* Sie wollte ihn tot sehen, und sie wollte diejenige sein, die seinen

Tod herbeiführte – sie musste diejenige sein. Sein Gesicht verfolgte sie in ihren Albträumen. Das wachsende Bedürfnis, seinem Leben ein Ende zu machen, gab ihr mehr Schwung und Auftrieb, als sie in den letzten sechs Wochen verspürt hatte.

Peri war so in Gedanken versunken, dass sie beinahe die Straße zu der kleinen Ladenzeile verpasst hätte, in der sich das *Zeitloch* befand. Der Parkplatz lag direkt an der Straße und war so gut wie leer. So früh am Morgen war dies ein kalter, hässlicher Ort. Ein Mann in einem eng anliegenden Mantel stand unter dem Vordach, als würde er darauf warten, abgeholt zu werden, und sie beäugte ihn argwöhnisch.

»Ich kann Bills Wagen nicht sehen«, bemerkte Allen und beugte sich vor, um einen besseren Überblick zu bekommen.

»Er kommt doch immer zu spät«, meinte Peri. »Vielleicht ist er auch zu Fuß hergekommen. Er hat gedroht, mehr Sport zu machen. Letzte Woche habe ich ihn auf der Aschenbahn gesehen.«

Allen, der gerade nach dem Türöffner hatte greifen wollen, verharrte: »Bill? Der war auf der Aschenbahn?«

Sie feixte, als sie im Geiste den großen, pingeligen, aber auch übergewichtigen Mann in einem grauen Opti-Trainingsanzug hinter athletischen Mitzwanzigerinnen mit hüpfenden Pferdeschwänzen herrennen sah, deren Lippen ständig in Bewegung waren, weil sie gleichzeitig schwatzten und joggten. Doch dann verblasste ihr Lächeln. Wo waren all ihre Freunde geblieben? Sie hatte doch Freunde, oder?

»Nein. Ich war auf der Aschenbahn – er hat sich mit den Gürtelträgern angelegt und Kampfsport trainiert«, erwiderte sie schließlich. Bill war ihnen überlegen, weil sein zusätzliches Gewicht ihn dabei nicht behinderte, sondern ihm sogar zum Vorteil gereichte.

Der Mann unter dem Vordach war inzwischen fort, dennoch

steckte sie ihre Schlüssel nicht ein, sondern hielt sie beim Aussteigen wie Klauen zwischen den Fingern. Sie war nervös. Als ihr bewusst wurde, dass sie Allen davongerannt war, bremste sie sich abrupt, um sich Allens Geschwindigkeit anzupassen.

»Peri.« Vor der Tür hielt Allen sie auf. Erschöpfung spiegelte sich in den Augen hinter seinen Brillengläsern. »Hey, äh, hast du was dagegen, wenn ich rübergehe und uns ein paar Donuts hole?«

Peri stockte für einen Moment der Atem. Sie musste ihre Gedanken sortieren. »Sandy will zuerst mit mir allein sprechen?«

Verlegen lächelnd nickte er. »Gefüllt? Mit Sahne? Oder Gelee? Was hättest du gerne?«

Die Vorstellung von hervorquellendem rotem Gelee schlug ihr auf den Magen. »Nur einen Latte.« Sie hatte ihre morgendliche Dosis Koffein noch nicht bekommen, und so konnte sie zumindest Sandys Brühe entgehen.

Er sah erleichtert aus, doch ein Hauch von Sorge war immer noch erkennbar, als er sie kurz an der Schulter berührte. »Einmal Latte, entrahmte Milch. Bin gleich wieder da.« Im Davongehen drehte er sich noch einmal um, um sich zu vergewissern, dass sie hineinging. Sie winkte ihm und fragte sich, warum sie ein so seltsames Gefühl hatte. Er wirkte ängstlich – sicher nicht wegen dem, was Sandy oder Frank sagen mochten –, aber irgendwas machte ihm zu schaffen.

Schließlich verdrängte sie das Gefühl, riss die Tür auf, spazierte hinein und hielt nur einmal gleich am Eingang kurz inne, als die Tür ins Schloss fiel und die Wärme und das schummrige Licht der Bar sie umfingen. Der Mann, von dem sie gedacht hatte, er warte darauf, abgeholt zu werden, saß am Tresen. Sein maßgeschneiderter Mantel lag sorgfältig gefaltet auf dem Hocker neben ihm. Was darunter zum Vorschein gekommen war, war nicht minder schick, und sie fragte sich, wer er wohl sein mochte. Frank fummelte an dem Bodenreiniger herum, und Sandy wickelte Besteck in Servietten.

»Peri!«, begrüßte sie die dunkelhaarige, zierliche Frau. »Wo ist Allen?«

Sie knöpfte ihre Jacke auf und trat sich auf der Fußmatte an der Tür die Feuchtigkeit der Straße von den Sohlen. »Er ist nebenan und holt Frühstück, damit du mich in Ruhe psychoanalysieren kannst.«

Frank drehte eine Schraube fest. »Hoffentlich bringt er Kaffee mit. Sandy hat nämlich gerade eine Kanne gekocht.«

»Hey!«, rief Sandy in scharfem Ton, lächelte jedoch, als sie hinter dem Tresen hervorkam, um Peri zu umarmen, was sich tröstlich und zugleich unheimlich anfühlte. Sie roch nach Erdbeeren. Etwas regte sich in Peris Erinnerung – ein Bild von Sandy, die mit hässlicher, hassverzerrter Miene hinter dem Tresen stand und brüllte. Peri versteifte sich, und Sandy löste sich mit einem gezwungenen Lächeln von ihr.

Frank stellte den Reinigungsautomaten auf den Boden und stupste ihn mit dem Stiefel an, da er sich nicht in Bewegung setzte. An den Tischen blinkten die Bestellpads, die neu eingestellt wurden: Ein Partnerrestaurant brachte die Speise- und Getränkekarte gerade auf den neuesten Stand. »Das blöde Ding funktioniert seit sechs Wochen nicht mehr«, grummelte Frank und trat es in eine Ecke, was das Gerät mit einem traurigen Piepton quittierte.

»Äh, Bill ist noch nicht da?«, fragte Peri in die unangenehme Stille hinein.

»Nein«, erwiderte Sandy vergnügt. »Ich wollte erst ein bisschen mit dir allein reden. Du weißt schon ... Mädchengespräch. Willst du irgendetwas? Theoretisch haben wir geöffnet.«

Peri schüttelte den Kopf und nahm die vertraute Anspannung in ihrem Inneren wahr, die sich stets vor einem Einsatz einstellte. Statt sich einen Tisch zu suchen, setzte sie sich an den erhöht stehenden Kamin. Von dort aus konnte sie alles überblicken. Die aufgestapelten Holzscheite neben ihr sahen so alt aus, als könnten sie jeden Moment zu Staub zerfallen. Sie knibbelte von einem die Rinde ab und warf sie in die unbenutzte Feuerstelle. »Ich warte auf Allens Kaffee«, sagte sie und legte die Hände auf die Knie. »Wie läuft das Geschäft?«, fragte sie und konstatierte in Gedanken, dass psychologische Begutachtungen einfach mies waren.

Sandy setzte sich zu ihr, die schlanken, aber muskulösen Ballerinabeine lang ausgestreckt und an den Fußgelenken überkreuzt. »Ach«, sagte sie leichthin, »es ist immer das Gleiche. Rechnungen bezahlen, zuhören, wie die Gamerkids über die Collegekids ablästern, die herkommen, um die Videolounge zu nutzen. Aufregend wird es nur, wenn einer von euch mal wieder herkommt. Hast du immer noch Albträume darüber, dass du springen könntest, ohne dass jemand da ist, der dich auffängt?«

Peri zuckte mit den Schultern und hoffte, dass Sandy ihr die folgende Lüge abnehmen würde. »Nein, seit ich die Katze habe, schlafe ich wie ein Baby.«

Sandy rümpfte die Nase und zog die Beine an. »Katzen sind widerliche Viecher. Ich kann nicht fassen, dass du den Streuner aufgenommen hast. Der könnte einen Bandwurm haben. Oder Flöhe.«

»Er war kein Streuner. Er hatte ein Halsband«, protestierte sie. »Außerdem habe ich ihn gleich am ersten Tag zum Tierarzt gebracht. Solange niemand ihn zurückfordert, gehört er mir. Er hat mich gefunden. Und er hat mich gebraucht.«

Sandy gab ein wenig überzeugtes Schnauben von sich, und Peri bog nervös die Finger durch. »Äh, das ist übrigens auch etwas, worüber ich mit dir sprechen wollte.«

Mit hochgezogenen Brauen sah Sandy ihr direkt in die Augen. »Raus damit.«

»Bei meinem nächsten Einsatz werde ich einen Katzensitter brauchen.«

Sandy riss die Augen weit auf. »Ich dachte, du willst plaudern, und jetzt willst du, dass ich auf deine Katze aufpasse?«

»Nur … Könntest du nicht rüberkommen und ihn füttern, während Allen und ich weg sind?«, fragte sie. Sandy verzog das Gesicht. »Wenn wir länger als zwei Tage unterwegs sind, meine ich«, bettelte Peri.

Seufzend ergab sich Sandy in ihr Schicksal. »Schön, in Ordnung. Aber nur, weil du es bist. Ich muss das Vieh aber nicht streicheln oder so was, ja? Und ich werde auf keinen Fall das Katzenklo saubermachen.«

»Einverstanden.« Als Peri sah, dass der Mann am Tresen sie durch den Spiegel beobachtete, fragte sie sich, ob sie zu laut waren. Frank war im Hinterzimmer verschwunden, also waren sie unter sich. *Ist der auch Opti-Psychologe?*, überlegte sie. Aber wenn ja, warum wurde er dann nicht einbezogen? Er sah aus wie einer, gut gekleidet und professionell. Das kurze blonde Haar war modisch frisiert, und am Kinn hatte er kaum wahrnehmbare Bartstoppeln. Irgendwie kam er ihr vertraut vor, aber sie hatte in letzter Zeit so viel Zeit mit den »Sofakriegern« verbracht, dass sie die meisten Opti-Psychologen mittlerweile mit dem Vornamen anredete. Vielleicht war er ein Beobachter – was erklären würde, warum er von allen ignoriert wurde. Sie würde es nicht anders machen.

»Peri, hörst du mir überhaupt zu?«

Verlegen riss sie sich vom Anblick des Mannes los. »Tut mir leid. Was hast du gesagt?«

Sandy zog die schmalen Brauen zusammen. »Ich sagte, Katzen rauben Babys den Atem.«

»Tja«, murrte Peri und senkte die Stimme, »damit dürfte ich kaum ein Problem bekommen, nicht wahr?« Sogar in ihren eigenen Ohren hörte sie sich verbittert an, und sie hätte ihre Worte am liebsten zurückgenommen, als Sandy nach ihrer Hand griff. Mühsam unterdrückte sie das Verlangen, ihre Hand wegzuziehen. Sie wollte nicht, dass Sandy glaubte, sie würde sich nach einem Kind verzehren. Nach einer Familie. Das tat sie nicht, jedenfalls nicht ernsthaft. Sie hatte ihre Entscheidung schon vor langer Zeit getroffen.

»Es ist ja noch nicht zu spät dafür«, sagte Sandy sanft, aber Peri weigerte sich, irgendwelche weiteren Gefühle preiszugeben. »Du hast noch jede Menge Zeit. Ist es das, was dir zu schaffen macht?«

Seufzend beschloss Peri, die Karten auf den Tisch zu legen, und sei es nur, um die ganze Sache zu beschleunigen. »Nein«, sagte sie und begegnete Sandys Blick. »Es ist nur, als wäre die Hälfte der Menschen, die ich kenne, verschwunden, und die andere Hälfte behandelt mich wie eine Porzellanpuppe. Als hätten sie Angst vor dem, was ich tun könnte, und ich weiß nicht, warum. War ich so ein Arschloch, ehe ich alles verloren habe? So kommt es mir nämlich langsam vor.«

»Du warst – bist – kein Arschloch«, entgegnete Sandy unumwunden, und der Mann am Tresen schnaubte vernehmlich.

»Woran liegt es dann?«, flüsterte sie. »Außer Allen habe ich keine Freunde, und er beobachtet mich, als könnte ich plötzlich … ich weiß auch nicht … hochgehen und ihm ins Gesicht springen.«

»Allen hat seine eigenen Probleme«, sagte Sandy. »Du magst alles verloren haben, aber er nicht. Und solange er von der Person, die du warst, nicht ablassen kann, kann er auch die, die du jetzt bist, nicht wirklich schätzen. Umso weniger die, die du künftig sein wirst.«

Verlust. Das war ein wiederkehrendes Thema in ihren Albträumen. Sie hatte jemanden geliebt, aber nun war die Liebe
fort. »Ich hätte das nicht sagen sollen. Jetzt werdet ihr ihn
bestimmt begutachten.«

»Oh, das tun wir bereits«, entgegnete Sandy lakonisch. »Ich
werde mit ihm reden.«

*Darauf wette ich,* dachte sie säuerlich und blinzelte in den
hellen Lichtschein, als Allen zur Tür hereinkam.

»Hallo, meine Damen!«, rief er. Als er eine Papiertüte hochhielt, fing sich die Sonne in seinen dunklen Locken. »Frank!«,
brüllte er dann, obwohl der nirgends zu sehen war. »Willst du
einen Donut?«

»Aber so was von!«, antwortete ihm gedämpftes Geschrei.
Frank stürzte aus dem Hinterzimmer herbei und knetete ein
Handtuch in seinen fleischigen Händen.

Als Frank zu ihnen stieß, rutschte Peri zur Seite, um Platz zu
machen, aber er zog sich einen Stuhl heran, drehte ihn um und
nahm rittlings darauf Platz. Peris Auge zuckte, aber sie tat es als
unwichtig ab. Frank ging nicht aus Angst, sie könne ausrasten,
auf Abstand. Er war Psychologe, verdammt noch mal. Trotzdem
kam ihr sein Verhalten seltsam vor. Noch seltsamer fand sie,
dass Allen ihr zwar den bestellten Latte reichte, sich dann aber
nicht neben sie, sondern neben Frank setzte.

Allen riss die Tüte auf. »Mmm, Sahnefüllung«, sagte Frank,
nahm sich einen Donut und wischte sich, kaum dass er den
ersten großen Bissen genommen hatte, die herausquellende
Füllung von den Lippen. »Danke.«

»Möchte jemand Kaffee?«, fragte Sandy und lehnte sich milde schmollend zurück, als sowohl Frank als auch Allen energisch den Kopf schüttelten. »An meinem Kaffee gibt es absolut
nichts auszusetzen«, grollte sie und drehte sich um, weil die
Eingangstür geöffnet wurde. Bill kam herein.

»Jedenfalls nicht, wenn man sich vorher volllaufen lässt«, bemerkte Frank und lachte nur, als sie sich vorbeugte und ihm auf sein stämmiges Bein schlug.

»Das ist ja nett«, stellte Bill fest und lächelte der Runde zu, die sich um den leeren Kamin versammelt hatte.

»Die machen sich über meinen Kaffee lustig«, beklagte sich Sandy. »Mein Kaffee ist völlig in Ordnung.«

»Ganz meine Meinung. Nur an der Zubereitung solltest du noch arbeiten«, sagte Bill, und Allen grinste über den müden Scherz, wischte sich den Puderzucker von der Hand und stand auf, um sich zu Peri zu setzen. Zum ersten Mal hatte Peri das Gefühl, es kehre wieder Normalität ein, und sie sah sich erneut zu dem Mann am Tresen um. Sogar Bill ignorierte ihn. Er musste ein Beobachter sein.

»Also, Allen, wie läuft es?«, fragte Bill, und Allen sah sich mit einem zaghaften Lächeln zu Peri um.

»Stündlich besser, Bill. Stündlich besser«, sagte er, und Peri taute allmählich wieder auf.

Der Mann am Tresen drehte sich um, sodass er sie direkt im Auge hatte, und verschränkte mit missbilligender Miene die Arme vor der Brust.

»Greif dir lieber einen Donut, ehe sie alle sind, Peri«, riet Sandy, und Peri nahm sich einen, obwohl sie keinen Hunger hatte.

Endlich nahm auch Bill Platz, und Peri atmete auf. »Also, wie geht es ihr?«, erkundigte er sich.

Sofort nahm Sandy eine professionelle Haltung ein und sah Frank an, der ihr signalisierte, dass sie ganz offen sprechen könne. Peris Herz tat einen Satz. »Sie lügt, soweit es ihre Albträume betrifft«, sagte Sandy.

»Tue ich nicht!«

Allen ergriff ihre Hand. »Peri, ich würde dich nie verlassen.«

Sandy schnaubte leise. »Es geht nicht darum, dass du sie verankerst, es geht darum, dass sie eine Vorgeschichte für ihr Leben braucht, also halt den Mund, Allen. Ich komme in einer Minute auf dich zurück. Die Albträume sind nicht ungewöhnlich. Was mir Sorgen macht, ist ihre mangelnde Aufmerksamkeit.«

»Um meine Aufmerksamkeit steht es bestens«, konterte Peri und schaute sich bewusst nicht zu dem Mann am Tresen um.

»Und sie hat zwar nichts dergleichen erwähnt«, fuhr Sandy fast zögernd fort, »aber ich glaube, sie hegt immer noch einen Groll gegenüber der Allianz.«

Peri hatte Mühe, ruhig zu atmen und ihren Zorn nicht preiszugeben. »Silas Denier hat Allen beinahe getötet«, sagte sie, und Frank bedachte Bill mit einem Seitenblick, die mächtigen Arme vor der Brust verschränkt. »Und ich soll tun, als wäre nichts passiert? Allen wird wieder gesund, aber meine drei Jahre sind weg, also, ja, ich bin sauer. Wollt ihr mich in die Psycho-Höhle stecken, weil ich sauer bin?«

Bill hatte die Brauen hochgezogen, und Allens Hand glitt von ihrer herab, was einem stummen Tadel gleichkam. Vermutlich hatte sie ihrem Bestreben, wieder in den aktiven Dienst zurückzukehren, gerade eher geschadet, aber das war ihr egal.

»Vergesst einfach, was ich gesagt habe.« Peri ergriff den Pappbecher mit heißer Milch und Koffein. »Mir geht es gut. Alles bestens. Seht ihr?« Sie nahm einen tiefen Schluck und bemühte sich, ihren Ärger im Zaum zu halten, solange sie sich in Gegenwart von drei Psychologen, ihrem Boss und Allen befand.

»Es geht dir nicht gut«, bemerkte Sandy, und der Mann am Tresen nickte zustimmend. »Aber es wird dir nicht helfen, wenn du nur mit Jammermiene herumsitzt. Du brauchst etwas zu tun.«

Peri stockte der Atem, und sie blickte auf. *Meint sie das ernst?*

Allen strahlte. »Sehen Sie, Bill? Sandy hält das auch für eine gute Idee. Wir müssen hier raus. Mein Gips wird heute abgenommen. Geben Sie uns etwas. Meine Physiotherapie kann ich auch im Wagen machen.«

Gespannte Erwartung ergriff Besitz von ihr, als sie in die Gesichter ringsum blickte, ein Gefühl, das sie seit Monaten nicht mehr verspürt hatte, und es fühlte sich gut an, so gut.

»Immer mit der Ruhe.« Bill streckte abwehrend die fleischige Hand hoch. »Hier passiert gar nichts, bis Frank und Sandy mir sagen, dass es ihr gut genug geht, wieder zu springen.«

Sandy schaute Frank an, und als der nickte, musste Peri ein Zittern unterdrücken. Allen schlug triumphierend mit der Faust in die Luft. »Ja!«, sagte er leise.

»Peris Zustand hat sich in den letzten Wochen kaum verändert«, sagte Sandy. »Ich glaube, die einzige Möglichkeit, die Dinge in Bewegung zu bringen, ist, sie ziehen zu lassen. Um Allen mache ich mir mehr Sorgen.«

Schockiert blickte Allen auf und schob die Brille hoch. »Um mich?«

»Ja, um dich.« Anklagend zeigte Sandy mit dem Finger auf ihn. »Du musst die gemeinsame Vergangenheit von dir und Peri hinter dir lassen. Deine Reaktionen verwirren sie und verursachen mehr Probleme als ihre fehlenden Erinnerungen. Wenn du sie nicht behandelst wie jemanden, dem du vertraust, dann wird sie für dich nie vertrauenswürdig sein.«

Unter den starren Blicken, die auf ihm ruhten, schien Allen regelrecht in sich zusammenzusacken. »Für mich ist das nicht so leicht wie für dich. Ich bin die ganze Zeit mit ihr zusammen.«

Franks Hand zuckte, und Sandy ergriff sie, um sie zur Ruhe zu bringen. Der Mann am Tresen kehrte ihnen den Rücken zu, und Peri fragte sich, ob hier mehr gesagt worden war, als es schien. »Allen, du hemmst sie«, erklärte Sandy. »Peri ist äußerst intuitiv, und sie weiß, dass du sie nicht akzeptierst. Also, gibst du jetzt zu, dass du ein Problem hast, und arbeitest mit ihr daran, es zu lösen, oder willst du nur hier herumsitzen und ihr für alles die Schuld geben? Sie bemüht sich. Und du?«

Unglücklich überlegte Peri, ob das der Grund dafür war, dass sie sich nicht akzeptiert gefühlt hatte. Ihr Anker saß direkt neben ihr, aber wenn er ihr nicht vertraute, dann war er im Grunde gar nicht da.

»Es tut mir leid«, sagte Allen, und sie spürte einen Kloß in ihrem Hals, als er sie in die Arme zog. »Peri, es tut mir so leid. Sie hat recht. Ich habe dich behandelt, als müsstest du dich plötzlich an alles wieder erinnern, aber so läuft das nun mal nicht.« Peri ließ den Kopf gegen ihn sinken, atmete seinen Geruch und ließ ihre Ängste los. »Gib mir eine Chance«, flüsterte er. »Ich brauche nur ein bisschen Zeit.«

Peri lächelte, als er sich von ihr löste, senkte aber den Blick, als er ihre Lippen betrachtete, als wollte er sie küssen. *Nicht vor Bill, Frank und Sandy!*

»Okay«, sagte sie. Sie hatte das Gefühl, dass sich etwas verändert hatte. Alles schien plötzlich möglich zu sein. Es musste einfach besser werden.

»Ach, verdammt«, sagte Frank. »Geben Sie ihnen einen Auftrag, Bill. Etwas mit Sonne und leichter Bekleidung. Die müssen mal rauskommen und sich wiederfinden.«

»Das wollte ich hören.« Bill griff in seinen Mantel und zog ein Short-Life-Tablet mit einem roten Rand nebst einem Umschlag mit dem Opti-Logo hervor.

»Wo geht es hin?«, fragte Allen, als er beides entgegennahm.

Peris erwartungsvolle Miene entlockte Bill ein Lächeln. *Endlich.* »Sagt mir, ob euch das angenehm ist. Seid mir nicht böse, wenn es für euch zu einfach aussieht, aber Opti kann damit leben, wenn ihr für eine Weile nur die Sahnehäubchen übernehmt. Außerdem braucht Ihr Knie noch einige Wochen Reha.«

*Muss Anfängerkram sein*, dachte sie und beugte sich hinüber, um etwas sehen zu können, als Allen den Umschlag öffnete und die Bordkarten musterte. Dann gab er seinen Opti-Code in das Tablet ein. Es leuchtete auf, und der kleine Countdown am oberen Rand verriet ihnen, dass sie zweiundsiebzig Stunden hatten, ehe die Hauptplatine sich selbst und damit jeden elektronischen Hinweis auf ihren Auftrag zerstören würde.

»Komm, Frank.« Sandy erhob sich und zog ihn mit sich. »Lass die Profis an die Arbeit gehen.« Grinsend blickte sie Peri an. »Schön dich da zu sehen, wo du hingehörst, Schätzchen.«

Peris Lächeln erstarb, und Sandys letztes Wort hallte in ihrem Geist nach. Sandy hatte sie schon einmal Schätzchen genannt, aber das war nicht nett gewesen. Plötzlich erkannte sie, dass Sandy ihre Reaktion aufgefallen war, und zwang sich, eine strahlende Miene aufzusetzen, bis Sandy sich wieder abwandte. *Himmel, bin ich so paranoid?* Frank und Sandy waren gute Menschen. Sie kannte sie seit ihren ersten Tagen bei Opti.

»Der erste Drink geht auf uns, wenn ihr zurück seid«, verkündete Frank. »Hau sie um, Peri.«

Sie holte Luft, um ihm zu antworten, zögerte aber, als der Mann am Tresen von seinem Hocker glitt und sich zum Gehen wandte – und dabei den Kopf hängen ließ, als wäre er zutiefst deprimiert. Sie musste ein Schaudern unterdrücken, wusste aber nicht, woher dieses Schaudern kam. Von Allen hörte sie nur leise, aber positive Töne, während er sich den Auftrag ansah. »Das ist nett«, sagte er. »Bill, wir übernehmen ihn.«

Bill erhob sich. »Dann überlasse ich das also euch. Peri, sollen wir deine Sachen zu Allen bringen, während ihr fort seid?«

»Klar«, stimmte Peri zu und schwor sich, sie würde dafür sorgen, dass es funktionierte. Es war nun einmal eine Tatsache, dass das Springen mit der Gefahr eines Gedächtnisverlusts einherging, und es war nur eine Frage der Zeit, bis man wie sie einen großen Teil der Erinnerungen verlor. Sie hatte überlebt, und ihre Beziehung zu Allen würde auch überleben. »Ja, bitte«, sagte sie und beugte sich weit genug hinüber, um gegen Allens Schulter zu prallen und ihm einen bedeutungsvollen Blick zuzuwerfen. Er bedachte sie mit einem geistesabwesenden Lächeln. Als der blonde Mann hinausging, fiel einen Moment lang helles Tageslicht auf den Tresen.

»Gut!«, sagte Bill. Zufriedenheit – und möglicherweise Erleichterung – milderte seine wenigen Falten. »Wir sehen uns in ein paar Tagen, Kindchen.«

»Ja, Papa«, sagte Allen vergnügt, und dann blickte er an Bill vorbei zu Frank und Sandy. »Danke. Ich glaube, das alles wird besser laufen, als ich je erwartet hätte.«

Wärme breitete sich in Peri aus. Es war, als wäre ihr Leben endlich an den rechten Platz gerückt. Bill neigte den Kopf, machte auf dem Absatz kehrt und ging zur Tür hinaus. Sie würde wieder arbeiten, und das war ein gutes Gefühl.

»Also …«, fing Peri gedehnt an, als Allen alles zusammenräumte. »Wo fliegen wir hin?«

»Und du willst gar nicht wissen, was wir zu tun haben?«, fragte er und betrachtete eine markierte Karte.

Sie berührte den Schirm, der sich sofort dunkel färbte, um ihn zu zwingen, sie anzusehen. »Auf welchen Flug sind die Tickets ausgestellt?«

In Allens Miene schlich sich Argwohn. »Zur Westküste. Warum?«

Aufregung ergriff Besitz von ihr. Die Westküste. Opti würde erst nach ihnen sehen, wenn sie einen Tag überfällig waren.

**454**

»Du kannst gern an Bord gehen, wenn du willst, aber ich habe andere Pläne.«

Allen runzelte die Stirn. »Peri.«

Sie beugte sich zu ihm. »Ich will den Mann, der mir die Erinnerungen aus drei Jahren geraubt und versucht hat, dich zu töten«, sagte sie mit harter Stimme. »Ich will Silas Denier. Er ist der Grund für meine Albträume, und solange er lebt, werde ich niemals klarkommen.« Mit pochendem Herzen lehnte sie sich wieder zurück und sah zu, wie Allen ihre Worte verdaute. »Und ich glaube du auch nicht.«

Allens längliches Gesicht spiegelte ein Durcheinander der Gefühle wider. »Ich weiß, wo er ist«, sagte Allen schließlich, und ihr stockte der Atem. »Du bist nicht die Einzige, die ihn unter der Erde haben will.«

# 30

Peri kauerte in trockenem, hüfthohem Gras, das Gewicht gerade so weit auf die Fußgelenke verlagert, dass ihre Füße nicht einschlafen und die Beine nicht ermüden würden. Diese Position konnte sie stundenlang halten. Die erwartungsvolle Anspannung verlieh ihr ein Gefühl der Lebendigkeit, während sie die dunklen Umrisse des verfallenen Gebäudes vor dem nicht ganz so dunklen Himmel musterte. Dort arbeitete Silas. Es war das einzige noch stehende Gebäude im Umkreis von einer Meile. Als sie den Blick von Allens Schatten abwandte – er durchstreifte die Grundmauern der Umgebung –, und auf den Himmel richtete, konnte sie zwischen toten Zweigen die ersten Sterne erkennen.

Nicht weit entfernt bildete die dumpf dröhnende Interstate einen Lichtstreifen, aber hier, mitten in einem der Abrissgebiete von Detroit, umgeben von Fastfoodpackungen und Zigarettenkippen, war es vollkommen dunkel. Auch der abnehmende Mond spendete kaum Licht. Es gab hier weder Strom noch Wasser. Alles, was noch verwertbar gewesen war, war fort. Alles, was nicht von historischer Bedeutung war, abgerissen. Neue Vermessungen der Stadtplaner hatten auf dem Reißbrett zu Linien und Wegepunkten für Parks, öffentlichen Verkehr und angemessenen Parkraum geführt. Bulldozer und Müllzüge waren gekommen und gegangen und hatten auf den leeren Straßen und freien Grundstücken nur abwartende Stille hinterlassen. Selbst die Gangs mieden diese Gegend, denn da gab es nichts, das sich kaputtmachen, verunstalten oder stehlen ließ.

Aber Peri mochte gerade dieses vage Gefühl latenter Kraft und Ausdauer, das in den mit Unkraut bewachsenen Rinnsteinen nachklang, ganz besonders da, wo eines der historischen Gebäude erhalten geblieben war, um einen Ankerpunkt für die bevorstehende Neubebauung zu bilden. Solche Bauten wurden abgestützt und mit Stacheldraht umzäunt, bis genügend Sponsoren gefunden waren, um Wasser und Licht wieder einzuschalten, damit Busse und Hochbahn das Leben in das alte Detroit zurückbringen konnten.

Das *Eastown Theatre*, dachte sie, während ihr Blick zu dem hässlichen Bau aus Ziegelsteinen und Marmor hinter dem Stacheldraht zurückkehrte. Der Filmpalast aus den 1930er-Jahren war später zu einer Musik-Arena umgebaut worden und doch kaum mehr gewesen als ein unbedeutendes Verbrechernest, ein Ort, an dem man Partydrogen kaufen und konsumieren konnte. Als sie zwischen den blauen Sitzen mit den Stockflecken gestanden und mit den Rockern gebrüllt hatte, war von Eastowns Eleganz schon nicht mehr viel übrig gewesen. Aber die exquisiten Deckenmalereien im Neo-Renaissancestil und die öffentlichen Bereiche mit ihrem Marmor hatten damals noch immer eine Schönheit an sich gehabt, die auch Graffiti und Zweckentfremdung nicht vergessen machen konnten.

*Silas*, dachte sie, *wird nicht der Erste sein, der unter der Kuppel stirbt.*

Als hätten ihre Gedanken ihn angezogen, schoss Allens dunkler Schatten aus dem Fundament eines abgerissenen Gebäudes hervor. Seine Schritte waren auf der sandigen Straße kaum zu hören und gar nicht mehr, als er über die mit Trümmern und Bierdeckeln aus den Siebzigern übersäte Erde ging. In der Ferne flog eine Drohne zwischen ihr und der Innenstadt hindurch, illegal zu dieser Stunde, aber zu weit entfernt, um von Bedeutung zu sein.

»Also?«, fragte sie, als er sich zu ihr unter den Baum gesellte und sein schlimmes Knie entlastete.

»Nicht übel. Etwas Stacheldraht. Aber wenn wir den Maschendrahtzaun hinter uns haben, kommen wir mühelos rein.«

»Gut.« Das Gefühl, dass sie ein Team waren, das sich zuerst im *Zeitloch* geregt hatte, war stärker geworden, und Peri wartete freudig erregt auf die bevorstehende gemeinsame Arbeit. Allen kam ihr beinahe vor wie ein anderer Mensch, als er nun neben ihr kauerte und sein Nachtsichtgerät benutzte, um das Dach des Gebäudes zu kontrollieren. Seine Besorgnis, seine Zögerlichkeit, alles verschwunden. Ihn drängte es genauso wie sie, endlich aktiv zu werden und sich selbst zu beweisen, dass er leistungsfähig war. Gemeinsam würden sie es schaffen. Zum Teufel mit Bill.

»Ich bin froh, dass du hier bist«, flüsterte sie. Er ließ das Nachtsichtgerät sinken. Seine Augen verrieten seine Verblüffung.

»Ich auch. Genau das möchte ich ja – mit dir zusammen sein«. Er drückte ihre Hand.

Sie verspürte das Bedürfnis, Abbitte zu leisten, wusste aber nicht, wie sie es in Worte fassen sollte, also blickte sie zu den wenigen Sternen hinauf, die sich tapfer gegen die Lichtverschmutzung über Detroit behaupteten. »Orion ist heute hübsch«, sagte sie und erinnerte sich an einen Himmel, der so voller Sterne gewesen war, dass es ihr den Atem verschlagen hatte. Aber sie erinnerte sich nicht, wer damals bei ihr gewesen war oder wo sie diesen Himmel gesehen hatte. Doch das war nicht wichtig.

Seufzend blickte auch er auf. »Du warst immer besser als ich darin, deinen Weg im Dunkeln zu finden.«

Sie wünschte sich so sehr, dass es funktionieren würde, dass sie wieder ganz werden würde, es schmerzte regelrecht in ihrer Brust.

Doch dann verlagerte er sein Gewicht, um die Belastung des Knies zu mindern, und der Moment war vorbei. »Es dürfte nicht lange dauern«, sagte er. »Wenn wir Glück haben, schaffen wir sogar unseren Flug. Bill wird es nie erfahren, auch wenn er sich seinen Teil denken wird, wenn er die Todesanzeigen liest.«

Sie wollte es, sie wollte es unbedingt, dennoch ... »Ist dir je in den Sinn gekommen, dass wir eine von Opti nicht sanktionierte Arbeit tun?«, fragte sie.

»Ein Job in eigener Sache macht uns noch nicht zu Verrätern.« Allen drehte sich zur Interstate um, diesem Lichtstreifen, der beinahe so weit weg zu sein schien wie der Mond. »Schließlich tun wir das nicht für Geld.«

*Wenn du es nicht für Geld tust, dann tust du es für den Kick.* Der Satz hallte durch ihre Gedanken, klang in ihr nach und bereitete ihr Unbehagen. »Er ist wie ein Splitter im Fleisch, den ich rausziehen muss. Wenn er erst tot ist, kann ich das alles hinter mir lassen, aber momentan fühle ich mich nicht wie ich selbst. Er hat mir drei Jahre meines Lebens gestohlen und dich von einem Balkon gestoßen. Ich brauche ... einen Abschluss«, sagte sie sarkastisch und fand, dass sie sich wie Sandy anhörte.

»Lass es uns schnell hinter uns bringen, ja?«, bat Allen. »Kein Gerede. Nicht einmal ein ›Jetzt bezahlst du für das, was du getan hast‹. Wir tun es und verschwinden wieder. Er muss gar nicht merken, dass wir da sind, bis er sterbend am Boden liegt. Drei Minuten – rein und raus.«

Peri nickte, den Blick auf die schwarzen Äste des toten Baums über ihnen gerichtet. »Kaum zu glauben, dass er den Staat nicht verlassen hat. Ganz zu schweigen davon, dass er immer noch in der Stadt ist.«

»Vielleicht will er uns herausfordern.« Das war kaum mehr als ein Flüstern gewesen, und Peri schnaubte verächtlich. »Das ist mein Ernst«, fügte Allen grollend hinzu. »Die Allianz könnte eine Attentätertruppe aufgestellt haben.«

*Dafür ist Silas nicht gemacht,* dachte sie und kauerte sich zu Boden. Ein Wagen näherte sich. Scheinwerferlicht tanzte über die verlassenen Straßen und riss leere Grundstücke aus der Dunkelheit. »Genau zur rechten Zeit«, bemerkte Peri. Das war wie Juckreiz: Wenn sie nur diese eine Sache erledigen konnte, käme alles wieder in Ordnung. Das wusste sie einfach. »Warum macht er das nachts? Er arbeitet doch nicht nach der Stechuhr.«

»Sie haben nur einen einzigen Wagen, und die Frau arbeitet nachts«, erklärte Allen. »Der Typ mit den Rastalocken setzt ihn ab, wenn er sie zu ihrem Arbeitsplatz in der Mall fährt. Da verbringt er die Zeit im Gastrobereich und surft im Internet, bis sie fertig ist. Und dann sammeln sie Denier auf dem Rückweg wieder ein. Bis sie zurückkommen, ist er auf sich allein gestellt.«

*Und verwundbar.* Beim Knall einer Autotür zuckte sie zusammen. Silas war ausgestiegen. In der Dunkelheit waren Peri und Allen beinahe unsichtbar. »Bis später«, rief eine Frau. Silas drehte sich um und winkte dem Wagen nach, als der eine Hundertachtzig-Grad-Wende beschrieb und auf dem Weg zurückfuhr, den er gekommen war.

»Geben wir ihm ein paar Minuten«, schlug Allen vor.

Mit zusammengebissenen Zähnen sah Peri zu, wie Silas das gewaltige Vorhängeschloss entriegelte, um hinter den Stacheldrahtzaun zu gelangen, es aber nicht wieder verschloss. Mit einem anderen Schlüssel öffnete er eine der verbarrikadierten Doppeltüren und schlüpfte hinein. Kaum einen Moment später ertönte das leise Surren eines Generators, und durch die verbliebenen hohen Glasfenster drang Licht nach draußen.

Langsam veränderte sich Peris Stimmung. Sie war im Begriff, absichtlich jemanden zu töten. Aber das Bedürfnis, etwas zu tun, war beinahe unerträglich. »Ich will es hinter mich bringen«, flüsterte sie.

»Dann los.«

Kaum hatte sie sich erhoben, fühlte sie sich schutzlos unter dem toten Baum. In der Ferne zog der Straßenverkehr zwei Linien aus farbigem Licht. So viele Leben, und niemand würde wissen, was sie in dieser Nacht tat. Langsam tastete sie nach ihrer Gürteltasche und dann nach der von Opti bereitgestellten Glock. Das Surren des Generators erzeugte ein Echo, das die kaum wahrnehmbaren Geräusche ihrer weichen Sohlen auf dem alten Betonboden überdeckte. Allen hatte das Tor am Stacheldrahtzaun zuerst erreicht. Vorsichtig hielt er die Kette fest, damit sie nicht klimpern konnte. Sie glitt an ihm vorüber und wartete am Eingang auf ihn.

»Bereit?«, flüsterte Allen.

Plötzlich regte sich eine Vorahnung in ihr, wand sich wie ein glühender Draht durch ihr Bewusstsein. Mit angehaltenem Atem musterte sie die brachliegenden Grundstücke. Die Stadt sah aus wie ein Gebirge. Dort, am anderen Ende der Straße, war ein Mann. Zumindest dachte sie, es wäre ein Mann. Oder war es nur ein Schatten …? Sie kniff die Augen zusammen, zögerte angesichts neu erwachter Zweifel.

»Was ist los?«, fragte Allen direkt an ihrem Ohr im Flüsterton, und sie schüttelte den Kopf.

»Nichts.« Entschlossen öffnete sie die Tür gerade weit genug, um hineinzuschlüpfen. Allen war direkt hinter ihr, als sie die verfallene Eingangshalle betrat. Schotter knirschte zwischen ihren Sohlen und dem Marmorboden, doch das Geräusch ging im Dröhnen des nahen Generators unter. Stromleitungen schlängelten sich tiefer in das Gebäude hinein. Die von Katastrophenschutzleuten gesäuberten kahlen Wände und Marmordecken vermittelten einen Eindruck erodierter Schönheit. Sie konnte sich eines Gefühls der Verbundenheit zu dem alten Bauwerk nicht erwehren. Das Gebäude war jetzt eine bloße Hülle. Ihm waren nur Fragmente und Einzelteile geblieben, um sich auf dieser Grundlage neu zu erschaffen.

Ihre Zweifel drängten sich mit Macht in den Vordergrund. Zum ersten Mal kam sie sich wie eine Mörderin vor.

*Er muss sterben.*

Ihr Herz krampfte sich zusammen, als sie an einer schadhaften modernen Tür vorbei in den Zuschauerraum blickte. Viel war nicht mehr davon übrig. Die blauen Sitze mit den Stockflecken waren fort und hatten nur einen mächtigen, hallenden Raum mit kahlen Wänden unter halb eingestürzten Balkonen zurückgelassen. Der größte Teil der Neo-Renaissance-Stuckarbeiten war abgeplatzt oder ganz verschwunden. Wasser hatte das einst polierte Holz geschädigt, und die weißen Flecken überall dort, wo modrige Stellen aus der Bühne entfernt worden waren, leuchteten grell im Licht der hellen Scheinwerfer, die an dem Baugerüst angebracht waren. Dem Anblick zum Trotz verspürte sie ein Kribbeln auf der Haut, als sie an die Energie von dreitausend Menschen zurückdachte, die sich in einem für gerade halb so viele Leute ausgelegten Saal zusammengedrängt hatten. In perfektem Einklang mit der Musik hatten sie einen Moment perfekter Übereinstimmung erlebt.

Genau in der Mitte der hohen Bühne stand ein Kartentisch mit einem Metallstuhl. Darauf stand ein aufgeklappter Laptop wie ein Requisit in einem apokalyptischen Stück. Der Geruch des modrigen Teppichs vermischte sich mit dem reinen Duft frisch gesägten Holzes. Hektisch blinzelnd, blickte sie zu der Kuppel hinauf, die da, wo das Wasser, das durch das undichte Dach eindrang, nicht hingelangt war, immer noch unversehrt war. Die Farben und Vergoldungen leuchteten noch genauso wie an dem Tag, an dem jemand sie aufgetragen hatte. *Eastown ist noch nicht verloren, und ich bin es auch nicht.*

Schlurfende Schritte erregten ihre Aufmerksamkeit, und die Erinnerung verschwand.

Ohne etwas von ihrer Anwesenheit zu bemerken, kam Silas hinter der Bühne hervor. Peri wagte kaum zu atmen, als er mit einem Flexi-Glas eine kurze Leiter hinaufkletterte, um die elektronische Reliefkopie einer der Gravuren in der Nähe der Galerie anzufertigen. Eine Waffe konnte sie nicht sehen, aber das bedeutete nicht, dass er keine dabeihatte.

*Das ist der Mann, der versucht hat, Allen zu töten?,* sinnierte sie. Zwar erkannte sie sein dunkles Haar und die Bodybuilderfigur, doch es fiel ihr schwer, die stille, gelöste Freude, die ihm die Restauration des alten Gebäudes bereitete, mit dem wilden, wütenden Irren in ihrem Kopf in Einklang zu bringen.

Allen entsicherte seine Waffe, und das leise Klicken ging ihr durch und durch. »Ich mache das«, sagte sie und legte ihm die Hand auf den Arm, worauf er die Stirn runzelte. »Halt mir den Rückweg offen.«

Kurz fürchtete sie, er würde Einwände erheben, doch dann nickte er. Sie fühlte das Schnappen ihres Halfters mehr, als dass sie es hörte, zog ihre Waffe, ging mit einem angespannten Gefühl im Bauch die kahlen Betonstufen zur Vorderseite des Saals hinunter und stemmte sich auf die Bühne. Dort richtete sie sich auf, und dies war auch die Stelle, an der sie innehielt, als Silas sich umdrehte und die Augen weit aufriss.

»Peri«, hauchte er, und sie stutzte, verwirrt über die Erleichterung und die Freundlichkeit in seiner Stimme. »Du bist unversehrt«, stellte er fest, das Flexi-Glas in einer Hand, einen Stylus mit breiter Spitze in der anderen.

»Keine Bewegung«, sagte sie eisig, und beide erstarrten, als sie hörten, wie die Eingangstür gegen die Wand krachte.

»Silas?«, rief eine jung klingende Frauenstimme, die Peri als vertraut einstufte. »Ich habe dir doch gesagt, du sollst das Haupttor verriegeln. Wir haben in der Nähe der Auffahrt zur Schnellstraße Reifenspuren entdeckt, darum bleibt Howie heute Nacht bei dir. Silas?«

Silas klappte den Mund auf, schwieg aber, als er Allen in die Eingangshalle zurückhasten sah.

»Silas?«, rief die Frau erneut, und dann: »Heilige Scheiße! Howard!«

Silas zuckte, und Peri signalisierte ihm, still zu bleiben. »Keine Bewegung!«, befahl sie. Im gleichen Moment übertönten Kampfgeräusche das Dröhnen des Generators. Sie hatte schon früher Menschen getötet – und einige hatten es weniger verdient als dieser Mann. Aber das hier fühlte sich an wie etwas Persönliches, es fühlte sich an, als wäre es … falsch?

»Sie haben dir Lügen erzählt.« Mit erhobenen Händen stieg Silas von der Leiter. »Lass es mich erklären.«

»Maul halten!«, herrschte sie ihn an, doch ihre Verwirrung nahm zu, während sie auf ihn zielte. Sie wollte es hinter sich haben. Sie wollte, dass das ewige Gezeter in ihrem Hinterkopf ein Ende hatte. Aber als sie da inmitten der Leere in dem kahlen Saal auf der Bühne stand, konnte sie den Abzug nicht durchziehen.

»Peri, warte«, flehte eine neue Stimme, und ihre Augen huschten zu einem blonden Mann, der die Stufen zur Bühne emporschritt. Angespannt wich sie zurück, sodass sie beide im Auge behalten konnte. Das war der Mann aus dem *Zeitloch*, derjenige, der am Tresen gesessen und alles beobachtet hatte, derjenige, von dem sie angenommen hatte, er würde zur Psycho-Einheit von Opti gehören. *Scheiße. Ist das ein Test?*

»Ich kann es selbst erklären!«, rief sie und zielte weiter unverwandt auf Silas.

Doch sie war abgelenkt und reagierte zu langsam, als Silas sich auf sie stürzte. Das Flexi-Glas traf ihre Brust, und schon hatte er sie, verdrehte ihr Handgelenk, bis sich ein Schuss löste und die Glock ein Loch in die Wand blies. Silas rammte sie an die Marmorverkleidung. Verdammt. Es war ein Test. Und sie hatte versagt.

»Taf!«, brüllte jemand, aber Peri sah Sterne und war durch den Schuss beinahe taub.

»Tut mir leid, Peri«, sagte Silas und versuchte, ihr die Waffe aus den Fingern zu winden, während er sie an die Wand drückte. »Ich will dir nicht wehtun. Wenn du nur zuhören würdest.«

»Lass ... los ...«, keuchte sie, schob einen Fuß hinter Silas und riss ihm die Beine unter dem Leib weg.

Gemeinsam gingen sie zu Boden. Silas schrie auf, als er mit ihr auf der Brust rücklings auf das harte Holz krachte.

»Hältst du jetzt still!«, schimpfte er, und plötzlich lag sie bäuchlings auf der Bühne, beide Arme hinter dem Rücken fixiert. »Ich versuche, dir etwas zu sagen! Warum kannst du mir nie zuhören! Hör. Mir. Zu!«

»Du hast mein Leben gestohlen!«, brüllte sie. Ihre Hand umklammerte immer noch die Glock, wurde nun aber am Boden festgehalten. »Einfach alles!«. Er hockte auf ihr. Allen war nicht da, und sie wollte auf keinen Fall springen. Mit zusammengebissenen Zähnen versuchte sie, ihn abzuwehren, und ließ die Waffe auch dann nicht los, als ihre Finger taub wurden.

»Denk an deine Regel«, sagte Silas und hörte sich eher wütend als furchtsam an. »Du tötest niemals jemanden, wenn der dich nicht zuerst tötet. Ich habe dich nicht getötet. Ich versuche, dir zu helfen!«

*Woher kennt der meine Regel?* »Du hast versucht, meinen Anker zu töten, du Mistkerl!«

»Jack?«, fragte er, und sie keuchte auf, als in ihrem Kopf das

Bild eines lächelnden Gesichts aufblitzte, das im Licht eines Monitors bleich aussah. »Ich habe Jack nicht getötet. Das warst du.«

*Wer zum Henker ist Jack?* Die Wange an das sandige Holz gepresst, blies sie sich das Haar aus den Augen. »Nicht Jack. Allen.«

»Allen war nicht dein Anker.« Zweifel schlugen sich in Silas' Stimme nieder. »Das war Jack.«

Wieder sah sie im Geiste das lächelnde Gesicht, und der blonde Mann aus dem *Zeitloch* schob sich an den Rand ihres Blickfelds, bückte sich und wackelte mit den Fingern, als wollte er Hallo sagen.

Das Gefühl kehrte in ihre Hand zurück, und ihre Finger spannten sich fester um die Waffe. Nur eine winzige Handbewegung, und alles wäre vorbei. »Du hast Allen durch ein Fenster und vom Balkon gestoßen«, schäumte sie. »Ich habe dich dabei gesehen. Ich wäre ja gesprungen, aber wir waren schon in einem Sprung, weil du ihn erschossen hast!« Sie konnte nicht atmen und war ihnen ausgeliefert. »Du da drüben am Tisch. Tu nicht so, als ginge dich das alles nichts an! Steh da nicht rum, sondern hol den Kerl von mir runter! Es ist gelaufen. Ihr habt gewonnen, ihr Dreckskerle.«

»Oh-h-h-h-h … Scheiße«, stöhnte Silas.

Peri ächzte vor Schmerz, als Silas ihr Handgelenk anhob und auf die Bühne knallte. Ihre Finger öffneten sich, und die Waffe rutschte über den Boden. Silas hechtete hinterher. Sie raffte sich auf und blieb reglos stehen, als er die Glock auf sie richtete. Sie hätte sich auf ihn stürzen können, aber bei diesem Abstand konnte er sie gar nicht verfehlen. Am Ende würde sie womöglich noch springen, also wich sie lieber zurück und rieb sich das angeschlagene Handgelenk.

»Allen?«, rief sie unsicher in die lastende Stille hinein.

Schließlich reckte sie das Kinn vor und maß den blonden Mann mit einem finsteren Blick. »Ihr seid alle Arschlöcher. Lasst mich ihn doch einfach umbringen, dann geht's mir wieder gut.«

Schwer atmend, tastete Silas nach der Leiter hinter sich und legte die Waffe auf ihr ab. Peri sah zu und gierte danach, die Waffe wieder an sich zu bringen. »Jack ist hier?«, fragte Silas verblüfft.

»Meinst du diesen Opti-Psychologen? Bist du blind?«, rief sie und zeigte auf den Mann.

»Oh, Babe, das ist so schlecht für dein Asthma. Ich glaube nicht, dass es immer noch eine gute Idee ist, Silas zu töten«, sagte der Mann, und Peri keuchte leise auf. Sie kannte diese Stimme. Sie kannte sie!

»Es tut mir so leid, Peri«, sagte Silas, als hätte er nie versucht, sie zu töten. Als hätte er nie Hand an sie gelegt. »Opti hat an deinem Geist herumgebastelt. Der da drüben ist kein realer Mensch, sondern eine Halluzination. Ich habe sie in dir verankert, um dich davor zu schützen, den Verstand zu verlieren, als du dich an Jacks Tod erinnert hast. Diese Erinnerung hat dich nämlich völlig überfordert.«

»Wie bitte?«

Jack musterte seine Finger, die er auf dem Armani-Hemd ausgebreitet hatte. »Ist das dein Ernst? Ich bin nicht real?«

*In Wirklichkeit passiert dies alles gar nicht.* »Allen?«, rief sie erneut, während die Frau, die Silas abgesetzt hatte, in den Zuschauerraum eilte.

»Ich hoffe, keiner von euch ist verletzt!«, rief die junge blonde Frau und rannte so schnell zur Bühne, dass ihr Pferdeschwanz wippte. Ein hagerer Mann mit Rastalocken schoss hinter ihr her und versuchte offensichtlich, zu ihr aufzuholen, ehe sie die Bühne erreichte. »Gott sei Dank bist du hier!«, rief sie Peri mit einem vagen Südstaatenakzent zu.

»Bleibt zurück!«, warnte Silas die beiden, und die Frau blieb erschrocken stehen. »Sie erinnert sich nicht an dich, Taf. Du machst ihr nur Angst.«

*Angst? Mir?*, überlegte Peri. Die Frau sah plötzlich traurig aus. Als der Mann, der ihr folgte, Taf ein paar Meter zurückzerrte, ließ Silas langsam die Hand sinken.

»Wo ist Allen?«, fragte er, offenbar beunruhigt.

Sofort hellte sich Tafs Miene auf. »Der ist bewusstlos«, erwiderte sie in einem Ton, in dem Befriedigung mitschwang. »Der Motor läuft. Nehmen wir sie in unserem Wagen mit?«

Jacks Kopf schwang sichtlich alarmiert herum. »Rührt mich an, und es wird das Letzte sein, was ihr je getan habt«, drohte Peri, und der hagere Mann schob Taf hinter sich. Allens Waffe lugte gefährlich aus seiner Hosentasche hervor, und Peri beäugte sie begierig.

Silas warf einen Blick auf die Uhr. »Nein. Opti hat sie gechippt.«

»Opti chippt sein Personal doch nicht wie Hunde«, bemerkte Peri entrüstet, und der Kerl mit den Rastalocken lachte leise. »Was ist so lustig, Sherlock?«

»Das ist genau das, was du beim ersten Mal auch gesagt hast.«

»Peri, hör mir einfach zu«, bat Silas, die breiten Schultern hochgezogen. »Opti hat meine Forschungsarbeit dazu missbraucht, dich mit falschen Erinnerungen auszustatten. Aber wenn du Jack sehen kannst, dann bedeutet das, dass sie anfangen, sich zu zersetzen.«

Jack lehnte sich gemächlich an den Tisch. »Das bin ich«, sagte er, aber niemand achtete auf ihn. »Jedenfalls bin ich ziemlich sicher, dass ich Jack bin.«

Peri hielt die Luft an, um nicht zu hyperventilieren. »Ich werde verrückt.«

»Nein, dein eigener Verstand beginnt allmählich wieder zu arbeiten«, konterte Silas. »Wir werden in einer Minute aufbrechen, und du kannst Allen sagen, was immer du willst.«

»Oh, das ist wirklich eine tolle Idee«, warf die Blondine erbittert ein, und Peri konnte sich einer gewissen Bewunderung nicht erwehren. »Überlasst sie einfach wieder den Leuten, die ihr die Gehirnwäsche verpasst haben.«

»Ich habe nie gesagt, dass sie ihm die Wahrheit sagen muss«, gab Silas zurück. »Es liegt allein bei Peri. Und bei Jack, schätze ich.«

Beklommen sah sich Peri zu dem Mann im Anzug um und kam zu dem Schluss, dass sie ihn gekannt haben musste, ehe sie drei Jahre verloren hatte. »Sie sind kein Opti-Psychologe? Warum waren Sie dann heute Morgen in der Bar?«

Aber Silas hatte sich bereits in Bewegung gesetzt, und sie blieb hinter ihm zurück, um Distanz zu wahren. »Howard, würdest du mit Taf bitte im Wagen warten?«, bat Silas. »Ich muss allein mit Peri sprechen.«

»Klar«, erwiderte Howard mit leichtem Zögern. Die Frau winkte Peri zu, als sie gingen.

Peri konnte hören, wie sie anfingen, über sie zu sprechen, noch ehe sie zur Tür hinaus waren. »Die hast du gut dressiert«, sagte Peri, und Silas blickte sie erschrocken an.

»Ich versuche nur, dir zu helfen«, erklärte er in gereiztem Ton. Als Jack sich tadelnd räusperte, musterte Peri ihn schräg von der Seite. »Okay, ich versuche auch herauszufinden, wie weit die Korruption bei Opti reicht«, ergänzte Silas, dessen Hals rötlich angelaufen war. »Aber zugleich versuche ich, dir zu helfen.«

»Opti ist nicht korrupt«, protestierte sie hitzig, doch als Jack sein Jackett ablegte und es sich wieder auf dem Kartentisch bequem machte, regten sich Zweifel in ihr. Er war besser gekleidet als Allen, attraktiv, hatte gerade die richtige Menge Bartstoppeln und den richtigen Charme an sich. *Der perfekte Griff ins Klo …*

»Jack war bis vor knapp zwei Monaten dein Anker«, erklärte Silas. »Du hast herausgefunden, dass er lukrative Nebenjobs für euch beide angenommen hat, die mit Opti nichts zu tun hatten. Und dann hast du deine Erinnerungen für die Chance eingetauscht, ihn zu töten.«

Peris Blick huschte zu Jack – der sie angrinste wie ein Idiot – und zurück zu Silas. Das hörte sich wie etwas an, zu dem sie durchaus fähig war.

»Dieser Jack, der Jack, der jetzt hier ist, ist eine Halluzination. Eine, die ich geschaffen habe, damit du nicht völlig ausrastest, wenn du dich zu erinnern versuchst.«

»Lügner!«, rief sie. »Ich würde bestimmt nicht meinen eigenen Anker töten.« Aber sie hatte nur Bills und Allens Wort dafür, dass Allen seit drei Jahren ihr Anker war, und wieder nagten Zweifel an ihr. *Mist. Wer zum Teufel bin ich?*

»Doch, dazu wärest du fähig, wenn du herausfindest, dass er für Bill arbeitet, nicht für Opti«, erwiderte Silas. Als von draußen eine Hupe zu hören war, sah er zur Tür. »Sie sind beide korrupt, und in Hinblick auf Allen bin ich mir inzwischen auch nicht mehr so sicher.«

»Also ist Allen auch korrupt. Und ich wette, du hast ihn auch nicht von meinem Balkon gestoßen?« Das war eigentlich als schnippische Bemerkung gedacht gewesen, doch Silas wirkte plötzlich überaus erleichtert.

»Du hast es erfasst«, sagte er leise. Ihr Blick huschte zu der Leiter, auf der immer noch ihre Glock lag. »Ich war nie in deiner Wohnung. Zumindest nicht in jener Nacht.«

»Ich bin nicht korrupt«, verkündete Peri hitzig. »Und Allen ist es auch nicht.«

»Und doch seid ihr beide hier, weil ihr einen Mann aufgrund persönlicher Rachegelüste töten wollt«, konterte Silas. Zähneknirschend musste Peri ihm in diesem Punkt recht geben. »Ich kenne deine Regeln«, fuhr Silas fort. »Ich weiß, das hier bist nicht du. Sie haben dir die Idee, herzukommen und mich zu beseitigen, eingepflanzt. Wenn du es tust, wird das ihre Lügen bekräftigen. Bleib einfach hier, wenn wir weg sind. Opti wird herkommen, das verspreche ich dir. Die wollen, dass du mich tötest.«

»Man kann einem Zeitagenten keine falsche Erinnerungen einpflanzen«, widersprach sie und blickte sich zum Ausgang um, als Howard die Tür aufstieß.

»Silas?« Howard wirkte besorgt. »Auf der Schnellstraße nähern sich drei Wagen mit Signalleuchten.«

»Doch, das kann man«, erwiderte Silas, an Peri gewandt, während sich Howard zurückzog. »Genau deshalb habe ich Opti verlassen. Aber dir Jack an die Seite zu stellen war meine Idee. Er ist deine Intuition. Hör auf ihn.«

*Auf eine Halluzination?* Mit wachsender Unsicherheit sah Peri Jack an, der ihren Blick erwiderte.

Silas verzog das Gesicht, nahm ein zerknittertes Foto aus der Tasche und legte es zu der Waffe auf die Leiter. »Im letzten Februar haben du und ich eine Erinnerung an Jack zurückgeholt, die mir vorher nicht bekannt war. Das Foto hier habe ich Allen gestohlen, ehe sie deine Wohnung am Lloyd Park abgefackelt haben, und ich glaube, es zeigt genau das, woran du dich erinnert hast. Ich hätte dich in jener Nacht nicht allein lassen dürfen. Es tut mir leid. Ich dachte, die Allianz würde uns helfen, wenn ich nur mit ihnen reden könnte, aber das war ein Irrtum.«

Peri blinzelte verdattert. *Er hätte bei mir sein sollen?* Und dann verschwamm alles vor ihren Augen. *Opti war in meiner*

*Wohnung und hat sie abgefackelt?* Sie war doch nicht wegen eines Feuers umgezogen, sie war umgezogen, um die Erinnerung daran loszuwerden, wie Allen vom Balkon gestoßen wurde, nachdem er durch das … kugelsichere … Fenster geflogen war. *Wie kann jemand durch ein Fenster mit bruchsicherem Glas fliegen?*

»Peri«, sagte Silas und riss sie zurück in die Wirklichkeit. »Du musst den Chip finden, den Jack versteckt hat. Er enthält eine Liste von Bills korrupten Zeitagenten, und wenn du mir den bringen kannst, kann ich dich da rausholen. Du wärest in Sicherheit. Die Allianz braucht nur einen Grund, um dir zu vertrauen.«

Völlig außer Atem, musterte Peri das Foto und schob sich langsam vor, als Silas die Glock nahm und sich zurückzog. Es war ein Foto von ihr und … »Das bist du«, sagte sie und sah Jack an. Der zuckte erschrocken zusammen und nickte dann. »Das sind wir beide …«

»Im Outback, letztes Silvester«, beendete Jack den Satz an ihrer Stelle. Ihr wich das Blut aus dem Gesicht.

»Mein Gott. Wer bist du?«, fragte sie und starrte ihn an. Er zuckte verwirrt mit den Schultern.

»Ich weiß es nicht. Aber dieser Kerl traut dir, und Allen tut das nicht.«

Schwindel ergriff Besitz von ihr, als sie erkannte, dass er recht hatte. »Halt still«, sagte sie und streckte vorsichtig die Hand nach Jack aus, nur um ins Stolpern zu geraten, als ihre Hand durch ihn hindurchglitt. Ihr wurde heiß, und sie kam sich unwirklich vor. »Scheiße, Scheiße, Scheiße …«, murmelte sie, wich zurück und griff nach dem Stiftanhänger. »Du bist nicht real, und ich verliere gerade den Verstand.«

»Nein, dein eigener Verstand beginnt allmählich wieder zu arbeiten, wie ich dir schon gesagt habe«, widersprach Silas. Als er ihr die Glock zuwarf und sie mit einem leichten, aber soliden Aufschlag in ihrer Hand landete, blieb sie schockiert stehen.

»Oh, Mann … Ich bin eine Halluzination?« Theatralisch legte Jack eine Hand an die Brust. »Das ist wirklich schlecht für mein Asthma.«

Peri schlug das Herz bis zum Hals. Das hatte sie selbst schon hundertmal gesagt. Es bedeutete, dass sie etwas vergessen hatte, etwas Wichtiges.

»Hier ist meine Nummer.« Silas ergriff ihre Hand und kritzelte etwas auf ihre Handfläche, ohne der Waffe, die sie in der anderen Hand hielt, auch nur die geringste Beachtung zu schenken. »Finde die Liste, und ich kann dich da rausholen. Wenn wir beweisen können, dass Opti korrupt ist, hat das alles ein Ende. Das willst du doch, oder? Dass es vorbei ist?«

Er sprang von der Bühne und drehte sich noch einmal zu ihr um. »Jack ist deine Intuition, Peri. Vertrau ihm so, wie du dir selbst trauen würdest. Er weiß nur das, was du weißt oder argwöhnst. Er ist nicht real.«

Peri sah sich zu Jack um, der prompt das Gesicht verzog. »Er hat recht. Aber das ist doch in Ordnung, oder?«

»Ach, und falls es dich interessiert: Du bist nicht gesprungen.« Damit machte Silas kehrt und lief davon. Seine Schritte hallten laut durch den Saal, bis die Tür quietschend hinter ihm zufiel. Zittrig holte Peri Luft. Jack betrachtete das Foto. Vorsichtig näherte sie sich ihm, ohne recht zu wissen, wie man mit einer Halluzination sprechen sollte, umso mehr mit der eines Mannes, den sie selbst getötet hatte. »Woher hat er gewusst, dass ich wegen der Sprünge besorgt war?«, überlegte sie laut.

»Ich schätze, er ist ein Anker«, erwiderte Jack.

Sie schloss die Hand, um die Nummer zu verbergen, und griff verwirrt nach dem Foto. Sie und Jack standen vor einem heruntergebrannten Feuer. Sie konnte sich nicht daran erinnern, aber sie empfand eine innere Ruhe, als sie die müden, schmutzigen, lächelnden Gesichter betrachtete. »Das ist nicht richtig«, wisperte sie.

»Wem sagst du das, Babe.«

Beide starrten zum Ausgang, als draußen das unmissverständliche Geräusch von Autos ertönte, die mit kreischenden Bremsen zum Stehen kamen. Als mit lautem Geräusch die Außentür aufgerissen wurde, zuckte sie zusammen und schob das Foto hastig unter ihr Oberteil.

»Peri?«, donnerte Bills Stimme durch das Gebäude, begleitet von den Stimmen der Opti-Truppen.

»Hier hinten«, flüsterte sie mit geweiteten Augen und starrte die Tinte in ihrer Hand an, als wäre es Blut. »Hier!«, rief sie lauter, riss die Arme hoch und ließ die Glock an einem Finger baumeln, als ein Dutzend Opti-Agenten durch alle drei Türen zugleich in den Zuschauerraum stürmten und sie anbrüllten, sie solle sich nicht bewegen. »Ich bin es nur«, nörgelte sie, als die Agenten ausschwärmten und hinter der Bühne verschwanden. Die drei, die bei ihr geblieben waren, nahmen ihr die Pistole ab und schrien sie noch ein bisschen länger an. Sie ignorierte sie und war erleichtert, als Bill hereinkam und ihnen mit sehr lauter Stimme befahl, sich zurückzuziehen.

»Peri«, rief der korpulente Mann auf dem Weg zur Bühne. »Ich wusste es! Ich wusste es einfach! Ich hätte dir nie das Okay für den aktiven Dienst geben dürfen. War das Allens Idee? Steckt er dahinter?«

In Peris Augen lautete die eigentlich wichtige Frage, woher Opti gewusst hatte, dass sie hier im Eastown waren. Sie holte Luft, um ihm zu erzählen, was vorgefallen war, dass die Allianz hier gewesen war und behauptet hatte, er sei korrupt und habe ihr lauter Lügen in den Kopf gesetzt.

Doch dann ballte sie die Hand zur Faust und versteckte die

Nummer. Sollte Silas lügen, würde es niemandem schaden, wenn sie den Mund hielt. Außerdem fand sie es recht aufschlussreich, dass sie hergekommen war, um Silas zu töten, und von diesem Wunsch jetzt ... nichts mehr spürte.

»Nur zu, stecken Sie mich in die Höhle, aber ja!«, brüllte sie. »Allen und ich wollten ihn umlegen, weil sich bei Opti niemand einen Dreck darum schert. Haben Sie ein Problem damit, *Dickerchen?*«

Bill setzte eine finstere Miene auf, während jemand zu kichern begann und sich rasch entfernte. »Habt ihr ihn erwischt?«

»Nein.« Sie verbarg das Bild hinter den vor der Brust verschränkten Armen und stellte ein Bein aus, um ihr Zittern zu unterbinden. »Allen hat sich verschätzt. Deniers Fahrerin ist zurückgekommen und hat uns überrascht. War Allen immer schon so unfähig, oder hat Silas ihm auch den Denkapparat zertrümmert?«

Bill lachte. Als er ihr einen Arm um die Schultern legte und sie von der Bühne führte, versteifte sich Peri. »Du hast Flugverbot, junge Dame«, erklärte er, während sie den ansteigenden Gang hinaufmarschierten und in die Lobby hinausgingen, die von Scheinwerfern taghell ausgeleuchtet wurde. »Kein kalifornischer Strand für dich. Ich will, dass du noch heute Abend zu Opti kommst. Und bring deine Zahnbürste mit.«

»Bill«, protestierte sie und verzog das Gesicht, als sie sah, wie zwei Opti-Agenten Allen hinausschleiften. »Ich brauche keine vollständige diagnostische Abklärung. Ich komme morgen früh, versprochen.«

Direkt vor der Tür blieb Bill stehen. Schwarze Opti-Fahrzeuge säumten die Straße, und ihre Signalleuchten verbreiteten zusammen mit den Scheinwerfern ein unwirkliches Licht. Agenten huschten umher, um ihre Gegenwart zu rechtfertigen.

**475**

Bill umfasste ihre Schultern und drehte sie so, dass Licht auf ihr Gesicht fiel. »Du bleibst bei Allen?«, fragte er.

»Ja, ich übernachte bei Allen«, sagte sie, stapfte mies gelaunt zum nächsten Wagen, glitt auf den Beifahrersitz und wartete darauf, dass jemand kam, um sie zu fahren. Sie wusste nicht, was sie glauben sollte, aber eines war unwiderlegbar. Jack war ihnen während der letzten fünf Minuten nicht von der Seite gewichen, aber Bill hatte kein einziges Wort über ihn verloren. Entweder war sie verrückt, oder Silas hatte die Wahrheit gesagt. Dass die Wahrheit beinhaltete, dass sie tatsächlich verrückt war, trug wenig zu ihrer Stimmung bei.

*Der Beweis, dass Opti korrupt ist, befindet sich in meiner alten Wohnung.* Sie wünschte sich, dass es nicht wahr war, aber sie musste es überprüfen.

»Du kannst mir vertrauen, Peri«, meldete sich Jack. Sie erschrak und fluchte, als sie erkannte, dass er auf der Rückbank saß. »Du hast mich mal geliebt – bevor du mich getötet hast.«

Stirnrunzelnd verwischte sie die Tinte in ihrer Handfläche, damit die Schrift nicht mehr so deutlich erkennbar war. Dann krümmte sie die Finger, um das zu verbergen, was übrig war, legte die Faust an die Lippen und starrte durch das Fenster auf die fernen Lichter von Detroit. *Oh, ja, das ist ja so hilfreich.*

# 31

Regennass glänzten die fast verlassenen Straßen im Licht der Straßenlaternen. Silas wartete im trockenen Schatten hinter den massiven Säulen, mit denen sich die Fassade des Lebensmittelgeschäfts schmückte. So spät in der Nacht, umgeben von Kaugummipapier und leeren Nikotinpatronen, war dies ein bedenklicher Aufenthaltsort. Aber auf dem nahezu leeren Parkplatz stand Allens Wagen, denn dies war das einzige Geschäft weit und breit, das Peris Katzenfutter führte und nach Mitternacht noch geöffnet war. Silas wusste, dass sie Allen vor zwanzig Minuten losgeschickt hatte, und hielt es für recht wahrscheinlich, dass sie ein bisschen Zeit allein in seiner Wohnung verbringen und herumschnüffeln wollte und die Bitte um Katzenfutter lediglich eine hervorragende Ausrede darstellte.

Er musste mit Allen sprechen. Zwar wäre es unauffälliger gewesen, die Tür zu Allens Lexus aufzubrechen und im Wagen zu warten, doch hier im Schatten zu lauern bereitete ihm eine perverse Freude. Sie würden sich inmitten von Abfall und kalten Mauerziegeln friedlich unterhalten. Das würde seine Aufmerksamkeit fesseln – ihn veranlassen, wirklich zuzuhören. Peris mentale Gesundheit stand auf der Kippe, aber die kurze, prägnante und einseitige Unterhaltung mit Fran, die er an diesem Tag über sich hatte ergehen lassen müssen, hatte eines ganz klar herausgestellt: Solange Allen sich gegenüber der Allianz nicht für ihre Loyalität verbürgte, würde Peri wie eine Verräterin behandelt werden – und Allen hatte sich kategorisch geweigert, für sie zu bürgen.

Ruhelos vor Ärger, zappelte Silas, die Hände tief in die Taschen geschoben, auf der Stelle herum. Peri war angreifbar – *wegen* ihrer Stärke und ihrer Fähigkeiten, nicht *trotz*. Zum Teil war das seine Schuld, aber die Jack-Halluzination hätte Allens jüngstes mentales Schlachtfest gar nicht überstehen dürfen. Nachdem er gesehen hatte, wie sie die leere Luft angebrüllt hatte, wie sich pures Entsetzen in ihren Zügen niedergeschlagen hatte, als sie erkannt hatte, dass ihr Leben eine Lüge war, hatte er gewusst, dass nichts, was sie zu gewinnen hatten, dieses Risiko noch wert war. Es war vorbei. Sie mussten sich ihre Informationen auf einem anderen Weg beschaffen.

Silas beugte sich vor und sah Allen mit der alten Frau an der Kasse flirten. Langsam wich er zurück und fummelte an der Pistole in seiner Manteltasche herum. Inzwischen zweifelte er ernsthaft an seinem alten Freund. Das Konzept der sogenannten *Glaubhaften Abstreitbarkeit* – in den 1950er-Jahren von der CIA für geheime Operationen mit dem Ziel entwickelt, nachweislich belastende Spuren zu vermeiden – war ein stumpfes Schwert. Um Spuren zu vermeiden, die man rückverfolgen konnte, hatte man Peri ohne jede Erinnerung an ihre Vergangenheit in die Organisation Opti eingeschleust. Silas war von dieser Herangehensweise, die Peri zur Schläferin und Doppelagentin machte, nie begeistert gewesen. Noch unerfreulicher war in seinen Augen, dass Allen zusammen mit ihr bei Opti geblieben war, beauftragt, sie abzusichern, während sie die Beweise suchte, die die Allianz benötigte. Es überraschte ihn nicht, dass Allen die Dinge so hingedreht hatte, dass am Ende er derjenige sein würde, der die Wahrheit ans Licht brachte. Allen ging es ausschließlich um Ruhm und Ehre, und es kümmerte ihn wenig, wem er wehtun musste, um beides zu erlangen. Und genau diese Eigenschaften Allens hatten Peri ursprünglich angezogen.

Gestresst zog er die Schultern hoch, als sich die doppelte Glastür öffnete, über deren E-Boards die Wochenangebote flimmerten. Mit angehaltenem Atem trat Silas aus dem Schatten. »Wir müssen uns unterhalten.«

Allens Kopf ruckte hoch, und der Schock, der sich für einen Moment in seinem Gesicht abzeichnete, entlockte Silas ein Lächeln. »Himmel, Silas, du hast mich zu Tode erschreckt.« Allen schob seine Brille hoch. »Was machst du hier?«

»Ich meide die Wanzen in deinem Wagen«, erwiderte er, schubste Allen in den Schatten und zog seine Waffe. »Und überlege mir, ob ich dich abknallen soll oder nicht«, fügte er hinzu, als Allens Kehrseite auf die Ziegelmauer prallte. »Peri hätte mich umbringen können!«

Unbeeindruckt blickte Allen an Silas vorbei zu dem leeren, im Regen liegenden Parkplatz hinüber. »Du solltest mal wieder ausschlafen. Du siehst furchtbar aus«, bemerkte er und machte Anstalten, mit der knisternden Tüte Katzenfutter zu seinem Wagen zu gehen. Als Silas ihn zurück in den Schatten stieß, blickte er pikiert auf. »Da sie dich nicht im ersten Moment eurer Wiederbegegnung erschossen hat, war ja klar, dass sie es auch später nicht tun würde«, gab er gepresst zurück.

Silas' Lippen zuckten. »Ich werde das beenden, und du wirst mir helfen, sie da rauszuholen. Jetzt. Heute Nacht.«

Allens Empörung steigerte sich zu purer Fassungslosigkeit. »Ich hätte nicht zugelassen, dass sie dich umbringt.«

»Hier geht es nicht darum, dass sie eine Pistole auf mich gerichtet hat«, entgegnete Silas barsch und spannte die Finger um die Glock. »Meinst du, das hätte sie vorher noch nie getan? Ich rede davon, die ganze Sache zu beenden. Wir können nicht gewinnen, Allen. Sie ist zu stark angeschlagen. Sag Fran, dass sie sauber ist, damit ich sie rausholen kann.«

Allens Blick huschte zu der Waffe. Einen Meter entfernt

prasselte kalter Frühlingsregen herunter, aber hier war es trocken und staubig. »Wir haben eine echte Chance, es zu schaffen.«

»Eine Chance?«, wiederholte Silas wild gestikulierend. »Es hat nie irgendeine Chance gegeben. Die Informationen, wegen der wir sie bei Opti eingeschleust haben, werden wir niemals bekommen. Wir müssen sie rausholen. Und ihr helfen, wieder sie selbst zu werden.«

Allen bedachte ihn mit einem scharfen Blick. »Geht es dir in Wirklichkeit darum, dass sie sich nicht mehr an dich erinnert? Peri ist nicht angeschlagen.«

»Nennst du das, was du aus ihr gemacht hast, unversehrt?«

»Hey! Ich habe getan, was ich tun musste, damit wir beide überleben«, protestierte Allen. »Bill vertraut mir. Er mag mich nicht, aber er vertraut mir. Ich kann es schaffen.«

Silas wich zurück, starrte seine Pistole an und steckte sie wieder in die Tasche. »Peri fällt auseinander.«

»Es geht ihr gut.«

»Sie erinnert sich an Jack«, sagte Silas, und Allen wich das Blut aus dem Gesicht.

Eine Frau näherte sich, worauf Allen Silas tiefer in den Schatten zog. »Wie kann das sein? Es ist nichts mehr da, das schwöre ich dir«, flüsterte er.

Schweigend blieben sie stehen, bis die Frau in den Laden gegangen war, ohne sie überhaupt zu bemerken. Selbstzufrieden hob Silas den Kopf. Seine Manipulation hatte gehalten, hatte Peri etwas geliefert, das ihr helfen konnte, die Wahrheit zu erkennen. Und sein Eingriff hätte niemals standhalten können, hätte sie ihm nicht vertraut. »Ich habe die latente Erinnerung an Jack als mentalen Ordnungshüter benutzt, um zu verhindern, dass sie eine MEP erleidet«, erklärte er. »Er ist eine Art interaktiver Halluzination.«

»Und sie weiß, dass er nicht echt ist?«, fragte Allen verblüfft.

Silas nickte. »Jetzt schon. Du kannst sie nicht unwissend lassen. Deine falschen Erinnerungen blättern ab wie billige Farbe. Sie weiß, dass du sie belügst. Darum hat sie dich gebeten, Katzenfutter zu holen. Ich hoffe, du hast nichts zurückgelassen, das sie deiner Ansicht nach lieber nicht entdecken sollte.«

Allen rückte seine Brille zurecht. »Nichts, was sie überraschen würde. Was hast du ihr erzählt?«

»Als du im Eastown Theatre bewusstlos am Boden gelegen hast?«, stichelte Silas. »Nicht viel. Aber Jack setzt sie ins Bild. In einem Punkt hatte Sandy recht. Man vergisst nie, man erinnert sich nur nicht.«

Silas zuckte zusammen, als Allen ihm einen Finger in den Leib bohrte. »Mein Leben steht hier auf dem Spiel, nicht deines«, sagte er mit angriffslustigem Blick. »Was hast du ihr über mich erzählt?«

Silas lächelte erbittert. »Alles, abgesehen davon, für wen du arbeitest, denn das weiß ich selbst nicht mehr. Du behauptest ständig, Peri wäre bei Opti heimisch geworden, aber du bist derjenige, auf dessen Konto die bösen Taten gehen. Ich weiß nicht mal mehr, warum wir dieser Sache überhaupt zugestimmt haben.«

Unangenehm berührt, drückte Allen die Tüte mit dem Katzenfutter an sich. »Weil sie es mit oder ohne uns getan hätte. Teufel, Silas, du musst mich nicht einschüchtern. Ich bin jetzt schon eingeschüchtert genug. Ich habe gesehen, wie sie gegen das angekämpft hat, was Opti ihr angetan hat und ihr immer noch antut. Ich musste mir immer wieder bewusst machen, dass sie dem zugestimmt hat, wenn sie mich angeschrien oder mit dem Tod bedroht hat. Es hat drei Wochen gedauert, aus dem völlig ausgerasteten Trotzkopf das zu machen, was du ins Eastown hast hineingehen sehen, und sie ist immer noch geistig und seelisch instabil. Denkst du, das hat mir gefallen?«

Silas versteifte sich. »Sie ist alles, was du je gewollt hast. Bist du jetzt stolz auf dich?«

Allen schürzte die Lippen. »Wie wäre es, wenn du mal von der Mitleidsschiene abspringst? Ich würde nichts lieber tun, als Fran anrufen und ihr sagen, dass Peri zu hundert Prozent auf unserer Seite steht, aber ich weiß nicht, wem gegenüber sie loyal ist. Ich kann ihr kein grünes Licht geben. Ihr gefällt, was sie ist – ein bisschen zu sehr.«

»Dir gefällt, was sie ist.«

»Sei still, und hör mir zu. Ich sage dir, ihr gefällt, was sie ist. Mir ist egal, ob sie dagegen ankämpft. Jedenfalls mag sie die Macht und die Möglichkeiten, den Status, den Opti ihr einräumt. Das Gefühl der Überlegenheit nach jedem Einsatz. Sie hat das, was sie mit Jack gemacht hat, genossen. Sie hat es bis zu einem Punkt genossen, an dem sie Lügen und offensichtliche Inkongruenzen einfach ignoriert hat, bis man sie ihr unter die Nase gerieben hat. Darum wird sie immer wieder gesäubert. Damit sie immer wieder neu durchstarten kann. Ihr gefällt das, und das wissen die. Und darum ist das Jack-Konstrukt immer noch da. Sie lässt nicht zu, dass sie es vergisst.«

Silas lehnte sich an eine Säule. »Sie hat sich ziemlich schnell bereit erklärt, die Allianz zu unterstützen.«

»Was auch der einzige Grund ist, warum ich diese Farce weiter durchziehe. Das und die Tatsache, dass wir gerade in der besten Position der letzten fünf Jahre sind. Denkst du, es hat mir Spaß gemacht, ihren Kopf auszuräumen, bis nichts mehr übrig war? Zuzuhören, wie sie gegen mich gewettert hat? Zu wissen, dass ich es verdient habe? Sie wusste, dass so etwas passieren konnte, und sie hat zugestimmt, aber das macht es nicht einfacher. Ihr Inneres hat sich nicht verändert. Aber die Art, wie sie es zum Ausdruck bringt, schon.«

Silas dachte an die Waffe in seiner Tasche, erinnerte sich an die Furcht und die Entschlossenheit in ihren Augen, als sie ihm auf der Bühne gegenübergestanden und erneut begriffen hatte, wie verkorkst ihre ganze Welt war. »Darum will ich sie rausholen.«

»Unmöglich.« Das Licht des GEÖFFNET-Schilds über dem Laden spiegelte sich in Allens Augen. »Wenn wir sie rausholen, ehe die Sache erledigt ist, wird die Allianz ihr nie vertrauen. Sie ist zu weit gegangen, ist zu dem geworden, was sie sein musste, um bei Opti zu überleben. Sie muss uns Opti auf einem Silbertablett servieren, ehe irgendjemand in der Allianz ihr genügend Vertrauen entgegenbringt, um ihr wieder ihre alten Befugnisse zuzugestehen. Entweder sie bringt es zu Ende und entscheidet sich für die Allianz – ohne vorher von ihren Anfängen zu wissen –, oder sie geht mit Opti unter. Das gilt im Übrigen auch für dich.«

»Für mich?«

Wütend reckte Allen das Kinn vor. »Peri hat gepunktet, indem sie dich befreit hat, aber du hast sie nicht zur Allianz zurückgebracht. Stattdessen bist du mit ihr geflüchtet. Mit ihr und der Tochter der Allianzchefin, von dem besten Putzmann der Allianz ganz zu schweigen.«

»Damit sie eine Chance bekam, es zu Ende zu bringen«, sagte Silas und dachte an seine fruchtlose Unterhaltung mit Fran.

»Hast du das auch Fran erzählt?«, fragte Allen spöttisch. »Hat sie dir das etwa abgekauft? Die sehen nur, dass du nicht das getan hast, womit man dich beauftragt hat.«

Silas ließ den Kopf gegen die harte Ziegelmauer sinken. Er hatte sich geweigert, Peri als Verräterin auszuliefern, ja, und jetzt begegnete die Allianz ihm ebenfalls mit Argwohn.

»Du hast deine Glaubwürdigkeit verloren.« Allen musterte die Geschäftsfassade und dann den nassen Parkplatz. »Die Allianz vertraut mir mehr als dir. Und im Gegensatz zu dir bin ich so oder so abgesichert, auch finanziell.«

»Du hast das alles bis ins Detail ausgeknobelt, wie?«

»Jep.« Allen nickte selbstzufrieden, was Silas nur weiter auf die Palme trieb. »Du wirst einen anderen Weg finden müssen. Diese Liste, die du ins Auge gefasst hast, existiert nicht mehr. Sie konnten den Chip nicht finden, also haben sie Peris Wohnung abgefackelt.«

»Du verdammter Scheißkerl«, raunte Silas. »Du hast gewusst, dass das Peris Ticket da raus war. Wie konntest du zulassen, dass sie es in Brand stecken?«

»Lass mich los!«, forderte Allen kalt. Silas stieß den kleineren Mann zurück und merkte erst jetzt, dass er ihn am Mantel gepackt hatte. »Sie kann ihren Namen immer noch reinwaschen«, sagte Allen, während er mit den Schultern zuckte, um seinen Mantel zurechtzuschütteln. »Das ändert gar nichts.«

»Sie hat ihr Leben für diese Sache gegeben«, murmelte Silas, der nicht mehr wusste, wie er ihr noch helfen konnte.

»Das haben wir alle«, erwiderte Allen rundheraus.

Silas knirschte mit den Zähnen. Sie jetzt rauszuholen würde ihren Ruf und ihre Zukunft ruinieren. Er hatte keine Wahl, er musste den Dingen ihren Lauf lassen, mögliche MEP hin oder her. *Verdammter Mist.* Es widerte ihn an, sich so hilflos zu fühlen. »Sie wird dich umbringen, ehe das alles vorbei ist, Allen.« *Und wenn sie es nicht tut, dann mache ich es.*

»Das habe ich vielleicht verdient«, sagte Allen.

Stumm machte Silas kehrt und ging davon, die Hände in den Taschen, den Kopf zum Schutz vor dem Regen eingezogen. »Denkst du, ich schätze unsere Chancen falsch ein?«, fragte Allen, doch Silas reagierte nicht. »Meinst du, ich würde ihr

Leben einfach so aufs Spiel setzen, wenn ich nicht überzeugt wäre, ich könnte sie schützen?«

Aber Silas hatte Opti nicht aus Feigheit verlassen, während Allen weiter als Doppelagent gearbeitet hatte. Er hatte Opti verlassen, weil er Realist war.

»Ich habe dir zugehört, Silas, jetzt hör du auch mir zu!«, brüllte Allen, dann leiser: »Bill, ehe Sie durchdrehen, weil ich Peri allein gelassen habe, hören Sie mir einfach zu. Ich bin beim Laden. Sie hat mich gebeten, Katzenfutter zu besorgen, damit sie meine Wohnung durchsuchen kann. Ich dachte, das könnte ihr helfen, sich besser zu fühlen, also bin ich gegangen.«

Ruckartig blieb Silas stehen und wirbelte um die eigene Achse. Allen stand unter den summenden Außenleuchten im Regen, das Katzenfutter neben den Füßen und das Telefon am Ohr.

»Mir macht es nichts aus, wenn sie sich umschaut«, versicherte Allen, während Silas zu ihm zurückkehrte. »Sie wird sich entspannen, wenn sie das Gefühl hat, dass alles unter Kontrolle ist. Außerdem wollte ich raus, damit ich mit Ihnen reden kann. Ich habe gewisse Bedenken.«

»Weshalb?« Allen hielt das Telefon so, dass Silas Bill hören konnte. Dessen sonst so großspurig klingende Stimme hallte blechern aus dem winzigen Lautsprecher.

Und seine Rückfrage klang weniger nach einer Frage als nach einer argwöhnischen Warnung.

»Ach so, Sie meinen die Erinnerungen, die Ihr Team implantiert hat«, sagte Allen. »Ich glaube, sie werden nicht halten.«

»Dann gehen Sie rein, und optimieren Sie sie«, forderte Bill. »Dachten Sie, das würde einfach werden?«

»Bill«, setzte Allen an, doch Bill war noch nicht fertig.

»Sandy sagt, Ihre Einstellung sei die Ursache für Peris Hemmungen, und ich neige dazu, ihr zuzustimmen. Also, legen Sie sich ein paar Eier zu, ja? Ich brauche Sie nächsten Monat beide für einen Außeneinsatz.«

»Tut mir ja so leid, dass ich ein Hindernis für die von Ihnen gewünschten Ergebnisse darstelle«, erwiderte Allen angespannt, und Silas' Misstrauen erreichte neue Höhen. »Sandy ist nie von ihr verletzt worden.«

»Doch, das wurde sie«, konterte Bill.

»Dieser Messerwurf hat sie überhaupt nicht erwischt. Außerdem muss Sandy nicht mit dem Miststück schlafen.«

»Und wenn Sie es täten, wäre es vielleicht gar nicht so weit gekommen«, gab Bill zu Silas' Erschrecken zurück. »Gehen Sie zurück in Ihre Wohnung. Es hört sich so an, als würde sie die gerade auseinandernehmen und irgendwelchen Unsinn mit ihrer Katze reden.«

Silas begegnete Allens Blick. Sie redete nicht mit der Katze, sie redete mit Jack. »Hören Sie, ich begreife ja, dass es ihr helfen könnte, die Dinge zu verarbeiten, wenn sie Silas tötet«, sagte Allen, »aber die Begegnung mit ihm könnte auch etwas freigesetzt haben. Sie vertraut mir nicht.«

»Wollen Sie ihr das etwa vorwerfen?«, gab Bill spöttisch zurück. »Ich halte das für eine ganz vernünftige Reaktion. Silas' Team ist zurückgekommen und hat sie aufgehalten. Sie hat vollkommen recht, wenn sie sagt, dass Ihre Informationen nichts getaugt haben. Vielleicht sind Sie ihren Ansprüchen nicht gewachsen.«

»Zum Teufel mit Ihnen«, sagte Allen mit einem Groll, der zu heftig war, um gespielt zu sein. »Ich habe nicht um diesen Auftrag gebeten.«

»Nein. Sie haben die Sache nur so übel versaut, dass Sie ihn übernehmen mussten. Also sorgen Sie dafür, dass es funktioniert. Besorgen Sie Eis und Erdbeeren. Sie ist eine Frau, Allen.

Behandeln Sie sie auch wie eine. An ihr ist nichts verkehrt, das sich nicht mit einem guten Fick reparieren ließe.«

Mit angewiderter Miene beendete Allen das Gespräch und steckte das Telefon weg. »Meinst du immer noch, ich wüsste nicht, was ich tue?«, fragte er erbittert. »Bill vertraut mir, gerade weil Peri es nicht tut. Ich mache meine Arbeit, also sag du mir nicht, du würdest dem ein Ende machen, solange ich die riskantere und schwerere Aufgabe zu erledigen habe. Kapiert?«

Silas sah an ihm vorbei, ihre gemeinsame Vergangenheit vor Augen. »Wie viel von alldem war gelogen?«

Allen hob das Katzenfutter auf. »Wenn du wissen willst, ob ich mit ihr schlafe: Nein, das tue ich nicht.«

Silas ging nicht darauf ein, war aber nicht eben begeistert darüber, wie viel ihm das bedeutete. »Ich gebe dir zwei Wochen.«

»Du mir? Du hast hier nicht das Sagen, Silas, sondern ich.«

Silas' Finger ertasteten die Waffe in seiner Tasche, und er zog sie hastig weg. »Sie ist zu nahe an einer MEP. Wenn es in zwei Wochen keinen Durchbruch gegeben hat, hole ich sie raus. Mir ist egal, ob die Allianz sie schasst, sie ignoriert oder einen Killer auf sie ansetzt.« Allens Miene verfinsterte sich, als er begriff, dass die Drohung nicht aus der Luft gegriffen war. »Zwei Wochen.«

Damit wandte Silas sich ab und stapfte hinaus in den Regen.

# 32

Allens Wohnung gefiel Peri ungefähr genauso gut wie die Sachen, die in ihrem Teil des Kleiderschranks hingen. Beides war ein Mischmasch aus Farben und Strukturen, bei deren Anblick sie überlegte, ob Allen wohl farbenblind war. Irgendwie hatte es der professionelle Stil seiner Kleidung nicht bis zur Inneneinrichtung seiner Wohnung geschafft. Aber vielleicht war sein Geschmack auch nur besonders vielschichtig.

Seufzend setzte sich Peri mit Carnac auf dem Schoß auf die lederbezogene Ottomane vor dem Gaskamin und sah sich den Werbespot einer Versicherung an. Sie kam nicht umhin, den mit unzähligen Pflastern beklebten Hauseigner im Fernsehen zu bewundern, der die Küchengardinen in Brand setzte, als er versuchte, einer nicht mehr brennenden Zündflamme mit einem Streichholz Leben einzuhauchen Er hatte eine Menge Spaß an der Zerstörung, ohne sich Gedanken über die Folgen machen zu müssen. Vielleicht täte es ihr gut, wäre sie ein wenig mehr wie er.

Die Glocke an Carnacs Halsband bimmelte, als sie sie mit dem Fingernagel anschlug. Der Kater erschrak und bohrte ihr die Klauen ins Bein. Seit er in der Kiste hergebracht worden war, war er nervös. Entweder das, oder die moderne Kunst in Form von Gemälden, die bunte Farbblöcke abbildeten, machten ihm ebenso zu schaffen wie ihr.

Der größte Teil ihrer Sachen war immer noch in ihrer eigenen Wohnung, und wenn sich die Dinge hier nicht sehr schnell zum Besseren wandelten, würde sie sich ihre Zahnbürste und ihren Kater schnappen und nach Hause gehen. Je mehr Abstand sie von den Zweifeln bekam, die Silas gesät hatte, desto alberner und unwahrscheinlicher kam ihr die ganze Sache vor. Wäre da nicht Jack, der derzeit neben dem leeren Regal vor der Kiste mit ihren Talismanen stand, hätte sie womöglich an sich selbst gezweifelt.

*Vielleicht ist dies das erste Stadium einer MEP.*

Als hätten ihre Gedanken die Halluzination stimuliert, drehte sich Jack um und hielt eine Stoffpuppe in einem Kimono hoch. »Wo um alles in dieser beschissenen Welt hast du denn das her?«

»Woher soll ich das wissen?« Sie stand auf und fegte sich die Katzenhaare vom Körper. Dass keiner der Gegenstände in der Kiste irgendeine reale Bedeutung für sie hatte, war zermürbend. Allen behauptete, es liege daran, dass die mit ihnen verbundenen Erinnerungen nicht defragmentiert worden seien, aber sie glaubte es nicht so recht – zumal Jack darin herumstöberte, als sähe er sie zum ersten Mal. Allen hatte das Regal über dem Fernseher ausgeräumt, damit sie die Talismane hineinlegen konnte, aber sie brachte es einfach nicht über sich. Er war gerade erst gegangen, und schon wurde sie unruhig. Das Katzenklo hatte seinen Weg hierher gefunden, das Katzenfutter nicht, also war er losgezogen, um etwas zu besorgen.

Peri schlenderte in die Küche und verzog das Gesicht, als sie den Kühlschrank öffnete. Sie würde sich bestimmt nicht in Allens Mutter verwandeln und putzen. Dann sah sie drei Beutel Katzenfutter und stutzte. »Ich dachte …«, murmelte sie und blickte Carnac an, der sich halb verhungert um ihre Beine schlängelte. »Tut mir leid, Carnac. Es war die ganze Zeit hier.«

Auf der anderen Seite des Wohnzimmers kicherte Jack, während er einen Fetzen Stoff befingerte, der ihr rein gar nichts sagte. Nun aber erinnerte sie sich, das Katzenfutter im Kühlschrank deponiert zu haben. Sie schnappte sich einen Beutel und öffnete auf der Suche nach einer Untertasse einen Schrank. So eine Schusseligkeit passte gar nicht zu ihr. Beunruhigt legte sie das übrige Futter in den Vorratsschrank, wo es hingehörte.

»Nur eine Sekunde«, bat sie, als sie den Beutel öffnete. Die Katze sprang auf den Küchentisch, noch ehe sie die Schale auf den Boden stellen konnte, und Peri brach in Gelächter aus. »Lieber Himmel, du wirst bestimmt nicht verhungern«, sagte sie und beförderte erst die Schale und dann die Katze auf den Boden. Carnac stürzte sich auf das Futter und ignorierte die Liebkosung seiner Ohren, während sie das Halsband so ausrichtete, dass das Stundenglasmuster sichtbar wurde.

*Sie haben mein Strickzeug hergebracht.* Sie musterte den Leinenbeutel neben der Couch, und dann fiel ihr ein, dass sie Allen erzählt hatte, sie wolle den Schal an diesem Wochenende fertig stricken. »Warum habe ich das Katzenfutter in den Kühlschrank gelegt?«, fragte sie, als sie sich auf die Couch fallen ließ.

Jack tauchte plötzlich zwischen ihr und dem Kamin auf und erschreckte sie. »Wie sonst hättest du Allen aus der Wohnung kriegen sollen? Mit Ausnahme des Katzenfutters hätte alles auch noch bis morgen warten können.« Er wühlte wieder in der Kiste mit ihren Talismanen. »Der treibt dich in den Wahnsinn.«

Sie zuckte mit den Schultern, aber Jacks Idee gefiel ihr deutlich besser als der Gedanke, sie sei so gestresst, dass sie sich selbst in den Wahnsinn trieb. »So?«, murmelte sie und überlegte, ob die Wohnung wohl verwanzt war. Vielleicht sollte sie aufhören, mit Jack zu reden. *Jack, kannst du mich immer noch hören?*, dachte sie.

Er verblüffte sie damit, »Nein«, zu sagen. »Komm und sieh dir das an. Denkst du, das ist echt? Oder ist das etwas, das Bills Frau auf einem privaten Flohmarkt aufgestöbert hat?«

»Oh. Mein. Gott. Ein neuer Rekordwert auf der Skala der

Abscheulichkeiten.« Peri stemmte sich hoch und stellte fest, dass sie sich mit ihrer Halluzination immer wohler fühlte. Silas hatte ihr gesagt, dass Jack sie verraten hatte, aber wie konnte sie einer Halluzination böse sein? Was ihr mehr zu schaffen machte, war der Umstand, dass Jack die Muschel mit der angeklebten Meerjungfrau nicht wirklich in Händen hielt. Die lag immer noch in der Kiste, und sie wollte gar nicht wissen, welche Art mentaler Akrobatik ihr Geist aufführte, um Schein und Wirklichkeit in Einklang zu bringen.

Peri wollte das Ding nicht in die Finger nehmen, ehe er es wieder weggelegt hatte und ihre Realität mit ihrer Vorstellung übereinstimmte. Das hässliche Objekt fühlte sich tot an, als sie es in die Hand nahm. »Das gehört nicht mir«, stellte sie fest und legte es auf das leere Regal. »So einen Kitsch würde ich nie als Talisman mitnehmen.«

Aus einer plötzlichen Eingebung heraus zog sie das Foto von sich und Jack aus dem BH, faltete es auseinander und lehnte es an die Muschel. Langsam breitete sich ein Lächeln auf ihrem Gesicht aus. Jack steckte die Hände in die Hosentaschen und wippte zufrieden auf den Fersen auf und ab, während sie es gemeinsam betrachteten. Es fühlte sich richtig an, dennoch verblasste ihr Lächeln, als sie an Howard und … Taf? … dachte. Sie hatte sich nicht an die beiden erinnert, aber es lag auf der Hand, dass die sich an sie erinnert hatten. Besonders Taf schien es geschmerzt zu haben, dass Peri sie vergessen hatte.

»Schon in Ordnung, Babe«, sagte Jack und befummelte das Foto, bis der Knick in der Mitte nicht mehr ganz so deutlich hervortrat. »Du bist so angespannt, du weißt nicht mal, welcher Tag gerade ist. Ich habe gewöhnlich beinahe zwölf Stunden warten müssen, ehe ich dir nach einem Sprung irgendetwas zurückbringen konnte. Das ist ganz normal.«

Obwohl er eigentlich gar nicht da war, wirkte seine Gegenwart tröstlich auf sie. Vielleicht brauchte sie wirklich nur ein bisschen Zeit.

»Das sieht aus wie ein echter Talisman«, fügte er hinzu, während er, die Hände in die Hüften gestemmt, das zerknitterte Foto betrachtete. »Schade, dass Silas es gefaltet hat. Soll ich es wieder in Ordnung bringen?«

»Das kannst du?«, fragte sie, und er strich mit einem Finger über das Bild, das in ihrem Geist sogleich unversehrt und makellos erschien.

*Wow*, dachte sie, und ein sonderbares Gefühl breitete sich in ihr aus. Mit angehaltenem Atem ergriff sie das Bild, nachdem sie innerlich die Falte ausgelöscht und das Foto in seinem ursprünglichen Zustand wiederhergestellt hatte. Mit zitterndem Finger fuhr sie über ihr zufriedenes Lächeln. *Einen solchen Seelenfrieden würde ich jetzt gern wiederfinden.* Plötzlich entfaltete sich in ihrem Inneren eine Erinnerung an Jack – zart wie eine Rosenblüte, die sich im Regen öffnet.

»Peri!«, rief Jack besorgt, als sie am ganzen Körper zitterte. Die Hitze von tausend Sommern stürmte auf sie ein. Ihr Herz raste. Sie hörte das Rezitieren uralter Worte. Spürte den Rausch, den der aus vergorenen Wurzeln unbekannter Pflanzen hergestellte reine Alkohol bei ihr ausgelöst hatte. Bedachte Jack mit einem trägen, zufriedenen Lächeln, denn sie beide wussten, dass sie an einem uralten ewigen Zyklus teilhatten, der alle Zeitalter umspannte.

Das war eine Erinnerung, eine echte Erinnerung. Sie presste das Foto an ihren Körper. »Oh, Jack«, flüsterte sie und hielt die Augen fest geschlossen, wollte das grausame Zerrbild nicht sehen, jenen Fluch, mit dem Silas sie belegt hatte. Jack war tot. Sie erinnerte sich nicht, wie oder wann er gestorben war, aber sie wusste, dass sie ihn geliebt hatte und dass er ihr Anker gewesen war.

Allen war ein Blender. Silas hatte die Wahrheit gesagt. Das musste ein Erinnerungsknoten sein, doch anstatt sie zu ängstigen, erfüllte er sie mit neuer Hoffnung. Silas hatte recht.

*Jack ...*

Peri schlug die Augen auf und schluchzte einmal – nur einmal – beim Anblick der Halluzination. Jack hielt den Kopf gesenkt, als würde er den gleichen Schmerz verspüren. Sie hatte ihn getötet, nachdem sie herausgefunden hatte, dass er sie ganze drei Jahre lang belogen hatte. Es tat weh, ihn anzusehen – auch wenn sie wusste, dass das eigentlich nicht er war. »Du hast mich einmal geliebt«, sagte er sanft, als sie das Foto mit einer Ehrfurcht hochhielt, die normalerweise nur ihren Talismanen vorbehalten war.

Hektisch blinzelnd, strich sie das Foto glatt. Allen belog sie. Bill belog sie. Sie wünschte sich, dass das, was Silas ihr gesagt hatte, wirklich wahr wäre. Doch es war beinahe zu beängstigend, darüber nachzudenken, dass Erinnerungen nicht nur zerstört, sondern auch aus dem Nichts aufgebaut werden konnten. Die Opti-Leute konnten aus ihr machen, was immer sie wollten. Sie musste da raus, ehe die sie in irgendetwas verwandelten, das sie nicht war.

Sie musste die Wahrheit herausfinden, sofort. »Ich muss hier raus«, flüsterte sie.

»Wie?« Jack setzte sich entmutigt, die Beine weit gespreizt. »Silas hat gesagt, du seist gechippt. Wenn du gehst, werden sie dir einfach folgen.«

Peri trommelte ein hastiges Stakkato auf das Regalbrett. »Zeit, meine Narben zu begutachten«, erwiderte sie und eilte ins Badezimmer.

Aufgeregt wartete sie darauf, dass sich das Licht einschaltete. Plötzlich sehr nervös, zog sie sich hastig bis auf BH und Slip aus und genoss dabei die Wärme der beheizten Fliesen. Die

Verbrennung an ihrer Schulter war die neueste Verletzung. Dass sie sich nicht an sie erinnern konnte, war verstörend, umso mehr, als Silas behauptet hatte, ihre Wohnung sei abgefackelt worden. Die Narbe an ihrem Knie stammte von ihren ersten Versuchen beim Einradfahren, als sie zwölf gewesen war. Die an der Stirn, gleich unter dem Haaransatz, hatte sie sich zugezogen, als sie gegen eine Tür gerannt war. Die zerklüftete Einbuchtung am Arm verdankte sie einem Wachhund. Eine lange Narbe am Oberschenkel war die Folge eines Messerstichs. Jennifer, ihr damaliger Anker, war verdammt wütend gewesen. Aber für die anderen hatte sie keine Erklärung.

Plötzlich löste sie die Finger von der Haut und verzog das Gesicht. Da war eine Verdickung an ihrem Ellbogen, bei der es sich um eine Narbe handeln mochte. Außerdem eine winzige Linie an der Schulter, die sie nur mithilfe ihres Handspiegels erkennen konnte. »Also?«, fragte sie die Halluzination, die nun mitten in der offenen Tür stand. Die Linie an ihrer Schulter war kaum zu sehen, wirkte aber recht frisch. Wenn sie es richtig angestellt hatten, würde nicht einmal eine erkennbare Narbe zurückbleiben.

»Ich denke, es ist wirklich schade, dass ich tot bin, Babe.«

Peri blickte ihm über den Spiegel in die Augen. »Hör auf damit. Ist sie das?«

Er schüttelte den Kopf. »Nein. Da ist noch eine frischere an deinem Arsch.«

»Unmöglich!« Peri verdrehte sich die Wirbelsäule bei dem Versuch, sie zu finden. »Woher weißt du das?«

»Du hast sie in der Wanne gespürt«, erklärte er. Nach kurzem Nachdenken fiel ihr ein, dass sie eine winzige Beule, gerade so groß wie ein Reiskorn, bemerkt hatte, als sie das letzte Mal ein Bad genommen hatte.

»Soll das ein Witz sein?«, murmelte sie und betastete auf der

Suche nach dem festen kleinen Knoten die glatte Haut. Wie sollte sie das Ding rauskriegen? Sie konnte es ja nicht einmal sehen.

»Du könntest Silas fragen …«

Frustriert legte sie den Handspiegel weg, riss sich die Unterhose wieder hoch und schnappte sich Allens Bademantel, der an einem Haken hing.

»Oh, Babe«, protestierte Jack, als sie ihn fest zuschnürte.

»Ich werde nicht nackt in seiner Wohnung herumlaufen«, verkündete sie, öffnete eine Schublade und durchwühlte auf der Suche nach einem Skalpell, einer Rasierklinge oder was immer die maskulinen Utensilien. Mit zusammengekniffenen Augen musterte sie die zwei Packungen Kondome. *Immer noch besser als Drogen.* Dann fand sie Drogen und nahm sich einen Moment Zeit herauszufinden, um was es sich handelte. Zunächst war sie erleichtert, dann besorgt, denn es waren keine Partydrogen, sondern Medikamente – gewaltige Hämmer, dazu gedacht, einen Menschen im Handumdrehen plattzumachen.

Keine geeignete Klinge. Als Nächstes versuchte sie es in der Küche, zog Schubladen heraus, sodass der dahinter liegende Hohlraum sichtbar wurde, während sie sie durchwühlte. Hinter der Mikrowelle fand sie ein Waffenversteck und stieß einen Pfiff aus, der Jack herbeilockte. Sie benutzte ein Geschirrtuch, um die größte Waffe herauszuholen.

»Das ist eine halbautomatische Night-fire Scout«, erklärte die Halluzination, deren Waffenneid offen zutage trat.

»Woher weißt du das?«, fragte Peri, während sie die Waffe in ihr Fach zurücklegte. »Ich weiß es nämlich nicht.«

»Dein Unbewusstes weiß es«, erwiderte Jack. »Du musst zugehört haben, als ich meine Weihnachts-Wunschliste angefertigt habe.«

*Vielleicht habe ich das*, überlegte sie, während sie darum

kämpfte, den Mikrowellenherd zurück an seinen Platz zu bugsieren. Aber nun war ihre Neugier geweckt, und sie fing an, die Wohnung ernsthaft zu durchsuchen. Ihr Ärger wuchs, als sie eine Waffe nach der anderen entdeckte, versteckt hinter Schubladen und in doppelten Rückwänden von Schränken. Zehn Minuten später richtete sich Peri auf, um Luft zu schnappen. Es gab nur spärliche Hinweise auf ihre Sucherei, abgesehen von dem Ruß aus dem Kamin, der sich bei ihrer Untersuchung des Abzugsrohrs gelöst hatte. Sie hatte eine passable Erste-Hilfe-Ausrüstung im Wäscheschrank entdeckt, aber das war nur der kleinste ihrer neuen Schätze.

*Die hätten mich nie allein lassen dürfen*, dachte sie, als sie mit der Erste-Hilfe-Ausrüstung und einer Rolle Papiertücher ins Bad zurückkehrte. Mit pochendem Herzen zog sie Allens Bademantel aus und legte sorgfältig alles bereit, was sie brauchen würde.

Wieder verharrte Jack mit besorgter Miene im Türrahmen. »Mach es lieber schnell«, riet er. »Tu einfach so, als wäre es ein Pfeil. Pfeile haben dich schon früher getroffen.«

»In dem Punkt muss ich mich wohl auf dich verlassen.« Unbeholfen setzte sich Peri mit dem nackten Hintern auf den Waschtisch und verdrehte den Oberkörper, um etwas zu sehen. »Bin ich da an der richtigen Stelle?«

»Woher soll ich das wissen?«

Seufzend betastete sie mit dem Zeigefinger den Muskel, während sie das Skalpell zwischen Mittelfinger und Daumen hielt. Ihre Hand verkrampfte sich, aber sie hielt die Luft an und machte einen Einschnitt, worauf Blut herausschoss. Aufatmend legte sie das Skalpell auf einem Papiertuch ab und schnappte sich ein antiseptisches Tuch. Als es ihre Haut berührte, zischte sie vor Schmerz. Aber da sie wie ein abgestochenes Schwein blutete, wickelte sie hastig weitere Papiertücher von der Rolle und presste sie auf die Wunde.

»Äh, Babe …«

»Halt die Klappe«, murmelte sie. Ihr war übel, doch sie tupfte weiter das Blut auf, bis der Strom endlich nachließ. Dann presste sie die Haut um die Wunde herum zusammen. Als ein Gegenstand von der Größe eines Reiskorns herausglitt, schlug ihr Magen einen Purzelbaum.

Angewidert schürzte sie die Lippen, legte das kleine Stück Elektronik weg und griff zu Verbandsmull und Pflaster. Der Einschnitt war klein, aber ein normales Heftpflaster würde nicht reichen. Erst als sie Allens Bademantel wieder übergeworfen und sich vergewissert hatte, dass außer an dem Skalpell und den Papiertüchern nirgends Blut zu sehen war, sah sie sich an, was sie da aus sich herausgeholt hatte.

»Die haben mir eine gottverdammte Arschwanze verpasst«, bemerkte Peri und stupste das Ding mit dem Finger an, ehe sie ein weiteres Stück Pflaster abschnitt und die Wanze darauf festklebte.

»Das hast du gut gemacht, Peri. Ich bin stolz auf dich.«

Angepisst blickte sie zu Jack empor. Jetzt war er sonnengebräunt, das blonde Haar ausgebleicht, als wäre er in der Wüste gewesen, und an seiner Nase klebte Schmutz. Entschlossen tapste Peri ins Schlafzimmer und klebte die Wanze unter dem Bett fest. Carnac lag dort versteckt und starrte sie aus großen Augen an, vermutlich noch immer verängstigt, nachdem sie alles auseinandergenommen hatte. Als sie sich wieder erhob, tat ihr Hintern weh, aber sie empfand viel mehr Ärger als irgendetwas anderes.

Rasch kehrte Peri ins Bad zurück, um die Hinweise auf ihre kleine Operation einzusammeln und zum Kamin zu bringen. Er zündete mit einem Wuuusch, und sie setzte sich zu der Kiste mit Schätzen, die nicht ihr gehörten. Carnac sprang ihr auf den Schoß, und sie streichelte ihn geistesabwesend. Nun, da der

Tracker fort war, konnte sie sich frei bewegen, aber sie musste daran denken, ihn mitzunehmen, wann immer sie fortging, um die Illusion aufrechtzuerhalten, dass er immer noch in ihrem Körper steckte. »Wie soll ich das wieder in Ordnung bringen, Carnac?«, murmelte sie stirnrunzelnd. »Und wer nennt seine Katze bloß Carnac?«, fügte sie hinzu und strich mit der Hand bis zur Schwanzspitze über sein Fell.

Plötzlich ruckte ihr Kopf hoch. Jack hatte ihm den Namen gegeben. Carnac war ihre Katze.

»Jack?«, flüsterte sie, ohne ihn zu sehen, und prompt tauchte er mit einer Flasche Wein in der Hand aus der Küche auf. »Du hast ihn Carnac genannt, nicht wahr?«

Er nickte, und sie drückte den Kater an sich. Sie hatte es gewusst. Sie wusste zwar nicht, wie das möglich war, aber sie hatte es gewusst. Niemand hatte ihn zurückgefordert. Er war in ihr Leben hineinspaziert, als würde er sie kennen, weil er sie tatsächlich kannte. Er war ihr Kater, und er war real. Und das waren keine gewöhnlichen Sanduhren auf seinem Halsband, es waren Stundenglasrunen.

*Silas hat etwas über einen Chip mit einer Liste korrupter Opti-Agenten gesagt.*

»Sieh dir das Halsband an«, sagte Jack, doch da fummelte sie bereits am Verschluss herum. Die kleine Glocke klingelte, und Carnac ergriff die Flucht, kaum dass sich das Halsband löste. »Opti konnte sie nicht finden, weil die Katze sie hatte. Sie ist das Einzige aus unserer Wohnung, das immer noch da ist.«

»Meiner Wohnung«, murmelte sie, sprang hastig auf und verharrte gleich darauf, als ihr Hintern schmerzhaft pulsierte. Im Badezimmer gab es eine Lupe, also kehrte sie dorthin zurück, drehte das Licht auf die höchste Stufe und untersuchte das Halsband, hielt nach irgendetwas Ungewöhnlichem Ausschau.

*Nichts.* Verzweiflung ergriff Besitz von ihr, während sie das Halsband im Lichtschein hin und her drehte. Vielleicht versteckte sich der Chip unter der Verzierung, doch schon als sie anfing, sie abzutasten, zweifelte sie daran.

»Das Glöckchen«, schlug Jack vor, und sie drehte auch das im Licht hin und her. Die Lupe beschlug unter ihrem Atem. Ungeduldig wischte sie sie mit dem Ärmel von Allens Bademantel ab.

»Da ist was auf der Innenseite«, flüsterte sie. *Ein Chip?* Ihre Augen weiteten sich, als sie erkannte, dass es tatsächlich einer war.

Mit einem Schwindelgefühl fuhr sie zurück. Sie spürte, wie ihr Leben durch die Lücken in den Lügen sickerte und sich zu einem neuen, unbekannten Muster anordnete. *Mein Gott, was, wenn das alles wahr ist?* Peri schlug das Herz bis zum Hals, und sie umklammerte das Glöckchen so fest, dass es sich schmerzhaft in ihre Handfläche drückte.

»Er ist bestimmt verschlüsselt. Ruf Silas an«, sagte Jack und nippte an dem nicht existenten Wein.

Sie ließ den Kopf sinken und öffnete langsam die Hand. Zwar hatte sie die Tinte abgewaschen, aber es war noch ein erkennbarer Schatten übrig, sodass sie die Nummer lesen konnte. Doch Silas zu vertrauen verlangte viel von ihr.

»Du traust ihm nicht?«, fragte Jack. Sie blickte auf und starrte zur Decke empor, als könnte sie dort die Antwort finden.

»Das werde ich wohl müssen«, wisperte sie.

Jack drehte sich zur Tür um, und sie riss die Augen weit auf: Motorengeräusche auf dem Parkplatz. Allen? War er schon zurück?

»Mist«, fluchte sie leise und geriet beinahe in Panik, während sie sich beeilte, Carnacs Glöckchen an ihrem Schlüsselbund zu befestigen. Kaum hatte sie ihn wieder in ihrer Handtasche verstaut, lief sie zu dem Foto von ihr und Jack und behielt es unentschlossen in der Hand. Es gab kein sicheres Versteck dafür, und sie konnte nicht riskieren, dass es gefunden wurde und Fragen provozierte. »Tut mir leid, Jack«, sagte sie und warf es ins Feuer, wo die Flammen sogleich an dem Papier zu lecken begannen. *Es tut mir so leid. Aber du bist ja bei mir. Ich werde dich nie vergessen können.*

»Hallo, Allen«, rief Peri und drehte sich lächelnd um, als die Wohnungstür geöffnet wurde. »Meinst du, du kannst mir im Bad ein bisschen Platz für meine Sachen machen? Zwei Schubladen vielleicht?«

*Ich kriege das hin*, dachte sie, als er ihr Lächeln erwiderte und eine große Tüte mit Katzenfutter und Eiscreme hochhielt. *Sogar ohne einen Anker.*

# 33

Peri saß am Küchentresen, hielt sich das Telefon ans Ohr und scheuchte mit der anderen Hand die letzten kleeblattförmigen Marshmallows in ihrer Schale umher. Die Kleeblätter hatte sie immer zuletzt gegessen, schon als sie noch ein kleines Mädchen gewesen war. *Um mir Glück für den Tag zu sichern, und Glück kann ich brauchen.* Mit halbem Ohr lauschte sie auf das Läuten des Telefons. Sie wollte sich mit Silas treffen und ihm den Chip geben. Aber Kontakt zu ihm aufzunehmen war eine verzwickte Angelegenheit, die sie auf keinen Fall von ihrer Wohnung aus erledigen konnte.

Ihr Telefon war verwanzt, was kein Problem war, solange sie stets das Richtige sagte. Allen war im Schlafzimmer, betäubt mit Hilfe seines eigenen geheimen Medikamentenvorrats, nachdem sie ihn letzte Nacht dazu gebracht hatte, sich so weit zu entspannen, dass er die Nadel gar nicht bemerkt hatte. Diese Drogen waren von erlesener Qualität. Wenn er aufwachte, würde er keinen Brummschädel haben, keinen schlechten Geschmack im Mund und keinen Grund, die Füllstände der kleinen Fläschchen zu kontrollieren. Die gute Nachricht lautete, dass er noch etwa vier Stunden fest schlafen würde. Die schlechte Nachricht besagte, dass diese Drogen vermutlich hier waren, damit Allen sie bei ihr einsetzen konnte.

»Hallo. Opti-Gesundheitszentrum.«

Sie glitt von ihrem Hocker. Carnac wickelte sich hoffnungsfroh um ihre Füße, und sie stellte ihm die Schale Milch auf den Boden. »Äh, hi. Hier ist Peri Reed. Ich rufe für Allen Swift und mich an«, sagte sie, ging zum Fenster und lugte durch die Jalousie hinaus. »Ich würde den Termin für heute Morgen gern auf den Nachmittag verschieben. Gestern ist es spät geworden, und er hat einen Schädel, der ungefähr so groß ist wie Montana.«

Auf der belebten Straße war nichts zu sehen, was auf Opti verwies, nicht einmal eine Drohne. Aber dazu bestand auch kein Anlass, nicht solange der Tracker ihnen verriet, dass sie immer noch im Bett lag. Sie musste mit Silas sprechen.

»Ja, Ma'am. Ist halb vier in Ordnung?«, erkundigte sich die Stimme am anderen Ende, und Peri schloss die Jalousie wieder.

»Ja. Wir werden da sein.« Dann legte sie ihr Telefon auf den Küchentisch und ging ins Schlafzimmer, um nach Allen zu sehen.

»Schlaf gut, Liebster«, flüsterte sie, während sie seinen Puls fühlte. »Ich würde dir ja einen Donut mitbringen, aber dann wüsstest du, dass ich weg war.« Sie wandte sich ab und betrachtete ihr Gesicht im Spiegel, sah die Müdigkeit unter Highlighter und Grundierung. »Wo sind meine verdammten zwei Wochen Urlaub geblieben, Bill?«, flüsterte sie und besserte den kräftigen Lidstrich nach, sodass er seitlich beinahe einen Zentimeter über die Augen hinausreichte. Für acht Uhr am Morgen wirkte das zusammen mit der kunstvollen Betonung der Wangenknochen übertrieben dramatisch, veränderte ihr Gesicht aber ausreichend, dass die Kameras auf den Straßen sie nicht identifizieren würden.

Zufrieden steckte sie den Stiftanhänger unter ihr Shirt und zupfte den Saum der Jacke zurecht, die sie angezogen hatte, um das abscheuliche Blumenmuster ihres Tops zu verstecken. Dann musterte sie aus zusammengekniffenen Augen ihr Haar, das ihr über die Schultern fiel. Ihrer Mutter würde es gefallen, aber es musste gekürzt werden. Im Fall eines Kampfes stellte es in dieser Länge eine unnötige Gefahr dar.

Sie kehrte in die Küche zurück und zog eine Schublade aus ihrer Führung, um Allens Messerversteck bloßzulegen. Ihre Wahl hatte sie bereits während ihrer Suche am Vorabend getroffen, und nun ließ sie das schmalste Messer in ihre Stiefelscheide gleiten. Mit der Handtasche über der Schulter vergewisserte sie sich, dass das Schloss einrasten würde, wenn sie die Tür zuzog, und niemand in die Wohnung gelangen konnte. Dann trat sie auf den Gang hinaus und genoss die angenehm frische Luft. Nachdem sie sich rasch umgeschaut hatte, klemmte sie den Papierstreifen eines Glückskekses zwischen Tür und Rahmen, damit sie bei ihrer Rückkehr sehen konnte, ob während ihrer Abwesenheit jemand gegangen oder gekommen war.

Auf den Straßen ging es geschäftig zu. Neidisch beäugte sie auf dem Weg zur Hochbahn den einen oder anderen dampfenden Kaffeebecher. An Allens Seite hatte sie nicht gut geschlafen. Immer wieder machten sich Ungereimtheiten in ihrem Gehirn bemerkbar, was weniger an dem lag, woran sie sich erinnerte, als an dem, woran sie sich nicht erinnerte. Sie erinnerte sich, eine Mahlzeit verzehrt zu haben, nicht aber, die Lebensmittel gekauft zu haben, um sie zuzubereiten. Sie erinnerte sich, mit Allen durch den Park gejoggt zu sein, aber nicht, woher sie die Schuhe hatte, die sie dabei getragen hatte. Sie konnte sich an die Filme erinnern, die sie sich im Kino angesehen hatten, nicht aber daran, in einer Schlange an der Kasse gestanden oder das Popcorn gekauft zu haben, das sie gegessen hatten. Man hatte sie belogen. Die Leute, denen sie ihr ganzes Erwachsenenleben lang vertraut hatte, hatten sie belogen, hatten ihr den Kopf mit Erinnerungen und Ideen vollgestopft, die nicht von ihr selbst stammten, und nun war sie mehr als sauer.

Es war nur eine kurze Fahrt zu ihrer alten Wohnung am Lloyd Park. Als sie den Hochweg verließ, blieb sie einen Moment lang nachdenklich stehen. Alles war ihr vertraut: die Neonfarben, die sauberen Straßen, die Plätze, auf denen sich Menschen in Gruppen zusammenfanden und den Frühlingsmorgen am Springbrunnen genossen. Sie wusste auch, was sie sehen würde, wenn sie sich die Nebenstraßen anschaute: die gleichen schicken Geschäfte wie schon vor fünf Jahren. Das Gefühl heimzukehren überwältigte sie, ein Gefühl, das ihr in den Räumen, in denen sie nun lebte, fehlte. Dies war der Ort, an dem sie sich sicher gefühlt hatte, an dem sie jede Seitenstraße und jede kleine Gasse kannte, jedes Bekleidungsgeschäft, jede Boutique, jedes angesagte Restaurant. Und das tat weh.

»Das ist schon in Ordnung, Babe«, sagte Jack, der scheinbar einen extragroßen Schritt getan hatte, um plötzlich bei ihr zu sein.

»So?«, gab sie zurück und schniefte erschrocken, als ihr eine Träne über die Wange rann. »Mir hat es hier immer gefallen«, fügte sie hinzu und wandte sich zu ihrer alten Wohnung um.

»Mir auch. Äh, ich sage es ja nur ungern, aber du wirst verfolgt. Schon seit dem Zug.«

*Natürlich*, dachte sie säuerlich und versuchte, sich eine Lüge zurechtzulegen, die Opti ihr abnehmen würde. Zugleich fragte sie sich, welchen Fehler sie begangen haben mochte.

Doch sie empfand keine Furcht, nur Zorn. Begierig, es hinter sich zu bringen, huschte sie nach links in eine Gasse, presste den Rücken an eine Mauer und fischte ihren Stift heraus. Die Kappe zwischen den Zähnen, notierte sie GEH ZU ALLEN, um Silas' Nummer zu verbergen, für den Fall, dass sie zum Springen gezwungen wäre. Einen Anker brauchte sie nicht. Sie würde auch ohne zurechtkommen.

Jack lugte um die Ecke, als sie die Kappe wieder auf den Stift setzte und ihn wegsteckte. Die Hände zu Fäusten geballt, baute sie sich breitbeinig auf dem fleckigen Zementboden auf. Sie hörte, wie sich männlich klingende Schritte rasch näherten, und presste die Kiefer zusammen, um sich nicht auf die Lippe zu beißen.

Als der Mann in die Gasse einbog, griff sie lautlos an, rammte ihm den Fuß in den Magen. Mit einem überraschten Grunzen zuckte er zurück, und sie versetzte ihm einen Faustschlag gegen die Brust, der ihn an die nächste Wand beförderte, wo er sich zusammenkrümmte. Grimmig packte sie seine Schultern und richtete ihn auf, um ihm ins Gesicht zu sehen. »Au-u-u-u-u«, ächzte Silas erschrocken, und sie ließ ihn los.

»Silas?« Errötend wich sie zurück. An die Ziegelmauer gelehnt, krümmte sich Silas erneut zusammen und glitt schließlich zu Boden. Mit seinem schicken Mantel, dem gebügelten Hemd und der Krawatte sah er aus wie ein frisch ausgeraubter Geschäftsmann. Lautlose Elektrowagen und Sitybikes passierten die Mündung der Gasse, ohne dass jemand auf sie aufmerksam wurde.

»Ich habe Allen nicht vom Balkon geworfen«, krächzte er, eine Hand in den Leib gedrückt, die andere beschwichtigend ausgestreckt. »Lass es mich erklären. Himmel noch mal, ich glaube, du hast mir eine Rippe gebrochen.«

Verlegen verzog sie das Gesicht. »Ich dachte, du gehörst zu Opti. Und so hart habe ich gar nicht zugeschlagen.«

Mit anklagendem Blick schaute er zu ihr auf. Reichlich spät streckte sie die Hand aus, um ihm aufzuhelfen. Doch er winkte ab, weigerte sich, ihre Hand zu ergreifen, mühte sich mit ärgerlicher Miene auf die Beine und fegte sich mit zornigen, knappen Bewegungen den Schmutz von seinem Mantel.

»Hey, äh, alles okay?«, fragte sie. »Tut mir leid, dass ich dich geschlagen habe. Beide Male. Aber du solltest selbst wissen, dass es keine gute Idee ist, mich zu verfolgen.«

»Kam mir aber so vor.« Silas betastete seine Rippen. »Was machst du hier? Himmel, mit all dem Make-up um die Augen siehst du aus wie ein Pirat.«

»Ein gutes Mittel, um die Gesichtserkennung zu überlisten«, entgegnete sie. »Und ich war auf der Suche nach einem sauberen Telefon, um dich anzurufen.« Sie krümmte die Finger, um die Botschaft an sich selbst zu verbergen. »Es gibt eines in der Eingangshalle zu meiner alten Wohnung, und die werden keinen Ärger machen, wenn ich es benutzen will. Ich brauche Asyl.«

Er musterte sie scharf. »Dann glaubst du mir jetzt, dass Opti korrupt ist?«

»Jedenfalls weit genug, um mit dir zu reden.« Ihr Herz pochte heftig, als ihre Gedanken zu dem Glöckchen an ihrem Schlüsselbund wanderten. »Ich glaube, ich habe den Chip gefunden, den du suchst.« Er hatte gesagt, damit wäre alles vorbei. Es interessierte sie nicht mehr, wer korrupt war – sie wollte nur da raus.

»Ich habe gesehen, wie sie deine Wohnung abgefackelt haben«, stellte Silas mit gereizter Miene fest und blickte ans Ende der Gasse und in den hellen Sonnenschein. »Ich bezweifle, dass das, was du gefunden hast, auch das ist, was wir suchen.«

Peris Lippen zuckten … und dann schluckte sie ihre Wut einfach runter. Ihre Talismane waren nicht mehr von Bedeutung. Ihre Vergangenheit war nicht mehr von Bedeutung. »Er war in dem Glöckchen am Halsband meines Katers. Jack hat mir die Katze gegeben. Sie ist kein Streuner; sie hat mich gefunden. Ich weiß nicht, warum Opti zulässt, dass ich sie behalte.« Peri sah Silas an und erkannte vorsichtige Hoffnung. »Vielleicht haben sie gedacht, es ist ja nur eine Katze.«

Für einen Moment stand Silas nur reglos da und hing seinen Gedanken nach. Dann hakte er sich bei ihr unter, und sie traten gemeinsam hinaus in den Sonnenschein und den mäßigen Fußgängerverkehr. Es war ein herrlicher Frühlingsmorgen. Der frische Wind, der von dem nahen, künstlich angelegten See herbeiwehte, fuhr ihr durchs Haar. Ihre Füße trafen im Gleichtakt auf dem Bürgersteig auf, und sie wünschte sich, das alles genauso genießen zu können wie all die kauflustigen Menschen um sie herum.

»Du hast den Chip an der Katze gefunden?«

Beunruhigt bemerkte sie seine zweifelnd hochgezogenen Brauen. »Ja. Gestern Abend, während ich Allens Wohnung nach etwas durchsucht habe, womit ich mir den LoJack-Tracker aus dem Arsch operieren konnte«, erwiderte sie sarkastisch. »Und wenn du jetzt lachst, verpasse ich dir noch eine. Du hast gesagt, ihr würdet mir Asyl gewähren, wenn ich den Chip auftreiben kann. Also?«

»Mmmm«, machte er leichthin, ohne im Schritt innezuhalten. »Du schuldest mir einen Mantel.«

Mit dieser Antwort hatte Peri nicht gerechnet. »Ich schulde dir *was?*«

»Du schuldest mir einen Mantel«, wiederholte er und dirigierte sie über den belebten Platz zu den Geschäften, vorbei an Gassigängern und Paaren, die am Brunnen frühstückten. »An meinem klebt fremdes Slush-Eis.«

Sie beugte sich vor, um sich das Malheur anzusehen. »Sorry«, sagte sie und meinte es auch, und dann breitete sich ein strahlendes Lächeln auf ihrem Gesicht aus, als sie sah, wohin sie gingen. »Mules?«, fragte sie, überaus angetan von dem Bekleidungsgeschäft der gehobenen Kategorie. »Hast du dafür genug Geld, schöner Mann?«

»Du zahlst«, gab er zurück und streckte die Hand aus, um die Tür für sie zu öffnen, gerade als die simulierten Schaufensterpuppen sie »sahen« und auf sie reagierten. »Außerdem brauchen wir eine Ausrede, solltest du geschnappt werden. Du könntest dir eine neue Bluse kaufen. Du solltest dir eine neue

Bluse kaufen«, korrigierte er sich, und sie blickte an der gemusterten Abscheulichkeit herab.

»Ja«, sagte sie leise, als sich eine junge Frau in einem hautengen Kostüm von einem runden Tisch erhob, der von Stoffmustern und mehreren aufgeklappten Notebooks okkupiert wurde. Mit all den Stoffen, die kunstvoll zwischen einer Gruppe von Sofas drapiert waren, wirkte der Laden eher wie ein Dekogeschäft als wie eine Boutique für Damen- und Herrenbekleidung. Eine Bar mit Erfrischungen befand sich zusammen mit zwei niedrigen Bühnen in der Mitte des Ladens und teilte ihn grob in Er und Sie auf.

»Willkommen bei Sim's Mules. Kann ich Ihnen behilflich sein?«, fragte die junge Frau, und ihre ältere Kollegin, die immer noch am Tisch saß, widmete sich wieder ihrer Arbeit.

»Ich brauche einen neuen Mantel«, sagte Silas, legte den Mantel ab und reichte ihn der Frau. »Und sie braucht Hilfe«, fügte er hinzu. »Jede Menge Hilfe.«

Peri verzog das Gesicht.

»Gewiss. Ich bin Kelly«, sagte sie und gab das Kleidungsstück ihrerseits an einen Assistenten weiter, der so gekleidet war, wie man sich einen Requisiteur hinter den Kulissen vorstellen mochte. Mit einem missbilligenden *Tsts* trat er an den zentralen Verkaufstresen, um ihn zu reinigen.

»Wenn Sie in unseren Scanner treten würden, könnten wir ihre exakte Größe ermitteln«, sagte Kelly, bemüht, keine Grimasse zu ziehen, als Peri ein besonders feines Stück Rohseide befingerte. »Gewöhnlich ist dafür ein Termin erforderlich, aber heute Morgen ist nicht viel los. Das Wetter draußen ist einfach zu schön.«

»Meine Daten haben Sie bereits«, entgegnete Silas. »Und ihre auch.«

Peri drehte sich zu ihm um und bemerkte, dass Kellys ganze Haltung drei Steuerklassen höher kletterte. »So?«, fragte sie.

Silas nahm die handtellergroße Tastatur, die Kelly ihm begeistert hinhielt. »Wir sind zwei Blocks von deiner alten Wohnung entfernt«, murmelte er, als er erst seinen und dann ihren Namen eingab. »Die haben deine Daten.«

Als ein fröhliches Bimmeln ertönte, drehte sich Kelly strahlend zu den beiden Hologrammen um, die auf den Bühnen aufflackerten. »Wir haben die Daten«, verkündete sie frohgemut, als die beiden virtuellen Doppelgänger in seidener Boxershorts und schwarzem Slip und Hemdchen anfingen, gemäß ihrer grundlegenden Programmierung miteinander zu interagieren.

»Willkommen zurück, Ms. Reed, Mr. Denier«, sagte Kelly, nachdem sie die Tastatur wieder an sich genommen und einen Blick auf das Display geworfen hatte. »Nehmen Sie doch Platz. Wenn Sie möchten, können Sie sich gern unseren Katalog ansehen. Tisch drei, bitte. Ich bin gleich mit ein paar Erfrischungen zurück. Caffè mocha für Sie, Ma'am?«, fragte sie und warf einen Blick auf ihr Display. »Und schwarzer Kaffee für Sie, Doktor?«

Peri erinnerte sich nicht, hier ein Profil von sich angelegt zu haben, doch die Simulation, die sich mit Silas' Doppelgänger »unterhielt«, sah aus, als wäre sie auf dem neuesten Stand. »Gern«, sagte sie und erkannte erst in diesem Moment, wie breit Silas' Schultern waren. Und war sie im Vergleich zu ihm wirklich so winzig?

Sie unterdrückte ein Schaudern, als Silas ihr sacht die Hand ins Kreuz legte und sie zu dem kleinen Tisch führte, von dem aus sie den im hellen Sonnenschein liegenden Platz sehen konnten, auf dem allerlei Leute ihrem täglichen Leben nachgingen. Sie konnte alles überblicken und fühlte sich zum ersten Mal seit einer halben Ewigkeit wieder sicher. Doch dann verspürte sie ein Zwicken im Hinterteil, und noch während sie eine bequemere Haltung suchte, kehrte die Anspannung zurück.

»Halb angezogen kann ich keinen Mantel anprobieren«, bemerkte Silas, schaute in einen der Glas-Kataloge und wählte schnell eine klassische schwarze Hose, ein gestreiftes Hemd und eine passende Krawatte aus. Peris Stellvertreterin klatschte in die Hände, hüpfte auf der Stelle und zeigte ihren Bauchnabel. Peri musste sich ein Grinsen verkneifen. Marketing vom Feinsten. Doch sogar sie musste zugeben, dass er gut aussah. Verstohlen musterte sie Silas von der Seite. Ja, wirklich gut.

»Ich bestelle dir einen anderen Drink«, sagte er mit listigem Blick und erhob sich. »Vertraust du mir?«

»Wenn es um den Drink geht, schon«, erwiderte sie. »Was hast du wirklich vor?«

Er gluckste verlegen. »Howard anrufen. Er wird dich mit seinem Wanzendetektor kontrollieren wollen, ehe ich dich reinbringen kann.«

Peri lehnte sich zurück und verschränkte die Arme vor der Brust. »Ja, klar, ich würde mir auch nicht trauen.«

»Du musst nicht gleich mit Schuhen werfen«, gab er gereizt zurück. »Ich bin gleich da drüben. Such dir irgendwas aus. Deine Bluse ist grässlich.«

»Ich glaube, die hat Allen gekauft.« Besänftigt zog sie das andere Tablet zu sich und rief das Angebot an Damenbekleidung auf.

»Es sieht aus wie etwas, das ihm gefallen dürfte«, entgegnete er im Davongehen, was Peri ein Lächeln entlockte.

Doch es verblasste schnell, und ihr Blick fiel auf ihre Handfläche, auf der die Nachricht, die sie sich selbst geschrieben hatte, in derben Buchstaben prangte. Opti würde sie nie rauslassen, nicht solange sie nicht in einem Leichensack lag.

In getrübter Stimmung hüllte sie ihre Stellvertreterin rasch in ein enges Abendkleid, das ihr gerade bis zum Oberschenkel reichte. Der farbig gestaltete Ausschnitt betonte ihren schlanken Hals, und ein Paar fünfzehn Zentimeter hohe Schuhe brachten sie etwas näher an die Größe von Silas' Doppelgänger heran. Sie sahen gut genug aus für einen Abend in der Stadt – einen wirklich teuren Abend. Im nächsten Moment erschreckte Jack sie, indem er urplötzlich neben ihr auftauchte, und sie seufzte leise. »Ich hoffe, dir gefällt, was er dir bringt«, sagte er, setzte sich und breitete die Arme aus, um den großen Sessel ganz für sich einzunehmen. Sein Anzug stach den fast aus, den Silas' Stellvertreter auf der Bühne präsentierte, während er gemeinsam mit ihrer Doppelgängerin ein Glas nicht vorhandenen Weins genoss.

»Ich auch.« Nervös drehte sie sich zu Silas um, der an dem Verkaufstresen in der Mitte des Ladens in sein Telefon sprach. »Wahrscheinlich irgendeinen Mist mit zu viel Zucker.«

»Das habe ich nicht gemeint«, sagte Jack und zog ihre Aufmerksamkeit wieder auf sich. »Ich hoffe, dir gefallen die Erinnerungen, die er dir bringen wird. Das will er nämlich, weißt du, dieser verdammte psychologisierende Anker.«

Peri runzelte die Stirn. Sie war hier, um sich von Opti zu befreien, nicht um Erinnerungen zu defragmentieren. Außerdem – woher sollte sie wissen, was real und was falsch war?

»Da kommt er«, stellte Jack fest, als Silas sich mit zwei Keramikbechern in den Händen näherte.

»Probier das«, sagte er und stellte den Becher mit der Zimtstange mit selbstzufriedener Miene vor ihr auf den Tisch. »Ich garantiere dir, du wirst es mögen.«

Silas ließ sich nieder. Fasziniert sah sie zu, wie Jack mehr oder weniger vom Sessel fiel, eilends aus dem Weg krabbelte und sich fluchend bemühte, die Illusion, er wäre echt, aufrechtzuerhalten. Ohne etwas davon zu ahnen, nahm Silas seinen Platz ein und konnte es offenbar kaum erwarten, dass sie das schaumige, dampfende Getränk kostete.

**511**

Es sah aus, als enthielte es zu viel Milch, aber ihr Probier-schluck entwickelte sich zu einem langen Zug, als sie erkannte, dass das Getränk sahnig war, aber nicht zu schwer, würzig und zugleich von einem nussigen Aroma. Mit geschlossenen Augen behielt sie die Flüssigkeit eine Weile im Mund und kostete den Geschmack voll aus. »Das ist gut«, sagte sie, und Silas strahlte und nippte an seinem schwarzen Kaffee. »Du bist ein Anker, nicht wahr?«, fragte sie. Er zögerte, und wieder regte sich das allzu vertraute Gefühl in ihr, irgendetwas Dummes gesagt zu haben. Etwas gefragt zu haben, das sie bereits hätte wissen müssen.

»Gewissermaßen.« Silas zog sein Tablet zu sich. »Wie bist du darauf gekommen?«

Peri starrte hinaus auf den Platz, bemüht loszulassen. »Ge-schulte Anker haben etwas an sich, das kaum zu übersehen ist. Aber du warst nie im Außeneinsatz.«

»Dafür bist du nicht einmal ansatzweise gewitzt genug«, kommentierte Jack höhnisch und fummelte an einer Auslage Seidenkrawatten herum.

»Dafür bist du nicht vorsichtig genug«, sagte sie und wünsch-te, Jack würde die Klappe halten. Silas hatte ihr erklärt, Jack sei mit ihrer Intuition verbunden. Etwas an Silas ging ihr also an-scheinend gegen den Strich. Lächelnd hob Peri ihren Becher. »Danke. Das schmeckt wirklich gut.«

»Ich habe dein Tagebuch gesehen. Während ich unfreiwillig bei Opti zu Gast war«, begann Silas, als er ihre plötzliche Un-ruhe bemerkte. »Ich bin überzeugt, die Hälfte davon war nur erfunden und dazu gedacht, mir Angst zu machen. Aber sie haben genug von dir übrig gelassen, um mich davon zu überzeu-gen, dass es keine komplette Fälschung war. Das Getränk ist etwas, von dem du letztes Jahr gesagt hast, du würdest es mö-gen, also ...«

Ohne zu wissen, ob sie sich davon gebauchpinselt fühlen sollte oder doch eher schockiert, sah Peri zu, wie ihre Doppelgänger miteinander umgingen. »Du hast dir gedacht, ich würde mich daran erinnern. Nein, tue ich nicht. Trotzdem danke. Ich weiß zu schätzen, dass du mir das mitgebracht hast.«

»Blablabla.« Jack strich sich das blonde Haar aus den Augen und probierte eine schwarze Krawatte an. »Du hast ein Ablaufdatum, Babe. Komm zum Punkt.«

Silas war sichtlich erfreut. »Ich dachte, es würde vielleicht dazu beitragen, dass du dich wieder mehr wie du selbst fühlst.«

»Das tut es.« Peri lehnte sich zurück, die Füße übereinandergeschlagen, und bemühte sich, sich zu entspannen, auch wenn es ihr gar nicht behagte, dass er mehr über sie wusste als sie selbst. »Wie lange dauert es, bis Howard hier ist? Ich habe Allen betäubt, aber sollte ich nicht da sein, wenn er aufwacht, dann wissen sie, dass ich den Tracker rausgeholt habe.«

Mit gesenktem Kopf ging Silas das Angebot an Mänteln durch und probierte einige an, was Peris Doppelgängerin mit einem Klatschen honorierte. »Er ist unterwegs. Wie geht es dir?«

Jack schnaubte verächtlich, und sie hob erstaunt den Kopf. »Wie es mir geht?«

Silas schaute sie an. »Ja. Wie geht es dir? Darf ich das nicht fragen?«

Hastig sah sich Peri zu Jack um, der nun zusammen mit den anderen schönen Möchtegern-Menschen auf der Bühne stand. »Im Moment bin ich ziemlich durcheinander«, entgegnete sie sarkastisch. »Das musst du mir wohl nachsehen. Ich habe eine Erinnerung an dich, in der du Allen durch ein Fenster stößt …«

»Die ist falsch«, unterbrach er sie.

»Das wissen wir selbst, du Vollpfosten«, sagte Jack mit lauter Stimme, und Peri stellte ihren Becher ab.

»Das weiß ich.« Den giftigen Ton hatte sie nicht beabsichtigt, aber es klang giftig, und sie berührte seine Hand, um ihm zu zeigen, dass sie nicht sauer war. »Es braucht mehr als nur das Gewicht eines Mannes, um das Fenster zu zerschmettern. Immerhin sollte es kugelsicher sein.« Verärgert darüber, dass sie so vertrauensselig gewesen war, zog sie die Stirn in Falten.

»Willst du, dass ich die falschen Erinnerungen fragmentiere?«, fragte Silas, doch sie schüttelte den Kopf. Sie mochten falsch sein, aber sie waren alles, was sie hatte. »Du vertraust mir noch nicht«, bemerkte Silas. »Aber das ist okay.«

Gereizt schob sie ihre Tasse auf dem Tisch hin und her. »Hier geht es nicht um Vertrauen. Es geht darum, dass ich die richtigen Reaktionen zeigen können muss, und wenn du mir die Erinnerungen nimmst, kann ich das nicht. Du warst doch Psychologe bei Opti, nicht wahr? Bis Opti dich gefeuert hat?«

Er drückte die Schultern durch. »Ich habe gekündigt. Opti hat mich nicht gefeuert.«

Peri atmete tief durch, bereit, zur Sprache zu bringen, was ihr seit der letzten Nacht nicht aus dem Kopf ging. »Silas, dieses Bild, das du mir gegeben hast, hat einen Erinnerungsknoten über Jack und mich aktiviert.«

Silas setzte eine nichtssagende Miene auf. »Aber dir geht es gut? Sind noch andere aufgetaucht?«

»Nein. Und ich weiß nicht, warum, aber dieser Knoten hat eine reale Erinnerung umfasst, keine doppelte Zeitlinie«, sagte sie und wünschte sich, er würde sagen, es sei in Ordnung. *Wie kann etwas so Wunderbares schlecht sein?* »Obwohl Jack mich belogen hat, obwohl er ein Mistkerl war und mich benutzt hat, habe ich in dieser Nacht in mir geruht. Ich habe mich herrlich gefühlt. Sicher.« Silas folgte ihrem Blick zu den Simulationen, ohne jedoch Jack zu sehen, der wie ein eifersüchtiger Liebhaber neben ihrem und Silas' Stellvertreter Position bezogen hatte.

»Mmmm.« Plötzlich war Silas unverkennbar besorgt. »Er ist jetzt hier, richtig?«

Sie nickte, und Jack warf ihnen sarkastisch eine Kusshand zu. »Jetzt kommt der Psychoblabla-Mist«, sagte Jack. »Ignorier das einfach, Babe. Er hat keine Ahnung, was los ist.«

»Ich würde mir über den Erinnerungsknoten keine Sorgen machen«, meinte Silas. »Solange sich solche Knoten nicht um doppelte Zeitlinien drehen, sind sie nur eine Möglichkeit für dich, künstlich zerstörte Erinnerungen wieder aufleben zu lassen.«

*Künstlich zerstörte Erinnerungen? Das können die?*

»Aber was ist mit Jack?«, fragte sie und schob ihre Entrüstung für einen Moment beiseite. Opti hatte sie bei allem anderen belogen, warum also nicht auch über die fehlenden Zeiträume in Verbindung mit einem Zeitsprung?

Silas zuckte mit den Schultern. »Offen gesagt bin ich erstaunt, dass Jack nicht verloren gegangen ist. Aber wenn er noch da ist, dann ist die doppelte Zeitlinie, die ich in dir zurückgelassen habe, auch noch da.«

»Du hast mir eine doppelte Zeitlinie hinterlassen?«, fauchte sie hitzig und senkte die Stimme, als der Mann, der Silas' Mantel gereinigt hatte, näher kam, um das Kleidungsstück auf den Verkaufsständer neben ihrem Sessel zu hängen. Peri lehnte sich über den Tisch. »Was für eine Art Anker bist du eigentlich?«

»Ein verdammt guter. Du bist immer noch bei Verstand, oder etwa nicht?«, gab er angespannt zurück, ohne den Mann aus den Augen zu lassen, als der in Richtung Hinterzimmer verschwand. Seine Behauptung war fragwürdig, und er wand sich unter ihrem anklagenden Blick. »Der Beweis, dass Opti korrupt ist, befindet sich in deinem Kopf. Ich hätte keine der beiden Zeitlinien fragmentieren können, ohne dabei auch die Wahrheit zu vernichten«, gestand er schließlich. »Ich habe latente Erin-

**515**

nerungen an Jack aus drei Jahren mit deiner Intuition verknüpft, damit dich die unausweichlichen Halluzinationen ablenken, wenn du in Gefahr gerätst, deinen Verstand auseinanderzunehmen. Peri, ich würde dich gern selbst zur Allianz bringen und die Erinnerungen defragmentieren, aber solange niemand für deine Loyalität ihnen gegenüber bürgen kann, würden die dich auch nur säubern.«

*Säubern – das bedeutet, sie würden meine Erinnerungen künstlich zerstören.* Peri sackte in sich zusammen und starrte ihn an. Ihr Vertrauen zu Opti hatte sie jetzt vollends verloren. »Ich bin also nur eine Art Skizze, wie? Dir gefällt nicht, was du siehst? Dann radier sie einfach aus – schon kannst du das darüberkritzeln, was dir gefällt.« Diese Dinge auszusprechen wurde allmählich leichter, aber die Verbitterung vertiefte sich mit jeder neuen Erkenntnis.

»Das ist nicht wahr, Peri. Du selbst bist die Herrin deines Schicksals.«

»Blödsinn«, sagte sie mit ruhiger Stimme und schaltete ärgerlich ihre Doppelgängerin ab, weil sie genug davon hatte, sie zusammen mit Silas und Jack zu sehen. »Meine Handlungsweise beruht auf meinen Erinnerungen, und meine Erinnerungen sind eine erdichtete Mischung aus direkten Lügen und Unwahrheiten durch Weglassen wesentlicher Tatsachen. Und jetzt erzählst du mir, dass die Jahre, die ich aus dem Gedächtnis verloren habe, künstliche, nur erfundene waren?«, fragte sie und wurde dabei immer lauter. »Ich habe darauf vertraut, dass mein Anker mir sagt, was ich zu tun habe, bis ich mich wieder an alles erinnern kann – und er hat mich verraten. Also sag mir nicht, ich hätte mein Schicksal selbst in der Hand, solange du nicht erlebt hast, wie das ist, nicht zu wissen, was real ist und was nicht.«

Sie litt seelischen Schmerz, und sie wollte nicht mehr darüber sprechen. Auf der Bühne setzte Silas' Doppelgänger eine traurige Miene auf, richtete seine Krawatte und zupfte den Mantel zurecht, als suche er nach der Courage, um noch einmal von vorn zu beginnen.

»Ich will Asyl, Silas. Kannst du mir das bieten oder nicht?«

Silas rieb sich den Nacken und schaltete seine Simulation ebenfalls aus, worauf Jack mit einem leisen Schnauben in Richtung der halb bekleideten Simulationen im Schaufenster davonschlenderte. Peri hoffte, er würde verschwinden. »Wenn das der Chip ist, den wir suchen, vermutlich schon«, entgegnete Silas. »Zeig ihn mir mal.«

Sie legte sich ihre Handtasche auf den Schoß. »Der Himmel sei mir gnädig«, sagte sie, nahm ihren Schlüsselbund heraus und löste mühselig das Glöckchen vom Schlüsselring. Verdammt, sie war im Begriff, Silas einfach zu vertrauen, und sah sich selbst fassungslos dabei zu, wie sie ihm das Glöckchen übergab.

In seiner Hand sah das Glöckchen winzig aus. Mit zusammengekniffenen Augen musterte er den Chip. »Puh«, sagte er leise. »Was für ein Glücksfall, dass er den Chip ausgerechnet in dem einzigen Gegenstand versteckt hat, der es aus deiner Wohnung rausgeschafft hat.«

Sie nickte. Das Halsband war voller Stundenglasrunen, aber nur sie oder Jack konnten wissen, dass das etwas zu bedeuten hatte. »Die Katze ist auch das Einzige, was sich für mich echt anfühlt. Abgesehen von meinem Wagen und einem Beutel mit Strickwolle«, bemerkte sie.

Silas steckte das Glöckchen ein. »Wenn Howard sagt, dass der Chip die Liste enthält, rufe ich dich an.«

Ihr Kopf ruckte hoch. »Du rufst mich an? Ich will jetzt da weg«, jammerte sie, und Kelly, die gerade auf dem Weg war, um nach ihnen zu sehen, machte auf dem Absatz kehrt und verschwand im Hinterzimmer.

Als Silas den Kopf schüttelte, erwachte erneut Misstrauen in ihr. »Opti weiß nicht, dass du die Erinnerungsimplantate durchbrochen hast, oder?«, fragte er. »Du müsstest also noch ein, zwei Tage zurechtkommen. Sobald wir den Chip dekodiert haben, wird dir die Allianz Asyl gewähren.«

»Das stinkt zum Himmel«, erwiderte sie erbittert. Vielleicht war sie doch nicht ein so netter Mensch, wie sie gern gedacht hätte. Immerhin hatte sie ihren eigenen Anker getötet – und den hatte sie geliebt. »Bitte lass mich nicht im Stich. Wenn du mich verrätst, dann werde ich dich töten müssen.« Wütend auf sich selbst, weil sie ihm vertraut hatte, sprang sie auf. »Wahrscheinlich muss ich das sowieso tun, aber ich täte es lieber, weil es mir befohlen wurde, als aus dem persönlichen Grund, dass du mich belogen hast.«

»Peri …« Hastig erhob sich auch Silas. Mit angehaltenem Atem blieb sie abwartend stehen, die Hand zur Faust geballt, um die Nachricht an sich selbst zu verstecken. »Peri, wegen Jack.« Er zögerte, bis sie ihm in die Augen sah. »Solltest du Probleme bekommen, weil Jack die doppelte Zeitlinie bei dir nicht mehr unterdrückt, oder sollte irgendein anderes Problem auftreten, dann vergiss Opti, und wende dich an mich. Versuch, bis dahin nicht zu springen. Selbst im besten Fall kann Jack die doppelte Zeitlinie bei dir nur für eine begrenzte Zeit unterdrücken, und dann …«

»Ja, ich weiß, MEP«, fiel sie ihm ins Wort. Diese Gefahr war inzwischen so alltäglich geworden, dass sie viel von ihrem früheren Biss verloren hatte. »Ruf mich nicht an. Ich rufe dich an. Morgen. Wenn ich fliehe, dann folgst du mir nicht. Verstanden?«

Damit machte sie kehrt und ging hinaus. Fest in ihre Jacke gewickelt, kehrte sie zurück zur Hochbahn und fühlte Silas' Blick bei jedem einzelnen Schritt auf sich ruhen. Ihr Herz hämmerte, während sie die Stufen emporstieg. Es kam ihr so vor, als kippte ihre ganze Welt und ordnete sich neu – zu einem Ort nie gekannter Gefahren.

»Jack?«, flüsterte sie, und plötzlich war er neben ihr auf der Treppe.

»Ja, Peri?«

Auf der Plattform hielt sie inne. Eine Windböe zerzauste ihr Haar, während sie geradewegs in die Kamera blickte, ohne sich darum zu scheren, ob sie erkannt wurde oder nicht. Alles, was sie hatte, war dieser Moment. Der Versuch, sich an ihre Vergangenheit zu erinnern, würde sie in den Wahnsinn treiben. Doch zum ersten Mal schöpfte sie Kraft daraus, statt sich zu fürchten.

»Lass mich jetzt nicht allein«, sagte sie. Sie hatte gesehen, was passierte, wenn ein Zeitagent einer Memory-Eclipsed-Paranoia zum Opfer fiel. Unfähig, noch irgendjemandem zu vertrauen, begingen die meisten irgendwann Selbstmord, um dem Zustand der Verwirrtheit ein Ende zu machen.

»Niemals«, versicherte er, und irgendwie hörte sich das für sie sogar noch bedrohlicher an.

# 34

Vor Allens Wohnung blieb Peri stehen. Ihre Hand sank herab, als sie sah, dass der Glückskekszettel, den sie zwischen Tür und Rahmen hinterlassen hatte, verschwunden war. *Toll.* »Ich glaub, ich werd verrückt«, flüsterte sie und sah sich in dem verlassenen Korridor in beiden Richtungen um.

Sie könnte einfach gehen, Silas suchen und hoffen, dass der Chip wirklich Jacks Liste enthielt.

Sie könnte so tun, als wäre sie gesprungen und hätte die Erinnerung an den ganzen Vormittag verloren, doch dann würde sie in Optis Reha landen und schlussendlich wieder vollständig gesäubert werden.

Sie könnte zugeben, dass sie den Tracker herausgeholt hatte und den angefressenen, wütenden Zeitagenten geben. Sie könnte ihrer Wut freien Lauf lassen. Antworten fordern. Abrechnen.

Die Entscheidung lag auf der Hand, also straffte sie die Schultern, drehte probeweise den Knauf und stellte fest, dass die Tür nicht verschlossen war. Sie steckte Allens Wohnungsschlüssel in ihre Handtasche und betrat einen leeren, stillen Raum. Auf dem Küchentisch lag ein schmaler Pflasterstreifen, an dem immer noch der Tracker klebte.

*So soll es also laufen.* »Aaaaallen!«, rief sie und kniff die Augen zusammen, als sie leise Geräusche aus dem Schlafzimmer hörte. »Schieb deinen Arsch hierher. Ich habe ein paar Fragen an dich.« Sie wandte sich von der Schlafzimmertür ab, zog die Jacke aus und beobachtete den Raum hinter sich durch den trüben Spiegel der geschlossenen Kamintüren. Als nicht Allen, sondern Bill in seinem üblichen Anzug samt Krawatte mit glänzenden Anzugschuhen und perfekt frisiertem Haar herauskam, das Gesicht zu einem besänftigenden und aufrichtig wirkenden Lächeln verzogen, drehte sie sich erstaunt zu ihm um.

*Peri, du hast es mit Schauspielern zu tun*, ermahnte sie sich, faltete die Jacke zusammen und ließ sie auf die Couch fallen. *Und zwar nicht mit den Schlechtesten*, fügte sie im Stillen hinzu, als Allen in Pyjamahose und weißem Hemd hinter Bill herschlurfte, Bartstoppeln im Gesicht und noch immer ziemlich zerknittert vom Schlaf, aber dennoch ausgesprochen wach.

»Peri«, sagte er düster und rieb sich die Stelle am Arm, an der sie ihm die Spritze verpasst hatte. »Was zum Henker treibst du?«

»Genau das wollte ich euch beide fragen«, gab sie mit kühnem Selbstvertrauen zurück, an dessen Berechtigung sie große Zweifel hegte. Vielleicht hatte die medizinische Abteilung Bill informiert, weil er derjenige war, der den ursprünglichen Termin vereinbart hatte. »Hab ich nicht allen Grund, wegen der Arschwanze auf Allen oder auf Sie sauer zu sein?«

Bills Lächeln wurde breiter, als hätte sie nur einen Witz gerissen. »Nur auf mich. Sie war zu deinem Schutz gedacht.«

»Blödsinn.« Die Arme vor der Brust verschränkt, sog sie Luft zwischen den Zähnen hindurch. Während die Männer einander vielsagend ansahen, huschte ihr Blick von einem zum anderen. Sie steckten beide mit drin. In diesem Punkt war sie sich bis jetzt nicht sicher gewesen. »Bill, können wir uns unter vier Augen unterhalten?«

»Äh, hey …« Allen trat vor, doch Bills abwehrende Hand ließ ihn ruckartig stehen bleiben.

»Das ist eine ganz hervorragende Idee. Allen, würden Sie bitte Kaffee für uns alle machen?«

»Aber misch keine Drogen rein«, fügte Peri hinzu, ehe sie durch das Wohnzimmer zum Arbeitszimmer ging. An der Schwelle hielt sie inne, stieß die Tür auf und wartete auf Bill.

Räuspernd setzte sich Bill in Bewegung. Peris Auge zuckte, als er Zentimeter von ihr entfernt vorbeiging und sie sein After-shave und sein Frühstück riechen konnte. Mit rasendem Puls folgte sie ihm, schloss die Tür und lehnte sich mit dem Rücken dagegen. Bill setzte sich auf die Schreibtischkante, worauf Peri einen Fuß ausstreckte und den Laptop zuklappte, um es potenziellen Lauschern schwerer zu machen.

Bill beobachtete sie so lange, bis sie mit beiden Füßen wieder auf dem Boden stand. Dann seufzte er und spielte die Rolle des besorgten Chefs. »Möchtest du mir erklären, warum du Allen unter Drogen gesetzt hast und spazieren gegangen bist?«

Peri stieß sich von der Tür ab, setzte sich auf den Drehstuhl auf der anderen Seite des Schreibtischs. Sie war zu dem Schluss gekommen, dass sie sich am besten so nahe wie möglich an die Wahrheit hielt. »Ich war einkaufen. Ich will einen neuen Anker. Heute noch. Ich habe versucht, mit diesem Mann zu arbeiten, und es funktioniert nicht. Er ist begriffsstutzig, schafft es kaum, Schlösser zu knacken. Ich habe ihn noch nie am Steuer eines Wagens gesehen. Er will nicht mit mir trainieren, also habe ich nur sein Wort dafür, dass er gut im unbewaffneten Kampf ist. Alles, was er bisher geleistet hat, war Schwafeln und Flüge buchen! Seine miese Aufklärungsarbeit hat gestern Abend mein Gedächtnis in Gefahr gebracht. Sie entschuldigen sicher, dass ich ihn nicht dabeihaben möchte, wenn ich mir ein paar neue Klamotten besorge, weil das, was in meinem Schrank hängt, totaler Mist ist. Ich traue ihm nicht, Bill. Irgendetwas stimmt da nicht, das spüre ich einfach.«

Dreist, fordernd und wütend. Es könnte funktionieren. Es

konnte auch fehlschlagen. Das hing nicht zuletzt davon ab, für wie haltbar sie ihre falschen Erinnerungen hielten.

Bills Besorgnis, die ihr nicht entgangen war, obwohl er versucht hatte, sie zu verbergen, schwand dahin, und ihr verkrampftes Innenleben entspannte sich. »Dein Unbehagen ist lediglich ein Ergebnis deines jüngsten Gedächtnisverlusts«, sagte er, zog ein Taschentuch aus einem Spender und kam näher.

»Des Verlusts, den Allen nicht rückgängig machen kann«, murmelte sie und zwang sich, sich nicht zu rühren, als Bill sich über sie beugte und ihr mit dem fleischigen Daumen das übertriebene Make-up von den Augen wischte.

»Bei dir hat die Defragmentierung von Erinnerungen immer schon ziemlich lange gedauert«, sagte Bill besänftigend, während er erst ein Auge und dann das andere bearbeitete. »Lass diesen schwarzen Mist weg. Du hast so ein hübsches Gesicht. Und so einen langen, schlanken Hals.«

»Ich kann nicht mit ihm arbeiten, Bill«, beharrte sie, nahm ihm das Taschentuch aus der Hand und wischte den Rest des Make-ups selbst weg. »Ich habe ihm nur seine eigene Medizin verabreicht, Himmel, Arsch und Wolkenbruch! Ich will nicht, dass er mir den Rücken freihält. Er ist gefährlich, und zwar nicht auf eine gute Art. Ist denn sonst niemand in der Truppe geeignet? Irgendwer, der einen anständigen Kaffee kochen kann? Das wäre immerhin ein Anfang.«

Leder knarrte, als Bill auf dem zweiten Stuhl Platz nahm. Peri konnte ihn förmlich *Was für ein Miststück* denken sehen, aber da das genau der Effekt war, den sie hatte erzielen wollen, kümmerte sie das wenig. Mit einem übertrieben liebevollen Lächeln schüttelte er den Kopf, die mächtigen Hände über dem Bauch gefaltet. »Du konntest ihn nur unter Drogen setzen, weil er dir vertraut hat«, sagte er, worauf sie die Augen verdrehte. »Ich glaube, du solltest dich bei ihm entschuldigen. Aber zuerst möchte ich wissen, warum du den Tracker herausgeholt hast.«

»Vielleicht deswegen, weil ich kein Hund bin?«, gab sie mit lauter Stimme zurück. »Wenn ich noch mal so ein Ding finde, bin ich raus. Ich bin immerhin schon eine ganze Weile ohne anständigen Anker zurechtgekommen.« Dann erging sie sich in der Rolle der verletzten Zeitagentin, legte eine Hand an die Lippen und starrte ins Nichts. »Vielleicht brauche ich ja gar keinen«, murmelte sie.

Und erstarrte, als Bill sich vorbeugte und ihre Hand ergriff. Ihr Puls hämmerte, aber sie verhielt sich völlig passiv, als er ihre Handfläche nach oben drehte und ihre Finger öffnete. Ihre Notiz, dass sie in Allens Wohnung zurückgehen sollte, überdeckte Silas' Nummer. »Mmmm«, machte er zweifelnd.

»Ich wollte nur sichergehen, dass ich wieder nach Hause komme«, erklärte sie mit gespielt verlegenem Schniefen.

»Ohne Anker zu arbeiten, kommt nicht infrage.«

Sie legte den Kopf schief. Ihren Ärger musste sie nicht spielen. »Dann geben Sie mir einen Anker, der sich auf seinen Job versteht!«, brüllte sie und hoffte, dass Allen sie hören konnte.

Bill zog die Brauen hoch. Er wirkte überzeugt, sie wusste nur nicht recht, wovon. »Ich rede mit ihm.«

Aufatmend bemühte sie sich, einen zufriedenen Eindruck zu vermitteln. »Und keine Arschwanzen mehr.«

»Keine Arschwanzen«, wiederholte er, und ihr klappte vor Überraschung der Mund auf.

»Wirklich nicht?«

Während sie ihn noch ungläubig anstarrte, nickte er und griff in die Innentasche seines Jacketts. »Die Allianz weiß inzwischen darüber Bescheid«, erklärte er und hielt ein Tütchen mit einer Kapsel hoch. »Wenn ich vorstellen darf: das Allerneueste und Beste zugleich.«

Peri musterte die Kapsel, griff aber nicht danach. »Soll ich jetzt die Hose sacken lassen und mich vorbeugen?«

»Ich will, dass du sie schluckst«, sagte er streng. »Das ist ein schwach radioaktiver Marker. Er wird dir nicht schaden, bleibt aber ein ganzes Jahr in deinem Körper, und wir werden immer wissen, wo du bist und wo du warst. Bis zu einem gewissen Grad können wir sogar nachvollziehen, wen du getroffen hast. Das ist noch experimentell. Nur der Teamleiter kennt die Signatur.« Er lächelte. »Du bist eine Vorreiterin, Peri, die erste Opti-Agentin, die in diesen Genuss kommt. Nur das Beste für die Beste.«

*Ein radioaktiver Marker?* Misstrauisch zögerte sie, als Bill sie aufforderte, die Kapsel zu schlucken. Das konnte alles Mögliche sein: eine Droge, um sie zu betäuben, Gift, um sie zu töten. Sie könnte morgen früh in Allens Bett aufwachen und alles vergessen haben, ohne es auch nur zu ahnen.

»Und Sie haben ganz zufällig so ein Ding in der Tasche?«, fragte sie zweifelnd.

Er zuckte mit den Schultern, ohne eine Spur von schlechtem Gewissen zu zeigen. »Nach deinem kleinen Spaziergang heute Morgen dachte ich, es sei an der Zeit für eine praktische Erprobung. Hast du dir den Tracker wirklich selbst rausgeschnitten?«, fragte er und lachte, während sie peinlich berührt den Kopf einzog.

»Das ist nicht witzig«, sagte sie, worauf er nach einem letzten Glucksen wieder ernst wurde.

»Nimm sie.«

Sein Ton klang ebenso matt wie fordernd. Sie zögerte immer noch und fragte sich, wie viel er wissen oder ahnen mochte. Doch ihr war bewusst, dass das Ding auf die eine oder andere

Weise in ihrem Körper landen würde, also steckte sie die Kapsel in den Mund und schluckte.

Sofort besserte sich Bills Stimmung. Mit fröhlichem Lächeln erhob er sich und streckte die Hand aus, um ihr aufzuhelfen. Ihre schmalen Finger sahen in seiner Hand noch zarter aus, und ihr fiel ein, dass er beim Training Bretter zerschmetterte und Gegner zu Boden zwang. *Mein Gott, seine Pranken sind wirklich riesig.*

»Du bist meine beste Zeitagentin, Kindchen«, sagte Bill. Sie erschrak, als sein Arm plötzlich schwer auf ihren Schultern landete und sie in Richtung Tür steuerte. »Das erfordert von uns ein besonderes Verantwortungsgefühl. Im übertragenen Sinn lassen wir dich niemals aus den Augen, nicht einmal für einen kurzen Moment.«

*Toll*, dachte sie, und ihr Magen rebellierte. Wenn sie sich nun übergab, würde er ihr dann noch eine Kapsel verabreichen? »Und kriege ich jetzt einen neuen Anker?«

»Nein« sagte er, und sie hielt ihn fest, ehe er den Raum verlassen konnte. »Ich rede mit Allen«, versprach er in väterlichem Ton. »Ich sage ihm, er soll sich mehr Mühe geben. Ihr habt früher gut zusammengearbeitet, und ich weiß, das werdet ihr auch wieder tun. Er muss eben auch einiges verarbeiten, aber er vertraut dir, also lass du auch los, und vertrau ihm.«

Als wäre das denkbar. »Bill …«, warnte sie ihn, worauf er die Hände in die Luft streckte, als wollte er sich ergeben.

»Okay, okay«, lenkte er endlich ein. »Ich rede mit Sandy. Mal sehen, was wir machen können. Ich habe da jemanden im Sinn, aber sag Allen nichts davon – wir wissen ja noch gar nicht, ob wir die Sache schaukeln können. Einverstanden?«

Ohne ihn aus den Augen zu lassen, gab sie die Tür frei. »Einverstanden«, sagte sie, und ihr Herzschlag dröhnte in ihren Ohren.

»Ich bin stolz auf dich«, bemerkte er sanft, als er die Tür öffnete. »Du hast es weit gebracht.«

*So weit, dass ich zu deiner Marionette geworden bin.* »Ich wollte immer nur mein Bestes tun und will es immer noch.«

»Das tust du bereits«, erwiderte Bill und schob sie hinaus ins Wohnzimmer.

# 35

Silas belegte im Comerica Park zwei Plätze in der Sonne, die ihm ein Freund überlassen hatte. Gewöhnlich wäre es ihm dort zu heiß gewesen, doch an diesem Vormittag war die Frühlingsluft noch so kühl, dass Silas sich wohlfühlte. Neben ihm lagen zwei Hotdogs und Wasserflaschen. Er hatte Peri gebeten, sich hier mit ihm zu treffen. Als die Tigers versuchten, das Inning für sich zu entscheiden, lenkte ihn das Jubeln der Menge von seinen Grübeleien ab.

Die Erinnerung daran, mit Peri schon einmal auf diesen Plätzen gesessen zu haben, schmerzte, doch das war nicht der Grund dafür, dass er sie hier hatte treffen wollen. Die Menschenmenge lieferte ihnen ein gewisses Maß an Schutz. Die zahlreichen Tore konnte man nicht einfach abriegeln. Selbst das Sicherheitspersonal des Stadions, mit dem Opti sich würde auseinandersetzen müssen, war nützlich. Aber wenn er ehrlich mit sich selbst war, musste er zugeben, dass er sie hier hatte treffen wollen, weil Peri Baseball liebte. Er hoffte, dass Erinnerungen, die sie sonst nicht abrufen konnte, sich hier vielleicht zurückmelden und dazu beitragen würden, die schlechten Neuigkeiten abzufedern.

Silas zog sich die Kappe tiefer ins Gesicht und kauerte sich auf dem harten Sitzplatz zusammen. Die Liste war nicht auf dem Chip, den sie ihm mitgebracht hatte. Ihm blieben keine Möglichkeiten mehr. Die Allianz betrachtete ihn mit Argwohn, und für Opti war er ein Feind. Und nun war er hier, um Peri zu sagen, sie solle losrennen und nie mehr stehen bleiben.

Mit düsterer Miene strich sich Silas über das frisch rasierte Kinn, ehe er mit nervösen Bewegungen seine Sonnenbrille hochschob. Sein Blick wanderte über die orange und blau leuchtenden Tribünen, verfolgte die Begeisterung der Menge, die der Saisonauftakt im April stets mit sich brachte. Dann erregte eine vertraute Silhouette seine Aufmerksamkeit, und er schaute sich zu einem der Eingänge um.

*Allmächtiger Gott, sie sieht toll aus.* Er war erleichtert, sie nicht in den knallbunten Kleidern sehen zu müssen, die zweifelsohne Allen für sie ausgesucht hatte. Mit der üblichen schwarzen Hose und der weißen Bluse, deren Ausschnitt ihren langen Hals betonte, sah sie wieder viel mehr wie sie selbst aus. Ein bisschen zu fein für ein Sportstadion, aber das machte sie durch die Detroit-Tigers-Kappe und ihre Sonnenbrille ausreichend wett, sodass niemand mehr als zweimal hinschaute.

Seine Miene entspannte sich, als sich ein Gefühl von Stolz in ihm regte. Sie war nicht mehr das tödliche, aber von ihrem Anker abhängige Püppchen, zu dem Opti sie gemacht hatte. Ihr leidenschaftlicher Unabhängigkeitsdrang verschaffte sich wieder Geltung, drang durch die Risse, die sich in den Lügen und der Konditionierung durch Opti auftaten – doch nur so lange, wie er sie davor bewahren konnte, erneut gesäubert zu werden.

Während sich ihre Blicke trafen, schwoll der Lärm der Zuschauermenge an. Reglos blieb sie auf den Stufen stehen, als lauschte sie auf etwas, das nur sie hören konnte, ehe sie die Reihen nach etwas absuchte, das nur sie sehen konnte. *Bitte lauf nicht weg,* dachte er, stand auf und versuchte, ihr aus der Entfernung zu vermitteln, dass er nur helfen wollte. Er nahm die Brille ab, bedachte sie mit flehentlichen Blicken, wartete mit angehaltenem Atem, bis sie endlich eine Entscheidung traf und mit gesenktem Kopf und unergründlicher Miene die letzten Stufen heraufkam.

Am Ende der Reihe hielt sie inne. »Schöne Plätze«, bemerkte sie. Silas hatte das dringende Gefühl, irgendetwas unternehmen zu müssen.

»Sie gehören einem Freund«, erklärte er, hob die Packung mit den Hotdogs vom Sitz und rutschte hinüber, um seinen Platz freizumachen, damit sie nicht über ihn hinwegklettern musste. Hinter ihnen beklagte sich ein Mann, er könne nichts sehen, doch seine Tirade endete abrupt, als Peri ihre Sonnenbrille abnahm und ihn mit einem starren Blick maß.

»Du siehst großartig aus«, sagte Silas – was sie verblüffte, wie ihre Miene verriet.

»Ich war noch mal einkaufen. Dieses Mal ausufernd und auf Bills Rechnung.« Peri setzte sich, und Silas spürte, wie sich ihre wie seine Anspannung allmählich löste. »Ich werde alles, was in meinem Kleiderschrank war, der Wohlfahrt spenden. Du wirkst ...«

»Wie?«, fragte Silas, dem bewusst war, dass seine Jacke und die Jeans, verglichen mit ihrer Eleganz, recht gewöhnlich aussahen. Aber im Unterschied zu Peri hätte er, gekleidet in Seide und Leinen, in einem Baseballstadion eine auffallend sonderbare Figur abgegeben.

Peris Sorgenfalten wichen einem schwachen Lächeln. »Zufrieden.«

*Zufrieden? Meint sie wirklich, dass ich zufrieden wirke?* Verwirrt sah er zu, wie sie die Sitzreihen musterte. Doch das Geschwätz des Stadionsprechers und ein paar Takte Orgelmusik fegten die neu auflebende Anspannung wieder fort. Das hier waren die Geräusche des Sommers, und er empfand sie als entspannend, genau wie den Sonnenschein.

»Hotdog mit Senf, ohne Ketchup?«, fragte er, als er ihr den Karton kredenzte.

»Woher ...«, setzte sie an, während sie mit leuchtenden Augen nach dem Hotdog griff. »Mein Tagebuch?«, fragte sie gleich darauf ernüchtert.

»Dieses Mal nur gut geraten«, log er.

»Volltreffer«, sagte sie, nahm den Hotdog und erschreckte Silas damit, dass ihre Finger dabei seine streiften.

Genau so mochte sie ihren Hotdog. Er ließ es sich nicht entgehen, ihr dabei zuzusehen, wie sie ihn auswickelte und die Augen beim ersten Bissen schloss. Ihr genüssliches *Mmmm* jagte ihm einen wohligen Schauer über den Rücken. Als sie es merkte und ihn neugierig beäugte, während sie kaute und schluckte, wurde er leicht rot.

»Dass ich einen Hotdog esse, macht dich glücklich?«, fragte sie und wischte sich mit dem kleinen Finger den Mundwinkel ab, woraufhin er noch mehr errötete. »Du bist ja leicht zufriedenzustellen.«

»Eine schöne Frau an einem schönen Tag – was will man mehr?«, versuchte er sich herauszureden. Hastig widmete er sich dem eigenen Hotdog und bemühte sich, dabei nicht wie ein Depp auszusehen.

Peri seufzte, aber es klang nicht unfreundlich. »Silas, ich bin nicht dumm.«

Er nahm einen Bissen und bedachte sie mit einem Seitenblick. »Ich habe gesagt, dass du schön bist, nicht, dass du dumm bist. Egal, was die gängigen Medien behaupten, diese Dinge bedingen sich nicht gegenseitig.«

»Ich meine, wir haben das schon einmal gemacht.«

Erschrocken drehte er sich zu ihr um. »Daran erinnerst du dich?«

»Nein, aber du tust es. So entspannt habe ich dich noch nie erlebt.«

»Komisch, dass es so eine Wirkung hat, wenn niemand mit der Waffe auf einen zielt.«

»Also …« Verschmitzt sah sie ihn an. »Waren wir so was wie Freund und Freundin?«

Er wäre beinahe an seinem Hotdog erstickt. »Frag mich das morgen«, würgte er hervor und spürte, wie sich sein Hals rötete.

»Morgen erinnere ich mich vielleicht nicht mehr an dich.« Sie schlug die Beine übereinander. »Gestern bist du mir von Allens Wohnung aus gefolgt«, stellte sie fest, legte ihren Hotdog weg und griff nach einer Flasche Wasser. »Du wusstest genau, wo du mich hinbringen musstest – in welcher Umgebung ich mich entspannen und dir vielleicht etwas geben würde, das du haben wolltest.«

Sein Mund wurde trocken. Ihm war, als würde alles mühsam Aufgebaute aus den Fugen geraten. »So war das nicht. Ich manipuliere dich nicht.«

»Doch, das tust du.« Sie versuchte, die Flasche zu öffnen, aber die wollte nicht nachgeben. »Tust es auch jetzt. Triffst dich im Stadion mit mir. Gehst mit mir zu Mules. Ich liebe Mules. Erinnerst mich an meinen Lieblingskaffee. Ich wäre wütend, hätte ich nicht das Gefühl, dass du das ebenso für dich wie für mich tust.«

»Stimmt nicht«, protestierte er, aber es hörte sich sogar in seinen Ohren lahm an.

»Ich bin bereit, darüber hinwegzusehen«, sagte sie, gab den Versuch auf, die Flasche zu öffnen, und reichte sie ihm. »Aber ich möchte wissen, ob du das tust, weil du es willst oder weil du es musst.«

Einigermaßen aus der Fassung gebracht, öffnete Silas die Flasche für sie. »Was sagt dein Bauchgefühl?«

Sie nahm die Flasche wieder an sich und blickte schweigend auf das Spielfeld. »Frag mich das morgen«, sagte sie nach einer Weile, trank seufzend einen Schluck Wasser und stellte die Flasche weg. »Howard hat also gute Neuigkeiten, ja?«

Silas krümmte sich innerlich. Er konnte sie nicht einmal ansehen, so wütend war er auf sich selbst und auf Fran. Peri konnte nicht gewusst haben, um was es sich bei diesem Chip handelte. Aber sogar er musste zugeben, dass Opti sie selbst jetzt noch benutzte.

»Keine guten Neuigkeiten«, berichtigte Peri, doch ihre Augen waren frei von Schuldzuweisungen.

»Kannst du mir nicht einmal ein halbes Inning gönnen?«, grollte er.

Peri griff wieder zu ihrem Hotdog. »Du darfst es genießen, bis ich mit diesem großartigen Hotdog fertig bin. Mmmm, so ein Hotdog verdient volle Aufmerksamkeit.«

Silas lehnte sich zurück, aber seine Stimmung war im Keller. Einen Moment lang schwiegen beide, fasziniert von dem kunstvollen, ausgeklügelten Spiel, der Muskel- und Körperarbeit und der hier angewandten Psychologie.

»Ich erinnere mich noch, dass ich mit meinem Dad hierhergekommen bin«, erzählte Peri, ohne den Blick vom Spielfeld abzuwenden. »Er hat mir das Spiel von der Tribüne aus erklärt. Im früheren Stadion an der Ecke. Meine Mom fand das alte Stadion dreckig, und das neue Stadion mochte sie auch nicht. Deshalb sind wir auch nicht mehr hingegangen, nachdem mein Vater gestorben war.«

Silas beugte sich vor, richtete sich aber gleich wieder auf, als seine Jacke sich spannte. »Tut mir leid.«

Lächelnd drehte sie sich zu ihm um und rückte seine Kappe zurecht. »Aber ich bin ja jetzt hier, mit dir, Mr. Tomorrow.«

Silas biss die Zähne zusammen. Ihr Lächeln war makellos, ihre Haut leuchtete in der Sonne, und ihre Augen strahlten. Er wollte alles zurückholen, jede Kleinigkeit. Aber da war nichts mehr übrig. Allen hatte es alles gelöscht. Und er hatte dabei geholfen.

*Ich hätte ihr sagen müssen, dass ich sie geliebt habe*, dachte er, kaum imstande zu atmen. Vielleicht hätte sie dann eine Wahl gehabt. Aber er hatte seine Liebe verheimlicht, hatte ihr keine Wahl gelassen außer der, die Allen ihr geboten hatte. Und wer hätte nicht Ruhm und Ehre einer leeren Wohnung vorgezogen? Er war ein Idiot, und nun konnte er nur noch versuchen, ihr zumindest das Wissen zu vermitteln, das sie brauchte, um sich selbst zu retten.

»Alles in Ordnung?«, fragte Peri, und der Sonnenschein fing sich in den Spitzen ihrer dichten schwarzen Haare.

»Alles bestens«, sagte er angespannt und musterte die Drohnen über dem Stadion. Es waren harmlose Low-Qs, aber ihm missfiel, wie leicht man eine High-Q-Drohne zur Gesichtserkennung unter die anderen schmuggeln konnte. »Wie läuft es mit Jack? Ist er hier?«

Peri sah sich um und wischte sich die Finger an einer Serviette ab. »Nein«, sagte sie und hörte sich überrascht an. »Und das freut dich, weil …«, soufflierte sie.

Silas zuckte mit den Schultern. Es behagte ihm gar nicht, dass er seine Stimmung so laut telegrafierte. »Es bedeutet nur, dass du dich wohlfühlst«, sagte er und versteckte sich hinter seiner Wasserflasche. Als er getrunken hatte, fügte er hinzu: »Und wenn du dich wohlfühlst, nehme ich an, dass niemand auf der Tribüne sitzt, der uns beobachtet.«

Peri musterte die Sitzreihen in der Umgebung, doch da waren nur Fans zu sehen. »Ist das dein Ernst?«

Er nickte. »Jack manifestiert sich, wenn du denkst, dass etwas nicht stimmt. Er ist nicht unfehlbar, da er nur das weiß, was du vermutest, aber ich vertraue deiner Intuition mehr als, sagen wir, Allens Wort.«

Das brachte sie zum Kichern. »Ja, ich traue ihm auch nicht über den Weg«, sagte sie. »Er hat gewusst, dass mein Arsch verwanzt war.«

Silas griente, und sie drehte sich zu ihm um und schüttelte den Kopf. »Oh mein Gott«, sagte sie alles andere als erzürnt. »Du freust dich, dass ich Allen nicht vertraue.«

Nun konnte er sich das Lachen nicht verkneifen, und das Lächeln, das danach auf seinen Lippen lag, war echt. »Vor dir kann ich nichts verbergen, was? Aber du bist noch gar nicht fertig mit deinem Hotdog.«

. »Doch, bin ich.« Sie schob sich den letzten Bissen in den Mund, kaute hastig, schluckte und spülte die Reste mit einem großen Schluck Wasser hinunter, ehe sie sich wieder zu ihm umwandte. Silas' Herz schlug schneller, doch genau in diesem Moment endete das Inning, und die Menge, die plötzlich in Bewegung geriet, nahm seine Aufmerksamkeit gefangen. Die Stimme des Stadionsprechers ging beinahe unter in den tausend Gesprächen, die auf einmal überall ringsum auflebten.

»Mich unter der Decke der Allianz zu verkriechen könnte ein bisschen schwierig werden«, sagte Peri, in dem Lärm kaum zu hören, und bedachte den Mann, der sie auf seinem Weg zum Imbissstand anrempelte, mit einem finsteren Blick. »Opti hat herausgefunden, dass ich den Tracker rausgeholt habe. Sie haben mich gezwungen, einen neuen radioaktiven Marker zu schlucken.«

Silas Kopf ruckte zu ihr herum. »Was?«

»Das ist keine so große Sache«, sagte sie beinahe vergnügt und beugte sich zu ihm, um sich Gehör zu verschaffen. »Flipp jetzt nicht aus, ja? Ich kann das Ding mit ein bisschen Bariumsirup in Schach halten.«

»Sie wissen, dass du weg warst, und haben dich nicht gesäubert?«, fragte er und versuchte, die Information zu verdauen.

Peri setzte eine süß-saure Miene auf. »Nein.«

Silas umfasste die Wasserflasche so fest, dass der Deckel aufplatzte. Peri war chemisch gekennzeichnet worden? Was zum

**535**

Henker sollte er jetzt tun? Sie benutzten sie ganz ungeniert, um an die Allianz heranzukommen. Ihm lief es eiskalt über den Rücken, und er sah sich in der wogenden Menge nach Leuten mit schwarzen Anzügen und Sonnenbrillen um. »Das ist wirklich übel«, sagte er leise.

»Warum? Ich nehme einfach eine kleine Dosis Bariumsirup, um das Ding zu blockieren«, erwiderte Peri und kniff die Augen zusammen, als ihr Selbstvertrauen ins Wanken geriet. »Oder ich trage einen Aluhut. Das ist nichts, was sich nicht umgehen ließe. Opti weiß jedenfalls nicht, dass ich ihre Gedächtnisimplantate durchbrochen habe.«

Genau das hätte sie wohl auch gesagt, wenn sie tatsächlich für Opti arbeitete und der Organisation die Köpfe der Allianz auf einem Silbertablett servieren wollte. Silas' Brust schmerzte. Fran hatte ihm gesagt, er dürfe Peri nicht trauen und solle sie reinholen, damit man sie in den »Ruhestand« schicken könne. Er hatte ihr nicht glauben wollen. Er wollte es immer noch nicht.

Und dann sah sich Peri ruckartig zu dem gerade erst frei gewordenen Sitz hinter ihr um. »Ach, verdammte Scheiße«, flüsterte sie.

Das konnte nur Jack sein. Silas kroch eine Gänsehaut über den Rücken, während er zusah, wie Peri etwas beobachtete, das gar nicht da war. »Was sagt er?«, fragte er leise.

Peris Augen waren im Suchmodus. »Dass etwas nicht in Ordnung ist und ich gehen muss. Ich neige dazu, ihm zu glauben. Danke für den Hotdog. Es war wirklich nett. Wo steht der Wagen?«

Sie stand auf, und auch er erhob sich. »Äh …« machte er reichlich geistlos. Aber er hatte keinen Plan und keinen anderen Gedanken im Kopf, als sie mitzunehmen und zu verschwinden. Und solange sie chemisch gekennzeichnet war, fiel die Allianz gleich doppelt aus.

Peri musterte ihn von Kopf bis Fuß. Seine Furcht nährte ihre eigene. »Ich habe dir Jacks Liste gegeben. Du hast, was du wolltest.«

Silas legte die Stirn in Falten und ergriff ihren Ellbogen. »Was du uns gebracht hast, war nicht Jacks Liste.«

Sie erbleichte. »Natürlich war sie das. Sie muss es sein«, beharrte sie, während um sie herum die Musik dröhnte. »Der Chip war an meinem Kater. Sein Halsband war das Einzige, was von meiner Wohnung übrig geblieben ist.«

Silas schüttelte den Kopf. »Es war eine Wanze.«

Ihr Mund klappte auf, und er sah am Glanz ihrer Augen, wie ihre Welt in Stücke fiel. »Oh mein Gott«, wisperte sie. »Sie haben alles gehört.« Panisch schoss ihr Blick zu seinen Augen. »Sie wissen genau, worüber wir gesprochen haben! Sie wissen, dass ich sie belüge!«

Ein Teil von Silas war geradezu erleichtert. Sie fürchtete sich. Sie sagte die Wahrheit. »Nein, das tun sie nicht«, versuchte er, sie zu beruhigen, doch er fühlte, wie steif ihre Arme unter seinen Händen waren. »Der Chip war schadhaft. Du hast gesagt, du hast ihn deiner Katze abgenommen. Tja, diese Dinger halten draußen nicht lange durch. Opti hatte keine Gelegenheit, ihn auszutauschen. Sie haben uns nicht gehört, aber Peri, es war nicht die Liste, und darum wird die Allianz dir nicht trauen.«

Peris umherschweifende Aufmerksamkeit richtete sich wieder auf ihn. »Die werden mir nie glauben«, sagte sie, und seine Furcht nahm zu, als er ihre Entschlossenheit bemerkte. Sie würde fliehen und versuchen, es allein zu schaffen.

»Ich muss los«, sagte sie und löste sich von ihm.

»Wohin?«

»Keine Ahnung«, entgegnete sie. Und dann ging sie einfach davon.

»Peri!«, rief er, doch schon war jemand hinter ihr, und er kam

**537**

nicht hinterher. Drei Sekunden später war sie fort, dorthin verschwunden, woher sie gekommen war.

»Aus dem Weg!« Silas drängelte sich an dem Mann auf der Treppe vorbei, ohne auf die wütenden Proteste zu achten, als er sich gegen den Strom der Menge stemmte. Peri schlüpfte mit ihrem schmalen Körper durch das Gedränge wie durch Wasser, während er eher wie ein Fels erschien, der einfach von jedem angerempelt wurde. Doch schließlich hatte er das Gewühl hinter sich und war unten im Stadion angekommen.

»Da bist du ja«, sagte er, als er sah, wie sie sich durch die Menschenansammlung einen Weg zum Ausgang bahnte. Er sah auch, dass sie die beiden Männer am Tor bemerkt hatte. Sie trugen Anzüge, nicht aber den typischen Dienstausweis, den die Sicherheitsleute des Stadions um den Hals trugen. Peri machte umgehend kehrt und schlug eine andere Richtung ein.

*Scheiße.* Sie war im Fluchtmodus. Er stürzte hinter ihr her und rief, zu ihr aufschließend, ihren Namen, um zu verhindern, dass sie überreagierte.

»Was willst du?«, krächzte sie, als er ihren Ellbogen berührte. Sie wirbelte zu ihm herum und erschreckte ihn mit ihren feuchten Augen. »Ich brauche keinen Anker. Ich brauche überhaupt niemanden.«

»Du hast recht«, sagte er und strich mit einem Finger unter ihrem Auge über die Wange, woraufhin sie sich stöhnend abwandte. »Du brauchst niemanden«, sagte er und hielt sie fest, damit sie nicht gleich wieder davonlaufen konnte. »Aber das bedeutet nicht, dass du allein bleiben musst.«

Ihre Lippen öffneten sich, und sie ließ seine Worte auf sich wirken: Während sich in ihren Augen Kummer spiegelte, löste sich die Anspannung in ihren Schultern. »Ich will ja auch gar nicht allein sein. Ich will in der Sonne sitzen und noch einen gottverdammten Hotdog essen. Ich will das hinter mir lassen, Silas. Ich will es endlich hinter mir lassen.«

»Wir kriegen das hin.« Silas, der immer noch ihren Arm hielt, betrachtete die Zuschauermenge. Das Pausengeschwätz des Stadionsprechers hallte herüber. »Gemeinsam. Vertrau mir, Peri. Nur noch dieses eine Mal.«

Sie holte Luft, um ihm zu antworten, doch er konnte in ihren Augen bereits sehen, was sie sagen wollte. Und dann zuckte sie zusammen und starrte über seine Schulter hinweg. »Waffe!«, schrie sie und stieß ihn zurück.

Mit den Armen rudernd kämpfte Silas um sein Gleichgewicht, und sein Kopf ruckte hoch. Peri stand kampfbereit da, und zwischen ihnen rutschte ein rot befiederter Pfeil über den Boden.

»Lauf!«, sagte er, packte ihren Arm und riss sie mit sich.

Peri sprang los und entglitt seinem Griff, und er hastete eilends hinterher. Die beiden falschen Aufseher des Stadions folgten ihnen. Einer brüllte etwas in ein Funkgerät. »Ich wusste nicht, dass die hier sind«, keuchte Peri, als sie langsam genug war, dass Silas zu ihr aufschließen konnte. »Opti hätte nicht hier sein dürfen.«

»Das ist nicht Opti. Das ist die Allianz«, gab er zurück. »Nein, lauf weiter!«, brüllte er dann und dirigierte sie in Richtung einer Personaltür, als sie stehen bleiben wollte.

»Warum fliehen wir?«, fragte sie, kaum dass sie die Tür passiert hatten und sich in einem ruhigen Korridor wiederfanden.

Silas verzog das Gesicht, verriegelte die Tür und erschrak, als plötzlich von der anderen Seite dagegengehämmert wurde. »Komm mit. Irgendwo muss dieser Gang ja hinführen.«

»Du hast mir doch gesagt, du gehörst zur Allianz«, sagte Peri, während sie Seite an Seite weiterliefen. »Gehörst du jetzt dazu oder nicht?«

»Ich gehöre dazu«, knurrte er. »Es liegt an Fran, Tafs Mutter. Sie ist eher bereit zu glauben, dass du ihre Tochter bezirzt hast, dir zu vertrauen, als sich der Idee zu öffnen, dass ihre Tochter eine bessere Menschenkenntnis haben könnte als sie selbst.«

»Taf?« Peri biss sich auf die Lippe, als sie sich die junge Frau ins Gedächtnis rief. »Verstehe ich nicht.«

Sie kamen um eine Ecke, und Silas wurde langsamer und sah sich nach einem Ausgang um. »Fran ist die Leiterin der Allianz. Taf ist mit dir geflohen, statt ihre Mutter zu unterstützen. Eine Waffe war auch im Spiel, und Fran ist deswegen ziemlich sauer.«

»Großartig. Ich bin mit der Tochter der Allianzchefin geflohen? Die werden mir nie vertrauen«, murrte Peri erbittert. »Warum erzählst du mir das gerade jetzt?«

»Ach, ich weiß auch nicht«, entgegnete Silas süffisant. »Irgendwie konnte ich es zwischen der Rippe, die du mir gebrochen hast, und dem Hotdog nirgends unterbringen.«

Ein Krachen von der Tür hinter ihnen trieb sie weiter.

»Los!«, feuerte Silas sie an.

Peri rannte zu einem Notausgang und rammte die Tür, die sich den Vorschriften gemäß von innen immer öffnen lassen musste, aus vollem Lauf, sodass selbige gegen die Wand knallte. Silas folgte ihr und kam schlitternd zum Stehen, als er drei Männer, die gerade aus einem Wagen gestiegen waren, vor sich in der Sonne stehen sah.

»Packt sie!«, brüllte einer, und sie zogen ihre Waffen.

Silas wollte das Herz stehen bleiben, als Peri einfach weiter in Richtung Licht und Freiheit rannte, aus vollem Lauf von der erhöhten Plattform sprang, sich abrollte und sofort weiterlief. Ihre Kappe war fort, und ihr schwarzes Haar glänzte im Sonnenschein, als sie sich den Männern am Wagen näherte.

»Du da in Schwarz! Stehen bleiben!«, forderte einer. Peri zögerte und schaute sich nach Silas um.

»Nicht schießen!«, rief Silas, dem bewusst war, wie fatal dieses Zögern war. »Um Himmels willen, Peri, nicht springen! Du könntest eine ausgewachsene MEP erleiden!«

Zwei Männer prallten von hinten gegen ihn, rangen ihn nieder und rissen ihm die Arme auf den Rücken. Dennoch behielt er Peri im Blick und schloss erst gequält die Augen, als sie sich langsam aus der Hocke erhob und einen Pfeil aus ihrem Arm riss.

»Nein!«, schrie Silas, als er sah, dass sie taumelte … und dann … sprang, ehe die Droge ihre volle Wirkung entfalten konnte.

Silas keuchte auf, schockiert über ihre Reichweite, als sie alles und jeden in einem Radius von einer halben Meile in den blauen Nebel der Rückschau hüllte. Sein Hirn schien sich genau wie die Zeit zu dehnen. Gleich darauf knallte es so, als würde eine Sektflasche geöffnet. Mit der kristallinen Klarheit, die mit der Erkenntnis vertaner Chancen einhergeht, konnte er beinahe spüren, wie die Welt in die Vergangenheit zurückversetzt wurde.

# 36

»Peri! Warte!«, brüllte Silas und rannte auf die Laderampe. Peri wirbelte herum, lehnte sich an einen Müllcontainer und kroch tiefer in den Schatten, statt sich der Sonne und der Freiheit zuzuwenden. Sie befand sich in einem Sprung, und zum ersten Mal drängte sich dabei eine bis dahin unbekannte Angst in ihr Bewusstsein. Silas glaubte, sie würde einer MEP zum Opfer fallen? Sollte Silas' Bastelei nicht halten, würde sie nicht nur ihre Vergangenheit verlieren, sondern auch ihren Verstand.

»Aufhören!«, rief Silas, als zwei Männer über ihn herfielen, während Peri sich noch weiter zurückzog. »Ich kann mit ihr reden, sodass sie freiwillig mitkommt. Ihr macht die Sache nur noch schlimmer!«

»Maul halten!« fuhr ihn der Mann an, der ihn festhielt, und trat ihm die Knie unter dem Leib weg. Peri kauerte sich zusammen, griff nach ihrem Stiftanhänger und riss die Kappe herunter.

TRAU NIEMANDEM, schrieb sie, den Blick auf die beiden Männer gerichtet, die sich mit der Vorsicht von Buschmännern näherten, die einen Löwen umkreisten. Rasch ergriff sie den Stift so, dass sie ihn als Waffe einsetzen konnte.

»Nein!«, protestierte Silas, als sie sich lautlos auf die Männer stürzte.

»Aufpassen!«, rief jemand, und Peri krachte gegen den Mann, der ihr am nächsten war. Er schrie auf und ließ sich fallen, als sie ihm den Stift zwischen Schulter und Hals tief ins Fleisch trieb. Zähneknirschend stieß sie ihn gegen den anderen Mann. Das Zerren an ihrem Halsband hatte sie fix und fertig gemacht. Dann hörte sie einen Schuss und warf sich nach links. *Sie würde es schaffen. Sie würde es schaffen!*

Und dann überschlugen sich die Ereignisse. Sie rannte, und Männer brüllten hinter ihr, aber sie wusste nicht warum. Sie wurde jedoch nicht langsamer und wich irritiert aus, als ein rot befiederter Pfeil von der Fensterscheibe eines Wagens abprallte, an dem sie vorüberhastete. Mit pochendem Herzen blickte sie in ihre Handfläche.

TRAU NIEMANDEM.

Das klang vernünftig – und auch wieder nicht. Sie war hergekommen, um sich den Weg in die Allianz freizukaufen, aber sie erinnerte sich nicht, mit jemandem gesprochen zu haben. Sie hatte mindestens zehn Minuten verloren, vielleicht auch mehr. Aber was ihr Angst machte, war, dass sie Silas' Flickwerk vielleicht beschädigt hatte. Alles würde gut werden, wenn sie nur … davonkäme.

»Jack?«, brüllte sie, und dann sah sie ihn zehn Meter weiter an der Straße. Er winkte ihr zu.

»Nicht stehen bleiben!«, rief er, als sie aufkeuchend gegen einen Mann prallte, der hinter einem Wagen hervorgekommen war, und zusammen mit ihm auf dem Straßenpflaster landete.

»Nein!«, heulte sie auf, als sie von einem Pfeil getroffen und ihr die Arme auf den Rücken gezerrt wurden. Sie kämpfte, bis zwei, dann drei Männer auf ihr hockten. Jemand drückte ihr Gesicht an den Boden, und sie kniff die Augen zu, als man ihr Schaumstoff in die Ohren pfropfte. Ein Summen unterdrückte ihre Fähigkeit zu springen. Sie bekam keine Luft, und schließlich gab sie mit pochendem Herzen auf, während ihr Kopf unter dem Einfluss des Adrenalins zu schmerzen begann. Noch in dem Moment, in dem jemand ihre Hände hinter dem Rücken mit einem Kabelbinder zusammenschnürte, ballte sie die Fäuste, um die Schrift in ihrer Handfläche und ihre Furcht zu verbergen.

»Peri!«

Immer noch am Boden, spuckte sie den Dreck aus, der ihr in den Mund gedrungen war, und drehte den Kopf. *Silas?* Zwei Männer hielten ihn fest und waren dabei, ihn in einen Van zu setzen. Er trug Handschellen, und an seiner Wange prangte eine frische, rote Strieme. Bedeutete das, dass sie Opti in die Hände gefallen war? Oh Gott, wie konnten die wissen, dass sie gelogen hatte?

Als sie auf die Beine gezerrt wurde, trat sie sinnlos um sich und biss die Zähne zusammen, als auch sie unsanft in den Van befördert wurde und auf Silas landete. Sein Ellbogen bohrte sich in ihren Magen, und die Luft wich aus ihren Lungen, während sie noch darum kämpfte, auf die Knie zu kommen. Die Tür wurde zugeknallt. Als der Wagen rasant beschleunigte, stürzte sie zu Boden.

»Hör auf zu kämpfen, Peri. Du machst es nur noch schlimmer. Ich lasse nicht zu, dass du MEP bekommst.«

Peri zappelte so lange herum, bis sie von ihm herunterkam. Es gab keine Fenster im Wagen, also suchte sie sich im Dunkeln eine Ecke und presste sich hinein, um nicht umzukippen, wenn der Wagen um eine Kurve fuhr. Ihr war übel von dem Summen in ihren Ohren und den Drogen in ihrem Stoffwechsel. Sie wusste, sie war losgezogen, um mit Silas zu sprechen und sich ihre Freiheit zu erkaufen, aber sie konnte sich nicht daran erinnern, wie sie hierhergekommen oder was schiefgelaufen war.

Auf der anderen Seite des Vans richtete sich Silas langsam auf. »Du bist gesprungen«, keuchte er außer Atem. »Entspann dich, und atme tief durch. Es kommt alles wieder in Ordnung. Nicht Opti hat uns erwischt, sondern die Allianz. Dreh dich um, damit ich dir die Ohrenstöpsel rausnehmen kann.«

Seine Stimme klang besänftigend, doch sie traute dem Frieden nicht. »Die Allianz?«, flüsterte sie, während der Van durch eine langgezogene Kurve fuhr, die auf eine Auffahrt verwies. »Warum trägst du dann Handschellen? Du hast doch gesagt, du gehörst zur Allianz.« Sie konnte sich nicht erinnern, wie sie zum Stadion gelangt war. Unkontrollierbare Angst schnürte ihren Burstkorb immer fester zu, bis sie kaum noch atmen konnte. Sie zog die Knie bis ans Kinn und ließ den Kopf hängen, versuchte, sich zu entspannen.

Doch je mehr sie sich bemühte, desto schlimmer wurde die Panik. Das Unbekannte hämmerte auf sie ein, verzehrte sie bei lebendigem Leib. Es war dieses Flickwerk. Es fiel auseinander, und wenn das geschah, würde sie verrückt werden. Sie stand schon kurz davor.

»Sieh mich an.« Silas kniete vor ihr, doch sie starrte nur verängstigt zur Decke hinauf. Der Van fuhr mit Höchstgeschwindigkeit über eine gerade Strecke. Sie hatte keine Ahnung, wo es hingehen mochte. Sie wollte nur springen und immer wieder springen, aber die Drogen ließen das nicht zu, also hing sie fest in dieser selbst geschaffenen Hölle aus Zweifeln und Panik.

Er schob sich näher an sie heran. Ruckartig blickte sie ihm in die Augen. »Peri, ich bin ein Anker«, sagte er sanft, und sie wich so tief sie nur konnte in ihre Ecke zurück. »Das weißt du. Ich war dabei, als du gesprungen bist. Ich kann es zurückbringen, und damit wird auch der Rest zurückkehren. Vertrau mir. Lass mich dir wenigstens die Ohrstöpsel rausnehmen.«

Ihr Mund war so trocken, dass sie nicht einmal mehr schlucken konnte. TRAU NIEMANDEM. »Ich kann nicht«, flüsterte sie, gefangen in einem Taumel der Verwirrung, der sie keinen klaren Gedanken fassen ließ.

»Du musst«, sagte er und kam noch näher. Der Schmerz, den ihm seine gefesselten Handgelenke bereiteten, spiegelte sich in seinen Augen. »Hör auf dein Bauchgefühl. Es war nur ein winziger Sprung, aber du bewegst dich am Rande des Zusammenbruchs. Schau dich nur an. Das bist nicht du. Befrei meine Hände. Lass mich dir helfen.«

»Ich kann nicht«, sagte sie in einem Ton, der beinahe darum flehte, dass er ihr helfen möge. Inzwischen hatte er sich umgedreht und kehrte ihr den Rücken zu. Seine Finger sahen geschwollen aus. Die Fesseln saßen zu stramm.

»Bitte«, sagte er, und da sah sie den gebogenen Nagel zwischen seinen Fingern. »Ich weiß, dass du verwirrt bist, aber ich kann das wieder in Ordnung bringen. Du musst mir vertrauen.«

Ihr Herz donnerte in ihrer Brust, und ihr war schlecht von den Erschütterungen, denen, die sich durch den Wagen auf sie übertrugen, und denen in ihrem Kopf. »Okay«, flüsterte sie. »Aber wenn du eine Bewegung machst, die mir nicht gefällt, töte ich dich wirklich.«

»Einverstanden.

Sie drehte sich vorsichtig um, bis ihr Rücken an seinem lag. Seine Finger fühlten sich bei der Berührung kalt an. Als der Nagel abrutschte und sich in seine Haut bohrte, zischte er leise. Und als es ihr endlich gelang, den Verschluss aufzuhebeln, und er sich aus dem Kabelbinder befreien konnte, stöhnte er erleichtert aus tiefstem Herzen auf. Das konnte unmöglich gespielt sein.

»Du bist dran«, sagte er. Sie zuckte zusammen, als er ihr die Ohrstöpsel herausnahm und das Summen aufhörte. Sie war noch schneller frei als er. Sofort wich sie wieder in ihre Ecke zurück und rieb sich die Handgelenke. Immer noch lastete diese unergründliche Angst wie Blei auf ihrem Brustkorb.

»Bleib wo du bist, kapiert?«, warnte sie ihn.

»Erinnerst du dich, wie du ins Stadion gekommen bist?«, fragte er, ergriff ihre Hand und ließ auch nicht los, als sie versuchte, sie ihm zu entziehen.

»Lass los. Lass los!«, verlangte sie, doch ihre Angst ließ vorübergehend nach, als er ihre Hand umdrehte und ihr den Nagel wie einen Talisman in die Handfläche legte. Ihr stockte der Atem. Während sie den Nagel anstarrte, stürmte ein halbes Leben der Konditionierung, ein Leben, das sich um die Befolgung gewisser Vorschriften und das Einhalten bestimmter Prozeduren gedreht hatte, auf sie ein. Sie *wollte* sich erinnern. Er war ein Anker, und sie war wie von Sinnen. »Nein, ich erinnere mich nicht, wie ich ins Stadion gekommen bin«, ächzte sie schließlich verzweifelt. Wollte sie überleben, blieb ihr keine andere Wahl, als ihm zu vertrauen.

»Schon gut«, besänftigte er sie und ergriff auch ihre andere Hand, was ein winziges bisschen Ruhe in ihr allgegenwärtiges Chaos brachte. »Es ist erst zehn Minuten her. Das ist innerhalb der normalen Toleranzgrenzen. Es ist nur der Schock. Wenn du zur Ruhe kommst, kehrt das von selbst zurück. Erinnerst du dich, dass du einkaufen warst?«

»Ja«, sagte sie. Als sie ihre Kleidung betrachtete und sich erinnerte, empfand sie ungeheure Erleichterung. Das war an diesem Vormittag gewesen. Sie hatte nicht alle Erinnerungen verloren, würde sich wieder fangen. Und nun begann sie sich zu beruhigen … und nachzudenken.

»Lass mich rein, Peri«, sagte er leise und doch drängend.

Ohne zu wissen, warum sie es tat, schloss sie die Augen und nickte. Während sie ausatmete, spürte sie seine Präsenz hinter ihre eigene gleiten, keuchte auf, als die maskuline Schattierung seines Denkens ihre Erinnerung an ihren Ausflug ins Einkaufszentrum einfärbte. Er war da, bei ihr, und ihre Schultern entspannten sich. Ihre Erleichterung war so groß, dass es fast schmerzte.

»Alles in Ordnung«, sagte Silas, doch sie hörte ihn kaum, denn wie aus dem Nichts überwältigte sie das Gefühl nahezu grenzenloser Erschöpfung. »Du hast nur ungefähr fünfzehn Minuten verloren. Lass zu, dass ich sie dir zurückbringe.«

»Mach, dass es aufhört«, murmelte sie und war sich, während er ihre Erinnerungen sortierte, seiner Gegenwart in ihren Gedanken kaum noch bewusst. »Bitte mach, dass es aufhört.«

»Du bist mit mir geflüchtet«, erklärte er, und sie sah es durch seine Augen. »Die Allianz war hinter uns her, und ich habe dir auch gesagt, warum.«

Ein Anflug von Zorn übertrug sich von ihm auf sie und weckte ihre Erinnerung an die Verfolgung. Ihr Eindruck, verraten worden zu sein, verdrängte seine Wut, bis seine Emotionen sich neu sortierten und sie ein Einverständnis fanden. Einen Moment lang schauten sie sich die Erinnerung gemeinsam an, betrachteten sie von der jeweils anderen Seite, um einen gemeinsamen Bezug zu finden, etwas, das sie beide akzeptieren konnten. Vielleicht hatte sie vorschnell einen Schluss gezogen, der falsch war. *Vielleicht,* dachte er, und seine Empfindungen vermischten sich mit ihren, *hätte ich ehrlich zu dir sein und dir sagen sollen, dass ich mit der Allianz im Streit liege.*

»Mich hat man auf der Laderampe gefesselt«, fuhr er fort. »Auf dich haben sie geschossen und so deinen Sprung ausgelöst.« Ihre Augen waren geschlossen. Ihr Körper verlor jegliche Spannung, als die Erinnerung daran auftauchte, dass ein Pfeil sie getroffen hatte. Silas löste sie gleich wieder auf. Sie sah sich selbst durch seine Augen: wütend, wild entschlossen und stur auf der Suche nach einem Weg, ihr eigenes Überleben zu sichern. Sie erinnerte sich nicht so an sich und spürte, wie er nun auch ihre Gefühle von Furcht, Verrat und Verzweiflung in sich aufnahm. Und sie waren genauso real wie seine Visionen ihrer Stärke.

»Ich habe dich nicht verraten«, flüsterte er und zog sie an sich. Sie glaubte ihm, empfand diese Wahrheit als genauso real wie den Nagel in ihrer Hand. »Ich wusste nicht, dass Leute der Allianz da waren.«

Und als diese Realität in ihr Fuß fasste, hörte ihre Welt auf, sich zu drehen. Ihr Brustkorb entspannte sich, ihr Atem ging ruhiger, sie schlummerte in der Wärme seiner Arme, während ihre Erinnerungen sich mischten und ihre eigenen wieder real wurden. Nur noch eine einzige Zeitlinie war jetzt übrig geblieben. Der winzige Zeitraum verdoppelter Linien war verschwunden und belastete sie nicht mehr.

Sie empfand tiefen Frieden, ihrem Gefühl nach zum ersten Mal seit Monaten, und klammerte sich wie eine Süchtige an der Ruhe fest, die sie nun wie ein Kokon einhüllte, wollte nicht, dass sie je endete. »Du bist gut darin«, sagte sie mit schwerer Zunge. Als der Van gleich darauf ins Schlingern geriet, drückte er ihren Kopf sanft an seine Schulter.

»Das war ich mal«, erwiderte er, und sein Atem strich durch ihr Haar. »Schlaf jetzt. Lass es sich verfestigen. Wenn du wieder aufwachst, wirst du den ganzen Vormittag wiederhaben. Alles wird gut.«

Das bezweifelte sie, dennoch schlief sie an Ort und Stelle ein, überzeugt davon, dass sie sich an alles, was sie heute verloren hatte, wieder würde erinnern können. Den Nagel hielt sie dabei so fest, als wäre er ein kostbarer Diamant.

# 37

Mit verkrampfter Bauchmuskulatur machte Peri einen letzten Klimmzug an dem dekorativen Eisengeländer, das sicher nur aufgestellt worden war, um den unterirdischen Weinkeller antik aussehen zu lassen. Gemessen an dem Aussehen des Blockhauses von der Größe einer gewöhnlichen Ferienanlage konnte es noch keine zehn Jahre dort sein. Gestern hatte man sie, schmutzig und durchgefroren von der Fahrt im Van, in dessen Keller gescheucht.

Oberflächlich betrachtet, wirkte die technisch ausgereifte, weitläufige Fluchtburg in den Bergen von Kentucky rustikal. Sie war jedoch mit einem kunstvoll begrünten Hallenbad ausgestattet, das in ein Freibad überging, einer Küche, die einem Restaurant zur Ehre gereicht hätte, diversen Freizeitbereichen, die durch einen künstlichen Wasserfall miteinander verknüpft waren, und einer hypermodernen Überwachungsanlage.

Als man sie durch das Erdgeschoss zum Fahrstuhl und hinunter in den Weinkeller gebracht hatte, hatte sie außer den Bewachern niemanden zu sehen bekommen. Doch die zahllosen Fenster, die Ausblick auf das Tal boten, hatten ihr einen Eindruck von endloser Weite und völliger Abgeschiedenheit vermittelt, in der sie sich im übertragenen wie im wörtlichen Sinne möglicherweise verlieren würde, sollte ihr die Flucht aus dem Blockhaus gelingen. *Aber nicht ohne Silas.*

Sie ließ sich auf den Boden fallen. Silas' Nagel – nun ihr Talisman – steckte sicher in ihrem Stiefel und piekste sie ständig in die Zehen. Es gab ein Heizungsrohr, doch es hatte keine

Wärme abgestrahlt, seit man sie hier zu all den staubigen Flaschen mit roten und weißen Weinen gesteckt hatte, alle recht gut, aber keiner außergewöhnlich. Sie hatte nachgesehen.

Träge setzte sich Peri im Schneidersitz auf die kunstvoll fleckig gestalteten Bodenfliesen. *Importware oder industriell gefertigt?*, überlegte sie, während ihr Schweiß abkühlte. Sie schloss die Augen. Silas hatte ihr eine erstklassige professionelle Defragmentierung verpasst. Sie war verloren gewesen, aber so fühlte sie sich nun nicht mehr. Trotz ihrer Gefangenschaft hielt das Hochgefühl, geboren aus dieser einen wunderbaren Rückkehr von Erinnerungen, immer noch an.

Ihrer Psyche war so übel mitgespielt worden, dass ein Sprung, der leicht hätte durchzuführen sein müssen, gereicht hatte, um sie umzuhauen. Sie hatte die ersten Stadien einer katastrophalen Memory-Eclipsed Paranoia durchgemacht und war völlig ausgerastet. Silas hatte die Sache nicht nur im Keim erstickt, er hatte ihr auch ihre Erinnerung zurückgebracht. Er war gut. Wirklich gut. Und sie konnte nicht aufhören, über ihn nachzudenken. Über ihn und über diese wenigen gemeinsamen Momente im Stadion.

Peri öffnete die Augen und musterte die schwach beleuchtete, luxuriös ausgestattete Weinprobierstube jenseits der mit einem Eisengitter versehenen Trennwand des Kellers. Seit Silas die Defragmentierung durchgeführt hatte, hatte sie Jack nicht mehr gesehen. Vielleicht brauchte sie ihn nun nicht mehr. Niemals hatte sie sich so im Einklang mit sich selbst gefühlt wie jetzt, auch wenn ihr Leben gerade auseinanderbrach. Wieder einmal.

Das ferne Geräusch des Fahrstuhls weckte ihre Aufmerksamkeit. Sie unterdrückte die adrenalinbefeuerte Erregung und rief sich zur Ruhe. Es wäre hilfreich gewesen, hätte sie schon im Stadion gewusst, dass Silas derzeit mit der Allianz auf Kriegsfuß stand. Aber trotz dieses Umstands bezweifelte sie, dass sein Quartier auch so unerfreulich war wie ihres. Wie die Dinge lagen, hing ihr nächster Zug ganz davon ab, ob er der Allianz erzählt hatte, dass sie radioaktiv markiert worden war und Opti anlocken würde wie ein gleißend strahlender Leuchtturm. Da sie jedoch die gedämpften Geräusche von mehreren Leuten über sich hören konnte, nahm sie an, dass er geschwiegen hatte.

Sie zweifelte nicht daran, dass Opti sie mithilfe ihrer neuen eingebauten Leuchtboje aufspüren würde, und versuchte immer noch, sich darüber klar zu werden, ob sie die Allianz warnen sollte oder nicht. Viel hing davon ab, ob sie ihr trauten. Sie wollte raus, aber wenn die Allianz ihr kein Asyl geben wollte, wäre sie bei Opti besser aufgehoben. Dort hatte sie zumindest eine Chance, die Flucht zu ergreifen.

Ein weiteres Quietschen von Metall ließ Peri zusammenzucken. Sie öffnete ein Auge, blieb aber weiter im Lotussitz am Boden hocken. Doch als sie die herrisch klingende, erhobene weibliche Stimme als die von Taf erkannte, jener jungen Frau, die zusammen mit Silas im Eastown Theatre gewesen war, riss sie beide Augen weit auf. *Die Tochter der Allianzchefin.*

»Sie haben mich schon zweimal überprüft. Können Sie mich jetzt endlich in Ruhe lassen? Ich werde kaum eine Feile in einen Haufen Muffins eingebacken haben. Ich habe sie nicht einmal gemacht, Gooott!«

Das Klappern von Absätzen auf Bodenfliesen verstummte. Taf und zwei Sicherheitsleute traten in den mit Teppich ausgelegten Bereich, der für Weinproben vorgesehen war. In einer Hand hielt Taf ein Bündel Kleider, in der anderen einen abgedeckten Korb. »Licht an!«, befahl sie, und das trübe Licht wurde heller und riss das edle Dekor, den stummen Flatscreen und die gemütliche Sitzgruppe um den zentralen Kamin herum aus dem Dunkel. »Machen Sie es sich bequem, meine Herren«, sagte sie und zeigte auf die weißen Sofas. »Knabbereien gibt es an der Bar.«

»Ma'am«, protestierte der Brillenträger in ihrer Eskorte, und Taf blieb ruckartig stehen.

»Hören Sie, Brian«, flötete sie und starrte die beiden dabei so finster an, dass sie anfingen, an ihren schwarzen Anzügen herumzufummeln. »Mir ist egal, ob Sie sitzen oder stehen, aber Sie werden Abstand halten. Ich habe zehn Minuten, und ich will nicht, dass Sie wie die Geier um uns herumschwirren.«

Peri konnte Muffins riechen, und ihr Magen fing an zu knurren.

»Ja, Ma'am. Fünf Minuten.«

»Zehn Minuten«, gab die blonde Frau zurück, ging aber bereits weiter. »In fünf Minuten kann sie nicht in Ruhe essen. Sagen Sie meiner Mom, ihre Leute können warten. Solche Sitzungen fangen so oder so nie pünktlich an. Irgendjemand vergisst immer die Zeitzonen und muss erst mühsam aufgetrieben werden.«

Peri, die immer noch hinter der Gittertür kauerte, sah zu, wie die Frau die Kleider auf einen Tisch fallen ließ und einen Sessel so herumdrehte, dass sie Peri ansehen konnte. Erst jetzt, als Taf mit ihrem Muffinkorb vor ihr stand, legte sich deren Zorn. Peri krümmte sich innerlich, als sie Tafs erwartungsvolle Miene bemerkte, ihre Hoffnung, Peri könne sich an irgendetwas erinnern, das sie miteinander geteilt hatten, etwas, das wichtig war – und das sie vergessen hatte. »Äh, hi. Hast du Hunger?«, fragte die Frau verunsichert.

Peri stand auf. Ihre Muskeln waren steif von dem kalten Boden. »Es tut mir leid, aber ich erinnere mich nicht an dich. Du bist Taf, richtig?«

»Mach dir deswegen keine Sorgen. Die meisten meiner Freunde können sich am nächsten Tag auch nicht mehr daran erinnern, dass sie am Vorabend mit mir ausgegangen sind.« Den kleinen Finger in die Luft gereckt, tat sie, als würde sie Wein aus einem imaginären Glas schlürfen. »Hier. Frisch von heute Morgen.«

Am Gitter hielt Taf inne und drehte den Korb so, dass er zwischen die Stäbe passte. Peri nahm ihn. Die Wärme des Weidenkorbs und des Leinenfutters fühlte sich angenehm an. »Danke. Falls das hilft: Ich weiß, dass ich dich mag, auch wenn ich nicht weiß, warum.« Grinsend warf Peri einen Blick auf die Muffins. »Und das hat nichts damit zu tun, dass du mir gerade Frühstück bringst. Gefühle bleiben, auch wenn die Ereignisse verloren gehen.« Kichernd nahm sie einen Bissen und setzte nach: »Könnte es sein, dass das irgendwie mit meiner eigenen Mutter zusammenhängt?«

Nunmehr strahlend, setzte sich Taf vor dem Gitter auf den plüschigen weißen Sessel. Mit dem perfekt frisierten Haar, das ihr auf die Schultern fiel, wirkte sie wie der Inbegriff von Reichtum und Klasse. »Diese Frage kann ich dir beantworten. Unsere Mütter sind beide Kontrollfreaks. Wir sind uns bei einem Pferderennen begegnet. Du hast um Hilfe gebeten, weil du Silas vor Opti retten wolltest, damit er ein paar Informationen defragmentieren kann. Meine Mutter hat stattdessen versucht, dich gegen Silas auszutauschen. Um dich zu befreien, haben Howard und ich den Van gerammt, in den sie dich gesteckt hatten. Ich dachte, damit sei die Sache zu Ende, aber dann bist du auf eigene Faust losgezogen, um Silas zu retten, und wir sind mitgegangen, um dir zu helfen.«

Die Preiselbeeren waren beinahe glühend heiß. Peri schluckte hastig und genoss die würzige Süße. »Silas hat gesagt, da sei eine Waffe im Spiel gewesen.«

Taf nickte aufgeregt. »Oh ja. Ich habe jemandem in den Fuß geschossen und den Fluchtwagen gefahren. Ich, äh, habe dir auch Kleidung zum Wechseln mitgebracht«, sagte sie und sah sich zu den Wachmännern um. »Dürfte dir passen.«

Peri stellte den Korb ab, wischte sich die Hände an der Hose ab und nahm das Bündel entgegen. »Danke.«

»Da ist auch ein Feuchttuch für Sportler drin«, sagte Taf, sichtlich begierig zu helfen. »Die habe ich im Notfall auch schon benutzt. Sind beinahe so gut wie eine Dusche.« Sie drehte sich zu den Wachen um, die am Kamin herumspielten und ihn durch Stimmkommandos an- und ausschalteten. »Große, starke Männer haben aber Angst davor, dich duschen zu lassen!«

Peri fand die Packung, und ihre Stimmung besserte sich augenblicklich. »Danke. Vielen Dank!«, sagte sie und zog sich so tief in den Schatten des Weinkellers zurück, dass die Wachen sie nicht mehr sehen konnten.

»In diesem Haus gibt es zwölf Badezimmer, und die wollen dich in keines davon reinlassen. Barbaren.« Taf sah sich erneut zu den Wachmännern um, um sich zu vergewissern, dass sie Abstand hielten, während Peri sich bis auf die Unterwäsche auszog. »Dieses Mal kann ich dich nicht raushauen, aber ich kann dir wenigstens dabei helfen, dich hübsch zu machen, ehe sie dich lynchen.«

Die Feuchttücher lieferten ihr einen sehnlich begehrten Hauch von Reinheit, und der kühle Mentholgeruch wirkte entspannend auf Peri. »So schlimm wird es schon nicht werden«, sagte sie, während die Feuchtigkeit durch ihre Körperwärme von selbst trocknete. »Ich habe etwas, das die wollen, die haben etwas, das ich will. Eine Win-win-Situation.«

Über ihre Knie gebeugt, zuckte Taf mit den Schultern. »Silas hat gesagt, die Liste sei nicht auf dem Chip gewesen.«

*Sie hat mit Silas gesprochen?* Das Gefühl, dass irgendetwas bevorstand, nahm zu. Dennoch kam sie sich beinahe normal vor, als sie in die maßgeschneiderte dunkelblaue Bluse und die passende Hose schlüpfte und den schmalen Gürtel schloss. Taf hatte wirklich Geschmack. »Ich habe mehr als das zu bieten«, sagte sie, trat vor und tippte sich an den Kopf. »Es gibt keinen Grund, warum wir nicht zusammenarbeiten könnten.«

Tafs Augen leuchteten auf, und sie gab Peri eine Bürste. »Du erinnerst dich?«

»Nein, aber es ist alles da drin. Silas kann es rausholen.« Peri zog die Bürste durch ihr Haar und kontrollierte ihr Abbild in dem Spiegel über der Bar. Nicht ihr bester Auftritt, aber hundertmal besser als vorher. »Danke.«

Taf erhob sich, und schon traten die Anzugträger näher. »Ich hoffe, du hast recht.«

»Ich auch«, sagte sie und zuckte erzürnt zusammen, als sich ein Pfeil in ihren Oberschenkel bohrte.

»Tickt ihr noch ganz richtig?!«, rief Peri, während der Wachmann mit der Brille die Betäubungswaffe sinken ließ und Taf zu einem hitzigen Protest ansetzte. Sofort riss sie den Pfeil heraus, doch das glatte Metall fühlte sich unter ihren Fingern flaumig an. Es war zu spät, und der kreidige Geschmack eines Sprungblockers breitete sich auf ihrer Zunge aus.

»Vielleicht solltest du einfach aufhören, die Audioblocker kaputtzumachen«, erwiderte der Wachmann. Wortlos warf sie den Pfeil zu Boden und musterte den Riss in ihrer neuen Hose.

»Die ist von Chanel«, schimpfte Taf. »Das lasse ich Ihnen vom Lohn abziehen, Brian. Und jetzt öffnen Sie die Tür.«

Aber der andere Agent hatte eine Stoppuhr auf seinem Telefon aktiviert, und Peri wusste, sie würden sie erst herauslassen, wenn sie die willkürlich ausgewählte Zahl anzeigte, bei der die Männer sich sicher fühlten.

Brian warf ein Paar Handschellen durch die Gitterstäbe. »Anlegen«, befahl er.

Peri knirschte erbittert mit den Zähnen, als die Handschellen mit einem metallischen Klirren über die Bodenfliesen rutschten.

»Niemand hat irgendetwas von Handschellen gesagt.« Taf war vor Wut rot angelaufen und presste die Lippen zusammen, doch Peri legte die Fesseln an und war dankbar, dass die Wachleute ihr gestatteten, ihre Hände vor, statt hinter dem Körper zu halten.

»Mach dir keine Gedanken«, sagte Peri in dem Moment, in dem der Wachmann, der telefonierte, nickte und das Gerät einsteckte. Die Handschellen waren ebenso ärgerlich wie hinderlich, doch wenn sie sich zur Flucht entschloss, würden die Handschellen sie nicht davon abhalten. Dass sie Handschellen trug, würde ihre Bewacher sogar dazu verleiten, sich unvorsichtig zu verhalten.

Brian entriegelte die Tür. Sofort ergriff Taf ihren Arm und zerrte sie auf den Teppich. »Hier entlang«, sagte die junge Frau und sah sich, während sie zum Fahrstuhl stolzierte, hochmütig zu den beiden Männern um. Peri war aufgefallen, dass die Waffen der beiden Männer zwar in Halftern steckten, diese jedoch geöffnet waren. Vermutlich würde sie ihnen die Pistolen selbst mit Handschellen ohne großes Risiko abnehmen können. Doch wozu sich die Mühe machen, wenn es offensichtlich sowieso nach oben ging?

»Keine hastigen Bewegungen, oder Sie werden unter Beschuss genommen«, sagte Brian und versetzte ihr einen Stoß. »Los.«

Sie bedachte ihn mit einem finsteren Blick, statt ihm, was ihr erheblich besser gefallen hätte, den Fuß ins Gesicht zu pflanzen, und betrat die Fahrstuhlkabine, taxierte ihn aber weiter mit verächtlicher Miene.

Einer der Männer drückte auf den Knopf für den dritten

Stock, und die Türen schlossen sich. Peri erinnerte sich nur an zwei Obergeschosse, doch dann öffneten sich die Türen mit einem fröhlichen Klingeln zu dem rundum verglasten, achteckigen Adlerhorst, der ihr bei der Ankunft aufgefallen war. Damals hatte sie angenommen, er diene lediglich dekorativen Zwecken, doch der riesige Raum hatte einen Durchmesser von mindestens fünfzehn Metern und war ganz für niveauvolle Unterhaltung ausgelegt. Auf einer Seite gab es eine Bar mit kunterbunter Neonbeleuchtung. Eine gemütliche Kuschelburg, bestehend aus kreisförmig angeordneten weißen Sofas, nahm den Großteil der freien Fläche ein.

Der rundum verglaste Raum bot einen verblüffenden 315-Grad-Ausblick auf die wolkenverhangenen Berge, der trotz des leichten Nebels geradezu überwältigend war. Der Dunst und die Wolken schienen Vorboten eines aufziehenden Unwetters zu sein. Eine kleine Kamera auf einem Dreibeinstativ in der Mitte des Raums verströmte einen beißenden Elektronikgeruch. Leitungen schlängelten sich von der Kamera zu einem Kartentisch, an dem ein plumper Techniker in einem Anzug von der Stange an zwei Glas-Tablets herumfummelte. Offensichtlich bereitete er eine Telekonferenz vor, und im nächsten Moment erblickte Peri eine Hilfskraft, die eine Treppe heraufkam, verstohlen den Aufnahmewinkel der Kamera durchquerte und einem Wachmann etwas ins Ohr flüsterte.

Beaufsichtigt von einem Agenten, saß Howard übellaunig an der Bar. Eine ältere Frau, ausgerüstet mit Juwelen und einer überaus selbstbewussten, arroganten Haltung, hatte sich mitten im Raum neben der Kamera aufgebaut. Ihr enges weißes Kostüm betonte ihre Figur, und ihre hohen Absätze ließen sie größer erscheinen. Das Haar trug sie zu einem Knoten im Nacken frisiert. Vor ihr auf dem Sofa und damit direkt vor der Kamera hockte Silas.

Peri stockte der Atem, und sie kam stolpernd auf dem dicken Teppich zum Stehen, als ihr zwei Dinge auffielen: Silas wusste nicht, dass sie hier war, und er war unverkennbar wütend. Sein Hals war rot angelaufen, und das Hemd spannte sich über seinen muskulösen Schultern, während er mit dem Rücken zu ihr auf der Kante des weichen Sofas saß und sich mit der Frau stritt. Peri fiel die Notiz ein, die sie sich geschrieben hatte und die besagte, sie dürfe niemandem trauen. Nun wünschte sie, sie hätte sie nie geschrieben.

»Mutter, warum trägt Peri Handschellen?«, fragte Taf vernehmlich – zum Entsetzen des Technikers, der die Arme schwenkte, um sie zum Schweigen zu bringen.

Silas erschrak. Eine Vielzahl von Gefühlen spiegelte sich in seinen Zügen, als er sich zu Peri umdrehte. Peri wollte zu ihm, wurde aber schon beim ersten Schritt zurückgezerrt. *Diese herrschsüchtige Frau ist Fran? Die Leiterin der Allianz?* Während Taf weiter auf ihre Mutter einzuwirken versuchte, wanderte Peris Blick zwischen Taf und Fran hin und her, und sie sah kaum Ähnlichkeit, wohl aber eine Menge Groll, als Fran rot anlief und ihrer Tochter zu schweigen befahl.

»Mund halten!«, blaffte Brian, und sie erschrak, als er ihr einen leichten Hieb versetzte.

»Ich habe überhaupt nichts gesagt!«, protestierte Peri. »Warum schlagen Sie nicht Taf? Sie ist diejenige, die sich den Mund nicht verbieten lassen will.«

»Sie behaupten immer noch, Ihre Handlungen hätten dem Wohl der Allianz gedient?«, fragte Fran, während Taf zur Bar gezerrt wurde, wo Howard versuchte, sie zu beschwichtigen. Frans Haltung kam Peri so vertraut vor, dass sie das Gefühl hatte, sie müsse die Frau kennen, aber da klingelte nichts.

»Allerdings.« Silas veränderte seine Position auf dem Sofa, sodass er Peri sehen konnte. Dadurch konnte die Kamera ihn nicht mehr wunschgemäß einfangen, und der Techniker machte sich mit einem gereizten Seufzer daran, sie neu auszurichten.

»Seit unserer ersten Begegnung im Februar hat Peri Reed eine Zuflucht gesucht, um genau der korrupten Opti-Gruppe zu entkommen, die wir auslöschen wollen. Meine Handlungen und die der Leute, die mich unterstützt haben, sollten verhindern, dass sie wieder bei Opti landet – wo man sie säubern und erneut in etwas verwandeln würde, das Optis Wünschen entspricht. Unsere Vorgehensweise war nie dazu gedacht, die Allianz zu hintergehen, sondern dazu, einen Fehler zu verhindern, der uns um weitere drei Jahre zurückwerfen würde. Es wird Zeit, dem ein Ende zu machen, Fran.«

»Letzterem stimme ich zu«, erwiderte die Frau so wütend und frustriert, dass Peris Zuversicht abrupt einer neu erwachten Skepsis wich. Etwas lief hier schief. »Aber zuerst kümmern wir uns um Sie. Sie sind mit ihr zusammen geflüchtet, Denier. Nachdem Sie angewiesen wurden, sie zurückzubringen. Sie haben sich geweigert, ihren Aufenthaltsort bekanntzugeben, bis wir nichts mehr tun konnten. Wie erklären Sie das?«

Silas Miene drückte Ärger aus. »Sie waren wild entschlossen, sie an Opti auszuliefern. Dem habe ich nie zugestimmt.«

Fran trat einen Schritt näher und geriet beinahe vor die Linse. »Da gehört sie hin. Sie hat nicht, was wir brauchen, um Opti kaltzustellen, und ich bezweifle, dass sie es je haben wird.«

Peri presste die Lippen zusammen. Dann räusperte sie sich und sagte laut: »Doch, ich habe es. Ich brauche lediglich Dr. Deniers Hilfe, um es auszubuddeln.«

»Aufs Sofa ...«, meckerte der Techniker. »Sagen Sie das gefälligst vor der Kamera. Das Mikro nimmt Sie nicht auf, wenn Sie da im Hintergrund herumlungern.«

»Dann sagen Sie dem Grabschehändchen hier, dass es mich loslassen soll«, konterte Peri und versuchte erneut, sich aus dem Griff des Agenten zu befreien. *Dir werde ich die eigene Brille in die Nase stopfen.*

Fran winkte dem Techniker zu, er solle auf seinen Posten zurückkehren. »Sie werden in Kürze Gelegenheit bekommen, uns Ihre Position darzulegen, Ms. Reed. Bis dahin enthalten Sie sich bitte weiterer Kommentare.«

»Ich sollte wenigstens die Gelegenheit bekommen, meine Erinnerungen zurückzugewinnen, ehe ich befragt werde«, sagte Peri unbeeindruckt, und die Frau kniff die Augen zusammen.

»Solange es genügend glaubwürdige Zeugen gibt, ist es nicht nötig, Ihre Erinnerungen einzubeziehen«, beschied sie ihr und drehte sich wieder zu Silas um. »Was Sie gesagt haben, ändert nichts. Sie werden zusammen mit Howard in Schutzhaft genommen, bis wir sicher sein können, wem Ihre Loyalität gilt.«

»Meine Loyalität gilt der Allianz«, rief Silas, doch da war auf Frans Wink hin bereits ein Agent vorgetreten und zerrte ihn vom Sofa. Der Monitor auf dem provisorischen Arbeitstisch des Technikers zeigte nur noch ein leeres Sofa, doch in dem zugehörigen Chatroom ging es recht rege zu.

Peris Magen verkrampfte sich, als sie Silas zwangen, neben Howard und Taf an der Bar Platz zu nehmen. Schon durch ihre Vergangenheit wirkte sie in den Augen der Allianzchefin schuldig und nicht vertrauenswürdig, und ihre Verbindung zu Silas entlastete sie nicht – eher im Gegenteil.

»Ihre Handlungsweise zeigt mir lediglich, dass Sie sich selbst gegenüber loyal sind«, kommentierte Fran und winkte dem Wachmann zu, er möge Peri zum Sofa bringen, damit sie Silas' Platz einnahm.

»Selbstständiges Denken impliziert noch keine Illoyalität«, konterte Silas, doch das konnte außerhalb des Raums vermutlich niemand hören. »Sie hat geglaubt, sie würde uns die benötigte Information liefern«, fügte er hinzu, als Brian sie unsanft

Richtung Sofa schubste. »Sie sollte sich nicht vor Ihnen für ihre Taten rechtfertigen müssen. Sie sollte zusammen mit Ihnen beratschlagen, wie Opti ausgeschaltet werden kann.«

Mit rasendem Puls suchte Peri in Gedanken nach einer Möglichkeit, das Geschehen in ihrem Sinne zu beeinflussen. Offensichtlich hatte Silas der Allianz nichts von dem chemischen Tracker erzählt. Opti war wahrscheinlich längst auf der Suche nach ihr. Wenn sie nicht bereits wussten, wo sie war. Und Opti kam näher. Sie konnte es spüren – es braute sich knapp über dem Horizont zusammen wie ein Sommergewitter.

»Das reicht!«, zischte Fran. »Setzen Sie sie vor die Kamera.«

Wieder versetzte der Mann ihr einen Stoß, doch nun hatte Peri endgültig genug, wirbelte herum und rammte ihm die flache Hand so kraftvoll ins Gesicht, dass seine Nase brach. Brian wich zurück und schlug schreiend die Hände vors Gesicht. Peri riss die gefesselten Hände in die Luft und blieb stocksteif stehen, als sie hörte, wie Waffen entsichert wurden, doch Howard lachte nur.

»Jemand soll Brian ein Handtuch holen«, befahl Fran müde. »Können wir jetzt bitte weitermachen?«

»Peri, so habe ich das nicht gewollt.«

Das war Silas. Peris Miene erstarrte. Jemand anderes hatte etwas ganz Ähnliches zu ihr gesagt – unmittelbar bevor ihre Welt zum ersten Mal auseinandergefallen war. Sie beschloss, bei der ersten Gelegenheit davonzurennen und nicht mehr stehen zu bleiben. Aber sie würde nicht ohne Silas verschwinden. Er hatte sie zurückgeholt, hatte ihr etwas gegeben, worauf sie sich stützen konnte. Und nun wendeten sich seine eigenen Leute gegen ihn. Sie wusste nicht, welche Seite die richtige war, aber sie wusste, wie sich so etwas anfühlte. Soweit es sie betraf, konnten sich die Allianz und Opti ruhig gegenseitig zerfleischen.

Endlich hatten sie Brian samt einem Eisbeutel hinter die Bar geschafft. Der neue Agent an ihrer Seite war höflicher, und Peri gönnte ihm ein Lächeln, als er sie mit einer Geste zum Weitergehen aufforderte, ehe sie sich mit betontem Hüftschwung zum Sofa begab und vor die Kamera setzte.

»Bitte nennen Sie Ihren Namen«, sagte Fran, obwohl offensichtlich war, dass jeder wusste, wer sie war.

»Peri Reed«, antwortete sie und machte es sich in den weißen Polstern gemütlich, während der Techniker seine Kamera justierte.

»Sie sind hier, um Rechenschaft abzulegen über die Verbrechen, die Sie im Auftrag von Opti begangen haben«, leierte Fran herunter und achtete dabei sorgfältig darauf, dass ihr Gesicht nicht von der Kamera erfasst wurde. »Über Ihre Vergehen an der Menschheit und ihre Bemühungen, die unveräußerlichen Rechte jedes Bürgers zu beschränken. Sollten Sie für schuldig befunden werden, wird man Sie von hier fortbringen und Ihnen die Fähigkeit, Zeitlinien zu verändern, für immer nehmen.«

Peris Kopf ruckte hoch. »Ich dachte, hier ginge es darum, was ich Ihnen im Gegenzug für Asyl bei der Allianz anzubieten habe.«

Frans schmale Lippen wurden noch dünner, als sie die Anzeige eines Tablets durchging. »Da haben Sie falsch gedacht. Wir werden einen normalen Menschen aus Ihnen machen, Peri Reed.«

»Ich bin ein normaler Mensch.« Peri schaute sich verstohlen zu Silas um. Seine Miene spiegelte die Verblüffung und das Entsetzen, die auch in ihren Zügen sichtbar waren, wie ihr klar war. »Die einzige Möglichkeit, meine Sprungfähigkeit zu eliminieren, wird dazu führen, dass ich keine langfristigen Erinnerungen mehr aufbauen kann, und das auch nur, wenn Sie alles richtig machen. Verzeihen Sie meine Besorgnis, aber ich halte es für unmöglich, dass Sie über die notwendige Ausrüstung oder Finesse verfügen. Wenn Sie mit mir fertig sind, werde ich vermutlich nur noch hirnlos dahinvegetieren.«

Fran zog eine diamantbesetzte Zweistärkenbrille hervor und löste den Blick von den Bergen, über denen schwere Regenwolken hingen. »Für Ihre Taten müssen Sie sich verantworten. Sie werden des Mordes beschuldigt an Hans Marston, James Thomas, Daniel H. Parsole, Kevin Arnold, Thomas Franklin, Nicole Amsterdam und, zuletzt, Samuel Smity.«

Sieben Tote, die meisten vermutlich Leute, die zur falschen Zeit am falschen Ort gewesen waren. Es beunruhigte sie, dass sie sich an die meisten nicht erinnern konnte. Taf war blass geworden, und sogar Silas schien gar nicht wohl in seiner Haut zu sein. »Hans Marston hat seine Kinder geschlagen und die Ehefrauen anderer Männer verstümmelt, um die Männer dazu zu nötigen, das zu tun, was er wollte. Ich habe der Welt einen Gefallen getan. Kevin Arnold war ein Unfall. Er hat sich nicht von der Stelle gerührt, als ich es ihm gesagt habe, und jemand hat auf ihn geschossen, als er sich selbst in Gefahr gebracht hat. An die anderen erinnere ich mich nicht«, sagte Peri, ohne auf das zornige Gemurmel hinter sich zu achten. »Sie können mich nicht für etwas verurteilen, das Sie sich womöglich nur ausgedacht haben.«

»Sie werden mit einer Vielzahl von Wirtschaftsspionagefällen in Verbindung gebracht, die zu massiven, illegalen Gewinnen im privaten Sektor geführt haben«, fuhr Fran fort und stierte durch ihre Brillengläser. »Ich habe hier eine Liste, falls Sie die Vorwürfe widerlegen wollen. Etliche Berichte über Diebstahl oder Brandstiftung zur Vernichtung von Daten, die Angehörigen von Opti hätten schaden können … Mehrmals werden auch terroristische Anschläge, gestützt auf neue Technologien, erwähnt, von denen die meisten biologische Kriegsführung beinhalten.« Anklagend musterte sie Peri über den Rand des Glas-Tablets hinweg. »Wir wissen nicht genau, was Sie in Russland gemacht haben, aber mir gefällt nicht, dass der koreanische Botschafter in eben der Woche, in der Sie sich dort aufgehalten haben, an der Legionärskrankheit erkrankt und an Komplikationen gestorben ist. Und hier kommt meine Lieblingsstelle: Unter dem Deckmantel der Einsetzung einer US-freundlichen Regierung haben Sie eine Extremistengruppe an die Macht gebracht, die daraufhin landesweit Genozid verübt hat, besser bekannt als die Weiße Pest.«

»Das war ich nicht«, flüsterte sie fröstelnd. »Das waren Nina und Trey.« Sie schaute sich zu Silas um und erschrak über seine ausdruckslose Miene. »Ich habe das nicht getan!« Doch in ihrem Hinterkopf regte sich eine vage Erinnerung, ein nicht fragmentierter Gedächtnisfetzen, der von dem Versuch handelte, verängstigte Menschen bei Nacht an einer Blockade vorbeizuschmuggeln, während es hinter ihnen taghell wurde und die pure Hölle losbrach. Vielleicht war sie dort gewesen, aber dann doch nur, um der Sache ein Ende zu machen, oder?

Doch noch während Peri diesen Gedanken verfolgte, befiel sie lähmender Zweifel. War sie je etwas anderes als Bills Werkzeug gewesen? Hatte sie alles geglaubt, was Jack gesagt hatte, weil er ihr die Füße massiert und ihr Abendessen zubereitet hatte? Von Übelkeit geplagt, blickte sie auf, als Fran fragte: »Wie plädieren Sie?«

Silas erhob sich und schüttelte die Hände ab, die sogleich nach ihm greifen wollten. »Wie können Sie sich da hinstellen und so tun, als hätten Sie noch nie für die Fähigkeiten eines Zeitagenten bezahlt, Fran?«

Fran deckte ihr Mikro ab, und der Techniker zuckte zusammen. »Ich stehe hier nicht auf dem Prüfstand«, zischte sie erbost.

**565**

»Vielleicht sollten Sie das aber.« Silas sank wieder auf seinen Sitz, nachdem einer der Wachmänner ihm einen Stoß versetzt hatte.

»Alles, was ich getan habe, geschah zum Nutzen der Menschheit«, sagte Fran in ernstem Ton, doch ihr Gesicht glühte förmlich vor Zorn.

»Der Zweck heiligt die Mittel, was?«, gab Silas erbittert zurück, während draußen erster Donner über den Bergen erklang.

»Sie sind eine elitäre Heuchlerin«, beschuldigte Silas sie und versuchte zugleich, sich der Hände der Sicherheitsleute zu erwehren. »Was bilden Sie sich eigentlich ein, Fran? Peri Reed wurde benutzt. In erster Linie von Ihnen selbst, denn Sie haben sie in etwas verwandelt, das sie vielleicht nie wieder abschütteln kann. Wie können Sie es wagen, ihr nun genau das zum Vorwurf zu machen? *Sie schulden ihr was!*«

»Mutter, das ist nicht fair!«, rief Taf, die zusammen mit Howard ans Fenster gedrängt worden war.

»Fairness spielt hier keine Rolle«, entgegnete Fran kalt. Derweil sorgten drei Männer dafür, dass sich Howard nicht von der Stelle rühren konnte. »Ihre Diagnose ist jedoch zutreffend, Silas. Peri Reed wird sich davon nie wieder erholen. Sie ist ein Werkzeug. Und sie muss vernichtet werden, ehe sie uns alle vernichtet. Entweder Sie führen den operativen Eingriff durch, oder Sie werden für den Rest Ihres Lebens im Gewahrsam der Allianz bleiben.«

Benommen hörte Peri, wie der Donner anschwoll. Sie fragte sich, ob sie drei Jahre lang blind gegenüber Jacks Lügen gewesen war, oder ob sie Bescheid gewusst und mitgespielt hatte.

»Äh, Leute«, sagte der Techniker, der vor seinen Tablets stand und zu den Bergen hinüberstarrte.

»Das mache ich nicht«, gelobte Silas. »Ich werde Peri nicht verstümmeln, nur damit Sie Ihre Hände in Unschuld waschen können. Sie hat sich freiwillig für den Einsatz gemeldet. Alles, was sie getan hat, hat sie für die Allianz getan. Sie haben die Pflicht, ihre geistige und seelische Gesundheit wiederherzustellen!«

*Freiwillig für den Einsatz gemeldet? Für welchen?*

»Leute, die ist nicht von mir!«, meldete sich erneut der Techniker zu Wort und zeigte nach draußen. Irgendjemand keuchte beim Anblick der wuchtigen High-Q-Drohne, die unmittelbar vor dem Fenster schwebte. Drei Sekunden später dröhnte ein Militärhubschrauber über ihnen, in dessen Gefolge ein weiteres Dutzend über den Bergen auftauchte. Das Geräusch war kein Donner gewesen, sondern der Lärm der Black Hawks. Keine Kennzeichnung verunzierte die schnittigen schwarzen Schattengebilde vor den tief hängenden Wolken, die rasant und wendig über ihnen kreisten.

Fran wurde kreidebleich und wirbelte zu Taf herum. Ein Alarm ging los und drang gedämpft durch das Treppenhaus.

Opti war da.

# 38

»Bringt sie zu den Wagen!«, brüllte Fran, hastete zur Bar und zerrte Taf zum Fahrstuhl. »Sie…«, Fran schubste einen ihrer Agenten in Tafs Richtung, »…begleiten meine Tochter an einen sicheren Ort. Ich will Reed hier raushaben. Sofort. Bewegung!«

»Fran, das ist nicht Peris Schuld!«, schrie Silas, als auch er zum Fahrstuhl getrieben wurde.

Ein Sicherheitsmann riss Peri auf die Beine und schleifte sie mehr oder weniger zu der mit Teppichboden ausgelegten Treppe. Enttäuschung und Wut tobten in ihrem Inneren, doch sie war nicht bereit zu handeln. Sie war bereit gewesen, sich der Gnade der Allianz auszuliefern – und die hatten sie abgeurteilt. Zurück zu Opti zu gehen kam nicht infrage, aber zur Allianz konnte sie auch nicht.

»Die Sache ist gelaufen, Silas«, sagte Fran, als sich die Fahrstuhlkabine mit Howard, Taf, Silas und dem Großteil der Wachleute füllte. »Entweder sie hat uns an Opti verraten, oder die benutzen sie ohne ihr Wissen und würden das auch weiterhin tun, würde sie unter unserem Schutz stehen. Auf jeden Fall muss sie unschädlich gemacht werden.«

»Ich werde sie nicht verstümmeln«, wiederholte Silas Fran gegenüber, während sich die Türen schlossen und nur noch der Techniker panisch über seiner Ausrüstung kauerte.

»Runter!«, befahl Brian, auf dessen hübschem weißem Hemd das Blut aus seiner Nase klebte. Er hatte seine Glock gezogen und zielte auf sie. Peri drehte sich um und hielt sich am Geländer fest, als er ihr einen Stoß versetzte.

Das Dröhnen der Helikopter war wie ein dumpfer, schwerer Puls, den sie durch die Wände spüren konnte. Spannung wand sich wie ein Band durch sie hindurch, zerfetzte den mentalen Nebel und brachte ihr mit jedem Schritt neue Klarheit. Sie würde nicht in einer Opti-Zelle landen, und sie würde auch nicht bei der Allianz bleiben und eine Lobotomie über sich ergehen lassen. Es hieß, zwei Wachmänner gegen eine von ihrer Sorte. Machbar – trotz der Handschellen.

»Weitergehen!«, herrschte Brian sie an. »Bis in die Garage«, fügte er hinzu und schubste sie ein drittes Mal, als sie den ersten Treppenabsatz erreichten. Peri fing sich mit einem kleinen Hüpfer ab. Wütend lehnte sie sich mit dem Rücken an die Wand und starrte die beiden Männer an, die mit ihren Waffen auf sie zielten. Schüsse erklangen aus dem großen Raum über ihnen. Jemand schrie. Opti hatte das Haus eingenommen. Sie musste hier raus. *Nicht ohne Silas.*

»Wenn Sie mich noch einmal schubsen, Brian, stopfe ich Ihnen Ihre Eier in den Rachen«, sagte sie und lud ihn förmlich ein, es zu versuchen.

»So?« Er griff nach ihr. Peri stützte sich an der Wand ab und trat zu. Brian schrie auf, beugte sich vor und brachte seinen Kopf dadurch in eine Position, in der sie ihm bequem die gefesselten, fest gefalteten Hände über den Hinterkopf ziehen konnte.

»Hände hoch!«, schrie der andere Mann. Prompt rammte sie ihn mit dem Kopf, worauf er mit allen vieren rudernd die Treppe hinunterstürzte. Ein Schuss löste sich aus seiner Waffe. Putz flog von der Wand.

Das Kinn vorgereckt, ließ sich Peri neben Brian fallen und suchte nach dem Schlüssel. »Danke«, sagte sie in vergnügtem Ton, als sie fündig wurde. Dann öffnete sie die Handschellen, nahm seine Waffe an sich und ließ ihn in seinem Elend allein zurück.

Den anderen Mann fand sie stöhnend auf dem Treppenabsatz im ersten Obergeschoss wieder. »Na, sind Sie jetzt nicht froh, dass Sie mich nicht geschubst haben?«, fragte sie, fesselte ihn mit den Handschellen ans Geländer und nahm auch seine Waffe an sich.

»Lass mich hier nicht zurück«, bat er. Verzweiflung und Schmerz spiegelten sich in seinen Augen, und wieder waren Schüsse zu hören. Es klang, als wäre da unten ein Krieg im Gang. Peri sah durch ein schmales Fenster, wie ein weiterer der großen Helikopter landete. Seine Rotorblätter zerschnitten die Luft und produzierten ein pulsierendes Geräusch, das sie an ein Herzrasen kurz vor einem Infarkt denken ließ. Zwölf Personen in Gefechtsausrüstung stiegen aus und rannten zu einer nahen Scheune.

Unten wurde erneut geschossen. »Gebt mir meine Tochter zurück, ihr Dreckskerle!«, kreischte Fran, und Peri erstarrte vor Schreck.

*Silas.*

Er war zusammen mit Fran im Fahrstuhl gewesen. Wie betäubt rannte Peri die Stufen hinunter. Der beißende Gestank des Schießpulvers wurde immer stärker. Am Fuß der Treppe hielt sie abrupt inne und schaute sich um.

Die Fahrstuhltüren standen offen. Die Kabine war von Kugeln durchlöchert und mit Blutspritzern übersät. Ein Wachmann der Allianz lag bäuchlings davor, in einer Pfütze von Blut. Die Vordertür war völlig zerschossen worden. Rauch trieb träge über den Landschaftsgarten vor dem Haus. Fünf Männer mit Opti-Ausrüstung kauerten hinter einem umgekippten Sofa und wechselten ihre Magazine, bereiteten sich darauf vor, erneut das Feuer auf mehrere Leute zu eröffnen, die in der Küche festsaßen. Darunter mussten Silas und Taf sein. Für andere hätte die Zeit nicht gereicht.

»Jetzt!«, brüllte einer der Opti-Männer. Vier Agenten sprangen auf, rückten langsam vor und deckten die Küche mit einem Kugelhagel ein.

»Gibt mir jetzt jemand eine verdammte Kanone?!«, schrie Fran, die hinter dem Herd in Deckung gegangen war, und Peri ging mit großen Schritten vorwärts. Falls Silas verletzt war, würde sie hier einen Rachefeldzug durchführen, der den Gegnern keinerlei Schmerzen ersparen würde.

Der Mann, der im Zimmer vor der Küche hinter dem Sofa zurückgeblieben war, blickte zu ihr hoch, riss verblüfft den Mund auf und hob seine Waffe, doch er war zu langsam. Peri holte mit dem Fuß aus, trat zu und warf ihn zu Boden. Seine Waffe flog dabei durch die Luft. Peri fing sie auf und nutzte den Schwung, um sie dem Mann über den Hals zu ziehen. Nach Luft schnappend, ließ er sich ganz zurückfallen und umklammerte mit beiden Händen seine Kehle.

Den Gewehrkolben in einer Hand, kontrollierte sie mit der anderen ebenso schnell wie geschickt Magazin und Sicherungshebel. *Einsatzbereit.* Sie wischte den Speichel des Mannes vom Gewehr ab, hob es an die Schulter und schaltete die Drohne aus, die mitten im Raum in der Luft geschwebt hatte. Wild kreiselnd krachte sie in den Kamin.

»Das ist *sie*!«, schrie jemand, und die Hölle brach los. Silas kam mit wütendem Gebrüll hinter dem Küchentresen hervor und feuerte mit einer großkalibrigen Knarre um sich. Peri schoss einmal, zweimal, traf dann beim dritten Versuch jemanden. Als Granatsplitter auf sie einprasselten, ging sie hinter einem umgekippten Schreibtisch in Deckung. »Mmmm, nett«, flüsterte sie und streckte einen Fuß aus, um zwei herrenlose Handfeuerwaffen zu sich zu ziehen.

»Hau ab!«, schrie Fran, die sich wutentbrannt gegen einen Mann zur Wehr setzte. Die Zähne zusammengebissen, entwand sie sich, brachte ihn aus dem Gleichgewicht und schlug ihn zu

Boden. »Gibt mir jetzt endlich jemand eine gottverdammte Kanone?«

»Hier!«, rief Peri hinüber, kontrollierte das Magazin und warf ihr eine Waffe zu.

Fran fing sie auf. Plötzlich packte jemand Peri von hinten, und sie keuchte erschrocken auf. Es war Brian, aber ein Schlag in die Niere und ein weiterer an die Kehle reichten, und er war wieder erledigt – dieses Mal endgültig.

Peris Bein schmerzte, und sie fuhr mit der Hand über ihre Wade. *Klebrig?* Ihre Finger waren rot.

*Mist. Wann habe ich mir denn eine Kugel eingefangen?*

»Rückzug! Rückzug! Sofort!«, war aus Richtung der offen stehenden Eingangstür schwach zu hören, und Peri blickte auf. Es war Bill. Wenn er jetzt schon abziehen wollte, musste er irgendetwas ergattert haben, das er unbedingt hatte an sich bringen wollen. Sie war es jedenfalls nicht. Mit einem Klingeln in den Ohren und dem Gestank des Schießpulvers in der Nase kauerte sich Peri wieder tiefer hinter den Schreibtisch, umklammerte ihr schmerzendes Bein und sah zu, wie ein Mann in Richtung Tür kroch. Wenn Bill hier war, dann war Allen es vermutlich auch. *Da ergeben sich doch Möglichkeiten.*

»Wo ist meine Tochter?«, kreischte Fran und feuerte auf jeden, der in Richtung Tür lief. Peri zog den Kopf ein, und als sie wieder aufblickte, lag der krabbelnde Mann reglos am Boden, den Hals auf widernatürliche Weise abgewinkelt.

»Ich sagte, Rückzug!«, hörte Peri Bill draußen erneut brüllen. Noch immer fielen Schüsse.

»Bist du verletzt?«, rief Silas, als er Peri entdeckte. *Mit dem auf die Hüfte gestützten halbautomatischen Gewehr sieht er einfach fantastisch aus.* Die rauchende Mündung deutete auf die Decke. Als Fran ihn anbrüllte und ihre Waffe mit zitternder Hand in seine Richtung hielt, riss er eine Hand hoch.

»Verdammt, Fran, ich bin's!«, donnerte er. »Reißen Sie sich zusammen. Die hauen jetzt ab.«

»Sie haben Taf!«, wütete sie mit hochrotem Kopf und fliegendem Haar. Fran sah Peri an, die halb aufgerichtet hinter dem Schreibtisch kauerte, immer blasser wurde und sich das blutende Bein hielt. »Die haben meine Tochter!«, klagte Fran mit brechender Stimme und ließ sich gegen die umgekippte Couch fallen. Die Waffe entglitt ihren Fingern. »Peri, bitte. Holen Sie sie zurück. Die werden sie benutzen und ihr wehtun, bis ich ihnen alles gebe, was sie wollen. Sie ist meine Tochter!«

Mit blutroten Händen zerriss Peri die seidene Sofadecke, um sich das Bein abzubinden. Die Kugel steckte noch drin, hatte aber außer dem Muskel nichts erwischt. Fran mochte herrschsüchtig, widerlich und schlicht ungerecht sein, aber sie liebte ihre Tochter. Vielleicht würden die beiden irgendwann eine gemeinsame Basis finden können, was Peri und ihrer Mutter sicher niemals gelingen würde. »Also gut«, sagte sie, und Fran wäre fast in Schluchzen ausgebrochen.

»Du hast eine Schusswunde«, stellte Silas mit blassem Gesicht fest, doch Peri stieß ihn mit blutigen Händen zurück, ehe er ihr Bein anfassen konnte. *Warum versuchen die nur immer, Verletzungen zu berühren?*

»Ich komme klar.« Aber ihr Magen tat einen Satz, als sie den Stoffstreifen festknotete. »Ich hole Taf«, sagte sie und stand auf, nur um sich gleich darauf am Schreibtisch festzuhalten, weil ihr schwindelig wurde. Ohnmächtig konnte sie später werden. *Es ist egal, dass ich mich nicht erinnere, warum ich Taf gernhabe. Ich fühle es. Ich weiß es.*

»Danke«, flüsterte Fran. Peri blickte zur Decke empor, aus deren Richtung ein unheilverkündendes Donnern nach unten drang. Staub rieselte zu Boden.

»Das kannst du nicht machen«, protestierte Silas, doch Peri

schob sich an ihm vorbei. Behindert von dem stechenden Schmerz, bahnte sie sich mühsam einen Weg über Scherben und Steinsplitter hinweg Richtung Tür. *So schlimm ist das nicht*, redete sie sich ein, obwohl die Hand, die die Waffe hielt, schweißnass war. »Ich werde sie finden.«

»Dummes Weib.« Silas trat einen umgefallenen Stuhl aus dem Weg und folgte ihr. Ein verkniffener Zug lag um seine Augen, und er sah sich kurz zu Fran um, ehe er Peris Arm ergriff, um sie aufzuhalten. »Peri, schieß nicht auf Allen«, sagte er, und sie sah ihn mit zusammengekniffenen Augen an. Sie konnte riechen, dass es im Haus brannte. Rauch quoll wie Nebel über die Treppe herab. Fran war heute nicht nur in Gefahr, ihre Tochter zu verlieren. Das Haus würde dieses Gefecht auch nicht überstehen.

»Warum nicht?«, fragte sie ihn. Silas starrte sie verdutzt an. »Warum soll ich nicht auf Allen schießen?«, fragte sie noch einmal, als sie auf der Veranda innehielten. Donner, dieses Mal echter Donner, rollte über die Berge. Zwei Männer und eine Frau rannten zu einem wartenden Helikopter links neben dem Swimmingpool. Nun ja, die Männer rannten, Taf dagegen trat schreiend um sich.

»Hilf mir, den Vogel in die Luft zu bringen«, sagte sie und hob das Gewehr.

»Peri!«, brüllte Silas. Im nächsten Moment war sie taub von dem Lärm der Schüsse. Sie pumpte ihr halbes Magazin in den Helikopter.

Der hob schon beim Aufprall der ersten Kugel ab, lange bevor Bill ihn erreicht hatte. Schlitternd kam Bill zum Stehen und stieß Taf gegen Allen, ehe er sich zum Haus umblickte und Peri auf der Schwelle des brennenden Gebäudes stehen sah. Unverkennbar wütend, schob er die beiden zu einer nahen, freistehenden Garage von bemerkenswerten Ausmaßen, die an einen Ausstellungsraum für Luxuskarossen erinnerte.

»Wo ist Howard?«, fragte sie und ließ die Waffe sinken. Sie hätte versuchen können, die beiden Männer von ihrer Position aus zu erledigen, aber sie wollte das Risiko, Taf zu treffen, nicht eingehen.

»Spielt Doktor«, erwiderte Silas. Dann seufzte er und ging die Holzbohlenstufen hinunter. »Also schön, schnappen wir sie uns, ehe sie eines von Frans Autos klauen.«

Peri schüttelte den Kopf, um ihre Ohren freizubekommen, und humpelte hinter Silas her. Gemeinsam folgten sie dem lautstarken Gezeter von Taf, die gerade durch die penibel gepflegte Gartenanlage gezerrt wurde. Dann hörten sie, wie eine Tür zugeknallt wurde, und Tafs Proteste verstummten.

»Ich meine es ernst. Lass Allen leben«, mahnte Silas erneut, als sie sich dem Gebäude näherten, hinter dessen gläsernem Tor ein glänzender roter Ferrari zu erkennen war.

»Pass auf, mein Gehör arbeitet momentan nicht so gut, aber ich könnte schwören, du hast gerade gesagt, ich soll Allen leben lassen.« Peri versuchte, das schwere Tor zu öffnen, doch es war verriegelt.

»Genau das habe ich gesagt«, erwiderte Silas, während sie zur Vorderseite der Garage humpelte und das Midlife-Crisis-Mobil durch das erste gläserne Garagentor betrachtete. »Nein!«, brüllte Silas und streckte abwehrend die Hand hoch, als sie ihre Waffe hob, diesmal die Glock.

Mit zusammengebissenen Zähnen jagte sie einen kontrollierten Feuerstoß los, der die Tür vollständig zerschmetterte. Die Einzelteile krachten zu Boden, verfehlten aber den Wagen. »Und die rollende Testosteron-Ikone hat nichts abgekriegt«, bemerkte sie, als Silas sich aus der kauernden Haltung erhob, die er instinktiv eingenommen hatte. »Weiter.«

Tafs Hilferufe wiesen ihnen den Weg. Peri humpelte, so schnell sie konnte, an eleganten Wagen vorbei, die auf erhöhten, mit Teppich ausgelegten Stellplätzen unter Scheinwerfern parkten. Jemand hier stand offensichtlich auf Autos. »Lasst mich los!«, heulte Taf, und Peri verfiel in einen gemäßigten Laufschritt. *Wenn wir sie nicht in den nächsten dreißig Sekunden haben*…

Wie abgesprochen huschten Silas und Peri um einen aufgemotzten Porsche herum und sahen, wie Bill und Allen Taf zu einem gewöhnlichen Kastenwagen zerrten. *Wie ich diese Kastenwagen hasse!* Peri hob das Gewehr.

»Du könntest Taf treffen«, warnte Silas, worauf sie es wieder sinken ließ, sich von dem Porsche löste und näher heranschlich.

»Bringen Sie sie zum Schweigen«, knurrte Bill, als sie den Van erreicht hatten, stieß Taf in Allens Arme und zog los, um ein anderes Garagentor zu öffnen.

Peri tat einen Satz und ließ sich gegen den nächsten Wagen fallen. Während der pochende Schmerz in ihrem Bein fortdauerte, benutzte sie die Motorhaube, um ihr Ziel ins Visier zu nehmen. Silas landete neben ihr.

»Meine Mutter wird so was von sauer sein!«, brüllte Taf, worauf Allen sie gegen den Van drückte. »Hey!«, keuchte sie empört.

Peri zielte auf Allen. Ihn hasste sie wirklich. Bill mochte korrupt sein, aber Allen war derjenige, der sie belogen und hereingelegt hatte, der sie eingelullt und ihr drei Jahre ihres Lebens gestohlen hatte. Ruhig atmete sie aus, und die Muskeln in ihrem Finger spannten sich.

»Halt's Maul«, befahl Allen drohend, »oder ich hau dir eine rein. Kapiert?«

»Ja«, sagte Taf, und dann reckte sie das Kinn vor und schlug ihm direkt in den Magen.

Zorn verzerrte Allens Züge. Taf kämpfte wie wild, bis Bill sie unter völliger Missachtung menschlicher Verwundbarkeit gegen die Seite des Vans rammte, wo sie bewusstlos zusammensackte.

Peri schwenkte zu Bill herum und zog den Abzug durch. Bills Augen weiteten sich, als sich eine einzelne Patrone in den Van bohrte. »Los!«, brüllte er, warf die erschlaffte Frau unsanft in den Wagen und sprang hinterher. Peri richtete die Waffe wieder auf Allen.

»Nicht!« Silas schlug ihr den Arm weg, sodass Allen nur von einem Betonsplitter getroffen wurde, als er auf den Vordersitz des Kastenwagens kletterte.

Frustriert erhob sich Peri, kaum dass der Motor dröhnend zum Leben erwachte. »Was zum Henker machst du da?«

»Ihre Reifen«, sagte Silas mit totenbleichem Gesicht. »Schieß auf die Reifen.«

»Und dieses Mal lässt du mich auch schießen?«, fragte sie und benutzte die Glock, um die Reifen zu zerschießen. Sie feuerte, bis nur noch ein Klicken ertönte, ehe sie die Waffe wütend zurück in den Hosenbund steckte. Schlingernd krachte der Van gegen einen Pfeiler.

Die würden vorerst nirgends hingehen, was ihr einen Moment Zeit gab, um Silas zur Rede zu stellen. »Warum soll ich Allen nicht töten?«

Silas sah ihr direkt in die Augen. »Weil er zur Allianz gehört.«

Zähneknirschend rammte sie Silas das Gewehr in die Rippen. »Den Teufel tut er!«

Silas musterte das Gewehr, erwog vermutlich seine Chancen, es in eine andere Richtung zu dirigieren, ehe sie abdrücken konnte. Dichter Rauch trieb an dem offenen Garagentor vorüber, und sie konnte die Feuerwehrwagen hören, die von der automatischen Brandschutzanlage alarmiert worden waren. »Allen gehört zur Allianz«, wiederholte Silas mit uncharakteristisch sanfter Stimme. »Denk darüber nach. Er ist ein lausiger

Anker, oder nicht? Was hat er dir je wirklich zurückgebracht? Fällt dir irgendwas ein?«

Taf rief um Hilfe und wehrte sich nach Kräften, als Bill sie aus dem kaputten Van schubste und zu einem anderen Wagen schleifte. Allen humpelte hinterher und sah sich unterwegs immer wieder verstohlen zu Peri und Silas um.

*Blödsinn.* Peri zielte erneut auf Allen, da Bill sich hinter Taf versteckte. Silas drückte ihren Arm weg, und der Schuss ging ins Leere.

»Hörst du jetzt endlich damit auf!«, brüllte Peri. Sie konnte Leute außerhalb der Garage hören, wusste aber nicht, auf wessen Seite sie standen. »Warum hast du mir das nicht früher gesagt?«

Silas versuchte ihr das Gewehr wegzunehmen, aber sie ließ nicht los. Eine Wagentür knallte zu, und ein Motor wurde gestartet. »Weil die Allianz dachte, du würdest ihn ausliefern, wenn du es wüsstest«, gestand er endlich. »Sie trauen dir nicht.«

Ihr Klammergriff um die Waffe lockerte sich. *Allen gehört zur Allianz?* Sie schluckte es einfach nicht und kämpfte erneut um die Kontrolle über das Gewehr.

»Es war deine Idee«, erklärte Silas erbittert und ließ los, worauf sie mit ihrer Waffe zurückfiel. »Verdammt, sie entkommen!«, rief er, als der Motor des Wagens aufheulte.

*Meine Idee?* Mit schmerzendem Bein stolperte sie Silas hinterher, während ein schwarzer Wagen hinaus in den Sonnenschein schoss. »Ich schnappe mir Allen, du übernimmst Bill«, sagte Peri, hielt unter dem offenen Garagentor inne, hob das Gewehr an die Schulter, atmete ruhig aus und zerschoss auch diese Reifen.

»Peri …« sagte Silas warnend, doch sie grinste ihn nur an, als der Wagen schlingernd zum Stehen kam. Aus dem Inneren konnte sie Bills Wutgeheul hören.

»Schön, ich töte ihn nicht. Ich mache ihn nur ein bisschen

fertig«, sagte Peri und lief unter Schmerzen auf den Wagen zu. »Kommst du jetzt oder nicht?«, rief sie über die Schulter.

Mit klopfendem Herzen erreichte sie den Wagen und riss die Beifahrertür auf. »Raus!«, befahl sie. Bill saß am Steuer. Allen hielt Taf wie einen Schild vor sich und sah stinksauer aus. Taf sah stinksauer und desorientiert aus. *Allen gehört zur Allianz?*

»Sie hat gesagt, raus!«, rief Silas und riss die Fahrertür auf.

Allen stieß Taf zu Peri und nutzte den Überraschungseffekt zur Flucht. Auf der anderen Seite stürzte sich Bill auf Silas. Taf landete auf Peri, und sie gingen beide zu Boden. Peri rollte sie von sich weg, nahm mit ihrer Waffe eine kauernde Haltung ein und schaute sich nach Allen um. Derweil brüllte Bill, während er wegrannte, etwas in sein Telefon, und seine Stimme entfernte sich mit ihm. Inmitten von neuerlichen Schüssen erhob sich ein Gebrüll wie aus einem Dutzend Kehlen. Ein Black Hawk war zurückgekehrt und donnerte ganz in der Nähe durch die Luft. Peri wusste nicht, wer sich sonst noch rings um den Wagen aufhielt, und es war ihr auch egal.

Und dann sah sie Allen, der Bills kleiner werdender Kehrseite hinterherlief.

Peri rollte sich auf den Bauch, legte an … und drückte ab.

»Nein!«, brüllte Silas. Allen blieb ruckartig stehen, als vor ihm Erde aufspritzte. Er konzentrierte sich nicht länger auf Bill, der keinen Augenblick im Lauf innehielt, zu dem Helikopter hinter dem Gebäude rannte und verschwand. Allen begegnete ihrem Blick. Als sie erkannte, wie blass er war, lächelte sie kurz und hechtete gleich darauf, vor Wut brüllend, los. Ungebremst rannte sie ihn um und setzte sich rittlings auf ihn.

»Ich sollte dich hier und jetzt töten!«, schrie sie, den Gewehrkolben erhoben und bereit, ihm die Kehle zu zerquetschen, während er mit schmutzigem Gesicht und schief sitzender Brille zu ihr hochstarrte.

»Allen, sie weiß es«, rief Silas. »Sie glaubt es nur noch nicht.«

Unter ihr schien Allen zur Ruhe zu kommen. Sein Blick klebte an ihr, doch seine Furcht schien sich in Luft aufzulösen. »Du wirst mich nicht töten, weil ich dich nicht zuerst getötet habe«, sagte er und lächelte, obwohl er unverkennbar litt. »Es ist in Ordnung, Peri. Es ist vorbei. Alles überstanden. Du hast dich gut geschlagen. Jetzt kannst du loslassen.«

Peri blieb vor Schreck der Mund offen stehen, und sie tat rein gar nichts, als sie plötzlich von Allianzleuten umzingelt waren, die alle auf sie einbrüllten, sie solle die Waffe fallen lassen und von Allen herunterkommen. Allen wartete, während sie die Waffe immer noch so hielt, dass sie ihm im Handumdrehen den Garaus machen konnte.

»Peri«, rief Silas. »Hör auf deine Intuition. Es ist vorbei.«

Aber ihre Intuition hatte sie im Stich gelassen. Alles, was blieb, war das Bedürfnis, jemandem zu vertrauen. Irgendjemandem.

Sie schaute Silas direkt in die Augen, nahm mit einer flinken Bewegung das Gewehr zur Seite und sicherte es. Sie wollte es fortwerfen, doch kaum war Allen außer Gefahr, stürzte sich auch schon jemand auf sie und schlug sie zu Boden. Sie wehrte sich nicht, sondern ließ zu, dass man ihr die Arme auf den Rücken drehte. Ihr verwundetes Bein peinigte sie, und sie blinzelte gegen den Schmutz in ihren Augen an. Taf und Silas verwendeten sich für sie, versicherten, sie stehe auf der richtigen Seite, und verlangten, sie in Ruhe zu lassen. Aber sie fühlte sich derzeit nicht auf der Seite der Allianz oder sonst einer. *Allen gehört zur Allianz? Das war alles meine Idee?* »Ich kenne mein eigenes Leben nicht«, flüsterte sie fassungslos vor sich hin.

Dann tauchte Fran auf und befahl: »Lassen Sie sie aufstehen.« Das Gewicht, das auf Peri lastete, verschwand, und sie konnte wieder frei atmen. »Ich sagte, lassen Sie sie aufstehen!«

»Sie erinnert sich an nichts«, wandte ein Mann ein und zielte mit seiner Pistole auf sie. »Sie können sie nicht gehen lassen. Sie wurde einer Gehirnwäsche unterzogen!«

»Das wurde sie nicht, sie hat nur vergessen, was war«, gab Fran in bissigem Ton zurück. »Die Frau hat uns gerade die Hälfte der korrupten Opti-Agenten geliefert und meine Tochter gerettet. Wie viele Beweise brauchen Sie noch, um sich überzeugen zu lassen, dass sie nicht die Seiten gewechselt hat? Sie ist eine von uns. Lassen Sie Reed aufstehen!«, donnerte Fran. Peri setzte sich vorsichtig auf, immer noch mit pulsierenden Schmerzen im Bein, und musterte die Waffen, die von allen Seiten auf sie gerichtet wurden.

»Wo ist Bill?«, fragte sie, als Fran sich zu ihr kniete. In ihrem engen Kostüm, das nun zerrissen und verdreckt war, wirkte sie fehl am Platz. Als Fran versuchte, unter Peris provisorischen Verband zu gucken, schlug Peri Frans Hand weg – und schon wurden ringsum erneut die Waffen erhoben.

»Werden Sie sich jetzt alle einfach mal entspannen?«, blaffte Fran, ehe sie sich nicht minder ärgerlich wieder Peri zuwandte. »An Bill kommen Sie nicht mehr heran. Eines seiner Vögelchen ist zurückgekehrt. Er ist weg.« Ihre Miene veränderte sich. »Taf hat er nicht gekriegt. Ich danke Ihnen.« Hektisch blinzelnd, winkte sie nach einem Sanitäter. »Schaffen Sie Agentin Reed in einen Krankenwagen. Heute noch, wenn's geht!«

Zwei Männer in Tarnuniform mit umgegürteten Gewehren rannten los, um eine Trage aus einem gerade eintreffenden Ambulanzfahrzeug zu holen. Peri hätte sich gern zur Wehr gesetzt, aber ihr Bein tat weh, und ihr war übel. Auch ihr Kopf schmerzte. Sie musterte die auf den Boden gerichteten Waffen ringsum und dann den zweiten Ring von Allianzleuten, deren Waffen nach außen zielten. Das Haus brannte, aber noch immer kamen etliche Menschen heraus. Unter ihnen erkannte sie

Howard, der einen anderen Mann stützte, und die schreckliche Anspannung in ihren Zügen legte sich allmählich.

Sie hatte Jacks Liste nicht gefunden, aber es kam ihr so vor, als hätte sie etwas weit Wichtigeres gefunden. Sie war sicher gelandet, und nicht nur sie allein, sondern auch die Menschen, die ihr am Herzen lagen. Dass sie sich nicht erinnerte, warum sie ihr wichtig waren, war nicht von Bedeutung. Sie waren hier, bei ihr, und im Augenblick zielte niemand mit einer Waffe auf sie. Jedenfalls fast niemand.

Vielleicht kam nun wirklich alles in Ordnung.

»Haben wir gewonnen?«, fragte Peri und blinzelte in die Runde.

Taf kicherte und Silas, der neben ihr stand, lachte laut. »Wie zum Teufel soll ich das wissen!«

# 39

Peri wickelte sich den Mantel fest um die Schultern. Schlecht gelaunt saß sie mit der schmerzenden Schusswunde im Bein in der Bar *Zeitloch* am Tresen. Das Lokal war leer, abgesehen von Allen, der im Hinterzimmer rumorte, und Silas, der am Kamin stand und versuchte, ein Feuer anzufachen, um die Kälte zu vertreiben. Aber Peri sah, dass er das Holz nicht korrekt aufschichtete. All die Hitze, die er mit seinen Streichhölzern und dem halb verbrannten Papier erzeugt hatte, verfing nicht, sondern verschwand nutzlos durch das Abzugsrohr. Einerseits wäre sie am liebsten vom Hocker aufgestanden, um die Sache in Ordnung zu bringen. Andererseits meldete sich ihre gleichgültige, selbstzufriedene Seite, sodass sie sich fragte, wieso sie sich darum kümmern sollte. Ihre Aufmerksamkeit verlagerte sich, als sie Silas leise fluchen hörte. Seine Worte kitzelten etwas in ihrem Gehirn. Sie hatte ihn schon früher an einem Feuer fluchen hören. Ihr Gedächtnis wies mehr Löcher auf als ein Schweizer Käse. Es konnte alles Mögliche dahinterstecken oder gar nichts.

»Du wirst mich nie los«, erklärte Jack, tauchte hinter dem Tresen ab und zapfte sich einen Krug Bier. Sie wusste, dass er nicht hier war. Sie wusste, dass er kein Glas füllte. Sie wusste, er trank es nicht mit hüpfendem Adamsapfel und einem Rinnsal Bier am Kinn – aber es sah eindeutig so aus, als täte er genau das.

Jack war eine konstante Erinnerung an alles, was sie an sich nicht ausstehen konnte: ihre Unsicherheit, ihre Abhängigkeit von anderen, überlegenes Getue, das eben genau das war –

Getue, weiter nichts. Und sie wollte, dass er verschwand, auch wenn das bedeutete, dass sie sich nie daran erinnern würde, was in jener Nacht geschehen war. Sie hatte den Mann getötet, den sie geliebt hatte. Warum sollte sie sich daran erinnern wollen?

»Meinst du wirklich, es kommt etwas Gutes dabei raus, wenn Allen diese Nacht auslöscht?«, spottete Jack und beugte sich über den Tresen. Das Bier spritzte auf die Theke, und Peri fragte sich, ob sie irgendetwas davon spüren würde, sollte sie mit der Hand darüberwischen. »Opti ist fest in dir verankert, Babe. Dir hat das gefallen. Du hattest Macht, und das hat dich angetörnt. Aber jetzt bist du nur noch eine gefährliche Altlast, die sich an keinen Scheiß erinnern kann. Darum hast du der Allianz nicht verraten, dass sie unterwegs waren. Du willst zu Opti zurückkehren.«

Peris Blick huschte an ihm vorbei zu Silas, der immer noch fluchend mit seinem Feuer beschäftigt war. Durch die zutage getretenen Informationen in Verlegenheit gebracht, hatte die Regierung der Allianz die Verantwortung für die Schließung von Opti übertragen. Silas hatte auf Frans Drängen hin die Leitung des *Zeitloch* übernommen, um den Ankern und Zeitagenten von Opti eine Anlaufstelle zu bieten, in der sie keine Repressalien fürchten mussten. »Ich kriege das verdammte Feuer nicht zum Brennen«, grummelte Silas. »Sobald dieser Laden Geld abwirft, reiße ich das Ding raus und stelle einen Gasbrenner auf.« Er richtete sich auf und seufzte, als sich ein grauer Rauchfaden schwarz färbte und im Abzug verschwand.

Unruhig drehte sich Peri mit ihrem Hocker herum. Zerfahren und sprunghaft, wie sie war, fielen ihr die seltsamsten Dinge auf: Eine der Birnen in der Lottoannahmestelle brannte nicht, drei Tische hatten Klauenfüße, der Rest nicht, und der wandgroße Spielemonitor in der Lounge gab ein kaum hörbares Kreischen fehlerhafter Schaltkreise von sich. Dann wandte sich ihre

Aufmerksamkeit der Uhr an dem Mikrowellenherd hinter dem Tresen zu; exakt um zwölf Uhr mittags wurden sämtliche in die Tische integrierten elektronischen Speisekarten neu eingestellt. *Warum weiß ich all dieses Zeug?*

Ein lauter Knall aus dem Hinterzimmer erschreckte sie, doch es war nur Allen, der brüllte, er habe eine Fußbank gefunden. Silas stand niedergeschlagen vor seinem Möchtegernfeuer, die Hände in die schmalen Hüften gestemmt, als wartete er auf ein Wunder. »Peri, du kannst so was besser als ich«, jammerte er und wischte sich die mit Asche bedeckten Hände an seiner Jeans ab. »Willst du es mal versuchen?«

»Klar.« Peri glitt von ihrem Barhocker und ließ ihren Mantel am Tresen zurück. Plötzlich blieb sie stehen, da ihr bewusst wurde, dass sie nicht nur von dem beabsichtigten Weg Richtung Kamin abgewichen war, sondern sich auch nicht dazu überwinden konnte, den Tanzboden zu betrachten.

Stirnrunzelnd zwang sie sich, auf ihre Füße zu sehen. Mit klopfendem Herzen schob sie sich langsam, Schritt für Schritt, weiter vor, ohne sich konzentrieren zu können. Etwas Dunkles an ihrer Schulter wurde zu Jack, der mit unerträglicher Selbstsicherheit genau die gelbliche Bodenfläche musterte, die ihr zu schaffen machte. Dabei flüsterte er: »Du wirst mich nie los. Dir gefällt, was Opti aus dir gemacht hat, und ich werde dich so lange heimsuchen, bis du das akzeptiert hast. Du bist ein schlimmer Mensch, genau wie ich, und ohne mich bist du gar nichts.«

»Lügner«, hauchte sie und starrte schwankend den Boden an. In ihrem Kopf pochte es. Jack kicherte. Irgendetwas war hier passiert. Sie wusste es. Und sie würde sich daran erinnern.

»Peri?«

Bestürzt blickte sie auf: Die Welt ringsum schien sich zu drehen. Allen und Silas musterten sie mit besorgten Gesichtern.

Als ihr auffiel, dass sie die Hände zu Fäusten geballt hatte, bewegte sie die Finger, um die Spannung zu lösen. »Bin ich gesprungen?«, fragte sie, weil sie sich nicht daran erinnern konnte, dass Allen wieder hereingekommen war. Eindeutig beunruhigt, schüttelte Silas den Kopf. Allen zwang sich zu einem schwachen Lächeln, während Jack, der immer noch sein Bier in der Hand hielt, kicherte und – arrogant und selbstbewusst wie eh und je – ihr leicht über die Schulter strich.

»Du wirst mich nie los, Peri. Aber nur zu, versuch es ruhig. Es macht viel mehr Spaß, wenn du dich wehrst.« Mit höhnischem Grinsen setzte er sich auf die erhöhte Umrandung des Kamins und klopfte auf die Steine neben sich.

»Du hast versucht, die Zeitschleife zu durchbrechen«, bemerkte Silas und legte ein Holzscheit auf das Feuer – das prompt in sich zusammensackte. »Je eher wir das hinter uns bringen, desto besser.«

»Meinst du?« Verunsichert nahm Peri Allen die braune Fußbank aus Kunststoff ab und stellte sie mit hörbarem Klappern vor einen Stuhl am Kamin. Jack lachte, als sie sich auf den Schemel setzte, der so niedrig war, dass ihre Knie fast an die Ellbogen stießen.

Jack trug ein schwarzes, mit Silberfäden durchwirktes Hemd, das schimmerte, wenn Licht darauf fiel. Er kauerte sich neben sie und flüsterte ihr ins Ohr: »Wir haben viele schlimme Dinge getan, du und ich. Ich bleibe auch weiterhin da drinnen, Babe.« Er tippte sich an die Schläfe. »Ich werde dich an jede einzelne Geschichte erinnern, denn du hast sie alle genossen. Und du denkst, du könntest das hinter dir lassen? Niemals. Doch nicht mein Mädchen! Bill hat recht. Du bist die Beste, und die Beste lässt man niemals gehen.«

Allen setzte sich hinter sie und rückte näher heran, während Silas zum Tresen tapste. »Äh, ich bleibe in der Nähe.«

»Dich braucht sowieso niemand, Piano Man«, rief Jack, und Peri lief rot an. Jack verhielt sich zunehmend aggressiv. Wenn sie diese Sache richtig handhabten, würde er für immer verschwinden, und es schien, als wüsste dieses illusionäre Gebilde das. Was nichts anderes bedeutete, als dass ihr Unterbewusstsein dagegen ankämpfte und ihr Lügen darüber einflüsterte, wer sie war. *Es sind Lügen. Es müssen Lügen sein.*

Als Allens Finger auf ihren Schultern landeten und an genau den richtigen Stellen Druck ausübten, senkte Peri den Kopf. Doch es fiel ihr schwer, sich zu entspannen, während Jack sie fixierte. *Ich brauche dich nicht mehr*, dachte sie und schloss die Augen. Endlich ließ ihre Anspannung nach.

»Kleine Hure«, giftete Jack.

Und schon kehrte die Spannung zurück. Allen spürte es und verlagerte seine Finger, um ihren Kopf zu bearbeiten. »Es tut mir leid, Peri«, sagte er sanft. »Das Letzte, was du brauchst, sind weitere Löcher in deinen Erinnerungen. Aber die einzige Möglichkeit, Jack loszuwerden, besteht darin, beide Zeitlinien zu löschen. Ich verspreche dir, dass du die ganze Geschichte ohne jede Verfälschung erfährst. Doch jede unmittelbare Erinnerung wird verschwinden. Zusammen mit Jack.«

»Niemals …«, flüsterte Jack, und sie zitterte.

»Du kämpfst dagegen an«, sagte Allen vorwurfsvoll. »Lass mich meine Arbeit tun, sonst muss ich mir ewig Silas' Vorwürfe anhören.«

Das entlockte ihr ein Lächeln. Sicher, Silas hatte mehr Talent, aber Allen wusste aus erster Hand, was er löschen musste. Und so lehnte sie sich bei ihm an, obgleich sie sich fragte, ob es wirklich so klug war, ihn in ihren Kopf zu lassen. Sie hatte auf ihn geschossen, ihn geschlagen, beschimpft und als vermeintlich tot zurückgelassen. Warum sollte gerade er ihr helfen wollen?

»Du blockierst schon wieder«, sagte Allen ermattet. »Ich mache dich nicht verantwortlich für die Dinge, die du getan hast, um Opti auszuschalten. Das war dein Job. Wir alle haben uns freiwillig dafür gemeldet.«

Kauernd, sodass sein Atem ihr Ohr kitzelte, flüsterte Jack: »Aber du machst dich dafür verantwortlich, nicht wahr, Babe? Weil du es genossen hast. Sogar Afrika. Gib es einfach zu. Dir hat gefallen, wer du warst – sonst hättest du keine drei Jahre gebraucht, um durchzublicken. Lass dir das nicht von denen stehlen. Du bist erst richtig lebendig, wenn du schlimme Dinge tust. Lass nicht zu, dass sie deine Seele töten.«

Peris Herz schlug schneller. Sie hatte die abscheulichen Dinge, die sie getan hatte, während sie bei Opti gewesen war, nicht genossen. Sie hatte wirklich existierende Menschen verwundet oder umgebracht. Sie hatte wirklich Gräueltaten vollbracht. Das war keine Einbildung. Um das alles zu genießen, hätte sie ein durch und durch schlechter Mensch sein müssen. Nein, sie hatte es nicht genossen!

»Doch, du hast«, flüsterte Jack, und ihr Auge fing an zu zucken.

»Ich gebe mir ja Mühe«, flüsterte sie, als Allens Finger sie in eine leichte Trance führten und ein Bild von Jack aufblitzte: Er lag auf dem gelblichen Boden und presste sich einen blutgetränkten Schal auf den Bauch.

*Oh, Gott, er hatte einen Bauchschuss abbekommen und lag im Sterben. Jack hatte gelogen, um sie zu schützen. Bill war korrupt. Sandy und Frank… Sie hatte mit ihnen gekämpft. Sie hatte ein Messer nach Sandy geworfen und sie verfehlt.*

»Das ist die eine Zeitlinie, Peri«, sagte Allen, dessen Präsenz in ihrem Geist sich nun deutlicher bemerkbar machte. »Erinnere dich an alles, und dann nehme ich es weg.«

Jacks Atem schien ihre Wange zu streifen. »Es wird niemals

weg sein. Du bist ein böser Mensch. Dir hat gefallen, wer du warst, und du vermisst es jetzt schon.«

Er verlieh ihrer größten Furcht eine Stimme. Immer schneller prasselten die Bilder jener Nacht ungeordnet auf sie herein. Blut an ihren Händen. Ihr Schal auf Jacks Bauch. Das Geräusch splitternden Glases. Sandys langes Haar, das ihr um den Kopf flog, ehe sie stürzte und den Spiegel hinter der Theke zerbrach. Peri wurde aus der Flut unzusammenhängender Bilder nicht schlau. Allen bemühte sich, diese Bilder einzufangen, aber sie kamen zu schnell, und Peri ließ ihn nicht so weit in ihr Inneres, dass er auch nur eines davon hätte vernichten können.

»Peri«, sagte er flehentlich. »Bitte. Ich muss das tun.«

*Vielleicht habe ich es verdient, in dem von mir selbst geschaffenen Chaos zu versinken.*

»Ja, das hast du«, flüsterte Jack. Sein Atem strich so durch ihr Haar, dass es ihren Nacken kitzelte. »Ich werde dich dorthin mitnehmen. Gleich jetzt.«

Dann, ganz plötzlich, kehrte die ganze Nacht blitzartig zu ihr zurück. Beide Zeitlinien, miteinander nicht vereinbar, funkelten glasklar vor ihr auf. Keuchend sprang sie auf und wirbelte mit rasendem Puls zu Allen herum, der sie mit offenem Mund von seinem Stuhl aus anstarrte. Er sollte nicht auf einem Stuhl sitzen. Er war am Tresen gewesen und hatte ihr Franks Gewehr zugeworfen.

»Ich habe ihn erschossen!«, schrie sie und starrte auf die Stelle der Bühne, an der Jack mit durchlöchertem Bauch zu Boden gegangen war. Glitschiges Blut bedeckte die Bodenbretter, verschmiert, wo er sich aufgerichtet hatte. Entsetzt starrte sie ihre blutbeschmierten Hände an. Doch da war ein Loch in ihrer Brust, und sie taumelte. Der Spiegel war zerbrochen, und vom Tresen drang Sandys leises Schluchzen herüber.

Aufgeschreckt rannte Jack zur Tür. Mit ihrem inneren Auge sah sie, wie sie das Gewehr an ihre unversehrte Schulter hob und ihm ein Loch in den Rücken schoss.

»Er ist tot!«, ächzte sie, als der Jack ihrer Erinnerung zu Boden glitt. Unbeachtet. Niemand regte sich, um ihm zu Hilfe zu kommen. Nicht einmal sie selbst.

»Allen! Was zum Henker machst du da? Willst du, dass sie eine MEP erleidet?«, brüllte Silas.

»Sie hat das Gerüst, das du zurückgelassen hast, dazu benutzt, mir die Kontrolle zu entreißen! Was hast du mit ihr gemacht?«

Peri drehte sich zum Tresen um. Als sie sah, dass der Spiegel nicht zerbrochen war und nicht Frank, sondern Silas dort stand, empfand sie zusätzlich zu ihrer Verwirrung Panik. Hastig wich sie zurück und schaute sich nach einem Weg nach draußen um.

»Ganz ruhig«, rief Allen, und sie wirbelte um die eigene Achse. Silas bewegte sich, und ihr Blick huschte zurück zu ihm. Beide Männer befanden sich zwischen ihr und der Tür. Sie saß in der Falle.

»Bleibt, wo ihr seid«, warnte sie beide und konnte sich kaum von der Stelle am Boden losreißen, an der Jack gestorben war. »Wo ist mein Gewehr? Ich hatte ein Gewehr!« Wieder kreiselte sie herum, starrte die Tür an und stellte schockiert fest, dass sie makellos sauber und nicht beschädigt war. Während sie zur Bühne eilte, schlug ihr das Herz bis zum Hals. Da war kein Blut. Aber sie hatte Jack erschossen. »Sagt mir sofort, wo Jack ist!«, schrie sie.

Silas trat mit beschwichtigend erhobenen Händen vor. Aber Peri blieb in Bewegung, suchte weiter nach einem Fluchtweg.

Ein winziger, rational arbeitender Teil ihrer selbst wusste, dass sie innehalten musste, doch der Instinkt trieb sie weiter zurück, bis sie beinahe im Kamin gelandet wäre. Sie saß fest, also griff sie nach einem Schürhaken.

»Ganz ruhig, Peri«, sagte Silas sanft, während sie mit dem Schürhaken nach ihm stach, um ihn auf Abstand zu halten.

»Er ist tot, nicht wahr?«, fragte sie und hielt die Eisenstange fest umklammert. »Ist Jack tot?«

Wütend trat sie einen Schritt vor, und Silas wich aus. »Das hier tut mir wirklich leid«, sagte er, und da schlug sie nach ihm. Fluchend blockte er den Hieb ab und entwand ihr den Schürhaken. Als er ihr Handgelenk packte und sie festzuhalten versuchte, schrie sie fuchsteufelswild auf und wehrte sich so, dass sie gemeinsam zu Boden gingen.

»Ruf Fran an«, sagte Silas zu Allen und wickelte seine Beine wie ein Ringer um Peri. Sie heulte auf und warf den Kopf zurück, doch er wich gewandt aus, und sie traf ins Leere.

»Halt still«, grunzte er und umklammerte sie mit Armen und Beinen. »Halt. Einfach. Still«, keuchte er und packte fester zu. »Es ist alles in Ordnung. Allen hat deine Defragmentierung versaut, aber das ist meine Schuld. Ich hätte nie tun dürfen, was ich getan habe. Erinnere dich an mich, Peri. Erinnere dich, und lass mich rein! Ich bin dein Anker! Vertrau mir, verdammt noch mal!«, brüllte er, nun wirklich zornig. »Sei still, und lass mich das in Ordnung bringen.«

»Lass mich los …«, schnaufte sie und keuchte auf, als er in ihren Geist eindrang, als gehörte er ihm, und ein Bild von Jack hervorholte, wie er mit rauchender Waffe neben der Tür stand. Die Mündung zielte immer noch auf sie, und ihr Brustkorb fühlte sich wie ein Schwarzes Loch an. »Jack!«, schrie sie und erstarrte, als sie spürte, wie die Erinnerung zu Asche verbrannte, wie sie sich an den Rändern kräuselte und immer kleiner wurde, bis sie ganz verschwunden war. Darunter lag jedoch eine andere Erinnerung: In dieser Erinnerung rannte Jack zur Tür und ließ sie im Stich, als hätten die drei gemeinsamen Jahre für ihn überhaupt keine Bedeutung. Dann sah sie, wie sie ihm in den Rücken schoss.

»Oh Gott, nein«, stöhnte sie und erkannte, dass sie tatsächlich geschossen hatte. Sie hatte sich bei Opti eingeschleust, um die Korruption aufzudecken, hatte es jedoch nicht geschafft, sich von Opti zu lösen. War zu einem Werkzeug der Korruption geworden, die sie ursprünglich ans Licht der Öffentlichkeit hatte zerren wollen. Jack hatte sie nie wirklich geliebt. Während Silas diese Erinnerung gewaltsam löschte, schluchzte sie die ganze Zeit. Doch auch nachdem diese Erinnerung wie fortgewischt war, blieb der Schmerz des Verrats und besudelte ihr Selbstwertgefühl.

*Das hat Silas schon früher getan.* Blitzartig kam ihr eine weitere Erkenntnis und füllte die Lücken, die Silas gerade geschaffen hatte. Allen war bei Opti gewesen, um sie zu schützen. Zu ihrer Sicherheit hatte er die Rolle eines korrupten Opti-Agenten übernommen. Er war da gewesen, um Bills Besorgnis wegen ihrer Aussetzer zu zerstreuen, als es für sie auf Messers Schneide gestanden hatte. Erst jetzt begriff sie, warum er nie auch nur versucht hatte, irgendetwas zu defragmentieren. Sie hatte ihn gekannt, und er hatte befürchtet, er könne etwas übersehen haben, als er mit ihrer Zustimmung all ihre Erinnerungen an ihn … und an Silas … ausgelöscht hatte.

*Silas?*, dachte sie und spürte seine enorme Entschlossenheit, als er ihre Erinnerung an jene Nacht in den Vordergrund ihres gemeinsamen Denkens zerrte. Doch sie verweigerte sich, sah in seinem Inneren undeutlich das Bild eines Bootes, das bei Windstille mitten auf einem See festsaß, nahm Gelächter und Musik wahr – und Menschen, die auf künftigen Erfolg anstießen. Plötzlich wurde ihr klar, dass sie Silas' Erinnerungen sah, Schatten ihrer gemeinsamen Vergangenheit, Spuren des Jahres,

in dem sie sich zusammen darauf vorbereitet hatten, Opti auszuschalten. Sie waren beide dabei gewesen, Allen und Silas. An
unzähligen Abenden hatten sie sich zu dritt Essen zum Mitnehmen geholt und nächtelang über Plänen und Personalakten ge-
brütet. Auf dem Schießstand hatten sie gescherzt und geflirtet
und in der Sporthalle ihre körperliche Gewandtheit wechsel-
seitig auf harte Proben gestellt. Allen war immer dabei gewesen,
aber sie hatte sich wegen Silas zu der ein ganzes Jahr umfassenden Vorbereitung bereiterklärt. Sie hatte ihn geliebt, aber er
hatte ihre Liebe nicht erwidert. Und so hatte sie keinen Grund
gehabt, den Einsatz abzulehnen, als das Vorbereitungsjahr vorüber war und das Spiel beginnen konnte. Sie hatte Silas geliebt, und sie hatte zugestimmt, diese Liebe sterben zu lassen.
Hatte es vielleicht sogar gewollt, als er nicht gemerkt hatte, dass
sie sich in ihn verliebt hatte.

*Du hast mich geliebt?*, dachte Silas verzweifelt. Sie stöhnte
auf, als er ihre Gedanken in die Opti-Bar namens *Zeitloch* zurückzerrte, sie mit beängstigender, eisiger Intensität durchging
und zu Asche verbrannte. Zum Untergang verdammte Erinnerungen an die Nacht im *Zeitloch* flackerten auf. Hässliche Emotionen nährten diese Erinnerungen so, wie Sauerstoff eine
Flamme nährt. Und selbst nach der Zerstörung der Erinnerungen blieben die Emotionen hängen, hefteten sich so an ihren
Verstand wie Rauch an eine Zimmerdecke. Der Vorgang hätte
reinigend auf sie wirken sollen, doch die verblassenden Erinnerungen an jene Nacht hinterließen bei ihr nur tiefe Nieder-
geschlagenheit. Sie hatte sich das selbst angetan. Sie hatte die
Liebe vergessen. Und wozu? Für Ruhm und Ehre?

Jack hatte recht. Sie war ein schlechter Mensch.

Ihr Befreiungskampf mündete in ein leichtes Zittern.

»Geht es ihr gut?«, flüsterte Allen. Silas' Zugriff auf Peri lockerte sich jetzt, sowohl in physischer als auch in psychischer

Hinsicht. Er löste die Arme, die er um sie geschlungen hatte, und den Geist, der mit ihrem verschlungen gewesen war. Ihr Herz tat weh, als er von ihr abließ. Sie war allein. Sie hatte sich das selbst angetan.

»Schwer zu sagen«, erwiderte Silas. Anstelle der Wärme, die sie eben noch umfangen hatte, spürte Peri nun die kühle Luft des verlassenen Lokals auf ihrer Haut. Als Silas ihr seine Arme entzog, kauerte sie sich dort, wo er sie zurückgelassen hatte, auf dem Boden zusammen. Das Knarren seiner Schuhe auf dem gelblichen Bodenbelag zerrte an ihren Nerven. Silas holte ihren Mantel und hüllte sie darin ein. »Gib ihr ein bisschen Zeit, damit sie das alles verarbeiten kann.«

*Verarbeiten. Gute Idee.* Sie fühlte sich, als wäre sie lange Zeit fort gewesen und hätte nach ihrer Heimkehr feststellen müssen, dass nichts mehr war wie zuvor. Doch sie war diejenige, die sich verändert hatte, und das beschämte sie und gab ihr das Gefühl, ein schlechter Mensch zu sein. Die Stirn auf die Knie gelegt, überlegte sie, was sie jetzt tun sollte.

Als sie den Kopf zur Seite drehte, sah sie Allen und Silas am Kamin sitzen. Silas hatte sich vorgebeugt, als wäre er müde oder bekümmert oder beides, sie konnte es nicht recht erkennen. Allen wirkte schuldbewusst. Hatte er erfasst, dass sie sich an ihn erinnerte? War ihm klar, dass sie von dem zu dritt verbrachten Vorbereitungsjahr wusste, von der gemeinschaftlichen Planung, vom Einverständnis aller drei und Peris Bitte, jegliche Erinnerung daran bei ihr auszulöschen?

»Danke«, sagte Allen heiser. »Dieses Konstrukt, das du ihr mitgegeben hast, kam mir so vor, als wäre es sich seiner selbst bewusst.«

»Das war es gewissermaßen auch.« Silas schaute Peri nicht an. »Da waren genügend latente Erinnerungen an Jack für eine vollständige Rekonstruktion. Das war notwendig, um Jack genügend Flexibilität zu geben, sie bei Verstand zu halten, bis die Erinnerungen defragmentiert werden konnten. Jetzt ist das ganze Konstrukt weg.«

*Was für ein gefühlloses Monster bin ich überhaupt, dass ich eine Liebe so einfach aufgeben konnte? Und das für Ruhm und Ehre?* Silas und Allen erinnerten sich an sie, während sie nur über einige aus dem Zusammenhang gerissene Bilder verfügte. Doch ohne das Eingreifen der beiden würde sie jetzt immer noch Opti angehören. Hätte weiterhin die Lügen geglaubt, die sie um sich selbst gesponnen hatte, wäre nur das gewesen, was Opti von ihr behauptete. Sie war die Summe ihrer Taten, und sie hatte so viel getan, was abscheulich und falsch gewesen war.

Tief ausatmend, hob sie den Kopf, wohl wissend, dass sie mit ihrem zerzausten Haar und den roten Augen fürchterlich aussehen musste. »Jack ist fort«, sagte sie und rückte an den Kamin heran. Sie spürte seine Abwesenheit bis ins tiefste Innere und begann zu zittern, als sie sich an seinen Atem in ihrem Nacken erinnerte, an seine Art, ihr das Gefühl von Macht zu vermitteln, das verlockende Gefühl der eigenen Gefährlichkeit.

Peri fühlte sich verloren und wusste nicht, was sie nun tun sollte – heute, morgen, nächste Woche oder auch nur in den nächsten fünf Minuten. Als sie die Wahrheit nicht einmal geahnt hatte, hatte sie zumindest gewisse Ziele und Vorstellungen gehabt. Nun, da sie die Wahrheit kannte, fühlte sie sich losgelöst und fern von allem und jedem, ziellos dahintreibend. Wie betäubt. Ohne Erinnerung an die Liebe.

Silas stocherte in dem Feuer herum. Sie errötete, als ihr einfiel, wie sie mit dem Schürhaken nach ihm geschlagen hatte. *Peri, du kannst so was besser als ich. Willst du es mal versuchen?* Hatten sie gemeinsame Nächte im Schein irgendeines Feuers verbracht? Sie konnte sich an nichts dergleichen erinnern.

»Du hättest all das niemals getan, hättest du die Wahrheit

gekannt«, bemerkte Silas, und sie spürte einen Kloß im Hals. Das war nur hohles Psychogeschwätz. Sie glaubte ihm kein Wort, und allmählich löste ein Gefühl von Selbsthass die Betäubung ab. Sie hatte sich selbst etwas vorgemacht. Jack hatte recht gehabt. Sie hatte es genossen.

Allen reichte ihr einen Drink und hielt sich das Telefon ans Ohr. Automatisch, aber desinteressiert, griff sie zu. »Ja, es geht ihr gut. Sie ist ein bisschen deprimiert, aber was haben Sie erwartet?«, sagte er. Ob er mit Fran sprach? Fran war diejenige gewesen, die diese so langfristig angelegte verdeckte Operation genehmigt hatte. Peri konnte noch immer nicht recht glauben, dass sie selbst je zur Allianz gehört hatte. Vor fünf Jahren musste sie ein gänzlich anderer Mensch gewesen sein. Naiv. Dumm, ganz ohne Zweifel.

Sie hörte das Kaminbesteck klirren und wickelte sich mit steifen Bewegungen fester in ihren Mantel, als Silas sich zu ihr setzte. »Du bist ein guter Mensch«, sagte er.

»Ach ja, bin ich das?«, gab sie verbittert zurück. Ihre Vergangenheit deutete auf etwas anderes hin, genau wie der wachsende Schmerz in ihrem Inneren. Sie hatte es vermasselt. *So wahr mir Gott helfe, ich habe alles vermasselt.*

Silas fuhr sich mit einer Hand über die Bartstoppeln, den Blick auf Allen gerichtet, der mit gesenktem Kopf telefonierte und sich entfernte, während er mit leiser Stimme knappe Sätze von sich gab. Gleich darauf stieß er die Tür zum Hinterzimmer auf und verließ den Gastraum. Stille breitete sich aus. Peris Gedanken kehrten zu dem Moment zurück, in dem Silas sie am Boden festgehalten hatte. Sie schämte sich nicht dafür, dass sie sich gegen ihn zur Wehr gesetzt hatte. Sie war außer sich gewesen, und er hatte das gewusst. »Danke, dass du die Zeitlinien fragmentiert hast.«

Wortlos zog Silas ein schlichtes, zerfleddertes Buch aus der

Manteltasche und hielt es ihr hin. Sie griff nicht danach, und so legte er es nach einer Weile zwischen ihnen ab. »Das habe ich für dich aufbewahrt«, sagte er, und sie spürte, dass sich hinter seinen Worten etwas verbarg. »Zusammen mit einer Kiste voller Dinge, die du dir für die Zeit nach deinem Einsatz sichern wolltest. Es sind alles Dinge aus dem Jahr, in dem wir uns auf diese Mission vorbereitet haben. Da sind auch ein paar deiner ganz frühen Talismane drin. Dein Leben ist nicht verloren. Es ist alles da. Du hast die Möglichkeit, dich daran zu erinnern, wer du früher warst.«

Sie knirschte mit den Zähnen und zwang sich, ihre Kiefer zu entspannen, ehe sie nach dem Buch griff. Als sie das abgenutzte Leder mit den Fingern betastete, wusste sie, wie weich es sich beim Aufschlagen anfühlen würde. Aber dieses Buch war nicht sie. Sie hatte sich inzwischen so weit davon entfernt, dass es auf sie wirken würde, als gehörte es jemand anderem. »Danke, aber nein«, sagte sie und gab es Silas zurück.

Im Hintergrund erhob Allen wütend die Stimme: »Sie können mich mal, Fran. Einen Scheiß wissen Sie.«

Silas faltete die Hände um ihre herum, presste ihre Finger an das Buch. »Behalte es eine Weile«, sagte er. »Steck's in ein Regal. Vielleicht willst du es später doch haben.«

Sie war zu müde, um sich mit ihm zu streiten, also quetschte sie es in eine Innentasche ihres Mantels und schwor sich, es wegzuwerfen, sobald sie die Gelegenheit dazu bekam. »Sprichst du als mein Psychotherapeut?«, fragte sie und bemühte sich, wenigstens so zu tun, als wäre alles in Ordnung. Er beugte sich vor, legte eine Hand an ihre Wange und lächelte. Der Hauch von Kummer, den sie bis dahin in seinem Lächeln stets wahrgenommen hatte, war verschwunden.

»Als dein Freund«, erwiderte er.

Sie senkte den Blick, und er löste sich von ihr, als die Tür zum Hinterzimmer aufschwang und Allen aufgebracht in den Gastraum zurückkehrte. Sie konnte sich vorstellen, wie das Gespräch gelaufen war. Fran traute ihr immer noch nicht. Teufel auch, sie wusste ja selbst nicht recht, ob sie sich trauen durfte. Peris Emotionen liefen mehr und mehr aus dem Ruder. Silas hatte ihr mitgeteilt, er sei ihr Anker gewesen, doch gerade das vermittelte ihr das Gefühl, vollkommen allein zu sein. Jetzt war er nicht mehr ihr Anker, und nach der langen Zeit ohne jeden Anker wusste sie auch nicht, ob sie überhaupt noch einen wollte. Sie wusste nicht, ob sie überhaupt noch irgendetwas wollte.

»Fran soll Scheiße fressen und sterben«, schimpfte Allen unverkennbar sauer. »Peri, du hast dich gut geschlagen. Besser als gut. Opti fällt auseinander, und wir schnappen uns die Leute nach und nach. Du wirst zusammen mit Silas und mir hier im *Zeitloch* arbeiten, wo wir die Versprengten einsammeln werden. Mit der Zeit wird sich alles wieder normalisieren.«

Das Atmen fiel ihr immer schwerer, obwohl sie nicht das Gefühl hatte, irgendetwas getan zu haben, das einen Grund dafür lieferte. »Kann ich gehen?«, fragte sie unvermittelt, und beide Männer erstarrten vor Verblüffung. »Ich meine, es spricht doch nichts dagegen, dass ich in meine Wohnung zurückkehre, oder?« Allen sah bestürzt aus und so, als wüsste er keine Antwort darauf. »Ich brauche Zeit zum Nachdenken«, log sie. Sie wollte einfach nur weg.

»Äh, wir sollen uns in ungefähr einer halben Stunde mit Fran treffen«, erwiderte Allen zögernd. »Zum Mittagessen, um genau zu sein. Hast du Hunger?«

»Peri hat gerade erst begriffen, was diese Mission sie gekostet hat«, wandte Silas ein. »Denkst du wirklich, sie will jetzt was essen? Gott, Allen, benutz dein Gehirn.«

»Hey! Ich will mich ja nur vergewissern, dass sie nicht hungrig ist«, konterte Allen streitlustig. Peri stand auf, um weiteren

Worten zuvorzukommen. »Kann ich mir deinen Wagen leihen?«, fragte sie, und Allen fischte seine Autoschlüssel aus der Tasche. »Danke«, sagte sie und nahm sie aus seinen kraftlosen Fingern. Mit zusammengebissenen Zähnen ging sie zur Tür, und die Last auf ihren Schultern wog mit jedem Schritt schwerer.

»Kommst du wieder zurück?«, fragte Silas, und sie zögerte.

»Ich, äh, ja, klar. Ich will mich nur ein paar Stunden aufs Ohr hauen«, log sie und rieb sich die Stirn. Sie tat weh. »Richtet Fran meinen Dank für das Jobangebot aus.«

Allen sah sich mit finsterem Blick zu Silas um, doch seine Miene veränderte sich, als er sich wieder ihr zuwandte. »Ich kann dich fahren.«

»Nein, ich möchte allein sein.« Mit gesenktem Kopf setzte sie ihren Weg fort. »Wir sehen uns morgen.«

*Oder auch nicht*, dachte sie, aber irgendetwas musste sie ja sagen.

»Sie sollte jetzt nicht allein sein«, hörte sie Allen sagen. »Was, wenn sie springt?«

»Dann vergisst sie alles«, sagte Silas. »Lass ihr einfach ein bisschen Zeit. Sie wird sich schon wieder fangen.«

Das Opti-Logo auf dem Buntglasfenster schien sie verhöhnen zu wollen, und sie musste sich schwer zusammenreißen, um nicht darauf einzuprügeln. Wütend und deprimiert stieß sie die Tür auf. Das helle Licht traf sie wie ein Schock. Sie hatte vergessen, dass die Sonne aufgegangen war.

»Aber sie ist eine Zeitagentin. Zeitagenten lässt man niemals allein.«

»Sie schon«, sagte Silas, und Peris Herz tat einen Satz. »Sie kommt mit sich selbst zurecht. Willst du sie unbedingt wütend machen? Dann musst du sie nur weiter verfolgen.«

Endlich fiel die Tür hinter ihr ins Schloss, und sie musste die erhitzte Diskussion nicht mehr mit anhören. Unsicher sah sie

**599**

sich auf dem von Beton und Pfeilern beherrschten stillen Parkplatz um. Die Bäume am Rand trieben endlich die ersten Blätter aus – bis auf den in der Ecke. Er war so tot, wie sie sich fühlte, und erinnerte sie an ihren Lieblingsbaum bei ihren Großeltern, den, der über ein längst vergessenes Grab wachte. Traurig nahm sie ihr Telefon aus der hinteren Hosentasche und ließ es in einem großen Übertopf zurück, wo Allen und Silas es finden würden. Der Schmerz zog ihr die Brust zusammen. Sie fühlte sich furchtbar allein, doch die Gegenwart anderer Menschen machte es nur noch schlimmer.

Dort, wo sie einst Jack gespürt hatte, klaffte jetzt eine riesige Lücke. Früher hatte sie dort Wärme und Feuer empfunden, jetzt war da nur noch Bitterkeit und Asche. Hinter dieser Lücke lag ein Erinnerungsloch von ungefähr einem Jahr, das sie vermutlich nie würde schließen können. Bis jetzt hatte sie diese Zeit nicht einmal vermisst. Silas hatte diese Zeit vor ihr versteckt, und Allen hatte sie auf Peris eigene Bitte hin ausradiert. Ein Jahr des Verliebtseins, möglicherweise. Und sie hatte es mutwillig zerstört.

Schließlich reckte sie das Kinn vor und stolzierte zu Allens Wagen. Der Wind fuhr ihr unter den Mantel, und sie zurrte ihn zu. Die Lederbezüge waren so kalt, wie es in einem Auto nur sein konnte. Sie startete den Motor, wendete und überfuhr die verblassenden Fahrbahnmarkierungen, die den Weg zur Ausfahrt wiesen.

Überraschend kamen ihr die Tränen, und sie blinzelte hektisch dagegen an, während sie sich in den Verkehr einfädelte – nach rechts, weil es so am einfachsten war. Sie wusste nicht, wohin, aber sie wusste, sie wollte nicht zurück in diese Erdgeschosswohnung. Ihr Magen war so verkrampft, dass ihr übel wurde. Alles, woran sie sich erinnerte, war Opti, und Opti war korrupt. Sie erinnerte sich nicht an die Vergangenheit, von der ihr alle ständig erzählten. In der Vergangenheit, an die sie sich erinnerte, hatten sie und andere Agenten Menschen verletzt oder ihnen das Leben genommen – und ein Gefühl der Macht dabei empfunden.

Schniefend wischte sie sich mit der Hand über den Mund. Das war nur die übliche Depression nach einer Defragmentierung. Sie würde darüber hinwegkommen.

Und dann erschrak sie zu Tode: Auf der Rückbank richtete sich eine Schattengestalt auf.

»Hi, Babe«, sagte Jack, und sie rammte den Fuß so fest auf die Bremse, dass ihr Kopf nach vorn flog.

»Verdammt!«, brüllte Peri und schaute in den Spiegel, um nachzusehen, ob irgendjemand ihr Manöver bemerkt hatte. »Ich will, dass du verschwindest. Lass mich in Ruhe! Ich will allein sein!« Es hatte nicht funktioniert. Er war immer noch in ihrem Kopf.

»Allein?« Jack gluckste. »Das ist das Letzte, was du je sein wirst. Fahr einfach weiter.«

Als er sich über ihre Rückenlehne beugte und die Arme darauf ruhen ließ, verwandelte sich ihr Entsetzen in blanke Wut.

»Wo soll ich hinfahren, Jack?«, fragte sie erbittert. »Ich habe eine Vergangenheit, an die ich mich nicht erinnere. Nicht nur eine, sondern zwei. Ich habe Leute um mich, die behaupten, sie seien meine Freunde, aber die einzigen Freunde, an die ich mich erinnere, sind korrupte Opti-Agenten. Ich *selbst* bin eine korrupte Opti-Agentin, aber ich bin auch eine Allianz-Offizierin mit Altersvorsorge, für deren Kosten die Allianz aufkommt. Nur kann ich mich nicht daran erinnern, jemals eine solche Vereinbarung abgeschlossen zu haben! Wohin soll ich mich wenden, Jack? Wohin?«

Er richtete seine Krawatte, zupfte sich vor dem Rückspiegel das Haar zurecht und lachte sie beinahe aus. »Das liegt ganz bei dir, Babe. Du bist diejenige, die bestimmt, wo es langgeht. Auf der einen Seite hast du eine kapitalkräftige, aber jämmerlich organisierte Gutmenschen-Organisation, die zum Scheitern verurteilt ist. Auf der anderen Seite warten ein enormer politischer Einfluss, eine beinahe gottähnliche Macht, die Möglichkeit, wirklich etwas zu verändern … und ich.« Er lächelte auf eine Weise, die sie früher bezaubernd gefunden hatte, und ihr drehte sich der Magen um. »An deiner Stelle würde ich Letzteres wählen. Macht mehr Spaß.«

Mit zusammengebissenen Zähnen musterte sie ihn im Rückspiegel. Silas' Bemühungen waren fehlgeschlagen. Dieses … *Ding* war immer noch bei ihr. Allen war, wie ihr ganz plötzlich einfiel, immer besser darin gewesen, Erinnerungen zu zerstören. *Guter Gott, ich kann ihn sogar riechen.* Sein Aftershave rüttelte an hundert verlorenen Erinnerungen.

»Ich habe mit Bill gesprochen«, sagte Jack, dessen Atem ihr immer wieder über den Nacken strich. »Agenten kommen rein, suchen nach ihm, wollen Antworten. Opti ist nicht tot, ganz und gar nicht. Ich habe ihm gesagt, dass du vielleicht doch noch zu Opti zurückkehrst. Du weißt, dass dein Platz bei Opti ist. Darum bist du hier draußen und fährst ziellos durch die Gegend. Würdest du zur Allianz gehören, dann wärst du nicht davongelaufen. Dann hättest du der Allianz auch von dem chemischen Marker in deinem Körper erzählt. Wir können wieder dahin zurück, wo wir waren, nur dass ich dich nicht mehr anlügen müsste. Wir waren doch ein gutes Team, stimmt's?«

Peri klappte der Mund auf, als er ihr an den Nacken fasste und eine Haarsträhne zur Seite schob. Seine Lippen, warm und feucht, trafen ihren Hals, vergruben sich darin und versprachen weitere Lust, sodass ihr ganzer Körper zu kribbeln begann.

*Heilige Scheiße, der ist ja echt!*

# 40

Entsetzt riss Peri das Steuer nach links und raste zu dem verlassenen Parkplatz am Fähranleger. Als Jack gegen die Tür geschleudert wurde, schrie er verblüfft auf. Mit hämmerndem Herzen rammte sie den Fuß auf die Bremse, und er knallte fluchend gegen die Lehne des Fahrersitzes. Ohne den Schlüssel abzuziehen, sprang Peri aus dem Wagen.

Ihr war, als träumte sie, während sie zwischen Auto und Anleger auf und ab ging. Jack saß in Allens Wagen. *Er ist in Allens Wagen!*

Als die Hintertür geöffnet wurde und Jack ausstieg, erstarrte sie regelrecht. Ihr verletztes Bein tat weh, und ihre Taschen waren leer. Sie hatte kein Telefon dabei, kein Messer, überhaupt nichts.

»Ich habe dich erschossen …«, sagte sie, und ihr wurde noch kälter, als er sich streckte und sich den Nacken rieb, als wäre er verlegen. Er lebte. »Was hast du in Allens Wagen zu suchen?«

»Ich hatte vor, ihn zu töten. Nur eine kleine Vergeltungsmaßnahme. Aber das hier ist besser.«

Wieder lief sie auf und ab und versuchte sich einen Reim auf das Geschehen zu machen. »Verdammt, Jack, wie lange beobachtest du mich schon?«, fragte sie. Sie hatte ihn nicht getötet. Er war hier. Und am Leben.

Achselzuckend lehnte er sich an den Wagen. Sein blondes Haar flatterte im Wind, der vom Fluss herüberwehte. Gleich darauf wandte er sich um und blickte die Straße entlang, die sie gekommen waren. »Noch nicht lange. Es ist bemerkenswert, was man alles überstehen kann. Sandy hat mich am Leben gehalten, bis der Krankenwagen da war. Drei Wochen Intensivstation, und danach hat Bill mich in Optis Höhle gesteckt – in der Hoffnung, ich würde ihm sagen, wo der Chip mit der Liste ist.« Lächelnd griff er sich an die Brust. »Ich habe es ihm nie erzählt, Peri, weil ich dich liebe. Obwohl du auf mich geschossen hast. Aber schließlich habe ich zuerst auf dich geschossen. Der Chip ist immer noch in deiner verdammten Stricknadel.«

Ihr Blick huschte zu seinen Augen. Sie erkannte, dass er gelogen hatte, als er behauptet hatte, er würde sie lieben, aber auch, dass er über den Verbleib des Chips die Wahrheit gesagt hatte. *In meiner Stricknadel?,* dachte sie und begriff, dass sich die von Opti empfohlene Entspannungsmaßnahme möglicherweise noch in ihrem Besitz befand. Ihr Strickbeutel jedenfalls war genau wie ihre Katze in Allens Wohnung.

»Bill hat mich rausgelassen, nachdem du dir den Tracker aus dem Hintern geholt und angefangen hast, dich über Allen zu beklagen. Aber bis gestern hat er mich nicht gebraucht. Uns, genauer gesagt.« Er lachte und schüttelte in gespielter Betroffenheit den Kopf. »Was für ein Riesenreinfall. Er hat den größten Teil seiner Truppe und seine ganze Glaubwürdigkeit verloren. Von seiner Bewegungsfreiheit ganz zu schweigen.« Er lächelte selbstzufrieden. »Es tut gut, gebraucht zu werden. Bill sagt, du hast mit mir gesprochen, als du allein gewesen bist. Das ist süß. Ich wusste, du liebst mich.«

»Verdammter Mist«, flüsterte sie fröstelnd. Sie hatte ihn geliebt, ja, hatte das Gefühl geliebt, das er in ihr ausgelöst hatte, aber das alles war an eine Vergangenheit geknüpft, die einfach falsch war.

»Ich habe dich vermisst, Babe, aber ich wusste, du würdest zurückkommen. Die Allianz ist ein Witz, und du bist viel zu gut für die. Opti bedeutet Macht.«

Er tippte auf das Verdeck von Allens Wagen – nett, aber nichts im Vergleich zu den schnittigen Symbolen der Macht, über die sie stets verfügt hatte. Immer nur das Beste, und wenn das Beste nicht zur Hand gewesen war, dann waren sie in ein Flugzeug gestiegen und hatten es besorgt. Bill mochte gestern eine Menge verloren haben, aber sein Haus war nun makellos sauber, und er war bereits dabei, den Laden wieder aufzumachen, dieses Mal unbelastet von Regierungsrichtlinien und dem nötigen Anschein von Legitimität. *Und er will mich zurückhaben.*

»Verschwinde«, flüsterte sie. »Sollte ich dich je wiedersehen, dann werde ich dich umbringen. Und dann springe ich, damit ich es gleich noch mal tun kann.«

Doch er lächelte nur noch breiter. »Nicht ohne dich. Komm schon. Du willst es doch auch.«

Oh, Gott. Er hatte recht. Jack würde sie sättigen, würde sie mit dem Gefühl von Wärme und Kraft erfüllen. Sie konnte sich nicht rühren, als er sich vom Wagen abstieß. Das Herz klopfte ihr bis zum Hals, während er immer näher kam, und schließlich wich sie einen Schritt zurück, aber nur einen. Mit geschlossenen Augen spürte sie, wie der Wind mit ihrem Haar spielte, das er ihr hinter das Ohr strich. Er war real. Sie hatte ihn nicht getötet. Und … sie kannte ihn. Und er kannte ihre Vergangenheit.

»So ist es richtig«, flüsterte er, beugte sich zu ihr herab und küsste sie so sanft, dass ihr ein Schauer über den Rücken lief. »Du erinnerst dich an uns. Vielleicht nicht vollständig, aber ausreichend. Erinnerst du dich an das Hotel? Daran, wie wir uns das letzte Mal geliebt haben?«

Ihre Schultern entspannten sich, als er die Arme um sie legte, so vertraut, so richtig. Er roch nach seinem Aftershave, und sie wusste genau, wie sich seine Bartstoppeln anfühlen würden. Zitternd hob sie die Hand und berührte sein Kinn. In ihrer Brust zog sich alles zusammen. Er war Heimat. Alles andere, die Schuldgefühle, die Scham und ihre Sehnsucht, verblassten vor diesem machtvollen Gefühl. Sie hatte nichts, und er bot ihr alles, bot ihr eine Rückkehr dorthin, wo sie stark war.

»Ich habe dir alles gegeben und dich wie die todbringende Prinzessin behandelt, die du bist«, wisperte er, während seine Finger von ihrem Ohr zum Halsansatz wanderten und jegliche Anspannung in ihr lösten. Ihr Körper erinnerte sich daran, wie er sich anfühlte. »So etwas wird dir kein anderer je bieten. Komm mit mir. Ich kann dir alles zurückgeben. Wirklich alles. Du wirst keine Talismane brauchen – ich werde dein Talisman sein.«

Sie sehnte sich so sehr nach dem Gefühl, umsorgt zu werden, geliebt. Es wäre so einfach.

*Aufhören!*, brüllte ein winziger Teil ihrer selbst, flackerte auf unter der warmen Decke der Zufriedenheit, in die Jack sie einhüllte. Es war so lange her. So weit weg. *Ich bin so müde …*

»Peri!«, rief eine ferne Stimme, und Jack erstarrte.

»Mistkerl«, murmelte er, löste sich von Peri und blickte sich um.

Peri wollte das Herz zerspringen, als die Schuldgefühle und der Selbsthass über sie hereinbrachen, bis ihre Knie nachzugeben drohten. *Was mache ich nur?* Silas. Er rannte, war aber noch weit weg.

»Babe?«

Peris Entschluss, Jack loszuwerden, kehrte mit eisiger Kälte zurück und fasste Fuß in der Wirklichkeit. »Ich kann das nicht tun.«

Seine Hand strich über ihre Wange und glitt hinab zu ihrer Schulter. »Ich weiß«, flüsterte er, und dann keuchte sie auf, als die Waffe in seiner Hand losging und die Kugel mit der Wucht eines kraftvollen Tritts in ihren Körper fuhr.

Sie keuchte auf, und Jack zog sie an sich und bremste ihren

Sturz. Schmerz explodierte in ihrer Brust, und sie konnte nicht atmen, als er sie sanft zu Boden gleiten ließ. Blinzelnd betrachtete sie die Waffe in seiner Hand, sah den Rauch, der träge von der Mündung aufstieg. Kaum hörbar trug der Wind Silas' Stimme herüber, die ihren Namen schrie, doch sie konnte den Blick nicht von Jack wenden. »Du hast auf mich geschossen«, würgte sie hervor.

»Sorry, Babe«, sagte er, während er sie so behutsam wie ein Liebender auf das kalte Pflaster bettete. Sein Blick ruhte auf ihr, und in ihm erkannte sie nicht die kalte Berechnung eines Mörders, die sie zu sehen erwartet hatte, sondern etwas, das aussah wie Kummer. »Das bleibt unser Geheimnis, okay? Ich werde Bill einfach sagen, du hättest zugestimmt und dir anschließend durch einen Unfall eine Kugel eingefangen.«

»Warum?«, fragte sie und starrte zum Himmel empor. »Warum!«

Mit der Waffe im Anschlag richtete er sich auf und wandte den Blick von ihr zu Silas. »Es mag nicht so aussehen, aber ich habe dir gerade das Leben gerettet. Du brauchst mich. Du brauchst das Gefühl, das Opti dir gibt. Spring. Dann bringe ich dich nach Hause.«

Sie konnte es nicht glauben, betastete ihre Brust, während der Schmerz ihr den Atem raubte. *Scheißkerl ...* Er hatte auf sie geschossen, hatte geschossen, um sie zu zwingen, sich durch einen Zeitsprung zu retten und alles zu vergessen, was ihr heute klar geworden war. Damit man sie erneut zu einer Schachfigur in Optis Händen machen konnte. Er zählte darauf. »Ich kann nicht fassen, dass du auf mich geschossen hast.« Der Schmerz wurde stärker, doch dann blinzelte sie verblüfft, und ihre tastenden Finger lösten sich von der Brust. Schlagartig wurde ihr klar, dass sie sich zwar fühlte, als hätte sie ein Maultier in den Oberkörper getreten, aber ... kein Blut an den Händen klebte.

Stattdessen lugte eine Seite ihres Tagebuchs zwischen ihren Fingern hervor – ihre Vergangenheit hatte sie nun doch noch gerettet. *Das kann doch nur ein Witz sein.*

Ohne etwas davon zu ahnen, stand Jack über ihr. Der Wind wehte ihm das Haar in die Augen, während er Silas stirnrunzelnd beobachtete. Als Jack die Waffe hochriss und auf Silas zielte, focht sie innerlich einen Kampf mit sich aus. Sie konnte einfach gar nichts tun, dann würde Jack sie nach Hause bringen. Niemand würde ihr Vorwürfe machen, und sie würde all das sein können, was sie sein wollte. Ihre Seele verzehrte sich danach.

Aber das war nicht die Person, die sie sein wollte.

Ächzend rollte sie sich herum und prallte in dem Moment gegen Jack, in dem sich der Schuss löste.

»Peri!«, brüllte Jack wütend, als die Kugel ins Leere ging.

Unwillkürlich knurrte sie leise auf. Während sich Schotter in ihre Handflächen bohrte, stemmte sie sich hoch. Als Jack ihre Stiefel über das Pflaster klappern hörte, drehte er sich um, doch zu spät. Sie stürzte sich auf ihn.

Sie krachten gegen den Wagen und gingen beide zu Boden. Jacks Gesicht war totenbleich vor Schreck. »Du bist nicht gesprungen! Was ist passiert?«

»Ich musste nicht springen«, knurrte sie und versetzte ihm einen Kopfstoß, der ihn zwang, sie loszulassen.

Er schrie auf, und ihre Hände kamen frei.

Jack packte ihren Kopf und donnerte ihn gegen einen Betonpfeiler, sodass sie nur noch Sterne sah.

Um Atem ringend, rammte sie ihm den Ellbogen ins Gesicht. Als sich ein Sturzbach hellen roten Blutes aus seiner Nase ergoss, stieß er sie von sich weg.

Sie rollte sich über den Boden und verwünschte sich im Stillen. Den Vorteil, den ihr der Überraschungsangriff geliefert hatte, hatte sie verloren, und mit ihm die Chance, die Waffe an sich zu bringen. Seiten aus ihrem Tagebuch flogen davon. Plötzlich ging Jack auf, warum sein Schuss so wenig bewirkt hatte, und sein Gesicht verzerrte sich zu einer hässlichen Grimasse.

»Das ist das reinste Klischee«, sagte er, während er stolpernd auf die Beine kam und die Waffe hob.

»Passt doch gut zu dem Witz, zu dem du mein Leben gemacht hast«, konterte sie und tauchte auf das Pflaster ab, als er abdrückte.

Die Kugel verfehlte sie. Peri sprang auf und nahm Angriffshaltung ein, stolperte jedoch, als ihr verletztes Bein ihr den Dienst verweigerte. Jack sprang hinterher und nagelte sie am Boden fest. Als sie die harte Mündung der Pistole an ihrer Niere spürte, gab sie jede Gegenwehr auf. Er war so dicht bei ihr. Sein Körper, der auf ihr lag, fühlte sich vertraut und zugleich bedrohlich an.

*Wie oft haben wir das durchgespielt?* Von Steinsplittern getroffen, die ihr ins Gesicht schnitten, keuchte sie auf. Jack hob den Kopf.

»Was geht dich das an!«, brüllte Jack und richtete die Pistole auf Silas.

Peri befreite ihren Arm und rammte ihm die Handfläche gegen die bereits gebrochene Nase.

Jack schrie auf. Seine Faust schoss vor. Peri konnte ihr nicht ausweichen und musste den Hieb ohne Möglichkeit zur Gegenwehr einstecken.

Schmerz explodierte in ihrem Gesicht. Sie konnte nichts mehr sehen, wurde von Schwindel übermannt und kämpfte gegen das Bedürfnis an, sich zu übergeben. Und dann wurde Jack von ihr fortgerissen, und sie konnte wieder atmen.

Benommen drehte sie sich auf den Bauch. Silas und Jack kämpften mit bloßen Händen. Keuchend setzte sie sich auf, schaute sich nach der Waffe um und entdeckte sie nicht weit entfernt auf dem Boden. Eine Hand auf den Bauch gepresst, stemmte sie sich hoch und stolperte auf sie zu. Jack hatte sie so hart getroffen, dass sie nicht mehr aufrecht gehen konnte.

»Silas, aus dem Weg!«, brüllte sie. Aufheulend schlug er ein letztes Mal zu, rollte sich weg, sprang auf und zog sich aus der Schusslinie zurück.

Jack sprang ebenfalls auf, doch sein wilder Blick erfasste sie nicht. Mit lautem Gebrüll wollte er sich erneut auf Silas stürzen. Ihre Hand zitterte so, dass ihre Kugel den Boden vor seinen Füßen traf. Splitter sausten durch die Luft, und Jack hielt inne und drehte sich ruckartig um. Die Arme vor dem Körper ausgestreckt, zielte Peri mit der Waffe auf ihn. Jetzt gehörte er ihr!

»Peri?«, rief Silas, der sich auf den Boden gekauert hatte und nicht wagte, sich zu rühren. »Oh, Gott. Bring ihn nicht um. Er ist deine Vergangenheit. Du brauchst ihn, damit er dir von deiner Vergangenheit erzählt.«

»Ich brauche ihn nicht!«, wütete sie. Sie hatte keine Angst. Sie war nur wütend auf sich, weil sie sich in Versuchung hatte führen lassen, und wusste, dass die Versuchung immer da sein würde. Diese Risse in ihr würden niemals heilen. Ein Teil von ihr wollte, was nur Jack ihr geben konnte, und diesen Teil ihrer selbst hasste sie, auch wenn er sie am Leben erhielt.

Langsam richtete Jack sich zu voller Größe auf. Sein Blick wanderte von ihr zu Silas. »Du wirst nicht auf mich schießen, Babe.«

Ihr Arm zitterte, aber sie behielt ihn im Auge. »Hör auf, mich so zu nennen!«, schrie sie mit rauer Kehle. »Und warum eigentlich sollte ich nicht auf dich schießen? Du hast mich zuerst getötet.« Ihre Worte klangen selbst in ihren Ohren schrecklich hart. Mit zitternden Händen setzte sie nach: »Silas? Würdest du mir die hier abnehmen?«

**610**

Silas trat neben sie und nahm die Waffe entgegen, deren Mündung jetzt nicht mehr hin und her schwankte. Jack starrte sie grimmig an. Darauf bedacht, nicht in die Schusslinie zu geraten, ging Peri zu ihm. Von dem Adrenalinschub war ihr fast schwindelig, aber das würde vergehen. Grunzend trat sie ihm von hinten gegen die Beine, um ihn auf die Knie zu zwingen, und er prallte hart auf dem Pflaster auf. »Ich möchte dich nur zu gern erschießen«, informierte sie ihn, während sie sich hinter ihm aufbaute. Es war kaum mehr als ein Flüstern. »Aber Silas hat recht. Du kannst uns von Nutzen sein.« Dann griff sie in ihren Mantel, zog das beschädigte Tagebuch hervor und tippte ihm damit in das blutige Gesicht. »Auf die eine oder andere Art.«

Jack knirschte mit den Zähnen, und sie wich zurück. Sie vertraute nicht darauf, dass sein Wunsch, am Leben zu bleiben, wirklich stärker war als der, sie zu erwürgen. »Wenn er sich bewegt, erschieß ihn«, sagte sie und kehrte zu Silas zurück. »Kann ich dein Telefon haben?«

»Hintere Tasche.«

Ihre Brauen ruckten hoch, und sie bedachte Jack mit einem Lächeln, als sie es herauszog. »Du wusstest, dass Jack noch am Leben war, richtig?«, fragte sie Silas.

»Ich wusste nicht, dass er in Allens Wagen war«, erwiderte er, und Peri lachte traurig. »Fran hätte dir nie getraut, solange du die Sache mit Jack nicht zu Ende gebracht hattest, Peri. Aber jetzt ist es wirklich vorbei. Bist du sauer auf mich?«

Vorbei? Es war nicht vorbei. Sie hätte sich Jack beinahe angeschlossen. Sie hatte ja sagen wollen, und auch wenn sie tatsächlich nein gesagt hatte, machte sie dieser Gedanke krank. Nun konnte sie nicht mehr zur Allianz zurückkehren. Sie traute sich selbst nicht über den Weg – und die würden ihr umso weniger trauen.

»Du kannst es nicht beenden«, sagte Jack leise. Aus seiner Nase strömte immer noch Blut. »Sie werden mich rausholen, und wenn ich wieder frei bin, werde ich dich suchen. Ich werde ...«

Peri trat drei Schritte vor. Die Hände zu Fäusten geballt, versetzte sie ihm einen heftigen Tritt. Sein Kopf flog zurück, und er landete rücklings auf dem Boden. Ächzend stemmte er sich wieder hoch, blieb, eine Hand ans Kinn gelegt, auf dem Boden sitzen und starrte sie schweigend an.

Wackelig auf den Beinen, wich sie zurück, um sich an den Wagen zu lehnen. Das hätte sie nicht tun sollen. Ihr Bein tat höllisch weh. Mit einem Wisch aktivierte sie die Telefonie-App und rief Fran an. Die Verbindung wurde hergestellt, und Frans angespannte Stimme blaffte: »Silas? Reden Sie mit mir.«

Peris Blick wanderte zu Silas, der immer noch stetig auf Jack zielte. Der Wind lebte auf und lenkte ihre Aufmerksamkeit auf die losen Blätter aus ihrem Tagebuch, die er über den Boden fegte.

»Silas, sind Sie da?«

Peri riss sich selbst zurück in das Hier und Jetzt. »Ich bin's. Silas und ich sind am Fährhafen. Können Sie jemanden schicken, um Jack zu holen? Silas hält ihn mit einer Waffe in Schach. Ich wäre Ihnen dankbar, wenn Sie ihn einsperren könnten. Und danke für das Arbeitsangebot, aber ich fürchte, ich muss es ausschlagen.«

Silas' Gesicht wurde aschfahl, und Jack lachte, starrte aber unentwegt auf die Mündung, die auf ihn gerichtet war.

»Ich verschwinde jetzt«, sagte Peri am Telefon, sprach aber ebenso mit Silas. »Folgen Sie mir nicht. Sagen Sie Allen, ich brauche seinen Wagen noch ein paar Tage, aber ich werde ihn nächste Woche irgendwo widerrechtlich parken, damit er ihn auf dem Abschlepphof abholen kann. Oh, und Fran? Sie sind echt scheiße.«

»Agentin Reed …«

Peri beendete das Gespräch und legte das Telefon so auf dem Pflaster ab, dass sie es nicht überfahren würde, wenn sie fortfuhr. Kaum einen Moment später summte es bereits.

»Was hast du vor?«, fragte Silas, doch sie sagte nichts, sondern legte ihr Tagebuch neben das Telefon, ohne sich darum zu scheren, ob noch mehr Seiten ins Wasser wehen würden. Dann humpelte sie hoch erhobenen Hauptes zum Wagen, in dessen Zündschloss immer noch der Schlüssel steckte.

»Peri!«

So unruhig er auch war, Silas konnte nichts tun, wollte er nicht riskieren, dass Jack ihm entkam. Jack lachte, bitter und rachsüchtig. Derweil stieg sie in den Wagen und verzog das Gesicht, als ihr erneut auffiel, dass er nach Jack roch. Sie hatte ein schlechtes Gewissen, weil sie Silas einfach zurückließ, aber das Grausen vor der Versuchung, die Jack für sie darstellte, wog schwerer. Sie hasste ihn für das Gelächter. Er wusste, warum sie ging. Warum sie davonlief. Sie wollte, was er zu bieten hatte, und wagte es nicht, sich noch einmal in Versuchung führen zu lassen.

»Lass nicht zu, dass er sich rührt, ehe sie hier sind, okay?«

Verzweifelt versuchte Silas, seine Aufmerksamkeit zwischen ihr und Jack aufzuteilen. »Wo willst du hin, Peri? Rede mit mir!«

»Irgendwo anders hin«, sagte sie und knallte die Tür zu.

»Wir kriegen das wieder hin«, rief Silas. »Ich verspreche es dir!«

Sie startete den Wagen und kurbelte die Seitenscheibe herunter. »Es tut mir leid. Ich muss das tun. Und: danke.«

»Tu es nicht. Um Himmels willen, bleib.«

Sie glaubte Schüsse zu hören, während sie davonfuhr, doch als sie in den Rückspiegel blickte, hatte sich nichts verändert.

Silas stand da, vollkommen entsetzt und außerstande, sie aufzuhalten, während er Jack mit der Waffe in Schach hielt. Und dieser Scheißkerl lachte. Hilflos fing sie an zu weinen, nur um sich gleich darauf wütend die Tränen aus dem Gesicht zu wischen. Sie hatte es nicht verdient zu weinen.

Die Brücke nach Kanada war so nahe, dass sie sie überquert haben würde, ehe Frans Leute sie daran hindern konnten. Sie brauchte keinen Pass, um die Brücke zu überqueren, dafür reichte ihr erweiterter Führerschein. Man würde sie für eine gewöhnliche Frau auf dem Heimweg halten. Vermutlich blieb ihr sogar noch genügend Zeit, ihre Katze und das Strickzeug zu holen. Aber die Klamotten würde sie lassen, wo sie waren. Allens Geschmack in Sachen Damenoberbekleidung war nach wie vor unerträglich.

Ihr hilfloses, bellendes Gelächter hörte sich beinahe hysterisch an, und sie schaltete das Radio ein, um sich von den eigenen Gedanken abzulenken. Es brach ihr das Herz, doch sie konnte nicht bleiben. Jack war am Leben, eine ständige Versuchung. Sie wusste nicht, ob sie ihr würde widerstehen können. Und sie konnte nicht mehr diese Person sein, dieser Mensch, der so sehr von anderen abhängig war, dass er eine Gefahr für sich selbst darstellte. Also musste sie gehen, irgendwohin, weit weg, um die Einzelteile dieser zerbrochenen Nachbildung eines Lebens zusammenzusetzen und von vorn anzufangen.

Sie hatte die Nase voll. Von allem.

# EPILOG

*Ich hätte weiße Sportschuhe tragen sollen*, dachte Peri, während sie zielstrebig durch die breiten Korridore mit ihren gleichförmigen Handläufen und der verborgen angebrachten, indirekten Beleuchtung marschierte. Ihr geborgter OP-Kittel war von dem gleichen Hellblau wie die Streifen an der Wand. Eine vergessene Maschine blinkte Alarm, als sie vorübereilte, reagierte auf die milde Strahlung, die von ihr ausging.

Sie lief einfach weiter, nahm im Vorübergehen eine Schutzhaube aus dem Schwesternzimmer und verbarg ihr kurzes Haar darunter. Hinter ihr machten zwei Schwestern und ein Pfleger großes Trara um die blinkende Maschine.

Mit rasendem Puls las sie die Namen an den Türen und bemühte sich zugleich, nicht hineinzusehen und den Patienten das bisschen Privatsphäre zu stehlen, das ihnen geblieben war. Die Tür, die sie suchte, fand sie gegenüber dem Gemeinschaftswohnzimmer. Jemand spielte auf dem Stutzflügel Stücke aus den Vierzigern, und drei Patienten und eine Schwester lieferten den Gesang dazu.

MRS. CAROLINE REED.

Mit gesenktem Kopf nahm Peri das an der Tür hängende Klemmbrett an sich und verbarg ihr Gesicht vor dem vorbeigehenden Krankenwärter. Auf dem Klemmbrett entdeckte sie ein aktuelles Bild ihrer Mutter. Peris Herz krampfte sich zusammen. Es war kaum noch etwas übrig von jener starken Frau, über die sie einst so geflucht hatte. Deren frühere Kraft und Entschlossenheit waren unter all den Falten und Runzeln und in dem unscharfen Blick kaum noch auszumachen. Unter dem Bild befand sich ein kurzer Lebenslauf. Darin waren Höhepunkte und Leistungen im Leben von Caroline Reed, deren Ehen, Geschwister, Scheidungen verzeichnet. Peri war nicht erwähnt.

Als der Wärter um die Ecke gebogen war, wappnete sich Peri innerlich und klopfte. Die Tür fühlte sich unnachgiebig an, und sie hörte das eigene Klopfen kaum.

»Ja. Herein!«, rief eine kräftige, aber zittrige Stimme.

Während Peri die Tür öffnete, zwang sie sich zu einer gelassenen Miene und bemühte sich um ein Lächeln. »Hallo«, sagte sie und schloss die Tür sorgfältig hinter sich.

»Endlich!«, sagte ihre Mutter, die ganz allein in ihrem Morgenmantel auf einem Stuhl saß und durch das Fenster zu einem leeren Vogelhäuschen schaute. »Wie lange wollten Sie mich hier eigentlich noch sitzen lassen? Ich habe heute noch was anderes zu tun, als auf meine Haarstylistin zu warten. Neu dabei, was?«

Heftig gegen Tränen anblinzelnd, schluckte Peri. *Sie erkennt mich nicht.* »Es tut mir leid, dass ich mich verspätet habe«, erwiderte sie und schaute auf das Klemmbrett, als wollte sie etwas nachsehen. »Was kann ich heute für Sie tun?«

»Das Übliche.«

*Wie oft,* überlegte Peri, *habe ich genau dasselbe gesagt, um die Peinlichkeit zu überspielen, dass ich überhaupt nicht durchblickte?*

Bekümmert half sie ihrer Mutter, sich aufrecht hinzusetzen, bemüht, nicht darauf zu achten, wie leicht sie war. Sie drehte sie zu dem großen Spiegel, der nicht zuletzt dazu diente, den kleinen Raum größer wirken zu lassen. Ihre Mutter hatte das Kinn vorgereckt und war unverkennbar wütend, weil sie nicht wusste, was *das Übliche* war.

»Also ein Styling«, sagte Peri und griff nach der weichen
Bürste neben dem Bett. »Das Waschen können wir ausfallen
lassen, wenn Ihnen das lieber ist. Ihr Haar ist wunderbar
gepflegt. Sie kümmern sich wirklich gut darum. Ist Ihnen die
Länge noch angenehm? Oder möchten Sie, dass ich für nächste
Woche einen Haarschnitt einplane?«

»Wenn Sie so nett wären«, erwiderte ihre Mutter und fing an,
mit den dünnen, altersfleckigen Fingern an den Haarspitzen zu
zupfen. In Peris Erinnerung war dieses Haar so kohlraben-
schwarz wie ihr eigenes, doch nun war es nahezu farblos. Und
es deutete kaum noch etwas auf die ursprüngliche Haarfülle
hin; es war nur noch ein Hauch der früheren Kraft da, genau
wie bei der ganzen Person. Mit leerem Blick betrachtete Peris
Mutter das eigene Spiegelbild und sah offenbar etwas, das gar
nicht da war.

Mit langsamen Strichen bürstete Peri ihrer Mutter das Haar,
nahm sie so hin, wie sie heute war, und ließ nicht zu, dass ihr
Schuldgefühle dieses Wiedersehen verdarben. »War viel los
diese Woche?«, fragte sie, während sie sich um ihre Mutter
kümmerte. Sie konzentrierte sich darauf, wie das Haar sich anfühlte, wenn es durch ihre Finger glitt.

»War so ähnlich wie immer«, antwortete ihre Mutter in geis-
tesabwesendem Ton.

*Sie weiß es nicht. Sie erinnert sich nicht.*

»Und die Familie?«, soufflierte Peri, in der Hoffnung, irgendetwas hervorzulocken. Eine Geschichte. Eine Erinnerung. Irgendwas.

»Ach ja«, sagte ihre Mutter, und ihre Miene hellte sich auf.
»Haben Sie gewusst, dass meine Tochter Tanz an der Met studiert?«

»Tatsächlich?« Peris Kinn bebte, aber sie lächelte und wickelte sich eine Locke um den Finger, damit sich diese nicht

**617**

gleich wieder auflöste. »Das ist wunderbar. Ich wollte immer Tänzerin werden.«

»Sie ist wirklich gut. Sehr graziös.« Ihre Mutter strahlte vor Stolz. »So viel anmutiger, als ich es bin. Und sie wird es schaffen. Dieses Mädchen hat mehr Mumm als irgendjemand sonst. Ich weiß überhaupt nicht, wo sie das herhat.«

*Das habe ich von dir,* dachte Peri und blinzelte wieder gegen die Tränen an.

»Ich bin so stolz auf sie«, sagte ihre Mutter sehnsüchtig. »Ich wünschte, ich hätte ihr das mal sagen können.«

»Ich bin sicher, sie weiß es«, erwiderte Peri und fand inneren Frieden in diesem kurzen Zusammensein, denn mehr war ihr nicht vergönnt, war ihnen beiden nicht vergönnt. »Ich bin sicher, sie weiß es.«

**Wenn Sie von den Abenteuern der Zeitagentin nicht genug bekommen können, lesen Sie auch die exklusive E-Book-Story aus der Welt von Peri Reed:**

Kim Harrison
**ZEITSPIEL**

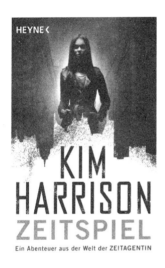

# DANKSAGUNG

Ich möchte meiner Lektorin Lauren McKenna danken, die mit ihrem Verständnis dazu beigetragen hat, dass Peris Geschichte werden konnte, was sie ist. Dank gilt auch meinem Agenten Richard Curtis: Er war von Peris Geschichte schon überzeugt, als sie noch skizzenhaft und neu war.

# Die Fantastische Welt
# von Kim Harrison

*Die Nacht ist gefährlicher geworden ... Nach einer weltumspannenden Seuche, ausgelöst durch ein fehlgeschlagenes Genexperiment an Tomaten in den 1960er-Jahren, hat sich das Leben auf der Erde grundlegend verändert: Die magischen Wesen, sogenannte Inderlander, sind aus dem Schatten getreten – Vampire, Kobolde, Werwölfe und Pixies. Nun müssen sich Menschen und magische Wesen die Welt teilen, und das Zusammenleben erweist sich nicht immer als ungefährlich. Rachel Morgan ist eine Hexe, die für die Inderlander Security als Kopfgeldjägerin arbeitet. Sie ist in den nächtlichen Straßen Cincinnatis unterwegs, um kriminelle Inderlander zur Strecke zu bringen. Doch auch ihre eigene Vergangenheit birgt ein düsteres Geheimnis.*

# Die Rachel-Morgan-Reihe

**Erster Roman: Blutspur**

Rachel Morgan ist unzufrieden mit ihrem Job. Doch die Kündigung ist problematisch, denn angeblich verlässt man die Inderlander Security nur mit den Füßen voran. Als Rachel einen Leprechaun verhaften soll, nutzt sie kurz entschlossen die Gelegenheit, sich einen Wunsch erfüllen zu lassen – und das führt sie direkt in eine alte Kirche und zur Detektei Vampirische Hexenkünste, die sie fortan gemeinsam mit der Vampirin Ivy und dem Pixie Jenks betreibt. Ihr ehemaliger Boss setzt allerdings kurzerhand ein Kopfgeld auf sie aus. Um ihren Ruf – und mehr noch ihr Leben – zu retten, beschließt Rachel, sich den aalglatten Trent Kalamack vorzuknöpfen und ihrem Ex-Boss zu beweisen, dass Kalamack die Drogengeschäfte in der Stadt kontrolliert. Doch der Fall erweist sich als komplizierter als angenommen, denn Kalamack hat nicht nur eine undurchsichtige Vergangenheit, sondern auch eine mysteriöse Verbindung zu Rachel.

**Zweiter Roman: Blutspiel**

In Cincinnati treibt ein Mörder sein Unwesen, der es auf Hexen abgesehen hat. Als die Sekretärin des undurchsichtigen Trent Kalamack ihren Freund als vermisst meldet, bittet die Polizei Rachel Morgan um Hilfe. Obwohl ihr Jenks und Ivy dringend davon abraten, nimmt sie den Job an. Der Verdacht der jungen Hexe fällt sofort auf Kalamack, aber der zuständige Captain Edden macht ihr klar, dass sie den Stadtrat in Ruhe lassen soll, und schickt Rachel stattdessen in ein Kraftlinien-Seminar, das zuvor auch die Opfer des Mörders besucht haben. Als die Dozentin verschwindet, wird Rachel allmählich klar, dass sie in Schwierigkeiten steckt – denn auch ein mächtiger Meistervampir und ein Dämon sind in den Fall verstrickt.

**Dritter Roman: Blutjagd**

Rachel Morgan hat mehr als nur ein Problem – ein Freund möchte ein Werwolfrudel mit ihr gründen, und der Dämon Algaliarept fordert nach einer nicht ungefährlichen Abmachung ihre Seele als Preis. Und als wäre das noch nicht genug, kommt es in der Unterwelt Cincinnatis zum Krieg, und Rachel wird aufgrund ihrer speziellen Fähigkeiten ein hoch dotierter Job als persönliche Leibwächterin angeboten – von niemand Geringerem als ihrem alten Erzfeind Trent Kalamack …

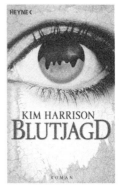

**Vierter Roman: Blutpakt**

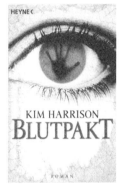

Rachel Morgan kommt nicht zur Ruhe. Gerade von ihrem menschlichen Liebhaber verlassen, könnte sie jetzt in ihrer Beziehung mit dem Vampir Kisten glücklich sein. Doch dann will man ihr ihre Stellung als Leitwölfin in ihrem Werwolfrudel streitig machen. Und auch ihr Exfreund Nick bleibt nicht verschwunden, sondern verführt den Sohn ihres Pixie-Partners Jenks zu einem Diebstahl. So muss Rachel nach Michigan, um ihn zu retten, begleitet von Jenks, der dazu mithilfe von Dämonenmagie menschliche Größe annimmt. Dort stellt sich heraus, dass Nick ein unschätzbares Werwolf-Artefakt gestohlen hat und Rachel nun um ihr Leben und das all ihrer Freunde bangen muss ...

**Fünfter Roman: Blutlied**

Die *Hollows* werden von einem Serienmörder heimgesucht, und niemand – weder Mensch noch Inderlander – scheint vor ihm sicher. Und offenbar besitzt Rachel Morgan den Schlüssel, mit dem das Grauen beendet werden kann. Das mächtige Artefakt, das sie sowohl vor den Vampiren als auch vor den Werwölfen verborgen hält, könnte die Lösung sein. Aber es zu benutzen bedeutet auch, einen Krieg zwischen den gefährlichsten aller Inderlander zu entfachen. Bisher hatte Rachel Glück, doch das kann nicht ewig halten. Und irgendwann sieht sie sich vor eine grausame Entscheidung gestellt ...

**Sechster Roman: Blutnacht**

Nach dem brutalen Mord an ihrem Freund Kisten muss Rachel nun unbedingt herausfinden, wer sein Mörder ist – doch dummerweise fehlt ihr jede Erinnerung an jene tragische Nacht. Mit Ivy hat sie einen brüchigen Waffenstillstand geschlossen, und beide versuchen, einfach nur Freunde zu sein, was Rachel aber auch nicht so ganz zufriedenstellt, und dann steht auch noch Halloween vor der Tür... Als kurz vor dem Fest Algaliarept wieder auftaucht, der sich für seine Verbannung rächen will, und plötzlich neben ihrem eigenen noch zwei weitere Leben auf dem Spiel stehen, muss Rachel sich entscheiden: Wagt sie ein weiteres Mal einen Handel mit dem Dämon, oder riskiert sie den Sprung ins Jenseits?

**Siebter Roman: Blutkind**

Noch immer läuft Kistens Mörder frei herum, doch Rachel findet kaum Zeit, um sich an die Fersen des Unbekannten zu heften, denn in Cincinnati häufen sich mysteriöse Überfälle auf die menschlichen Mitbürger. Ihrer Aura beraubt, überleben die Opfer die Angriffe nur schwer verletzt – oder gar nicht. Als Rachel an einem Tatort eine Banshee-Träne findet, wird ihr klar, dass die Bevölkerung Cincinnatis in allerhöchster Gefahr schwebt. Rachel nimmt die Verfolgung auf, doch schon bald gerät sie selbst ins Visier der unkontrollierbaren Banshee, die genau weiß, wie sie Rachels größte Schwäche gegen sie einsetzen kann. In ihr hat Rachel eine Gegnerin, deren Macht unüberwindlich zu sein scheint ...

**Achter Roman: Bluteid**

Nachdem öffentlich bekannt wurde, dass Rachel Umgang mit Dämonen pflegt, wird sie vom Hexenzirkel für ethische und moralische Standards, der das Sozialleben aller Hexen überwacht, als schwarze Hexe gebrandmarkt und lebt nun als Ausgestoßene am Rande der Gesellschaft. Doch das ist bald ihr geringstes Problem, denn der Hexenzirkel hetzt ihr plötzlich auch noch einen Killer auf den Hals. Unfreiwillig wird Rachel zum Spielball zwischen den Fronten: Da sie mit Dämonenmagie umgehen kann und eine Art Missing Link zwischen Hexen und Dämonen ist, haben es plötzlich alle auf sie abgesehen. Verzweifelt entwickelt Rachel einen Plan, um sich aus dieser Zwangslage zu befreien. Doch dazu braucht sie die Unterstützung ihres Erzfeindes Trent Kalamack, und um die zu bekommen, muss sie sich endlich ihrer gemeinsamen Vergangenheit stellen ...

**Neunter Roman: Blutdämon**

Der erzwungene Waffenstillstand mit dem Hexenzirkel neigt sich dem Ende zu, denn das nationale Hexentreffen, auf dem Rachels Bannung rückgängig gemacht werden soll, steht vor der Tür. Rachel muss jedoch entsetzt feststellen, dass der Hexenzirkel unbedingt verhindern will, dass sie bei dem Treffen erscheint. Seltsamerweise bietet ausgerechnet Trent Kalamack ihr an, gemeinsam an die Westküste zu fahren, wo das Treffen stattfinden wird. Doch als sie in St. Louis von mörderischen Elfen angegriffen und mitten in der Wüste von einem wahnsinnigen Dämon bedroht werden, erkennt Rachel, dass Trent ein doppeltes Spiel treibt.

**Zehnter Roman: Blutsbande**

Gerade ist Rachel Morgan noch damit beschäftigt, sich an ihren neuen Status als Dämon zu gewöhnen, als sie plötzlich in der gefährlichsten Ermittlung ihres Lebens steckt: In ganz Cincinnati werden grausam verstümmelte Mischwesen – halb Mensch, halb Tier – tot aufgefunden. Schnell findet Rachel heraus, wer hinter der Mordserie steckt, doch bevor sie den Täter dingfest machen kann, gerät sie selbst in das Visier des Killers...

**Blutwelten – Alles über die Welt von Rachel Morgan**

Komplizierte Machtstrukturen bestimmen das Leben der magischen und nicht-magischen Bewohner von Cincinnati, Rachel, Ivy und Co., und bilden den faszinierenden Hintergrund zu den unglaublichen Abenteuern der Kopfgeldjägerin Rachel Morgan. Spannende Hintergrundinformationen zu den einzelnen Charakteren, informative Artikel aus der *Hallows Gazette* sowie neue Zaubersprüche und Rezepte – eingebettet in eine aufregende Geschichte – führen durch die magische Welt der Kim Harrison.

**Elfter Roman: Blutschwur**

Rachel Morgan hat es verbockt: Durch einen Fehler ihrerseits beginnt das Jenseits zu schrumpfen. Sollte es aufhören zu existieren, verschwindet auch alle Magie auf Erden, und das bedeutet das Ende für alle Inderlander. Als dann auch noch ihr Patenkind von einer Horde wütender Dämonen entführt wird, bleibt Rachel nichts anderes übrig, als selbst ins Jenseits zurückzukehren, sich ihren Feinden zu stellen und die Apokalypse aufzuhalten. Doch dann taucht ein alter Bekannter aus Rachels Vergangenheit auf und droht, ihre Pläne zur Rettung der Welt zu durchkreuzen ...

**Zwölfter Roman: Bluthexe**

Auch in ihrem zwölften Fall hat Rachel Morgan wieder einiges zu tun: Elfenfürst Trent Kalamack, für den sie weit mehr als nur professionelles Interesse empfindet, hat Rachel als Bodyguard engagiert, in Cincinnati sind unbekannte magische Kräfte am Werk, und irgendjemand hat die untoten Vampirmeister außer Gefecht gesetzt – mit schrecklichen Konsequenzen für die ganze Stadt. Rachel bleibt nur eine Möglichkeit, um einen schrecklichen Krieg zwischen den Inderlandern zu verhindern: Sie muss die uralte Magie der Elfen entfesseln ...

**Anthologie: Blutseele**

In ihrer einzigartigen Storysammlung rund um Rachel Morgan erzählt Bestsellerautorin Kim Harrison, was Rachel, Ivy, Jenks und Co. erleben, wenn sie nicht gerade miteinander auf Verbrecherjagd gehen. Außerdem entführen vier brandneue Geschichten in magische Welten jenseits der Hollows.

**Dreizehnter Roman: Blutfluch**

Sie hat gegen Vampire, Hexen Dämonen und Banshees gekämpft. Sie ist ins Jenseits gereist und wieder zurückgekehrt. Sie hat jeden einzelnen ihrer Fälle als Kopfgeldjägerin gelöst. Nun allerdings steht Rachel Morgan vor der größten Herausforderung ihres Lebens. Sie muss einen Weg finden, die Seelen der Vampire – v. a. die ihrer besten Freundin Ivy – vor der ewigen Verdammnis zu retten. Doch um den Fluch, der auf den Vampiren lastet, zu brechen, muss Rachel mehr riskieren als jemals zuvor ...

# Patricia Briggs

### Die *New York Times*-Bestsellersaga um Mercy Thompson

»Werwölfe sind verdammt gut darin, ihre wahre Natur vor den Menschen zu verbergen. Doch ich bin kein Mensch. Ich kenne sie, und wenn ich sie treffe, dann erkennen die mich auch!«
*Mercy Thompson*

»Ich kann gar nicht genug von den *Mercy-Thompson*-Romanen bekommen!«
Kim Harrison, Autorin der *Rachel-Morgan*-Serie

978-3-453-31662-1

Band 1: Ruf des Mondes
978-3-453-52373-9

Band 2: Bann des Blutes
978-3-453-52400-2

Band 3: Spur der Nacht
978-3-453-52478-1

Band 4: Zeit der Jäger
978-3-453-52580-1

Band 5: Zeichen des Silbers
978-3-453-52752-2

Band 6: Siegel der Nacht
978-3-453-52831-4

Band 7: Tanz der Wölfe
978-3-453-31662-1

Leseproben unter **www.heyne.de**

**HEYNE ‹**

# Julie Kagawa

*Unsterblich* – die internationale Bestsellerserie

**In einer Welt, in der Vampire herrschen, ist es besser, kein Mensch zu sein**

»Eine geniale Geschichte!« *Publishers Weekly*

»*Julie Kagawas* Heldin ist klug und mitreißend, und die Leserinnen werden sie gerne auf diesem düsteren Abenteuer begleiten« *Kirkus Review*

978-3-453-31711-6

Leseprobe unter **www.heyne.de**

# Sue Tingey

## Auch brave Mädchen kommen manchmal in die Hölle

Eine glitzernd dunkle und zauberhafte Geschichte über eine Geisterjägerin, die ein ganz besonderes Erbe antreten muss ...

978-3-453-31694-2

Leseprobe unter **www.heyne.de**

# J. R. Ward

# BLACK DAGGER
## —LEGACY—

## Die große neue Serie aus der Welt von
## BLACK DAGGER

Noch schöner, noch heißer, noch gefährlicher – die
Bruderschaft der BLACK DAGGER bekommt frisches Blut

978-3-453-31777-2

Leseprobe unter **www.heyne.de**

**HEYNE ‹**